Das Buch

Die hübsche Dienstmagd Mira arbeitet hart für den Frankfurter Seidenhändler Helmprecht, denn sie muss sich und ihren kleinen Bruder Jockel durchbringen. Doch wie aus heiterem Himmel ändert sich ihr Leben. Als Helmprechts Tochter stirbt, zwingt dieser Mira, an ihrer Stelle in Venedig den reichen Fürsten Strato zu heiraten, damit er in höchste gesellschaftliche Kreise aufsteigen kann. Ihren Bruder muss Mira alleine in Frankfurt zurücklassen. Noch dazu überkommen sie auf der Reise plötzlich verwirrende und quälende Visionen. Sie sieht Ereignisse in ihrer Heimatstadt Frankfurt, aber auch die Ränke der Könige und Bischöfe rund um den Reichstag zu Worms. Durch geheimnisvolle Begegnungen mit sechs Frauen wird ihr nach und nach das Wesen ihrer Visionen enthüllt: Sie ist die vom geheimen Astarte-Bund lang erwartete Siebte Seherin. Doch diese Gabe ist nicht nur ein Geschenk. Sie ist zugleich eine schwere Aufgabe und wird zu Miras Schicksal, das sie auf eine abenteuerliche Reise quer durch Europa schickt.

Die Autorin

Sybille Conrad, geboren 1969, studierte Pharmazie in Heidelberg und Lyon. Sie erforscht natürliche Pflanzenwirkstoffe für die Arbeit im Weinberg. Die geschichtsträchtige Burgen- und Rebenlandschaft an der Weinstraße, wo sie heute mit ihrem Mann lebt, inspirieren sie zu ihren Büchern.

Lieferbare Titel

Die Goldmacherin

SYBILLE CONRAD

Die Siebte Seherin

Historischer Roman

WILHELM HEYNE VERLAG
MÜNCHEN

MIX
Papier aus verantwortungsvollen Quellen
FSC® C014496

Verlagsgruppe Random House FSC-DEU-0100
Das für dieses Buch verwendete FSC®-zertifizierte
Papier *Holmen Book Cream* liefert
Holmen Paper, Hallstavik, Schweden.

Originalausgabe 12/2011

Printed in Germany 2011
Umschlaggestaltung: Nele Schütz Design
unter Verwendung eines Fotos von © Thinkstock
Satz: KompetenzCenter, Mönchengladbach
Druck und Bindung: GGP Media, Pößneck
ISBN 978-3-453-47110-8

www.heyne.de

Ciffrah, die Hüterin der Zeit, malte den Tierkreis auf das Pergament. Sie fügte die Verborgenen Häuser hinzu, von denen die Astrologen – ob in Rom, Köln oder Alexandrien – niemals gehört hatten. Nur die Sternenfrauen hatten das uralte Wissen über Jahrhunderte bewahrt. Ciffrahs Vorgängerinnen hatten es vom Nil weitergetragen zu fernen Stränden, durch Wüsten und in Hauptstädte längst versunkener Reiche.

Ciffrah sammelte ihren Geist, vergaß die Pracht ihres Palastes, all die Seidenkissen auf dem Diwan, die goldbeschlagenen Türen im Haus des Emirs. Mit heiligem Öl hatte sie das farbige Steinmehl versetzt, mit dem sie die Bahnen der Gestirne in den Tierkreis einzeichnete.

Seit ihrer Wahl, als vierte im Erlauchten Kreis der Sternenfrauen zu dienen, hatte sie sich niemals in der Deutung des Horoskops geirrt. Nicht als sie den Aufstieg der Osmanen zu den mächtigsten Herrschern im Orient geweissagt, und nicht als sie den Untergang der Muslime in Granada herausgelesen hatte.

Heute galten Ciffrahs Berechnungen aber dem Schicksal des Erlauchten Kreises selbst. Es war der Jahrestag Astartes. Nur heute durfte sie die Gestirne nach der siebten Seherin befragen. Sie alle warteten schon so lange auf jene Frau, mit der sie wieder vollzählig wären – und der sie folgen mussten. So war es Astartes Wille seit ewiger Zeit.

Ciffrah betrachtete den Lauf von Sirius, Andromeda und Wega, den niemand sonst mehr bei der Weissagung berücksichtigte. Plötzlich erschloss sich ihr die Bedeutung der Linien: Die

Zeit war reif, denn Venus, Wega und Andromeda formten ein gleichseitiges Dreieck! Ciffrah entfuhr ein Schrei, der glücklicher nicht hätte klingen können. »Sie kommt!« Endlich trat die Siebte Seherin in den Kampf um das Gleichgewicht der Kräfte wieder ein. Ihr Leitstern kehrte in neuer Gestalt zu den sechs anderen zurück.

Schon glitt Ciffrahs zweiter Blick über das Pergament. »Warum sehe ich es erst jetzt?« Sie erschrak zutiefst. Genau gegenüber, aber auf der Spitze stehend, formten Jupiter, Mars und Saturn ebenfalls ein Dreieck. »Und schlimmer noch!« Die sieben Planeten zogen in gleichen Abständen über den Tierkreis. Ciffrah zitterte am ganzen Leib. Als Hüterin der Zeit vermochte sie sich nicht zu belügen, und alle Prophetinnen waren darin einig, was diese Konstellation bedeutete: Der Lauf des Schicksals war offen und entzog sich der Weissagung. Denn Feuer und Wasser, Luft und Erde, männlich und weiblich – Kraft wie Gegenkraft waren gleich stark.

Ciffrah rang mit Tränen der Verzweiflung. »Unseren Sieg oder Niederlage bewirkst du allein, Siebte Seherin.« Sie waren von der jungen Frau abhängig, deren Zeichen dort aus dem Niedrigsten Haus trat. Von Venus begleitet, würde die Siebte Seherin dreimal den ewigen Fluss queren und sogar die Verborgenen Häuser erobern müssen bis sie das Höchste Haus erreichte.

Ciffrah versank in den Kissen ihres Diwans. Mars verhieß Krieg auf ihrem Pfad, Saturn den Kampf mit den ewigen Feinden ihres Erlauchten Kreises: den Männern Roms. Und zu allem Übel gleißte Jupiter mit seiner weltlichen Macht verführerisch am Schicksalspfad der siebten Seherin.

»Bist du stark genug?«, flüsterte Ciffrah. Das Horoskop auf ihrem Marmortisch musste ihr die Antwort verraten.

Ein Taumel erfasste Ciffrah. Pluto, der Herr der Nacht, zeigte sich heimtückisch am äußersten Rand, doch in genauer Opposition. Das entsprach – nach allem, was überliefert worden war –

der größten Gefahr überhaupt: Ging die neue Siebte Seherin fehl, war die Zeit des Erlauchten Kreises endgültig abgelaufen.

»Nun steht alles für uns auf dem Spiel. Alles.« Ciffrah griff sich an den Hals, tastete nach dem Schmuckstein, den ihnen Astarte vor Urzeiten geschenkt hatte. Jede der Seherinnen trug einen solchen Stein in goldener, achteckiger Fassung ihr Leben lang – bis er an die Nachfolgerin weitergegeben wurde. Ciffrah fühlte die Kraft des Erlauchten Kreises in ihrem Carneol aufwallen und fasste Mut.

So groß der Schrecken auch war, zögern durfte sie als Hüterin der Zeit jetzt nicht mehr.

Ciffrah rollte das Pergament zusammen. Sie würde mit dem Prunkschiff aufbrechen. Sofort. Egal, ob ihr Gemahl, der Emir, es billigte oder nicht. In drei Wochen könnte sie Venedig erreichen. Ciffrah musste die fünf anderen Sternenfrauen einweihen. Wenn die Hüterinnen von Zeichen und Wahl die junge Frau entdeckt und nach dem uralten Ritual Gewissheit erlangt hätten, mussten alle anderen bereit sein zu folgen.

Ciffrah sprang auf. Es ging um ihrer aller Zukunft. Denn nur die Siebte Seherin allein vermochte letztlich das Erbe der Sternenfrauen zu retten. »Ich darf kein Opfer scheuen.«

I

Kardinalrot und königsgelb leuchteten die Seiden auf den Auslagen. Mira bewunderte den Schimmer im Bischofspurpur, der viele Ellen lang von einem Ebenholzständer zu den Dielen herabfloss. In der Abendsonne glänzten die gerafften Stoffe noch vornehmer als sonst. Als Magd durfte Mira eigentlich hier oben bloß den Boden wischen, und das auch nur, wenn die Stoffe vorher sorgsam verhüllt worden waren. Denn in der Verkaufsstube über dem Markt empfing Paulus Helmprecht nur edle Herren, Kirchenfürsten oder Hohe Frauen. Wer sonst konnte sich die teuren Stoffe des reichsten Seidenhändlers in Frankfurt leisten?

Mira blinzelte ins Abendlicht. »Der Purpur schillert so schön fliederfarben, je nachdem wie du den Kopf hältst.« Sie schaute hinüber zu Gerhild, der Tochter ihres Herrn, die ein blaues Seidenband um ihren Finger wickelte.

»Das liegt nur daran, weil sich kette- und schusssichtige Stellen abwechseln, hat mir Vater erklärt.« Gerhild ließ das Band in einem Kringel vom Finger gleiten. »Wie die Weber in Damaskus das machen, weiß allerdings niemand. – Wie findest du dieses mit den roten Blüten?« Gerhild hielt sich das gedrehte Seidenband vor die nussbraunen Haare. »Meinst du, dass es zu meiner Reisehaube passt?«

Drunten auf dem Markt sammelten die Armen auf, was bei den Ständen liegen geblieben war. Mira zog schnell den dünnen Leinenvorhang vor das Fenster. Ihr Herr hatte dem Gesinde bei strenger Strafe eingeschärft, nie die Seidenstoffe von der Sonne bescheinen zu lassen.

»Warte. Ich will sehen, ob das Band wenigstens schön glänzt.«

Gerhild durfte natürlich mit der Seide spielen. Schlank wie sie war, wand sie sich wie eine Katze in ihrem grünen Leinengewand um die Tischkante. Sie zupfte die roten Blütenblätter zurecht. »Ein bisschen grob genäht, findest du nicht? Eher was für ein Gildemeistersweib.«

Mira hatte nie begriffen, was Gerhild an diesen gut gelaunten, reich geschmückten Frauen so abstoßend fand, die ihres Vaters beste Kundinnen waren. Jedenfalls galten sie ihr als Inbegriff des Hässlichen. Mira neigte sich über Gerhilds Hand. Es stimmte. Die Nahtstiche waren schlecht gesetzt. »Bei der dritten Blüte sieht man die Stiche sogar auf der Vorderseite.«

»Warum Vater die nur eingekauft hat?« Gerhild warf das Band auf den Tisch zurück.

Es fiel wie eine tote Natter auf die farblich geordneten Bänder. Als Magd hätte Mira sich mehr als eine Ohrfeige für solch Unordnung eingefangen. Aber Vater Helmprecht ließ Gerhild alles durchgehen, seit er sie so weit weg von Frankfurt verlobt hatte.

»Ungeschmückt kann ich mich doch nicht sehen lassen, schon gar nicht in Venedig.« Gerhild fuhr sich über die reine Stirn. »Vielleicht soll ich meine Reisehaube gar nicht schmücken? Das Fahren über Land ist so gefährlich. Besser ist, ich falle gar nicht auf.« Sie fasste Mira beim Ellenbogen und legte ihren Kopf an ihre Schulter. »Eigentlich will ich gar nicht weg von euch«, sagte Gerhild ganz leise.

Mira graute vor dem ersten Tag allein in Frankfurt, wenn Gerhild sie nicht mehr morgens nach dem Gerstenbrei aus der Gesindeküche abholen und mit nach oben in die Herrenstube nehmen würde. »Du wirst mir auch so fehlen. Mit wem soll ich denn lachen?« Gerhild war immer für einen Spaß zu haben, gerade wenn sie der Hausbesorgerin Mechthild eins auswischen konnte. Und sei es nur, dass Gerhild vom Markt einen Kuckuck mitbrachte und im Korb außen vor Mechthilds Kammer hängte. Im Gesinde schwieg man vor der Tochter lieber darüber, dass man die Hausbesorgerin neuerdings nachts in Vater Helmprechts Stube schleichen hörte.

»Und wer weint mit mir?« Gerhild barg ihr Gesicht an Miras grobleinenem Ärmel. »Ich kenne dort niemanden. Wenn die Venezianer so hoffärtig sind, wie es heißt, dann spotten sie meiner wegen jeder Kleinigkeit.« Gerhilds Worte verschwammen mit einem Schluchzer. »Ich vermag ja kaum ein Wort Venezianisch herauszubringen.«

Mira strich ihrer Freundin über die Hand. »Das stimmt doch gar nicht«, sagte sie sanft. »Du weißt schon so viele Worte und machst immer weniger Fehler. Das sagt doch der Magister Contrini jede Woche.«

»Aber nicht so wenige wie du!« Gerhild ließ sie los. »Bis ich in Venedig angekommen bin, werde ich alles vergessen haben, wenn du nicht mit mir übst.«

»Die Worte kehren alle wieder. Du wirst ja nichts anderes mehr hören als Venezianisch.«

»Aber das ist doch schrecklich.« Gerhild verzog den Mund. »*Cantatone chiara vara besse bene tone* – das klingt doch alles gleich.« Sie wandte sich ab und fasste dabei nach dem weißen Nonnenleinen auf dem ersten Hängeständer. Langsam herumschlendernd ließ sie es durch ihre Finger gleiten. Gerhilds Augen blitzten schon wieder schelmisch. »Wer singt dann mit mir, Mira, wenn nicht du? *Ich fand ein kleines Hündelein drunten an der Quell'* …«

Mira konnte nicht anders, sie fiel kichernd in den Gesang ein. »*Das streckt und bäumet sich* …«

Gerhild wollte immer alles genau erfahren, was Mira von den strammen Gesellen zu berichten hatte, wenn sie als Magd zu den Feiertagen auf einen Tanz gehen durfte. Und ihre Freundin machte auch gern mal einen Umweg durch die Handwerkergassen, wenn sie zu einem Spital Almosen verteilen ging.

Gerhild ließ ein Augenlid sinken wie eine Verrufene aus der Katzengasse. »*Kaum kraulet man des Hündchens Fell ...*«, sang sie.

Für eine reiche Erbtochter wie Gerhild ziemte es sich nicht, dass sie sich wie Mira mit den kräftigen Burschen auf den Dielen drehte bis ihr schwindelig wurde. Und gar einem beim Nachhauseweg im Schatten einer Traufe ein paar Küsse gestattete. Wenigstens dazu war es gut, nur eine Magd zu sein, dachte Mira. Aber mehr ließ sie den Kerlen auf keinen Fall durchgehen. Dafür hatte sie in den Küchen von den Frauen zu viel Schlimmes über die falschen Versprechen der Männer gehört. Wenigstens das Weib eines anständigen Gesindemannes wollte Mira werden können, wenn sie schon alles verloren hatte, was ihr einst in die Wiege gelegt worden war.

Gerhild verkniff sich die nächste Strophe, kramte stattdessen mit der Linken in der Tasche ihres Faltenkleides. Sie winkte Mira näher. »Gestern Abend hat mir Vater noch ein kleines Bildnis meines Verlobten zugesteckt, das mit seidenen Stickfäden aus dem Süden heraufgekommen ist. Vater sagt, es gleiche ihm wirklich.« Gerhild streckte ihr ein goldgefasstes, rundes Bildnis entgegen, das nicht größer als ein Wecken war.

Mira erschrak, so lebensecht wirkte das Abbild. »Als blicke er uns wirklich an«, flüsterte sie. Sehr dunkle Augen hoben den Blick zu ihr empor, der warm und freundlich schien trotz aller Winzigkeit des Bildnisses. Schwarze Locken fielen spielerisch in eine klare Stirn, die Augenbraue links war ein wenig keck höher gezogen, als lächelte der Verlobte milde über irgendeinen Spaß.

»Sieh, was er für schön geschwungene Lippen hat, nicht wirklich breit, aber auch nicht schmal.« Gerhild linste von der Seite auf das Bildnis. »Meinst du, dass er gut küssen kann?«

Eher befehlen, mit einer klaren, tiefen Stimme, die keinen Widerspruch duldete. Aber Mira behielt ihren Gedanken für sich. »Du wirst dich an die kratzenden Haare gewöhnen müssen«, sagte sie. Das kräftige Kinn in dem goldenen Rundbild bedeckte ein gestutzter Bart.

Gerhild riss die braunen Augen auf.

»Sorge dich nicht. Vielleicht sind sie ja auch weich.« Mira reichte ihr das Bildnis zurück. »Dein Vater hat dir einen schönen Mann ausgesucht.«

Mira wandte sich um. Das böse Gerede in der Gesindeküche ersparte sie der Herrin. Der Stallknecht hatte geknurrt, noch immer sei dem alten Helmprecht Geld das Wichtigste von allem, und welcher Kaufherr in Frankfurt nehme für seine Tochter nicht den Schwiegersohn mit dem schwersten Geldsack am Gürtel? Die rotwangige Gundis hatte nur knapp gemeint, ein guter Vater verheirate sein einziges Kind nicht so weit weg. Wie solle der da seine Enkel jemals bei der Taufe herzen?

Auf einem Tisch vor der Wand lagen golddurchwirkte Tücher ausgebreitet. Maurenfrauen trugen solche im Haar in ihren Palästen. Gerhild fuhr mit den Fingern durch die zarten Fransen. »Er hat mir immer nur das Beste gekauft.«

»Gewiss.«

Gerhild wand sich eins der kleinen maurischen Tücher als Haube um den Kopf und betrachtete sich beim Fenster in dem großen venezianischen Spiegel, den der Verlobte als erstes Geschenk gesandt hatte.

»Meinst du, dass ich als Braut so viele Goldfäden tragen darf?« Gerhild wandte ihr ebenmäßiges Gesicht vor dem Spiegel hin und her. »Die Venezianer haben ganz andere Sitten als wir.« Sie strich sich über die schmal gezupften Augenbrauen.

Mira gefiel das lebhafte Tuch an Gerhild, der unregelmäßige goldene Grund unterstrich die Schönheit des ebenmäßigen Gesichts. »Selbst in Frankfurt würden sich die Leute bei einer Kaufmannstochter wie dir nicht daran stören.« Nur sollte Gerhild mit der Fältelung nicht das Augenmerk darauf lenken, dass ihr rechtes Ohr ein kleines bisschen weiter abstand als das linke. »Lass die goldenen Zipfel rechts länger hängen, dann …«

»Verdecken sie mein scheppes Ohr.« Gerhild knotete rasch neu.

»Du übertreibst wie immer.« Mira lächelte dem Spiegelbild ihrer Freundin zu. »Jeder winzige Makel erscheint dir riesengroß.«

»Du hast gut reden. Wo du deinen Schönheitsfleck hast, kannst du aus der Suche ein lustiges Spiel für Männerfinger machen.« Gerhild tippte mit dem Zeigefinger auf den kreisrunden dunkelbraunen Fleck knapp unter ihrem Auge. »Mein Leberfleck tanzt mir mitten im Gesicht.«

»Alle finden dich herzig damit, die Männer all gar.«

»Ich aber nicht.« Gerhild zog eine Fratze. »Am liebsten würde ich es mit den Nägeln abkratzen.«

»Bloß nicht, dann entzündet es sich nur.« Mira traute es ihr zu. »Willst du es gegen eine hässliche Narbe eintauschen?«

Gerhild blies die Luft mit einem Stoß aus. »Gib mir eine von den Nadeln dort im Körbchen.« Sie flocht vor dem Spiegel das goldene Maurentuch höher über der Stirn ins Haar.

Mira fand die Nadeln auf einem Samtkissen eingesteckt unter dem Tisch. »Hier. Steck vielleicht drei nebeneinander links.«

Gerhild behielt zwei zwischen den Lippen und nestelte an der Schläfe. »Au!«

»Soll ich helfen?« Doch Gerhild schüttelte nur den Kopf.

Mira war sich nicht sicher, wie ein Vater seine Tochter lieben sollte. Ihr eigener war, als sie noch ganz klein waren, in eine Fehde zwischen der Stadt Hanau und einem Ritter geraten. Er war unterwegs mitsamt seiner Lieferung von Stecheisen in eine Scheune geflüchtet, die aber hatte Feuer gefangen, und er war mitsamt dem halben Dorf verbrannt.

Helmprecht, Gerhilds Vater, ließ seiner Tochter jede Laune durchgehen, doch zwang er sie zum Lernen wie kaum ein

Kaufherr einen Sohn. Gerhild schrieb und las, konnte auf dem Rechentisch die Zählmünzen schieben wie ein Jüngling, verstand ein wenig Latein und durfte sogar heimlich zuhören, wenn der Vater die Gelehrten zum welschen Wein empfing.

So hatte Mira auch ein wenig lernen können, weil Gerhild ihre Lectiones lieber mit ihr zusammen wiederholte, als allein in der Stube zu hocken. Aber auch das war nun vorbei. Mira musste die halbgaren Weisheiten der Besorgerin Mechthild ertragen, die man auf jedem Markt von den Weibern hören konnte. Sie seufzte etwas schwerer als sie eigentlich wollte.

»Sieht es nicht gut aus?« Gerhild drehte sich mit sorgenvollem Blick vor dem venezianischen Glasspiegel. »Meinst du, es wird meinem Verlobten nicht gefallen?«

Was gefiel einem reichen Venezianer, der von Kindesbeinen an nur die erlesensten Dinge um sich versammelt gesehen hatte? Mira wiegte den Kopf. »Du hast einen Schwan gesteckt. Das passt nicht so recht zu den vielen Goldfäden«, sagte sie ehrlich. Gerhild hätte es ihr sowieso angehört, wenn sie nur hätte schmeicheln wollen.

Schon zog Gerhild die Nadeln. »Komm her.« Sie zerrte Mira an der Hand genau vor den Spiegel. Ehe sich Mira hätte wehren können, wand ihr Gerhild das Tuch um den Kopf.

»Vorsicht. Mein Haar ist nicht so frisch gewaschen wie deines. Und mein Kleid nicht so sauber …«

»Ach was, davon wird das Tuch nicht speckig. Du bist reinlich wie eine Nonne, erzähl mir nichts.«

Es piekte. Flugs hatte Gerhild ihr den Schwan auf den Kopf gebunden. »Was gut, dass wir uns so ähnlich sehen. Dein braunes Haar hat fast die gleiche Farbe wie meines.« Sie kniff ein Auge zu, zupfte links und schob rechts, dann steckte sie die drei Nadeln an Miras linker Schläfe fest.

Es tat richtig weh. Mira biss sich auf die Unterlippe. Gerhild mochte es nicht, wenn sie Widerworte gab. Die Freundin war eben auch Herrin und nicht gerade darin geübt, jemandem das Haar zu richten.

»Stell dich nicht so an. Ich will nur sehen, ob du recht hast.«

Das Tuch fühlte sich trotz der Goldfäden wunderbar weich an, kein Vergleich zum groben Leinentuch, in das Mägde gekleidet wurden. Mira betrachtete ihrer beider Gesichter im Spiegelglanz. Ein Fremder hätte sie so herausgeputzt für Schwestern halten können. Ihre beiden Nasen waren schmal, fast ein wenig keck und spitz, bei Gerhild mehr als bei ihr. Miras Wangen waren etwas voller, die Haut etwas dunkler als die der Herrin. Sie fand, dass die leichte Bräunung sogar besser zu ihrem sanft geschwungenen Haar passte. Schaute sie mit honigbraunen Augen in die Welt, waren die Gerhilds grün wie ein Edelstein.

»So lass ich dich nicht aus dem Haus«, flüsterte Gerhild. »Ist ja grässlich. Da kann ich ja gleich mit der Wemmelin, der alten Vettel, bei der heiligen Barbara beten gehen.« Sie zog schon an den Nadeln und dem Stoff.

»Dein Vater kommt.« Mira hätte nicht sagen können, welches winzige Geräusch ihr es verriet. Sie griff zu dem ausgerollten Blütenband, das Gerhild auf dem Tisch in der Mitte der Stube hatte liegen lassen. Selbst wenn ihre Freundin dabeistand, war es besser, sich den Zorn Helmprechts nicht zuzuziehen. Er mochte keine Unordnung, schon gar nicht hier, wo die Hohen Herren kaufen kamen.

Gerhild zog die Augenbrauen hoch. »Hörst du die Spinnen weben?« Sie faltete das Tuch zweimal und legte es einfach zurück auf die anderen golddurchwirkten.

Feste Tritte erklangen draußen auf den Dielen. »Augenstern, wo steckst du? Wir müssen noch zu den Spanheimers und den Durmers!«

Gerhild öffnete dem Herrn die Stubentür. »Wie oft muss ich mich denn noch verabschieden? Ich muss jedes Mal weinen.«

Helmprecht tauchte, die Glatze zuerst, unter dem Türsturz

durch. »Freudentränen, so hoffe ich doch.« Sein Haupt war nicht ganz so kurz wie bei einem Mönch geschoren, ein Ring grauer Haare säumte den gedrungenen, runden Kopf.

Gerhild streckte sich. Auf Zehenspitzen umarmte sie den kräftigen Leib und drückte ihrem Vater einen Kuss auf das Bartstück auf den Wangen, das er sich vor dem Ohr stehen ließ. Ein wenig erinnerte er Mira an das bärtige Löwengesicht vor dem Leininger-Haus.

Helmprecht war schon zum Ausgehen angezogen. Zu seiner hellen Lederhose trug er ein spitzengesäumtes Hemd mit großen Aufschlägen und eine Jacke aus feinstem Osnabrücker Leinen. Nur der übliche rote Hut mit den drei Federn wartete wohl noch in seiner Schreibstube am Haken. Mira ordnete schnell das maurische Tuch auf dem Seitentisch.

Helmprecht, der seine Tochter um fast drei Haupteslängen überragte, beugte sich herab und kniff Gerhild in die Wange. »Du wirst in der wundersamsten Stadt auf der Welt leben.« Er richtete sich auf, sein Blick kühlte ab, als er Miras gewahr wurde. »Was hast du hier zu schaffen, Magd?«

Gerhild stellte sich zwischen sie. »Ich habe sie hereingeholt, damit sie mir beim Aussuchen helfe. Du hast doch gesagt, ich darf für die Reise noch ein maurisches Tuch mitnehmen.«

Er ging mit zusammengekniffenen Augen zu den Halteständern mit dem kardinalroten Stoff und schnippte eine winzige Feder weg. »Mach die Fenster zu. Am Ende habe ich noch Taubendreck auf dem Damast. Muss man euch Hausleuten das immerzu predigen?«

Mira eilte zum Fenster. In der Luft bauschten sich die Leinenvorhänge. Wie gut, dass sie wenigstens diese vor der Sonne zugezogen hatte. Sonst wäre Helmprecht sicher zornig geworden. Mira griff die Stange, die den Fensterrahmen mit den in Blei gefassten Scheiben heranzog. Sorgsam drückte Mira die Haken in die Ösen.

Als sie sich umdrehte, wog Helmprecht das Bildnis seines künftigen Schwiegersohns in der Hand. Auf seiner wohl von einem Schoppen Wein erhitzten Glatze schimmerten Schweißperlen, fast herablassend steckte er das runde Bild weg.

Gerhild trippelte drei kleine Schritte heran und fasste die Linke ihres Vaters mit beiden Händen. Sie drehte sich ein wenig wie ein kleines Mädchen in den Hüften, dabei war sie schon neunzehn. »Hast du meinen kleinen Wunsch abgewogen, Vater, wie du mir versprochen hast?«

Mira kannte diesen Blick, wenn Gerhild lächelte wie die Seligen auf den Gemälden des Jüngsten Gerichts und dabei ihre grünen Augen wie Edelsteine funkeln ließ. Dann wollte die Herrin ihren Willen und nichts als ihren Willen. Ansonsten würde das Geschrei groß. Mira ging zur Tür und wollte an den beiden vorbei hinunter zur Küche gehen.

»Bleib, es geht doch um dich!« Gerhild hielt sie an ihrer Schürze fest.

Um sie? Was um Himmels willen hatte sich Gerhild als Abschiedsgeschenk ausgedacht? Die anderen Mägde und Knechte würden nur neidisch sein und wochenlang nicht mit Mira sprechen.

Helmprecht verschränkte die Arme vor der Spitze seines Hemdkragens. Die für einen Kaufmann so kräftigen Finger trommelten auf den Ellenbogen. »Kind, Kind. Muss es denn wirklich sein?« Er zog das runde Bildnis aus seiner schwarzen Gürteltasche. »Solch ein Verlobter reicht dir nicht?«

»Das ist doch nicht dasselbe wie eine Herzensfreundin.« Gerhild zog die Augenbrauen zusammen. »Dann wäre ich im fremden Land nicht ganz allein. Bitte, Vater!«

Aber das hieß ja … Ein seltsames Gefühl ergriff Mira als wären ihre Knie ganz mit Mus gefüllt.

»Dann nehmen wir deine Magd halt mit, wenn es denn sein muss.«

Gerhild sprang hoch, klatschte in die Hände und fiel Mira um den Hals. »Du fährst mit nach Venedig! Morgen. Wo es glitzert und die Menschen die ganze Nacht bei Musik auf Glasböden tanzen!«, jauchzte sie in ihr Ohr.

Mira klang es wie zu nah und zu fern zugleich. Gerhild ließ sie los und umarmte ihren Vater, der seine Tochter sogar lachend von den Dielen hob.

Mira jedoch fühlte sich alleingelassen, so wie damals, als ihre Mutter über Nacht gestorben war, weil sie es im Armenasyl nicht mehr länger ausgehalten hatte. Mira hatte ihre erkaltete Hand festgehalten, bis die Mönche sie weggezogen hatten. Ihr Bruder hatte nur geweint, stundenlang. »Ich kann doch Jockel nicht alleine lassen«, sagte sie mit erstickter Stimme. Er war erst elf und nicht gerade kräftig, weil er das rechte Bein ein wenig nachzog.

»Der Knabe ist alt genug«, sagte Helmprecht nur, während er das Bildnis wieder wegsteckte. »Der braucht doch seine große Schwester nicht mehr.«

Doch, ihr Bruder hatte manches noch nicht recht begriffen. »Jockel braucht mich«, sagte Mira. »Er ist noch viel zu gutgläubig für sein Alter.« Wo sollte er auch etwas lernen, wenn Mira kein Lehrgeld aufbringen konnte? Der leichtfertige Stallknecht, dem er mit den Pferden half, brachte ihm gewiss nichts Gutes bei. »Was soll aus meinem Bruder werden?« Es war ihr gleich, dass Gerhild den Kopf zur Seite legte und dabei die Schulter ein wenig unwirsch vorschob. »Freust du dich denn nicht, dass wir zusammenbleiben können?«, fragte sie.

Nein. Doch. »Schon.« Mira drückte ihre Fäuste an die Stirn. Was sollte sie nur Aufrichtiges sagen, außer: »Es geht alles so schnell.« Ein Zittern erfasste ihren Leib, von den Füßen an stieg es empor. Es fröstelte sie, als ob sie ein Heufieber schüttelte. Mira verbarg ihr Gesicht unter den Händen. Welche Magd in Frankfurt hätte sich nicht den kleinen Finger abgehackt für eine Reise nach Venedig. Alle träumten davon, weil die wundersamsten Dinge über die Menschen dort erzählt wurden, von Zauberei und Lustbarkeiten, fliegenden Menschen und unendlicher Pracht. »Es ist nur, dass ich mir Jockels wegen Sorgen mache«, brachte sie hervor.

Helmprecht räusperte sich nur kurz, aber streng. »Für vier ist kein Platz auf dem Reisewagen«, beschied er.

Als ob es die knappen Worte bewirkt hätten, zitterte Mira nicht mehr, denn sie begriff. Weniger noch, dass man seine Befehle missachtete, duldete Helmprecht, dass man seiner Tochter nicht zu Willen war. Folgte Mira ihrer Herrin nicht, würden weder sie noch Jockel in dem reichen Hause bleiben. Sie könnten sich neue Herrschaft suchen, bei einem Metzger vielleicht oder einem Schneider, der sie schlug oder sonst was von ihr verlangte, damit der halblahme Bruder bleiben konnte. Jockel schaffte so wenig Arbeit am Tag. Reiste Mira hingegen mit, so würde ihr Bruder wenigstens durchgefüttert, bis er älter war und selber für sich sorgen konnte.

»Nun?«, sagte Helmprecht langsam.

Mira sank auf die Knie und nahm die Hand des Herrn. Es blieb ihr nichts übrig. Sie musste beide besänftigen. »Verzeiht Herr. Ich bin nur verwirrt. Seit Wochen packen wir Gerhilds Brautschatz ein. Nie im Leben hätte ich gewagt zu denken …« Dass Gerhild sich in den Kopf gesetzt hatte, wie eine Hohe Frau sie als ihre Zofe mitzunehmen. Und wer weiß für wie lang. Mira schluckte die Verzweiflung ob ihrer Ohnmacht mitsamt einem Schluchzer hinunter. »Ihr seid immer sehr großzügig zu mir gewesen. Ihr beide«, brachte Mira mit festerer Stimme heraus. Eine Reise in ein fernes Land hieß ja nicht sterben. An diesem Gedanken musste sie sich aufrichten. Irgendwann würde Gerhild ja bestimmt wieder einmal zurück nach Frankfurt zu Besuch fahren.

Gerhild warf ihr einen siegesgewohnten Blick zu. »Du wirst

die Berge sehen, wo nie der Schnee wegtaut. Wir werden durch Zitronenhaine reiten und dann in die marmorne Stadt übersetzen. Ist das nicht wunderbar?«

Mira wischte sich eine Träne aus dem Augenwinkel. »Du hast bestimmt recht.«

Gerhild machte den halben Schritt auf sie zu und legte ihr die Hand auf die Schulter. »Dein Bruder wird einfach im Stall weiter dienen wie zuvor.« Sie wandte den Kopf. »Nicht wahr, Vater?«

»Ja ja, mein Kind.« Helmprechts Blick schweifte über seine Stoffe. Schweigend prüfte er, ob nichts fehlte. Er wies Mira mit einem Wink nach draußen. »Nun ist es aber genug mit dem Gesindebelang. – Gerhild, lege dir den Mantel mit dem feinen Sammetsaum um. Ratsherr Durmer wartet nicht gern mit dem Essen.« Er schob seine Tochter an der Hüfte durch die Tür hinaus. »Mechthild packt dir noch neue Kleider, zwei Paar Schuhe und zwei Decken ein. Sie weiß Bescheid, Mira. Nun ab mit dir, hinunter, Gundis wird dich am Herd brauchen.«

Er meinte es also wirklich ernst, sonst hätte er die Besorgerin nicht eingeweiht.

Mira ging zur Gesindestiege am Ende des Ganges. Da klirrte es in der Verkaufsstube an den Scheiben. Eine Krähe, Mira wusste es genau. Dennoch wandte sie sich um. Zum Glück war nichts zerbrochen. Die Krähe hockte unversehrt vor den bleigefassten Butzenscheiben. Das bunte Glas zerriss sie in einen blauen Bauch, roten Schweif und schwarzen Kopf wie ein Höllentier beim Jüngsten Gericht.

»Mira?«, rief von der Gesindetreppe her Mechthild mit greller Stimme. »Wenn ich schon deine Sachen packen muss, könntest du mir wenigstens zur Hand gehen!«

Mira beeilte sich. Schlimmer als Mechthilds Neid war nur, dass sie ihrem lieben Bruder Jockel erklären musste, warum nicht er, sondern sie nun die hohen schneebedeckten Berge sehen würde, von denen er immer geträumt hatte.

2

Die Köchin Gundis blies das letzte Talglicht aus. Die Gesindeküche versank in Dunkelheit, nur der Mond schimmerte durch die Luken zum Hof hin. Mira streifte die Bastschuhe von den Füßen und lehnte sie mit den Sohlen an die hoch gemauerte Rückwand des Herdes. Der fünf Ellen breite Winkel dahinter umfasste ihr kleines Reich. Zwischen den Kaminsteinen und der niedrigen Truhe, in der die Säckchen für Nüsse und Haseln verwahrt wurden, gab es für Mira trockenes Stroh und ein Schlaflaken. Nicht einmal Mechthild missgönnte ihr das. Es war zwar alt und hatte Löcher, aber es war sauber. Niemand bestritt Mira das Recht, zwei kleine Deckelkörbe mit den wenigen eigenen Sachen ins Eck zu stellen. Alle wussten, dass sie nur ein Wort zu Gerhild sagen müsste. Aber Mira machte keinen Gebrauch davon, solange man sie nicht ungerecht behandelte.

»Du gehst wirklich ohne mich fort?« Jockel saß mit angezogenen Beinen auf seiner Seite des Strohsacks und kratzte sich am Unterbein. Jetzt im August war seine helle Haut furchtbar zerstochen von den Bremsen, die auch die Pferde im Stall quälten. Jockel stierte im Mondschein auf seine schwieligen Zehen. Im Stall trugen sie nur Holzschuhe.

»Wenn's nach mir ginge, nähme ich dich mit.« Mira rückte an ihn heran und wollte den Arm um ihn legen, er wich aber zur Seite aus.

»Mich will nie einer dabeihaben.« Jockel umfasste seine Knie und legte den Kopf darauf. »Immer bin ich allen zu langsam mit meinem Bein.« Er hob sein rundes Gesicht. In seinen kurzen

Locken steckte noch ein Futterhalm, Tränen liefen ihm über die Wangen voller Sommersprossen. »Dabei fahrt ihr doch die ganze Zeit auf dem Reisewagen. Da bräuchte ich euch gar nicht hinterherhinken wie sonst.«

Was sollte sie nur sagen? »Mit dem ganzen Brautschatz ist kein Platz mehr.« Mira wollte ihm die Tränen abwischen, damit sie nicht selber anfing zu heulen.

»Stimmt nicht!«, sagte Jockel laut. »Ich habe es genau gesehen. Hannes hat schon fast alles aufgeladen. Da könnte ich allemal zwischen den Ballen hocken.«

»Schscht«, machte die Köchin Gundis müde von vorn. Sie schlief auch neben dem Herd, hinter der Bretterwand mit den ganzen Steingutformen.

»Aber wenn es der Herr doch nicht will«, flüsterte Mira ihrem Bruder zu.

»Gerhild will nicht, gib es ruhig zu.« Jockel streckte das schwächere Bein und rieb sich den Oberschenkel, der ihn manchmal schmerzte. »Wenn die nur gewollt hätte, säße ich mit auf dem Wagen. Ihr braucht bestimmt einen, der euch die Pferde tränkt. Das macht der Herr doch nie im Leben allein, so wie der um seine Mäntel affig Aufwand hält.«

»Sag das bloß nicht laut.« Es fehlte noch, dass Jockel schlecht über Helmprecht redete, dessen Brot er aß. Das würde ihm sogleich zugetragen. Knecht Hannes war nicht gut auf Jockel zu sprechen, weil sich ihr Bruder nicht jede schmutzige Arbeit im Stall aufhalsen ließ. Das war auch richtig, Hannes hatte ein Kreuz wie ein Schrank und konnte allemal beim Misten helfen.

»Aber wahr ist es doch«, flüsterte Jockel.

Gerhild war ihr Bruder gleichgültig, ein Knecht halt wie die sieben anderen. »Du hast ja recht«, versuchte Mira Jockel zu besänftigen. Es war schon viel, dass Gerhild sich mit ihr als Magd umgeben durfte. Wahrscheinlich lag es daran, dass Gerhilds Mutter vor drei Jahren verstorben war. Helmprecht war ja über Tag im Geschäft. In anderen Häusern achteten die Kaufmannsfrauen streng auf den Umgang ihrer Töchter. Nicht nur mit welchen Jünglingen sie nach der Sonntagsmesse sprachen, sondern auch mit welchen Freundinnen beim Nähen, beargwöhnten die Kaufmannsfrauen. Kaum eine hätte eine Magd in der guten Stube sitzen oder gar vom teuren Naschwerk kosten lassen.

»Aber was soll ich denn machen?«, seufzte Mira niedergedrückt.

»Hierbleiben. Bei mir.«

Er klang so kleinlaut, dass Mira das Herz wehtat: Nun durfte sie ihren Arm um Jockel legen. Aber wie hätte sie es ihm verschweigen können? »Wenn ich hierbleiben würde, wäre der Herr so zornig, dass wir mit Schimpf und Schande auf die Gasse gejagt würden. Mehr Geld als für zwei Tage Essen habe ich nicht. Dann müssten wir zurück ins Armenhaus. Willst du das?«

Das war die schlimmste Zeit in ihrem Leben gewesen, als Jockel drei und sie sieben war. Mutter war von Monat zu Monat schweigsamer geworden, die sie hatte als Aushilfe an den Säurebottichen bei Gerbersleuten schuften müssen. Ihr Vater hatte ihnen nur Schulden hinterlassen. Und dann hatte Mutter die Auszehrung getroffen.

»Ich will nie wieder sauren Brei essen müssen«, flüsterte Jockel.

»Dann füge dich lieber dem Willen unseres Herrn, bis ich wiederkomme. Versprich mir das.«

Jockel zog im Halbdunkel die Nase hoch. »Ja, aber der Alte ist doch mit euch in Venedig.«

Manchmal war er einfach noch ein Kind. »Das gilt natürlich auch für das, was Mechthild oder der Hannes von dir verlangen. Du weißt doch, dass beide in seiner Abwesenheit hier übers Gesinde befehlen.«

Jockel fasste ihre Hand. »Kommst du auch wirklich wieder?«, fragte er ganz leise.

Sie streichelte über sein struppiges Haar und wusste jetzt schon, dass sie den Geruch nach Pferdestall, der immer davon ausging, schon morgen vermissen würde, wenn sie in irgendeiner Herberge nächtigte. »Ich komme wieder, versprochen«, sagte Mira mit einem Kloß im Hals. Sie hoffte es bei allen Heiligen. Venedig war so unwirklich weit. Wie sollte sie je die Fährnisse einer Rückfahrt ohne Gerhilds Unterstützung bestehen?

»Wann? Bis Weihnachten?« Jockel setzte sich auf. »Franz hat gesagt, bis zum Winter sei der Herr wieder da, bis dahin müssten wir den Stall geweißelt haben.«

Bevor Gerhild nicht ihre Hochzeit gefeiert hatte, durfte Mira wohl kaum ihren Zofendienst aufgeben. Und der freudige Tag stand noch nicht genau fest. Mira ließ ihren Bruder lieber in dem Glauben, dass sie Weihnachten zurück sein könnte. »Du musst aber auch noch hier sein, wenn ich wiederkomme.«

»Ja«, sagte Jockel nur gedehnt. »Ich mach ja immer, was meine große Schwester will.«

Schürzenbalg hänselten ihn die anderen, wenn sie nicht allzu grob mit ihm umsprangen. Es gab oft schlimmere Worte für seinen schiefen Gang.

»Dafür wirst du nun Wache halten müssen.« Mira streckte sich lang nach hinten aus und klappte an einem der Körbe den Deckel auf.

»Du nimmst es nicht mit?« Jockel saß im Schneidersitz.

Die Freude wollte sie ihm lassen. »Was, wenn ich es auf der Fahrt verliere? Dann hat keiner von uns beiden etwas davon.« Mira holte das mit Brandmarken und den gedrechselten Füßen verzierte Lindenholzkästchen aus dem Korb, wo sie es unter ihrer Unterwäsche verborgen hatte. »Verwahr du die Sachen sicher für uns beide.«

Mit den Daumen schob Jockel den Deckel hoch. Auch wenn sie es im schwachen Mondlicht kaum sehen konnten, wussten sie beide wie schön es war. Ein in feinsten Strichen gemalter dünner Mann entstieg einem Grabe, dessen Steindeckel zur Seite geschoben war. Hand und Blick grüßten Jesu, der im blauen Rock an der Grube stand und den Zeigefinger mahnend hob.

»Ich gebe drauf Acht, bestimmt«, sagte Jockel.

»Die Eltern werden sich freuen.« Das Bild des heiligen Lazarus hatte ihre Mutter bei der Versteigerung des Hausrates als Einziges retten können, weil sie es zur Hochzeit bekommen hatte. Eine Blechschmiedsfrau war von ihren bitteren Tränen so gedauert gewesen, dass sie es Mutter am Steigertisch zurück über die Schranke gereicht hatte. *So wie Lazarus wirst du auferstehen.* Diese würdig gesprochenen Worte der dicken Schmiedsfrau hatte Mira als Siebenjährige gehört und niemals vergessen, auch nicht den tonlosen Dank ihrer Mutter, die das Bild ergriffen, an den Busen gedrückt und bis zur Nacht nicht mehr davon gelassen hatte.

Mira rührte noch an den Holzlöffel, den sie selbst in ihrer Kinderhand versteckt hatte, als die Schuldeneintreiber alles hinaus auf die Gasse getragen hatten. Das Kästchen hatte Mutter Jockel mit einem Stückchen Bast auf den Rücken unter die Jacke gebunden. Das war alles, was ihnen von ihrem stolzen Haus und Hof geblieben war.

»Nimmst du die Körbe mit?«, fragte Jockel.

»Ich lass sie dir. Tausche meine Kleider für neue für dich ein, wenn es kalt wird. Du bist aus den Hosen ja schon halb wieder herausgewachsen.« Mira nahm das Lindenholzkästchen an sich und drückte es an ihr Herz. »Aber lass dir von Gundis beim Schachern helfen, sonst hauen sie dich auf der Judengasse übers Ohr.«

»Gar nicht«, sagte Jockel. »Ich kann auch schon handeln.«

Mira hoffte es. Sonst würde er es jetzt lernen müssen.

»Ist jetzt bald Ruhe dahinten?«, brummelte Gundis vom Herd her.

Mira legte die Finger an ihre Lippen. »Mit Gundis darfst du es dir nicht verscherzen. Sie ist wenigstens ehrlich mit dir«, wisperte sie und drückte Jockel ein wenig zur Seite und auf den Rücken. »Und nun schlaf. Morgen haben wir noch Zeit genug.«

Es raschelte ein wenig im Strohsack, als sie sich streckten. Hie und da knackte es im Herd, bald hörte Mira Jockel im Schlaf ein wenig schnaufen.

Auf dem Strohlager schwirrten Mira die zerrissenen Erinnerungen an ihre Kindheit durch den Geist, Mutters hohlwangiges Gesicht und die schwärenden Leiber im Armenhaus, Goldkelche aus Venedig … Gerhilds Lachen über einen Tintenklecks … Fußtritte. Knarrten die Stufen? Mira schlug die Augen auf. Im Mondlicht war alles still in der Küche. Nur hinten bei Mechthilds Kammer knackten die Dielen. Die Besorgerin schlüpfte schon wieder zum Helmprecht hinauf. Keiner glaubte, dass der Seidenhändler sie je zur zweiten Frau machen würde, auch wenn sie sich hier unten beinahe schon so benahm. Mechthild mochte Jockel nicht, er war ihr zu langsam. Aber was konnte ihr Bruder schon dafür, dass vom vielen Hunger sein Bein ein wenig kürzer gewachsen und vom schlechten Brot auch ein wenig lahm geworden war? Mira wurden die Lider wieder schwer. Sie würde schon einen Weg finden, ihn zu schützen, selbst noch vom fernen Süden aus … Wie es dort wohl war … im Land der Feigen?

3

Mira saß auf der hinteren Sitzbank des Reisewagens und ließ die Beine baumeln. Schon am dritten Tag hatte Helmprecht hinter Heilbronn den unscheinbar verpackten Brautschatz umgeräumt, damit sie zur Abwechslung hinten sitzen und unter der großen Plane hinausschauen konnten. Zehn Tage schon waren sie unterwegs. Nun hatten sie die hohen Berge Graubündens erreicht. Mira genoss den weiten Blick hinunter ins Oberhalbstein-Tal. Dunkelgrüner Wald säumte die Hänge. Bestellte Felder gab es kaum noch, nur wenige Bauern wohnten so weit oben im Gebirge. Sie deutete nach Tiefencastel. »Dort unten hat dein Vater gestern den Zoll entrichtet.«

Gerhild aß von den süßen blutroten Kirschen, die sie in Chur gekauft hatten, und hielt ihr eine Handvoll hin. »Zoll, Zoll, in jedem Tal ist einer.« Sie spuckte einen Kern auf den steinigen Weg, über den ihr guter Kumpicht sie hinaufzog. »Vater seufzt jedes Mal tiefer, wenn er wieder einen seiner Münzbeutel geleert hat.«

Mira betrachtete die weißen Bergspitzen. »Ich hätte nie gedacht, dass Felsen so hoch und kahl sein können.«

»Vater sagt, wir steigen noch so hoch, wo kein Wald mehr wächst.«

Mittlerweile glaubte Mira das. So viele Landschaften hatte sie in den Tagen schon gesehen, seit sie von Frankfurt nach Süden zockelten. In Rottweil hatten sie ein wenig länger Rast gemacht, weil ihrem Pferd Kumpicht der Vorderhuf neu beschlagen werden musste.

»Vater will unbedingt ganz schnell über den Splügen-Pass. Er sagt, im September wechselt das Wetter hier so schnell, dass wir sogar in Schnee stecken bleiben können.« Gerhild drückte ihren Busen noch weiter vor ins Licht. »Kaum zu glauben, wo doch die Sonne so herrlich warm streichelt.« Sie spuckte wieder einen Kirschkern aus. »Hast du überhaupt Wolldecken eingepackt?«

Wenn Mira darauf warten würde, bis Gerhild das Notwendige einfiele, wären sie längst nicht so gut gefahren. »Dein Vater hat Mechthild alles für die Reise aufgetragen. Und die mir.«

»Die Vettel bist du jetzt los.« Gerhild reckte den Kopf, lugte über die aufgetürmten Ballen vor zum Kutschbock, wo Helmprecht gerade aus einem Lederschlauch trank. »Und ich auch. Ich habe die dürre Mechthild nie gemocht. Vater heiratet sie nie und nimmer, da mag sie buhlen wie sie will.« Gerhild spuckte gleich zwei Kerne auf den ausgefahrenen Weg.

Still schaukelten sie eine Weile vor sich hin. Von den Seiten rückten Felsvorsprünge eng an die Spur, schon spitzten Sträucher herbstgelb dazwischen hervor. Ein Rinnsal sprang über die Felsen hinab ins Tal und feuchtete für ein kurzes Stück die Erde unter den Rädern an. Mira folgte mit dem Blick dem Wasser hinunter bis zum nächsten Vorsprung. Sie seufzte, als sie wieder an Frankfurt dachte. Jockel kam gewiss nicht mit Mechthild zurecht. Die Besorgerin war oft schroff und erklärte nicht, gab Befehle wie *Das Herbstgut muss weg* im Vorbeigehen. Wenn die Mägde es dann nicht begriffen hatten, tobte Mechthild am Abend, warum die vertrockneten Ästchen der Hausrebe nicht geschnitten worden waren.

»Denkst du wieder an Jockel?«, fragte Gerhild und betrachtete den Lederschlauch mit dem Quellwasser, den sie am Morgen noch bei der Herberge im Tal gefüllt hatten. »Wasser auf Kirschen soll man eigentlich nicht trinken.« Sie seufzte auch und legte den Schlauch zurück zum Brot in den großen Korb.

»Heimweh ist schlimmer als Bauchweh.« Mira lächelte schwach.

»Lass uns nicht von Frankfurt reden, sonst schimpft mich Vater wieder, wenn ich weine.« Gerhild blickte wieder zu den Gipfeln. »Aber ich glaube, er hat auch manchmal ein bisschen Sehnsucht nach seinem eigenen Bett.« Sie kicherte auf einmal. »Aber bestimmt nicht nach der dürren Mechthild.«

Ein Stein sprang von den Felsen herab, zwei, drei, viele. Mira schaute hoch. »Da kommen Leute.«

Gerhild flocht an ihrem Zopf. »Ach was. Hier oben rieselt doch allenthalben etwas vom Hang. Hast du schon vergessen, wie uns vorgestern der vertrocknete Strauch erschreckt hat, den der Wind unserm Kumpicht unter die Hufe geweht hat?«

Die Steine sprangen, wieder drei, vier, fünf. Große und runde Steine polterten heran.

Der Wagen zog plötzlich nach einem Peitschenschlag an, als ob sie durch ein ebenes Bruch führen und nicht über einen engen Weg zwischen Felsen.

»Vater gibt die Peitsche?«, fragte Gerhild.

»Duckt euch im Wagen und seid still! Wäre ich doch nur im Tross verblieben, ich Hundsfott«, fluchte Helmprecht und drosch auf Kumpicht ein.

Gerhild stieg über die Ballen auf der Ladefläche nach vorn. Mira kroch in den Wagen zurück. Sie hatte nicht verstanden, wieso ihr Herr die fünf anderen Kaufherren aus Überlingen und Konstanz, mit denen sie seit dem Bodensee zusammen durchs Land zogen, in aller Frühe zurückgelassen hatte. Sie fasste Gerhild bei den Schultern, zusammen kauerten sie sich zwischen die Ballen und Körbe. »Das ist kein Steinrutsch«, sagte Mira.

Gerhild biss sich in die Faust. »Du meinst ...« Ihr entfuhr ein Aufschrei, weil der Wagen ruckelnd zum Stehen kam.

Mira wollte Gerhild mit dem Arm schützen, da waren sie schon umringt. Vier Kerle grölten, zwei vor und zwei hinter ihrem Wagen. Zerrissenes Lumpenpack: Mira konnte kaum erkennen wie alt die vier Männer waren, so verwittert waren ihre Gesichter. Die braunen Joppen starrten vor Schmutz.

»*Groans tengut*«, grölten sie in einer Mira unbekannten Sprache.

Helmprecht richtete sich am Bock auf, schwang die Peitsche und schrie: »Nehmt das, ihr Raubsgesindel!« Ein erster Hieb traf den Anführer am Ohr, dass Blut spritzte. Die zwei Kerle hinter dem Wagen brüllten und erklommen das erste Außenbrett.

Gerhild schrie, doch Mira zögerte nicht, sie griff in den Essenskorb und warf dem nächsten, der schon mit faulen Zahnstümpfen lachte und nach ihrer Hüfte langte, eine Handvoll Salz ins Gesicht.

»Wehre dich«, rief sie Gerhild zu.

Mira trat nach der Schulter des Räubers, der sich fluchend das Salz aus den Augen wischte und zurücktaumelte, sodass er vom Wagenbrett auf den Weg stürzte. Mira wühlte zwischen den Ballen. Wo um Himmels willen war die Reitgerte bloß hin? Sie tastete zwischen den Körben, bekam den Griff zu fassen und zerrte an dem Leder.

Gerade noch rechtzeitig brachte sie die Gerte zum Vorschein. Sie zog sie dem zweiten Kerl quer übers Gesicht, dass der sich überrascht die aufgeplatzte Wangen hielt und vor Schmerz und Wut schrie.

»Tritt ihn, Gerhild!« Mira wusste, dass sie nicht nachlassen durfte, wenn Männer erst einmal im Rückzug waren. Das hatten sie die Nächte im Armenasyl gelehrt. Die Krallen ausfahren wie tollwütige Katzen mussten sie. Mira holte aus und zog dem Kerl die Gerte über die andere Wange.

»Und das und noch eine.« Vorn hörten sie Helmprecht mit der Peitsche knallen.

»*Retratta!*« Die Männer wichen zwar zurück, schlichen aber zur Seite, wo Mira sie vom Wagen aus nicht sehen konnte.

»Sie haben etwas vor!«, brüllte sie.

Gerhild ließ das Salzsäckchen fallen, ihr Gesicht war vom Schrecken verquollen und bleich. Sie stotterte etwas und kroch über die Ballen nach vorn zum Kutschbock.

Helmprecht hielt sich am Stützbogen der Plane fest. Er holte in weiten Bögen mit der Peitsche aus. »Verschwindet, Gesindel!«

Es knallte wie auf Stein, raue Schreie verbündeten sich. Kumpicht wieherte voll Angst, als der Wagen langsam kippte.

»O Gott.« Der Boden hob sich schon, die Ballen rutschten, Gerhild vor ihr fand keinen Halt an der Plane, sie glitt mit dem Fuß aus, der Wagen stürzte um.

Eine Holzkiste stieß Mira hart an die Brust, Gerhild kreischte wie am Spieß.

Ein Sirren und Sausen. Ein Pfeil, noch einer schwirrten vorbei. Wieder hörte Mira das Geräusch, deutlich zwischen dem Rumpeln der kippenden Räder und dem gequälten Pferdeschrei. Ein Pfeil durchschlug die Plane knapp über Gerhilds Kopf, die wie eine zerrissene Puppe zwischen der zum Himmel ragenden Deichsel und dem quergestellten Kutschbock hing. Blut lief über ihr schönes Gesicht.

»Haut endlich ab, Räuberpack«, schrie da eine heisere Männerstimme.

Mira schöpfte Hoffnung. Das war nicht Helmprechts, die Stimme klang viel jünger. Sie stemmte mit aller Kraft eine schwere Holzkiste von ihrem Fuß. Sie musste Gerhild helfen, deren Kopf schlaff von der Schulter hing.

Wieder surrten Pfeile. Die Flüche und das Brüllen der Räuber vermischten sich zu einem Getöse, das in der Hölle nicht lauter hätte sein können. Mira wand sich unter einem Ballen vor, schaffte es fast bis zu Gerhild.

Ein tiefer Ton erklang, Mira hatte solch ein Brummen noch nie gehört, tiefer als jedes Jagdhorn, dass die Gäste je in Helmprechts Hof geblasen hatten. Noch einmal tönte es kurz, dann lang.

Dann war alles still.

»Das Pack läuft davon«, rief die heisere Männerstimme. »Leute, seid ihr verletzt?«

Mira kämpfte sich bis zur Deichsel vor. Gerhilds Fuß war von einer Tresse eingefangen und arg verdreht worden. Er war gebrochen, die Querstange der Aufhängung hatte Gerhilds Leib erwischt, ihr grünes Kleid aufgerissen und über den Bauch geritzt. Wie tief, vermochte Mira nicht zu erkennen. Das Blut rann heftig. »Herr, kommt schnell. Eure Tochter …«

Aber Helmprechts Schädel glänzte schon vor ihr. Auch ihm rann Blut über die Wangen, aber nur aus einem Ritzer über der Braue. »O Gott. Mein Kind, mein Kind!« Seine Finger nestelten an der Ledertresse um Gerhilds Fuß.

»Nehmt das Eisen, sonst bekommt ihr das Bein nicht frei.« Ein hellhaariger Mann streckte ihnen ein scharfes, kurzes Messer entgegen, wie es die Jäger zum Ausweiden nutzten. Doch seinen Arm kleidete schwarzes Leinen, das wies ihn als Kirchenmann aus. In seinen graublauen Augen stand Entschlossenheit. »Nehmt das Messer, Herr. Befreit sie schnell, sonst bricht ihr noch das Genick vom eigenen Gewicht.« Er fasste zu. Seine Haare waren schweißverklebt, rund war der Kopf, aber schlank der Hals. Er mochte wohl fünf Jahre älter sein als Mira, vielleicht fünfundzwanzig.

Helmprecht jammerte kaum Verständliches und sägte wie besessen an den Ledertressen der Deichsel.

»Ihr seid der Pfeilschütze«, sagte Mira. »Helft mir, nehmt die Herrin an den Hüften, wenn ich sie unter den Armen packe.«

Er nickte nur. Ein zarter Flaum schimmerte hell auf seinen Handrücken, als er Gerhild sacht anhob und hielt, bis Helmprecht endlich das Leder entzweigebracht hatte.

»Legen wir sie erst auf den Weg. Hier im Wagen ist alles schief«, sagte der Kirchenmann. Seine Stimme war nicht mehr heiser und aufgeregt, sondern klar wie bei einem Cantor. Vielleicht sang er sogar in einer Kirche.

»Wartet, die linke Hand ist noch nicht frei.« Mira biss einfach in den Strick, der Gerhilds Unterarm gefangen hielt, spannte ihn mit den Zähnen. Da blitzte schon das Messer in Helmprechts Hand, die Fasern sprangen auseinander.

Zu dritt trugen sie Gerhild auf das Gras vor den Wagen. Sie stöhnte dumpf. »Sie ist ohnmächtig«, sagte Mira voller Mitleid.

»Ihr Fuß ist gebrochen und hier, die tiefe Wunde, ums Haar hätte es ihr die Lunge zerrissen«, sagte der Mann.

Helmprecht krümmte sich auf den Knien und flehte mit gefalteten Händen: »O Herr, lass meine Tochter nicht sterben.«

Mira stieg auf die schräge Deichsel, angelte nach dem Korb mit dem Trinkschlauch. »Gebt ihr zu trinken, Herr. Das streckt das Blut.«

Helmprecht nahm ohne ein Wort den Schlauch und träufelte Gerhild Wasser in den halb offenen Mund. »Mein Gott, sie schluckt nicht.«

Mira rührte den Mann neben ihr am Arm. Er war einen Kopf größer als sie, der Blick aus den blaugrauen Augen war auf die ohnmächtige Gerhild gerichtet. »Suchen wir Hilfe«, sagte Mira.

Er wandte sich ihr zu. »Aber bis hinunter ins Tal dauert es zu Fuß Stunden«, sagte er ganz leise.

Tiefes Mitleid legte seine Stirn in Falten. »Wir gehen bergauf.« Mira deutete den Weg entlang. »Hier herum sind Wiesen gemäht worden. Also muss oben irgendwo ein Hof zu finden sein.«

Helmprecht nickte nur. Er raffte eine Tasche auf, die unweit des Pferdes lag. »Wir schirren Kumpicht später aus. Jeder Augenblick ist zu kostbar.« Er kniete sich neben Gerhild, wollte sie aufnehmen.

»Wartet. Ich bin Ludomar, Gesandter des Erzbischofs von Mainz.«

»Helmprecht, Seidenhändler zu Frankfurt«, keuchte ihr Herr schnell.

»Lasst mich Euch helfen, Herr. Nehmt mein Pferd.«

»Das lahmt doch.«

Es setzte den linken Vorderhuf nicht recht auf, der Lauf war verletzt und blutete.

»Auch das noch«, flüsterte der Kirchenmann. »Dieses verdammte Pack!«

»Zaudert nicht länger«, sagte Mira, weil Gerhilds Zunge seltsam aus dem Mund hing.

Helmprecht wies mit einem Kopfschütteln den Mann ab und ließ nur geschehen, dass sie ihm halfen, Gerhild auf seine Arme zu legen. »Nehmt meine Tasche«, presste er hervor.

Der Kirchenmann bückte sich.

Den Berg hinan schmerzte Miras rechter Fuß bei jedem Auftreten mehr. Sie biss die Zähne zusammen. Als Ludomar sich zu ihr umdrehte, streifte sie ein mitfühlender Blick, in dem noch etwas anderes lag. Eine Freude sie anzusehen, da war sich Mira sicher, eine nicht ganz keusche Freude, aber doch nicht aufdringlich. »Darf ich dich stützen?«, fragte er.

Die klare Stimme klang in Mira wie eine Verheißung. Und kaum dass sie seine warme, feste Schulter unter ihrer Hand spürte, fühlte Mira neue Kraft.

Helmprecht hatte nur Augen für seine Tochter. Sie bogen um die nächsten Felsen am Wegesrand. Hier waren ebenfalls runde Wurfsteine länger schon im Moos verrollt.

»Die Räuber lauern hier öfter«, sagte Ludomar.

Miras Augen folgten einem Rinnsal, das sich den Weg durchs Gras bahnte. Wegwarte, Himmelsschlüssel … »Da oben ist das Gehöft.« Sie wusste es einfach.

Ludomar zog die Brauen zusammen, sodass sich seine blaugrauen Augen ganz verdunkelten.

Hinter der nächsten Wegbiegung sahen sie Rauch aufsteigen. Ein dünnes Fähnlein nur, hoch droben hinter Hügeln. Aber der dichte Wald wurde licht, auf einer Wiese sprangen Geißen umher und fraßen.

Helmprecht schritt gleich aus, als wäre er aus Eisen und ein gewaltiger Magnetstein dort oben zöge ihn an.

»Ich kann nicht so schnell«, sagte Mira, als Ludomar ebenfalls den Schritt beschleunigte.

»Doch«, sagte er fast wie ein Schelm beim Tanz. Er hob sie schon an der Hüfte an. Ehe sie sich hätte wehren können, lag sie vor seiner Brust auf seinen Armen und hielt sich am Gurt von Helmprechts Tasche fest.

Der Blick ihres Trägers galt nur dem Weg nach oben. Doch der ihre galt seinem Gesicht, das so entschlossen war, wie auch dem schönen Mund, den ein heller Flaum an der Oberlippe zierte. »Ich habe Euch noch gar nicht für unsere Rettung gedankt.«

Er lächelte nicht. »Ob wir gerettet sind, wissen wir erst, wenn da oben nicht das Nest ist, aus dem die Räuber gekrochen sind.«

4

So also mochte sich ein Raubritter fühlen, wenn er reiche Beute in seine Burg schleppte. Ludomar mühte sich, dass seine Augen auf die karge Wiese gerichtet blieben. Wie gern hätte er mit dem Blick das schlichte Mägdegewand durchdrungen, fühlte er doch mit jedem Schritt, den er den Berg hinantat und der ihm seine süße Last mal hier, mal da gegen das Wams drückte, ihre herrlich straffen Rundungen. Kein spitzer Hüftknochen, keine dürren Rippen schmiegten sich an ihn.

Ein Käfer krabbelte auf seiner Wange. Der kam wie gerufen. Ludomar verkniff sich ein Lächeln, beugte den Kopf eng zu ihrer Schulter hin und rieb einfach das Tierchen mit einem Schwenk von der Wange, und atmete dabei tief ein. Er schloss die Augen, so erfasste ihr Duft seine Sinne …

Dabei hatte er seinem Erzbischof geschworen, dem Drängen seiner Lenden nie mehr unbedacht zu folgen. Kaum hielt er einen Frauenleib im Arm, war's aus mit seinen Vorsätzen, Enthaltsamkeit zu üben, damit ihn der Erzbischof bald zum Priester weihen könnte.

»Da ist ein Weg.« Sie zeigte zu einem Pfad in der Wiese, der wie mit kleinen Steinchen bestreut wirkte. »Da könnte ich vielleicht selber laufen.«

»Nein, ich trag dich das Stück noch, das geht schneller.« Und die Last ihres Gewichts strafte ihn auch für sein Gelüst, diesen festen Frauenkörper zu umfangen. Ludomar hatte es dem Erzbischof von Mainz versprochen, als dessen Gnade und Einfluss ihn davor bewahrt hatte, seines Doktorgrads aus Erfurt schändlich verlustig zu gehen und der ihn gnädig in seine Dienste genommen hatte. Was hatte Ludomar auch aus Stolz in einen Ehrenhändel mit dem Erfurter Dekan geraten müssen, den er nur verlieren konnte?

Er hörte Zugvögel schreien. Drüben über der hohen Bergwand hallte es wider, wo der dunkelgrüne Wald endete und es auf dem blanken Fels wie von Gräsern braun schimmerte.

»Ihr schaut so grimmig. Bin ich Euch doch zu schwer?«

»O nein.« Es fiel ihm schwer, dem Liebreiz dieser Stimme zu widerstehen.

»Seht die Bretter über dem Bach. Sogar einen Handlauf hat man gezimmert«, sagte sie. »Hier wohnen gute Menschen.«

Ludomar ging immer leichter auf dem Pfad, der wie von vielen Füßen ganz festgetreten schien. Sie kreuzten einen Bach, der wenig Wasser führte. Hohl klangen seine Schritte auf den Bohlen.

»Die Stange leitet eher die Tiere, so niedrig wie sie gesetzt ist«, keuchte er. Ihm brach nun doch der Schweiß aus. Der Pfad führte steil um einen großen Felsbrocken. Helmprecht war schon dahinter verschwunden.

»Dahinter steht das Gehöft«, seufzte die Magd auf seinen Armen.

Und tatsächlich ... Ludomar traute seinen Augen kaum. Hatte er eine schlichte, niedrige Hütte erwartet, fand er sich nun vor drei aus grauen Feldsteinen gemauerten Hofhäusern. Uralte, mit weißen Steinen beschwerte Schindeln deckten die niedrigen Gebäude. Im linken hörte er Geißen meckern, vor dem rechten verriet ein alter Mühlstein den Kornspeicher, ein paar Halme und ein Rechen zeugten vom bereits eingefahrenen Winterheu in der Scheuer.

Vor dem größeren Haus in der Mitte stand eine alte Frau im groben braunen Wollkleid der Bergbäuerinnen. Ihr graues aufgebundenes Haar saß im Sonnenlicht wie eine Kugel auf ihrem Hinterkopf. Sie wartete mit vor der blauen Schürze verschränkten Händen, grobe Fellschuhe lugten unter dem Saum hervor.

Ludomar erschrak. Die Frau mit dem wettergegerbten Gesicht stand, Haar wie Haltung, genau gleich, *zweimal* dort vor der offenen Tür des Hauses. In der vollkommene Stille schien sogar der Rauch aus dem Kamin in der Luft wie erfroren.

»Sie haben uns erwartet.« Die Magd schaute ihn aus ihren honigbraunen Augen an. »Was ist? Habt Ihr noch nie alte Zwillinge gesehen?«

»Meine Tochter …«, stammelte Helmprecht. »Ihre Wunde … Helft uns, das Blut zu stillen.«

Die linke der beiden Alten wies mit dem rechten Arm zur Tür, die rechte mit dem linken, wie zwei Messdiener vor der Kapelle an Karfreitag.

»Trage deine Tochter hinein und lege sie vor dem Herd auf das Stroh …«, sagte die eine, die beiden Alten tauschten einen Blick, »… aber mit den Füßen zum Feuer«, ergänzte dann die andere.

Ludomar überlief ein Frösteln beim Klang ihrer mädchenhaften Stimmen, so klar und heiter fast, als wären die alten Frauen noch jünger als die Magd neben ihm.

Helmprecht zuckte ebenso zusammen und wandte den Kopf zu Ludomar her. Schweiß lief ihm über das vom Gram verquollene Gesicht. In seinem Blick flackerte eine Furcht vor den Bäuerinnen, die mit Verzweiflung rang.

Die Magd hinkte schon auf ihren Herrn zu. »Ich helfe Euch, Gerhild zu entkleiden und zu waschen.«

»Das besorgen wir …«, die beiden Alten nickten wie eine, »… aber ihr könnt euch drinnen ausruhen.«

Helmprecht schritt vorsichtig zur Tür und beugte den Kopf unter dem niedrigen Sturz, seine Magd folgte ihm. Die beiden Alten wandten sich gleichzeitig um und folgten.

»Was ist mit den Räubern? Sollte ich nicht besser Wache halten?«, rief Ludomar.

»Die wagen es nicht …«, die Bäuerinnen drehten sich nicht einmal zu ihm um, »… uns zu stören.«

»Seit wann schert sich das Räuberpack um irgendwas, wenn es Beute wittert.« Ludomar zögerte, einen Schritt ins Haus zu setzen.

»Auch die bringen Branca ihr zerrissenes Fleisch …«, die beiden weißgrauen Haarkugeln auf den Hinterköpfen tauchten nebeneinander unter dem Türsturz weg, »… und Nera ihr gebrochenes Bein.«

Die alten Bäuerinnen waren ins Haus verschwunden. Hoch über der steilen Felswand hinter dem Gehöft stauten sich graue Wolken auf. Im Tal zeichnete die Sonne noch letzte Flecken auf den Wald und die spärlichen Felder. Kein Windhauch wehte, und doch drehte sich der weiße Rauch über dem Kamin wie in wildem Tanz. Ludomar fröstelte. Welche Kraft hatte diesen Bann um das Gehöft gelegt, dass es so still war wie in einer leeren Kirche?

»So lasst sie doch machen, Herr, ich bitte Euch.«

Hätte Ludomar nicht von drinnen die liebliche Stimme der Magd beschwichtigen hören, er hätte sich nicht in das Haus getraut. Er legte die Hand auf die Brust, wo unter seiner Kleidung das kleine goldene Kreuz mit der grauen Perle des Gesandten ruhte, das ihm der Erzbischof von Mainz als Zeichen seines Auftrags geschenkt hatte.

Ludomar beugte sich unter dem Türsturz hindurch.

Den niedrigen Wohnraum füllte eine große Esse zur Hälfte aus. Es roch nach Rosmarin. Über den mit bunten Kacheln geschmückten Herdsteinen dampfte es aus vielen Töpfen und Tiegeln. Es zischelte, ein Deckel klapperte leise. Ludomar roch Räucherholz wie für Bündner Fleisch. Die Schmalseiten säumten Gerätschaften, Zuber, Spinnrad, Hecheln, ihm gegenüber stand ein Schaff voller Honigtiegel. Von der Decke hingen getrocknete Kräuter in zahllosen Büscheln.

»Setz dich …«, murmelte die eine Alte, »… aber nicht zu nahe«, die andere.

Ludomar hockte sich vor ein Fensterchen an den Tisch hinter Helmprecht. Der verfolgte mit bangem Blick, wie die beiden Alten mit seiner Tochter auf dem Strohlager fuhrwerkten. »So hilf ihnen doch, Mira.« Er stieß seine Magd, die vor seinen Knien auf dem gestampften Boden kauerte.

»Sie soll sitzen bleiben wie ihr alle …«, zischte das eine alte Weib, »… stört uns nicht«, das andere. Ludomar hätte nicht sagen können, wann welche der beiden sprach. Das linke, das gerade der Gerhild das Wams grob aufriss, oder das rechte, das ihr den Gürtel aufband.

Die eine zog eine flache Kiste voller Tiegelchen aus einem Winkel heran, die andere tauchte einen weißen Lappen in ein kleines Fass. Der stechende Geruch von Weingeist zog um Ludomars Nase.

»Gib ihr vom Morgentau, Branca.« Knochige Finger träufelten Gerhild etwas in den Mund. »Lege du ihr das Tuch auf, Nera.«

Die Rechte ließ einen weißen Lappen auseinanderfallen und senkte ihn hinab auf Gerhilds Gesicht.

»Du erstickst sie!« Helmprecht sprang auf.

Doch seine Magd Mira hielt ihn am Rockschoß fest. »Es riecht wie der Äther, den Euch Gundis gegen Schmerzen vom Augustiner-Kloster geholt hat. Erinnert Euch.«

Helmprecht sank zurück auf den Hocker, schnaufte. Wasser stand in seinen Augen. »Herrgott, hilf«, flüsterte er.

Branca beugte sich tief über die Wunde. »Das Fleisch ist schon blass …«

»… so bleibt uns kaum Zeit. Nur das aqua eterna kann …«

»… noch helfen dem Kind.« Nera sprang auf, über Miras

Beine hinweg, am Spinnrad vorbei, schlüpfte sie durch die niedrige Tür an der Stirnwand in den nächsten Raum.

Ludomar hörte ein Schleifen wie von schwerem Steingut auf gestampftem Boden.

Helmprecht rang die Hände über seinem zerrissenen Kaufmannsmantel. »So sprecht doch, ich flehe euch an, wird sie …«

»Schweig!« Branca blickte den Vater durchdringend an. Eine Strähne hing ihr aus dem Haarknoten.

Ludomar hatte noch nie solch Augen bei Menschen gesehen, gelbbraun waren sie wie bei einem Tier. Nera zog eine bauchige Flasche durch die Tür, in der eine grünlich-wässrige Flüssigkeit schwappte. »Schnell. Der Gevatter schleicht schon ums Haus!«

Branca half ihrer Schwester. Sie trugen die bauchige Flasche herbei, zogen den Stopfen heraus. Süßlicher Duft nach schwerem Honig, in dem ein salziger Muschelgeruch gründelte, überströmte alles andere.

Sie hoben den Flaschenhals über die Wunde. »Mach dich nützlich, junges Ding …«, Nera wies mit dem Kinn zu einer Ecke. »Fang das überschießende Aqua mit den Lumpen dort auf. Wring es alsdann in den Zuber vorm Herd aus.«

Mira tat wie geheißen, stieß dabei an Ludomars Fuß, als sie sich beeilte.

Dann ließen die Alten das aqua eterna in dünnem Strahl auf den Wundrand fließen.

Ein gurgelnder Schrei entrang sich Gerhilds Kehle, rot schäumend schoss das Aqua aus ihrer langen Wunde an den Rippen zu Boden, wo Mira wischte, wischte und wrang.

Ludomar krallte die Hände um die Bank, auf der er saß. Die arme Kaufmannstochter warf den Kopf hin und her, ihr Leib zuckte wie von einem bösen Dämon besessen. Dann lagen ihre schlanken Glieder auf einmal schlaff.

»Gerhild!«, schrie Helmprecht.

»Schweig! Schweige er!«, zischten die Schwestern. »Sie ist ohnmächtig …«

»… nutzen wir die Zeit!«

Branca strich sorgsam die Wunde mit Salbe ein. Nera fischte mit zwei Holzstäben fast durchscheinend dünne Bänder aus einem stechend riechenden Sud.

»Männer, kümmert Euch um den Wagen und die Pferde.« Neras Stimme war mädchenhaft hell, aber streng wie der einer Gehorsam gewohnten Bäuerin.

Helmprecht hob den Kopf. »Ihr meint, die Räuber haben noch nicht alles weggeschleppt?«

»Habt Ihr das Horn nicht gehört? Ihr Anführer bläst es. Sie sind ins Tal hinab, andere Leute ins Unglück stürzen.«

Helmprecht blickte auf seine Taschen, sein Wams, die schwer atmende Gerhild. »Werdet Ihr mir helfen, Kirchenmann? Allein vermag ich den Wagen nicht zu drehen.«

Ludomar war froh, dass er dem Anblick der Schwerverletzten entkam. »So lasst uns das Licht nutzen, in den Bergen fällt die Sonne schnell hinter die Gipfel.«

»Nicht am Sonnenbühl.« Branca setzte sich auf einen Hocker und griff einfach nach dem geschwollenen Fuß Miras. Die biss sich auf die Lippen vor Schmerz und ließ es geschehen.

»Kommt«, sagte Helmprecht und erhob sich. Er konnte dabei kaum den Blick von seiner ohnmächtigen Tochter reißen.

Nera rührte in einem Topf. »Führt die Pferde in den Stall. Neben den Geißen findet Ihr einen Sack Hafer.«

Vor dem Haus wischte sich der Kaufmann über die schweißnasse Stirn. »Flaschen mit Weingeist, Säcke mit Hafer … Wer schleppt das Zeug diesen alten Weibern hier herauf?« Er wies zu einem kleinen Seitengebäude. »Wer füllt ihnen den Speicher mit Korn? Die beiden bestellen doch allein kein Feld.« Dabei zog er den gerissenen Mantel enger um sich.

Ludomar folgte über den ausgetretenen Pfad. »Sind sie Euch auch nicht geheuer?«

Helmprecht wandte sich auf dem Absatz um, sodass Ludomar an ihn prallte und er den Angstschweiß roch. »Nennt keinen der verrufenen Namen!« Er packte ihn am schwarzen Wams. »Für mein Kind – hört Ihr? – ist mir jede Hilfe recht.« Er blickte zum Himmel und dann auf die Erde zu seinen Füßen. »Gleich woher sie kommt.« Er ließ Ludomar los. »Ich habe auf meinen Reisen gelernt, besser wenig zu fragen.«

Ludomar verzieh dem verzweifelten Vater die Frechheit, dass er ihn am Leib gepackt hatte, und verzichtete darauf, ihn an die Gnade Gottes zu gemahnen, wie es sein Erzbischof gewiss getan hätte. Oder vielleicht auch nicht, hätte der Erzbischof die tiefe Wunde des Mädchens selbst gesehen.

Hinab ging es schneller als hinauf. Der Wagen lag noch immer halb gekippt auf dem Weg, das arme Ross scharrte mit den Hufen, als sie herankamen. Ludomars eigenes Pferd stand daneben, es setzte den verletzten Huf schon wieder fest ab. Sein Lauf war verkrustet. Ludomar war froh, dass es nicht schlimmer stand.

Helmprechts Ross konnte sich in dem Geschirr kaum vorwärts oder rückwärts rühren. Ludomar ging um den Wagen herum. Er bückte sich und betrachtete den Radstand. »Mir scheint, wenn wir zu zweit die Deichsel etwas zurückziehen, Ihr Euer Ross am Zügel führt und ich von hinten am Brett Gegengewicht gebe, dann zieht uns das Pferd den Wagen hoch.«

»Bricht dann nicht das vordere Rad?« Helmprecht kniete sich neben Ludomar auf einen Ballen und schaute unter den Wagenboden.

»Der Eisenreifen ist dick genug, Euer Wagner hat nicht gespart, sechzehn statt zwölf Speichen machen das Rad stark genug«, sagte Ludomar.

Helmprecht musterte ihn. »Ihr sprecht wie vom Fach. Seid Ihr doch kein Kirchenmann?«

»Doch, doch. Aber mein Vater war Verwalter auf einer der Bischofsburgen am Main. Da lernt man als Knabe vielerlei Handwerk zu bewerten, wenn man dem Vater beim Rundgang folgt.«

»Ihr dient jetzt dem Erzbischof von Mainz? Manch rote Robe, in der Ihr ihn bei Amtsgeschäften gesehen habt, ist von Stoff, den ich gebracht habe.« Händlerstolz leuchtete in den Augen des Kaufmanns, was den Gram für eine Weile aus dem Gesicht trieb. »Sagt, wenn Ihr dürft, was ist Euer Ziel drunten im Welschland?«, fragte er.

Der Erzbischof hatte Ludomar eingeschärft, sich mit allen Dingen bedeckt zu halten. Die Welschen hatten ihre Spione überall. Doch der geschundene Kaufherr dauerte ihn sehr. »Nach Venedig.« Ludomar verschwieg aber, dass er mit niemandem anderem als dem mächtigen Ercole Strato in geheime Verhandlungen treten sollte. Denn der Erzbischof suchte für das schwache Reich dringend Bundesgenossen, weil es von Frankreich bedroht wurde.

Helmprecht schlug die Faust an die Deichsel. »Nun lass es uns mit dem Wagen nach Eurem Plan versuchen.«

Er entwirrte noch die Ledergurte des Pferdegeschirrs. Angesichts des angetrockneten Bluts seiner Tochter erstarrte er, ermahnte sich dann und packte zu.

Sie drückten die Deichsel herum, und das Ross trippelte mit, als verstünde es die Absicht.

»Ich hänge mich an das hintere Aufschlagbrett«, sagte Ludomar.

»Nehmt dabei aber eine Elle Abstand zum Rand, dort ist der erste Sparren, dann bricht das Brett nicht unter Eurem Gewicht heraus.«

Ludomar sprang am Wagen hoch und hielt sich fest wie als

Knabe beim Klettern in den Bäumen unterhalb der Bischofsburg.

»Hüh!«, hörte er Helmprecht. Das Ross zog an, der Wagen knirschte im Holz. Es ruckte, dann kippte er über das sich drehende Hinterrad zurück. Ludomar ließ los und zog seinen Fuß noch rechtzeitig weg. Ein kurzes Stück weiter zügelte der Kaufmann schon das Pferd. »Brr. – Werft nur einfach alles auf den Wagen, ich räume es morgen zurecht.« Helmprecht bückte sich nach der ersten Kiste.

Ludomar fand einen umgestürzten Korb, ein paar Wäschestücke waren herausgefallen. Der schlichte braune Überrock musste der Magd Mira gehören. Ludomar kniete sich und hob die Sachen zurück in den Korb. Ein paar Bögen Papier lagen dort und ein Rötelstift. Seit wann schrieben Mägde Briefe?

Lieber Jockel, damit Du nicht allzu traurig bist, werde ich Dir …

Weiter konnte Ludomar nicht lesen, weil das Papier umgeknickt war und der Kaufmann einen schweren Holzkasten über die Steine heranzerrte.

»Wartet, ich fasse mit an.« Vielleicht war es besser, Miras Geheimnis vor ihrem Herrn zu bewahren. Die Magd war viel zu hübsch, als dass Ludomar es sich mit ihr verscherzen wollte.

5

Sie saßen schweigend am Tisch beisammen. Mira kratzte mit dem Holzlöffel den letzten Gerstenauflauf aus dem Steingut. Sie schämte sich für ihre Gier, aber sie hatte seit dem frühen Morgen nichts gegessen.

Der gefüllte Magen beruhigte sie langsam. Was hatte sie für ein Glück im Unglück gehabt, dass dieser Ludomar ein solch geschickter Bogenschütze war. Was die dreckigen Räuber mit Gerhild und ihr gemacht hätten, mochte Mira sich lieber nicht ausmalen. Und hätte der Himmel sie nicht zu diesen beiden alten kräuterkundigen Frauen geführt, Gerhild wäre längst verblutet. Die eine Alte, die sich Branca nannte, rührte unaufhörlich in den Tiegeln, tröpfelte eben wieder etwas aus einem kleinen Fläschchen in einen Sud. Die andere schäumte ein grünes Pulver in einer Metallpfanne in duftendem Rosmarinöl auf. Die knochigen Hände der beiden Frauen ruhten nie. Branca hatte nebenbei sogar diesen herrlich krautig-salzig schmeckenden Auflauf gebacken. Dabei hatte sie Blättchen von den gleichen getrockneten Sträußen gezupft wie für den Sud, den Branca und Nera gerade Gerhild verabreichten.

Zu fragen hatte ihr Herr in den Stunden, die sie hier schon verharrten, längst aufgegeben. Die beiden Alten schwiegen zu allem, was sie taten. Vor ein paar Stunden hatte Nera ihr den Fuß mit einem Tuch voller nasser Blätter eingebunden. *Ist nur verstaucht, morgen ist es damit gut.* Mehr hatte sie nicht gemurmelt.

Ludomar schenkte Mira ein Lächeln, wie jedes Mal, wenn sich ihre Blicke kreuzten. Einen Botschafter des Erzbischofs von

Mainz hatte sie sich älter vorgestellt. Er war schön anzusehen, hatte diese Augen wie oft bei den Menschen aus den bayerischen Landen, von der Farbe, die sich zwischen grau und blau nicht entscheiden konnte. Auch sein helles Haupthaar schien unentschlossen, ob es sich nun heftig wellen oder sanft um den breiten Kopf fallen sollte.

Plötzlich stöhnte Gerhild auf dem Lager, warf ihr Haupt wild hin und her. Helmprecht erhob sich halb und sackte aber vor der gebieterischen Hand zurück. »Solange sie sich regt und stöhnt, wächst die Hoffnung …«

»… dass sie das Wundfieber nicht verbrennt«, sagten Branca und Nera einmal mehr wie aus einem Munde.

Ludomars Blick wanderte zwischen den so gleichen furchigen Gesichtern hin und her. Mira konnte immer noch nicht recht unterscheiden konnte, welche der beiden Schwestern gerade sprach.

»Möge Gott das verhüten, habt Dank«, murmelte Helmprecht auf den Hocker. Nur das feine Unterkleid aus Leinen hatten sie Gerhild gelassen. Wieder rieb Branca mit einem groben Lappen ihre Waden und Hände ab.

»Die Haut glüht noch zu sehr für die Nacht …«

»… die wird arg kalt bei diesem Mond.« Nera stellte drei Tiegel zurück in den flachen Kasten und erhob sich. Die knochigen Finger vor der blauen Schürze verschlungen, nickte sie Mira, Ludomar und Helmprecht einmal zu. »Ihr könnt hier nichts tun, geht schlafen.«

»Ich weiche nicht von meinem Kind.« Helmprechts Stimme war fest.

»Deine Qual hilft ihr nicht, Mann.« Die Köpfe mit den weißgrauen Kugeln wiegten sich auf den Schultern. »Doch wenn ihre Qual zu sehen dir hilft, dann bleibe.«

Helmprecht sackte noch tiefer am uralten Tisch zusammen.

»Für euch beide ist hier keine Luft …«

»… die seine Tochter zum Atmen braucht.« Nera duckte sich vor der niedrigen Tür der Rückwand.

»Nehmt das.« Sie warf etwas durch die Luft. Mira schrak zusammen, etwas Kaltes landete auf ihren Knien. Doch es war nur eine zusammengerollte Wolldecke.

»Sucht euch einen Platz im Stall«, sagte Branca.

Ludomar war schon aufgestanden. »Komm, über dem Vieh wird es schon nicht so schlimm werden.« Er nahm seinen Umhang auf, den er auf einem der Hocker abgelegt hatte.

Kälte war es nicht, die Mira besorgte, sie hatte mehr als einmal in ihrem Leben bitterlich gefroren. Doch wollte sie lieber Wache an der Lagerstatt halten, auf der Gerhild so kämpfte. Wie eben jetzt, wo sie ihr Haupt auf dem Betttuch herumgeworfen hatte. Branca tupfte ihre rosig glühende Stirn ab, während Nera einen Kesseldeckel hob und Gerhild mit der andern Hand den Dunst zuwedelte.

»Geht, ihr habt doch gehört, was die … was die beiden gesagt haben. Geht.« Helmprecht hielt sich an der Tischkante fest. Seine Glatze streifte einen der von der Decke hängenden Zöpfe von Knoblauchzwiebeln.

Ludomar zog am Riegel der uralten Tür. Mira raffte ihren Umhang um die Schultern.

Feuchtkalter Wind trieb vertrocknetes Geäst über den steinigen Vorplatz als ob eine tote, dürre Hand darüberfegte. Dann schlug die Tür hinter ihnen zu, und der Lichtschein der vielen Talglämpchen verschwand. Mira hielt sich in der tiefen Nacht hinter Ludomars breitem Rücken und presste die gerollte Decke an sich.

Er deutete hoch zu den dicht gepackten Wolken, die das Mondlicht fast ganz verschlangen. »Seltsam, dass bei solch einem Wind die Wolken nicht treiben.«

Über dem Gehöft jedoch waren die Wolken eingerissen wie ein mürbes Stück schwarzgrauer Tierhaut in einem Löscheimer.

»Grad über diesem Gehöft zeigt sich der Himmel, als wollten die Sterne zu deiner Herrin herabsteigen. Das ist bestimmt ein gutes Omen«, sagte Ludomar.

»Möget Ihr recht haben.« Mira hatte in den letzten Stunden stumm für ihre Freundin gebetet. Mit ihrem ganzen Herzen wünschte sie, dass das Gebräu helfen möchte, das die alten Zwillinge Gerhild einflößten. Viele Schoppen Flüssigkeit waren es bestimmt. Ob sie das verlorene Blut ausgleichen konnten? Mira vermochte ihre wirren Gedanken kaum zu ordnen. Die Juden schlachteten so ihre Tiere, in dem sie die Adern öffneten. Und deswegen müssten sie wenig leiden, behauptete die Rahel, die zuweilen zu ihnen in die Frankfurter Küche gekommen war und süße Wecken in Milch getaucht hatte. Aber Gerhild litt, dessen war Mira gewiss. Zweimal hatte sie sogar geschrien, bevor sie Branca wieder mit dem streng riechenden Dunst benebelt hatte.

»Hier herein!« Ludomar hielt Mira die Stalltür auf.

»Seht Ihr etwas?« So deutlich ihre Nase den Geruch von Kuh, ein paar Schweinen und vielen Geißen wahrnahm, so wenig vermochte sie mit den Augen erkennen.

»Wartet.«

Ein weiches Wolltuch streifte ihre Wange. Da schimmerte ein Talglicht vor Ludomar auf. »Ich habe das Licht in der leeren Essschale geborgen.« Er hob es vorsichtig über seinen Kopf und leuchtete den Stall aus. Hinter einem Gitter aus dünnen Ästen meckerten die Geißen, eine Lücke zur Wand hin führte wohl zur Kuh weiter hinten im Stall. »Hier können wir nicht bleiben.« Mira deutete nach rechts. »Leuchtet hier hin.« Sie hatte richtig gesehen. »Eine Leiter, der Stall ist recht hoch. Oben liegt bestimmt das Futterheu zum Trocknen, das die Alten den Tieren von dort hinunterwerfen.«

Ludomar stieg voran.

»Gib Obacht, ob nicht ein Rechen im Heu liegt«, warnte Mira.

Die Leiter knarrte unter ihrem Gewicht, doch oben fand sich tatsächlich Heu auf den groben Brettern, allerdings nicht allzu viel. Die Gebirgswiesen gaben wohl nicht so viel her wie die Wiesen um Frankfurt.

»Es flackert, hier zieht es zu sehr.«

Mira sah kaum, wohin sie ihren Fuß setzte. Sie hielt sich an Ludomars Oberarm fest. Schritt für Schritt tasteten sie sich vor. »Dem Geruch nach sind unter uns die Schweine.«

Er lachte mit seiner klaren Stimme, die Mira so gefiel. »Und dem warmem Dunst nach steht da mehr als nur eine Kuh.«

Das Talglicht beruhigte sich erst im hintersten Winkel vor den Feldsteinen der Wand. Mira raffte schnell das Heu zusammen. »Eine dicke Unterlage wird es nicht. Warum habt Ihr Eure Pferdedecke nicht von Eurem Ross geholt?« Ihr fiel es erst jetzt auf.

»Weil daran so viel Blut klebt. Wann hätte ich sie waschen können? Lieber friere ich, als in dem Blut deiner Herrin zu liegen.«

Mira schauderte von dem Gedanken mehr noch als von der Kälte im Stall.

»Wickele dich in die Decke der Alten, mein Mantel wird mir schon genügen.« Ludomar kniete sich auf das Heu und prüfte es. Dann streckte er sich aus und zog seinen Umhang über die Beine. »Was ist?«, fragte er und dabei flackerte das Talglicht.

Mira verstand nicht recht, warum sie zögerte. Ihr war, als strömte etwas in sie ein. Nicht der heftige Windstoß, der eisig durch die Ritzen des Daches drang, auch nicht die Kälte unter ihren Stiefelsohlen. Etwas Leichtes, Sachtes umhüllte sie wie ein Rieseln heißen Sands auf ihrer Haut.

»Du frierst«, sagte er. »Ich sehe es doch.«

Mira wischte das Gefühl fort. Auf einmal war sie nur noch müde von dem schrecklichen Tag. »Ich weiß nur nicht, ob ich besser vor Euch liegen soll oder hinter Euch zur Wand hin«, sagte sie matt. Hinter Ludomar wäre es kälter, sie aber sicherer vor seinen Händen, wenn er sie auf Reisen schicken würde, wie noch alle jungen Männer, mit denen sie sich im Stroh gefunden hatte. Die von der Kirche waren auch nicht anders und gaben oft wenig auf die Enthaltsamkeit. Das hatte Mira oft genug gehört. Und die hatten das sogar getan, obwohl noch zig andere Leute drumherum geschlafen hatten. Hier aber war Mira allein.

Ludomar fühlte mit seiner Hand auf die Halme hinter ihm. »Hier streift kalt die Luft vom Dach her.« Er berührte die Halme vor sich. »Hier ist's besser. Mein Leib schirmt den Zug ein wenig ab.«

Mira zögerte, aber frieren war keine Lösung. Sie rollte die Wolldecke aus und merkte, dass sie zweifach gelegt war. Der dünne Stoff war aus Ziegenwolle gewebt.

Wieder stieß ein kalter Wind heftig durch die Ritzen. Mira brachte es nicht fertig, eigensüchtig wie eine Hohe Frau die Decke wieder einzufalten und in zweifacher Lage nur um sich zu wickeln. »Das Tuch reicht, uns beide zu umhüllen.«

Ludomar stellte das Talglicht gegen die Steinwand. »Lassen wir es ausbrennen, ein wenig Licht tut wohl.« Dann ergriff er sein Ende der Decke.

Sie streckte sich neben ihn aus. Die dünne Geißenhaardecke war unerwartet weich und wärmte sofort, wie auch immer die alten Frauen solch einen feinen Stoff woben. Gegen ihren Willen seufzte Mira.

»Was hast du? Schmerzt dich dein Fuß?«, fragte Ludomar besorgt.

Mira fühlte wieder dieses seltsame Strömen, diesen sachten Hauch. »Es ist nichts. Es tut nur gut, endlich ein wenig auszuruhen.«

»Du warst so mutig«, flüsterte Ludomar. »Wie du die Gerte geführt und den Feiglingen Angst gemacht hast.«

Plötzlich war ihr, als verebbte das sachte Strömen, als verginge das seltsam sandige Rieseln auf ihrer Haut. Von jetzt auf gleich verlor sie alle Kraft. »Ja«, sagte sie nur. Mira mochte nicht mehr an den schrecklichen Überfall denken. Sie mochte sich nicht mehr wehren müssen.

»Endlich war es einmal zu etwas gut, dass mich mein Vater jahrein, jahraus mit den Wachschützen der Burg hat üben lassen.«

»Hm …«, brummte Mira. Sie war zu müde, als dass sie wirklich wissen wollte, welche Burg des Erzbischof es denn gewesen war. Gern hörte sie weiter einfach diese klare Stimme, froh, dass sie einen warmen Körper in ihrem Rücken spürte, weil ein kalter Hauch über ihr Gesicht zog. Das Talglicht flackerte.

»Auf der anderen Rheinseite vor Mainz war mein Vater Verwalter. Heute diene ich selbst dem Erzbischof.« Er lachte leise hinter ihr. »Aber du hast den Schlaf mehr verdient als meine Prahlereien.«

Das Licht verlosch mit einem letzten Aufflackern. Tiefes Dunkel umfing sie, in dem der Wind heftig an den Dachschindeln riss.

Die Schrecknisse des Tages stiegen wieder in Mira auf, die wutverzerrten Gesichter des Raubsgesindels. Ihr wurden die Glieder schwer vom Grauen, dass sie hatte Menschen schlagen müssen und sich zornig wehren wie nie zuvor in ihrem Leben. Wieder stand vor ihr, wie die Deichsel Gerhilds Seite aufgerissen, ihr Blut gespritzt hatte. »Möge Gerhild überleben. O Herr im Himmel.« Warum musste ihre Herrin so leiden, wo sie doch nichts tat, als der Familie zu gehorchen? Tränen flossen Mira über das Gesicht, und sie ließ es zu. Ein Schluchzer schüttelte sie. »Wäre ich doch nur zu Hause.« Dann läge sie im Stroh hinter dem kleinen Herd, hörte sie nur ihr Brüderchen sich im Traume auf dem Lager drehen statt diesen grausigen Wind.

Ludomar rollte näher und rührte sie sacht an der Schulter. »Du sorgst dich wohl sehr um deine Herrin?«

»Gerhild war immer gut zu mir.« Mira wünschte sich das seltsame Rieseln zurück, das so viel freundlicher als die Erschöpfung gewesen war. »Sie darf nicht sterben.« Sie weinte einfach, auch wenn die Tränen Gerhild nicht helfen konnten.

Ludomars Arm schob sich langsam über ihre Hüfte. Sein Leib schmiegte sich an sie. »Ist schon gut.« Er wiegte sie. »Die alten Frauen werden sie retten.«

Etwas blitzte in ihr auf, dass sie nicht fassen konnte, wie ein verglühender roter Funke. Ein schreckliches Grollen drang von überall her. Mira erfasste eine Furcht, die sie schüttelte. Alles um sie herum schien sich zu verflüssigen, nichts gab mehr Halt, alles war nur noch kalt und unendlich tief. Mira schlug um sich.

»Ist ja gut«, flüsterte Ludomar.

Dann war da wieder etwas Festes, Sicheres, warme Haut. Sie bekam Ludomars Hände vor ihrem Bauch zu fassen, fand ihren Atem wieder, hörte wieder mehr als nur dieses schreckliche Grollen wie von unterirdischen Ungeheuern. »Was ist das nur für ein unheimlicher Ort.«

»Vergiss das gute Omen nicht, das Licht des Mondes und der Sterne gleich über dem Haus«, raunte Ludomar ihr ins Ohr.

»Der Mond ist nicht immer gut, und die Sterndeuter erzählen allzeit jeder etwas anderes. Gebt Ihr ihnen viel, so ist alles gut, gebt Ihr …« Miras Herz schlug schnell.

»Aber wir …« Seine Hand streichelte ihren Bauch durch ihre Kleider hindurch, seine Daumen streiften ihre Brust am Bündchen. »Wir haben die wirklichen Sterne gesehen, keine Karten oder aufgemalten Tand.«

Mira spürte seine Nasenspitze ganz zart an ihrem Nacken reiben, fühlte seine warmen Hände auf ihrem Bauch. Lange schon hatte sich keines Jünglings Hand mehr so weit verirrt, seit der rote Durchfall ihren Hans so schnell hinweggerafft hatte. Nur ihm hatte sie so manches von dem gewährt, was alle immer gleich erreichen wollten. Doch Mira fand die Kraft nicht, Ludomars sanfte Hände abzuwehren, wie sonst.

»Habe keine Angst. Ich bin bei dir.« Ludomars Arme ruhten

auf ihrem Leib, seine Knie in ihren Kniekehlen, nur seine Nase rieb ihr Haar und seine Lippen küssten zart ihren Hals hinterm Ohr.

Und als sie begriff, dass darauf nicht mehr folgte, dass sie Ludomar zwar ganz als Mann spürte, aber er sich keinen Weg durch den Stoff bahnen wollte, dass er sie nicht weiter bedrängte, sondern sie einfach über dem schwarzen Abgrund der Angst hielt, da fasste sie seine Hand und führte sie zu ihren Lippen. Sie küsste die rauen Knöchel, als ihr sein sanftes Wiegen den Schlaf schenkte.

Ludomar hörte den Wind an den Schindeln zerren und durch die Spalten im Gebälk pfeifen, wie er ihn warnend rief. Doch lauter noch waren die süßen Stimmen, die in seinem Blut sangen, seit er Miras schlanken Leib umfangen hatte. Hitzte er sonst schnell und heftig auf bei prächtigen Hüften, gierte er im Badehaus sonst jäh, sich des ziehenden Drucks seiner Lenden rasch zu entledigen, so ganz anders lag er hinter Mira. Er war erfüllt von einer leicht, aber rasend schwingenden Erregung, die er unendlich genoss, so wie sie war.

Selbst sein Leib, sein Becken, seine Arme, die die schluchzende Mira eben noch in den Schlaf gewiegt hatten, vermieden jede weitere Regung, als ob davon ein Sturzbach der Begierde ausgelöst werden könnte, der ihn fortreißen würde mitsamt seinen guten Vorsätzen.

Was würde der Erzbischof sagen, wenn er ihn so liegen sähe, halb lästerlich eine Magd umschlingend, die Rute drückend in der Hose. Ludomar rückte ein winziges bisschen ab, und bedauerte es schon gleich. Wäre sie doch nur keine Magd! Wie treulich sie sich um die Herrin sorgte. Hatte er sich nicht insgeheim nach einem Weib mit solch einer Seele gesehnt?

Ludomar drehte sich auf den Rücken und stierte ins Dunkel. Blind war er, aber nicht taub für das warnende Raunen des

Windes, der den Stall umtoste. Er wollte Priester werden. Er musste stark bleiben, geschworen hatte er es dem Erzbischof. War er solch ein Wicht, dass er seinen Mentor so schnell verriet? Morgen würde er in der Heiligen Schrift lesen.

Ludomar hörte neben sich den unruhigen Atem Miras. Was durfte er überhaupt von all dem glauben, das hier auf diesem unwirklichen Gehöft geschah? Noch im Morgengrauen würde er sein Pferd satteln und seinem Auftrag folgen. Er würde den Erzbischof von Mainz nicht enttäuschen.

Vielleicht offenbarte man ihm schon drunten im Tal, dass er alten Berghexen in die Fänge geraten war. Zwillinge, hatte die Magd gesagt, o ja, gewiss. Ludomar rieb sich im Dunkeln über die Augen. Er hatte solche Geschwister schon auf Märkten mit Gänsen handeln sehen oder mit gedrechseltem Holz. Aber niemals sahen alte Zwillinge so vollkommen gleich aus, regten sie sich so gleich wie Possenspieler im Takt, sprachen mit einer Stimme wie ein junges Mädchen. Überhaupt schienen die beiden manchmal seltsam jung zu lächeln, wenn sie bläuliche Essenzen in die Kessel träufelten. Ludomar hatte es vor dem Herd noch seiner Müdigkeit zugeschrieben, dass sich die Gesichter manchmal zu glätten schienen und jung glänzten.

Ein nicht gesprochener, verschluckter Laut an seiner Seite verriet, dass Mira ein Albtraum quälte. Sie wälzte sich mit einem leisen Stöhnen unter der Decke herum, ihr Arm lag sanft auf seinem Bauch, ihr Kopf suchte im Schlaf seine Schulter wie ein unschuldiges Kind es tat. Ihre Wärme tat ihm so wohl, wie auch das Singen in seinem Blut, das leiser zwar, aber doch süß wieder schwang. Ludomar rührte sich nicht. Wenn er nichts mit Mira tat, was er bereuen müsste, so konnte er das Morgengrauen sehen als Mann, der seinen Schwur nicht gebrochen hatte. Nur seine Hand, die würde er auf ihre legen.

Ludomar spürte noch, wie ihrer beider Atem ganz ruhig miteinander durch die sturmlaute Nacht ging.

6

Schon am frühen Morgen tauchte die Sonne die Wiesen in warmes Septemberlicht, kaum dass sie über die Berggrate stieg. Schnell wandelte sich unter ihren Strahlen die Kälte der Nacht in eine angenehme Frische auf der Haut, als Mira hinunter ins weite Tal sah. Im Himmelblau über den Bergen schwebte kein einziges Wölkchen. Mira schöpfte Hoffnung und bückte sich nach dem nächsten Korb vor dem Wagen.

Es war noch viel zu tun. In der Früh hatte sie das Rufen ihres Herrn geweckt, der damit die Geißen und Schweine aufgescheucht hatte. Bei dem ganzen Gequieke war Mira allein aus dem Heu gekrabbelt. Ludomar war schon aufgestanden. Er musste sich sehr behutsam aus der Decke geschält haben, bedacht, ihren Schlaf nicht zu stören. Hätte er doch nur! Mira packte den Korb mit Gerhilds Stoffschuhen an beiden Griffen. Ludomar hatte sie nur von den schweren Albträumen erlöst. Immerzu hatte sie in Bottichen voll kochenden Wassers oder Nesselblättersud gebadet, immerzu hatte es wie fiebrig über ihre Haut gerieselt.

»Packe die Körbe hinter die rotbraune Kiste. Die eckigen zur Seite, die beiden runden dazwischen, damit sie nicht wegrutschen.« Helmprecht stand breitbeinig auf der Ladefläche und stieß mit dem Fuß einen Kasten nach hinten.

So rot wie seine Lidränder waren, hatte er am Strohlager Gerhilds kein Auge zugetan. Mira hievte den Korb auf den Wagenrand. Vorhin hatte sie nicht gewagt zu fragen, so barsch wie er gerufen hatte. »Sagt Herr, wie geht es Gerhild?«

Er stierte sie an, sein Kinn zitterte. Schnell wandte er sein

Gesicht ab und hieb mit der Faust auf die Kiste. »Wenn ich nur wüsste, ob diese Hexen sie gerade umbringen oder ihr wirklich helfen.« Er schaute zu ihr her. »Blass wie ein Engel am Altar liegt sie da und regt sich nicht. Nur weil sie ab und an aus tiefem Schmerz stöhnt, weiß ich, dass sie noch atmet.« Er rieb sich mit dem Handrücken über die Augen. »Lass uns packen, Magd. Damit wenigstens der Wagen fertig ist. Sobald es nur irgend geht, schaffe ich Gerhild hinunter in die nächste Stadt. In Lecco finde ich einen guten Arzt.« Er stemmte eine kleine schwarze Kiste hoch.

Mira eilte sich und sammelte die kleineren Behältnisse vom steinigen Boden.

Rilla, Gerhilds Nachtigall, sprang in ihrem Käfig von Stange zu Stange. Mira konnte sich nicht erinnern, ob der Lieblingsvogel ihrer Herrin in der Nacht gesungen hatte. *Fliegen möchte ich können wie Rilla, du auch?* Es war noch gar nicht lange her, dass sie das im Garten zu Frankfurt am Birnbaum in einem Tagtraum geflüstert hatte.

»Den Vogel nehme ich zuletzt auf den Kutschbock. Lass ihn noch in der Sonne stehen. Bring mir die Ballen dort.«

Mira bückte sich, doch zwei starke Männerhände waren schneller. Ludomar hielt ihr schon den Ballen hin. »Ich hoffe, ich habe dich heute früh nicht geweckt«, sagte er leise. Frisch geschabt war sein Kinn. Sein Blick aus den so unentschieden blau wie grauen Augen streifte sie.

»Nein. Ihr seid wohl das Reisen mehr gewohnt.« Mira senkte lieber den Kopf, sonst schalt sie Helmprecht, dass Schöntun sich nicht geziemte. Ganz glatt gefiel ihr Ludomars Gesicht noch mehr.

»Geht es Eurer Tochter besser, da ich Euch hier räumen sehe?« Ludomar blinzelte in die Morgensonne. Er trat auf Helmprecht zu, der vom Wagen sprang. »Die Bäuerinnen haben mir nicht einmal geantwortet, als ich ihnen einen kleinen Dank für ihre

Gastfreundschaft und die Herberge hinterlassen wollte«, sagte Ludomar.

Mira hievte den nächsten Korb mit den Miedern auf das hohe Brett.

Helmprecht nestelte am Aufschlag seines Reisemantels. »Ich werde noch einige Nächte hier zubringen müssen, bis Gerhilds Wunde sich schließt.«

»Kommt schnell«, rief eine der Bergbäuerinnen von der Haustür her. Helmprechts Gesicht war wie versteinert. Er stürzte davon.

»Güte Gottes«, flüsterte Ludomar. »Ich muss leider weiter.« Er nestelte an seiner Brusttasche.

Mira hatte das Gefühl, als durchströme sie eine zusätzliche Kraft, als Ludomar sie berührte.

»Ihr könnt nur beten. Nimm diesen Rosenkranz. Er ist vom Erzbischof von Mainz gesegnet und wird helfen.«

Die kalten, aufgefädelten Röschen in ihrer Hand waren sehr fein aus rötlichem Holz geschnitten. »Warum verlasst Ihr uns gerade jetzt?«

Seine Augenfarbe wechselte ins tiefe Grau, er wich ihrem Blick aus. »Mein Ross ist gesattelt. Mein Auftrag drängt mich sehr.«

Er konnte kaum verbergen, dass er wohl ebenso erschrocken war wie sie. Die Sorge um Gerhild überströmte sie. »Ich muss ins Haus«, sagte Mira nur. Wie hätte sie dem Kirchenmann auch jetzt sagen können, dass sie so gern noch eine Nacht in seiner sicheren Nähe im Heu geschlafen hätte, dass sie sich mehr als vor den wilden Tieren davor fürchtete, allein in dem Stall liegen zu müssen, ohne ihn an ihrer Seite.

»Gott behüte dich«, rief ihr Ludomar nach.

Mira wandte im Gehen den Kopf zurück. Er hatte seinen Fuß schon im Steigbügel und schwang sich in einem Satz hoch auf sein Pferd. Warum dachte er nicht an die arme Gerhild?

Kurz winkte sie ihm noch, als er sein Ross am Zügel nahm und auf den Pfad hinunter ins Tal lenkte.

In der Stube erschrak sie. Branca und Nera hatten ihre zur Kugel gebundenen Haare gelöst, bis zu ihren Hüften wallten sie grauweiß und verbargen ihre Körper fast ganz. Die alten Zwillinge wachten auf den Herdsteinen hockend neben dem Haupt ihrer Herrin. Sie öffneten ihre Kittel. Wundersam feine Ketten rutschten an beiden Hälsen hervor. Mira hatte selbst in Frankfurt an den Hohen Frauen keine solchen Anhänger gesehen. Keine Ösen hakten sich ineinander, sondern es glänzte ein dicker Faden wie feinst gesponnener Bast, nur war er aus schierem Gold. Jeweils ein münzgroßer Stein ruhte in einer mehrzackigen goldenen Fassung. Branca legte ihren Rosenquarz in seiner von acht Spitzen wie ein Stern geformten goldenen Fassung auf Gerhilds Herz. Auf ihrer Stirn ruhte Neras großer Bergkristall in einer gleichen Fassung.

In der absoluten Stille hörte Mira nur Helmprechts verzweifeltes Schnaufen. »Kind, komm zu dir. O Herr, lass sie leben.« Er krallte die Hände in das Lakenende, barg sein Gesicht an den Füßen Gerhilds, seine Schultern erschauderten.

Mira trat heran und legte die Hände zum Gebet aneinander.

Die Zeit verschmolz mit dem Knistern der Glut im Herd.

Mit einem leisen Stöhnen schlug Gerhild die Augen auf. »Mir ist so … Vater, wo bist du?«

Helmprecht rutschte näher heran, fasste ihre Hand. »Kind, du lebst! Der Herr sei gepriesen. Du wirst wieder gesund.«

Mira erschrak über den Blick Brancas und Neras, der auf Helmprecht ruhte. Ihre Lider waren fast geschlossen, als schliefen sie. Und doch glitzerte es in ihren Augenwinkeln.

»Vater, du warst immer so gut zu mir«, hauchte Gerhild. »Sei auch fürderhin gut zu Mira.« Gerhild suchte Miras Blick.

Sie näherte sich und versuchte ein Lächeln auf ihre Lippen

zu zwingen, was ihr aber gründlich misslang. »Gerhild, schone dich«, sagte sie leise und kniete neben das Strohbett.

»Sorg für sie, bitte. Sie war mir lieb wie eine Schwester … und du, sei nicht traurig … denk an mich, wenn du unter den blühenden Bäumen unsere Lieder singst …« Ein Lächeln zog über das bleiche, schweißverklebte Gesicht Gerhilds. »Ach, was höre ich da so herrlich … so tausendstimmig wie Engelsklang …« Ein letztes Mal glühte ein Lebensfunke in ihren Augen, ihr Lächeln wurde weich, als sie die Lider schloss und ihr Kopf zur Seite sank.

»Gerhild! Nein!« Helmprecht sprang auf und schüttelte sie bei den Schultern.

Vergebens. Mira flossen die Tränen, bevor sie einen Halt fand. Sie ließ sich einfach auf das Strohlager sinken und hielt die noch warme Hand ihrer Freundin. Alles in ihr zerging in einem brennenden Gleißen. Warum starben alle, die sie liebte, schnell und unerwartet? Der Vater war verbrannt, die Mutter hatte die Auszehrung binnen eines Winters hinweggerafft. Noch gestern früh hatte Gerhild fröhlich auf dem Wagen gesungen. Es konnte doch nicht ihre Zuneigung sein, die alle von der Welt vertrieb.

Mira wischte sich die Tränen ab. So durfte sie nicht denken, so eigensüchtig. Aber sie fühlte es dennoch.

Gerhilds seliges Lächeln tröstete Mira ein wenig. So war es also wahr, dass man in eine bessere Welt überging, dass der Tod nichts Schreckliches hatte, wenn man einen reinen Weg auf Erden gegangen war.

»Gerhild, mein Kind«, flüsterte Helmprecht heiser.

Die Edelsteine auf Gerhilds Herz und Stirn waren verschwunden.

Da sprang der Kaufmann auf und zeigte auf die beiden alten Frauen. »Ihr seid schuld! Ihr habt sie umgebracht mit euren Suden, ihr Hexen.« Seine Augen quollen fast aus den Höhlen, er fuhr mit den Armen in der Luft herum. Seine Augen suchte nach etwas beim Lager, womit er die alten Frauen schlagen könnte. Er griff nach einer Kupferkelle auf dem Herd.

»Das wirst du …«, sagte Branca unerwartet langsam und Nera unerwartet laut, »… nicht tun.«

Mira wischte ihre Tränen weg. Der Blick der beiden Alten lag in völliger Ruhe auf dem Kaufmann, sie regten sich nicht einmal. Und Helmprecht verging der Zorn, schlaff ließ er die Kelle los, die zu Boden polterte. Er tastete sich neben Gerhild auf das Lager und weinte bitterlich.

Die alten Frauen rafften die gelösten Haare wieder hinter ihren Köpfen zusammen und drehten sie langsam auf zu einem Strang.

Mira kniete sich am Fußende und zog Ludomars Rosenkranz aus der Tasche ihres Kleides. Selbst der Segen des Erzbischofs von Mainz hatte nicht geholfen.

Als das Dämmerlicht die Küche erfasste, brach Branca das Schweigen. »Versorge die Tiere, Magd.«

Mira stieg über die Füße ihres Herrn hinweg, der die Fäuste aneinander gepresst, ohne Stimme die Lippen bewegte.

Nera reichte Helmprecht einen Zuber mit nach Lilien duftendem Wasser, darin lag ein kleiner Schwamm. »Waschen wir sie für ihre letzte Ruhestätte.«

Helmprecht zog die Schultern noch höher zu seinem Stiernacken und schrie schon: »Ihr fasst meine Tochter nicht mehr an mit euren Teufelsfingern.« Die Faust zur Decke gereckt, klagte er: »Was hat dir das Kind schon getan, dass du sie mit dem Tode strafen musst? Warum lässt du das zu, Gott?« Er hielt sich die Fäuste an die Schläfen. »Gibt es dich überhaupt?«

Mira wich vor dem lästerlichen Gram in seinen weit aufgerissenen Augen nach draußen.

Vor dem Gehöft im Schatten der steilen Felswand fröstelte es sie. Sie vermisste auf einmal Ludomars Arme, sie vermisste seine Zuwendung in der Nacht. Bedurfte seines Trosts jetzt noch mehr. Denn Gerhild war tot. Mira schlug die Hände vors Gesicht. Sie würden sie hier begraben müssen. Zu den hohen Feiertagen würde sie nicht einmal mehr an das Grab ihrer Freundin gehen können. Sie zog ihr Tuch enger um die Schultern. In der Dämmerung standen die Berge wie endlos hohe Mauern, als gäbe es gar kein Tal und keinen Weg mehr von hier fort.

7

Graue Wolken trieben über den diesigen Himmel, doch die Alm lag im Windschatten der hohen Felswand. Mira war froh, dass der Wind sie nur schwach umwehte, bei jedem Hieb mit der Hacke in den steinigen Grund.

»Noch eine Fußbreite«. Helmprecht schwitzte stark auf seiner Glatze und warf eine Schaufel voll Geröll auf den Haufen neben das Grab. Er hatte seinen Mantel gleich abgelegt, als er vor Stunden mit Mira den Geißenpfad hinaufgewandert war. »Zieh mit der Hacke die lange Wurzel da weg.«

»Gleich.« Jeder Hieb schmerzte in Miras Handgelenken. Es gab kaum Erde zwischen den Steinen. Dass vor der verwitterten Kapelle überhaupt ein wenig Gras wurzeln konnte, war verwunderlich. Sie lockerte mit der Hacke das Geröll weiter. Helmprecht hatte Branca und Nera fast nicht glauben mögen, dass es hier oben überhaupt geheiligten Grund gab. Irgendwann war er von Gerhilds Totenbett aufgestanden und hinausgegangen. Lange hatte er an den Wagen gestützt hinunter ins Tal gestiert.

Mira zog die lange Wurzel aus dem Geröll. Zu welchem Gewächs sie wohl gehörte, vielleicht zu dem kaum hundshohen Dornenbusch vor der Kapelle? Die groben Feldsteine waren in einem spitzen Bogen gemauert, kaum höher als Helmprecht umschlossen sie einen kleinen Raum, in dem vielleicht acht Menschen dicht aneinandergedrängt stehen konnten. Drinnen in der vertieften Nische waren die Farben so verblasst und abgeblättert, dass man den Heiligen gar nicht mehr erkennen konnte. Das Kreuz war darüber in den Fels der Rückwand gemeißelt. Kerzen gab es keine. Nur grausig kalt war es in der Kapelle.

»Steh nicht rum«, knurrte Helmprecht. »Hacke noch mal die vier Ecken tiefer.«

Mira drang beim letzten Schaufeln die Endgültigkeit des Todes in die Seele und hielt inne.

»Wird's bald?«

Sie zuckte zusammen. »Ja, Herr.« Sie hieb in die Ecken des Grabes. Gerhild fehlte ihr jetzt schon so sehr.

Helmprecht nahm seinen Mantel von den Stufen der Kapelle und schlüpfte hinein. »Trag du die Hacke zurück zu den beiden Alten, die Schaufel lass hier. Ich reite jetzt ins Tal und hole einen Priester.« Er wartete gar nicht erst auf Miras Nicken.

Mira hob die Hacke auf. Was für ein hoher Haufen Geröll für so ein kleines Grab. Der Wind wehte auf einmal stärker, erfasste ihren Rock. Luft. Und Meer. *Ich werde das Meer sehen.* Jeden Tag hatte Gerhild beim Packen davon geschwärmt. Und seit ihrer Abreise von Frankfurt jeden Tag hinzugefügt: *Und du auch.*

Hatte sie sich überhaupt aufs Meer gefreut? Mira war sich nicht mehr sicher. Ihren kleinen Bruder bald wieder in die Arme zu schließen, das wäre jede Stunde auf dem rüttelnden Reisewagen zurück wert. Ein Windstoß ließ ein wenig Aushub zurück in das Grab rutschen.

Mira fühlte, wie ihr die Scham mehr noch als der kalte Wind die Kehle abschnürte. Nur Gerhilds Tod verdankte sie die baldige Rückkehr. Es war nicht recht, sich hier am Grabe so eigensüchtig über den Abbruch der Reise zu freuen.

»Verzeih mir, Gerhild«, flüsterte sie, doch der Wind zerriss ihre Worte.

Mira lief mit der Hacke über der Schulter hinunter zum Gehöft, sprang über die von den Geißen ausgetretenen Furchen. Weiter oben am Fuße der Felswand weideten die Tiere. Ein Bock ruckte mit dem Gehörn. Mira vermeinte fast, dass sie seine gelben Augen sehen konnte.

An ein paar niedrigen Nadelbäumen eilte Mira vorbei. Nur zwei Windungen des Pfades noch.

»Wo willst du hin?«, rief eine Mädchenstimme aus der Ferne. Mira erschrak, ein Rieseln über den ganzen Körper überlief sie wieder wie schon in der Nacht im Stall mit Ludomar. Nicht heiß, nicht kalt, fast als krabbelten Tausende von Käferfüßchen über ihre Haut.

»Mira!« Rechts von ihr, auf der abgegrasten Alm hinter ein paar Felsbrocken, winkten Branca und Nera.

»Ich soll die Hacke zurückbringen«, rief sie.

»Lass sie liegen …«

»… komm und hilf!«, scholl es von den beiden zurück. Diesmal klangen die Stimmen wieder wie von alten Frauen. Aber von Ferne betrachtet schienen sich die beiden eher wie junge Frauen zu bewegen.

Branca und Nera standen an einem aus einem schweren Stamm gehauenen Waschtrog. Vom Berg herab führte eine hölzerne Rinne das Wasser heran. Es floss reichlich aus einem im Licht spiegelnden Quelltopf. Mira fühlte, wie sich das Rieseln auf ihrer Haut wandelte. Keine Käferfüßchen jagten mehr darüber, sondern feine Nadeln drückten sich hinein. Sie schüttelte sich.

Am Bottich erstarrte Mira vor den blutigen Schlieren im Wasser. »Gerhild!«

»Rein muss es doch werden«, sagte Branca streng und zog an Gerhilds Leiche, wobei ihre grauweiße Haarkugel tanzte.

Wasser rann aus dem Stoff zurück in den Trog, Mira spürte einen Sog, ihre Knie wurden weich, Gerhilds Leib wurde dünner und dünner, die Falten fielen ineinander, zusammen. »Es ist ja nur ihr Kleid …«, stammelte sie.

Branca ließ den Stoff ins Wasser zurück fallen. »Wir waschen das Blut im Marienbrunn aus.«

»Damit es nicht noch mehr Unheil anzieht.« Nera winkte ein wenig weiter vom Quelltopf her.

Mira konnte den Blick nicht vom wogenden Quellwasser wenden, das im spiegelnden Licht aufstieg, aus dem Topf überlief und in die Rinne rann. Als wäre es mehr Licht als Wasser. Mira hörte Branca die Kleider im Trog auf einem Raffelstein reiben, hörte die Quelle überlaut sprudeln. Sie rauschte nicht, sie strömte nicht, sie quoll auf wie ein Donnerhall, der von fern heranrollte. Mit jedem Atemzug hörte Mira lauter das hell zirpende Wasser heraufsteigen, wie ein Lachen von Hunderten fröhlicher, winziger Kinder.

Im Quelltopf wallte das klare Wasser als wäre es flüssiges Licht. Es zog Miras Blick immer tiefer hinein. Kein Grund, kein dunkler Stein fasste den ergiebigen Strom, immer heller nur wurde das gespiegelte Licht. Mira blinzelte, so blendete es sie. Immer stärker umhüllte sie das fröhliche Zirpen des Wassers, wurde laut und lauter, Licht umspülte Mira unter den Wolken, wie konnte das sein? Mira sank auf die Knie, öffnete die Hände, strecke sie dem quellenden Licht entgegen, das zu ihr wollte, tauchte die Hände ein. Da netzte sie ein Gleißen; über und über strömte es über sie …

… ein Glühen, der Schürhaken im kleinen Frankfurter Herd fährt durch die weiße Glut. Eine Frauenhand mit abgekauten Fingernägeln packt das Eisen. Mechthild! Hager und herrisch, das rote Lederband auf den Faltenrock gegürtet, reckt sie das Kinn und schwingt den glühenden Haken vor den Herdkacheln durch die Luft. »Du wirst jetzt die Jauchegrube ausheben, du nichtsnutziger Fresser!« Mechthild stößt in die Ecke, in der sie sonst schlafen. Jockel kauert sich in den hintersten Winkel. »Ich war's nicht, ich schwör's.« Er duckt sich vor dem Eisen. »Nicht ich!«

»Ich werde dich Mores lehren!«

Jockel schreit schon. »Bitte nicht.« Der glühende Schürhaken saust herab, streift das fleckige Hemd über seiner Brust. Der Stoff versengt, reißt …

Mira schrie auf. Jockel durfte nichts geschehen. Sie wollte hinzustürzen, ihm helfen, doch fand sie keinen Halt, ihr Fuß tauchte in weiches Licht, ihr Griff nach den rettenden Armen ging fehl.

Mira spürte mit einem Mal wieder ihren Leib, der so schwer war, dass sie kaum Atem fand. Sie nahm den Umriss der Bergwand wahr, doch flirrte das wässrige Licht schon wieder heller. Schon hob die Lichtwoge sie wieder an, drehte sie in einen Wirbel …

… der sie durchs Tal fegt, weit über das Dorf hinaus, über eine Schlucht und einen Bergkamm hinweg, in ein Tal mit einem Hain von Apfelbäumen. Rotgoldene Bäckchen glänzen, umsäumt von alten Mauern, eine Glocke läutet, Nonnen singen einen Chor, schon ist sie weiter, fegt über ein Waldstück zu einer Brücke über einen reißenden Bergbach, wo die Hufe eines Pferdes dumpf auf den Bohlen aufschlagen. Ein schwarzer Mantel, der hohe Kragen ist schon verschwitzt. Dem Mann sitzt ein Reithut auf dem runden Kopf. Helle Locken lugen darunter hervor, ein rosiges Ohr. Die eine kräftige Hand hält einen Zügel, die andere tätschelt dem Ross die Mähne. Eine Wade steckte in einem Stiefel mit grünem Ledersaum wie ihn Ludomar getragen hat …

Ludomar. Sehnsucht mischte sich in das Licht, machte es dünner. Seine Arme hatten ihr solchen Trost gespendet. »Ludomar!« Ihr Ruf zerriss das Licht, das erlosch.

Auf einmal lag Mira sehr hart, aber wo nur? Waren diese bergenden Arme wirklich die Brancas und Neras oder nur Geäst von einem Baum? Mira vermochte sich kaum zu rühren. Schmerz zerrte in den Gliedern, wie die knorrigen Äste an ihr. Die wollten von ihr Besitz ergreifen, von ihrem Leib. »Was geschieht bloß mit mir?«, flüsterte Mira und wusste nicht mehr, ob sie das nur gedacht oder gelallt hatte, so trocken war ihr Mund. Sie lag auf dem kurzen Stück zwischen der Marienquelle und dem Waschtrog gleich bei der Wasserrinne. »Himmel, ich werde irr.« Mira grauste es.

Wenigstens lag sie zwischen vertrauten braunen Röcken und blauen Schürzen. Branca hielt ihre rechte Hand, Nera die linke. Doch die beiden Alten blickten nicht sie an, sondern einander.

»Du hast gehört …«

»… wie sie gesprochen hat.« Sie zerrten sie an den Oberarmen hoch auf die Füße. »Wir müssen sie sogleich …«

»… der großen Prüfung unterziehen.« Die beiden wackelten mit den Köpfen, als seien sie vom Veitstanz ergriffen.

»Lasst mich los.« Mira schüttelte sich vergeblich. »Ich kann alleine gehen.«

»Allein kannst du gar nichts.« Branca und Nera hakten sie fest unter. »Habe Vertrauen.«

Mira aber wurde bang von der Kraft dieser alten Frauen. Sie liefen so schnell mit ihr über die Bergwiese, dass sie stolperte. Mira versuchte verzweifelt, die Füße aufzusetzen, knickte um und fiel in dem Schraubgriff der Alten doch nicht hin. Die beiden schleiften sie einfach mit, dass ihre Füße auf dem Spann wund wurden. Am nächsten Fels versuchte Mira einen Ausfallschritt, stemmte sich gegen den Stein. »Lasst mich frei!« Mit aller Kraft wollte sie sich losreißen.

Vergebens. Mira gab es auf, sonst verletzte sie sich nur noch mehr. Flogen sie gar? Sie war gewiss noch immer in einem Wahn gefangen, in den sie irgendein Wasserzauber gestürzt hatte. So etwas gab es doch an alten Quellen.

Branca und Nera schleiften sie über den Vorplatz des Gehöfts und duckten sich schon unter der niedrigen Haustür hindurch. »Lass uns nicht zögern, Branca, sie zu prüfen«, sagte die eine.

»Gewiss nicht, Nera«, sagte die andere. »Wir warten schon so lange auf die Richtige.«

8

Vor dem umhängten Herdfeuer erinnerte kein Strohhalm mehr daran, dass hier Gerhilds Sterbelager gewesen war. Kacheln voller winziger Figuren, die mal zu tanzen schienen, mal allein saßen oder Tieren folgten, zierten den Herd. An den weißen Ecken saßen schwarze Lettern. Links las Mira ein A, rechts ein unten nicht ganz geschlossenes O, wenn es denn eines war.

Sie wand sich heftig. »Was habt ihr mit mir vor?« Es gelang ihr aber nicht freizukommen. Die Finger der Alten hielten ihre Oberarme noch immer wie in einem Schraubstock. Es tat richtig weh.

»Kind, habe Geduld mit uns«, keuchte Nera.

Die beiden nickten einander zu. »Halte du sie gut fest«, sagte Branca nur und ließ los.

Ehe Mira hätte auch nur den Arm bewegen können, zog Nera sie vor sich. Mira hätte nicht sagen können, ob ein dürrer oder dicker, warmer oder kalter Leib unter dem dicken grauen Stoff von Neras Schürze verborgen war. Nur den ruhigen Atem der Alten fühlte sie in ihrem Genick. »Sobald wir wissen, ob dein Fleisch gesegnet ist, wirst du alles erfahren.«

»Mein Fleisch?«, flüsterte Mira.

»Geduld, Geduld.« Branca hängte einen Kräuterbund nach dem anderen ab und warf alles in einen Korb neben dem Herd. »Sieben mal sieben Kräuter müssen es sein.« Ihr gelber Katzenblick wanderte prüfend über die Vorräte in der Küche und im Korb.

»Vergiss die Rose von Jericho nicht«, sagte Nera und drängte Mira zur Seite am Herd vorbei.

»Wie könnte ich, krönt sie doch alles.« Branca schob den vollen Kräuterkorb mit dem Fuß zu der niedrigen Tür an der hinteren Wand. Sie schlüpfte hinein. »Ich muss erst …«, rief sie von drinnen.

»… die Flammen zünden«, sagte Nera im gleichen Tonfall.

Mira hätte schwören können, junge Mädchen hätten gekichert. Das alte Gesicht Brancas erschien wieder in der Tür. Völlig regungslos streckte sie die Hand aus.

»O nein. Ich mache da nicht mit, wenn ihr mir nicht verratet, was das soll.« Mira ballte die Fäuste, stemmte sich mit beiden Füßen in den gestampften Boden und machte sich steif.

Doch es half nichts. Die Knie Neras stießen sie in die Waden und voran. »Es muss sein, sonst finden wir keine Gewissheit.« Mitleid klang in der Stimme der Alten auf.

Mira ließ sich dennoch fallen. »Ich will nicht!« Sie sackte kaum weiter als auf die Knie, da hebelte sie Nera schon unsanft wieder hoch.

»Wir dürfen die uralten Regeln nicht brechen, Kind.« Nera drückte ihr an der niedrigen Tür den Kopf hinunter und schob sie in das Nebengelass.

Warme Luft schlug ihr entgegen. Mira stand der Mund offen. Fast golden erleuchtet schien der Raum von den zahllosen Talglichtern in Tiegelchen. Kalk bedeckte die glatten Wände, selbst die Deckbalken waren geweißelt worden. An der Wand gegenüber stand ein breites Schaff, auf dem dicke Lederbücher aufgeschlagen ruhten, daneben mehrere Rollen mit Schleifen gebundenen Pergaments.

»Setze sie in die Mitte des Lichterecks«, sagte Branca, die das Türchen hinter sich verschloss.

Da erkannte Mira die Form erst. Immer sieben Talglichter brannten aufgereiht, dann knickte die Linie etwas ein. Ein Siebeneck! »Um Gottes willen, was für eine Messe ist dies? Was wollt ihr nur von mir, so sprecht endlich!«

»Füge dich uns …«

»… desto schneller ist die Zeit dafür reif«, sagten beide mit nach links geneigten Köpfen und nach rechts gerichtetem Blick, doch auf einmal ganz sanft.

Wäre doch nur Helmprecht schon mit dem Priester aus dem Dorf zurück! Er müsste doch bald den Berg wieder heraufkommen. Sie wollte sich nicht einlullen lassen. »Was habt ihr mit Gerhild gemacht? Wo ist ihr Leichnam geblieben?« Mira erfasste ein Grausen, ihre Knie wurden weich. »Ihr habt sie doch nicht etwa in dem Kupferkessel gekocht?«

»Wie Hexen?« Branca lachte hell wie ein Mädchen.

»Wir?«, kicherte Nera mit brüchiger uralter Stimme. »Hexen sind nichts als ein schwacher Abglanz …«

»… dessen, was wir sind. Und vielleicht du auch.«

»Ich?« Mira erfasste eine Verwirrtheit, die sie noch nie gekannt hatte.

Branca und Nera schoben sie hinein in das Siebeneck aus Talglichtern. »Setz dich und schweig.« Branca hüpfte hinaus, verteilte Kraut um Kraut aus dem Korb um die Flämmchen und verrieb an den Ecken trockene Blätter darüber. Knisternd verbrannte der Kräuterstaub und räucherte sie langsam ein. Es duftete nach Salbei, Minze, Holunderblatt.

Nera holte am Schaff aus einer Lade einen trockenen Ball wie von Gestrüpp und zeigte ihn Branca, die nickte. Nera sprang über die Flammen zur Wand.

Branca war wieder am ersten Flammeneck angekommen, trat gegen den Korb, der vor die Tür rutschte. »Niemand rückt dich …«

»… außer ich bück mich.«

Sie knieten neben ihr. Mira kämpfte vergebens gegen den Wahn, ihre Glieder gehorchten ihr nicht. Branca nestelte an den Rückenschlaufen ihres Kleids, Nera schob schon den Kragen des Hemdchens über Miras linke Schulter.

Die kalten Finger waren wie tot – Mira bäumte sich mit aller Lebenskraft auf. »Niemals«, brüllte sie. Sie ließ sich von den Hexen nicht ausziehen. Was hatten die Gaukler auf den Märkten für schreckliche Geschichten von den Teufelsmessen erzählt, für die bloßes Jungfernfleisch gebraucht wurde? »Bei meiner Seele!«

Eine kalte raue Hand hielt ihr den Mund zu. Sie bekam kaum Luft durch die Nase. Andere Finger nestelten an ihren Kleidern, streiften das Unterkleid von ihren Schultern und den Rock vom Leib. Ihr Rücken lag frei.

Aber die beiden Alten schauten sie nur wie voller Kummer an.

»Hier ist nichts«, murmelte Branca. »Rein wie Schnee.«

»Am Bein vielleicht?«, fragte Nera. »Wie bei uns?«

Mira presste die Schenkel zusammen, doch die Blicke der beiden sorgten sich nur um ihre Knie.

»Ein paar Sommersprossen, links eine Narbe wie von einem Hund.«

Was war der Biss des scharfen Leineweber-Hundes gewesen gegen diese Höllenmesse? Mira überschwemmten all die Gerüchte über die Hexenmachenschaften, die sie jemals gehört hatte.

»Der Bauch?«

Mira wurde hintüber gedrückt, an ihrem Hemdchen gezogen, am Kleid, am Stoff. Sie lag bloß.

Doch kein kalter Finger rührte an sie.

»Rein wie Schnee.«

Warmer Atem streifte ihre Brüste, beide Alte beugten sich näher über sie.

»Da ist doch etwas, Schwester!«, sagte eine von ihnen ganz langsam. »Hebe die Brust über dem Herzen, ein wenig nach links.«

Mira pochte es bis zum Hals, trotz des benebelnden Kräuterdufts wurde sie wieder hellwach.

»Hebe die Brust.«

Nichts geschah.

»Nun tue es für uns, Kind!« Mira begriff, dass sie selbst gemeint war. Vorsichtig tastete sie nach ihrer linken Brust, fühlte ihr armes Herz schlagen, schob die Brust ein wenig zur Seite.

Noch näher rückten die alten Köpfe, Wange an Wange schwebten die furchigen Gesichter über ihrem Leib.

»Er ist der schönste von allen«, flüsterten beide. »Jeder Zacken gleich groß, gleich weit, gleich von dunklem Braun.«

Mira traute ihren Ohren nicht, so weich klangen die beiden, sanft und würdevoll. »Meint ihr mein Muttermal?«

Die beiden beugten sich zurück. Zweifach lag ein erleichterter Blick auf ihr, den Mira im flackernden Licht nicht deuten konnte. Aber ihre Angst schwand. Die beiden ähnelten auf einmal einfach zwei Großmüttern.

»Das ist kein Muttermal, das ist der Stern von Astarte …«

»… den wir alle tragen, die wir auserwählt sind, der Großen Herrin zu dienen.«

»Was?«

»Du wirst bald mehr erfahren. So war es immer.« Branca sprang auf und holte aus dem Schaff einen Schleier.

»Wir dürfen dir nicht mehr sagen.« Nera warf den Schleier über sie. Er war so leicht, dass er nur langsam auf ihre Schultern herabschwebte.

So einen hauchfeinen Stoff hatte Mira noch nie gefühlt, selbst bei Helmprecht im Laden nicht. »Was ist denn nur mit mir so besonders, dass …«

Branca brachte ein kleines Glasfläschchen mit einer schillernden Flüssigkeit. »Doch eines dürfen wir zu deinem Besten tun, müssen wir zu unser aller Bestem tun.«

Nera hielt Mira Schultern. »Wir befreien deine Gabe!«

Mira schien, dass in dem Fläschchen tausend Funken gefangen waren, doch war es vielleicht nur die Spiegelung der sieben mal sieben Lichter. Und im Bann der tausend Lichtpunkte vergaß sie jede Angst.

»Du musst gereinigt werden …«

»… trinke das.« Nera entkorkte das Fläschchen.

Sofort durchströmte Fliederduft den ganzen Raum so stark, dass er gar den Kräutergeruch überdeckte.

»Sieh, die Rose von Jericho öffnet sich schon.« Branca schob ihr Kinn vor, deutete damit zu Miras Füßen.

Der Gestrüppball war keiner mehr, wie eine halboffene Hand schimmerten faserige Verästelungen graugrün.

»Öffne …«

»… den Mund«, hauchten beide.

Tropfen fielen auf Miras Zunge. Süße Tropfen, wundersam ölig und doch dünn. Mira überraschte der herrliche Geschmack so sehr, dass ihr der Mund offen blieb. Nera goss ihr einfach das ganze Fläschchen hinein. »Schlucke jetzt alles!« Branca drückte ihr die Lippen und Nase zu. Verwundert gehorchte Mira.

Ein Rieseln überströmte ihren Körper wie in der Nacht an Ludomars Seite. Nur viel stärker, viel schneller, als rissen starke Winde an ihrem Leib auf einem Berggrat. »Warum dreht sich alles?«, fragte sie, saß sie doch fest auf dem Boden im Siebeneck der Flammen.

Die beiden Alten schauten sie an. Über ihre Wangen rannen Tränen der Freude. Miras Blick verfing sich an einem Tropfen auf Branca rosiger Haut. Die winzigen Funken der zig Flämmchen spiegelten sich darin, schossen auf, wurden zu einem einzigen, der Mira umstrahlte und …

… das Licht sprengt die Wände fort. Das Gehöft, das Tal verblassen, in der übergroßen Weite schwebt sie allein in dem hellen, fröhlichen Klirren. Ihr Leib, die Füße werden durchsichtig, da flattert das Weiß um sie herum wie ein Leintuch auf einem Schneidertisch. Farbflächen treten hervor, fließen durch- und ineinander, verfestigen sich. Umrisse schälen sich heraus, alles gewinnt Tiefe, Ecken und Kanten, die Dinge ordnen sich neu, oben und unten, hinten und vorn. Alles findet einen Platz.

Mächtige Scheite knistern in einem Kamin. Hohe Fenster erhellen die Kanzlei, darin steht ein großer runder Tisch. An diesem breitet Berthold von Henneberg, Erzbischof von Mainz, vor seinem König Maximilian eine Landkarte aus. Darauf verzeichnet ist die bekannte Welt.

Der Mainzer Erzbischof hebt seine weiten kardinalroten Ärmel. Sorgsam stellt er Ritterfiguren aus Holz auf die Karte, kaum größer als sein Daumen. Bald stehen zwanzig davon weit verteilt auf der Karte zwischen der aufgemalten Elbe, dem Rhein und der Donau.

Spärliches schwarzes Haar säumt das Haupt des Erzbischof, wie eine Krone sitzt der rote Erzbischofshut darauf. Er wendet sich an seinen König. »Zählt die Figuren selbst. So steht es wirklich um Eures Reiches Kraft.«

Der junge König ist prächtig in ein grünes Gewand voller Silberstickerei gekleidet. Er zählt die Figuren auf der Karte und wandert um den runden Tisch. Derweil stellt der Erzbischof immer mehr Figuren für die Feinde des Reiches an allen Grenzen auf.

König Maximilian seufzt. »So viele Krieger bietet Charles der Achte von Frankreich an unserer westlichen Grenze auf.« Er schreitet weiter und schnippt den daumengroßen Holzkönig Frankreichs hintüber vom Kartentisch.

»Wenn es so einfach wäre, Majestät.« Der Erzbischof von Mainz nimmt noch mehr Ritterfiguren aus einem geschnitzten Kasten, reiht sie südlich der Alpen auf. »Euer ärgster Feind, der König von Frankreich, dringt ins Welschland vor. Ich weiß es von Zuträgern.«

Der König reckt herrisch das Kinn. »Das wagt er? Das ist altes Reichsland. Mein Land.« Maximilian pocht mit der Faust auf seinen Besitz. »Ich hole es mir zurück und vertreibe den feigen Dieb.«

Der Erzbischof spitzt den faltigen Mund. Er weist auf die unzähligen französischen Ritterfiguren hinter der westlichen Grenze von Flandern bis hinunter zu den Alpen hin. »Wie wollt Ihr das Reich weiter schützen, wenn Ihr auf einen Feldzug in den Süden zieht?«

Maximilian knurrt wie ein Knecht und schlägt mit der flachen Hand in die Mitte der Karte. Seine Finger liegen auf dem Rhein und der Ballen auf Sachsen. »Wozu herrsche ich über ein Reich, dass vom Nordmeer bis Rom reicht? Es wird sich auf mein Geheiß rüsten und unseren französischen Feind im Süden schlagen, wenn er dort einfällt.«

Der Erzbischof hüstelt, seine Fingerspitzen zeigen auf die Teile des Reiches um des Königs Faust herum. »Gibt Euch der Kurfürst von Sachsen wirklich auch nur einen Mann, oder gar der von der Pfalz? Habt Ihr Gold genug in Euren königlichen Truhen, damit es für mehr als tausend Landsknechte reicht?«

»Alle Fürsten werden zahlen müssen, wenn es um das Reich als Ganzes geht!«, braust der König auf. Sein Haar fällt lockig, als er den Kopf in den Nacken wirft. »Ich selber werde den Franzosenkönig im Welschland aus dem Felde schlagen.« Der junge Maximilian kneift die Augen fast zu.

Der Erzbischof beugt sich so weit über die Karte, dass sein Mantel das Nordmeer streift. »Lasst uns erst das Reich im Inneren stärken, weil es umzingelt ist. Sonst widersteht es dem Franzosenkönig nicht. Was nützt ein Schlachterfolg im Süden, wenn wir nicht die Grenzen im Westen und Norden gegen Charles schützen können?«

Taub vor Zorn glühen die dunklen Augen des jungen Königs. »Jeden Vertrag, den ich mit Charles geschlossen habe, hat dieser Franzose gebrochen.« Er zieht die Oberlippen hoch. »Soll ich etwa diesem Betrüger die welschen Lande jetzt kampflos überlassen, die von Karl dem Großen auf mich gekommen sind? Niemals! Ich ziehe sofort nach Süden und lasse mir von den befreiten Fürsten huldigen.«

Der Erzbischof nimmt den Kardinalshut müde vom Kopf und legt ihn zur Seite. Er gießt sich roten Bopparder Wein in ein geschliffenes Glas, dessen Seiten das Licht der Butzenfenster der Kanzlei brechen, Lichtflecke sammeln sich an der Eichentäfelung. So selten schön ist die Pracht …

… was für ein Glanz es dort gab. Mira öffnete die Augen und suchte die alten Gesichter. »Wie kommt es, dass ich den Mainzer Erzbischof und den König überhaupt bei Namen nennen kann? Deren Stand ist doch so weit über mir.«

»Später, Mira, später. Sorge dich nicht …«

»… sprich zu uns, was du schaust!« Finger drückten ihr vorsichtig die Lider zu. »Atme tief den Fliederduft …«

»… lass dich hinwegheben, zurück nach Mainz.«

Mira ergab sich den beschwörenden Stimmen, tat einen Atemzug. Wie wunderbar war der Flieder, so frühlingsmild …

… dort riecht sie nichts, hört nur das Knistern der Holzscheite im Kamin.

Der Erzbischof schiebt die wenigen deutschen Ritter auf der Karte bei den großen Städten und Burgen zusammen. »Majestät, hört meinen Plan: Treffen wir Vorsorge! Halten wir Landsknechte an den Festungen unter Waffen, wie es die Türken und die Engländer in ihren Landen auch tun. Sammeln wir erst die Kräfte des Reichs, machen es sicher, bevor wir nach Süden ziehen.«

Der König lässt die geballte Faust über seinen Landen schweben. »Und wenn der Franzosenkönig nach einem Sieg im Süden uns hier am Rhein bedrängt? Nein, nein, Erzbischof, ich bin nicht Eurer Meinung. Besser schlage ich Charles im Felde im Welschlande gleich!«

Der Erzbischof kräuselt die Lippen. »Begreift doch. Ihr habt nicht genug Geld für ein Heer, das den Franzosen zu besiegen vermag.«

»Ich stelle es auf!« Der König wischt die Ritterfiguren allesamt von der Karte.

Der Erzbischof beißt die Zähne zusammen. »Es gibt vielleicht noch einen anderen Weg als eine blindwütige Schlacht.«

Maximilian hebt die rechte Augenbraue. »Sagt an!«

»Lasst Euch helfen.«

Der König verschränkt die silberbestickten Ärmel. »Wer vermag zu helfen?«

»Euer Feind, der Franzosenkönig hat noch andere Feinde. Die Familie Eurer Königin fürchtet sie auch, weil sie Mailand bedrohen.« Der Erzbischof zieht ein goldenes Schiffchen aus seinem Ornat. Glänzende weiße Segel aus Glas, mit winzigen Perlen als Brüstung schimmern, als er es auf das Ende der Adria vor die eingemalten Alpenberge setzt.

Der junge König hebt die Augenbrauen. »Ihr denkt sogar an ein Bündnis mit Venedig?« Er nimmt einen Schluck Bopparder Wein aus seinem Glas. »Ausgerechnet die Herrin der Meere soll mir auf dem Lande helfen?«

Der Erzbischof lacht kurz auf. »Wenn es etwas gegen Gold zu tauschen gibt, sind die Venezianer dabei. Das haben mich die Jahre als Erzkanzler des Reiches in den Diensten Eures Vaters gelehrt.«

»Woran denkt Ihr genau?« Der König stellt das Weinglas auf den Harz.

Der Erzbischof winkt, geht halb um den Kartentisch herum. »Schaut selbst mit Venedigs Augen. Wen bedroht ein Sieg der Franzosen wohl am meisten im Welschland?«

Der König folgt seinem Erzbischof, schaut von Süden. »Die vielen französischen Reiter bedrohen jetzt schon Venedigs Vorlande zu sehr.«

Der Erzbischof reibt die Hände aneinander, dass die Seide seines Mantels knistert. »Das schafft Euch Freunde im Dogenpalast.«

»Schickt sofort einen Botschafter, Erzbischof.«

»Der Botschafter Ludomar ist bereits dort«, sagt der Erzbischof und setzt sich seinen Kardinalshut wie eine Krone zurück auf den Kopf.

Des Königs Wangen erstarren. Rasch greift er zum Weinglas, stürzt den Rest hinab. »Ihr handelt also ohne meinen Befehl?«

»Ich diene Euch als Erzkanzler des Reichs, Majestät. Meine Aufgabe ist es, vorherzusehen, was Euch schadet oder nutzt.«

»Verwechselt es nicht mit dem, was Euch schadet oder nutzt, Erzbischof.« Des Königs Blick bleibt kalt. »Gehen wir, der Tross wartet.«

Der Erzbischof lässt ihm den Vortritt, der König stürmt hinaus.

»Schwach bist du, König Maximilian«, flüstert der Erzbischof, »sprunghaft vom Blut deiner portugiesischen Mutter, unbelehrbar wie dein sturer Habsburger Vater.« Im Hinausgehen wischt der Erzbischof über die hölzernen Figuren neben der Reichskarte. Er umschließt die Figur des deutschen Königs mit der Faust, allein die gelbe Krone schaut noch am Daumen heraus. »Nur die Kirche vermag das Reich einig zu führen. Und das Haupt der Kirche im Reich bin ich!« Der Erzbischof steckt den kleinen deutschen König geräuschlos in seine Tasche. Ein Sonnenstrahl wird vom leeren Weinkelch zurückgeworfen …

… auf den weißen Wänden tanzten Lichtflecke. Mira fand das Flackern der sieben mal sieben Talglichter war nicht minder schön als das Glitzern des Kristalls im Mainzer Palast. Sie fühlte ihr verwundertes Lächeln. Ein Ziehen in den untergeschlagenen Beinen meldete sich wie auch ihr lahmes Kreuz. Sie betastete ihren Leib. Sie war nicht mehr durchsichtig.

Nera und Branca hockten bei ihr, die knochigen Hände ruhten in den Schößen. Sie betrachteten sie mit einem milden Lächeln, wie es nur Großmütter für die wackeligen ersten Schritte ihrer Enkel aufzubringen vermochten.

Mira rührte vorsichtig an ihre Schläfe. »Ich sah König und Erzbischof.« Mit jedem Augenblick schien es ihr unwirklicher. »Und es ist gewiss kein Trug, in den ihr mich mit dem Trank gestürzt?«

»Kein Wahn ist, was sich dir zeigt.« Branca hob den Zeigefinger, ebenso Nera. »So wie alles wahr ist, was du schaust – in gewisser Weise.«

»Ich verstehe nicht.« Es hatte sich zwar nicht wie ein Rausch vom Weine angefühlt, aber auch nicht so nüchtern, wie sie die beiden Alten nun vor sich sitzen sah. »Es war oben an der Quelle also kein Wasserzauber und eben jetzt nicht der Trank, der mir die Bilder schenkte?«

Die beiden sahen sie an. »Der Trank kann nur die Seherinnengabe wecken, wenn sie in dir steckt, Kind.«

»In mir?«

»O ja. So war es immer, bei jeder mit dem vollständig ebenmäßigen Astarte-Mal, und so wird es immer sein.«

Mira zog den dünnen Schleier von ihrem Busen und betrachtete ihr achtfach gezacktes Muttermal. »Was ist an dem kleinen Hautfleck nur so besonders?«

Branca und Nera strichen ihr, die eine links, die andere rechts über die Wange. »Es ist nicht unsere Aufgabe, dich zu lehren, was du als Seherin wissen musst. Nur eines dürfen wir verraten: Prüfungen liegen vor dir, bevor du den Segen deiner Gabe voll erkennst.«

Mira erschrak. Ihre Stimmen waren so voller Mitleid. »Ich bin nur eine Magd, keine Hohe Frau, die solche Königsdinge vielleicht versteht.« All diese Bilder. Je mehr sie es sich bewusst machte, desto furchterregender empfand sie, was ihr widerfuhr.

»Ich nehme lieber nichts mehr von diesem Trank. Das alles macht mir Angst.«

»Du brauchst keinen Trank mehr …«

»… einmal erweckt, bleibt die Gabe bei dir – jedenfalls solange Astarte mit dir ist.«

Mira wollte schon fragen, wer um Himmels willen das war. Da überlief ein Rieseln ihren Rücken. Die Gewissheit war sehr stark. »Ein Priester kommt mit meinem Herrn, sie sind schon bei der Bachbrücke«, sagte sie.

Branca und Nera sprangen sofort auf. Mit einem kleinen Brett löschte Branca Talglicht für Talglicht. Schon überlagerte der rußige Geruch den schönen Fliederduft. Nera nahm Mira den Schleier von den Schultern, warf ihr die Magdkleider zu. »Zieh dich an, rasch!«

»Was habt ihr denn auf einmal?«

Die beiden hielten kurz inne. Zwei Zeigefinger deuteten auf ihren Mund. »Niemals darf ein Kirchenmann von dem Astarte-Mal erfahren. Weniger noch von deiner Gabe. Sie dürfen niemals erraten, was du vermagst.«

Und wenn es doch Hexenwerk war, was ihr widerfuhr? Das die Kirche ausmerzte, wo sie nur konnte. Mira mochte es nicht glauben, so nahe wie sie sich den beiden Alten fühlte. Sie wollte ihnen wirklich vertrauen – doch saß sie in einem Siebeneck aus Talglichtern. Mira raffte ihre Kleider auf. Je schneller sie mit Helmprecht zurück nach Frankfurt kam, desto besser.

»Schwöre es, von allem zu schweigen!« Uralt und brüchig klangen die beiden Stimmen auf einmal. Die Augen konnte Mira nicht sehen, so streng geschlossen waren die Lider. Sie war beruhigt, dass sie nur einen Schwur von ihr verlangten, hob die Rechte, streckte Zeige- und Mittelfinger nach oben. »Ich schwöre es euch. – Was stört denn die Kirche nur an der Gabe?«

»Wir haben keine Zeit.« Die Alten ordneten ihre Schürzen

und die verrutschten Röcke. »Auch dein Herr darf keinen Verdacht schöpfen. Der Priester schon gar nicht.«

Mira stieg in ihre Kleider und suchte ihre Stiefel. Sie fand sie bei der Tür.

Branca und Nera warfen die Kräuter in den Korb zurück und verstauten die noch rauchenden Talglichter in einem Steintrog.

Doch Mira machte das rätselhafte Geschehen nur erst recht ratlos. Nichts hatten die beiden ihr getan, als diesen Trank zu verabreichen. Nur was Mira in ihrer Entrückung gesehen hatte, das war ihnen doch wichtig gewesen. Warum auch immer zwei alte Bäuerinnen mit solchen Königsdingen etwas zu schaffen hatten. Mira hoffte, dass sie es ihr später noch verrieten.

»Hinaus mit dir, an den Herd und rühre einfach im erstbesten Tiegel.« Branca schob sie unter dem Türchen hindurch in die Stube.

Mira griff den erstbesten Deckel. Es roch herrlich nach Hühnersuppe mit gelben Rüben. »Ihr habt ja gekocht!«

»Hast du denn keinen Hunger?« Die beiden lachten wie Freundinnen beim Reigenspiel.

Da schlugen schon die Hufe von Helmprechts Ross auf dem steinigen Platz vor dem Haus auf.

9

Mira mochte unter den dicken Wolkenbänken nicht zurückblicken. Am Berg weiter oben bei einer uralten Kapelle unweit der Marienquelle hatten sie Gerhild vor einer halben Stunde begraben. Die alten Schwestern hatten den Leichnam eingewickelt wie eine Amme es mit einem Säugling getan hätte und in einen Kasten gelegt. Blass und grünlich war das Gesicht schon gewesen, doch ihre Herrin hatte noch immer glückselig gelächelt.

Helmprecht vorn auf dem Kutschbock wischte sich einmal mehr den Rotz von der Nase. Vor ihnen erhoben sich über den Schleifen des Talweges drei Bergspitzen im Süden.

Mira saß zwischen der Ladung und versank in Erinnerungen. Ihr erster Tag im Seidenhändler-Haushalt, als Gerhild sie einfach bei der Hand genommen, vom Waschzuber weggezogen und ihr einen Frosch gezeigt hatte. Gerhild war wissbegierig, wie man wohl so ein Tierchen füttern müsste. Mira schmunzelte traurig. Da waren sie beide noch kleine Mädchen gewesen. Später nahm Gerhild Mira gern mit auf den Markt und den Umweg durch die Küfergasse, wo im Sommer die Gesellen mit freiem Oberkörper die Reifen um die Fässer schlugen.

Vor Miras Augen verschwamm der Weg. Sie war froh, dass sie seit gut einer Stunde auf dem Reisewagen zum Dorf hinunterrollten. Weit unten ritt der Priester, der Gerhild beerdigt hatte, auf seinem Esel. Der Weg nach Süden sei wieder sicher, hatte er gemeint. Die Bauern aus seiner Pfarre hatten drei von den Räubern aufgeknüpft und die übrigen aus dem Tal verjagt. *Messefaules*

Weiberpack hatte der alte Priester die beiden Alten genannt und doch viel Abstand zu ihnen gehalten.

Zum Abschied, kurz bevor Mira wieder auf den Wagen gestiegen war und Helmprecht die letzten Ballen verstaut hatte, waren Branca und Nera auf sie zugetreten. *Die Kraft in dir betört, die Kraft in dir zerstört,* hatte Branca hell geflüstert, *die Kraft in dir beschwört, was dem Stern in Treu gehört,* dunkel Nera geraunt. Danach waren sie zu ihren Geißen auf den Bergwiesen hinaufgestiegen.

Mira versuchte lieber nicht, einen Sinn in den Worten auszumachen. Sie hatte schnell begriffen, dass die beiden sich zu ihrer Gabe nichts mehr entlocken ließen. Vielleicht war doch am Ende alles ein Wahn, der den Kräutersuden zu verdanken war, ein Wahn, an den nur die beiden Alten glaubten. Vielleicht war sie am besten davor gefeit, wenn sie gar nicht weiter drüber nachdachte, tröstete sich Mira.

Der Wagen rollte durch eine Biegung.

Aber das seltsame Leuchten der wundersam achtzackig gefassten Schmucksteine konnte Mira einfach nicht vergessen. Und bald würde sie ihren Bruder Jockel wieder in die Arme schließen können. Und ihn gegen Mechthild verteidigen, wenn ihre Wahnbilder doch die Wahrheit gezeigt hatten.

Mira schämte sich dafür, dass sich in ihre Trauer um Gerhild, mit jeder Wegbiegung mehr Freude auf die Rückkehr nach Frankfurt mischte. Die Welt war so grausam. Des einen Unglück bedeutete des andern Glück. Hieß es nicht so?

»Beim Beutel des Gehörnten …« Helmprecht fluchte einmal mehr vorn auf dem Kutschbock.

Sie rumpelten über eine schräge Holzbrücke. Mira hörte lieber weg, streckte die Beine ein wenig anders zwischen den Ballen aus. Der Tag würde lang, bis Helmprecht Herberge suchte. *Nichts wie weg und so weit als möglich von diesen Hexen.* Das hatte er mehr als einmal beim Aufladen gemurmelt, ohne wirklich mit Mira zu sprechen. Sie zog sich ein Kissen in den Rücken. Aber tat es Gerhilds Gedächtnis überhaupt etwas, dass Mira sich auf ihren Bruder freute? Was würde Jockel strahlen, wenn er sie noch vor Weihnachten wiedersah. Mira war, als ob mit jeder Meile vom Gehöft weg sie immer mehr ernüchterte. Womöglich verging der Hexentrank wie jeder Schoppen Wein zu viel eben auch mit der Zeit.

Mira griff sich die Kordel des Packens vor ihr und spielte damit, mehr um sich zu beruhigen als aus Langeweile. Was, wenn am Ende doch wahr war, was sie von Jockel in Frankfurt gesehen hatte, dass ihn Mechthild quälte, wo sie nur konnte. Mira warf die Kordel zurück auf den Ballen, der Gerhilds Kleider barg. Sie hoffte so sehr, dass die Besorgerin Jockel nicht gebrandmarkt hatte und ihr Wahnbild Erlebtes mit Erfundenem gemischt hätte. So wie Mira gewiss nur den Mainzer Erzbischof gesehen hatte, weil Ludomar dessen Botschafter war. Doch tief in ihr verblieb ein bedrohliches Gefühl. Sie lenkte sich lieber schnell ab. Mira kroch über die Ladung zum Wagenende und lugte unter der Plane hinaus zum Himmel.

Ein paar Tropfen nässten ihr Gesicht, doch sah es nicht nach Regen aus. Die Bergspitzen rückten näher, das Tal wurde schmal. Hier waren sie doch gar nicht hergekommen! Sie kroch nach vorn bis zum Kutschbock.

Helmprecht stierte auf den Rücken von Kumpicht.

»Hat der Priester Euch einen anderen Weg nach Norden verraten, Herr?«

»Dir bleibt wohl nichts verborgen, Naseweis.« Er zügelte sein Pferd etwas und deutete neben sich auf den Bock. »Setz dich her.«

Dort hatte sie noch nie sitzen sollen. Mira stieg um das Rückenbrett herum und schlug den Rock unter ihren Hüften glatt. Helmprechts Blick glitt über sie. Langsam vom Haupt über ihren Leib zu den Beinen, doch nicht lüstern, sondern in der kühlen Weise eines Kaufmanns, nahm er Maß wie sonst an den Seidenballen.

Er rieb unter seiner Nasenspitze entlang, bevor er sich räusperte. »Mach hinten den Ballen aus grünem Tuch auf.«

»Was wollt Ihr mit Gerhilds Reisekleidern?« Mira wandte den Kopf zu dem mit der Spielkordel geschnürten Ballen. Wenn er die Sachen dem nächsten Nonnenkloster spenden wollte … »Warum soll ich hier mitten in den Bergen auspacken?«

Helmprecht ließ die Lider sinken. »Du wirst die Kleider anziehen. Und als Gerhild weiterreisen.«

Mira entfuhr ein Schreckenslaut. Ihr Herr war vor Gram verrückt geworden. Doch sein Gesicht war nicht von Irrsinn gezeichnet, sondern von fast gelangweilter Kühle.

»Das bringt Euch Eure Tochter nicht zurück.«

»Was weißt denn du.« Sein Lachen klang verbittert.

Er war irr vor Trauer. Mitleid erfasste Mira. »Herr, erinnert Euch. Ihr habt sie heute selbst begraben.« Sie graute allein schon vor dem Gedanken, das Bündel, dass sie unter Tränen hatte schnüren müssen, wieder aufzumachen. Auf keinen Fall wollte sie Gerhilds Kleider anlegen.

Helmprecht nickte zu dem Ballen hin. »Ich weiß. – Zieh dich jetzt um.«

»Vor zwei Stunden erst haben wir an Gerhilds Grab gestanden. Ich kann das nicht.«

Helmprecht packte sie am Aufschlag ihres einfachen Mantels. »Und ob du das kannst, Magd. Und du wirst noch viel mehr können. Du wirst meine Tochter Gerhild *sein.«*

Sie roch seinen Schweiß, das runde Gesicht vor ihrer Nase glänzte fettig. Er war des Wahnsinns. »Wie soll ich denn jemals jemand anderer sein, als die ich bin: Eure Magd Mira.«

Er ließ die Zügel schleifen, mit der Faust zerrte er sie zu sich her und schüttelte sie heftig. »Hast du in meinem Hause nicht gesehen, was Kleider aus Leuten machen können? Ein dünner Hansel ist rasch ein stolzer Graf, ein feister alter Sack mit ein bisschen Seide bald ein würdiger Bischof.« Helmprecht zeigte die Zähne. »Du bist so groß wie Gerhild, kaum dünner als sie, mit ähnlichem Haar. Niemand in Venedig wird es merken.«

»Ihr wollt mit mir nach Venedig?« Ihre Stimme überschlug sich. Mira wollte nicht glauben, was das bedeutete. »Aber … Das kann ich noch viel weniger!«

Er sprang plötzlich hinter ihren Rücken, drückte ihr den Ellenbogen unter ihren Hals und verdrehte ihr den anderen Arm in den Schwitzkasten. »Spiel nicht den Engel, kleine Magd. Mach mir nicht weis, dass du nicht die Beine breit machen kannst wie noch jedes Weibsstück auf der Welt. Willst du wagen, dir einen besseren Verlobten auf Erden zu wünschen als den Mann, den ich für Gerhild ausgesucht habe?«

»Aber das ist doch sündiger Betrug!«, keuchte Mira, halb erstickt. Und Verrat an ihrer Freundin obendrein, die dem Venezianer angelobt worden war.

»Ach was. Geschäft ist Geschäft. Ich habe dem Strato meine Tochter versprochen, die er noch nie gesehen hat. Ich habe keine Zeit, nach Frankfurt zurückzufahren und dich als meine Tochter mit Ratssiegel anzunehmen. So ist es einfacher.«

»Gerhild ist tot! Begreift das doch.«

Er stieß ihr mit seiner Stirn gegen den Kopf, dass es krachte. »Nichts weiß ich besser als das«, knirschte er zwischen den Zähnen. »Aber wenn ich schon Frau und Tochter dem Gevatter Tod habe lassen müssen, so will ich wenigstens als reichster Mann Frankfurts sterben. Der sich nichts, aber auch gar nichts mehr verkneifen muss. Deine Hochzeit mit den Stratos macht mich endgültig dazu.«

»Nein.« Tausendmal nein. Der Sünden waren zu viele damit verbunden. »Lieber sterbe ich.«

»Aha. Du bockst also.« Helmprecht riss sie vom Kutschbrett

hoch, packte sie an den Hüften. »Dann schmecke erst mal die Schmerzen, bevor du Gerhild folgen willst.«

Ehe sie es begriff, schleuderte er sie vom Wagen hinunter auf den steinigen Weg. Mira drehte sich sogar in der Luft, soviel Kraft hatte ihm der Zorn gegeben. Sie überschlug sich, kam auf dürrem Gras zu liegen. Der Schmerz überwältigte sie so, dass ihr die Sinne versagten.

Ohrfeigen weckten sie. »Wenn du nicht spurst, stirbt noch einer von deiner Brut mit dir.« Er riss Mira hoch, stellte sie auf die Füße und drückte sie gegen das Wagenbrett. »Wenn du möchtest, dass es deinem hinkenden, steinfaulen Brüderchen noch lange gut geht, dann gehorche mir lieber.«

Mira begriff wegen der eisenfesten Finger, die sich in ihre Oberarme krallten, und Helmprechts gnadenlosem Blick, dass er es ernst meinte. Sie hätte alles ertragen können. Mehr Schmerzen, die ihr die Luft zum Atmen raubten. Aber nicht den Gedanken, dass sie schuld daran sein könnte, wenn Jockel etwas zuleide getan würde. »Bitte, Herr, haltet ein. Jockel kann doch nichts dafür.«

»Aber du.« Helmprecht ohrfeigte sie auf beide Wangen. »Gehorche! Oder ich verkaufe dich in Venedig in die Sklaverei. Die Türken werden dein weißes Fleisch hoch bezahlen. Dann kannst du lange beten für deinen Bruder, bis dich die Maurenböcke verhurt haben. Du wirst ihn niemals wiedersehen.«

Wieder schlug er auf sie ein. Grün und blau würde sie davon werden, doch mied er ihr Gesicht. Mira klammerte sich an die Hoffnung, dass sie vielleicht in den welschen Städten weglaufen könnte. Zurück zum Berghof? Lieber nicht. Wusste sie, was die Hexen dann mit ihr anstellten. Die hatten schon genug Unheil heraufbeschworen.

»Ja, Herr«, flüsterte sie unter den Hieben. »Ich werde gehorchen.« Aber nur bis zur ersten Gelegenheit zur Flucht, bis sie ein wenig Geld zusammengebracht hatte. In irgendeinem Nonnenkloster fände sie Schutz für eine Zeit.

»Gerhilds grünes Reisekleid und die Haube mit den Seidenröschen. Lege sie an!«

Mira kletterte mit schmerzenden Gliedern auf den Wagen, bebend knotete sie die Kordel auf. Langsam wand sie sich aus ihren Magdkleidern. Sie fror, doch mehr vor Angst, in die Kleider der toten Gerhild zu steigen, als vor dem kalten Luftzug.

»Hast du's bald? Wir müssen weiter«, sagte Helmprecht hinter der Plane.

Mira grauste es. Er schaute ihr nicht mehr zu wie sonst bei seinen Mägden, wenn die sich mal wuschen und er in die Küche kam, sondern achtete bereits die Scham, die ihr als Tochter gebührte. Aber sie war Mira, niemand sonst.

Die Haube roch noch nach dem Rosenwasser, das Gerhild so gern auf ihr Haar gesprüht hatte. Mira hatte den Sprenger selbst … »Herr, vergib mir meine Sünde«, flüsterte sie und griff zu dem Rosenkranz in ihrer Magdtasche. O wäre doch nur Ludomar hier, der hätte Helmprecht vielleicht zur Vernunft bringen können. Sie stopfte schnell sein Geschenk zu dem Taschentuch in Gerhilds Reisekleid.

»Nun?«, rief Helmprecht wieder. »Wo bleibst du, meine Tochter?«

Mira trat auf den Kutschbock und setzte sich.

Er musterte sie. »So ist's recht.« Helmprecht stieg von der anderen Seite auf. Mit dem Zügel gab er Kumpicht das Zeichen. Der Wagen rollte los.

Eine Weile schenkte Helmprecht ihr keinen Blick. Mira war, als ob die Kleider wie eine fremde, harte Schale auf ihr saßen, obwohl sie doch aus Seide waren. Sie würde nicht vor Gott lügen können und sich als Gerhild vermählen lassen. Der Gedanke war zu schrecklich.

»Kleine Magd, mach die Augen auf, in welcher Welt zu lebst«, sagte Helmprecht leise. Er hob ihr Kinn mit dem Finger. »Hast du nicht selbst erlitten, wie es ist, in Armut gestürzt zu werden und schutzlos zu leben? Du wirst mir noch dankbar sein.«

Er ließ den Zügel los, damit Kumpicht schnell den nächsten Anstieg hochzog. »Deine Kinder erben mein Vermögen.«

So würde es kommen, wenn sie es nicht verhinderte. Sie würde an diesen Mann gebunden werden, von dem sie in Gerhilds Kleidertasche das runde Bildnis stecken spürte. Es war so unwirklich, dass Mira leise lachte.

»Ihr Weiber seid doch alle gleich. Gold und Edelstein machen noch immer Betbuch und Fastenstab vergessen.« Er spuckte zur Seite auf den Weg. »Schön, dass du langsam begreifst, was ich dir biete. Benimm dich in den Dörfern wie eine Herrin. Das wirst du dir ja von meiner Tochter genauso abgeguckt haben wie das Lesen und Schreiben.«

Plötzlich liefen Helmprecht die Tränen. Mit glasigen Augen murmelte er: »Dass ich einmal froh sein werde, Gerhild, dass ich dir nachgegeben habe, deine Magd mit am Tisch des Lehrers sitzen zu lassen …«

Der Gram schüttelte ihn so sehr, dass Mira ihm die Zügel aus der Hand nahm und Kumpicht langsamer schreiten ließ. Sie rückte an Helmprecht heran. »Herr, ich bin Gerhild auch sehr dankbar für alles.«

Er rieb sich mit dem Handrücken über die Augen und presste die Lippen zusammen. »Nenn mich nicht mehr ›Herr‹. Von nun an sagst du Vater zu mir.« Helmprecht nahm ihr die Zügel aus der Hand.

Mira schwieg lieber. Sie würde so lange still für ihn beten, bis sich sein Wahn gelegt hatte und er seinen Irrtum einsah. Kleider von Herrin und Magd tauschte man allenfalls in der Fastnacht für ein paar Stunden wilden Treibens. Zu jeder anderen Zeit war noch nie etwas Gutes daraus erwachsen.

10

Mache es wie bei einer Blüte, erst riechst du daran.« Der pausbackige Diener hob nur mit Daumen und Zeigefinger das Glas. Er zog damit einen Kreis unter seinem feisten Kinn und sog dabei den Duft ein. »Wie ein Bienchen musst du die Blüte erobern.« Er hob genüsslich die Augen zur Decke der Speisestube im *Fondaco*. »Selbstverständlich summst du weiter zur nächsten, falls sie dir nicht gefällt.« Der Diener setzte die fleischigen Lippen an und nahm einen tiefen Schluck. »Von diesem herrlichen Monte Cristo trinkst du natürlich.« Seine Zunge schnalzte gar.

Was für ein Geck. Mira konnte nicht mehr, Lehrstunde hin oder her, sie musste lachen. Das erste Mal seit Langem, was richtig guttat. Es war ihr gleich, was Helmprecht sagen würde.

Doch der ließ sich beim Verhandeln mit dem türkischen Kaufmann nicht stören, hob am anderen Ende des Esstischs nur kurz den Kopf. Dabei setzte er das stolze Lächeln auf, das jeder hier in Venedig wohl von ihm erwartete.

Mira spielte mit. Die zehntägige Reise vom Pass herab hatte sie vorsichtig gemacht. Helmprechts Launen schwankten. Mal hatte er stundenlang kein Wort gesprochen, mal hatte er die Reichtümer gepriesen, die ihre Mitgift umfasste. Mira prostete den beiden Männern mit dem Glaskelch so huldvoll zu, wie es ihr der beleibte Lehr-Diener vorgemacht hatte. Jedenfalls verfolgte Helmprecht hartnäckig seinen Plan. Gegenüber Strato, ihrem Verlobten, hatte er sich die Ausrede einfallen lassen, dass Mira wegen eines verdorbenen Fischgerichts unterwegs krank geworden sei und das Bett hüten müsse. Den Aufschub von weiteren zwei Wochen nutzte er für ihre Ausbildung in gutem Benehmen.

»*Bellissima.*« Der Diener klatschte neben ihr wie ein kleines Kind. »Ihr werdet in Kürze ganz Venezianerin sein.«

Das fürchtete Mira auch. Sie tat so, als ob sie sich dafür begeisterte, wie der Diener nun das Stück Leintuch um seinen Hals band. »Wegen der Soßen, damit kein Fleck Eure edlen Kleider versaut, äh, beschmutzt.«

»Solche Tücher benutzen wir in Frankfurt auch«, sagte Mira, damit Helmprecht mitbekam, dass sie sich anstrengte. Zweimal noch hatte er sie geschlagen. Einmal aus Wut, weil sie vor einer Herberge hatte abladen helfen wollen. *Du machst dir die Hände nicht schmutzig, du bist keine Magd mehr!,* war ihm dabei entschlüpft. Das zweite Mal, als sie sich in Verona nachts hatte aus der Herbergskammer schleichen wollen, weil zwei ehrbare Regensburger Domherren in der früh abreisten, die sie vielleicht unter ihren Schutz genommen hätten. Leider war sie nicht einmal aus der Stube hinausgekommen, weil Helmprecht wach geworden war.

Der beleibte Diener tänzelte um Mira herum und richtete ihr die Fingerhaltung. »*Ma no. Signorina.*« Er spreizte sie ganz nach außen. »Ihr seid ein frisches Kind, man will Eure zarten Finger fliegen sehen.«

Die reinen Nägel, die seidenen Bänder in den Locken – wäre Helmprechts Absicht nicht so furchtbar gewesen, hätte Mira sich darüber freuen können, dass sie von Tag zu Tag schöner wurde. Schon in Bergamo hatte Helmprecht ihr das Haar schneiden, ein paar Wellen einbrennen und die Augenbrauen zupfen lassen. Sogar welschen Schmand mit Lilienduft hatte er ihr auf dem Markt für einen halben Gulden gekauft.

Sie durfte nicht grübeln. Mira tat lieber fröhlich und hielt die Hände über den Teller. »Und meine beiden Vögelchen, wo lege ich die beim Essen hin?«

»Niemals in den Schoß, das tun nur Huren.« Der Diener verzog die Lippen, dass sie fast an seine Nase stießen. Er trat zu ihr und ließ die feiste Hand auf die Tischkante nieder. »So, das Handgelenk ein wenig vor, damit man Eure Armreifen und den Schmuck bewundern kann.« Er kräuselte den Mund wie bei einem bitteren Geschmack. »Ihr teutonischen Frauen habt doch Schmuck?«

»Mehr als genug«, lachte Helmprecht vom anderen Tischende her. »Sie legt ihn nur nicht an, damit deine diebischen Drecksfinger ihn nicht verschwinden lassen.«

Mira rang sich ein kurzes Lachen ab. Der Diener verneigte sich. Der türkische Kaufmann wiegte dazu den wuchtigen Turban. So hieß die Männerhaube, die sie in dem fernen Land trugen. Mira versuchte sich alles zu merken. Schlimmer als Armut galt den Venezianern die Ungehobeltheit.

»Nehmt das Besteck immer von außen nach innen.« Der Diener führte ihre Hand.

Der Türke folgte ihrer Bewegung, sein durchdringender Blick löste sich, strich über ihre Brust. Trotz der aufwendigen Falten fühlte Mira sich in Gerhilds blauem Kleid wie nackt.

»Unbezahlbar«, sagte Helmprecht mit einem Hauch Stolz in der Stimme.

»Strato hat schon gekauft, ich weiß.« Sehr weiße, regelmäßige Zähne leuchteten in dem Gesicht des Türken. »Ihr werdet sein Schwiegervater, nicht wahr?«

Mira hob zwar die leeren Gabel und Messer und übte schneiden, sie strengte aber ihr Ohr an. Vielleicht erfuhr sie hier Dinge, die Helmprecht ihr verschwieg.

»Man weiß es also schon?«

Der Türke ließ eine Seidenkordel über seine Finger gleiten, die eine Mappe verschloss. »Hier im Fondaco, wo die Kaufleute Eurer Sprache Einkehr halten, sprechen alle davon.« Er hob die schwarze Augenbraue. »Es heißt, der mächtige junge Strato habe die Tedesca, Eure Tochter, nur gewählt, damit er keiner der hiesigen Familien verpflichtet ist, sobald er zum Dogen aufsteigt.«

Helmprechts Wangen senkten sich ein wenig herab.

»Das Messer nach dem Essen einfach links zur Gabel legen und …«, sagte der Dicke leise Mira gegenüber am Tisch.

Mochte der Diener nur weiter Gemüse schneiden üben, doch Mira wusste: Der Türke hatte Helmprechts Eitelkeit getroffen.

»Stratos Verbindungen ins Reich werden durch den Bund mit mir weiterreichen als die jedes anderen Venezianers, dessen seid gewiss.« Helmprecht legte die Hand flach vor die Mappe des Türken.

»*Zucchero?*«

Mira griff ebenfalls zum kleinen Löffel, auch wenn sie nicht verstand, was der Diener damit meinte.

Der Türke schob Helmprecht die Ledermappe mit der blauen Seidenkordel zu. »Ich wäre glücklich, wenn diese Schriftstücke durch Eure Vermittlung ihren Weg in die richtigen Hände finden könnten.«

Der braune Gries war gar keiner, sondern herrlich süßes Zeug.

»Nicht so gierig, Signorina.«

Der Diener richtete Miras Kinn, damit sie den Mund über dem Löffel nicht zu weit öffnete. Helmprecht schaute herüber.

»Sprecht leiser«, flüsterte er. »Jeder Venezianer hier ist ein Zuträger.«

Er steckte mit dem Türken die Köpfe zusammen. Mira entging nicht der winzige Augenblick, den die dicken Finger an ihrem Kinn zuckten.

Das welsche Babel, hatte Helmprecht nur gesagt, als sie vorgestern auf dem Kahn standen, der sie vom Festland über die Lagune gebracht hatte.

Mira hatte nach den mehrstöckigen Steinhäusern und den vielen steingeschnitzten Verzierungen in Verona nicht geglaubt, dass es überhaupt noch prächtigere Städte geben konnte. Aber seit sie in Venedig, der schwimmenden Stadt, angekommen war, hatte sie jeder Palazzo in neues Staunen versetzt.

»Nehmt nun wieder vom Wein.« Der Diener goss aus einer Karaffe ein, die eine sehr dünne, lange Zotte hatte. Kein Tropfen fiel.

Mira spreizte die Finger und griff den Stiel des Glases. Der klare Wein schwappte ein wenig darin. Das helle Rot quoll auf, immer weiter …

… kardinalrot rutscht der Stoff über die gepolsterte Stuhllehne, als der Erzbischof von Mainz sich von seinem Sitz unter dem Wappen des Kurfürstentums erhebt.

Vor ihm verneigt sich ein französischer Adelsmann im blauweißen Wams. »Erlaubt mir, Euch ein Geschenk zu überreichen. Mein König Charles hat es selbst für Euch ausgewählt.« Er hält ein blaues Samtkissen, worauf ein goldener Becher mit einem kugeligen Deckel prunkt.

Der Erzbischof streicht über sein kantiges Kinn, lässt dabei gnädig den Blick auf den Becher fallen. »Versichert Charles den Achten meines Danks«, sagt er knapp.

Der Geheimbote kniet, legt das Kissen mit dem Bestechungsgeschenk ab und küsst den Bischofsring. »Exzellenz, ich eile.« Er geht rückwärts zur geschnitzten Tür im Mainzer Saal und hinaus.

Der Erzbischof dreht sich so schnell herum, dass der kardinalrote Saum seines Mantels hochfliegt. Er tritt den goldenen Becher vom blauen Samtkissen, dass er bis zu den Bannerstangen beim Kurfürstensitz springt und gegen die Sandsteinwände scheppert.

»Einfaches Burgunderblech! So billig kann der Franzose

mich nicht bestechen.« Der Erzbischof wirft den Kopf in den Nacken. »Für wie dumm hält er mich?« Eine dicke Zornesader steht auf seiner Stirn, als er die Schwurhand zur Decke hebt. »Ich führe die Macht der Kirche und der Erzkanzlei in meiner Hand zusammen. Nur daran wird das Reich gesunden. Hier, in meiner Kanzlei, schaffe ich dem deutschen Reich die Mitte, aus der alle Befehle kommen müssen. Damit wird das Reich endlich stark werden. Und daran wird mich kein König hindern können.« Fast schreit der Erzbischof. »Weder ein hoffärtiger fremder wie Charles noch ein ungestümer wie mein eigener König Maximilian!«

In Miras Ohren hallte der Schwur des Erzbischofs nach. Der rote Zorn hatte im Gesicht des Kirchenmanns gewütet.

»Stiert niemals zur Wand«, warnte der dicke Diener an Miras Ohr. »Ihr seid doch keine dumme Magd.«

Mira flüchtete sich aus ihrem Schrecken, dass es wieder über sie gekommen war, in ein Kichern. »Ich habe nur …«, *die Segel vor den Fenstern bewundert,* wollte sie lügen. Doch etwas hemmte ihre Zunge, Mira rang nach Worten. Wieso gelang es ihr nicht? »… über dem Wein an einen goldenen Becher denken müssen.«

Mira prüfte mit einem Seitenblick, ob Helmprecht etwas von ihrem Anfall bemerkt hatte. Doch der stand mit dem Türken beim Fenster. Sie schauten wohl hinunter zum Canale Grande auf die Ladeboote. Der Türke nahm Helmprecht gerade bei der Schulter und zählte mit den Fingern irgendetwas auf.

»Nun denn.« Der Diener wippte ein wenig in den Hüften und rückte ihr die Hand mit dem Weinglas sorgsam zur Tischdecke. »Abstellen dürft ihr das Glas trotzdem.«

Miras Herz schlug aufgeregt. Die Gabe war also wieder über sie gekommen. Dabei hatte sie in den letzten Wochen gehofft, dass es nur ein Kräuterwahn gewesen war, an den die beiden

Alten glaubten. Mira sammelte ihre Sinne. Sie hatte keinen Kräutertrunk zu sich genommen, nichts, das einen Rausch erzeugen konnte. Wieder hatte sie das gleiche Gefühl erfasst, neben dem Manne zu stehen, den sie in Mainz als Erzbischof gesehen hatte. Ihre heimlichen Gedanken an Ludomar musste ihre Gabe gereizt, das Bild seines Erzbischofs heraufbeschworen haben.

Mira ahmte einfach den Diener nach, der mit dem Tuch seine Mundwinkel sorgsam abtupfte. So richtig folgen konnte sie ihm vor lauter Sorge nicht. Wenn sie doch nur dieser Gabe entrinnen könnte. Sie wollte keine Blicke in das Leben der Hohen Herren tun, von dem sie nichts begriff. Ihr Trachten galt einzig einer Gelegenheit zur Flucht vor Helmprechts sündigen Plänen. Mira hörte dem Diener nicht zu, sondern rollte das Tuch einfach wie er zur Seite.

»Nicht links, rechts!« Der Diener trommelte mit den dicken Fingern vor ihr auf die Tischdecke. »Auf diese Seite legen.«

Mira tat wie ihr geheißen.

Hatten die alten Zwillinge am Ende die Wahrheit gesprochen? Dann warteten Prüfungen auf sie und große Rätsel. Mira hatte bislang nicht gewagt, jemanden danach zu fragen, wer oder was *Astarte* eigentlich war.

»Aber doch nicht vor den kleinen Teller. Signorina, da kommt nur das Obstmesserchen hin. Das wisst Ihr doch schon«, schmollte der Dicke.

Aber sie selbst war nicht an ihrem Platz: nicht als Gerhild, nicht als Braut, nicht in dieser Stadt. Wüssten nur all die Mägde und Jungfern in Frankfurt, wie ihr geschah, sie würden nicht mehr von dieser Stadt auf den glitzernden Wassern träumen. All die Schönheit um sie herum, die Palazzi, die Gondeln, ja selbst die hübsche Kleidung der einfachen Leute, war nur äußerer Schein von … Ja, wovon? Wenn sie das nur endlich begriffe.

Mira hob vornehm die Hand, als der Diener ihr einschenken wollte. Mit geschlossenen Fingern, kurz und bestimmt. Diese

Gabe war wieder über sie gekommen, hatte sie aus dem Hier und Jetzt gerissen. *Zeige nicht deine wahren Gefühle,* hatte ihr Helmprecht eingeschärft. Mira setzte ein Lächeln auf, das ihr misslang, wie sie auf der spiegelnden Fläche in der flachen Trinkschale erkennen konnte. Die feisten Finger des Lehr-Dieners zitterten ein wenig. Das Wasser schlug Wellen, ganz gleichmäßig feine, schnelle, die aus der Mitte aufstiegen …

… langsam zieht das französische Königsschiff vor dem Hafen von Genua auf. Ein herrschaftliches Paar steht an der Reling und schaut hinüber zur Küste. Größer und größer werden die zwei Menschen in perlenbesetzten Gewändern.

Das Geturtel der Stimmen wird deutlicher. »Morgen schon, Chérie, lege ich dir Genuas Stadtschlüssel zu Füßen«, flüstert der glutäugige Charles der Achte seiner Buhlin zu. Er reckt einen Trinkbecher zu den geblähten Segeln hinauf. »Italia wird französisch. Und der Papst, der alte Hurenbock in Rom, macht mich bald zum neuen Kaiser!« Charles wirft den silbernen Becher hinter sich, wo hübsche Pagen ihn sogleich von den Planken sammeln. »Warum hat sich der Idiot von deutschem König, dieser junge Maximilian, auch nicht längst in Rom krönen lassen? Der Narr glaubt noch an das Papier der Verträge, die er mit mir geschlossen hat. Pa!«, lacht der Franzosenkönig hart. »Ich werde es sein, ich!, der die deutschen Fürsten einigt – unter meiner Faust.« Erst im grellen Licht der Sonne zeigt es sich: Hände, Arme, beide Gesichter von Buhlin und König sind über und über von krustigen Windpocken entstellt …

Mira entfuhr ein Schrei. Was für ein eklig schuppiger Grind, rote Pünktchen und rostiger Schorf. Sie presste die Hand auf ihren Magen, damit sich das Essen nicht hob.

»Was habt Ihr, Signorina?« Der Diener tätschelte ihr die Hand.

Helmprecht eilte herbei und ohrfeigte ihn. »Dummkopf!

Wozu bezahle ich dich? Doch nicht dafür, dass du meiner Tochter den Magen verdirbst.« Er stieß ihn weg. »Schleich dich!«

Der Dicke stürzte auf die Knie. »Sehr wohl der Herr, sehr wohl.«

Der türkische Händler lachte mit rauchiger Stimme. »Esst mit mir draußen bei Danielo. Nirgends findet Ihr besseres Essen als in den Gassen Venedigs. Sieht man vom Serail unseres Sultans ab.«

Mira griff schnell zum Wasser. Sie vermochte kein Wort herauszubringen. Dieses lüsterne Bild mit dem grässlich kranken König war zu viel. Sie hatte nie einen Franzosen reden hören. Es war unmöglich, dass sie ihn verstand. Oder dass sie den Hafen von Genua sehen könnte. Ihre Gabe, die Erlebnisse mit Branca und Nera, das war doch nicht nur schiere Einbildung gewesen. Und doch war sich Mira auf einmal nicht mehr sicher, ob sie ihren Erinnerungen überhaupt trauen durfte. Der schreckliche Überfall in den Bergen, der Anblick von Gerhilds blutenden Wunden, das alles musste sie verrückt gemacht haben. Selbst auf ihr Gefühl in tiefer Seele, dass sie sich gerade etwas aus Angst auszureden versuchte, mochte sie sich nicht verlassen.

»Gerhild, ich werde dir Essen kommen lassen, das besser schmeckt.« Behutsam legte Helmprecht den Arm um ihre Schulter.

Mira sammelte sich ganz für die Gegenwart. Sie fühlte, dass Helmprechts Sorge echt war und nickte.

»Ihr tut gut daran. Dem jungen Strato wird viel Manneskraft nachgesagt. Er wird Euch schon bald einen Enkel schenken.« Der Türke lachte gut gelaunt.

Aufs Neue überfiel Mira Übelkeit. Ihr verwirrter Geist musste sich dringend klären, sie saß doch in einer Zwangslage fest. War sie erst Gemahlin dieses Venezianers und gar Mutter, wie könnte sie je wieder dieser Stadt entkommen? Wie könnte sie je wieder zurückkehren zu Jockel?

»Die Stratos besitzen so viele Ländereien, dass er auf jede Insel, die Venedig bei den Griechen gehört, einen Sohn setzen kann. Freut Euch, Signorina, ihr werdet die herrlichsten Häuser bewohnen, die ein Christenmann im Orient je gebaut hat.«

Mira brachte kein Lächeln zustande und verneigte sich deshalb nur vornehm, wie Helmprecht es von ihr erwartete. Nichts davon würde sie mitmachen. Sie wollte keine heißen Länder bereisen. Tausendmal lieber würde Mira zurückkehren in den Norden, nach Frankfurt, in die Winter voller Schnee.

Doch ehe sie von dem, was diese unheilvolle Gabe ihr zeigte, ganz verrückt würde, musste sie einen Weg über die Lagune zurück aufs Festland finden. Von dort konnte sie nach Hause laufen, gleich, wie weit es auch war.

Mira brauchte eine Stärkung. »Setzt Euch zu uns.« Sie lud den Türken mit einer zierlichen Handbewegung an den Tisch und hob vornehm den Weinkelch. »Lassen wir – wie heißt das Getränk aus des Sultans Reich? Ach ja, lassen wir uns allen Mokka kommen!«

Helmprecht hob die Augenbraue. Er zögerte, bis sein Mund doch breit vor Stolz wurde. »Du bist gut geraten, Tochter. Lade den Emir ruhig an unseren Tisch.«

Der Türke nahm ihr gegenüber Platz.

Hoffnung keimte in Mira auf. Wenn sie auch nicht mehr lügen konnte, verstellen konnte sie sich noch. Vielleicht war die Gabe am Ende gar zu etwas nutze, weil sie ihren Geist so schnell machte. Sie würde Helmprecht von nun an erst recht in Sicherheit wiegen bis zur ersten Fluchtgelegenheit.

II

Ludomar schlängelte sich durch die Gasse, hielt sich dabei immer dicht hinter dem Dominikanermönch Rogiero. Er war Gott sei Dank so hochgewachsen, dass er dessen Tonsur zwischen all den Hauben, Kappen und Federhüten nicht aus den Augen verlor.

»Es ist mir eine Ehre Euch zu führen.« Rogiero wartete an einer Kanalbrücke im milden Septemberlicht auf ihn.

Noch fühlte sich Ludomar in seiner so herausgehobenen Rolle als Botschafter des Erzbischofs von Mainz nicht sonderlich wohl, auch wenn er schon die ersten Verbindungen zu den Mächtigen der Stadt hatte knüpfen können.

Ludomar wich leicht geschürzten Frauen aus, die Körbe voller goldfarbener Früchte trugen. Das Obst duftete herrlich. »Der Wunder sind gar viele.« Der Erzbischof von Mainz hatte ihm nicht zu viel versprochen, dass er im Welschland jeden Tag aufs Neue von der Schöpfungskraft des Herrn überwältigt werde. *Doch der Teufel ist dort nicht minder fleißig in seinem Zerstörungswerk. Die Seelen sind schwärzer dort als hier.*

Eine der Frauen, die ihr Haar zum Zopf gebunden hatte, zwinkerte ihm zu und warf ihm eine der Früchte her. »Probiert erst die.« Sie lachte und verschwand im Gedränge der Gasse.

»Eva ist immer gleich.« Der Mönch schmunzelte. »Doch die Frucht hier könnt Ihr ruhig kosten. Wir nennen sie Melarancia.« Der Mönch nahm Ludomar die Frucht aus der Hand und presste den Daumen hinein. Die Schalen warf er in den Kanal. Dann reichte er Ludomar ein Stück. »Ist sehr saftig.«

Ludomar genoss den unbekannten Geschmack. Überhaupt

war das Essen, je weiter er vom steinigen Pass herabgekommen war, immer schmackhafter geworden. Allenfalls noch übertroffen vom herrlichen Gerstenbrei der Berghexen, dem nichts gleichkam. Aber vielleicht hatten die ihm mit einem Täuschungszauber nur leere Spelzen vorgesetzt. Ludomar dachte an die arme Händlertochter. Der Herr mochte sie vor den Hexen schützen.

»Ihr zieht ein schiefes Gesicht. Ist die Melarancia etwa sauer?«

Ludomar schüttelte die Erinnerung ab. »Nein, ganz und gar süß wie Honig.« Wie die Magd Mira, die er in der Gebirgsnacht vor ein paar Wochen gekost hatte. Ludomar wischte sich die Finger an der Hose ab. Er hatte wahrlich keine Zeit, Gedanken an hübsche Schenkel zu verschwenden. »Ist es noch weit bis zum Arsenal?« In dem Labyrinth der Gassen, Brücken und Kanäle schien Venedig endlos groß.

»Wir sind schon da.« Der Dominikaner bog mit ihm um eine Häuserecke.

»Ein Hafenplatz!« Ludomar staunte.

»Es gibt nichts, was es in dieser Stadt nicht gibt.« Der hochgewachsene Mönch deutete zu mindestens zwanzig Schiffen an den Kais. »Hier liegt nur ein winziger Teil der Kriegsflotte der stolzen Republik.«

Auf Masten, Rahen und Bordwänden wimmelte es von Handwerkern. Manche flochten neue Seile in die Fallrepe, andere erneuerten Planken, strichen Farbe auf die Hecks oder nieteten Bleche an die Stoßspitzen der Schiffe. Kein Wunder, dass der Erzbischof ihn hierher geschickt hatte. Die Macht Venedigs war augenscheinlich. »Wie vielen Schiffen gebietet der Doge?«

»Rechnet das Achtzigfache.« Der Dominikaner hob die Hand. »Die Schiffe der Kaufleute nicht mitgezählt.«

Überschlug er nur die Ausgaben für eines davon, dann wurde Ludomar schwindelig vor den Kosten solch einer Flotte.

»Gehen wir die hohe Mauer entlang.« Der Mönch erklomm ein paar Stufen. »Unten straucheln wir am Ende noch im Gewirr der Seile und Hölzer, die kreuz und quer auf dem Kai liegen.«

Von der Mauerkrone aus erspähte Ludomar durch den breiten Zufahrtskanal des Militärhafens die Lagune. In der Ferne schien eine Kuppel über dem bleifarbenen Wasser zu schweben. »Welche Kirche ist das?«

»San Michele in Isola – dort begraben die Venezianer ihre Toten.« Der Dominikaner wandte sich ab. »Meidet den Ort. Bettler und Geister ziehen dort an den Gräbern umher. Man lässt Euch nicht gehen ohne ein Almosen.« Der Mönch drückte ihn an der Schulter und deutete hinunter zu einem kleinen dreieckigen Plätzchen. »Dort findet Ihr, was Ihr sucht.«

Ludomar folgte ihm etliche Stufen die hohe Mauer hinab zur Stadtseite. Es schmeichelte ihm, dass er inzwischen überall so zuvorkommend behandelt wurde. Am Sprechgitter des Dominikanerklosters hatte man ihm zuerst nicht einmal antworten wollen. Kaum war er laut geworden und hatte das Beglaubigungsschreiben mit dem Siegel des Erzbischofs von Mainz hervorgezogen, war der Mönch an der Pforte blass geworden. Unter etlichen Entschuldigungen war Ludomar sogleich zum Abt geführt worden. Der hatte nur einen Blick auf den Brief des Mainzer Erzbischofs und Kurfürsten des Reiches geworfen und ihm sofort den Mönch Rogiero zur Seite gestellt. Dieser führte ihn nun seit drei Wochen von Konvent zu Konvent und bei den wichtigen Familien der Stadt ein. »Ihr kennt wohl alle Geheimnisse von Venedig?«, fragte Ludomar.

Rogiero drehte sich um. Sein Mund wurde schmal im blassen Gesicht. »O nein. Die Geheimnisse des Lasters kenne ich nicht.«

Darauf hatte Ludomar gar nicht anspielen wollen. »Ihr missversteht mich.«

»Ihr seid noch kein Priester. Deshalb dachte ich ...« Rogiero faltete schon die Hände in einer entschuldigenden Geste. »Was die Geheimnisse der Verteidigung der Kirche Roms angeht, ist mein Abt der beste Lehrer. Doch nicht einmal der Spitzeldienst der Stratos kennt alle Geheimnisse dieser Stadt. Die kennt nur Gott.«

Strato. Mehr als einmal war der Name dieser mächtigen Familie gefallen, seit er sich bei den Kirchenleuten in der Stadt umhörte, wie die Mächtigen Venedigs die Kraftverhältnisse zwischen Frankreich, Mailand, den Türken, dem Papst und dem Reiche einschätzten.

Sie erreichten den kleinen Platz. Unter dem Baum in der Mitte verkauften Schellenschmiede Halbkugeln für Wehrschilde, allerlei Kleinzeug aus Eisen, Schrauben, Nägel und vielerlei gewinkeltes Zeug. Sogar Kanonenkugeln waren vor einem der Läden zu einem säuberlichen Haufen aufgeschichtet.

»Was Ihr sucht, findet Ihr im letzten Laden vor der hinteren Brücke.« Rogiero strich sich über das rasierte Haupt. »Die Kirche muss wachsam sein. So sehr uns die Heilige Schrift an den Frieden bindet, die Diener Gottes dürfen sich nicht blind ihren Feinden ausliefern. Papst Alexander weiß um die Gefahren. Die benachbarten Fürsten gelüstet es seit je nach dem Kirchenstaat.«

Der kleine Laden bot keine Auslage vor der Tür. Nur ein Schild, das eine Messerklinge zeigte, hing unter dem engen Fenster. Es war vergittert, wie noch jedes in Venedig, in das man hätte einsteigen können.

»Ich verstehe sehr gut, dass auch Euer Erzbischof in Mainz Vorsorge treffen muss.« Rogiero klopfte dreimal.

»Wer ist da?«, kam von innen eine Stimme.

»Pater Rogiero von den Dominikanern.«

»Dein Antonino ist nicht da, komm morgen wieder.«

Rogiero errötete und verzog unwillig die Brauen. Er klopfte wieder. »Macht auf. Ich bringe einen Kunden.«

Drinnen rutschten Riegel.

»Der Messerschmied ist sehr eigen«, flüsterte der Dominikaner. »Tut so, als ob Ihr nichts bemerket.«

Der Laden war winzig. Fast stieß Ludomar mit der Nase gegen die Messer an den Wänden. Diese waren wie schnurgerade an den Spitzen ausgerichtet. Man hatte sie nebeneinander nach unten hängend auf blauen Stoff gelegt und mit roten Schlaufen befestigt.

»Ihr wünscht?«, fragte ein Mann mit quäkender Stimme.

Fast glaubte Ludomar, der kleine Mann wäre verwachsen. Doch hielt er die Schulter nur halb weggedreht, die Hände krumm, das linke Knie eingeknickt. Die rote Nase und Ohren verrieten ein tägliches Übermaß an Wein. Die Trunksucht war in Venedig gewiss nicht weniger verbreitet als in Mainz.

»Ich brauche einen kleinen Dolch.«

»Vor Euch.« Die Schulter des Mannes zuckte zur linken Wand.

Ludomar erkannte sogar vergoldete Klingen und einen mit einem roten Edelstein ganz im hintersten Winkel, an den man nicht hätte ohne Steigbrett reichen können. »Ich meine einen mit gläserner Spitze.«

»Ah«, sagte der Messerschmied gedehnt, trat hinter ein Verkaufsbrett an der rückwärtigen Wand und duckte sich weg. »Einen mit oder ohne?«, rief er dumpf von unten dahinter.

Ludomar suchte mit dem Blick Rat bei dem Mönch.

»Wenn der Erzbischof Euch nach Venedig um einen Dolch schickt«, sagte Rogiero ganz ruhig, »dann doch wohl um einen ›mit‹, nicht wahr?«

Ludomar war überrascht, wie geläufig derlei Dinge dem jungen Dominikaner waren. Der Erzbischof in Mainz hatte ihm noch strengste Verschwiegenheit eingeschärft. *Niemand darf wissen, dass sich die Kirche jederzeit zu verteidigen weiß.*

»Mit«, sagte Ludomar laut.

Der Messerschmied fuhr hinter dem Verkaufsbrett hoch. Nun war die andere Schulter vorgeschoben, die Hände hielt er überkreuz. »Was bringt Ihr mir immer diese Fremdländer?«, sagte er mit einer näselnden Stimme. »Ich mag nicht mit denen reden.« Er schob den Mund vor, bückte sich, kam hoch und legte eine Ledermappe auf das Brett.

»Hier, wählt aus.« Er klappte sie auf.

Fünf Dolche waren nebeneinander in Schlaufen gesteckt. Von rechts nach links wurden die Knaufe dünner, die Klingen schmaler, die gläsernen Spitzen feiner.

»Je länger die Spitze ist, desto leichter bricht sie.« Die blasse Hand Rogieros schwebte über den versilberten Dolchen.

Ludomar hatte in seinem Leben noch keine Waffen kaufen müssen. Immer waren genug im Haus gewesen. Auf dem Gut des Erzbischofs, das sein Vater verwaltet hatte, sorgte der Schmied dafür; in den Klöstern oder Häusern, in denen Ludomar gewohnt hatte, waren es fleißige Verwalter gewesen.

»Führt Ihr den Dolch?« Der Messerschmied langte zu dem vierten von links. Erstaunlich flink und sicher zog er ihn aus der Schlaufe und zeigte mit der Spitze auf Ludomar.

Er hoffte inständig, dass er selbst niemals solch eine Waffe gegen einen der Ketzer führen musste. Gegen die rüstete der Erzbischof sich. Die Humanisten und all die Hetzer gegen die Kirche in den Universitäten des Reiches meinte der Erzbischof, wenn er von den ärgsten Feinden der Kirche sprach. Ihre Schriften hatte er der Zensur unterworfen, wenn auch mit mäßigem Erfolg.

Ludomar nahm den Dolch vorsichtig in die Hand. Kühl und sehr leicht fühlte sich der Griff an. Nichts beschwerte die Bewegung aus dem Gelenk. Oder hatte der Erzbischof ganz andere Feinde im Blick, weil er sich sehr für eine Reichsreform einsetzte?

»Vorsicht! Die Spitze bricht sofort, wenn sie auf etwas trifft.«

Der Messerschmied krächzte. »Stechen müsst Ihr damit, nicht schneiden.«

Ludomar war sicher, dass die Hände des Erzbischofs größer als die seinen waren. »Ich nehme den in der Mitte.«

»Ich wusste es, ich wusste es.« Der Messerschmied klatschte wie ein Kind. »Den nehmen die meisten. Davon habe ich genug auf Lager.« Er befreite den Dolch aus der Schlaufe und peilte mit dem Blick die Spitze an. »Was wollt Ihr?«

Ludomar wusste nicht weiter. Rogiero hielt gerade an der Tür nach draußen Ausschau. Hartes Klopfen von einem der Kuppelschmiede dröhnte auf dem Platz. »Was empfiehlt Ihr?«, fragte Ludomar notgedrungen.

»Warum bringt Ihr mir immer diese Fremdländischen.« Der Waffenschmied verzog das Gesicht wie unter Pein. »Weiß ich, wen Ihr mit dem Dolch vergiften wollt?«

Gift? Davon hatte der Erzbischof nichts gesagt, nur die gläserne Spitze hatte er verlangt.

»Glasdolche werden an der Spitze gefährlich gemacht, womit der Käufer will.« Rogiero sprach ganz sanft in Ludomars Ohr. »Wie wünscht es Euer Herr?«

»Nun …« Ludomar zögerte. Er konnte sich seinen Herrn nicht als giftkundigen Pulvermischer vorstellen. Der Erzbischof las tagein, tagaus die Schreiben der königlichen Kanzlei, versandte welche an die Fürsten oder versenkte sich in die Kirchenschriften.

»Soll die Wunde schwären bis zum Tod?«, krächzte der Messerschmied. »Soll es große Schmerzen geben? Ach nein, das ist nur was für eifersüchtige Ehemänner.« Er kicherte. »Soll der Dolch sofort das Opfer niederstrecken wie ein Schlag?«

Gegen unnötige Quälerei bei der Folter hatte sich der Erzbischof mehrfach ausgesprochen. »Wie einen Schlag, ja.«

»Das ist aber das Teuerste.«

»Sei's drum.« Ludomar verfügte über genug Geld.

Der Messerschmied holte hinter einer Klappe in der Wand ein schmales Glasgefäß vor. Die Flüssigkeit darin war gelb wie Seige. Vorsichtig führte er die Messerspitze senkrecht hinein. Ganz langsam zog er sie wieder heraus. Ölig fast wie flüssiger Honig troff es herab.

»Das persische Spinnengift trocknet im Nu.« Der Messerschmied focht ein-, zweimal ins Leere. »Fertig. Von jetzt an ist der Dolch unweigerlich tödlich. – Ein Futteral geb ich Euch umsonst dazu.« Er kramte etwas unter dem Verkaufsbrett vor. Das schweinslederne Futteral erinnerte an eine Flötentasche. »Hier.« Langsam steckte der Messerschmied den Dolch hinein. »Drinnen ist es genau so geformt wie der Dolch und mit gewachstem Papier und Metall verstärkt. Die Spitze kann nicht brechen, selbst wenn Ihr aus Versehen darauf trätet.« Er hielt die Hand wie eine Kralle auf. »Vier Goldmünzen Venedigs, andere nehme ich nicht.«

Ludomar holte sein Säckel vor und zahlte in die krummen Finger hinein. Die schlossen sich sofort. »Guten Tag, die Herren.« Der Messerschmied tauchte hinter seinem Ladentisch weg.

»Sage Antonino, dass ich morgen wieder nach ihm sehe.« Rogiero öffnete die Tür für Ludomar.

Die Sonne draußen blendete ihn. »Es ist ja auf einmal ganz still geworden.« Ludomar wunderte sich über das fast menschenleere Plätzchen. Nur ein paar Jungen bewachten die Auslagen und kauten an Broten.

»Um die Zeit isst man in Venedig.« Rogiero lachte. »Das solltet Ihr auch tun. Und zwar genau vor San Giorgio. Dort in der Schankstube in den großen Arkaden speisen all die Herren des Rats, die sich um Venedigs Außenangelegenheiten sorgen.«

Ludomar war froh, dass er diese geheime Besorgung erledigt hatte. Nun stand ihm die eigentliche Prüfung bevor. Er würde mit den Mächtigen der Republik ins Gespräch kommen müssen.

Rogieros Blick fiel auf Ludomars Hand, als er das braune Futteral zögerlich in die Innentasche seines Straßenmantels steckte. »Die Kirche ist Gottes Gerechtigkeit auf Erden. Sie muss stark sein. Sonst kann sie die Strafen unseres Herrn gegen die Fürsten nicht durchsetzen«, sagte der Mönch. »Bleibt wehrhaft und entschlossen zum Kampf um jede Seele.«

»Gewiss«, sagte Ludomar. Im Gehen spürte er das Futteral im Mantel. Und mit einem Mal schien ihm im milden Mittagslicht, dass es schon schwer genug würde, seine eigene Seele vor dem Höllenfeuer zu retten.

12

Schatten und Licht. Damit spielten die Venezianer leidenschaftlich gern. Mira tröstete das herrliche Zitronengelb ihres Kleides in der warmen Septembersonne wenig. Es war aus einem edlen Stoff geschneidert, der in einer einzigen Farbe, aber mit unterschiedlicher Helligkeit getränkt worden war. Auch an den Außenseiten der Paläste Venedigs wechselten immerzu Licht und Schatten, aber nie zufällig. Sie umtanzten einander und verstärkten sich. Die verzierten Marmoreinfassungen der Fenster glänzten umso mehr, je schmaler die Rücksprünge der Erker und Balkone gearbeitet waren.

Mira überforderte so viel Schönheit, denn eigentlich wechselte sie nur ihr Gefängnis. Von der Niederlassung der deutschen Kaufleute brachte Helmprecht sie auf einer Gondel zu ihrem Verlobten. Sie hatte keine Fluchtmöglichkeit gefunden, der Kaufmann lauerte wie ein Wachhund und ließ sie keine zwei Schritt allein laufen. Das bunte Treiben auf dem Wasser lenkte sie nicht ab. So selbstverständlich wie die Leute in Frankfurt mit Eselkarren ihr Zeug zum Markt schleppten, schafften hier die Gondeln Mensch, Vieh und Waren hin und her. Mira war unwohl vor Aufregung. Diese Gondelfahrt zu ihrem Verlobten war die erste Gelegenheit dafür, irgendwie zu entkommen.

»Glaubst du mir nun, dass es hier Straßen aus Wasser gibt?« Helmprecht hielt es nicht auf der Sitzbank neben ihr, er stand auf und hielt sich am Rückenbrett fest.

»Ist es noch weit?« Mira verkniff es sich, ihn mit *Vater* anzureden. Selbst wenn Helmprecht sie noch so drängte, brachte sie es einfach nicht übers Herz, schon gar nicht vor Leuten. Ihr eigener Vater sollte in ihrer Erinnerung weiterleben: seine lustigen Tanzschritte, wenn er sie im Kreis vor dem Kamin gedreht hatte, seine von der Werkstatt raue Hand, mit der er ihr zärtlich über den Kopf gestrichen hatte. Mira seufzte.

»Wird dir etwa übel von diesem verdammten Schaukeln?« Helmprecht presste sich die Hand auf den dicken Bauch. Er hatte sein vornehmstes Gewand angelegt, den dunkelgrünen Seidenmantel und den samtenen Umhang mit den Goldstickereien auf dem Brustteil. Sogar neue Lederstiefel in der gleichen Farbe hatte er anfertigen lassen.

Er befühlte ihre Hand. »Nicht kalt, Dank sei Gott.« Er wischte sich mit einem spitzenbesetzten Tuch den Schweiß von der Stirn und versteckte es wieder in den tiefen Taschen seines Mantels.

Mira tat ja nur so nachgiebig und als sei sie mit allem einverstanden. Schon seit dem Morgen, als er ihr dieses zitronengelbe Kleid in die Stube gebracht hatte, sann sie auf Flucht.

Helmprechts breit lächelnder Mund zeigte den Stolz. »Welch unübertroffene Pracht«, flüsterte er verzückt. »Nie mehr werde ich in dem halb fertigen Fondaco der deutschen Kaufleute nächtigen müssen. Vorbei ist der Lärm und das Gezeche der Prahlhänse.« Er streckte den Arm aus. »Dort wirst du wohnen.«

Aber nicht lange. Der Palazzo der Stratos war von besonderer Schönheit; Säulen, Erker oder Steingesimse strebten offensichtlich danach, die Nachbarn auszustechen. Aber wie hätte man auch von einer der mächtigsten Familien Venedigs etwas anderes erwarten können. Miras Hoffnung sank. Leider gab es nur ein großes Portal, davor ein wenig Freiraum bis zu den Stufen für die Gondeln. Die unterste Reihe der Fenster war über dem Wasser vergittert. Von dort hätte sie vielleicht springen können, aber sie konnte nicht schwimmen. Mira vermochte kaum einen Laut der Enttäuschung zu unterdrücken. Aus dem Palazzo war eine Flucht noch schwieriger. Sie musste einen Weg zu einer Gasse hinter dem Palast finden, sofern der überhaupt an eine stieß.

Der begeisterte Helmprecht hatte ihr verschlucktes Seufzen nicht gehört.

»Schau dir die Außenwände an. Rosenfarben und lilienweiß, abwechselnd wie bei einem Schachbrett. Solchen Marmor findest du nur im Orient.« Er rieb sich die Hände. »Und das über weißen Säulen! Solch Kunst schmückt nur den Palazzo Strato.«

Friese wie feine Spitzen säumten die Stockwerke. Die zweite Fensterreihe zierten Rundbögen wie Dreiviertelkreise in Rosa und Weiß.

»Man sagt, der Großvater deines Verlobten habe sein Geld im Edelsteinhandel mit dem Orient gemacht und hier den Sommerpalast des Kalifen von Bagdad nachgebaut.«

Ob Sommer- oder Winterschloss – für Mira würde es ein Gefängnis. An den Stufen vor dem Palastportal stand ein Mann. *Er.* Mira sammelte ihre Kraft.

»Ercole wartet schon.« Helmprecht zerrte an ihrer Hand. »Vergiss nicht, was du gelernt hast. Die Lehrer haben mich viele Gulden gekostet. Benimm dich vornehm, Tochter«, flüsterte er heiser.

Mira entwand ihm ihre Finger. »Gewiss doch.« Sie beugte sich an Helmprecht vorbei. Einen genauen Blick auf den Mann, den sie so täuschen sollte, wollte sie erhaschen, bevor sie sittsam die Augen senkte.

Aber vier Gondeln versperrten ihr die Sicht. »Warum gaffen die Leute so zu uns her?«, fragte Mira.

»Glaubst du, ein Strato wartet oft an den Stufen seines Hauses? Jedermann hier will sehen, welch Ehrengäste er empfängt. Nichts in Venedig ist wichtiger als die Neuigkeiten darüber, wer mit wem verkehrt.« Helmprecht hob sogar den Zeigefinger.

»*Cazzo!*« Der Gondoliere hinten am Bug fluchte, als er durch eine heftige Querwelle auf die Stufen zuruderte.

»Reiß dich zusammen«, sagte Helmprecht, doch es klang als spräche er mit sich selbst.

Mira hob den zitronengelben Schleier von den Schultern und legte ihn über ihr Haupt. Es rumpelte, die Gondel legte an. Nur einen mit langen braunen Federn geschmückten Hut konnte sie hinter dem Rücken Helmprechts erspähen.

Der sprang zuerst auf die nassen Stufen und reichte ihr die Hand. »Komm, meine Tochter.«

Sogar ein geknüpfter Teppich war aus dem Haus bis über die Stufen gerollt worden. Dass sein Ende vom Kanalwasser getränkt wurde, schien niemanden zu stören. Mira machte vorsichtig einen großen Schritt aufs Trockene, die seidenen Schuhe waren gewiss nicht dicht.

Helmprecht führte sie weiter, verneigte sich schon.

»Willkommen, Schwiegervater.« Tief war die Stimme Ercole Stratos, zugleich voll und tragend. Fast zärtlich rollten die Vokale, wäre da nicht auch eine wie berechnet klingende Langsamkeit. Eine winzige Rauheit machte den Klang noch männlicher. »Willkommen, Gerhilda.«

Mira hob den Kopf. Strato lächelte sie an. Er zeigte dabei seine ein wenig unregelmäßigen, aber sehr weißen Zähne. Die schwarzen Locken fielen ihm wie auf dem Bildnis ins Gesicht, ein kurzer Bart schmückte sein Kinn, nur seine Augen waren nicht schwarz, sondern nussbraun. Er mühte sich nicht einmal, seine Neugier zu verhüllen.

»Ich danke Euch«, sagte Mira. *Für die Gastfreundschaft*, kam ihr nicht über die Lippen, obgleich es Helmprecht ihr als Antwort eingebläut hatte.

Stratos Jacke und Hose aus brauner Seide schmeichelten seinen muskulösen Beinen und dem breiten Kreuz. Seine Gestalt glich der eines Metzgerlehrlings, der tagein, tagaus halbe Schweine schleppte. Doch säumte teurer schwarzer Pelzbesatz die Kleidung. »Ich weiß, wie anstrengend das Reisen über die Berge schon für einen Mann ist. Desto glücklicher bin ich, dass Eure Gesundheit wieder so schnell hergestellt ist.«

Helmprecht hatte Unwohlsein vorgeschoben, damit Mira Zeit für die Lehren in den Umgangsformen blieb. »Die Tage der Ruhe haben mir gutgetan.«

»Verzeiht, dass wir Euch haben warten lassen«, sagte Helmprecht.

»Wir haben die ganze Zukunft vor uns. Was sind da ein paar Tage?« Wie ein aufdringlicher Handrücken strich Stratos dunkle Stimme leise um ihr Ohr. »Kommt hinein«, sagte er laut. »Mein Haus ist von nun an Euer Haus, Schwiegervater.« Strato reichte jedoch Mira die Hand und suchte nur ihre Augen.

Sein Blick wanderte nicht über ihren Hals, ihre Brust oder gar ihre Hüften. Es war, als ob er sie trösten wollte mit ungesprochenen Worten. *Habe keine Angst vor diesem Getue, schöne fremde Braut. Du gefällst mir sehr. Ich werde auf dich aufpassen. Verlasse dich nur auf mich.* Das schienen seine Augen zu sagen. Mira konnte nicht anders als die unerwartete Freundlichkeit mit einem Lächeln zu erwidern. Sie war dankbar, dass sie der Sitte nach bis zur Hochzeit seinen Vornamen Ercole nicht verwenden sollte. Denn das half ihr Abstand zu halten. Auch wenn sie bald fliehen würde, müsste sie Zeit mit diesem Mann verbringen.

Sein schöner Mund hob sich noch mehr. Strato wies zum Palazzo. »Gerhilda. Mein Haus wird dein Haus sein für immer.«

Sie zögerte dennoch, seine Hand zu ergreifen, wie es sich schickte. Zigmal hatten sie die kurze Ankunftszeremonie durchgesprochen.

Helmprecht deutete ein Nicken an. Mira legte ihre Hand in Stratos, und er umschloss ihre Finger sehr sanft, fast ohne Druck. Mira war so viel Rücksichtnahme nicht gewohnt. Er wartete sogar, bis sie ihren zitronengelben Rock mit der freien Hand gerafft hatte. Konnte es sein, dass die venezianischen Herren ihre Frauen wie ihresgleichen mit Achtung behandelten?

Helmprecht hatte den Augenblick genutzt und sich an Stratos rechte Seite gestellt. Auf gleicher Höhe schritten sie zu dritt über den Teppich durch das weite Portal.

Aus den Augenwinkeln erkannte Mira herrliche Schnitzereien von Löwenköpfen und Früchten auf den Türen. Dahinter öffnete sich eine Halle.

»Ich habe Euch das Gegaffe der Dienerschaft ersparen wollen, deshalb seht Ihr niemanden. Folgt mir hinauf.« Strato hielt den Kopf ihr zugewandt.

Ihre Herrin Gerhild hätte es nicht anders gemacht. Mira dankte nicht, hob sogar das Kinn ein wenig weiter als verstehe sich so etwas von selbst.

An der Hand ihres Verlobten schritt Mira nach rechts eine breite Treppe hinauf, deren Handlauf mit Ranken verzierte Bögen bildeten. Gewirkte Teppiche mit Bildnissen ferner Länder schmückten die Wand und bedeckten den rosa Marmor fast ganz.

Im ersten Stock waren die Gänge zum Hof hin unverglast. Ein angenehmer Duft zog Mira um die Nase.

»Euch zu Ehren habe ich überall Jasminwasser versprühen lassen.«

»Habt Dank, dass Ihr uns ehrt wie orientalische Fürsten ihre Gäste«, sagte Helmprecht.

»Wer sind schon Fürsten«, sagte Strato leichthin. Er schenkte dem Kaufmann ein Schmunzeln.

Mira war von den Mustern im Steinboden wie gebannt. In allen Farben liefen Bänder durcheinander. Regelmäßig wiederkehrende Lücken bildeten Sterne, mal fünfstrahlig, mal sieben, und immer wieder acht Zacken. Ein goldenes Band lief auf einen Kreis zu.

»Der Große Saal mit dem Blick nach San Marco, unserer Kirche.«

Die dreiviertelrunden Bögen der Fenster wirkten schwarz vor dem klaren Septemberlicht. Es überstrahlte die Wandgemälde, die bis unter die Decken reichten. Mira erkannte im Vorüberschreiten nur einen Mohren unter einem seltsamen Baum. Von der Decke hingen unzählige Leuchten aus venezianischem Glas. Da begriff sie erst, dass sie sich auf allen Seiten in mannshohen Spiegeln vervielfachten. Ein Rieseln überlief Mira. Und hinzu kam noch etwas, das ihr den Atem nahm: War schon die farbenfrohe Pracht überwältigend, schreckte sie mehr noch die schwarze Gestalt im Gegenlicht, die sich eben von einem erhöhten Sitz vor der Fensterreihe erhob.

Mira blinzelte. Eine Frau, gewiss, doch sie konnte halb geblendet die Farben des um die Gestalt fließenden Gewandes nicht erkennen. Die Frau schien ihr wie eine der in Stein gemeißelten Statuen, die sie auf der Reise in Verona am römischen Tempel bewundert hatte.

»Mutter, erlaubt, dass ich Euch meine erwählte Braut zuführe.« Strato lächelte dabei, als habe er sagen wollen: *Solange hast du gar nicht warten müssen.* Er neigte knapp den Kopf. »Thulia Strato, begrüßt meinen Schwiegervater.«

Mira hörte die Frau einatmen. Armreifen klirrten leise, als sie die Falten des Gewandes raffte und vom Fenstersitz die Stufen herabkam. Eine Königin hätte sich dabei nicht aufrechter halten können. Erst auf der untersten Stufe fiel endlich Licht von der Seite auf ihr Antlitz. Graue Locken zierten ein altersloses Gesicht, so ebenmäßig war sie gepudert. Rosige Schatten hoben die Wangen, dunkle Striche schwangen weit von den Augen bis zu den Schläfen, ihre Lider waren grün glänzend bestrichen.

Mira fühlte sich auf einmal nackt unter diesem Blick. Hart maß Stratos Mutter mit ihren grünen Augen jeden Zoll ihres Leibes. Sie forschte lange in Miras Gesicht.

Mira meinte in diesem Blick eine Missbilligung zu lesen. Galt diese mehr ihrem Kleid oder, wenn sie das kaum wahrnehmbare Spiel der Brauen richtig deutete, doch mehr ihren von den Mägdearbeiten gekräftigten Händen? Nein, keimendes Misstrauen war es, wie ein einziger kurzer Wimpernschlag Mira verriet. Misstrauen, das aus dem Gespür der Frauen füreinander aufstieg. Mira kämpfte mit sich, dass sie nicht schluckte, wie eine Magd aus Angst vor einer Strafe.

»Sei willkommen«, sagte Stratos Mutter knapp und wandte schon den Kopf. »Seid willkommen in meinem Haus auch Ihr, Helmprecht.« Kein Lächeln schmückte die Worte, sondern eine Neigung des Hauptes. Gerade so tief, dass die schweren grünen Steine ihrer Ohrringe nicht allzu sehr schwangen. »Nach all den vielen Briefen sehe ich endlich den Mann, der sie mir schrieb.« Sie lachte kurz, hell und frisch. Thulia Strato wandte sich um. »Nach alter Tradition«, ihre Worte hallten im Saal, »begrüßen wir die Braut mit Granatapfelsaft.« Sie drehte sich vor einem kleinen Tisch unter einem Spiegel um.

Helmprecht konnte seinen Stolz kaum zähmen, so breit zog er den Mund. »Wie gnädig von Euch, mit dem Brauch meiner Bitte zu folgen, meine Tochter schon jetzt bei Euch aufzunehmen. Der halb fertige Fondaco der Kaufleute war der Erholung meiner Tochter nicht zuträglich.«

»Gewiss, gewiss.« Thulia strich sich über die Schläfe. »Ercole?«, sagte sie nur und wies zum Tisch. Ihr Ring war sehr groß auf der faltigen Hand. So war sie doch um einiges älter als Mira gedacht hatte, vielleicht fünfzig.

Ihr Verlobter griff zu der geschliffenen Karaffe. Darin leuchtete blutrot der Saft. »Granatäpfel machen fruchtbar, heißt es bei uns.« Er goss zwei Becher voll. »Die Frau.« Er reichte Mira einen. »Und den Mann.« Er nahm den anderen. »Aber nur, wenn sie vor der Hochzeit anstoßen.« Schon hielt er ihr den feinen Becher hin.

Mira fühlte einen Krampf in den Unterarmen. Mochten die Heiligen ihr verzeihen, wenn sie hier mit diesem Mann auf einen Kindersegen anstieß, vor dem sie noch heute zu fliehen gedachte.

Thulias Lider waren leicht gesenkt. Sie beobachtete jede ihrer Gesten.

Strato legte den Kopf ein wenig zur Seite. Die nussbraunen Augen schienen zu sprechen. *Was hast du? Ich werde dir nicht wehtun. Nicht jetzt am Tag, nicht alsdann in der Nacht.* Aber Mira vergaß nicht, was die anderen Mägde an Erfahrung mit reichen Männern gemacht hatten. Hinter ihr trat Helmprecht von einem Fuß auf den anderen. Mira zwang ein Lächeln in ihr Gesicht und streckte den Arm vor.

Die Becher klangen hart aneinander. Fast fürchtete Mira, sie habe ihren zerbrochen, doch nur ein winziger Tropfen spritzte heraus und netzte ihren Daumen. Sie tat es Strato gleich und trank.

Der Saft schmeckte herrlich. So ausgewogen süß und herb, so erfrischend kühl und glatt auf der Zunge. »Oh«, entglitt ihr. »Habt Dank.«

Thulia hielt ihnen ein silbernes Tablett hin, worauf Strato seinen Becher stellte. Mira tat es ihm nach.

»Das hätten wir dann«, sagte Thulia und legte das Tablett zurück auf den kleinen Tisch. Sie wandte sich zu Helmprecht. Sie spitzte die Lippen und fasste ihn am Ellenbogen. »Wir haben Erkundigungen im Norden eingezogen«, sagte sie. »Ihr wäret gewiss nicht hier, wenn nicht alle Eure Angaben über Euren Stand zu Frankfurt der Wahrheit entsprächen.« Sie zog ihn am erhöhten Sitz an den Fenstern vorbei zum Ende des Saales. »Kommt in mein Schreibzimmer. Die Punkte achtzehn und dreiundzwanzig des Ehevertrags sind noch offen. Einen Teil der Mitgift wollt Ihr mit den Schuldverschreibungen aufbringen, die Euch der deutsche König und andere Fürsten auf Euer Gold gegeben haben.« Thulia lachte hart. »Wir in Venedig wissen, was solche Dokumente wert sind. Wir sollten deshalb rasch klären, unter welchen Bedingungen die Schuldverschreibungen wirklich ...«

Der Vertrag war noch nicht ganz ausgehandelt? Hoffnung keimte in Mira auf. Nichts brachte Eheversprechen schneller auseinander als der Streit um die Mitgift. Das war bei Knecht und Magd nicht anders als bei Handwerker oder Kaufherr.

Mira sah sich mit Strato in gleich drei Wandspiegeln. Er blickte gerade Helmprecht und seiner Mutter nach. Nicht wie ein Knabe, der sich unterwarf, sondern wie ein Domherr, der seinen Nachbarn von gleichem Holz geschnitzt wusste. Licht und Schatten, Strato und Thulia. Diese Mutter tat nichts ohne das Wissen ihres Sohnes, und er hörte gewiss auf ihren Rat. Da konnte ihr Helmprecht zehnmal erzählt haben, dass sich Thulia Strato nur als große Stifterin für die Nonnenklöster Venedigs hervortat.

Beim Hinausgehen rief Thulia über ihre Schulter: »Je früher sich die Tedesca an unsere Sitten gewöhnt, desto besser, Ercole. Führe deine Braut durchs Haus.«

»Möchtest du den Palast jetzt sehen oder lieber das Treiben auf dem Canale beobachten?«

Er hatte sie geduzt. Noch war sie nur Helmprechts Tochter. Als Verlobte sollte sie sich nicht neugierig zeigen. »Ich bin Euer Gast, ich füge mich Euren Wünschen.«

»Das nenne ich Haltung, das gefällt mir.« Er zwinkerte ihr zu. Dann klatschte er dreimal in die Hände. Der Widerhall im Saal war laut.

Mira hörte überall ein Trippeln, Rascheln und Räuspern. »Geister im Haus?«

Strato machte ein Gesicht wie ein Spaßmacher, die junge Stirn ganz furchig, die Wangen aufgeblasen, als hätte er zwei Schöpfschellen verschluckt.

Mira konnte nicht anders, sie lachte.

»Selten ist der Saal so leer wie heute.« Er machte ein paar

Tanzschritte um sie herum. »Bei den Stratos wird zur neuesten Musik getanzt. Kannst du schon den Taranta?«

Helmprecht war nicht da. Warum sollte sie sich nicht auch einmal ein Vergnügen gönnen? Der Lehrmeister hatte sie getriezt mit Schrittfolgen. »Wenn es das hier ist?« Sie sprang zweimal vor und einmal zur Seite, neigte sich und drehte sich auf der Stelle.

»Das ist der Saltanello. Aber flink bist du.« Er haschte nach ihrem Arm und drehte sie einmal um sich herum. »Ich werde dir alles beibringen, was du auf einem Ball als eine Strato zeigen musst.«

Er geleitete sie weiter bis zur Saaltür, fasste sie bei der Hand und führte sie nach links.

So groß war das Gesinde? Noch bevor Mira den Altan über dem Innenhof betrat, spürte sie die Leute. Mira stand an der marmornen Brüstung neben Strato und schluckte. Dutzende Gesichter sahen von der Galerie im ersten Stock und vom Hof unten herauf. Ihr Gefühl hatte Mira nicht getäuscht. Junge, alte Gesichter, von Männern, Frauen und Kindern betrachteten sie schweigend. Sogar welche aus dem Orient und zwei Mohren waren darunter.

»Huldigt meiner Verlobten«, rief Strato laut hinab.

Von den Marmorwänden des Palastes zurückgeworfen brach ein tosendes Geklatsche über Mira herein. Sie hielt sich am Marmor der Brüstung fest. Der Schall drang in ihren Leib, ihren Kopf, dort erzeugte er ein Zittern, dass ihr der Geist fast schwach wurde.

Der Beifall verebbte nicht. Mira besann sich, wem die Leute huldigten. Sie grüßte wie eine Herrin mit nach außen gedrehtem Handrücken. Dabei sah Mira niemanden an, nur den verwitterten römischen Kopf, der zwei Gesichter trug, auf der Brunnenkrone unten im Hof.

Strato legte ihr den Arm um die Schultern, und sofort erstarb der Beifall. »Geht an eure Arbeit!«

Wieder trippelte es, raschelte es über Stufen, doch herauf zu ihnen beiden wagte sich niemand.

Strato zweifelte offenbar nicht, dass Helmprecht den Vertrag unterzeichnen würde. Er führte Mira zu einer Wendeltreppe, hinauf in ein viereckiges, von unten bis oben gekacheltes Zimmer. Tische voller eingerollter Pergamente und Bücher standen darin.

»Zirkel und Linear?«, fragte sie. »Ist das dein Studierzimmer?« Sie duzte ihn vielleicht besser ebenso.

Strato machte einen Schritt zurück, hielt sie bei den Schultern. »Ich höre Neugierde aus deiner Stimme.« Schon ließ er sie wieder los. »Das ist der Raum, wo ich die Handelsfahrten meiner Schiffe plane. Sieh diese Karten.« Er zog eine Rolle auseinander und breitete die rot, schwarz und grün gezeichneten Landschaften aus. »Bessere findest du nicht von den Ländern rund ums große Meer.«

Doch. Beim Erzbischof von Mainz, echote es in ihr. Mira erschrak über die Erinnerung.

»Du glaubst mir nicht?«

»Doch, doch«, beeilte sie sich zu sagen. »Wie viele Schiffe führst du?«

»Siebenundachtzig allein, vierunddreißig mit anderen.« Strato küsste einen Ring auf seiner rechten Hand. »So war meines verstorbenen Vaters Rat doch richtig. Heirate nur eine Frau aus dem Kaufmannsstand, egal welche Fürstentöchter sie dir bei unserem Geld andienen. Finde eine von Verstand für den Handel. Jeder Bauer weiß, dass ein guter Hengst allein noch keine gute Zucht macht.« Er fuhr mit dem Arm durch die Luft. »Das soll jetzt nicht unsere Sorge sein. Komm mit hinauf.«

»Sind wir in einem Turm? Vom Wasser aus habe ich keinen gesehen.«

»Komm einfach.«

Sie stieg ihm eine mit bunten Kacheln belegte Treppe hinterher nach oben.

Zweige? Blüten! Rispen in allen Farben neigten sich herab, runde Blätter zierten Sträucher, und ein Duft umhüllte sie, der sich aus dem fruchtigen Hauch von Aberhunderten von Kelchen mischte. »Ein Garten auf dem Dach!« Mira drehte sich mehrfach um. Sie hatte immer von einem Garten geträumt, immer schon! Als kleines Mädchen im Armenhaus hatte sie sich in den frostigen Nächten in solch ein Paradies geträumt. Fast genau so, wirklich, hatte es ausgesehen. Eine lauschige Ecke war von Rosen überhangen, eine zweite hinter Mauerwerk verborgen, wo sich höhere Sträucher erhoben. Von links strömte Kräuterduft von Stufenbeeten, die einen kleinen Sitzplatz säumten. Nach vorn zum Wasser hin beschatteten blaue Ranken einen Austritt. »Wunderschön!« Vom Festland her übergoss die sinkende Sonne die Paläste; alles verschwamm im rosagoldenen Licht mit dem blaugrauen Wasser.

»Der Garten gehört dir, dir allein.« Strato trat neben sie und rührte mit seinem Knie sanft gegen ihr Bein. »Du bestimmst, was hier blühen soll. Wann immer ein Händler unserer Schiffe einen neuen Duftbaum findet oder bunte Blüten, so bringen sie sie hierher.«

»Hast du den Garten geschaffen?«

Er hob die Hände. »Ich vermag vielleicht mit meinesgleichen um Frachtraten zu schachern, aber für eine Wunderwelt wie hier weiß ich zu wenig.« Er ging zur Rosengrotte und hob einen Farnzweig weg.

Ein kleiner Brunnen sprudelte. Miras Blick war wie gebannt, es überrieselte sie seltsam. Strato ließ den Zweig wieder sinken.

»Solch erlesenen Geschmack hat nur meine Mutter Thulia.«

Mira spürte plötzlich wieder die kühle Brise. »Wie kannst du mir ihren Garten schenken?«

»Sie selbst möchte es so.«

Mira konnte sich keine Gärtnerin vorstellen, die mit Leidenschaft solch ein Reich geschaffen hatte und es freiwillig aufgab.

»Du glaubst mir nicht.« Er schmunzelte. »Schon immer obliegt in Venedig der Frau des Familienoberhaupts die Sorge um den Dachgarten. Und das Oberhaupt bin nun mal ich.«

Mira mochte das nicht glauben. Dafür hatte sie als Magd zu vielen Weibern gedient. Die Frau, die sie eben kennengelernt hatte, war eine von den Herrinnen, die in ihren Häusern herrschten. »Deine Mutter wird mir nie verzeihen, wenn ich hier etwas ändern würde.«

»Sprich einfach vorher mit ihr. Du wirst den klugen Rat meiner Mutter Thulia bald schätzen.« Er schaute hinüber über den Canale, vom Abendlicht war sein Gesicht golden wie bei einer Kirchenstatue.

Mira hegte keinen Zweifel, dass noch lange in diesem Haus nichts gegen Thulias Willen geschehen würde. Ihr wurden die Beine schwer, sie setzte sich auf eine Marmorbank und ließ den Blick durch den Garten schweifen. Ein Traum, ihr Traum von einem Garten! Es gab ihn wirklich, nur hatte Mira ihn sich auf einem Turmdach über einem Tal vorgestellt. Wenn sie nicht noch heute Nacht floh, würde sie zu oft hier sitzen bis sie nicht mehr wegkonnte von all der Pflanzenschönheit.

»Verkühle dich nicht. Die Winde sind stärker als man glaubt.« Strato winkte sie zur Treppe. »Ich zeige dir nun deine Zimmer, wo du bleiben wirst, bis wir …« Er lächelte, und der Wind spielte in seinen schwarzen Locken.

Ein Palast in Venedig, ein Garten und dazu ein schöner, aufmerksamer Mann. Mira wünschte so sehr, Gerhild könnte wiederauferstehen und einfach das ihr vom Schicksal zugedachte Glück erleben. Die Tränen stiegen ihr in die Augen.

Strato hielt an der zweitobersten Stufe inne und zog besorgt die Stirn kraus. »Was hast du?«

»Ich habe nur an …«; ein Lüge gelang ihr nicht, »… an eine Freundin denken müssen, von der ich wollte, dass sie hier bei uns sein könnte.«

Er nickte. »Das Festessen wartet bald auf uns und wird dich trösten.« Er schnalzte mit der Zunge. »Der ganze Reichtum des Meeres.«

Mira folgte. So verführerisch der Duft auch war, der vom Garten herabwehte, wenn sie hierblieb, überließ sie Jockel seinem Schicksal. Das könnte sie sich nie verzeihen. Sie durfte sich nicht von all der Schönheit hier verführen lassen und ihren Bruder einfach aufgeben. Genauso wenig durfte sie jetzt weinen. Jetzt brauchte sie alle Kraft, sonst fand sie niemals einen Fluchtweg.

13

Mira aß von dem grünen Pistazienschaum nicht alles auf. So schwer es ihr fiel, beherzigte sie lieber die umständlichen venezianischen Tischregeln.

»Ich habe mich natürlich auch erkundigt. Nicht nur in Augsburg, auch in Worms und Speyer weiß man Bescheid über die großen Familien Venedigs.« Helmprecht kaute mit vollen Backen an einem Safrangebäck. »Euer Sohn, werte Thulia, hat die richtige Nase, wenn er die Geschäfte mit dem Reich erweitern will.«

Thulia tupfte sich mit einer Ecke eines Mundtüchleins die Lippen ab. »Mein Sohn hatte niemals Zweifel, dass Ihr zu ihm passt«, sagte sie heiter.

Helmprecht lachte und näherte seine Rechte der Hand mit dem großen grünen Ring. Ein kurzer Blick Thulias auf das schmale Stück weißer Decke zwischen ihren und Helmprechts Fingern genügte, dass er sie zurückzog. Als Magd musste man schreien, zappeln, notfalls beißen, wenn einem der Herr zu nahe kam; eine Herrin hatte das nicht nötig. Überhaupt hatte Thulia nicht gezögert, Helmprecht in allerlei Gespräche zu verwickeln. Mira hatte in Frankfurt beim Bedienen nie erlebt, dass eine der Händlersfrauen die Unterhaltung lenkte.

»Wie schön, werte Thulia, dass ich heute Eure letzten Zweifel an den Schuldverschreibungen habe ausräumen können.« Helmprecht beugte sich nach links zu Strato, der langsam den grünen Pistazienschaum aß und mehr Augen für Mira hatte. »Eure Mutter weiß jetzt, dass es dabei weniger um die geliehene Summe Goldes geht, die wir Kaufleute von den Herren sowieso nie zurückbekommen, sondern mehr um die Handelsvorrechte, die sie uns in ihren Städten und Häfen dafür einräumen werden, wenn wir die Scheine vorlegen.«

»Eure und unsere Privilegien zusammengefügt können wir fast zollfrei von hier nach Frankfurt handeln.« Strato schüttelte mit einer Kopfbewegung eine Locke von seinem braunen Auge weg. »Die Gewinnspanne wird dreimal so groß wie bei anderen Kaufleuten.« Sein Blick streichelte Miras Wangen. »Euer Vater ist ein besserer Lehrmeister, nicht wahr?«

Sie wussten also von dem Lehr-Diener. Sonst hätte Strato *guter* sagen müssen. Mira konnte nicht umhin und lächelte. Der türkische Kaufmann hatte recht gehabt. Die Stratos hatten ihre Zuträger überall. Aber offensichtlich wussten sie nicht, dass sie selbst gar nicht Helmprechts Tochter Gerhild war. So stand es gleich zwischen beiden Seiten. Die eine glaubte, dass die andere nicht wisse, was sie weiß.

Ein Grund mehr vorsichtig zu sein. Während dieses Abendessens hatte Mira mehr von Helmprechts Geschäften verstanden als in all den Jahren in Frankfurt zusammen. Gerhild hatte sich nicht darum gekümmert, sah man einmal von den vielen Stunden in der Verkaufsstube ab, wo sie sich alle Seidenstoffe gerafft um den Leib gelegt hatte. Nun wusste Mira, dass Helmprecht viel mehr Geld mit den Schuldtiteln verdiente. *Hier nennen wir das Geschäft Banca,* hatte Thulia gesagt. *Die meisten der deutschen Fürsten trauen sich nicht mehr auf den Grund unserer Republik, weil der Doge sie sofort in den Pfandturm sperren lassen würde.*

Strato legte den Löffel in die goldene Schale. »Nur der Zoll beim Bischof von Chur für die Bergpässe ist nicht zu umgehen.«

»Wenigstens lässt er in den Schluchten nun Wege hauen und erneuert die Brücken für all das Gold, das wir entrichten.« Helmprecht hob ein kleines Glas mit süßem Wein. »Im nächsten Jahr, werter Schwiegersohn, sollten wir die Schuldscheine der Rheingrafen aufkaufen. Im übernächsten könnten wir dann bis Köln günstig handeln.« Er stürzte den Wein hinunter.

Thulia nippte nur, und Strato verzichtete ganz. »Gründen wir gleich eine *Banca* zu Frankfurt.« Er schenkte seiner Mutter einen kurzen, unvermittelten Blick, dabei senkte sich sein Kinn ein wenig, sogar der Mund öffnete sich ein bisschen. Thulia hingegen nahm ihren sorgsam gekämmten Kopf ein wenig nach hinten, reckte noch ein wenig höher die gepuderte Nase. Doch kaum stellte Helmprecht das Glas wieder auf den Tisch, kehrte das erheiterte Lächeln in beide Gesichter zurück.

Mira senkte ihren Blick schnell zum grünen Pistazienschaum auf ihrem Teller. Sie hätte schwören können, dass Strato und Thulia Helmprecht noch vor ganz andere Karren spannen wollten. Aber der hatte Mira zu sehr zu seinen Zwecken benutzt, als dass sie ihn warnen würde.

»Warum nicht?« Helmprecht unterdrückte einen Rülpser. »Es muss nur ein wenig ruhiger um die Grenzen des Reiches werden.«

»Meint Ihr?«, sagte Thulia schnell und rieb sich ein Ohrläppchen.

Je unauffälliger sie sich verhielt, desto mehr erfuhr sie von den Geschäften. So wunderbar der letzte Löffel voll süßem Schaum auch schmeckte, sie würde ihn nun besser auch weglegen. Aber nicht auf die in einem Rankenmuster durchbrochene weiße Decke.

Helmprecht zuckte mit den Achseln dabei. »Die Deutschen sehen sich immerzu von Gefahren umringt. Seit der Frühjahrsmesse schwören alle, der Franzosenkönig renne bald von Burgund über den Rhein bis nach Frankfurt.«

Mira legte den Löffel einfach in die goldene Schale, aber ganz an die Seite zum Rand.

»Und was glaubt Ihr?«, säuselte Thulia. Sie neigte sich so weit vor, dass Helmprecht bestimmt den Ansatz ihrer noch immer vollen Brüste sehen konnte. Unter einem Schleier schimmerte ein Schmuckstück, das Mira nicht recht erkennen konnte.

»Der Erzbischof von Mainz lädt mich zuweilen in seine Kanzlei um Rat.« Helmprecht nickte bedeutsam.

Mira lief ein Schauer über ihren Rücken.

»Der Erzbischof will das Reich stark machen, aber unter seiner eisernen Führung! Der junge König steht mit seinen Flausen nur im Weg und überschätzt seine Geltung bei den Fürsten völlig. Kann er von eigenem Geld ein Heer aufstellen?« Helmprecht lachte. »Nein. Dem alten Fuchs von Erzbischof wird es also bald gelingen, Maximilian seinen Willen aufzuzwingen.« Er ballte die Faust. »Würde ich mit Erz handeln wie die Fugger, hätte ich silberne Zeiten vor mir.« Er räusperte sich kurz. »Da wir aber mit Schulden handeln, werden sie geradezu golden wie die Münzen, die wir verleihen.«

»Gewiss«, sagte Thulia und schenkte Helmprecht nach.

»So wird es sein«, sagte Strato und legte die Hand flach über sein Glas.

Thulia stellte die Karaffe weg. Sie hatte Mira nicht einmal angeschaut. Auch wenn sie kein zweites Glas trinken wollte, verletzte die Nichtbeachtung. Mira machte gute Miene, lächelte und spitzte die Ohren. Besser war es allemal, nicht zu trinken, wenn sie die Flucht heute Nacht wagen wollte.

Fackeln erhellten den Innenhof und die Galeria. Thulia ging voran, kaum dass sie vom Tisch nach Helmprechts drittem Glas aufgestanden war. »Eure Gemächer habe ich zur ruhigeren Seite richten lassen.« Sie hakte sich sogar bei Helmprecht unter.

Auf dem Arkadengang mit den bunten verschlungenen Sternen zog sie ihn nach rechts durch einen schmalen Gang. »Strato, geleite deine Braut in die Gästeräume.«

Strato reichte Mira den Arm und führte sie über die breite

Treppe nach oben. Sein Leib war angenehm warm, er hielt sie eng an sich gezogen.

Außer zwei wendigen alten Dienern, die das Essen hereingetragen hatten, hatte sie niemanden im Palazzo gesehen. »Wie gelingt es nur, dass man vom Gesinde nichts hört und sieht?«, fragte Mira, weil Stratos Schweigen auf ihr lastete.

»Wer gehorcht und ordentlich dient, lebt gut bei uns. Wer faul ist oder lärmt, den treffen strenge Strafen.« Er hielt am Treppenabsatz vor einer uralten Statue, der ein Arm fehlte, inne. »Du wirst nichts damit zu tun haben und die Peitschen niemals hören.«

Geschlagen wurde hier also auch. Mira musste an Jockel und Mechthilds Schürhaken denken, an das, was ihr die Gabe gezeigt hatte.

»Wir haben jemanden dafür.« Strato zog sie noch ein wenig weiter in den Winkel der Treppe. »Sorge dich nicht um derlei.«

Mira hörte einen Brunnen plätschern, doch es war zu schummrig, um zu erkennen, aus welcher der Marmormuscheln im Treppenhaus Wasser sprudelte.

Er zog sie an seine Brust, umfing ihre Hüfte, sie fühlte seine Hände, die sich in ihrem Rücken verschränkten. Mira hob rasch die Unterarme zwischen sie. Und doch war es schön, so umschlungen zu stehen. Strato roch frisch wie ein Mann, der am Morgen gebadet hatte, dazu nach einem edlen Holz oder Farn.

Langsam wanderte eine Hand nach oben, drückte die andere ihren Unterleib enger an ihn.

»Lass mich.« Mira wandte sich ab.

»Du wirst doch meine Frau.« Sein Mund streifte ihre Stirn ganz sanft. Mochte er daran glauben. Mira beugte sich nach hinten.

Er schnellte vor und drückte ihr einen Kuss unter das Ohr.

»Nicht, bitte! Lass mich gehen.« Aber die Stelle auf ihrer Haut brannte doch süß.

Strato lachte leise. »Deine Ehre wird die Ehre der Stratos sein. Sei unbesorgt. Niemand wird sie mehr antasten.« Er umschlang sie heftig mit einem Arm. Mira erschrak sehr, als er mit der Rechten ihren Kopf hob und ins aufgebundene Haar fuhr. Schon fühlte sie seine Lippen auf ihren. Nicht drängend und doch fordernd, fest und doch nicht grob küsste er sie, spürte sie gar seine Zungenspitze an ihrer.

Mira überlief es heiß. Für einen Augenblick fühlte sie sich in anderen Armen, als ein viel Ungewandterer sie geküsst hatte. Sie wünschte sich, es wäre Ludomar. So zärtlich auch Strato sie koste, so rücksichtsvoll er ihr sogar Luft zum Atmen ließ, sie wiegte, es fehlte etwas. War es nur, dass sie eigentlich nicht wollte, so sinnlich Strato auch küsste?

Mira wand sich, machte sich klein. »Lass mich jetzt gehen!«

»Die Tedescas haben doch mehr Leidenschaft als man sagt.« Strato ließ ihr nur einen Schritt Freiraum. Er streifte ihre Hüfte, strich ihr an der Seite den Busen entlang. Sie drehte sich weg.

Er hielt sie fest, hoch am Mieder und fühlte ihre Brüste. »Ich kann warten, Gerhilda.«

»Wirklich?« Männer waren doch alle gleich. Mira griff blitzschnell nach seiner Hand und biss hinein.

»Au!« Doch er lachte bloß. »Das verspricht ein lustiges Eheleben.«

Er ließ sie los und Mira eilte ein paar Schritt vor.

Strato tat als ob er nach ihr haschte. Mira spielte lieber mit. Sie lachte mit leerer Stimme. Es war nichts geschehen und doch hatte er sie berührt, wo sie nicht hatte berührt werden wollen. Jedenfalls nicht von ihm. Sie sprangen durch einen marmorgetäfelten Gang unter Fackeln entlang.

»Wo willst du hin?«, rief Strato halblaut. »Hier sind deine Gemächer.« Er drückte eine hohe, mit hölzernen Löwen geschmückte Tür auf. Und trat langsam zurück. »Geh nur hinein. Ich werde dir nicht folgen. Sonst glaubst du am Ende noch, ich könnte nicht auf deinen Schoß warten.« Er lachte übermütig und verneigte sich tief wie ein Diener.

Mira ging an ihm vorbei, die Finger wie Krallen gekrümmt, falls er nach ihr greifen würde.

»Gute Nacht, teure Braut.« Er zwinkerte an der Tür und schloss sie ohne einen Laut.

Das Licht der zahllosen Öllampen im Leuchter wurde von den Glasteilen in hellen Flecken an die Wände geworfen. Rot, grün und weiß war alles in diesem Raum. Die Tischdecken, die Sitze auf den zwei Stühlen vor dem Schränkchen mit Spiegel. Die Quasten auf den Tiegeln, die Decken unter den Fläschchen, von denen Wohlgeruch ausströmte.

Eine Schale Obst prangte auf dem nächsten Tisch. Kisten und Kästen standen da, halb offen mit Kleidern und feiner Wäsche. Mira hatte keine Augen für all das, was sonst noch hier versammelt war, sie lief zur nächsten Tür.

Es war ein Schlafraum mit einem riesigen hohen Bett hinter langen Vorhängen. Alles war hellblau und über und über mit Goldstickereien verziert. Perlen glänzten auf Kissen, Glas in allen Farben an den Lampen.

Mira hielt sich den Kopf an den Schläfen. Hatten nicht alle ihre Herrin beneidet? »Aber eben Gerhild und nicht mich!« Sie rannte zum Fenster.

Sie wusste nicht einmal, wie man es öffnete. Es war sinnlos. Unten floss dunkel das Wasser, das Zimmer lag viel zu hoch. Mit einem Sprung würde sie nicht entkommen.

Sie warf sich auf das Bett. Beinahe hätte sie aufgeschrien, so weich versank sie darin. Mira wälzte sich herum, und starrte in die Lichtflecken auf der goldbemalten Wand. Ob sie würde Jockel nach Venedig nachholen können? Erfinden, dass er ihr Lieblingsknecht gewesen sei, an dem sie einen Narren gefressen hätte? Die Stratos waren reich genug, Reisegeld war aufzubringen.

Mira betrachtete die Stickerei im Bettvorhang, die Schwäne und einen Fisch darstellten. Sie war im Hause ihres Verlobten, bald würde man sie vor den Altar zwingen. Was half es dann noch, dass man ihr nach dem ersten Sohn keinen Wunsch mehr abschlagen konnte. »Ich will nicht!«, brach es aus ihr heraus.

Im Winkel auf einem Sims stand ein Kreuz aus Gold neben einem Bild der Heiligen Jungfrau. Mira sprang vom Bett und kniete sich davor.

»Rate mir, Heilige Mutter Gottes«, flehte sie leise.

Die Sünde war zu groß. Gerhilds Platz einnehmen und den eigenen Mann, ob geliebt oder nicht, zu belügen? Sie hätte auch ihre Kinder belügen müssen, so der Himmel sie fruchtbar machen würde. Hätte Mira je so von ihrer Mutter belogen werden wollen?

Sie suchte aus den Kisten die einfachsten Kleider aus, doch fand sich in dem ganzen Prunk kein schlichtes. Nur eines, das man wohl im Hause trug, war recht wenig bestickt. Sie wickelte das goldene Kreuz und die Duftfläschchen in ein Brusttuch. Die könnte sie gewiss zu Geld machen. Mira schaute aus dem Fenster, selbst auf dem Canale Grande waren kaum noch Gondeln unterwegs. Jedenfalls waren die schwankenden Lichter verschwunden. Es war bestimmt weit nach Mitternacht.

Mira schlich zur Tür, ganz vorsichtig öffnete sie einen Spalt. Nichts, kein Laut. Sie schlüpfte hinaus im Licht der letzten Fackel. Auf Zehenspitzen schlich sie den Gang nach vorn, wo die große Treppe hinabführte.

Das Mondlicht schien zwischen den Säulen auf den Marmorboden, Mira machte in den Stoffschuhen leise Schritte.

Da löste sich ein Schatten vor der Treppe ab und wurde größer und immer breiter.

Breitbeinig stand der Mann vor ihr. Er überragte sie um drei Haupteslängen und war dreimal so dick wie sie, aber kein Fett fand sich an seinem Leib. Große Muskeln, umspannt von einem dünnen Hemd, selbst die Beine des Mannes steckten nur in einer kurzen roten Hose.

Als er den Kopf nach vorne herunterbeugte, schnellte eine Schlange, nein, nur ein Zopf um seinen Bauch bis zu seinem breiten geflochtenen Ledergürtel. Mira zog heftig die Luft ein. Mondlicht fiel auf das Gesicht, das den Sklaven aus Ägypten ähnlich sah, die den Fondaco bauten.

Ein tiefes Brummen entrang sich seiner Brust. Mira taste nach rückwärts ins Nichts, als er einen Schritt auf sie zumachte. Wieder brummte er. Da zeigte er ihr seinen abgeschnittenen Zungenstummel im Mund. Sie begriff, dass er stumm gemacht worden war. Und auf einmal verstand sie ihn. *Wo wollt Ihr hin, Herrin? Suleiman darf Euch nicht gehen lassen, so gern er mit Euch gehen würde.*

»Ich wollte nur … nach draußen«, sagte Mira und spürte, dass ihr eine Lüge misslang.

Ihr dürft nicht allein nach draußen, brummte er wieder. Doch er beugte sich noch weiter herab. Entschuldigend drehte er die großen Hände, sodass sie die hellen Innenflächen sah.

Geht doch wieder schlafen, Herrin. Es ist besser für Euch. Er machte ein fröhliches Gesicht wie ein nicht ganz so schlaues Kind über einem Kuchen.

»Ja, gewiss. Das werde ich tun.«

Suleiman wacht hier. Niemand wird Euch stören. Er trat drei Schritt zurück und blieb mitten auf der Stufe zum Treppenabsatz hin stehen. Schon er selbst füllte den halben Bogen der Arkade aus, mit seinem Schatten war kein Platz mehr.

»Sag keinem, dass du mich gesehen hast«, flüsterte Mira.

Suleiman ist stumm. Aber die junge Herrin versteht ihn. Endlich versteht jemand! Suleiman ist sehr glücklich darüber. Er legte die großen Hände auf seine Brust. *Aber Suleiman muss dem Herrn gehorchen, weil er große Macht über Suleiman besitzt.*

Die Schultern des Mannes zuckten bedauernd im Mondlicht, dann zog sich der riesige Diener zurück und verschmolz mit den Schatten der Säulen.

Mira ging zurück in ihr Zimmer und sank auf das Bett. Wie hatte sie nur glauben können, dass es so einfach wäre. Sie hätte ahnen können, dass Strato sie bewachen ließ.

Aber wieso verstand sie einen Stummen? Diese neue Hellhörigkeit bildete sie sich am Ende nur ein, weil die Trauer sie irre machte. Weil ihr Zimmer golden und doch ein Gefängnis war, das sich bald für immer um sie schließen würde. Die Erkenntnis stürzte sie in tiefe Verzweiflung.

14

Deckenhohe Bronzetore verschlossen den Übergang zu den Verliesen der Republik. Ludomar bewunderte den feinen Sinn der Venezianer, die selbst noch der Strafe Schönheit anheften konnten. In der Bronze wiederholten sich die Zeichen der Macht des Dogen wie auch an der Porta della Carta, die Ludomar im Innenhof bewunderte. Die Republik nahm die Kardinaltugenden – Tapferkeit, Mäßigkeit, Klugheit und Nächstenliebe – für ihre Herrschaft in Anspruch. Die wenigen Wochen in der Stadt hatten Ludomar allerdings schon eines Besseren belehrt. Heute würde er endlich an den entscheidenden Mann herankommen, Ercole Strato. Ihn musste er von den Plänen des Erzbischofs überzeugen, wenn er seinen Auftrag erfüllen wollte: Das Bündnis des Reiches mit Venedig musste gelingen.

»Passt doch auf!« Er wich einem Pulk gelb betresster Diener aus, die einen runden Tisch vorbeischafften. Keiner nahm Rücksicht. »Dummköpfe!«

Einer der Kaufleute in Ludomars Nähe lachte, beugte sich aber gleich wieder über einen Brief.

Alle Sprachen, mit denen Gott die Menschen seit dem Turmbau zu Babel gestraft hatte, waren im Palast des Dogen gleichzeitig zu hören. Beim Lärm auf der Galerie und dem Gedränge in den Empfangssälen konnte von tugendhafter Mäßigung keine Rede sein.

Der Erzbischof von Mainz hatte gut daran getan, Ludomar vor den Fallstricken Venedigs zu warnen. In dieser Stadt war nichts ohne Münzen zu erreichen. Für jede Auskunft, für jeden Brief galt es die Schreiber zu bestechen. Nicht einmal in den

Dogenpalast war Ludomar gelangt, ohne den Wachen Geld in die eisenbewehrten Handschuhe zu drücken.

Endlich erspähte er an einer Säule Rogiero. Der groß gewachsene Dominikanerpater bewunderte im Deckengemälde das Martyrium des heiligen Sebastian.

Ludomar hatte heute keinen Sinn für die Pracht. »Ich suche Euch schon überall.« Eigentlich waren sie vor dem Saal des Großen Rats verabredet gewesen. Er brauchte unbedingt Rogieros Hilfe als Vermittler.

»Die Sitzung ist unterbrochen.« Rogiero strich sich über die weichen Wangen. »So ist das oft. Jetzt verhandeln alle hier weiter.«

Ludomar blickte sich um. »Auf der Galeria?«

»In allen Winkeln, wo man stehen oder sitzen kann.« Rogiero zog Ludomar vor weiteren Dienern weg, die einen Wagen voll Silbergeschirr vorbeirollten. »Hier kann jeder mit jedem reden, ohne allzu sehr auf Stand und Rang achten zu müssen. Die einen essen ein Sorbet, die andern trinken einen gekühlten Zitronensaft, und die dritten vertreiben sich die Zeit beim Kartenspiel.«

Was für eine unheilige Stadt Venedig doch war.

»Kommt, Euer Erzbischof soll bekommen, was er begehrt.« Rogiero winkte ihn weiter.

Ludomar war Rogiero für die Vermittlung dankbar, auch wenn er nicht an die Uneigennützigkeit der Dominikaner glaubte. Ein paar vom Erzbischof gesiegelte Dokumente hatte er dem Abt übergeben, deren Inhalt Ludomar nicht kannte.

Kaufherren aus dem Morgenland standen ihnen im Weg. Ihr Palaver war noch lauter als das der Venezianer. Ludomar stieß gegen eine der Säulen im Gang.

»Stoßt hier besser nicht noch einmal an.« Rogiero schob ihn von zwei rot eingefärbten Säulen fort. »Hier werden die Todesurteile verkündigt.« Er klopfte Ludomar die Schulter ab und murmelte ein Gebet.

Die Galeria erweiterte sich zu einer Art Vorhalle. Von der Kanalseite schien durch die hohen Spitzbögen die Vormittagssonne.

Rogiero zog ihn weiter am Wandgemälde einer Seeschlacht vorbei. »Da vorn in der Balkonnische findet Ihr den wichtigsten Tisch. Drei der vier Herren sind Mitglieder des Rats.«

Milde Luft, mit irgendeinem Wohlgeruch versetzt, umwehte Ludomars Nase. Kein Wunder, hier saßen an einem runden Tisch die vornehmsten Herren Venedigs und spielten Karten. Und das hieß auch: die mächtigsten. Diese Herren entschieden über die Bündnisse der Republik. Niemand sonst hätte so viele Perlen auf die Brusthemden sticken lassen und goldene Brustketten tragen können. Einer der Spieler war dem Ornat nach ein Bischof. Wie die Kleidung der Herren glitzerte auch die Balkonnische im späten Septemberlicht. Ludomar blinzelte: Der heilige Markus segnete dort wie lebensgroß ein Schiff. Das täuschend echte Bild war aus Aberhunderten kleinen bunten Steinchen zusammengesetzt.

Rogiero nickte Ludomar zu. »Der Schwarzgelockte ist Euer Mann.«

Endlich. Es war schwer gewesen, an ihn heranzukommen. Strato war gewiss kaum älter als er, schätzte Ludomar. Mit den ebenmäßigen Zügen und den schwarzen Locken, wie sie im Reich nur ein fahrender Spielmann so lang getragen hätte, wirkte Strato schwerlich wie der nächste Doge. Aber ganz Venedig hielt ihn dafür. Überall raunte man, spätestens wenn Strato den Stand eines Ehemanns und Vaters erreicht habe, würde er zum nächsten Dogen gewählt. Er sei es im Grunde jetzt schon, munkelten viele in den Kirchenschreibstuben und Kaufherrnkontoren, die Ludomar in den letzten Tagen mit Grußbotschaften oder Bestellungen für seinen Erzbischof aufgesucht hatte. Überall hieß es, der junge Ercole Strato lenke den Dogen. Die Stirn war hoch und frei, dass Gesicht so marmorn glatt, dass Ludomar nicht erraten konnte, was dahinter vorging. Nur hie und da, wenn Strato einen Stich bediente, zeigte der geschwungene Mund ein Lächeln, das schwer einzuschätzen war.

Tarocchi spielten die Mächtigen hier wie das gemeine Volk. Ludomar hatte zwei Nächte in einer Spelunke unweit des Dominikanerklosters damit zugebracht, die Regeln zu begreifen. Vier Gulden hatte ihn das Lehrstück gekostet. Im Welschland spielte man mit anderen Kartenfarben. Hier fand man Schwerter, Stäbe, Becher und Münzen auf dem Blatt. Dazu gab es die *Trionfi*, die Hofkarten mit den Sinnbildern.

»Lasst den Weihbischof noch zwei Stiche machen, er liebt es zu gewinnen.« Rogiero stellte sich zum Tisch auffällig genau in den Blickschatten einer Säule.

»Wenn selbst ein Kirchenmann Karten spielt, wie soll dann die Welt weniger sündig werden?«, murmelte Ludomar, dann biss er sich auf die Lippen. War er nicht selber oft schwach, wenn ihn auch weniger der Spielteufel ritt als die Fleischeslust.

Sie kiebitzten. Acht Leute, Gesandte wie Ludomar, umstanden mit ihnen die fünf Spieler.

Der Weihbischof Venedigs hatte die Ärmel seines Ornats zurückgeschoben. Auf den Unterarmen quollen schwarze Kräusellocken. »Zweifach reize ich«, sagte er zu den anderen.

Ein kurzer Blick aus nussbraunen Augen traf Ludomar. Ihm entging dabei nicht, dass Strato die Locke einfach von seiner Stirn blies wie es ein einfacher Seilbinder in einer Mainzer Spelunke gemacht hätte.

Die Spieler beugten sich über die sechs Karten des offenen Stocks auf dem grün bespannten Tisch.

»Ich halte dagegen«, sagte Strato mit einer erstaunlich dunklen Stimme, aus der Ludomar eine verborgene Rauheit heraushörte.

»Bischof Ventralli, verzeiht die Störung.« Rogiero verneigte sich vor allen Herren am Tisch. Die kannten ihn natürlich alle, weil der Dominikaner dem Papst und hohen Kirchenmännern als verschwiegener Vermittler diente. »Gewährt dem Botschafter des Erzbischofs von Mainz das Vergnügen, für Euch zu gewinnen.«

Der Weihbischof fuhr herum. »Ihr seid es!« Sein Blick streifte Ludomar. »Solch einen Jüngling bestallt Bertolt von Henneberg mit solch einem Amt?« Er streifte aber schon die Ärmel seines Ornats zurück.

Die anderen Herren lachten. Ein Graubärtiger beäugte abfällig Ludomars einfache schnallenlose Schuhe.

»Was wundert's Euch? Im Reich bestellt man sogar einen Jüngling zum König.« In Stratos Bemerkung verschwamm Spott mit dem kalten Faktum.

Ludomar ärgerte, dass der Bischof sich noch nicht erhoben hatte und er immer noch hinter ihm wie ein Bittsteller warten musste. Ihm gebührte als Botschafter, der einen höheren Rang einnahm, eigentlich eine andere Behandlung.

»Ich habe nicht richtig gehört.« Der graubärtige Venezianer legte seine Karten verdeckt auf den Tisch. »Welcher von den zweihundert Fürsten und Fürstlein im Reich sendet uns denn den Knaben?«

»Der Erzbischof und Kurfürst von Mainz sowie Erzkanzler des Reiches«, sagte Ludomar langsam und laut in aller Würde seines Herrn.

»Von Mainz, sagt Ihr?«, fragte Strato und winkte kaum merklich mit dem Kinn. Im Aufstehen ließ der Weihbischof seine Augen über seinen bisherigen Wettgewinn streifen.

»Das ist der mächtigste Fürst im Reich.« Der alte Venezianer links räusperte sich und griff nach dem Wein, den ein Diener reichte.

»Nicht nur der mächtigste, auch der gerissenste«, sagte ein Kaufherr mit Pockennarben im Gesicht.

»So lasst seinen Botschafter mit uns spielen.« Strato musterte Ludomar.

»Oder wir mit ihm.« Zwei der Herren lachten.

Ludomar nahm das Blatt des Weihbischofs auf. Der Bischof war ein Hitzkopf, mit diesen Karten gewann er nie und nimmer einen zweifachen Einsatz. Im Stock lagen die Sonne, die Liebenden und die Königin der Münzen sowie ein paar niedrige Karten.

»Nehmt Ihr das Gebot wieder auf?«, fragte Strato.

Ludomar verließ sich auf sein Bauchgefühl. »Mein Herr, der Erzbischof von Mainz hat mich gelehrt, lieber einen Stich zu verlieren als das ganze Spiel.« Ihm war gleich, was der haarige Weihbischof denken mochte.

»Auf den Gewinn.« Der graubärtige Kaufherr hob das Glas.

»Auf die Klugheit Eures Herrn«, sagte Strato. »Ich halte dagegen.«

Runde um Runde flogen Trümpfe und einfache Karten. Dreimal kreuzte sich Ludomars Blick mit dem Stratos, der seine Stiche einsammelte, ohne dass er auch nur auf die Karten sah.

»Euer Bischof hat keine Schulden in Venedig«, meinte der Graubärtige.

»Wieso lasst Ihr ihn dann bei uns sitzen, Strato?« Der Pockennarbige beugte sich über die Tarocchi-Karten des nächsten Stichs.

Ludomar blieb aufmerksam. Ein kleines Zucken zwischen den Augenbrauen verriet ihm, dass Strato es nicht mochte, wenn man über seine Absichten offen mutmaßte.

»Wie kommt es nur, dass ein Kirchenmann so gut wirtschaften kann?«

Ludomar bewunderte die Tatkraft seines Erzbischofs, der sich nicht nur um die Angelegenheiten des Reiches kümmerte, sondern auch um sein eigenes Kurfürstentum. »Ich könnte Euch lange berichten über die grundlegenden Reformen, die der

Erzbischof in seinem Land bewerkstelligt hat, von Brückenbau und neuem Gerät fürs Bauernvolk.«

»Der Erzbischof verhandelt schon länger mit dem Dogen«, sagte Strato.

»Was nur der Doge und Ihr zu lesen bekommt.« Der Graubärtige hob schelmisch drohend den Zeigefinger.

»Und du, Geronimo. Weil du des Dogen Schreiber bestichst.« Der Pockennarbige lachte böse.

»Vergiss dich selbst nicht, der du die Briefboten gleich noch auf dem Festland abfängst, wo deine Abschreiber sitzen«, sagte der vierte Kaufmann am Tisch.

Diener reichten Wein. Ludomar nahm einen Kelch, trank aber nur einen Schluck davon, denn er war recht stark.

»Nun aber«, setzte Strato unbeirrt fort, »sendet der Erzbischof von Mainz mir seinen Botschafter gar ans sündige Kartenblatt.« Er strich sich über seinen kurzen schwarzen Bart. »Wo doch schon der Herzog Beowulf als Botschafter für den König in der Stadt ist.«

So stimmte es! Ludomar hatte gestern alles darangesetzt, das Gerücht zu prüfen, und hatte sofort einen Brief nach Mainz geschickt. Der Erzbischof musste sofort davon erfahren, dass der König Maximilian in Venedig eigene Gespräche an der Kanzlei des Reiches vorbei führte.

»Meinem Erzbischof liegt daran, die Ansichten des Dogen unvermittelt zu erfahren.« Ludomar merkte, wie schwierig es war, vor solch einer Runde, wo alle Herren mit gespitzten Ohren seine Worte wägten, so zu tun, als ginge es nur um ein Geplänkel beim Karten. Aber das war das eigentliche Spiel, das er gewinnen musste.

»Der Doge denkt immer nur, was …«

»Carini, bitte.« Strato hatte die Hand links neben den Münzhaufen des Graubärtigen gelegt. »Wartet nicht so lange mit Eurer Karte.«

Der Erzbischof hatte Ludomar eingeschärft, lieber zu wenig als zu viel zu sagen. Er spielte die As der Kelche aus. Ritter und ein König folgten. Strato stach mit der Hohepriesterin.

Der Pockennarbige nahm den letzten Stich Münzen, die sieben, die neun folgten. Ludomar stach mit dem Hohepriester.

Doch Strato legte den Narren obenauf.

Carini stöhnte, die zwei anderen schoben kopfschüttelnd Münztürme vor den schwarz gelockten Venezianer.

Strato war allen mit der Karte, die für nichts stand außer für sich selber, entkommen. Ludomar schob drei Gulden über den Tisch.

»Kommt in meine Loge beim Theater. Sagen wir übermorgen.« Strato mischte schon die Karten und ließ Carini abheben. »Die Pausen dort sind so ermüdend lang. Ich vertreibe Euch gern die Zeit.« Schon flogen die Karten zu den Spielern.

Rogieros Hand lag plötzlich schwer auf Ludomars Schulter. Er begriff, dass die Audienz beim mächtigsten Mann Venedigs beendet war. Er machte den Stuhl für den nächsten Gesandten frei.

Ein dickleibiger, schwitzender Mann mit sieben Orden an der Brust nahm Platz.

»Kanonen?«, hörte Ludomar im Weggehen noch, »so viele?« Die mächtigen Männer Venedigs lachten laut über den Botschafter Neapels.

»Die Neapolitaner übertreiben immer«, flüsterte Rogiero und nahm das Glas mit dem Wein mit. »Trinken wir auf Euren Erfolg.« Er hielt Ludomar den Kelch zum Anstoßen hin.

Ludomar stolperte beinahe über die Schleppe eines Kaufherrn aus dem Morgenland. »Aber er hat mich doch nur ins Theater gebeten.«

»Nur?« Rogiero lachte frei heraus. »Ihr Deutschen seid wunderliche Leute. Das ist eine Ehre für Euch und Euren Herrn.« Er stieß ihn an die Schulter. »Im Theater sieht ganz Venedig

Euch bei ihm sitzen. Man wird die Minuten zählen, wie lange ihr miteinander sprecht, und alle werden sofort davon erfahren.«

Ganz Venedig? »Die Leute von Rang meint Ihr?«

Rogiero beugte sich so nahe zu ihm, dass Ludomar fast seine Lippen auf den Ohren fühlen konnte. »Begreift doch! Strato will damit den anderen Botschaftern etwas ohne Worte zeigen.«

Ludomar trank rasch einen Schluck, er mochte noch nicht glauben, dass er seinem Herrn so gut hatte dienen können. »Das heißt?«

»Wenn Strato Euch in seiner Loge empfängt, während man den Botschafter von König Maximilian, den Herzog Beowulf, nur im Gedränge bei der allgemeinen Audienz des Dogen gesehen hat, dann weiß jeder hier in Venedig, dass die Familie Strato nicht den König Maximilian, sondern Euren Erzbischof im Machtkampf im Reiche unterstützen wird.«

Und der Doge würde Strato folgen. Ludomar konnte ein Schmunzeln nicht unterdrücken.

»Freut Euch nicht zu früh.« Rogiero schaute sich um, ob neugierige Ohren in der Nähe waren, doch außer dem Pulk palavernder Morgenländer waren sie allein an diesem Ende der Galeria. »Fragt Euch lieber, welchen Preis die Stratos im Gegenzug von Eurem Erzbischof verlangen werden. Sie geben niemals etwas umsonst.«

»Strato wird es mich wissen lassen.« Ludomar fasste den Dominikaner am Oberarm. »Seid unbesorgt, mein Erzbischof hat Könige und Fürsten kommen und gehen sehen. Er wird auch der Stratos Herr werden.«

»Mit Gottes Segen.« Rogiero blickte zu Boden.

»Ohne diesen ist sowieso alles nichts. – Zeigt mir das Theater. Was wird gespielt?«

»Das Narrenschiff von Brant.«

»Dieser Ketzer?« Ludomar hielt sich den Kopf. Wieder eine Versuchung: Wiewohl Brants Schriften verboten waren, lasen alle Studenten und jungen Kleriker die Hetzschrift. Keiner legte genauer Zeugnis von den Schwächen der römischen Kirche ab.

»Was wollt Ihr? Der liebe Gott hat uns Menschen auch das Lachen geschenkt. Daran ist keine Sünde.«

Mehr noch als über seinen Erfolg freute sich Ludomar auf den abgefeimten Spott.

15

Dich muss man ja treiben, damit du wenigstens trägst, was sich gehört.« Thulia legte auf der grauen Marmorplatte des Beistelltischchens zwei goldene Ohrringe mit blauem Stein, zwei Armreifen und eine breite rote Kette aus. Coralli hießen die grellroten, wie Ästchen aussehenden Steine. »Sonst sind die Tedescas, die zum Carnevale mit ihren fetten Männern anreisen, doch behängt wie Osterbäumchen.« Thulia zog die Coralli auseinander, bevor sie sich die grauen Haarlocken richtete. »Willst du, dass es heißt, die Braut der Stratos habe keine Mitgift?«

Hätte Thulia geahnt, wie mittellos Mira tatsächlich war, sie wäre wohl in Ohnmacht gefallen. Doch Mira wollte sich nicht weiter bevormunden lassen. Es reichte schon, dass Thulia ihr die Kleider für den Kirchgang auf dem Bett ausgelegt hatte, wie man es für ein Kind tat. »Wie soll ich mich schmücken, wenn man mir das Kästchen mit meinem Schmuck nicht bringt?«

Thulia prüfte ihren eigenen Haarschmuck, ein eingeflochtenes Silberband, im Spiegel. »Das tut dein Vater nicht?«, fragte sie mit ihren kalten grünen Augen durch den Spiegel.

Wenigstens gelang es ihr, Helmprecht niemals so zu nennen. Mira war sicher, dass er ihr alles von Wert vorenthielt, womit sie jemanden bestechen könnte. »Nein.« Sie griff ein langes Tuch. »Ich werde mich jetzt waschen.«

»Gut, dass dir wenigstens die Öle und Seifen gefallen. Davon benutzt du ja reichlich.« Thulia nahm den dunkelblauen, weich fließenden Samt ihres langen Kleides auf. An der Tür drehte sie sich um. »Übrigens, Mira. Etwas weniger Duftöl am Halsansatz ist vornehmer. Mein Sohn macht dich nicht zur Gattin eines Kapitäns, die mit ihren teuren Mitbringseln prunken muss.«

Ich werde nicht Stratos Gattin. Mira ging wortlos einfach zum Gelass mit den Waschbecken. Die kleine Kammer war ganz mit Marmor ausgekleidet. Heißes Wasser simmerte auf einem Öfchen, frisches stand in Kannen dabei. Sogar eine Wanne aus Stein gab es. Doch zum Baden fehlte ihr vor dem Kirchgang die Zeit. Sonst vergaß sie gern im duftenden Wasser ihre Sorgen.

Mira seufzte. »Mir muss etwas einfallen.« In den letzten Tagen hatte Thulia sie mit endlosen Belehrungen gequält. Es war schnell klar, dass sie nur tragen durfte, was Stratos Mutter an Kleidern kommen ließ. Thulia wählte Miras Schmuck, ihre Schals, selbst ihre Unterkleider. Gestern hatte sie sich sogar zweimal umkleiden müssen, weil Helmprecht zum Abendessen im Palazzo geblieben war. Mira setzte sich auf eine Sitzbank. »Wenn ich doch nur irgendwie in die Küche gelangen könnte.« Von dort kam man über das hintere Portal hinaus in eine Gasse. Das hatte sie nebenbei ihrer Leibdienerin entlockt, als die zur Frühmesse gelaufen war.

Aber der stumme Riese von Wächter folgte ihr auf Schritt und Tritt. Immer gut gelaunt und lächelnd brummte er seine Geschichte. In Ägypten hatte ein Sultan ihm die Zunge herausgeschnitten für ein Wort des Widerspruchs, als er eine unschuldige Haremsfrau hatte auspeitschen sollen. Deswegen hatte ihn der Sultan auch in die Sklaverei verkauft.

Mira schauderte. Es war ihr unheimlich, dass sie das Gebrumme verstand wie eine Sprache. Aber leider hörte sie zum Abschluss: *Gehen lassen darf ich Euch nicht.*

»Es muss einen Weg geben, ihn zu überlisten.« Vielleicht sogar heute beim Kirchgang. Im Gedränge verlor selbst ein so massiger Mensch wie er den Überblick. Falls er als Heide überhaupt mit zur Messe fahren durfte.

Mira zog die Strümpfe von den Füßen. Sie tropfte ein wenig

Rosmarinöl in das silberne Fußbecken und goss mit heißem Wasser auf, der Duft war herrlich. Mit frischem Wasser milderte sie die Hitze.

Vom Schwall wallte das Wasser im Fußbecken auf, Licht fing sich in den kleinen runden Kreisen, sog Miras Blick immer tiefer hinein, wo drei Bläschen aufstiegen …

… eine Pfütze ergießt sich aus dem umgestürzten Krug. Jockel tritt in die Apfelbrühe, duckt sich vor der Gerte. »Ich war's nicht!«, schreit er. Über das hitzige Gesicht laufen Tränen der Wut. »Ich habe den Leuchter nicht gestohlen.«

»Wer sonst?«, keift Mechthild. Ein Steinguttopf voll Nüssen fliegt und trifft Jockel am Hals, zerbricht, und Jockel fällt mit dem Regen harter Schalen in die Scherben. »Du bist ein Dieb!«

»Aber Mechthild, so überlege doch.« Die dicke Köchin Gundis geht dazwischen und fällt ihr in den Arm. »Wie soll denn so ein Kind einen Leuchter verscherbeln?«

»Die Juden nehmen alles vom jedem und fragen nicht.« Mechthild macht sich mit einem wütenden Laut von der Köchin frei. »Soll ich Helmprecht schreiben, dass seine Köchin einem gemeinen Dieb gute Worte gibt? Du hast ihn wohl angestiftet. Du weißt gewiss, was du mit den Gulden machen kannst. Dir liegt doch deine faule Tochter mit ihren fünf Kindern von drei Männern auf der Tasche.«

Gundis packt eine Schöpfkelle und droht Mechthild vor der spitzen Nase. »Wage ja nicht noch einmal, mir das vorzuhalten! Ich bin ehrbarer als … als …«

»Ja?« Mechthild hebt das Kinn mit dem Hochmut einer Königin.

Die Nüsse rascheln auf dem Stein. Mechthild fährt auf Jockel zu und zieht ihm die Gerte übers Ohr.

»Au!«, schreit er. »Ich weiß doch gar nicht, welche Leuchter du meinst.«

»Doch.« Mechthild tritt ihm in den Hintern. »Ich meine die, die du gestohlen hast. Sie sind aus dem Herrenzimmer verschwunden.«

»Ich geh nicht nach oben, nie!«, schreit Jockel.

»Raus!« Sie tritt ihn wieder. »Raus aus dem Haus. Diebsvolk hat hier nichts zu suchen.«

»Das ist doch Irrsinn.« Der alte Knecht Franz hebt über dem zerbrochenen Vorratsgeschirr die knochigen Hände. »Der Bub stiehlt doch nicht. Der weiß doch noch gar nichts von der bösen Welt.«

»Eben drum soll er jetzt sehen, wie er tut, wenn er unserem Herrn die Leuchter stiehlt.« Mechthild packt Jockel am Kragen, zieht ihn hoch und stößt ihn zur Küchentür auf den Gang hinaus.

»So lass ihm doch wenigstens die Holzschuhe.« Gundis weint als sie um den Tisch herumrennt, die Schuhe in Jockels Ecke aufrafft und sie ihm hinterherträgt.

»Ich war's nicht.« Jockel laufen die Tränen. »Glaube mir doch. Mechthild, bitte.«

Sie treibt ihn hinaus bis auf die Hintergasse. »Stadtknecht!«, ruft sie über die Köpfe der Leute und den Ochsenkarren, die Zuber von den Fassmachern herauffahren.

Da eilt schon einer im rotbraunen Rock herbei, wo auf dem Brusttuch das Stadtwappen prangt.

Mechthild zerrt Jockel in die Mitte der Gasse. »Schaffe den Dieb aus der Stadt!«

»So schnell kommt einer?« Gundis und Franz starren sich an. »Die hat einen vorbestellt«, flüstern sie. Gundis bekreuzigt sich. »Möge sie der Herr strafen.«

Mechthild stößt Jockel in den Dreck. »Schaff ihn aus Frankfurt raus. Der faule Knecht hat gestohlen.« Sie drückt dem Stadtknecht einen Silberling in die Hand.

»Lass mich, ich bin unschuldig!«

Der große Mann mit dem breiten Kreuz schnappt sich Jockel, wirft ihn sich einfach wie ein quiekendes Ferkel über die Schulter und stapft davon.

Mechthild geht stolzen Hauptes an Gundis und Franz vorbei zurück ins Haus. »Räumt gefälligst auf«, keift sie noch.

Mit erhobenem Rock steigt sie die Stiege hinauf zu ihrer Kammer. Drinnen riegelt sie schnell zu. Schöne gebrannte Töpfe mit buntem Überzug schmücken ein Schaff, ein langer, mit Feldblumen bestickter Behang die Wand. Und unter dem Fenster im großen Kasten – das Brett wird durchsichtig – findet sich ein weißwollenes Tuch – es wird durchsichtig. Grau ist die Zinnkanne und der silberne Leuchter glitzert.

»Was für ein Krakeel«, sagt der Mann in Mechthilds Bett. Seine Schultern sind nackt, die Haare auf seiner Brust glänzen dunkel über dem weißen Leinen. Der Lötmeister hat noch im Sommer alle Fenster abgedichtet und war wochenlang im Haus. »Komm schnell.« Er hebt die Decke und zeigt sein steifes Gemächt.

»So eilig?« Mechthild lacht spitz und hebt den Rock. Sie steigt mit den blanken Füßen aufs Bett, der Meister breitet die Arme aus, dann lässt sie sich auf ihn herab. Er fasst nach ihrem Mieder und drängt ihre Brüste heraus. »Hast du deinen Willen bekommen?«, gurrt er rau.

»Den Kostgänger bin ich los. Das Geld spare ich uns für ein paar Täubchen und ungarischen Wein.« Mechthild entfährt ein Lustschrei, als seine Hände sich in ihre Brust krallen …

Mechthilds Lustschrei hallte in dem marmornen Gelass nach. Über ihrem Fußbecken erschütterte Mira Ekel vor so viel Gier. Ihr armer Bruder, warum um Himmels willen musste er dies Unrecht erleiden? Mira hielt sich die Fäuste an die Stirn, sie war auf die Knie gesackt. »Mein kleiner Jockel. Was soll nur werden?« Sie wischte sich mit dem Handrücken über die Nase, ihr

Knie stieß an das Fußbecken. Das Wasser darin erzitterte, wie kurz vorm Kochen, zitterte, Rosmarindampf stieg auf, die kleinen Wellen zogen Kreis um Kreis …

Der Stadtknecht prügelt Jockel vor sich her, unter der Durchfahrt des Tors hindurch, die Wächter stoßen einander an. »Der Paul hat ein Geschäft gemacht, soll er uns einen ausgeben«, grölen sie vom Wartguck herab.

»Hau ab.« Jockel rennt los. Doch der Stadtknecht stellt ihm ein Bein, und Jockel fliegt einem Fuhrwerk vor die Speichen. Gerade noch kann er die Hand vor dem Rad wegziehen.

Da packt ihn der Knecht, dass das Brusttuch mit dem Wappen weht und wirft ihn noch mal zwei Meter weiter. »Setz deinen Fuß nie mehr in die Stadt, du Lump.« Er schlägt sich Dreckkrumen von den Knien, dreht sich um und hebt zu den Wächtern über der Brücke den Daumen.

Jockel rafft sich auf. Ein altes Weib mit einem Korb voll Kräuter wirft ihm seinen linken Holzschuh zu, der ihm vom nackten Fuß gerutscht war. Sie zieht weiter in die Stadt.

Jockel krabbelt auf allen vieren zur Seite aus dem Fahrweg. Er besieht sich seine Schürfwunden an Ellenbogen und Knien. Helle Spuren zeichnen die Tränen im Schmutz seiner Wangen.

»Was hast du denn verbrochen?«, fragt einer, der ein Bündel auf dem Rücken trägt. Geflickte Lumpen machen sein Gewand, das grau ist wie der Schopf.

»Nichts.« Jockel weint.

Dem Alten fehlen unten vier Zähne, speckig glänzt sein Gesicht, als er in die Knie geht. Gut genährt ist er, sogar einen Hut aus Filz hat er auf dem Kopf. Lange Finger mit schwarzen Nägeln streichen langsam über Jockels Wangen. »Weine nicht, Hübscher. Ich nehme dich mit.« Er betrachtet ihn. »Schöne Hände hast du. Viel gearbeitet hast du nicht. Aber es wird wohl reichen, einen Hammer zu führen.« Der Alte lacht rau und zieht Jockel, der einschlägt, hoch.

»Wer bist du?«, fragt Jockel.

»Angus.« Er streicht ihm mit der Hand über den Rücken zwischen den Schulterblättern. »Als ich so jung war wie du, musste ich auch auf die Straße. Komm.« Er streicht Jockel über den Hinterkopf und schiebt ihm den linken Holzschuhe vor den Fuß. »Der Weg ist weit.«

»Wohin bloß?«

»Nach Gelnhausen. Frankfurt ist nichts für arme Leute wie uns …«

Frankfurt. »Jockel, pass auf dich auf.« Die Menschen waren so schlecht. Und Jockel so gutgläubig. Niemand gab etwas umsonst, schon gar nicht auf der Straße. Auch nicht dieser Angus.

Das Bild war zerstoben. So sehr Mira an einen Wahnalbtraum glauben wollte, so sehr fürchtete sie, dass sie die Wahrheit gesehen hatte.

Eine Übelkeit, wie Mira sie noch niemals gekannt hatte, peinigte sie. Sie stellte die Füße ins Rosmarinwasser. Es wurde besser. Ihr Leib zitterte nicht mehr so.

Aber konnte sie wirklich so gewiss sein, dass diese Bilder nicht bloß Gaukelei waren, an der sich die alten Hexen ergötzten?

Sie lebte selbst in großem Lug und Trug. Gewiss konnte sie nichts Wahres sehen. Ging sie nicht heute noch als falsche Braut zur Kirche, wo alle in der heiligen Messe dachten, die junge Gerhild säße zwischen ihnen. Und nicht etwa eine Magd, die als die Tote ausgegeben wurde.

Mira schöpfte Hoffnung. Die Lichtkreise zeigten Bilder, mit denen der Himmel sie für ihre Sünde strafte. Und prüfte, mahnte, weil ihr all der Reichtum zu gefallen begann, wenn sie ehrlich mit sich war. Zumindest das Badegelass gefiel ihr sehr, wo die herrlichen Öle und Düfte ihre Seele besänftigten.

Mira hob die Füße aus dem Wasser und rieb sie dabei mit dem großen weichen Tuch trocken. Gelang ihr die Flucht nicht, würde sie im letzten Augenblick die Wahrheit bei der Trauung herausschreien. Sie tupfte sich auch das Gesicht trocken.

»Gerhild?«, rief Helmprecht aus ihrem Schlafzimmer. »Warum bist du nicht längst angezogen?«

Mira erschrak. Sie hatte keine Ahnung, wie lange Jockels Schicksal vor ihren Augen gestanden hatte. »Ich beeile mich.« Sie raffte ihre Strümpfe vom Marmorboden.

Helmprecht stand vor ihrem Bett und wog in der Hand die Corallikette. »Das sollst du tragen?«, sagte er ohne aufzusehen.

Mira stieg schnell in ihr hellblaues Kleid. »Thulia will es. Ihr gebt mir ja keinen Schmuck der Aussteuer.«

Helmprecht legte die rote Kette auf das Tischchen und prüfte die Steine der Ohrringe gegen das Licht. »Das bleibt auch so. Ich bin nicht so dumm, wie die Stratos denken. Ohne Unterschrift unter den ausgehandelten Ehevertrag geht bei mir gar nichts.«

Selbst die Messe wurde in Venedig anders gefeiert, als Mira es von Frankfurt gewohnt war. Die Gemeinde sang nicht im Wechsel mit dem Priester die Psalmen, dafür ertönte aus der hohen Kirchenkuppel ein reiner, vielstimmiger Gesang. Sie rätselte, wo hinter all den Bildern aus dem Leben des heiligen Simon auf den hohen Säulen und Wänden Knaben stehen konnten. Aber alle Ecken und Friese waren mit Gold überzogen, sodass Mira nicht abschätzen konnte, wo wirklich die Kuppel begann. Sie wollte gar nicht darüber nachdenken, welche Chöre dann erst bei der Trauungszeremonie sängen. Es war gleich: Sie würde mit Strato nicht an diesen Altar treten.

»Steh auf, Kind«, sagte Helmprecht neben ihr.

»Gewiss.« Zuerst zog der Priester aus der großen Kirche, dann folgten ihm Mönche in weißgrauen Kutten, wie Mira sie aus Frankfurt nicht kannte, auch nicht die Mönche mit den runden, hohen Kappen. Dahinter folgten die Chorherren. Strato ging als Erster. Sein Blick streifte sie, er schenkte ihr ein scheues Lächeln, das dennoch anzüglich und werbend war. Auch wenn er wohl damit eher der beobachtenden Menge zeigen wollte, dass er seine Wahl getroffen hatte, fühlte Mira sich berührt davon. Sie beeilte sich, sittsam die Augen niederzuschlagen.

Strato mochte sie gewiss, so verstellen konnte sich doch kein Mensch. Kurz schaute er sogar zu ihr zurück, als er an ihrer Bank vorbeiging.

Dumme kindsköpfige Magd, hörte sie im Geist die strenge Vorsteherin des Armenhauses spotten. *Glaubst du, so ein Mann würde dich auch nur ansehen, wenn er wüsste, wer du wirklich bist und was du wirklich hast? Nämlich nichts!*

In der Kirche saßen Helmprecht und sie als Fremde weit hinten. Mira war sich aber sicher, dass jeder wusste, wer sie war. Unzählige Augen hatten sie während der Messfeier gemustert. Die jungen Frauen ließen es auch jetzt nicht bleiben. Mira hob den Kopf wie es Gerhild getan hätte, und tat so, als ob nichts wäre. Dabei spürte sie den Neid und die Missgunst, wenn die Mundwinkel zuckten, nur zu sehr.

Mira sammelte sich, suchte den Augenblick des größten Gedränges abzupassen und sich hineinzuwinden zwischen all die tuschelnden Frauen, damit sie Helmprecht im Wege stünden.

»Wohin strebst du so schnell, Kind?« Helmprecht hielt sie an ihrem Oberarm fest. »Es gehört sich, dass du deine Schwiegermutter zuerst vorbeischreiten lässt.«

»Entschuldigt.« Mira hätte am liebsten vor Wut geschrien, zwang sich aber ein Lächeln ins Gesicht.

Leider ließ Thulia sich Zeit. Stratos Mutter kniete noch immer im Gebet versunken vor dem Seitenaltar.

»Sie ist die Stifterin der Maria-auf-der-Mondsichel.« Helmprecht stieß Mira in die Hüfte. »Gehen wir ein wenig näher heran. Sie wird sich freuen, wenn du ihre Statue bewunderst.«

Mira verließ mit einem Schlag die Hoffnung, weil die Kirche sich leerte. Die Gelegenheit war vertan. Helmprecht blieb hinter ihr.

Thulia bekreuzigte sich und erhob sich, obwohl sie auf fünf Ellen herangekommen waren. »Wir sehen uns heute Abend, werter Gast.« Thulia strebte zu vier Nonnen in weißem Habit, die am Portal auf sie warteten.

»Ihr seht, sie will nicht mit uns sprechen«, sagte Mira.

»Ha!«, machte Helmprecht nur. »Hast du je von einer Schwiegermutter gehört, die sich über die neue Tochter im Hause freut? Das legt sich mit dem ersten Enkel, glaube mir.«

Mira wandte den Kopf zur Mutter Gottes. Es war die schönste, die sie je gesehen hatte. Es war, als ob diese mit der silbernen Mondsichel über der wie luftig geplusterten weißen Marmorwolke schwebte. Von tiefem Nachtblau war der Mantel, darüber ein weißes feines Gesicht, mit so einem zarten Rosenhauch auf den Wangen, dass es wie echt erschien.

Hilf mir und verhindere diesen Frevel, Mutter Gottes. Hilf mir um des unschuldigen Jockels willen.

Im Reif der schwebenden Himmelskönigin glitzerten acht Steine. Für einen Augenblick fand Mira Trost in dieser vollkommen gelassenen Huld Mariens.

»Gehen wir. Unsere Gondel wartet«, sagte Helmprecht.

Auf der Schwelle der Kirche wagte Mira es. »Ihr schreibt doch jede Woche nach Frankfurt. Habt Ihr Neuigkeiten von meinem Bruder, wie …«

Mira hatte noch nicht ganz ausgesprochen, da packte er sie schon schmerzhaft am Handgelenk. »Du hast keinen Bruder, Gerhild! Was soll das?«

Mira konnte ihm unmöglich ihre Wahnbilder verraten. Sie zerrte, doch er ließ sie nicht los. »Habt Ihr Nachricht von

Jockel, dem Bruder …?« *Meiner Magd* vermochte sie aber nicht auszusprechen. Es stach ihr ins Herz.

»Schweig.« Helmprecht ging über den Vorplatz der Kirche.

An den Kanaltreppen warteten noch ein paar vornehme Leute. Strato und seine Mutter legten gerade ab. »Ich will wissen, was mit Jockel geschieht.« Mira stelle sich vor Helmprecht.

»Was soll schon sein?« Er winkte der Mietgondel. »Der kleine Faulpelz hinkt in meinem Stall herum und schafft wenig wie all die Jahre.«

Das war ungerecht. Die Stallknechte waren froh gewesen, dass Jockel die Pferde beruhigen konnte, wie kein anderer. Warum sollte Mira sich an den launischen Herrinnen kein Beispiel nehmen, die sich vor der Hochzeit umwerben ließen. »Ich werde Strato bitten, dass er ihn mir als Unterhalter kommen lässt.«

Helmprecht fuhr auf dem Absatz herum. Zornesrot schwoll die Ader auf seiner Stirn an. Er sah aus wie ein roter Frosch, der gleich platzte. Wäre es ihr nicht so ernst gewesen, so hätte sie über ihn gelacht.

»Rein mit dir!« Helmprecht stieß sie auf die anlegende Mietgondel. Und weiter, tief in die Kissen, sein Knie rammte ihres. »Dein kleiner Jockel ist dafür viel zu dumm. Wie lange würde es wohl dauern, bis er einem Knecht von Frankfurt erzählen würde? Keine zwei Tage.«

»Ich will aber Nachricht von ihm.« Dann würde sie wenigstens wissen, ob die Bilder, die sie in den Lichtkreisen sah, nun Wahn oder Wirklichkeit waren. »Und ihm etwas schenken.«

»Nichts wirst du!«, zischte Helmprecht neben ihr auf der Sitzbank.

»Wohin, der Herr?« Der Gondoliere legte schon ab, weil weitere Gondeln nachdrängten.

Helmprecht blickte nach allen Seiten, ob sie jemand gehört hatte. »Ins Ghetto. – Und du bist jetzt still!«

Die Gondel wiegte sie durch Kanäle mal schneller, mal langsamer. Helmprecht stierte immer nur geradeaus und schwieg. Mira war, als ob sie seine Zähne vor Wut knirschen hörte.

Auf dem Canale Grande herrschte ein buntes Treiben von Lastkähnen und kleinen Booten, die wie wild einander den Weg kreuzten, doch am Ende irgendwie umeinandersegelten und wie Funken wieder auseinander stieben.

Sie bogen in einen schmalen Canale ein. Die Häusermauern und Balkone wurden erst einfach, dann ärmlich. Schließlich verschwanden sie ganz. Nur ab und zu querte eine Brücke das Wasser. Es stank jetzt erbärmlich, als ob hier irgendwo Gerber werkten und ihre Laugen wegkippten.

Helmprecht wandte den Kopf zum Gondoliere. »Zum Asyl«, befahl er heiser. »Aber fahr nicht zu langsam.«

Der Gondoliere bekreuzigte sich. »Das kostet Euch eine Münze mehr.«

Helmprecht warf ihm eine zu. »Fahr!«

Die Gondel bog um einen Mauervorsprung, weil der schmale Canale nicht mehr schnurgerade verlief.

Schon aus der Ferne fröstelte es Mira. Graue Gestalten lungerten auf breiten Treppen herum und bewegten sich, aber so langsam wie Würmer in kaltfeuchter Erde.

»Der Hahn, der Hahn schreit auf dem Mist.«

»Schsch.«

»Ich bin der Papst, der alles weiht, auch wenn's schneit, seid ihr bereit?«, sagte eine der Gestalten heiser, aber durchdringend laut wie ein Schauspieler.

Die Gondel hielt Abstand. Die Kleider der Irren waren alle hellgrau und fleckig. Überall hatten welche hingespien oder sich erleichtert. Eine alte Frau hob gerade den Rock und ließ den Harn fließen.

Die vergitterten Fenster waren voll von dürren Armen, die in der Luft herumfuhren als wollten sie etwas erhaschen. Die

Mauern des Asyls waren zwar verputzt, aber längst vom Salz zerfressen.

Junge, Alte, Männer, Frauen, sogar hohläugige Kinder schielten, geiferten und krochen auf den Stufen davor übereinander. Ein ohrenbetäubendes Gekreisch setzte ein, als ihre Gondel vorüberschwamm.

»Gebt uns Brot!«

»Und Fleisch!«

»Ich will einen Kuchen!«

»Nimm dafür das.« Eine irre Alte schaukelte die welken Brüste.

»Schau sie dir gut an, die Irren Venedigs, Kind.« Helmprecht nahm Mira bei den Schultern und deutete auf einen jungen Mann, der mit einem Stock über eine Wurzel fiedelte. Neben ihm klaubte ein Mädchen irgendetwas von der Treppenstufe und schaukelte im Sitzen endlos hin und her. »Schau sie dir genau an.«

Helmprecht drückte sie fest an sich, nicht zum Schutz, sondern damit ihr der Atem verging. »Höre gut zu. Wenn du auch nur einmal öffentlich behauptest, du wärest nicht meine Tochter, sondern eine Magd aus Frankfurt, wirst du niemals freikommen, du dumme Gans. Niemand wird dir glauben. Ich lass dich als Verrückte hier hinter Gittern verrecken. Hast du verstanden?«, sagte er so leise wie böse.

Die armen Menschen kreischten so laut, dass Mira sich die Ohren zuhalten musste. »Ich verstehe«, gab sie hastig von sich und rang mit den Tränen. Sie wollte nicht vor Helmprecht weinen.

Er ließ sie los. »Bring uns hier weg, so schnell es geht.« Helmprecht warf dem Gondoliere eine weitere Münze zu.

Noch war nicht alles verloren. Noch konnte sie vielleicht doch fliehen, als Magd im Volk untertauchen, wo kein Häscher sie suchen würde. Sie würde Münzen abzweigen, wenn sie in der nächsten Woche das Feilschen auf venezianische Art üben würde, wie Thulia angekündigt hatte.

Die größte Schwierigkeit war Suleiman, der sie immerzu bewachte. Wenn sie nur wüsste, womit Strato seinen Sklaven so in der Gewalt hatte, dass der ihm gehorchte, trotz seiner Freude darüber, dass Mira ihn verstand.

Plötzlich verschwanden die Schatten. Die Gondel bog aus der engen Rinne hinaus auf den Canale Grande. Milde lag das goldene Licht auf Rialto.

Menschen drängten über die Brücke wie schwarzes Käfergewusel. Darin könnte sogar der Riese ihr nicht folgen. Sie musste Thulia beim Einkaufen dazu bringen, dort über den Canale zu queren.

Ein kurzes Schniefen riss sie aus ihren Plänen. Helmprecht wischte sich über das Gesicht. »Kind, begreife doch. Du hast es bisher so gut gemacht wie ich es nicht für möglich gehalten hätte. Man merkt, dass du von ehrbaren Eltern geboren worden bist.« Er strich ihr sogar die Kleiderfalten glatt. »Du erkämpfst dir ein Leben, von dem so viele träumen. Du wirst die reichsten Kinder haben, die man sich nur denken kann. Stratos und mein Vermögen kommt auf sie. Deine Töchter werden gewiss einmal durch Heirat Fürstinnen, deine Söhne die *Banca*-Leute der Könige und Kaiser. Verdirb dir diese goldene Zukunft nicht.«

Mira schaute zum Treiben auf dem Canale hin und antwortete lieber nicht.

»Zum Palazzo Strato«, rief Helmprecht.

Er brachte sie zurück in ihr goldenes Gefängnis.

»Denke nach, mein Kind!«

Das tat Mira. Nur kam sie zu einem anderen Schluss. Alles Geld der Welt war es nicht wert, es durch das Unglück derer zu verdienen, die sie liebte. Sie könnte sich nie verzeihen, ihren kleinen hinkenden Bruder, der es schon schwer genug im Leben hatte, in den Fängen dieses Angus zu lassen.

16

Sich zu verstellen fiel Mira mit jedem Tag, mit jeder Woche schwerer, die sie eingesperrt im Palazzo Strato verbrachte. Ende September gab es noch keinen festgesetzten Tag für die Hochzeit, aber Mira fürchtete, dass man ihn vor ihr verheimlichte. Die Suche nach einem Fluchtweg marterte sie, wo sie doch nach außen die junge Braut spielen musste, die sich langsam an die Sitten Venedigs gewöhnte. Selbst die keine Kosten scheuende Schönheitspflege der Herrinnen wurde ihr zur Qual.

»Passt diesmal mit dem Puder auf. Ich will nicht wieder wie ein bestäubtes Ciabatta aussehen.« Thulia schlüpfte in die weit geschnittenen Ärmel des Umhangs, den ihr der *Parrucchiere* hinhielt. Der junge Mann trug einen kurzen Zopf mit dunkelgrüner Schleife. Er hatte seine vielerlei Bürsten, Kämme, Zangen, Schabehölzchen und Reibesteinchen auf dem großen Marmortisch ausgebreitet. Die lange Reihe von Tiegelchen voller Schmand in allen Farben reichte bis zu Miras Platz vor den großen Spiegeln.

»Was schlägst du vor, Tinello?« Thulia deutete auf Mira. »Die paar dünnen Wellen … Ihr Haar kann doch so nicht bleiben.«

Tinello ließ die langen Finger über eine Reihe von Holzstäbchen gleiten. Er wählte drei daumendicke aus und hielt sie hoch in die Luft. »Ich empfehle diese.« Mira konnte die vielen kleinen Fältchen in seinem gepuderten Gesicht zählen. So schlank er war, so war er doch mindestens zweimal so alt wie sie. Aber sicher niemand, von dem sie Hilfe erwarten durfte.

»Ich möchte allenfalls weich fallende, große Locken, kein Gekräusel«, sagte Mira matter als gewollt. Einmal hatte sie mit Gerhild an der Herdglut mit einem heißen Schürhaken versucht, sich Locken zu drehen. Es war sogar gelungen, doch sie waren so klein und spiralig ausgefallen, dass es richtig hässlich ausgesehen hatte.

Tinello sah zu Thulia hinüber. Doch zu Miras Erstaunen winkte sie Tinello nur aus dem Handgelenk.

Es war das erste Mal, dass Thulia sich nicht einmischte. »Und nur hinten und«, Mira hielt sich eine Strähne vom Gesicht, »auf dieser Seite mehr. Links nicht so viel abschneiden.« Wenn sie schon einmal etwas bestimmen durfte, dann würde sie sich die Gelegenheit nicht entgehen lassen.

Tinello ließ die Fingergelenke knacken. »Wie Ihr wünscht.« Er räusperte sich, trat dennoch hinter Thulia. »Möchtet Ihr zuerst …?«

»Nein. Dir muss man auf die Finger sehen. Fange mit der Braut meines Sohnes an. Vergiss nicht, wir gehen ins Theater. Wehe, du versengst ihr das Haar.«

»Niemals!« Er klappte geradezu wie eine Stabpuppe die Arme nach außen.

Es war auch das erste Mal überhaupt, dass Thulia Mira in ihre eigene Ankleidestube gebeten hatte. In Frankfurt hätte man sie einen kleinen Saal genannt. Hohe Truhen standen die Längsseite entlang, Gitterkörbe voller Federn und Hüte hingen an der Querseite. An einem langen Ständer waren bunte Halstücher sorgsam nach den Farben des Regenbogens geordnet. Mira fürchtete schon, dass der geheim gehaltene Hochzeitstag gefährlich nahe rückte, wenn Thulia sie in ihre Räume einlud.

Tinello prüfte auf einem tragbaren Glutbecken, ob das Wasser in der Kanne warm genug war, bevor er es vor Mira in ein großes Zinnbecken goss. »Möchtet Ihr die Haare mit Eier-Bier-, mit Wildrosen- oder mit Honig-Ei-Paste gewaschen haben?«

Er sprach so übertrieben. Mira drehte sich halb um. Doch der dünne *Perrucchiere* tippte ganz ernsthaft die Fingerkuppen aneinander.

»Wildrosen«, sagte sie, weil sie den Duft mochte.

»Sehr gut, Gerhilda.« Thulia betrachtete ihre Fingernägel. »Lass dir von Tinello bloß kein billiges Zeug aufschwatzen.« Sie prüfte beim Reden ihr eigenes Gesicht im Spiegel und strich sich mit zwei Fingern unter dem Augenrand entlang.

Mira machte es sich im Stuhl bequem. Tinello summte eine Melodie, während seine Finger über die Tiegel tanzten, bis sie den richtigen gefunden hatten.

Das war Thulias zweites Lob an diesem Tag. Erst am Morgen hatte Mira, die herablassende Herrin spielend, ihr ein überraschtes Staunen abringen können. Das Feilschen mit den Händlern auf venezianische Art unterschied sich gar nicht von dem Feilschen mit den Metzgern in Frankfurt um den Preis einer Wurst. Enttäuscht hatte sie es aber trotzdem, denn in einem war Einkaufen in Venedig tatsächlich anders, als Mira es sich vorgestellt hatte. Und bot ihr leider keine Gelegenheit zur Flucht: Nicht sie streifte im Gedränge mit Thulia durch die Gassen von Laden zu Laden, wie Mira es erhofft hatte, sondern im Innenhof des Palazzo hatten fünf Krämerjungen ihre Tische aufgebaut. Dort war Thulia mit ihr von Auslage zu Auslage geschritten. Nicht einmal selber bezahlt hatte Mira, sondern ein Diener.

Tinello goss ein wenig Wasser in das weite Zinnbecken nach.

»Aber nimm die zehn Kügelchen, Tinello, die wir bezahlen. Ich zähle mit«, sagte Thulia streng von der Seite.

Schimmernd fiel die Wildrosenpaste ins Wasser, löste sich, ein dünner öliger Film schwamm alsbald darauf. Dann rührte Tinello kräftig das warme Wasser auf.

»Beugt Euch bitte vor«, sagte er. Mit einer flachen Kelle schöpfte er das duftende Rosenwasser auf ihr Haar. Mira spürte, dass er auch Paste ins nasse Haar rieb. Die Finger kreisten wohltuend auf ihrer Kopfhaut, ihr Blick fiel in das Becken unter ihrem Gesicht. Ihr Haar schwamm darin, bewegte sich langsam, eine Strähne formte einen Kreis, der sich langsam eindrehte …

… zwei junge Gesellen in Kniehosen tragen ein hohes Viereck aus purpurnem Samt herein. Vor einer getäfelten Wand liest eine reife, immer noch schöne Frau. Sie legt ein Büchlein auf einen Stapel, nimmt die Füße von einem Hocker und erhebt sich überrascht aus dem Lesestuhl. Nachlässig zieht sie ein über und über mit Spitzen gesäumtes Tuch über ihre üppige Brust, streicht den weiten Morgenrock glatt, auf dem viele Stoffblumen gelb blühen. Die kohlschwarzen Haare der Frau sind kunstvoll aufgesteckt zu einem Körbchen, darin schimmern Perlen.

»Wo soll er hin, Herrin?«, fragt der eine junge Gesell. Sein frisches Gesicht errötet, als sie ihn vom Kopf herab mustert.

»Genau in die Mitte zwischen die beiden Gemälde.«

Forsche Schritte erklingen auf blanken Dielen, bevor sie ein schwerer Teppich dämpft. »Verwirr die Knaben nicht, Nella«, lacht Strato, tritt hinter sie, küsst ihren Nacken brünstig, als ob sie allein wären.

»Du bist schon da, wie schön«, haucht sie und fasst nach seiner Hand auf ihren Schultern.

»Ich möchte sehen, ob dir mein Geschenk gefällt.« Strato hebt den Kopf zu den Gesellen. »Packt aus.«

Die beiden beeilen sich und schlagen den purpurnen Samt auseinander. Strato und Nella spiegeln sich, das Glas ist von zierlichen, geschliffenen Ranken wie umwachsen.

Nella klatscht in die Hände. »Genauso habe ich es mir gewünscht!« Sie dreht sich um und fällt Strato um den Hals.

Er umfasst sie und hebt sie hoch. »Keine Winzigkeit deiner Zeichnung haben die Spiegelmacher ausgelassen.« Mit einem Wink mit dem Kinn bedeutet er den Gesellen zu verschwinden. Der größere schlägt rasch den Samt zusammen, der andere rafft die Kordel vom Boden. Sie huschen hinaus und ziehen die Türen zu.

»*Caro mio!*« Nella bedeckt Stratos Gesicht mit Küssen. »Welch Geschenk.«

»Du sollst nicht denken, dass nun etwas anders zwischen uns wird.« Sein Finger streicht ihr über die Wange.

Nella wiegt zweifelnd den Kopf. »Ich habe mir deine Braut in der Kirche angesehen. Auch wenn sie eine Tedesca ist, sie ist sehr schön.« Sie blickt zur Seite. »Und sehr jung.«

»Keine ist für mich schöner als du.« Strato hebt ihr Kinn. »Keine hat die Glut deiner Augen, die Süße deines Mundes, und keine weiß mir solche Freuden zu schenken.«

Nella schlägt kurz die Augen nieder, spielt mit den Fingern an Stratos Jacke, löst einen Knopf, dann zwei. »Du wirst es ihr schon beibringen. Diese kleine Tedesca umweht etwas, ich weiß nicht was.« Nella lacht laut und greift zu Stratos Gürtelschnalle. »Sie wird bald geübt sein in der Liebe.«

»Du bist meine Lehrmeisterin, immer gewesen.« Strato lässt die Arme sinken. »Wie viele Jahre fesselst du mich schon?«

»Nur weil du mich verrückt machst, Strato«, gurrt Nella.

Er schaut wie ein kleiner Junge zu, als Nella ihm den Gürtel öffnet und langsam vor ihm in die Knie sinkt. Ihr Rock bauscht sich. Der Blick beider verschmilzt dabei. Nella entblößt mit geübtem Griff ihre Brust, streift mit beiden Händen die blauen Seidenhosen Stratos mit einem Ruck herab. Seine Hüften spiegeln sich im neuen Glas, er reckt sich ihr entgegen, Nellas Zunge befeuchtet ihre Lippen.

Rot, rot, rot läuft es von den Wänden, die zerfließen, zusammenstürzen, verrauschen in einem roten Wirbel …

Ein heftiger Schmerz zerriss Mira fast die Kopfhaut.

»So antworte doch.« Thulia ließ die Strähnen los. »Willst du nun Perlen oder Goldfäden im Haar?«

»Wie?« Wieder hatte die Gabe sie erfasst. Ihr fiel siedend heiß ein, wo sie saß. »Ich … ich bin ganz benommen.«

»Ist Euch der Rosenduft im Becken zu stark?« Tinello klang besorgt.

»Vielleicht.« Dankbar griff Mira die Frage auf.

Thulia zuckte mit den Schultern. »Eine Braut ist noch empfindlicher als eine junge Frau sowieso.« Sie seufzte und setzte sich wieder an ihren Platz. »Aber warum sollte mir erspart bleiben, worüber sich alle meine Freundinnen beklagen.« Sie nahm ein Tüchlein vom Marmortisch und tupfte sich die Stirn.

»Goldfäden oder Perlen?«, säuselte Tinello sehr freundlich an Miras Ohr.

»Perlen.« Mira mochte sie einfach lieber. Jede war unterschiedlich groß oder rund, fast wie bei Kätzchen, die sich auch nur scheinbar gleich waren.

Mira schloss die Augen, als Tinello ihr Haar trocken rieb. Dieses Bild, das ihr die Gabe gezeigt hatte, war wieder eine Strafe des Himmels. Mira wusste selbst nicht, warum sie dessen so sicher war. Lag es daran, dass Strato noch weicher, noch wärmer mit dieser Nella gesprochen hatte als mit ihr? Und deshalb tausendmal ehrlicher? Der Abgrund an kalter Berechnung wurde ihr gezeigt, in den sie sich von Helmprecht stürzen ließ. Auf ewig sollte sie an einen Mann gebunden werden, der sie nur nahm, weil es für seine Geschäfte einen Sinn ergab. Der Nella als Geliebte aushielt, weil sie ihn wirklich begehrte.

Und das war etwas, dass Mira ihm niemals schenken würde.

Die Kämme fuhren wie von selbst durch ihr Haar. Tinello war so geschickt. Mira wollte Thulia ablenken, sie sollte nicht darüber nachdenken, was mit ihr gewesen war. »Es ziept nicht.«

»Er gilt als der Beste.« Thulia lächelte ihr zu. »Bilde dir nichts ein, hörst du?«, sagte sie streng zu Tinello, der gerade Bürsten auswählte. Er nickte nur falsch bescheiden.

Mira holte tief Luft. War denn in dieser Stadt alles falsch und verstellt, bloß schöner Schein? Und jedes Ding zumindest niemals das, was es zu sein vorgab? Diese strafenden Bilder waren letzte Warnungen. Der Trank in den Bergen war von guten

Wesen – Branca und Nera – gebraut worden. Hatten sie nicht alles getan, um Gerhild zu retten? Man fand doch weise Frauen in den Wäldern und Bergen.

Mira krallte die Finger in ihren Morgenmantel. Aber wenn der Lichtkreis ihr Stratos Geliebte als letzte Warnung vor einer Todsünde gezeigt hatte, dann war auch das Schicksal ihres Bruders wahr – und es war eine Strafe, dass sie machtlos zusehen musste. Je mehr sie über ihre Gabe nachsann, desto mehr spürte Mira, dass die Lichtkreise nicht logen. Wie sie selbst, war es doch so, dass ihr keine Lüge mehr über die Lippen ging.

»Darf ich stören?«, rief Helmprecht vom Vorgemach.

»Was wollt Ihr?«, fragte Thulia ungehalten.

»Ich bringe Schmuck fürs Theater.«

»Wir sind nicht angezogen«, sagte Thulia laut. Leise setzte sie fort: »Na endlich. Hole ihn.« Thulia winkte Tinello zu.

»Wie Ihr wünscht.«

»Gebt ihn dem *Perrucchiere*«, rief Thulia wieder nach vorn.

Mira sammelte sich. Helmprecht kannte sie besser, ihm durfte von ihrer Verstörtheit nichts auffallen. Selten hatte er in den letzten Tagen so fröhlich geklungen. Also rückte die Hochzeit näher, wenn seine Laune so viel besser wurde. Sie musste endlich entkommen. Nur wie?

Tinello reichte Thulia eine Schachtel. Sie fuhr mit den Fingern hinein, es knisterte und raschelte. »Das ist ja ganz anständig.« Sie reichte die Schachtel zu Mira herüber. »Such dir aus, welche du für die Kirche tragen willst.«

Keine. Mira kannte Gerhilds Schmuck. Jede Perle hatte sie ihrer Herrin oft genug auf Bänder gezogen und in die Haare geflochten. Sie hatte nicht bedacht, dass Helmprecht genau diese Kleinodien bringen würde.

Aber es half nichts. Mira zwang sich ein begeistertes Lächeln ins Gesicht, nahm die blaugrauen und die rötlich angehauchten heraus, die hatte Gerhild am wenigsten gemocht.

Tinello hielt ihr eine große Muschel hin, Mira ließ die Perlen hineingleiten. »Zählt bitte, Herrin«, sagte er leise.

»Zweiundzwanzig«, seufzte Mira dann.

»Das reicht gerade.« Thulia wiegte den Kopf. Sie legte einen Ring nach dem anderen vor sich auf den Marmor.

Tinello fädelte die Perlen auf ein Band von gleicher Farbe wie Miras Haar.

Mira war es auf einmal, als ob mit jeder einzelnen von Gerhilds Perlen ein Bruchstück mehr sich fügte. Dieser Trank, die seherische Gabe dieser Lichtkreise, die Tatsache, dass sie keine Lüge mehr zu sprechen vermochte: Das waren am Ende Geschenke Gerhilds aus dem Himmel. Sie hatte sich bei den Heiligen für Mira verwandt, damit sie der Sünde entkomme. Ihre Freundin war ihr immer hold gewesen, hätte sie wie eine Schwester behandelt, wenn es Helmprecht erlaubt hätte. Die Bilder, die Mira in den Lichtkreisen sah, waren am Ende auch Gerhilds Hinweise darauf, wie sie der sündigen Hochzeit entkommen könnte. Mira müsste sie nur richtig deuten.

»Seht Ihr, nun lächelt Ihr. Wunderschön seid Ihr damit«, sagte Tinello und wand die erste Reihe Perlen in ihr Haar.

Die Bilder waren ihr immer über Wasserwellen gekommen, weil sie dem Quelltopf der Marienquelle in den Bergen ähnelten, wo es das erste Mal geschehen war.

»Du sagst gar nichts?«, fragte Thulia. »Du hast Geschmack. Die grauen und rosenfarbenen wirken vornehmer als die weißen.«

Die Farbe der Unschuld durfte Mira nicht tragen, solange sie so viel Sünde auf sich lud. Weiß würde sie erst wieder tragen, wenn sie der Hochzeit entkommen war.

»Setze sie nicht zu regelmäßig«, sagte Mira. »Das gefällt mir besser.« Wie Gerhild auch. Der Gedanke an ihre Freundin im Himmel verschaffte Mira neue Kraft. Sie konnte keine Lüge mehr sprechen, deshalb würde sie auch in der Kirche zum ewigen Bund mit Strato niemals Ja sagen können.

17

Das Gelächter brandete von den Reihen unten hoch zu den Rängen im Theater San Geronimo. Der Widerhall aus dem turmhohen Saal rollte herab. Mira hatte noch nie im Leben so viele Menschen auf einmal lauthals lachen hören. Nicht einmal bei den Possenreißern auf der Zeil in Frankfurt zur Osterzeit. Auch hatte sie noch nie in einem so großen Saal gesessen. Was die Venezianer nur alles zu bauen vermochten. Über den gut vierzig Sitzreihen vor der Bühne schwebten im Halbkreis die drei Ränge, auf dem obersten tobte das einfache Volk, in den beiden darunter reihte sich Loge an Loge.

Mira beugte sich vor und stützte die Hand auf der mit rotem Samt bespannten Brüstung.

»Der Papst tobt, dass wir das Narrenschiff von Brant in Venedig spielen lassen.« Strato legte seine Hand auf ihre.

Auf der Bühne schritten die irrwitzig bunt gekleideten Narren davon. Die Bühnenbilder waren hier nicht aus Stoff, sondern aus Holz. Das aufgemalte Schiff schaukelte wie auf Wasser, die nächsten Narren purzelten daraus hervor ins Licht der zahllosen Glaslampen am Bühnenrand.

Der Saal fiel in Schweigen, letzte Gluckser verstummten.

Ein feist ausgestopfter Kerl gab den Kaiser mit gelber Papierkrone, ein lüstern sich die Lippen leckender Kugelkopf den Papst, dessen dreifache Weltkrone aus Flitterringen um einen Zuckerhut geflochten war. Vor ihnen kniete ein junger Narr, dem die Kappe vom Haupt gefallen war. »Uuiihh-baaah«, schrie er kläglich und machte eine Gebärde des Übergebens zu den Leuten hin. Er hielt seine Schellenkappe in der Rechten, Kaiser und Papst haschten danach. Vergeblich. Mira fand es sehr lustig wie sie darum balgten.

Die anderen Narren und Närrinnen glotzten aus allen Winkeln des gemalten Schiffs und wackelten mit den Köpfen.

Der junge Narr hob an: »Wann ich der Säumnis denk' und Schande, so man jetzt spürt in allem Lande, von Fürsten, Herren, Städten. Kein Wunder wär's, wenn mir wollt' treten.« Er schniefte. »Mein Auge ganz der Zähren voll, dass man so schmählich sehen soll, den Christenglauben nehmen ab.« Der Papst tat verwundert, der Kaiser, als ob er nicht recht höre.

Die Schellenkappe klingelte. »Des Christenglaubens, Not und Klage, der mindert sich von Tag zu Tage. Danach hat Mohameds böser Sinn noch mehr und mehr verwüstet ihn.«

Das ganze Narrenschiff heulte wie ein Pulk Kinder. Im Saal hörte Mira die ersten Lacher.

»Was man die Großtürkei jetzt nennt, das ist dem Glauben abgetrennt. Da sind die sieben Kirchen gewesen, davon wir bei Johannes lesen, da ist ein so gut Land verloren, dass es die Welt wohl hätt' verschworen.«

»Er meint die Eroberung Konstantinopels durch die Türken«, raunte Strato ihr zu.

Rastlos warfen sich die Narren in die Brust und trieben den Kaiser und den Papst auf Knien vor sich her. Mira gefiel die Spottlust. Zu oft hatte sie sich auf die Zunge beißen müssen, wenn auf den Frankfurter Gassen vornehme Leute über Arme hergezogen waren. Die lustigen Verse stachen genau in den Dünkel der Adeligen und Kirchenmänner.

Stratos dunkle Augen blitzten. Wenn er lachte, wirkte er so jung wie seine siebenundzwanzig Jahre.

Drunten wurde der Papst von einer vollbusigen Närrin in den Winkel des Schiffsmasts gelockt und in Wallung gebracht. Der oberste Rang rief im Takt unkeusche Worte.

»Grandios!« Strato klatschte vor Freude auf Miras Schenkel.

»Der Papst ist ja der größte Bock unter seinen säuischen Kardinälen.«

Mira lag auf der Zunge, dass er selbst doch auch den Reizen Nellas erlegen war.

Eine Trompetenfanfare erklang über dem Bühnenbild, ein Engel schwebte herab und begoss Kaiser, Papst und die restlichen Narren mit Wasser.

Wieder brandete das Lachen auf und mischte sich mit einem so heftigen Klatschen, dass Mira den Logenboden unter ihren Füßen wanken fühlte.

»Pause!« Strato erhob sich. »Was schaust du? Willst du nichts trinken?«

Mit einem letzten Blick zur Bühne stand Mira auf. Drei Kinder bliesen dort schnell die Lampen aus. Alle waren wie die Engelchen in den Kirchen halb nackt.

Mira trat mit Strato hinaus in den breiten Gang vor dem ersten Rang. Diener reichten Platten herum, von denen sich die Leute zu essen nahmen. Andere schenkten gekühlten Wein aus.

»Lächle immer, egal wer dir welche Bosheit an den Kopf wirft«, sagte Strato. »Die Leute werden dich nun mustern wie einen zappelnden Fisch auf dem Schneidebrett.«

Mira fühlte sich aber ganz und gar nicht so. Thulia hatte eigenhändig jede Falte des glänzend grünen, üppig mit Brabanter Spitzen besetzten Rocks festgesteckt. Seit Mira Gerhilds schützende Hand über sich wusste, spielte sie die Braut so viel leichter. Die Flucht würde ihr schon irgendwie gelingen.

»Versuche dir die Namen einzuprägen. Da vorne die Cremoni.« Strato schritt von Tisch zu Tisch, und nickte hierhin und dorthin. »Die Algarotti, Corniani, Pitti.« Er reichte Mira ein Glas Wein. »Beleidigt tun sie so, als ob sie dich nicht sehen. Mache dir nichts daraus. Jede Familie hat mir eine ihrer Töchter angedient.« Er prostete Mira zu. »Aber was glaubst du, über wen sie dort drüben bei dem Wasserbecken mit den Blumen wohl klatschen?«

Langsam hatten sie den Theatergang hinter allen Logen abgeschritten und kehrten um. An einem Tisch mit süßen Speisen drängelten sich die Frauen und ein paar Kirchenleute in schwarzen Mänteln. Die kleinen Kappen saßen ihnen auf den rasierten dunklen Haarkränzen. Nur bei einem wellte sich das Haar hell. Ludomar!

Beinahe hätte Mira den Namen gerufen. Er war hier. Was für ein Zeichen! Ihr wurde heiß und kalt. Kein anderer würde ihr helfen, vielleicht sogar schon gleich hier im Theater. Wenn sie jetzt mit Ludomar spräche, dann könnte sie sich während der Aufführung zum stillen Ort entschuldigen, ihn hier draußen treffen und sich von ihm wegbringen lassen. Mira versuchte, unauffällig im Gedränge auf Ludomar zuzusteuern.

Strato zählte weitere Namen auf, doch Mira hörte nicht mehr hin. Sie achtete auf jede Elle Raum, die sich ihr zwischen all den Röcken, Stiefeln, Säumen und Federbesätzen bot.

Ein Diener trug hoch über seinem Kopf ein Tablett und wand sich zwischen den vornehmen Leuten hindurch. Mira folgte der Gasse, die sich hinter ihm auftat, und war froh, dass ein feister Mönch Strato den Weg sperrte. Mira lächelte den Leuten zu und richtete dabei die eingeflochtenen Perlen in ihrem Haar.

Helmprecht stand am Treppenaufgang ungefähr genauso weit entfernt von Ludomar wie sie. Er zählte gerade an vier Fingern etwas ab, ein gebeugter Jude mit einer schweren Goldkette vor ihm nickte sorgenvoll und rechnete an den eigenen Fingern etwas gegen. Doch der alte Mann blickte auf und damit schaute auch Helmprecht zu Mira her. Sein Gesicht entspannte sich, er freute sich wohl, dass Gerhilds Perlen an ihr so gut zur Geltung kamen.

Mira nutzte das nächste freie Plätzchen zwischen zwei tuschelnden Frauen – und ärgerte sich sofort. Sie hätte zuvor nicht zu Ludomar schielen dürfen. Selbst in dem flirrenden Licht der venezianischen Leuchter war unverkennbar, dass Helmprecht erbleichte. Der alte Jude hob verwundert die weißen Augenbrauen, als Helmprecht ihn einfach stehen ließ und, die Ellenbogen voran, durch die Menge drängte.

Sie musste zuerst zu Ludomar kommen. Unbedingt. Mira hob ihre bestickte Tasche und setzte einen Gesichtsausdruck auf, als wäre ihr von der verbrauchten Luft zwischen den vielen Theaterbesuchern übel geworden.

Im vielstimmigen Geplapper rückte Helmprechts massige Gestalt näher, Mira schloss auf, noch ein paar Leute, dann könnte sie Ludomar beim Namen rufen, der immer noch am Tisch mit den Süßspeisen anstand.

»Ludomar!«, rief sie über die Haube einer Frau vor ihr hinweg. »Ludomar! Seid Ihr es?«

Er drehte sich um. Erst blickte er zu der Frau hinter ihm, die sein Zögern aber nutzte, um sich kichernd vorzudrängen.

Ludomar kniff ungläubig die Augen zusammen. Sein Mund öffnete sich schon zu einer Frage.

»Botschafter!« Helmprecht trat Mira auf den Fuß und stellte sich vor sie. »Welch Freude Euch hier im Theater zu sehen. Meine Tochter und ich haben Euch nicht finden können. Wir wollten Euch für die Nachricht an Strato danken.« Er wandte sich halb um. »Nicht wahr, Gerhild? Wir haben ihn doch gesucht.«

Mira konnte nicht antworten, die Lüge gelang ihr nicht. »Ich freue mich sehr, Euch wiederzusehen.« *Endlich*. Das Gefühl stieg zu ihrer eigenen Verwunderung heiß aus ihrem Herzen auf.

Ludomar strich sich über die Stirn. »Eure Tochter sagt Ihr, Helmprecht, aber«, er blinzelte, »aber sie war doch …« Sein

Blick glitt über Miras teure Kleider und den Schmuck in ihrem Haar.

Helmprecht schmunzelte so falsch wie ein Rosstäuscher. »Ich verstehe Eure Verwirrung gut.« Er zog Ludomar am Oberarm näher bei. »Gerhild hat sich für die Reise mit den Kleidern ihrer Magd getarnt«, sagte er leise. »Am Hofe Eures Erzbischofs hat es mir ein Kaufmann von Mainz geraten. Wären die Räuber geblieben, hätten sie die falsche Geisel genommen.« Er zog Mira am Arm.

Sie fühlte seine Fingernägel sogar durch den festen Seidenstoff hindurch in ihr Fleisch bohren.

»Gerhild ist auf diese Weise sicher in Venedig bei ihrem Verlobten angekommen.«

Wieder blinzelte Ludomar verwirrt. »Verzeiht, wenn ich Euch dort im Gebirge«, ein sehnsuchtsvoller Funke glomm in seinen blaugrauen Augen auf, »wenig Ehre entboten haben sollte. Ich wusste nicht, wer Ihr seid.«

Doch, wollte es aus Mira herausbrechen. »Nein, ich bin wirklich …«

Helmprecht stieß sie in die Seite, dass sie fast stürzte.

»Ist dir übel, Gerhilda?« Schon stand Strato neben ihr und stützte sie an der Hüfte. Ludomar reichte ihr seine Rechte. Mira hielt sie fest. Von seinen Fingern strömte Wärme in sie ein, die sie den winzigen Augenblick lang genoss.

»Ist dir übel?«, fragte Strato erneut.

»Nein, nein«, sagte sie rasch. Sie war nur unglücklich, dass sie nicht hatte sprechen können.

»Sie ist gestolpert, weil ein Dummkopf sie gestoßen hat«, log Helmprecht. »Sorgt Euch nicht um Eure Braut.«

»Wie ich sehe, seid Ihr meiner Einladung gefolgt«, sagte Strato zu Ludomar und ließ dabei seine Hand auf Miras Hüfte ruhen.

Mira überlief es wie Frost. Strato hatte Ludomar eingeladen? Sie kannten sich also?

»Die Ehre wird meinem Erzbischof von Mainz zuteil, der mich zu Euch gesandt hat.«

»Wollt Ihr Gerhilda zurück in die Loge geleiten, Schwiegervater? Und ihr Wasser bringen lassen? Ich möchte dem Botschafter etwas mitteilen.«

Mira suchte den Blick von Ludomar. Doch seine Augen schienen wie von Wolken verdunkelt. Er folgte Strato, dessen Hand von ihrer Hüfte glitt.

Helmprecht stieß sie weiter unsanft voran. »Du hättest diesem Botschafter ausweichen müssen, Kind.«

»Auf keinen Fall, mein lieber Helmprecht.« Thulia kam gerade geschmeidig heran, alles Statuenhafte war von ihr gewichen. In dem himmelblauen fließenden Seidenkleid wirkte sie fast noch jung. Tinello hatte ihr goldene Blätter ins Haar gewunden, sogar goldenen Staub trug sie auf den Lidern. Wie absichtslos hob sie ihren Schleier über die Schultern und schirmte sie einen Augenblick gegen die Leute vor dem süßen Tisch ab. »Es war sehr richtig von Eurer Tochter, auf diese Weise meinem Sohn eine unauffällige Begegnung zu ermöglichen. Er hat den Botschafter schließlich am Kartentisch im Dogenpalast eingeladen. Ercole hat ihr sicher davon erzählt.«

Das hatte Strato zwar nicht, aber die Ausrede kam Mira gerade recht. »Euer Sohn möchte, dass ich schnell alle Dinge lerne, die ich wissen sollte.«

»Bist du erst seine Frau, weihe ich dich in alles ein.« Thulia schenkte ihr einen Blick, der von Miras scheinbarer Gewandtheit noch beeindruckt war. »Nun bin ich sicher, dass du dich auch als Tedesca wirst einfügen können.« Sie winkte den alten Juden heran. »Führt Euer Gespräch fort, Helmprecht.« Sie ließ die Lider mit den goldenen Schatten kurz flattern. Dann lachte sie hell. »Früher oder später werde ich dich sowieso meinen Freundinnen vorstellen. Warum nicht jetzt gleich? Komm, in der Loge des Dogen gibt es Sorbet. Das magst du doch?

Schnell, bevor die Pause vorbei ist. Das von Aprikosen ist das herrlichste.«

»Gern.« Mira war erleichtert, dass sie Helmprecht entkam.

»Ja ja, die Launen der Frauen«, hörte sie den alten Juden noch sagen. »Das ist bei uns auch nicht anders …«

Nach dem erneuten Trompetenschall hatten sich die vornehmen Leute zurück auf ihre Plätze begeben. Strato saß wieder neben und Thulia hinter ihr. Unten auf der Bühne scheuchte ein Narr einen andern herum, der in eine Art rot-weißen Umhang gekleidet war und ein seltsames weißes Papiergebilde auf dem Kopf trug.

»Das sollen die sieben Hügel Roms sein«, flüsterte Thulia von hinten.

Das Narrenschiff schaukelte und die Narren sangen. »Roma zur Freiheit ward geführt, als es gemeiner Rath regiert. Doch als auf Hochfahrt man bedacht, auf Reichtum und auf große Macht«, die Narren purzelten auf der Bühne herum, »und Bürger wider Bürger stritt, dacht' man gemeinen Nutzens nit.«

»Das sollten die Venezianer auch nicht vergessen«, murmelte Strato.

Die Narren auf der Bühne taten so als weinten sie. »Da musste Gewalt zum Teil vergahn, ward einem Kaiser untertan, musst' unter solchem Schutz und Schein an fünfzehnhundert Jahre sein.«

Der Mann mit dem Hügelhut trat vor und seufzte bitterlich. »Rom, du bist herabgekommen, hast wie das Mondlicht abgenommen, wenn's schwindet und ihm Schein gebrist, sodass jetzt wenig an dir ist. Viel Städte schufen sich Gewehr, und achten keines Kaisers mehr.«

Das ganze Theater brüllte vor Lachen. Nur ein vornehmer Herr lachte nicht. Er saß gleich nebenan in der Loge ganz vorn. Er war in feinstes rehfarbenes Leder gekleidet und trug einen grauen Schnauzbart. Wie eine kluge Maus sah er aus. Mira musste über die spitze Nase des Mannes schmunzeln.

»Dem königlichen Gesandten vergeht die Lust«, sagte Strato, der ihrem Blick gefolgt war.

»Der Herzog Beowulf beweist Mut, sich solch einer Erniedrigung zu stellen«, meinte Thulia.

Mira schien, dass sie recht hatte, gerade weil der Narr so spottete. »Ein jeder Fürst der Gans bricht ab, dass er 'ne Feder davon hab'; darum ist es nicht Wunder groß, dass auch das Reich so blutet und wird bloß.«

Strato reichte Mira ein Schälchen mit gesalzenen Pistazien. »Wenn König und Kirche ihre Botschafter zu uns schicken, ohne dass die beiden voneinander wissen, brauchen sie Venedig mehr als sie zugeben wollen.«

»Ist es ein Wunder, wenn an des Reiches Grenzen in West und Ost die fremden Heere stehen?«, fragte Mira schon, ehe sie es recht bedacht hatte.

Strato verharrte mit der Nuss in der Hand. »Du überraschst mich.«

Der Lichtkreis hatte es ihr gezeigt. Zu ihrer Erleichterung fragte er nicht, wer ihr das gesagt hatte. »Es ist nicht schwer zu begreifen. Der König fürchtet, dass er an allen Seiten kämpfen muss.«

Strato knackte die Nuss.

Das Narrenschiff schaukelte wieder. Die Darsteller trieben einen Priester mit nackten Beinen vor sich her, die andern warfen ihm die Weiberröcke nach.

Das aufbrandende Lachen lenkte Strato und Thulia Gott sei Dank ab.

In der zweiten Pause blieben sie einfach vor der Loge stehen. Auch der Doge war aus seiner getreten. Viele Leute gingen vorbei. Immerzu wurden Halbsätze wie *Morgen im Hafen, im*

Palazzo Seroni, im Gente, im Dell'Aqua geflüstert. Frauen hoben huldvoll das Haupt, Mädchen senkten die Blicke. Männer schätzten Brüste wie Kleider schamlos auf ihren Wert.

Der Herzog in dem feinen rehbraunen Lederanzug stand wie zufällig fast vor ihrer Loge.

»Herzog Beowulf, Ihr müsst taube Ohren haben von all den Hymnen auf das Reich.« Strato deutete eine kleine Reverenz an. Thulia trat zurück, und Mira tat es ihr gleich. Beide schauten sie über das Gedränge zu den Tischen mit dem Essen hin, aber Mira spitzte dabei die Ohren.

»Ihr selbst seid taub geworden, Strato. Habt Ihr nicht vernommen, wie Gier und Bürgerstreit die Römer einst geschwächt hat?« Der Herzog strich sich über den grauen Schnauzbart. Seine schwarzen Augen funkelten kampfeslustig wie bei einem Luchs.

»Noch sind wir eine Republik, wie die Römer in ihren freiesten Tagen«, sagte Strato.

Der Herzog wandte sich zum Dogen um, der ihnen den Rücken zudrehte. Seine Kappe wie sein Mantel waren über und über mit Goldfäden bestickt. »Doch trägt er mehr Gold als mancher König.«

»Als Eurer gewiss.«

Der Herzog lachte frei und ungezwungen. »König Maximilians Truhen sind leer, das ist wohl wahr.« Seine Augen glitzerten. Er wechselte das Standbein wie ein Schalk im Tanz. »Doch sein Heer führt er trotzdem.«

»Im Kreis herum?«, fragte Strato. »Keiner hat es irgendwo kämpfen sehen.«

Der Herzog rieb sich die spitze Nase. »Lehrt uns die Heilige Kirche nicht den Frieden?«

»Und sucht ihn selbst unter den Röcken der Weiber.« Stratos Lider wurden schmal. »Dort finden die Kirchenmänner jedenfalls die himmlischen Verheißungen schneller als auf Erden.«

»Der Papst allemal.« Der Herzog Beowulf lachte.

Mira mochte ihn, die schwarzen Mausaugen, die sehr klein in dem schmalen Gesicht saßen. Sie hatte sich nie vor diesen Tieren gefürchtet. Nein, sogar mit ihnen gespielt hatte sie in den verzweifelten Tagen, als sie von Hunger geschüttelt war und Jockel krank danebenlag. Die Mäuse hatten sie mit ihren putzigen Bewegungen aufgeheitert.

Strato winkte jemanden heran. Mira hüpfte das Herz. Ludomar bahnte sich einen Weg zu ihnen.

»Herzog, Euer Reich ist so freigiebig mit uns Republik, dass es neben Euch noch einen weiteren Botschafter sendet.«

Der Herzog maß den herantretenden Ludomar nur knapp wie einen Diener. »Er spricht nur für den Erzbischof, nicht für den König.«

Ludomars linkes Lid zuckte, und Mira sah sofort, dass der Edelmann log. »Der Erzbischof lässt durch mich nur ausrichten, was auch aus dem Munde des Königs Maximilian im königlichen Rat fließt, dem mein Erzbischof vorsitzt.«

Das Gerangel zwischen den beiden Botschaftern entsprach dem Machtkampf zwischen ihren Herren. Mira wusste es ja aus den Lichtkreisen: Der Erzbischof rang mit dem König um die tatsächliche Herrschaft im Reich.

Thulia reichte ihr einen Fächer, im Winkel vor der Theaterwand war es stickig. Mira fächelte und lugte über den Stoffrand.

Ludomar suchte ihren Blick. Sie schenkte ihm einen so warmherzig als es nur ging. Ein Lächeln keimte in seinem Mundwinkel auf.

»So bin ich neugierig, welch zweifache Botschaft wir hören werden, wenn der Doge Euch morgen empfängt«, sagte Strato.

Nur die Machtfragen beschäftigten die Männer. Mira musste mit Ludomar sprechen, irgendwie. Eine Eingebung drängte sich ihr auf. Sie zögerte nicht lange. »Fragt die Herren lieber, warum sie nicht nach Genua reisen und nachschauen, ob die Stadt noch über ihre Schiffe gebietet?«

Strato drehte sich um und zog die Brauen zusammen. »Gerhilda, was redest du da bloß? Mische dich bitte nicht ein.«

Mira fühlte noch mehr Kraft einströmen. »Wieso? Wisst Ihr es noch nicht? Müsstet ihr nicht jetzt mit dem französischen König sprechen, der in der Bucht vor der besiegten Stadt vor Anker liegt?«

»Charles der Achte hat Genua erobert?«, fragten alle drei wie aus einem Mund.

»Woher weißt du das?« Stratos Mund stand offen.

»Ich habe es in Venedig gehört.« Das war nicht unwahr. Auch wenn die drei nicht begreifen konnten, dass Mira den französischen König hatte in einem Lichtkreis sprechen hören.

Die dunklen Augen des Herzogs rollten einmal, zweimal hin- und her. »Strato, wieso wissen wir das nicht?« Er presste verärgert die Lippen aneinander. »Sollten Eure Zuträger und Verräter nicht besser sein als meine, wo Ihr so viel Gold dafür ausgebt?«

An Stratos Hals war eine Ader angeschwollen. »Ich schicke einen Kundschafter. Auf der Stelle.«

»Diese Neuigkeit sollten wir«, Miras Herz hüpfte als sie Ludomars Stimme hörte, »besser auch dem … an den Hof des Königs im Reich melden, Herzog.«

»Kommt in meine Herberge, Botschafter.« Herzog Beowulf deutete eine Verbeugung an.

»Wer von den Leuten hier hat davon gesprochen«, zischte Strato. »Gerhilda. Wer? Es ist wichtig.« Trotz seiner Aufregung blieb er vor der Loge ruhig stehen, als ob nichts wäre.

Mira reckte den Kopf. »Ich sehe den Mann hier nicht.« Wie auch? Es war ja der französische König selbst gewesen. Der scheußliche Ausschlag fesselte Charles den Achten mit seiner Buhlin gewiss noch an sein Schiff.

Die Trompeten erschollen. »Geht schon hinein«, sagte Strato

nur. Er ging hinüber zur Loge des Dogen und flüsterte diesem etwas ins Ohr. Der Doge zuckte unter der goldbestickten Kappe erschreckt zusammen.

Mira gehorchte gern. Sie empfand Genugtuung, als Thulia sie nachdenklich betrachtete.

Das Narrenschiff auf der Bühne schien Mira auf einmal bedeutender als die Schiffe dieser Herren Narren.

18

Ihr spinnt also dem alten Henneberg die Fäden zum venezianischen Rat.« Mit seinem wildledernen Handschuh packte der Herzog Ludomar an der Brust. »Wieso weiß mein König Maximilian nichts davon?«

Ludomar stolperte unter den Fauststößen des Herzogs rückwärts an die Holzwand der Theaterlatrine.

»Was heckt der Erzbischof gegen meinen König aus, dass er dich Jungspund schickt?« Die kleinen schwarzen Augen des Herzogs glühten vor Zorn.

Ludomar hielt sich ruhig. Bei jedem anderen hätte er längst die Faust weggeschlagen, an Kraft mangelte es ihm nicht. Bei jedem anderen hätte er es sich auch verbeten, dass er so ungebührlich von seinem Erzbischof sprach. Doch Herzog Beowulf war von Geblüt und zudem der Botschafter des Königs Maximilian. Und als Heeresmann vermochte er gewiss zu kämpfen. Der Herzog schüttelte Ludomar so sehr, dass er sich mit beiden Händen an der Latrinenwand abstützen musste.

»Dich grünes Bürschchen schickt er. Nicht mal einen richtigen Priester hat er geschickt, geschweige denn einen gestandenen Bischof.« Der Herzog spuckte aus. »Der alte Ränkeschmied will also, dass dich die Venezianer in die Taschen stecken. Warum?«

Ludomar verstand nicht recht, worauf der Herzog anspielte. Er war viel zu beschäftigt, die Beine zusammenzunehmen und Beowulfs Kniestoß in sein Gemächt abzufangen.

»Hat der alte Fuchs von Erzbischof gar dem Franzosen einen Wink gegeben, dass der sich ruhig ins Welschland aufmachen soll? Weil der Erzbischof schon dafür sorgen wird, dass das Reich und sein König Maximilian sich nie und nimmer wehren können? Was bekommt der von Henneberg für diesen Verrat von den Franzosen? Rede!«

Ludomar senkte den Unterarm zu spät, Beowulfs linke Faust steckte er voll in der Magengrube ein. Ihm wurde so speiübel, dass die Nase des Herzogs vor seinen Augen verschwamm. »Wenn Ihr mich prügelt, wie soll ich da antworten?«, krächzte Ludomar und schluckte den Schleim hinab.

Doch des Herzogs Griff an der Brust ließ ihm kaum Luft. »Ich höre.«

Ludomar fühlte im ganzen Leib das Pochen seines Herzens. Nicht nur der Schmerz im Magen lähmte ihn. »Was unterstellt Ihr denn dem Erzbischof nur? Ich soll im Gegenteil den Dogen auf die Seite des Reiches ziehen und ein Bündnis von Reich und Venedig gegen Frankreich zustandebringen.«

»Ihr?« Der Herzog lachte frei heraus, doch nur kurz. »Lächerlich«, sagte er dann. »Lüge mich nicht an. Der Erzbischof ist viel zu klug, einen Grünschnabel wie dich für solch eine Aufgabe zu schicken. Du bist allenfalls eine Figur in seinem Ränkespiel.«

Das war er nicht. Ludomar hatte die Briefe gelesen, die er Strato übergeben sollte. »Venedigs Ziele und die des Reiches sind gleich, es geht gegen die Franzosen, die sich das Welschland unterwerfen wollen.«

»Geschwätz.« Der Herzog drückte ihm mit der Faust an die Kehle. »Mein König Maximilian sagt schon lange, dass das Reich von Westen her von Charles bedroht wird.«

»Das weiß keiner besser als der Erzbischof von Mainz. Wer hat denn für unseren König den bisherigen Frieden mit Frankreich nach dem Streit um Burgund ausgehandelt? Er!«

Die Latrinentür zum Theater ging auf. Einige Herren traten ein, doch sie scherten sich nicht um ihren Streit. Kaum einer blickte auch nur her.

»Mir hat dieser faule Frieden nie geschmeckt.« Der Herzog spie wieder auf den blanken Holzboden. »Genauso übel kommt mir auf, dass so ein Grünschnabel wie du sein Botschafter in Venedig ist. Nein, nein. Ich sage dir, dein Erzbischof schachert mit Charles dem Achten. Glaubt er wirklich, dem unsteten Wort dieses Weiberhelden wäre zu trauen?« Der Herzog ließ ein Schnauben hören. »Oder will er dessen Statthalter werden, falls der Franzose sich vom Papst zum Kaiser krönen lässt? Ein neues Amt ist schnell geschaffen, wenn die bisherige Ordnung des Reiches fällt – und mein König Maximilian mit.«

Ludomar hatte selten solch verdrehte Unterstellungen gehört. Aber im Dunstkreis des Königs hetzten viele schon lange gegen den Erzbischof, weil er das Geschick des Reiches der Mehrung der Pfründen für Fürsten und Vasallen vorzog. »Euer Misstrauen macht Euch blind. Mein Erzbischof will Venedig auf die Seite des Reiches bringen. Wie den Papst auch. Der Schwiegervater unseres Königs herrscht in Mailand. Alle Länder um Venedigs Festlandbesitz herum sind Lehen des Reichs. Venedig wird die Notwendigkeit eines Bündnisses gewiss einsehen. Warum, um Gottes willen, sollte der Erzbischof diese Reichsteile dem Franzosen überlassen?«

»Dummkopf.« Der Herzog stieß seinen Wildlederhandschuh auf Ludomars Brustbein. »Zähle einfach. Wer hat die meisten Landknechte unter Waffen?« Beowulfs spitze Nase streifte fast Ludomars Wange. »Das ist der König der Franzosen, Charles der Achte. Er ist auch schnell am Rhein und zieht deinem Mainzer den Sitz unter dem Arsch weg, wenn dein Erzbischof ihn nicht anderwärts beschäftigt.«

Der Herzog war verblendet von Missgunst und Gier nach der Macht wie der junge König auch. Er witterte überall nur Verrat. »Selbst der Papst müht sich um ein Bündnis gegen Frankreich, was wollt Ihr nur?« Ludomar beschlich ein Gedanke. Konnte es sein, dass er vor allem als Zeuge der Ereignisse geschickt worden war? Damit der Erzbischof Nachricht aus erster Hand erhielt, sobald der neue Krieg im Welschland begonnen hätte?

»Da stierst du in die Luft, kleiner Diakon. Was bist du Kirchenmann überhaupt?«

»Scriniarius des Erzbischofs und Botschafter.«

»Kanzleigewäsch. Sein Ohr und Aug bist du. Und Mund, dessen er sich bedient, weil er den Venezianern etwas einflüstern will.« Der Herzog ließ Ludomar los. »Nur warum der listige alte Fuchs den Venezianern ausgerechnet dich grünes Bürschchen geschickt hat, verstehe ich noch nicht.«

Ludomar strich sich die Kleider glatt und erwiderte nichts.

»Hast du schon nach Mainz geschrieben?«, fragte der Herzog plötzlich in ruhigerem Ton.

»Noch nicht.«

»Lass uns den gleichen Boten nehmen. König Maximilian weilt inzwischen am Rhein. Damit unsere Herren sehen, dass wir uns verstehen.« Der Herzog straffte seine Handschuhe über dem Ärmel.

Ludomar war nicht sicher, wie klug das war; doch konnte er ja seine Botschaft an den Erzbischof gut versiegeln. »Wie Ihr wünscht.«

»Ich wohne im Palazzo Bellari.« Vor der Tür tippte der Herzog Ludomar an die Schulter. »Ich fürchte, Jüngling, wir müssen uns trotz allem verbünden. Wenn mich mein Spürsinn nicht täuscht, brauchen wir Venedig auf der Seite des Reichs. Denn sitzt Charles erst einmal im Welschland fest, wird er sich gewiss in Rom zum Kaiser machen.«

Das zu verhindern leuchtete Ludomar ein. Trüge der Franzose erst die Kaiserkrone, müssten ihm die Städte und Fürsten des Reiches huldigen und Steuern zahlen. Manche im Westen und Süden würden es aus Furcht wohl tun, die im Norden und Osten gewiss nicht. Das Reich fiele auseinander und wäre ein

Nichts. Und der Kurfürst von Mainz wäre bald auch nur noch ein kleiner Bischof mit ein wenig Land am Rhein.

Die Trompeten erschollen im Theater.

»Lachen wir mit den Narren.« Der Herzog ging voraus und achtete nicht auf die zufallende Tür, die Ludomar fast vor das Kinn schlug.

Wie Bittsteller verbeugten und streckten sich die Narren auf der Bühne in deutschem Gewande, aber mit aberwitzig wirrem Haar. Sie umtanzten den venezianischen Löwen mit Bettelsäckchen in der Hand. »Um Gott, ihr Fürsten, sehet an, welch Schaden draus entstehen kann, wenn so herunterkommt das Reich! Ein jedes Ding mehr Stärke hat, wenn beieinander fest es staht, als wenn es soll zerteilet sein.«

Das Gelächter war noch milde wie der Wein, den der Herzog in seiner Loge ausschenken ließ. Ludomar war der Einladung gefolgt, musste sich zu seinem Ärger aber mit einem Stehplatz hinter den Stühlen begnügen.

»Der Deutschen Lob war hochgeehrt, hat erworben durch solchen Ruhm, dass man ihnen gab das Kaisertum. Aber die Deutschen verwandten Fleiß, zu vernichten des eignen Reiches Preis.« Die Narren rauften sich noch mehr die Haare. »Damit das Gestüte Zerstörung hab', bissen die Pferde die Schweife sich ab.« Tatsächlich zogen und zerrten sie nun einander an den Haaren. Das Gelächter brach im Theater aus.

»Ihr habt fürwahr einen König mild, der Euch wohl führt mit Ritterschild, der zwingen kann all Land gemein. Wenn ihr ihm helfen wollt allein: Der edle Fürst Maximilian die römische Krone wohl gewann.«

Herzog Beowulf deutete zur Bühne. »Nichts als Spott hat man in der Stadt für unsereins übrig.«

»Werft von Euch darum Schmach und Spott: Denn kleinen Heeres waltet Gott. König, Fürsten, Adel, Gemein', sie mögen gewinnen wohl allein und zwingen bald die ganze Welt, wenn man nur fest zusammenhält.«

»Hört Ihr, Botschafter.« Der Herzog sah kurz an den Heeresleuten in seiner Loge vorbei, denen man das Kriegshandwerk an den schwieligen Händen ansah.

»Aber …« Ludomars Antwort ging im schallenden Gelächter unter. Die Leute johlten, als die deutschen Narren unten auf der Bühne die leeren Taschen ausleerten und nur ein rostiges, verbogenes Schwert fanden.

Wenigstens wärmte der Wein Ludomars Magen und vertrieb den letzten Rest von Übelkeit.

Er hatte selten so viele ausgelassene Leute aller Stände versammelt gesehen, nur bei einem Turnierspiel bei der Krönung Maximilians in Frankfurt. Aber da war er noch jung gewesen. Sein Blick schweifte im Theater umher und blieb fünf Logen weiter hängen. Dort saß sie. Noch schöner als vorhin an Stratos Seite, die Kaufmannstochter Gerhild.

Wie geschickt die Frauen doch bei der Verstellung waren. In den Bergen im Stall hätte Ludomar jeden Eid geschworen, dass er bei einer Magd im Heu gelegen hatte. Sie war so spröd und doch nicht spröd gewesen, wie alle Mägde, die doch geküsst und gedrückt werden wollten, wenn es draußen dunkel wurde und unheimlich. Sie hatte sogar die niederen Arbeiten verrichtet und war der angeblichen Herrin zu Diensten gewesen.

Aber jetzt? Ludomar konnte den Blick nicht von der Perlenpracht in ihrem braunen Haar, dem feinen Antlitz wenden. Was für eine Herrin! Gerhild hielt sich vornehm zurück, selbst wenn sie mit den anderen lachte. Ein Hauch Melancholia umwehte sie. Die in venezianischer Art glitzernd blau geschminkten Lider verliehen ihr einen geheimnisvollen Ausdruck, wenn sie hinunter auf die Bühne blickte.

Er hatte es geahnt, gespürt, gewusst. Ludomar war sich sicher, dass er auch deshalb sein Begehren hatte zügeln können, weil ihre Vornehmheit sich in diesem klugen Blick verraten hatte. Sie hatte anders auf die Welt geschaut als gewöhnliche Mägde. Das war ihm sofort aufgefallen. Was Wunder, wenn ihr Vater zu den reichsten Kaufleuten Frankfurts zählte und im Kleinen Rat des Erzbischofs saß.

Ludomar trank wieder einen tiefen Schluck des süßen Rotweins. Hätte er sie doch nur werben können. Dann hätte er sie zärtlicher noch gekost als in der Nacht. Hätte ein langes Osterspiel daraus gemacht, ihren Leib zu erkunden, diese milchweiße Landschaft voller Hügel und verborgener Täler. Ludomar spürte den Wein in seinem Blut. Spürte, wie er die guten Vorsätze vergaß und seine Erregung wuchs, je länger er hinüber zu ihr schaute. Selbst in diesem flackernden Theaterlicht blieb sie noch vornehm.

Mehr noch hatte ihn die stille Klugheit gereizt, die Tatkraft dieses Weibes, was sie gewiss als Herrin deutlicher zeigte als dort oben in den Bergen als Magd. Eine Frau wie sie – brauchte er nicht genau solche eine? Ludomar wurde gewahr, wie seine Erregung bereits in seiner eng anliegenden Hose schmerzte. Er schämte sich. Hatte er nicht Enthaltsamkeit üben wollen? Der Gedanke verblasste so rasch beim Anblick dieser Lippen … so süß wie nur wenige. Einen Augenblick lang verebbte der Lärm von den Rängen, als das Bühnenbild umgeschoben wurde. Er fühlte sie wieder in seinem Arm – und er fühlte das seltene Glück wieder, das so gar nicht fleischeslustige Glück, das er schon oben in den Bergen empfunden hatte.

Das schwarz gelockte Haupt Stratos schob sich vor ihren lieblichen Anblick. Gerhild war bereits verlobt, sonst säße sie nicht dort, herausgehoben aus der Menge der Gewöhnlichen.

Trübnis mischte sich in Ludomars weinseliges Blut. Er war umsonst verliebt. Es vergällte ihm die Erregung. Auch die Neige im Kelch schmeckte schal. Der Kriegsleute Ausdünstungen rochen wahrlich wenig hold. Ludomar schlich sich aus der Loge.

Schon im Gang erfasste seinen trunkenen Kopf die Sehnsucht nach ihrem schönen Bilde. Er wollte nicht leiden, konnte nicht wochenlang von Badeweib zu Badeweib hetzen, um in käuflichen Armen zu vergessen. Solchem Tun hatte er ja abgeschworen, vor dem Erzbischof selbst die Enthaltsamkeit gelobt, damit er Priester werden könne.

Ludomar würde sich ihr erklären, einmal, für immer. In allen Ehren. Sie sollte es nur wissen, dann konnte er das Begehren bannen, wenn sie ihn abwies. Gewiss.

Ludomar suchte sich einen Winkel bei den Tischen mit den süßen Sachen, wo kleine blühende Bäumchen die Abfallkörbe verdeckten. Wie fing er's nur an? Wann könnte er sie nur alleine finden?

Das Trompeten verwirrte seinen Sinn noch mehr. Durch die Zweige sah er, wie zur nächsten Pause aus den Logen die Leute strebten.

Gesang ertönte im Gedränge. Ein Pärchen, das als Löwe und Löwin in goldenem Pelz aufgeputzt war, schlängelte sich um Tische und Stühle. Die beiden maunzten oder schnurrten. Ludomar rieb sich die Augen. Als hätte man ihn wirklich in ein Tier verwandelt, sprang der Stofflöwe der Löwin hinterher, die stolz die Stofftatzen aufsetzte.

Immer mehr Leute strömten herbei. Ludomar trat hinter den Zweigen hervor. Alle Augen waren von den Sängern im Tierkostüm gebannt. Jetzt oder nie. Ludomar drängte sich die Wand entlang an den Gaffern vorbei.

Tatsächlich, die Loge der Stratos stand offen. Die gebieterische Mutter trat heraus und hielt sich die Wangen vor Vergnügen. Sie folgte den anderen Leuten zu der breiten Stelle im Vorraum, wo das singende Löwenpärchen nun auf- und umeinander herum wie Katzenvolk sprang, auf vier Tatzen lief und mit den Schweifen wedelte.

Ludomar trat halb rückwärts in die Loge.

»Ludomar?« Sie stellte einen Teller mit frischen Muscheln zur Seite auf einen Tisch. »Der Himmel schickt Euch!«

Er zögerte nicht, sank aufs rechte Knie neben sie in den Schatten, damit man ihn nicht von der anderen Saalseite erspähen konnte. »Herrin, verzeiht mir, dass ich Euch in den Bergen umarmt habe.«

Sie legte ihre Hand auf ihr Herz.

Ludomars hüpfte. Empfand auch sie etwas Besonderes? »Ich … ich wollte Euch nur sagen, dass …« Nie hatte es ihm sonst an Worten gefehlt, wenn er die Weiber hatte umgarnen wollen. Aber jetzt war sein Mund trocken, deshalb suchten seine Hände den Saum ihres Kleides, den er einfach küsste. »Ich weiß es nicht anders zu sagen, als dass Ihr mich bezaubert habt. Die Stunden in stürmischen Nacht haben meine Seele aufgewühlt, sodass …«

Sie neigte sich bei jedem Wort weiter vor. Ihre Augen füllten sich mit einem Glanz, ganz seidig. So herrlich war der Duft, der von ihr ausging, dass er die feinen, zarten Lippen einfach küssen musste und küsste.

Es war, als ob heißes Sternenlicht durch seine Adern gleißte, weil sie erwiderte.

»Ludomar.« Sie legte ihm den Finger auf den Mund und blickte schnell zur Logentür. Von dort drang der Löwengesang lauter als zuvor herein. »Was für ein Glück, dass du gekommen bist.« Wieder vergewisserte sie sich mit einem Blick, dass sie allein waren. »Ich kann es jetzt nicht erklären.« Ihre Stimme war sehr ernst. »Höre. Ich bin gegen meinen Willen verlobt worden. Ich will Strato nicht heiraten. Du musst mir helfen zu …«

Der goldene Löwe huschte an der Tür vorbei. Sie schrak vor Ludomar zurück. Sie griff schon zum Teller.

Stratos Mutter trat ein. »Was wollt Ihr hier in dieser Haltung?«, herrschte sie ihn an.

Gegen meinen Willen verlobt, echote es in Ludomar. Er richtete sich auf und suchte diese Worte mit dem abweisenden Blick, den sie nun zeigte, zu verbinden, trunken wie er war.

»Botschafter? Ich höre!«

Ludomar besann sich. Sie war in Gefahr. Ihr flehender Blick machte es ihm deutlich, so kalt und abweisend sie sich nun auch über dem Muschelteller gab.

»Ich … ich wollte eine Botschaft für Signore Helmprecht bringen.« Ludomar nahm Haltung an und fischte ein Schreiben aus seiner Jacke.

»Er ist nicht hier, wie man sieht.« Die Mutter Stratos wies ihn hinaus. »Gefährdet den Ruf der Braut nicht.«

Ludomar legte einen Brief an Helmprecht auf den Samttisch. Was für eine Fügung des Himmels, dass er diese Botschaft des Erzbischofs noch in der Frühe empfangen hatte. Der hatte gewiss Gründe, sie nicht gleich dem Kaufmann in den Palazzo Strato zu senden, wo man gewiss alles heimlich mitlas.

Stratos Mutter nahm das Schreiben sofort an sich und prüfte das Siegel. »Tatsächlich.« Sie hob den Kopf. »Nun, Botschafter, ich danke Euch. Aber bitte geht jetzt!«

Der Ton duldete keinen Widerspruch. Er verneigte sich vor beiden, ging rückwärts um den Türsturz herum und war draußen.

»Warum war dieser Angetrunkene wirklich hier?«, fragte Stratos Mutter drinnen, in einer Tonlage wie Ludomar so manches Mal strenge Mütter ihre Töchter hatte aushorchen hören.

»Was weiß ich.« Das Besteck klirrte auf dem Teller. »Helmprecht ist seit Langem im Kleinen Rat des Erzbischofs. Fragt ihn selbst, wenn Ihr mir nicht glaubt.«

»Nimm den Brief. Und entschuldige bitte, Gerhilda«, hörte Ludomar die Mutter auf einmal etwas milder sagen. Ein Stuhl rückte. »Es ist nur, dass du in Venedig schneller im Rufe stehst, eine Hure zu sein als dir lieb sein kann.«

Das Löwenpärchen jagte sich gegenseitig durch den Gang. In

der Menge der heiteren Zuschauer erblickte Ludomar Strato und den Herzog. *Gegen meinen Willen verlobt.* Ludomar jauchzte innerlich. Er zog sich eilig zurück.

Auf der Treppe des Theaters stolpernd schien es ihm, als eile er wie ein Löwe schnell auf allen vieren davon, hitzig vom Jagdfieber. Jetzt galt es einen Plan zu schmieden. Einen Plan für ihre Rettung. So könnte er sie doch noch erringen.

19

Unter den duftenden Zweigen des Dachgartens fühlte sich Mira wie entrückt, unerreichbar selbst für die Rastlosigkeit, die sie in ihren Prunkgemächern von Tag zu Tag mehr quälte. Hier oben gab es nur noch den weiten grauen Oktoberhimmel über ihr. Die Stadt schien verschwunden, aber nur ein paar Schritt, und Mira hätte von der Balustrade dem Treiben auf dem Canale Grande zuschauen können.

Sie zupfte an der Laute, die sie in einem ihrer Schränke gefunden hatte. »Hast du geliebt am schönen Rhein bei Sang und Wein bei schönen Frauen, dann, Bursche, stell dein Wandern ein«, sang sie. Der sanfte Wohlklang der Saiten verschaffte ihr Trost, auch wenn sie noch keine richtige Melodie zustandebrachte.

Seit dem Abend im Theater vor mehr als einer Woche sann sie auf eine List, wie sie Ludomar erreichen könnte. Den Dienerinnen, die auf jedes Zucken, jeden Wink Thulias sofort herbeieilten, war nicht zu trauen. Mira hatte lange genug als Magd gelebt, um die Schwächen des Gesindes zu kennen. Die Eifersucht zwischen den Dienerinnen war zu groß, als dass Mira ihnen hätte eine geheime Nachricht anvertrauen wollen. Eine von ihnen würde sie verraten.

»… die Welt hat Schön'res nicht zu schauen! Dann hörtest du beim Becherklang, wie dir im Glas die Nixe sang.«

Ein Brummen nahm die Melodie wie ein Bass auf. Ihr ewiger Wächter Suleiman, der ägyptische Riese, stand unten an der Treppe zum Dachgarten.

Es ist doch ein fröhliches Lied, warum klingt Ihr so traurig?, brummte er.

Mira hatte sich daran gewöhnt, dass sie ihn verstand. »Ich sehne mich nach meiner Heimat«, sang sie weiter zu ein paar Lautenschlägen.

Wie gut ich Euch verstehe. Ich würde auch so gern von hier entkommen, doch bin ich gebunden. Ich darf Euch nicht gehen lassen, brummte ihr Wächter.

Wenigstens hatte sie den breitschultrigen Ägypter davon überzeugen können, dass er nicht dauernd hinter ihr stand. Nicht nur machte sein übergroßer Schatten ihr Angst, auch war er immerzu im Weg.

Wohin es nur ihren Bruder verschlagen haben mochte? Mira verzupfte sich in den Saiten, ihr verging die Lust am Lautenspiel.

Herrin, was habt Ihr?, brummt es von der Treppe her.

Mira strich mit den Fingern durch den blühenden Strauch, der über ihrem Kopf ein grün-gelbes Dach formte. So viele Menschen litten in dunklen Verliesen. Sollte sie nicht wenigstens für die Schönheit, die sie umgab, dankbar sein? Mira hieb sich an die Stirn. Nein. Dieser goldstrotzende Palazzo war nichts anderes als ihr Gefängnis. Niemals sollte man dem Bösen dankbar sein.

Zudem wurden die Fesseln jeden Tag fester angezogen, der geheime Hochzeitstag rückte also näher. Strato hatte sie kaum noch zu Gesicht bekommen, seit die Nachricht eingetroffen war, dass tatsächlich französische Schiffe vor Genua lagen. Und Thulia versammelte immer mehr Schneider, Blumenbinder, Köche, Tanzmeister, Silberblender um sich. Mira gab sich bei allen Hochzeitsfragen, die Thulia mit ihr erörterte, so anspruchsvoll als möglich, damit sie Zeit gewann. Doch ganz gegen ihre Absicht spornte das Thulia nur zu mehr Geschäftigkeit an. Dabei hatte Mira nur die launischen Freundinnen Gerhilds nachgeäfft, als sie mit hocherhobener Nase gemeint hatte: *Rosen? Die jede Bäuerin vor der Brust trägt, wenn sie zur Kirche geht?*

Ich will nur duftende Blumen aus dem Orient. Mir ist gleich, dass wir schon Oktober haben. Wozu gehört Eurem Sohn diese halbe Insel bei den Griechen?

Mira hängte sich die Laute um die Schulter. Jeder Tag, jede Stunde, die sie hier tatenlos herumsaß, war zu viel. Auch wenn sie inzwischen erkundet hatte, wie sie über die Gesindetreppen zum Hinterausgang des Palastes gelangte, wusste sie noch keinen Weg, wie sie Suleiman entkommen könnte.

Manchmal half ein Blick ins Weite. Mira trat zur Balustrade über dem Canale Grande. An der bunten Reihe der Palazzi zu beiden Ufern, mit all den herrlichen Außenseiten, konnte sie sich nicht sattsehen. Immerzu entdeckte sie einen neuen Erker, ein anderes Muster von Marmor. Alle diese Familien sollte sie kennenlernen, in all diese Paläste würde sie ihren Fuß setzen müssen.

Sogar zwei Schiffe legten gerade in der Ferne ab. Auch die Zollstellen der Republik auf dem Festland bedeuteten nur ein weiteres Hindernis für ihre Flucht.

Die laue Luft spielte in ihren Haaren. Eine Strähne löste sich. Noch war Mira nicht frei wie die Gondeln auf dem Canale Grande, die sich unaufhörlich kreuzten. Zwischen zwei schwarzen mit hoch aufgepackten Waren schob sich eine weiße Gondel hervor. Solch eine hatte Mira noch nie gesehen. Gab es Gondeln aus Glas? Vielleicht fuhren die Spiegelmacher so ihre Waren aus. Es glitzerte auf dem Aufbau und blendete grell, als ob dort die Sonne selber auf dem Wasser führe. Die Wellen des Canale brachen das Licht tausendfach, Wasser und Licht, tausend kleine Flecken ineinandergeschoben, aus der weißen Gondel schoss ein Blitz …

… sie steht mitten darin … im Gleißen und Rauch … der steigt aus Kanonen auf. Feuer lodert, Fackeln sinken auf Zünder herab. Zwanzig Eisenrohre speien Kugeln übers Feld vor dem

Dorf in der Senke, die spitzen Pinien zittern. Das Kloster auf den Bergen dahinter läutet Sturm; ein Sirren zerreißt die Luft, das Angstgeschrei der vielen hundert Mann erstirbt, als die Kugeln über ihre Köpfe rasen und die ersten niedermähen. Rot spritzt das Blut, und Wehklagen erfüllt das Feld beim Dorf Mordano.

Der Herrscher Frankreichs fletscht siegesgewiss die Zähne, den Blick dem Blutmeer am Abhang zugewandt. »Hoffe nicht auf Gnade, Florenz.«

Ein Feldherr reitet heran. »Majestät, die Spione haben eben Nachricht gebracht. Der König des Reiches, der junge Maximilian, träumt noch immer von seinem Anspruch auf die welschen Städte hier. Von Venedig aus will sein Herzog Beowulf den Florentinern mit einem rasch zusammengezogenen Söldnerheer zu Hilfe eilen.«

»Er ist der beste Heerführer von König Maximilian im Reich«, ruft einer mit dem Lilienwappen auf der Brust.

»Auch der Botschafter des Erzbischofs von Mainz soll in dem Heer aus venezianischen Söldnern dabei sein. Und das ist der schlimmste Meister der Intrige beim deutschen Kirchenpack, wissen die Spione«, ruft ein anderer im Schlachtenlärm.

Der König der Franzosen tätschelt sein Pferd. Überlegt und wartet die nächste Salve ab. »Versteckt mir die Reiter und die Kanoniere hinter einem Wald, sorgt mir für einen guten Hinterhalt.« Der Franzose hebt den silbernen Handschuh. »Hört meinen ausdrücklichen Befehl. Fangt mir den Herzog ein. Beowulf soll den Untergang von Maximilians Bündnisheer mit ansehen. Eine wertvollere Geisel kann ich mir nicht wünschen. Alle anderen aber«, er wendet sein weißes Ross, »ob Botschafter oder nicht, noch auf dem Feld vernichtet ihr sie alle!«

Gut hundert Ellen vor ihnen lassen die Armbruster der Franzosen Pfeile auf die Florentiner niederregnen.

Das Wehklagen schwillt an zu einem einzigen Schrei, in heillosem Schrecken waten die Männer im Blut der andern, dutzendweise sinken sie getroffen hinein. Gesichter mit sterbenden Augen … starren sie an …

… der kleine Stein im Bodenmosaik vor ihrem Gesicht war weiß. Unschuldig weiß gar, keine einzige graue Ader fand sich darin. Mira setzte sich mit einem Ruck auf. Die Laute war ihr von der Schulter gerutscht, das Tragband lag ganz verdreht vor ihren Knien. Noch immer atmete sie schwer, schlug ihr Herz wild. »Wie grausam der Krieg ist!« Nie hatte Mira sich solche Schrecknis auch nur vorstellen können. Das war schlimmer noch als die schlimmsten Erniedrigungen beim Betteln. Wie sie in den Tagen nach dem Umzug ins Armenhaus gelitten hatte, als eine Frankfurter Bürgersfrau ihr heuchlerisch Mäusekot als Essen auf einen Teller gepackt und sie dann unter Schlägen von der Hausschwelle gejagt hatte. Was trieb die Könige zu solch Grausamkeiten? Warum ließ der Himmel das zu, wo er die Herrscher doch salbte? Mira war dankbar für den Halt der Balustrade in ihrem Rücken. Der Schrei der sterbenden Männer gellte ihr noch immer in den Ohren.

Sie mühte sich um ruhigen Atem. Mira verstand nur eines: Von Lichtkreis zu Lichtkreis braute sich etwas zwischen den hohen Herren zusammen. Verharrte sie noch länger so untätig und ließe sich vom Wohlleben einlullen, dann lud sie Schuld um Schuld auf sich. Ludomar war in Gefahr. Offenbar hatte Herzog Beowulf ihn dazu gewonnen, mit einem venezianischen Söldnerheer unter seiner Führung der Stadt Florenz zu Hilfe zu eilen. Mira musste Ludomar warnen, dass er in eine Falle lief, wenn er Venedig verließ. Mühsam schlug sie die Knie unter. Noch heute würde sie zu ihm fliehen. Irgendwie.

Diesmal hatte kein Lichtkreis das Geschehen auf dem Schlachtfeld für sie umleuchtet, sie war selbst wie mitten darin gestanden. Für die anderen unsichtbar. Wahrscheinlich war sie deshalb noch mehr erschöpft von dem Geschehen als sonst. Mira hielt sich an der Steinsäule der Balustrade fest.

Drunten an der Treppe brummte es warnend. *Die große Herrin sucht Euch.*

Mira hörte eilige Schritte, leichtfüßiger als die des Wächters. Doch sie war noch zu schwach aufzustehen.

Kaum dass Thulia sie von der Wendeltreppe an der Gartengrotte erblickt hatte, stürzte schon herbei. »Warum sitzt du da? Bist du gestürzt?« Sie kniete sich neben Mira.

Mira zog die Laute an sich. Eine Saite war gesprungen, und die beiden Enden bebten dünn in der Luft.

»Hat dich der Knall erschreckt, mit dem sie gerissen ist?«, fragte Thulia. »Es hört sich scheußlich an, ich weiß.« Sie umfing Miras Oberarm und zog sie langsam hoch auf die Füße.

»Es ging mir durch Mark und Bein«, sagte Mira, meinte aber den Schrei der unter dem französischen Pfeilhagel Sterbenden.

»Du bist so blass.« Thulias Stimme war voller Misstrauen. »Ist dir übel?« Ihre Hand fuhr Mira schon auf den Bauch unter dem Nabel.

Mira erschrak, dann schlug sie die Hand weg. »Glaubt Ihr etwa, ich sei schwanger?« Mira hob das Kinn. »Was erlaubt Ihr Euch, mir vorzuwerfen!«

Thulia jedoch verschränkte nur die Arme. Der Wind spielte in den großen grauen Locken, sogar die grünen Ohrgehänge pendelten sanft. »So dumm wirst du nicht sein, dich mit dem Kirchenmann gleich einzulassen«, sagte sie langsam, »der dir im Theater den Brief zugesteckt hat.«

»Der Brief war für Helmprecht!« Mira mühte sich, doch ihre Stimme kippte fast.

»Ich bin nicht mehr so überzeugt. Ich habe die Blicke des Kirchenmannes gesehen. Ich warne dich. Hüte deinen Schoß. Er gehört Strato allein, seine Erben werden darin gezeugt.« Thulia trat auf Mira zu. Noch leiser flüsterte sie: »Mein Sohn kann sich herausnehmen, was ihm gefällt. Du nicht. Glaube bloß nicht, dass du dir als Stratos Frau einen Geliebten erlauben darfst. Der Ehrverlust wäre sehr, sehr gefährlich für dich.«

»Was soll die Drohung?«, wehrte Mira ab. Und doch fühlte sie sich ertappt, so sehr wünschte sie sich Ludomar in ihre Nähe.

»Warum so aufgeregt, wenn nichts daran ist?« Thulia griff ihr grob unter das Kinn. »Ich habe nicht nur seine Augen gesehen, als er vor dir gekniet hat, dieser junge Botschafter mit dem hellen Haar. Sondern auch deine.«

Thulias Blick war auf einmal so regungslos wie der einer steinernen Figur, aber durchdringend. Die Fältchen um ihre grünen Augen regten sich nicht, als ob kein Herzschlag sie noch belebte. Nicht einmal ihre Wimpern schlugen, so viel Zeit auch verging. Als ob Thulias Seelenkraft aus ihr herausstieg, drang ihr Blick immer weiter in Mira mit einer Unerbittlichkeit, vor der sie in sich selbst zurückwich.

Thulia nahm die Hand langsam von Miras Kinn weg. »Doch seltsamerweise sehe ich in dir keine Lüge«, sagte sie mit verwundert leiser Stimme.

»Es ist nichts passiert, dessen ich mich schämen müsste.« Mira hob die Laute auf. Die gesprungene Saite verhakte sich in ihrem Kleid. Vorsichtig löste Mira sie aus dem Seidenstoff.

Thulia legte die Hand auf die Kugel auf der Treppenwendel. »Gehen wir für die Anprobe ins grüne Zimmer. Dein Schneider ist gekommen.«

Sie würde sich also schon als Stratos Braut ankleiden müssen. Der Gedanke versetzte Mira in neuen Zorn. Noch heute bereitete sie all dem ein Ende. Sie folgte Thulia über die Treppe nach unten.

Gebt mir die kaputte Laute, brummte Suleiman unten an den Stufen. *Morgen schon spielt sie wieder für Euch.*

Morgen würde die Laute für niemanden klingen, es sei denn,

Thulia wollte ihre Flucht bejammern lassen. Doch der Riese strahlte so freundlich und gutherzig, dass Mira Suleiman nicht böse sein konnte. »Mache sie wieder heil.«

Die riesigen Hände hielten das zarte Instrument wie ein Ei. Mira hörte noch, dass er hinter ihr zwei Töne anschlug. Der sanfte Klang machte sie entschlossen wie nie.

20

Regen schlug gegen die Fenster. Dass der Himmel so tief und grau über der Stadt hängen konnte … Mira wäre so gern wieder im Dachgarten gesessen, wo sie unter dem freien Himmel sicher besser hätte ihre Flucht durchdenken können. Doch seit drei Tagen war es zu nass, zu windig, überdies schafften die Gärtner die ersten Pflanzen vor dem Winter hinunter in den Innenhof.

Aber sie durfte nicht länger warten, seit sie am Morgen die Übergabe von Florenz an den Franzosenkönig in einem Lichtkreis gesehen hatte, der sie beim Bad überfallen hatte. Ludomar und der Herzog mussten vor der neuen Lage gewarnt werden, damit der französische König nicht diesen Vorteil in einer Schlacht mit dem Söldnerheer nutzen konnte – und sie selbst musste endlich fliehen.

Mira raffte sich aus dem Diwan auf. Gestern hatte Thulia im kleinen Saal Teppiche auf die Marmormosaike legen lassen, und nachts brannte jetzt in den Kaminen Feuer. Mira legte sich das Schultertuch um, die Luft war klamm.

An den Steinsäulen des Balkons suchte sie Deckung und lugte hinunter zum Canale. Thulia legte gerade vom Palazzo ab. Nicht einmal den Haarmeister Tinello hatte sie kommen lassen, obwohl sie einer Sultanin Besuch abstattete, die in Venedig eingetroffen war. Mira war es nur recht. Durch die Einladung, die der Bote erst vor einer Stunde gebracht hatte, war Thulia so abgelenkt, dass sie Mira ganz vergessen hatte.

Strato war mit Helmprecht heute schon früh zum Dogenpalast aufgebrochen.

»Endlich allein«, stöhnte Mira. Sie durfte nicht länger warten. So lange dauerten Reisevorbereitungen bei Heeresleuten nicht. Der Herzog und Ludomar reisten bestimmt eher heute als morgen nach Florenz ab, wo sich der Franzosenkönig bereits gegen ihr Heer rüstete.

Die Türen zum blauen Zimmer standen offen, dort trällerte das Gesinde beim Staubwischen. Thulia hatte der Dienerschaft allerlei Aufträge erteilt.

Mira beschloss, im Geschoss der Dienerschaft herumzugehen, als ob sie ihr zukünftiges Haus inspizieren wolle. Sie ging zur großen Treppe. Auf dem Absatz standen immer frische Blumen. Mira kannte diese sehr großen gelben Blüten nicht, auch wenn sie an Kamille erinnerten. Im Vorbeigehen roch sie den Duft wie von verwelktem Kraut.

Mitten auf den Stufen zum Erdgeschoss hielt sie inne. Als ob Suleiman sich aus dem steinernen Handlauf selber gelöst hätte, stand ihr Wächter mitten auf der untersten Stufe. Die mächtigen Arme gekreuzt, lächelte er sie mit seinem kantigen Gesicht an wie ein Kind, das eine süße Mandel geschenkt bekam. Sein langer Haarzopf pendelte vor seinem Bauch wie eine Schlange.

»Geh mir aus dem Weg.«

Ich darf Euch nicht durchlassen, brummte er traurig.

»Ich möchte mir nur die Küche und die Vorratskammern zeigen lassen.« Mira ging einfach weiter, ganz links am marmornen Handlauf entlang.

Da fasste er sie so schnell, dass sein Zopf flog. Als sei sie aus Luft, hob er sie an Schulter und Hüfte an, schon saß sie in den Armen des Riesen wie ein Kind bei der Amme. Eh Mira es sich versah, sauste er wie schwerelos mit ihr die Stufen hoch.

Verzeiht, dass ich Euch berühre, Herrin, aber der Herr hat es mir so befohlen. Ihr dürft das Erdgeschoss nicht allein betreten. Er setzte sie im ersten Stock so vorsichtig ab, als wäre sie aus Glas.

»Ich bin dir nicht böse«, sagte Mira, »sondern Strato. Was hat er dir sonst noch befohlen?«

Ich soll immer die Flure hier bei den Gästen und darüber bei der Herrschaft im Auge haben. Er streckte die verschränkten Hände vor seinem Muskelbauch. *Und jeden zermalmen, der sich Euch unerlaubt nähert,* brummte er wie entschuldigend.

Hoffentlich kam Ludomar nicht auf den Gedanken, sie hier einfach aufzusuchen. Auch wenn Suleiman freundlich dreinblickte: dass er nicht zögerte, seinem Herrn zu gehorchen, hatte sie gerade erlebt. »Nun gut«, sagte sie nur. Wenn sie so nicht an ihm vorbeikam, dann blieb ihr nur noch ein Ausweg.

Am anderen Ende des Flurs plapperten die Mägde. Mira lief zum roten Zimmer, dessen Türen offen standen. Ein Blick genügte ihr. Die beiden Frauen waren dabei die Teppiche auszurollen und schäkerten mit den Dienern, die die Möbel dafür rückten. Das Gesinde würde sich Zeit lassen, das war hier gewiss nicht anders als in Frankfurt.

Die Türen im blauen Zimmer standen auch offen. Mira erspähte drinnen einen schlichten grauen Umhang, den eine der Mägde abgelegt hatte. Mira nahm ihn an sich. Suleiman war ihr nicht gefolgt, er wachte vorn im Treppenhaus. Sie eilte zum Speisesaal und holte aus einem Wandschrank einen Stapel langer Tischtücher heraus.

In ihrem Schlafzimmer verriegelte sie die Tür von innen. Fast bereitete es Mira Vergnügen, als sie die langen bestickten Stoffbahnen in die Luft warf und entrollte. Endlich konnte sie einmal wieder selbst etwas tun, statt sich ständig bedienen zu lassen. Vier Bahnen Stoff hintereinander faltete sie auf dem Boden an der Längsseite ein und knotete die Enden so zusammen, dass ein langes weißes Seil entstand. Mira zog aus ihrem Schrank die vorbereiteten Blusen hervor. Von all den teuren Kleidern waren die weißen unter einem Mägdeüberwurf am unauffälligsten. So ähnelte sie auf einige Entfernung der Novizin eines Klosters. Rasch zog sich Mira um.

»Jesusmaria.« Schuhe waren allerdings schwierig. Sie besaß nur welche aus Stoff und oder Tanzschuhe mit Absätzen. Beide waren wenig geeignet für die Gassen. Sie wählte die blauen, die fielen wenigstens nicht auf.

Hinter ihrem Schlafzimmer lag das Gelass, wo sie sich wusch. Dort gab es ein schmales Fenster zum Lüften. Mira schob einen Hocker vor. Gott sei Dank verzierten auch hier kleine Säulchen die Fensterrahmen. Mira hatte das Mauerwerk schon vor Tagen geprüft. Sie knotete das Seil aus Tischdecken sehr sorgsam mit Kreuzschlägen fest und geriet ins Schwitzen. Es würde halten.

Mira warf die weiße Stoffschlange hinab. Sie stieg über den Hocker in den Fensterrahmen. Unten endete das Seil an einem kurzen Stichkanal an der vom Canale abgewandten Seite des Palazzos. Er führte an der Längsseite entlang und erschloss die Vorratsspeicher. Hinter einem Rücksprung der Palastmauer befanden sich hier die Latrinenfenster wie in einem Lichthof.

Mira schlang das Tuchseil um den Leib und ließ sich Fuß für Fuß an der Außenmauer hinab. Fast ganz hatte sie sich schon herabgelassen, da knirschte der Stoff schrecklich. Sie starrte nach oben, aber dort zog sich ein Knoten noch fester.

Unter ihr ragte ein mit zig Spitzen bewehrtes Gitter aus dem Wasser, das die Mauersimse ihrem Blick bislang verborgen hatten. Mira hätte sich denken können, dass auch diese Seite von den Stratos gut gesichert worden war. Sie konnte sich nicht bis an den Stichkanal hinablassen. Es blieb ihr nichts übrig, sie musste sich auf dem Gesims des ersten Stocks an der Außenseite des Palazzos entlangtasten. Vier Ellen vor dem Ende, dort wo der Sims über den Stichkanal ragte, musste sie das Tuchseil loslassen. Jetzt konnte sie sich nur noch an den wenigen Mauerritzen festhalten. Mira schwitzte vor Angst und rückte langsam weiter vor. An der Ecke hielt sie sich fest, barg den Kopf gegen die kalten Steine und schielte hinab.

Sprang sie zu kurz, verfing sich ihr Rock in den zig Spitzen des Gitters, sprang sie zu weit, fiel sie in die brackige Stinkbrühe des Stichkanals. Sie würde sich sogar ein wenig in der Luft drehen müssen, damit sie mit den Füßen überhaupt auf der Steineinfassung des Stichkanals landen könnte.

Mira war noch nie gern gesprungen. Weder von Bäumen noch in den Mainauen ins niedrige Wasser. Es tat ihr immer weh in den Knien.

Sie durfte aber nicht länger zaudern. »Gütige Muttergottes, hilf!« Mira sammelte sich, stieß sich etwas ab von der Wand – und sprang.

Sie hörte den Saum ihres Mantels aufschleißen, da prallte sie schon auf Stein, knallte mit dem Knie auf die Kanaleinfassung. Ihre linkes Bein tauchte ins Wasser, aber die Brust traf so ihr rechtes Knie, dass sie mit dem Schwung des Aufpralls doch auf die Seite der Steine kippte.

Die Gelenke taten höllisch weh. Mira rang nach Atem. Sie rappelte sich auf und hinkte auf dem Kanalrand entlang nach vorne zur Gasse hin. Zum Glück war hier ein kleines Treppchen eingelassen, das fünf Stufen höher führte.

Mira rannte vom Palazzo weg nach links. Es waren nicht allzu viele Menschen unterwegs. Junge Burschen trugen Körbe mit Gänsen vorbei. Zwei Nonnen trippelten vor ihr, denen eine Kirchenmagd einen unförmig eckigen Ballen nachtrug. Die arme, krumm gehende Magd konnte ihn kaum auf ihrem Rücken halten.

Mira wusste nicht, wo Ludomar in der Stadt seine Herberge gefunden hatte. Es blieb ihr nichts übrig, als beim Herzog Beowulf Auskunft zu suchen und wenigstens diesen gleich vor der Einnahme von Florenz durch Charles dem Achten zu warnen.

»Ich suche den Palazzo Bellari«, fragte Mira die Nonnen.

Bleich waren sie und nicht besonders alt, rümpften aber die Nase. »Wir haben mit den Kaufleuten nichts zu tun.«

Mira ließ sie stehen und lief weiter.

Bei einem fliegenden Händler wiederholte Mira ihre Frage, der Maronen in einer Eisenschüssel röstete.

»Du bist nicht von hier, Schöne.« Er gab ihr eine Marone einfach so. »Iss, sonst wirst du krank mit deinen Schühchen.«

Der Mann hatte eine Hasenscharte. Mira verstand ihn kaum, steckte aber die Marone in den Mund. Sie war noch heiß. »Wo ist nun der Palast?«

»Willst du zu deinem Liebsten?«

Der Einfachheit halber sagte sie: »Ja.«

»Du musst über Rialto auf die andere Seite, dann ist es nicht weit. Aber du kannst dich leicht in den Brücken irren und ganz ins Viertel hineinlaufen. Frage nach der Ghini-Gasse.«

Die Rialto-Brücke war leicht zu finden, Mira folgte einfach dem Strom der Menschen. Je näher sie herankam, desto dichter wurde das Gedränge. Sie verbarg sich hinter Handwerkern, die Gerätschaften trugen oder hinter Nonnen. Aber groß war die Gefahr der Entdeckung nicht. Kaum ein Herr war in den Gassen. Das Laufen war mühsam, ständig ging es treppauf, treppab. Überall schleppten Leute Waren herum, mal roch es nach Bäckerei, mal nach Fisch, mal nach dem Gestank einer Schmiede. Über allem lag ein Lärm aus tausend feilschenden Kehlen.

Mira bog an einer *Piazetta* um ein Haus und sah den Canale Grande voller Schiffe im späten Nachmittagslicht. Ein Kribbeln lief ihr über den Rücken, wie sie es nur zu gut kannte. Gleich würden sie Bilder überfallen. Miras Herz pochte wild. Es durfte nicht sein, dass sie hier mitten im Gedränge Lichtkreise sah und von den Umstehenden für irre gehalten würde. Man würde nach ihrer Herrschaft fragen oder sie gleich in das schreckliche Asyl stecken.

Ihr Blick streifte das Wasser, der Wellenschlag, der Sog machte ihr die Knie weich.

Nein. »Bitte nicht«, flehte sie und wusste doch nicht, wen sie bat. Mira presste die Lider aufeinander, damit sie nicht das Wasserspiegeln sah. Sofort wurde sie geschubst und gestoßen.

»Pass doch auf. – Faules Ding. – Weg da!«, murrten die Leute neben ihr.

Mira blinzelte, sah zu Boden, auf die Steinplatten der Gasse. Das Gefühl wurde schwächer. Sie betrachtete die unerschütterlichen grauen Steine, über die zahllose Füße in Sandalen, Stiefeln oder Holzschuhen schritten. Das Rieseln in ihrem Rücken ebbte ab und verlor sich schließlich ganz.

Sie atmete auf.

Rialto war so verstopft von Menschen, dass sie nur zäh vorankam. Vor den Läden auf der Brücke strotzte es vor Käufern, die sich nicht aus der Ruhe bringen ließen. Sogar einen Esel mit Gepäck trieb einer mitten durch die Menschenmenge. Auf einem Dachbrett saß ein Knabe und blies eine Flötenmelodie.

An der übernächsten Kreuzung erst hatte sie Luft genug, eine Alte zu fragen, die vor einem Laden Schöpfkellen feilbot. »Die Ghini-Gasse bitte?«

»Hä?«, fragte die nur und hielt sich die knochige Hand hinter das Ohr unter dem schwarzen Kopftuch.

Mira wiederholte die Frage. Die Alte verzog den Mund, dass unten ein einzelner Zahn zum Vorschein kam. »Du meinst die Gemini-Gasse.« Sie wischte sich unterm Triefauge. »Die nächste Gasse links, bis zum roten Haus am Ende. Über die Brücke rechts, dann den Canale entlang.«

Mira konnte nur hoffen, dass man im Palazzo ihre Flucht noch nicht bemerkt hatte. Thulia könnte vielleicht erraten, was ihr Ziel war. Wenn sie das ganze Gesinde auf die Suche schickte, könnte Mira nirgends nach einer Mitfahrgelegenheit hinüber aufs Festland fragen. So viele Mägde mit einem Gesicht aus dem Norden gab es selbst in Venedig nicht. Und Strato hatte seine Zuträger überall untergebracht, dessen hatte er sich beim Essen oft gerühmt.

Als Männer Schilde und eiserne Knieschoner auf einem Karren durch die Gasse schoben, war sie sich sicher, dass Herzog Beowulf hier seine Befehle gab.

Sie folgte dem Karren zum rückwärtigen Eingang eines Palazzos. Ein breiter Kerl mit Kniehosen und weitem Kampfhemd stand davor. Sie war nicht so lange Herrin gewesen, dass sie vergessen hätte, wie eine Magd sich benahm. »Verzeiht, Hoher Herr, finde ich hier den Herzog Beowulf?«, fragte sie so schüchtern als möglich.

Er grölte. »Mädchen, ich ein Hoher Herr? Schön wär's.« Sein Blick glitt über ihren Leib. »Was willst du beim Herzog?«

Dass Mira Ludomar suchte, brauchte der Kerl nicht zu wissen. Aber lügen vermochte sie nicht. »Eine Botschaft habe ich zu bringen«, brachte sie heraus.

»Ware kommt grad. Ich habe keine Zeit.« Er gab ihr eins auf die Hüften und ging zum Karren hin. »Geh hinein und frage nach dem Ottokar. – Und ihr, habt ihr endlich das fehlende Waffenzeug beschafft?«

Im Haus war es dämmrig. Mira roch die Küche am Bratfett, sah sie aber nicht. Ein Knabe zerrte Schnüre auf einem Brett glatt und wickelte sie über ein Holz. »Wo finde ich den Ottokar?«

»Der ist beim Herzog, sie teilen die Leute auf.« Er zog die Nase hoch und widmete sich wieder den Lunten.

Die Gesindetreppe war eine Steinwendel. Oben der Flur war zwar mit Marmor ausgelegt, aber weitaus weniger prächtig als bei den Stratos.

»Cranieri, Gull, Vless und Felby«, hörte sie Stimmen aus dem ersten Saal. Mira zögerte nicht.

Der Herzog stand in einem dunkelgrünen Lederanzug vor einem langen Tisch, neben ihm legte ein Schreiber Zettel auf ausgerollte Papiere. »Jeder bekommt vier Wagen Zeug und zwanzig Reiter unter Befehl.«

»Und der Botschafter des Erzbischofs von Mainz?«, fragte der gebückte Schreiber, als er einen weiteren Zettel betrachtete.

Ludomar war also noch nicht abgereist!

»Der fährt bei mir mit. Seinem Rang nach steht es ihm zu. Außerdem wird der Henneberg, sein Erzbischof, sonst nur grantig.«

Dem Schreiber fiel ein Zettel zu Boden. Er bückte sich. »Was will die denn hier?«

»Verzeiht, ich habe eine Botschaft an den Herzog.«

Der wandte sich auf dem Absatz um. Seine dunklen Augen maßen sie. »Ihr?« Seine Nase zuckte sogar vor Überraschung.

Herzog Beowulf fackelte nicht lange. »Mach weiter mit den Listen, Ottokar.« Er nahm Mira bei der Hand und öffnete eine Tür zwischen zwei Wandbehängen, die zu einer Schreibkammer führte.

Drinnen roch es nach Galltinte und Staub. In den Ecken hingen Heereszeichen.

»Setzt Euch«, sagte der Herzog und schob sie bis an den Tisch, auf dem Siegel und Lack vor einem Kerzenstummel lagen. Er nahm ihr gegenüber Platz. »Was um Himmels willen treibt Euch in solch einem Aufzug zu mir?«

»Er gebührt mir, mein Aufzug, edler Herzog.« Mira hatte sich genau überlegt, wie sie die Warnung mit einer Bitte um Hilfe zu ihrer Flucht verbinden könnte. »Ich bin wirklich nur eine Magd, nichts weiter.«

Er legte die flache Hand auf seinen grauen Schopf und blickte sie mit zuckender Nasenspitze an. »Was erzählt Ihr denn da?«

»Etwas anderes ist zunächst wichtiger, als Euch das zu erklären.« Mira hob beschwörend die Finger. »Hört mich erst an. Reist nicht nach Florenz!«

Er schüttelte zwar sofort voller Zweifel den Kopf, drehte ihr aber das Ohr zu. »Warum nicht?«

»Die Stadt hat heute gegen den Franzosenkönig verloren. Die Florentiner huldigen ihm. Die Stadt will sogar Edelleute zum Empfang des Herrschers entgegenschicken.« Mira wusste es einfach.

»Diese Feiglinge. Haben Sorge, dass sie der Franzose sonst plündern lässt.« Der Herzog schlug auf den Tisch, dass sein Siegel gegen den Lack rollte. »Aber sag, woher weißt du das?«

Sie hätte gern lügen mögen, aber es gelang ihr nicht.

»Nun sprich schon.«

Mira suchte nach Worten, die nicht falsch waren. »Ich habe es im Palazzo Strato erfahren.« Ihre Gabe und die Lichtkreise, das würde der Herzog nicht verstehen.

»Sag, wie kann Strato jetzt schon davon Botschaft haben?« Er fuhr sich unter dem Kinn entlang.

Mira wusste nicht was antworten.

»Er schickt dich, nicht wahr?«

»Nein.«

Der Herzog stellte das Siegel auf die Prägeseite, damit es nicht vom Tisch rollte. »Aber wieso kommt die Braut des hochmögenden Strato dann zu mir, verkleidet wie eine einfache Hausmagd?«

»Ihr seid aus meinem Land. Ich darf ihn nicht heiraten. Ihr müsst mir helfen.«

Er legte die Hände im Schoß zusammen. »Bist du von Sinnen? Und was heißt überhaupt: Du darfst nicht? Dein Vater Helmprecht, der reichste Kaufmann von Frankfurt, will es doch.«

»Er ist nicht mein Vater. Er gibt mich nur als seine Tochter aus.«

Der Herzog betrachtete Mira. »Sie ist irr«, sagte er mehr zu sich.

Mira wurde bang. »Doch ist es wahr.« Sie legte die Hände aneinander wie zum Gebet. »Ich bitte Euch, meidet die Gefahr. Fahrt nicht nach Florenz. Die Franzosen legen eurem Söldnerheer zudem noch einen Hinterhalt und wollen Euch und den Botschafter des Erzbischofs als Geiseln gefangen nehmen.«

»Kind, wisst Ihr wie oft man schon versucht hat, mich zu fangen?« Er lachte und breitete die Arme aus. »Wie Ihr seht, bin ich immer noch frei.«

Mira presste die Knöchel an die Lippen. »Ihr müsst auch den Botschafter warnen.« Ludomar durfte nichts geschehen. Sie durfte nicht noch mehr Unheil zulassen. Vor Sorge zitterte ihre Stimme. »Bitte.«

»Daher weht der Wind.« Der Herzog schnalzte mit der Zunge. »Ihr seid verliebt. Ich seh's an Euren Augen.«

»Die Franzosen wissen von Eurer Fahrt«, antwortete Mira lieber, obwohl sie fühlte, dass sie ein wenig errötete.

»Natürlich. Irgendein Venezianer wird ihnen das schon gegen eine Münze verraten haben.« Er tippte sich an die Stirn. »Sie wissen aber nicht, was hier drin vorgeht.« Und rührte an ihren Kopf. »Was erst in einem Weiberhirn alles vorgehen kann, wenn es sich einen Mann in den Kopf gesetzt hat. Erstaunlich.«

»Das ist es nicht.« Wut mischte sich in ihre Verzweiflung. »Wäre ich sonst aus dem Palast Stratos geflohen, wenn ich Euch nicht hätte warnen wollen?« Da fühlte Mira einen Druck auf den Oberarmen und an den Schultern, als ob jemand sie anrührte. Gewissheit beschlich sie. Sie spürte, nein wusste, dass in der Gasse an den Waffenknechten und an dem Jungen vorbei jemand lief, der gleich zum Herzog herbeistürzen würde. »Ihr werdet es gleich selber hören«, sagte sie nur.

Da klopfte es. Ottokar steckte den Kopf herein. »Verzeiht, aber Vless hat es vor einer halben Stunde selbst gesehen. Der Strato ist mit rotem Kopf aus dem Dogenpalast gerannt und auf die nächste Gondel gesprungen und ins Arsenal gefahren. Im Dogenpalast muss eine kriegswichtige Botschaft eingegangen sein. Carnieri ist gleich hinterher.«

»Danke.« Der Herzog winkte Ottokar weg und setzte sich auf einen Hocker.

»Ihr lasst Strato überwachen?«

»Wie er uns.« Er kratzte sich am Kopf. Sein Blick tastete ihr Gesicht ab, wobei er den Siegellack zur Hand nahm und damit einen Augenblick herumspielte. »Nehmen wir einmal an, Ihr sprächet die Wahrheit und wäret nicht die echte Braut. Was soll ich jetzt tun?«

»Bringt mich zum Botschafter Ludomar.«

»In ein Dominikanerkloster kann ich Euch kaum bringen, Kind.«

Es traf sie wie ein Schwall kalten Wassers. Sie hatte nicht damit gerechnet, dass Ludomar nicht in einem Palazzo untergebracht war.

»Außerdem wird er überwacht und hat nicht einmal einen deutschen Diener als Gefolge, verschwiegene Männer schon gar nicht.«

Mira rang die Hände. »So helft mir wenigstens, aus der Stadt zu fliehen. Gebt mir ein paar Münzen. Vom Festland aus kann ich alleine weiter.«

»Wohin?«

»Nach Frankfurt, wo mich alle als Magd kennen.«

Wieder fühlte Mira einen Druck auf ihren Schultern. Sie sprach es schon aus, ehe sie darüber nachdachte. »Carnieri kommt.«

Draußen waren Schritte zu hören, die undeutliche Stimme Ottokars.

»Mein Gott! Er darf Euch nicht sehen, er kennt Euch womöglich.« Der Herzog sprang wie gestochen auf, packte sie bei den Unterarmen. »Keine Angst, ich tue Euch nichts.« Er packte sie bei den Hüften, setzte sie zwischen die Papiere auf den langen Tisch. »Legt Euch nach hinten, schnell!«, flüsterte er.

Mira schluckte, aber ihr blieb nichts anderes übrig. Sie ließ sich mit dem Rücken ins knirschende Papier fallen, als der Herzog ihr den Rock hob. Mira spreizte die Beine. Sie hörte seine Gürtelschnalle klacken, die Hose rutschen. Er beugte sich über sie und zwinkerte ihr zu. Schnell barg er seinen Kopf an ihrem Hals und stöhnte leise wie ein Mann in Brunst, dabei packte er ihre Beine so, dass ihre bloßen Waden über seinen Rücken aufragten.

Da riss schon Carnieri die Tür auf und der Herzog stieß sogleich mit dem Becken zu. Mira begriff, dass sie hätte Lustschreie von sich geben sollen, so wie er aufmunternd die Augenbrauen hob. Doch sie vermochte nicht zu lügen. So räkelte sie sich wenigstens mit Armen und Beinen.

»Herzog, Brieftauben haben eben die Nachricht gebracht …« Stiefel schlugen aneinander. »Jesus!«

»Raus«, brüllte der Herzog. »Teufel noch mal, darf man jetzt nicht mal mehr in Ruhe vögeln, ihr Hurensöhne!«

Die Tür knallte zu.

Der Herzog ließ schon von ihr ab. »Auch wenn Ihr ruhig hättet tun können, dass es Euch Spaß macht«, flüsterte er. Ein verschmitztes Lächeln stand ihm im Gesicht. »Der Carnieri denkt sonst, ich könnte mir keine teure Hure leisten.«

Mira stützte sich auf. Er stand noch immer mit heruntergelassener Hose vor ihr. Für einen Mann seines Alters hatte er überraschend kräftige Beine. »Wollt Ihr Euch nicht wieder anziehen?«, fragte sie ebenso leise.

Der Herzog knöpfte die Hose zu und rief dabei durch die Tür: »Was gibts denn?«

»Florenz hat vor dem Franzosenkönig die Waffen gestreckt«, rief Carnieri zurück.

»Scheißdreck und Kanonendonner.« Dem Herzog schwand die Belustigung aus dem Gesicht. »Suche die andern Anführer zusammen. Wir müssen unsere Pläne ändern. In einer halben Stunde im großen Saal.«

Carnieris Schritte entfernten sich.

»Und nun zu Euch.« Er forschte in Miras Gesicht.

»Meine Nachricht war also kein Weibergespinst. Herzog, glaubt Ihr mir nun?«

Seine spitze Nase wackelte einmal, zweimal. »O nein, mein Kind«, sagte er hart. »Sie benutzen Euch. Ihr seid noch viel zu jung, als dass Ihr es begreifen könntet. Deshalb verzeihe ich Euch diesen Aufzug.« Er zwirbelte die Enden seines Bartes. »Es war ja nicht ohne Witz. Wer wird sich schon dereinst rühmen können, zwischen der Signora Stratos Schenkel geruht zu haben?«

Mira fühlte die Enttäuschung wie Eis ihren Rücken hinuntergleiten. »Ich werde Strato nicht heiraten.«

Er lachte nur laut. »Hat er Euch solche Worte eingeblasen? Wie schändlich, die eigene Braut für Ränkewerk zu missbrauchen.«

»Ihr dürft Strato nicht verraten, dass ich hier bin.« Sie warf sich an die Brust des Herzogs. »Verhelft mir zur Flucht!«

»Damit er mich dabei ertappt?«, sagte er bitter. »Wie viel Späher sitzen wohl gerade rund um meine Herberge, zehn, zwanzig? So fein er das gesponnen hat, ich bin kein tumber alter Mann, der auf ein junges, flehendes Gesicht hereinfällt, nur weil es wie ich aus dem Reiche kommt.« Er machte ein mildes Gesicht. »So hübsch Ihr auch seid.«

»Ich gehe nicht zurück in den Palazzo Strato!« Mira ließ von ihm ab und raffte ihren Mantel vom Boden. »Auf keinen Fall. So muss mir der Botschafter Ludomar helfen, an der Pforte werde ich …«

Doch die Tür erreichte sie erst gar nicht. Herzog Beowulf riss sie herum und stand breitbeinig vor ihr. »Gar nichts werdet Ihr. Sonst lacht ganz Venedig über Stratos Braut. Das lass ich nicht zu, dass Ihr den zukünftigen Dogen so demütigt.«

»Wieso schützt Ihr ihn?« Mira hatte den Abend im Theater nicht vergessen. »Bislang unterstützt er den König Maximilian, wie Ihr und Ludomar es von ihm wollt, nur mit ein paar Söldnern.«

»Heute Feind, morgen Freund. Gerade im Welschland ist das so.«

Die Mächtigen dachten immer nur an ihren Vorteil. Mira wurde bang.

Der Herzog ließ seine Hände auf Miras Schultern fallen. »Ich brauche Strato vielleicht noch.« Er betrachtete sie genau. »Da Ihr von ihm sprecht … Vielleicht hat Euch diese Ränke gar der Botschafter Ludomar eingeblasen, dem Euer Herz gehört.« Mit einem leisen Pfeifen schüttelte er den Kopf. »Wenn ich es recht überlege, passt solch ein verqueres Denken auch besser zu den Männern der Kirche. Die lassen ja auch Gott dreieinig sein.«

»Lasst mich einfach gehen. Ich werde niemandem verraten, dass ich hier gewesen bin.«

Er lachte wie ein Großvater über seine Enkelin. »Selbst die stärksten Männer betteln wie die alten Weiber unter Folter. Strato wird Mittel genug wissen, Euch mit weniger Gewalt zum Reden zu bringen. Nein, nein.« Er winkte ab. »Ottokar?«, rief er über den Rücken. »Ot-to-kar!«

»Ja, Herr?«, antwortete der durch die Tür.

»Bring mir ein weiches Seil und schaff einen Teppich bei.«

»Findet Ihr drinnen, Herr. Im Korb bei dem Siegel das Seil und den Teppich … Nun, Ihr steht wahrscheinlich gerade drauf.«

Der Herzog schaute zu Boden. »Recht hat er.« Trat schon zum Korb. Das Seil war grün. »Wehrt Euch nicht. Ich tue Euch ungern Gewalt an. Aber diesen Besuch bei mir darf es einfach nie gegeben haben.«

Mira rührte sich einfach nicht. Doch der Griff des Herzogs duldete keinen Widerstand. Er kniete kurz, warf sie um, dann waren auch ihre Beine schon gefesselt. Sicher machte er das nicht zum ersten Mal, so schnell ging es. Sorgsam hob er sie auf den Teppich. »Seid vernünftig und schreit nicht um Hilfe. Es ist besser für uns alle, wenn es keine Zeugen gibt.«

Das würde sie sich noch überlegen. Ihr wurde fast schwindelig, als der Herzog sie einrollte. Es wurde ganz dunkel um sie.

»Gut.« Die Stimme des Herzogs klang durch den Teppich ganz dumpf. »Ottokar ist verlässlich. Er verrät Euch nicht. Ich lasse den Teppich als Geschenk zu Strato bringen. Von unbekanntem Absender.« Er klopfte in Miras Brusthöhe. »Wenn ich mir recht überlege, werdet Ihr ihm doch nicht erklären müssen, woher Ihr kommt. Wahrscheinlich hat Strato dieses Ränkestück gar mit dem Botschafter Ludomar zusammen ausgeheckt, um uns gegeneinander auszuspielen.« Der Herzog machte einen missbilligenden Ton. »Er steckt schon seit Sonntag jeden Tag den Kopf mit dem jungen Kerl zusammen. Und der glaubt auch noch, dass er Verhandlungsgeschick besitzt, wo er doch nur benutzt wird.«

Ludomar und Strato verhandelten jeden Tag miteinander? Nur gemeinsame Angelegenheiten schweißten zusammen. Mira atmete schwer gegen den weichen Flor auf ihrem Gesicht. Der Zweifel nagte sofort an ihr. Wäre sie beinahe auch bei Ludomar einfach Strato wieder in die Arme gelaufen?

»Schaff den Teppich, so wie er ist, zum Palazzo Strato, aber mit verschwiegenen Männern.«

Mira hörte etwas auf den Teppich fallen. Wahrscheinlich Geld.

»Das müsste reichen«, sagte der Herzog.

Und schon hoben sie sie an.

Je länger sie getragen wurde, desto deutlicher spürte sie diesen seltsamen Druck auf den Schultern. In ihr wuchs die Gewissheit, dass alle, alle im Palazzo Strato zu Hause waren. Thulia, Strato, Helmprecht und das ganze Gesinde suchten längst nach ihr. Mira weigerte sich, ihrer immer größer werdenden Verzweiflung das Herz zu öffnen.

21

Auch wenn Mira eingeschnürt nur einen schwachen Lichtschein wahrnahm, wusste sie doch, dass ihre Träger sich dem rückseitigen Portal des Palazzos näherten. Mira war überwach vor Angst. Es blieb ihr nichts übrig, als diesem Gefühl zu trauen, das ihr das Geschehen um ihre Teppichhülle herum so klar im Geiste erscheinen ließ.

Die Schritte Ottokars und seiner Träger wurden langsamer, gleich gingen sie über die Treppe vor dem Hintereingang des Palazzos. Mira vermochte am Schwanken der Träger sogar die fünf Stufen mitzuzählen.

»Wir haben ein Geschenk abzugeben«, rief Ottokar an der Schwelle.

»Was?«, erkannte sie den Diener Luigi an der näselnden Stimme. »Wir haben alle zu tun. Kommt morgen wieder.«

»Wir werden nicht dafür bezahlt, den Teppich wieder zurückzutragen«, sagte Ottokar. Er ging einfach weiter.

Der Lichtschein wurde schwächer. Sie war im Palazzo zurück. Die Erkenntnis trieb Mira Wuttränen in die Augen.

»Dann legt halt den Teppich vor die Körbe mit den Fackeln ab.« Luigi hustete kurz. »Und jetzt raus mit euch.«

Es rumpelte dumpf.

»Baut dein Herr um?«, fragte Ottokar, als sie sie in der Teppichrolle vorsichtig ablegten.

Mira hörte so viele scharrende, klirrende Geräusche. Sie kehrten wohl im ganzen Haus alles zuunterst zuoberst.

»Was schert's dich.« Luigi näselte wie immer. »Wer sendet dies Geschenk?«

»Marchese da Puglia für deinen Herrn«, log Ottokar.

»Nie gehört.« Luigi räusperte sich wieder. »Wer ist das?«

»Der Herr, der uns bezahlt hat.« Ottokars Stimme entfernte sich schon, wie auch die Schritte der anderen Träger.

»Pff«, machte Luigi nur. Er befühlte den Teppich. Miras Herz pochte wild. »So ein billiges Zeug aus dem Berberland, was denkt der Marchese sich? Das schmeißt mein Herr unbesehen in den Canale.« Er ging fort.

Langsam beruhigte sich Miras Herzschlag. Immer noch lastete der seltsame Druck auf ihren Schultern, obwohl sie still in der Teppichrolle verharrte. Mehr und mehr spürte sie in dieses seltsame Gefühl hinein. Es war, als sei sie ein Eisenstein, der von einem anderen abgestoßen würde. Eine Abstoßung, die die Menschen im Haus verursachten. Sie durfte sich davon nicht verwirren lassen. Wenn Gerhild ihr die Bilder in den Lichtkreisen schickte, half sie ihr vielleicht jetzt auf diese Weise.

Und dann war der Druck auf den Schultern plötzlich weg. Niemand war mehr im Erdgeschoss. Zwar hörte sie Geschrei, aber aus den höheren Stockwerken. Mira wartete keine Sekunde länger. Sie schaukelte hin und her, bekam Schwung und rollte sich mit dem Teppich aus. Selber kugelte sie noch über die Fransen bis auf die kalten Steinplatten. Keinen Augenblick durfte sie verschenken. Sie musste ihre Fesseln loswerden, irgendwie.

Mira drehte sich auf die Seite, zog die Knie an und wuchtete sich mit den noch im Rücken Händen gefesselten in den Stand.

Wieder nahm der Druck auf ihre Schultern zu. Jemand kam! Mit den aneinandergebundenen Beinen hüpfte sie hinter die große Säule, die die Eingangshalle stützte.

Luigi rannte die Treppe herunter. »Verdammt. Jetzt wollen sie sogar die Holzvorräte sehen.« Er schoss an Mira vorbei und rannte den Gang hinunter zu den Kammern bei der Küche. Mira ging in die Knie. Am Säulenfuß gab es eine Schmuckkante.

Sie scheuerte so schnell es ging das dünne Seil durch, mit dem Herzog Beowulf sie gebunden hatte.

Es gelang. Ihre Hände lösten sich in dem Augenblick, als sie wieder mehr als einen Menschen sich nähern hörte. Mira zerrte an den Schlaufen um ihre Waden, die sich Gott sei Dank rasch abstreifen ließen.

Ohne weiter nachzudenken stieg Mira hinter den erstbesten Kasten. Es roch nach Ölzeug und Zündpaste, hier war wohl der Vorrat für die Fackeln verstaut. Sie duckte sich tief.

»Jeden Winkel suche ich ab.« Thulias heisere Stimme barst vor Entschlossenheit.

»Mutter, ihr Wächter schwört, dass sie nicht hier nach unten gegangen ist.«

»Nur weil Suleiman dir wie ein Hund gehorcht, solltest du nicht alles glauben.« Thulia klang wenig überzeugt. »Alle Diener machen Fehler und sind faul. Und mit den Mägden tändeln sie alle.«

»Ein Seil, Herr, wir haben in einem Mauerwinkel draußen ein Seil aus Wäschelaken gefunden!«, schrien Diener oben von der Treppe her.

»Sie ist entsprungen!«, flüsterte Thulia. »Ich hätte gleich bei den kleinen Fensterchen schauen sollen.«

»Was redest du da? Entführt hat man sie!« Strato fluchte und rannte schon los. »Wir haben Feinde genug.«

Mira wartete, bis auch Thulia und die anderen ganz nach oben gerannt waren. Dann eilte sie hinterher, über die glatten Marmorstufen nach oben. Den Mägdemantel warf sie einfach vor eine Säule, niemand würde sich in der Aufregung darüber wundern.

Alle waren bei Miras Zimmern. Thulia, Helmprecht und Strato starrten jetzt gewiss den im Mauerwinkel verborgenen Knoten aus Betttüchern an.

Mira überlegte nicht lange. Sie öffnete den Wandschrank

zwischen dem roten und blauen Zimmer, in dem Tischdecken und Kandelaber verwahrt wurden. Es war gerade genug Platz, dass sie sich unten dazwischenquetschen konnte.

Kaum schaffte sie es, so eingeklemmt, die Tür des Wandschranks zuzuziehen. Aber es gelang. Mira schloss die Augen.

Immerzu hörte sie, wie alle im Flur vorbeirannten. Rufe drangen unverständlich an ihr Ohr. Fast genoss sie die Abgeschlossenheit des Schranks, wäre es nicht so schrecklich unbequem gewesen. Schritte kamen näher und näher, der Druck auf ihren Schultern nahm zu. Die Tür flog auf.

Mira gab einen Schrei des Entsetzens von sich und tat, als sei sie vollkommen verängstigt.

»Da steckst du!« Thulia legte sich die Hand auf die Brust. »Ercole! Ich habe sie gefunden.« Sie zerrte an Mira.

»Was um Himmels willen tust du hier, Tochter?«, herrschte Helmprecht sie an. Sein runder Kopf war vor Zorn rot angelaufen.

Mira tat benommen und verstört. Sie konnte nicht lügen, so gern sie es getan hätte. »Mich verstecken«, sagte sie.

»Wie bitte?« Thulia tätschelte ihr die Wangen. »Komme zu dir, Kind.«

»Ich …«, was konnte sie nur sagen, um sich nicht zu verraten. »Ich …habe Angst bekommen.« Allerdings vor Stratos Rache. »Ich habe ein Stimmengewirr gehört.«

»Einbrecher?«, fragte Strato mit tiefer Stimme und zog sie an sich, schützend legte er den Arm um sie. »Sag, wie viele?«

»Ich … habe Angst bekommen, als ich im Bad …« Mira kam es vor, als hätte sie einen Knoten in der Zunge. »Da habe ich mich hier versteckt.« Allerdings nicht gleich.

Strato drückte sie noch fester an sich. »Man entführt nicht meine Braut. Ich kann mir schon denken, wer sich an solch einer Heldentat versucht.«

Helmprecht zuckte mit dem Kopf. »Ihr meint den Herzog Beowulf?«

Thulia winkte mit dem Zeigefinger ab. »Seid ihr blind? Ein Einbrecher kommt doch nicht mit einem Seil, geflochten aus unseren Betttüchern!« Sie bohrte ihren Finger Mira ins Brustbein. »Du hast fliehen wollen, weil du einen Geliebten hast. Diesen Kirchenmann aus dem Theater, der dir so schöne Augen gemacht hat.«

»Meine Tochter ist keine Hure!« Helmprecht schlug Thulia fast den Arm weg. So empört sie darüber auch war, schwieg sie aber. »Ludomar, der Botschafter des Erzbischofs hatte ihr nur eine Botschaft an mich überbracht.«

»Ach ja?«, sagte Strato kalt. »Warum hat er sie dann nicht einfach hier abgegeben?«

»Damit Ihr sie nicht lest«, sagte Helmprecht offen heraus und lachte. »Tut nicht so, als ob es Euch wunderte, wenn ich meine Geschäfte mit dem Erzbischof solange noch allein führe, bis unsere Familien mit dem Sakrament der Ehe verbunden sind.«

Strato knurrte nur, ließ Mira dennoch nicht aus seinem Arm. Sie schwieg lieber und tat weiter verängstigt.

»Und die Betttücher?« Thulia wies auf den Haufen, den Luigi vor Miras Zimmern abgelegt hatte.

»Wenn Herzog Beowulf hinter dem Angriff auf Eure Ehre steckt, wie Euer Sohn wohl zu Recht vermutet«, sagte Helmprecht und kratzte sich am Kopf, »dann wundert mich die Finte kaum. Beowulf ist der gerissenste Heerführer unseres Königs.«

»Das heißt?« Strato zog die Augenbrauen zusammen.

»Er hat meine Tochter wie wir ja auch eben nicht finden können. Deshalb hat er dann rasch sein eigenes Seil in ihrem Bad gegen«, er deutete zu dem Haufen Betttücher, »das da ausgetauscht, damit man gar nicht auf einen Einstieg seiner Mannen von außen denkt.«

»Am helllichten Tag?« Thulia wiegte den Kopf.

»Gerade dann. Wir waren alle außer Haus.«

»Mag sein.« Thulias Stimme wurde spitz. »Werter Helmprecht, zögern wir jetzt nicht mehr wegen ein paar tausend Gulden Wittum. Lassen wir den Priester so schnell als möglich kommen. Noch heute.«

Mira erschrak so, dass sie sich an Strato festhalten musste. Eine zweite Flucht konnte sie heute nicht wagen.

»Mutter, beruhige dich.« Strato drehte seine Hand nach außen. »Ich sehe keinen Anlass für solche Eile.«

»Ihr Männer seht Eure Nebenbuhler nie. Glaube mir.«

Strato strich Mira sanft über die Wange. »Meine Braut wird von jetzt an oben in meinen Zimmern wohnen.« Er hob den Kopf. »Wir lassen das Gitter herunter. Und der Ägypter wird von nun an auf drei Schritt in ihrer Nähe sein, wohin sie auch geht.«

»Das ist auch das Mindeste an Vorsicht.« Thulia packte Miras Handgelenk. »Und nun wasch dich oben in meinem Badezimmer. Du bist ja ekelhaft schmutzig.«

Mira leistete lieber keinen Widerstand. Und dennoch, im Licht des Treppenhauses, als sie nach oben in den zweiten Stock stieg, wuchs Mira neue Kraft zu. Die sie dringend brauchte. Zwar hatten ihre seltsamen Kräfte sie eben noch ihren Fluchtversuch verschleiern lassen. Selbst wenn Helmprecht gewiss nicht ganz überzeugt war, viel gefährlicher war Thulias Misstrauen.

22

Dagegen ist der Buchdruck doch nur profanes Alltagswerk«, sagte Ludomar. Die Mönche hatten in der Malstube der Bibliothek einige Buchseiten zum Trocknen ausgelegt. Ludomar konnte sich an den bunt gefassten Buchstaben der Kapitelanfänge kaum sattsehen. Schönheit bannte ihn eben leicht. Manchmal hatte er sich als Student geradezu in den endlosen Schleifen verloren, die die Kapitelüberschriften verzierten.

»Ihr sagt es, Botschafter.«

Ludomar riss sich los. Er durfte die Zeit seines Besuchers nicht vertun. Es war schon Anfang Oktober, und die Ereignisse überschlugen sich.

Der Beichtvater des Herzogs Beowulf blieb vor einer besonders fein gezeichneten Darstellung des Königs Herodes stehen. Pater Jordan lächelte gutmütig wie eine Weinschaffnerin mit rosigen Bäckchen. »Wohin wir auch schauen, immerzu Herrscher«, sagte er.

Vor einigen Jahren schon war es dem Erzbischof von Mainz gelungen, mit Pater Jordan einen sehr kirchengetreuen Priester am Königshof einzuschleusen. Eine günstige Fügung hatte es gewollt, dass König Maximilian ausgerechnet Jordan mit Herzog Beowulf, nach Venedig geschickt hatte. »Was gibt es Neues, Pater?«

»Der König hat geschrieben.« Jordan beugte sich über eine Muttergottes und zählte die Falten des Mantels.

Ludomar ließ ihm den Spaß. »Und was, so sagt es mir, hat er geschrieben?«

Pater Jordan war mit den gemalten Falten der heiligen Veronica zufrieden und wandte sich ihm zu. »Maximilian will nun unbedingt eine große Allianz gegen die Franzosen schmieden, statt ein eigenes Heer aufzustellen.«

Ludomar seufzte innerlich. Endlich schwenkte der König auf den Ratschlag des Erzbischofs ein, sich auch mit Mailand, Neapel und dem Papst gegen Charles den Achten zu verbünden.

»Die Heilige Allianz sollen wir es nennen.« Der Pater streckte sich. »Verstehe einer die welschen Ränke. Beowulf jedenfalls war von der neuen Allianz nicht begeistert, fügt sich aber jetzt.«

»Der Herzog gibt nach?« Ludomar war so überrascht, dass er beinahe in eine Farbpalette vor ihm auf dem Tisch gelangt hätte.

Pater Jordan machte einen spitzen Mund. »Mehr noch. Er will mit Euch gleich über den Seeweg die Adria hinunter und quer durchs Gebirge zum Papst nach Rom.«

»Warum das?«

»Deshalb schickt er mich ja.« Jordans rote Bäckchen glühten vor Eifer. »Wundert's Euch wirklich? Florenz ist doch bereits in die Hände der Franzosen gefallen.«

»So schnell zieht Charles der Achte voran?« Ludomar hätte den Gerüchten mehr Beachtung schenken sollen. Aber was konnte er in dieser Stadt schon glauben?

»Schlimmer, er plant Eure und des Herzogs Entführung.«

»Woher wisst Ihr das?« Ludomar stützte sich am Fensterbrett ab. »Verfügt Maximilian etwa über Spione am französischen Hof?«

Der Pater schob vielsagend den Daumen durch Zeige- und Mittelfinger. »Eine Hure hat es Beowulf verraten.«

Ludomar hätte bei jedem anderen am Verstand gezweifelt, aber Pater Jordans war scharf. Es gab kaum eine List, die er nicht durchschaut hätte. »Seit wann treibt es Beowulf mit französischen Huren, wo er doch die derben Böhminnen mag.«

»Die Frau brachte die Nachricht noch vor den ersten Brieftauben. Sie muss eine Seherin sein. Deshalb müssen wir sie in den Hurenhäusern ausfindig machen.«

»Wir?« Ludomar merkte, dass er ziemlich tumb dreinblickte. »Ich habe den Hurenhäusern abgeschworen.« So sehr es ihn manchmal reizte, wenn er den lustigen Gesang aus einem herausschallen hörte und das unanständige Glucksen ihn verlockte.

»Ich weiß, Ludomar. Der Erzbischof hat mir anvertraut, dass er Euch vergeben hat.« Jordan lächelte fein. »Damit ich ein Auge auf Euren Wandel zur Sicherung des tugendhaften Pfades haben möge. – Aber trotzdem. Ich begleite Euch.«

»Ihr glaubt wirklich, dass es eine Seherin ist bei all der Scharlatanerie der unwahrhaftigen Venezianer?«

»Ja.« Pater Jordan blickt ernst. »Es gibt keinen Zweifel nach aller Logica. Wir müssen sie finden.«

Ludomar begriff plötzlich, warum der Pater so drängte. »Bevor es Beowulf tut. Oder gar Strato. Er hat seine bezahlten Augen und Ohren bestimmt auch unter dem Gesinde im Palazzo Bellari.«

Der Pater trat zum Fenster. »Die Hure stammt ursprünglich wohl aus den Landen am Rhein. Sie hat dunkelbraune Haare.« Er hielt die Hand zu Ludomars Schulter. »Und ist so groß, aber halb so dick als selbst Ihr.«

Hörte Ludomar recht? Er beschrieb Gerhild. Von ihr träumte er jede Nacht, trotz aller Schwüre von Enthaltsamkeit. »Pater, Ihr beschreibt niemanden anders als die Tochter des Kaufmanns Helmprecht.« Ludomar fielen all die beunruhigenden Dinge ein, die er mit ihr in den Bergen erlebt hatte, wie auch ihr seltsames Verhalten im Theater. »Aber das ist doch alles unmöglich. Stratos Braut würde doch gewiss nicht als angebliche Hure durch die Stadt laufen.« Ludomar versuchte seine Gedanken zu ordnen, aber der Pater packte ihn an der Schulter.

»Was sagt Ihr da?« Die großen blauen Augen des Paters waren

weit aufgerissen. Er ließ ihn los und machte ein paar Schritte um den Tisch herum, dabei hielt er sich den dicken Kopf und murmelte: »Lasst mich nachdenken …«

Plötzlich streckte er die Hand nach Ludomar aus. »Es könnte aber doch noch eine zweite Deutsche in den Hurenhäusern geben.«

Ludomar war es, als wäre er in die Studienzeit nach Erfurt versetzt. Die Magister der Logica hatten oft gepredigt, dass die einfachste die beste Lösung war. »Genau die müssen wir suchen.« Ludomar griff schon nach seinem Mantel, den er über einen Stuhl gehängt hatte.

Doch der Pater bremste ihn. »Halt, halt.« Er blinzelte ein paarmal. »Jetzt durchschaue ich es erst. Oh, diese welschen Ränkespieler sind wahrlich hinterfotzig genug!« Er hob den Zeigefinger. »Keine Hure, nein, nein. Das alles ist eine ausgeklügelte Ablenkung von Strato selbst. Er hat wirklich seine Braut verkleidet – was niemand glauben würde –, weil er unbedingt wollte, dass Ihr und Beowulf in der Stadt bleibt.« Der Pater zählte an den Fingern auf. »Strato muss also erstens die angestrebte Heilige Allianz für Venedig sehr wichtig finden. Er muss zweitens Dinge vorab vom französischen Hof erfahren haben, die wir noch nicht wissen. Sonst würde er nicht die eigene Braut dafür einspannen.«

»Eine Frau wie Gerhild würde das nicht tun.« Der Gedanke allein war abwegig, dass Ludomar kurz lachte. »Bedenkt, aus welchem Frankfurter Haus sie stammt.«

»Eben drum!« Die Augen des Paters flammten geradezu. »Ihr seid noch kein Priester, sonst wüsstet Ihr aus der Beichte um die Verderbtheit der Frauen. Je reicher sie sind, desto abgründiger. Ich war bei Hofe. Glaubt mir, ich kenne den Sündenpfuhl, in dem sich die Frauen suhlen.«

War er denn so blind vor heimlicher Liebe geworden? Gerhild hatte ihn im Theater geküsst, wo jederzeit … Ihm wurde unwohl. »Warum sollte sie sich dazu hergeben, mit dem Herzog zu buhlen?«, fragte Ludomar. Auf einmal war er seiner Leidenschaft für sie nicht mehr sicher.

»Seid Ihr blind?« Pater Jordan blickte ganz mitleidig drein. »Größeren Reichtum kann eine Eva nicht erringen als durch den jungen Strato.«

»Fürsten und Könige haben nur Schulden, das ist wahr.« Ludomar befielen noch mehr Zweifel. Diese unzüchtigen Erklärungen Gerhilds im Theater, gar sein Kuss, den sie so bereitwillig erwidert hatte. Obendrein trunken wie er gewesen war … Ludomar fuhr sich durchs Haar. Ihre treuherzigen Blicke, die gehetzte Unschuld, all das war nichts als ein abgefeimtes Spiel zum Vorteil ihres zukünftigen Mannes. »Was für eine Gauklerin.« Ihm wurde vollends übel.

Stratos Spiegelfechterei war von hoher Kunstfertigkeit. Die vielen Gespräche im Dogenpalast in den letzten Tagen hatten nur dazu gedient, seine Wachsamkeit einzulullen. Er suchte das Gewirr der Absichten und Fallen zu durchschauen. Gewiss hatte Strato seine Braut eingespannt, um Zwietracht zu säen. Hätte Ludomar ihr zur Flucht verholfen, hätte man ihn dabei ertappt. Und Strato hätte ihn damit erpresst, in den Verhandlungen um die Heilige Liga nicht die Absichten des Erzbischofs für das Reich zu verfolgen, sondern die Venedigs. Und weil Ludomar nicht darauf hereingefallen war, suchte Strato nun den Herzog mit der angeblichen Seherin einzufangen, der er in Wirklichkeit das Wissen seiner Zuträger vom französischen Hof mitgab. Ludomar hieb mit der Faust gegen die Fensterbrüstung. Fast wäre er wieder dem Liebreiz eines Weibes verfallen. Wie klug es doch war, dass Priester Enthaltsamkeit leben sollten.

»Ich sehe es hinter Eurer Stirn arbeiten.« Pater Jordans Blick fiel auf ein Stück Papier. »Vertraut meiner Erfahrung und der Eures Erzbischofs.« Er schob Ludomar in Richtung einer Malbank. »Setzt Euch.«

Ludomar zögerte vor dem weißen Papier. »Was habt Ihr vor?«

»Wir drehen den Spieß um, mein Sohn.« Jordan zog einen zweiten Hocker herbei. »Besorgen wir uns ein Liebespfand der Braut. Damit erpressen wir Strato für die Zwecke des Erzbischofs und damit des Reiches.«

Ludomar war es, als ob alle Gedanken durcheinanderstürzten, weil ein Schmerz über die Täuschung in ihm bohrte. Die jähe Wut über seine Dummheit vernebelte ihm den Verstand, was ihn nur noch mehr aufbrachte. »Ich verstehe Euch nicht.«

»Strato hat Helmprechts Tochter schon öffentlich im Theater als seine Braut gezeigt. Er will sie also wirklich heiraten.« Der Pater rieb sich die Hände. »Haben wir etwas in der Hand, das seine Braut als ehrlos brandmarkt, zerstören wir seinen Ruf.«

Wie süß Rache doch schmeckte und ersten Trost brachte, dafür, dass Gerhild seine Gefühle so ausgenutzt hatte. Ludomar kniff die Augen zusammen. »Und weiter?«

»Wir sacken Beowulf gleich mit ein, wenn Strato den Plänen des Erzbischofs für das große Bündnis mit den Fürsten im Welschland folgen muss. Denn der Herzog hält überhaupt nichts davon.« Der Priester leckte sich die Lippen. »Schaffen wir also ein Beweisstück, von dem Strato niemals wollen wird, dass jemand davon erfährt.«

Ludomar begriff langsam, er nahm die Feder, die ihm Jordan reichte. »Ihr denkt an einen Liebesbrief?«

»Ihr lernt schnell. – Schreibt ihn jetzt. Beschwört Stratos Braut zu einer Flucht, die Ihr angeblich vorbereitet habt.«

Ludomar tauchte die Feder ein. »Und dann?«

»Schicken wir einen Botenjungen.«

Ludomar wurde in der Seele bitter. Wie hatte er nur in der Nacht in den Bergen solche Innigkeit fühlen können? Wozu hatte er so viele Liebesbriefe in den letzten Nächten in den Träumen zu Papier gebracht und sich am Morgen dafür kasteit, weil er mit der Enthaltsamkeit rang? Nun erschien es ihm erst recht wie ein Wahn und gar Strafe.

Pater Jordan sah ihn mit listigen Augen an. »Frisch drauf los. Es soll doch echt wirken.«

Ludomar tauchte die Feder ein.

Geliebte! Nacht für Nacht quäle ich mich mit der Erinnerung an Deinen Kuss, den einzigen, der mir vergönnt war. Ich ertrage es nicht, dass Du die Frau eines Mannes werden sollst, dem Dein Herz nicht gehört …

Die Feder kratzte.

Dein Unglück habe ich in Deinen Augen brennen sehen.

Mit jedem Wort, dass er schrieb, verblasste die Rache und stieg Zweifel in ihm auf.

Vertraue mir. Die Feder brach beim letzten Buchstaben. Ludomar zuckte zurück, ein Zeichen, ein Tintentropfen fiel neben das Papier. Doch Pater Jordan reichte ihm schon die nächste.

»Sorgt Euch nicht, die Mönche haben genug davon.«

Was bedeutete das alles nur? Ludomar tauchte mit zittrigen Fingern wieder in die Tinte ein.

Aus Deiner Not erwächst auch Gotteshilfe.

Für sie beide hoffte er. War in Venedig nicht alles möglich? Konnten am Ende nicht Gerhilds Worte der Wahrheit entsprechen und der Pater einer Verblendung unterliegen, wo er noch nie gut von einem Weibe gesprochen hatte.

Ich werde meine Liebe nicht verraten. Ludomar war über die eigenen Worte bestürzt. Liebte er denn noch?

Schon bald rette ich Dich. Wir fliehen aus dieser Stadt, die uns nur Unglück bringt.

Er starrte auf die Zeilen. »Soll ich ihr schon eine Flucht vorschlagen?«

»Bloß nicht! Verlangt ein Zeichen, behauptet die Vorbereitung einer Flucht, das genügt.«

Ludomar rang mit sich, doch er setzte noch etwas hinzu.

Ein Zeichen nur von Dir, und wir können gehen. Alles ist vorbereitet.

»Vergesst die Unterschrift nicht!«

Ludomar legte die Feder weg. Der Pater griff nach dem Blatt, doch Ludomar wehrte ab. »Ich bringe den Brief selber zum Palazzo Strato.«

Jordan wiegte das Haupt. »Ein Bote wäre besser.«

»Sollen wir etwa das hier.« Ludomar faltete den Brief und versiegelte ihn mit einem Tropfen Lack der Dominikaner, »einem venezianischen Boten anvertrauen, der womöglich von Strato bezahlt wird?«

Pater Jordan erhob sich. »Wie ich sehe, habt Ihr das Disputieren gut an der Kanzlei zu Mainz erlernt.« Er nickte anerkennend.

Ludomar drückte seinen Daumen in das Siegelwachs.

»So naheliegend es ist, habe ich die Gefahr seiner Zuträger übersehen.« Pater Jordan strahlte und schlug ihm anerkennend auf die Schultern.

Lange war Ludomar durch die Gassen geirrt. Er wusste nicht mehr, ob er sich verlaufen hatte, weil er den Weg nicht fand oder weil er ihn nicht finden wollte. War Gerhild nun Herrin oder Magd, Stratos Gehilfin oder wurde sie von ihm nur missbraucht? Er schwankte und schwankte zwischen Glauben und Unglauben.

Eine breite Gasse gab den Blick auf die prächtige Rückseite des Palazzos frei. Ein Diener wachte unter einem gemauerten Torbogen, ein Topf mit blutroten Blumen stand zu seinen Füßen. Darüber prangte das Wappen der Stratos.

»Ich habe einen Brief abzugeben für die Braut Eures Herrn«, sagte Ludomar würdig.

»Wie Ihr wünscht«, näselte der kleine Mann. Er nahm aus einem Schaff hinter dem Wärterbogen ein Silbertablett und hielt es Ludomar hin. »Bitte sehr, Signore. Ich werde den Brief sofort ins Haus bringen.«

»Das tue ich lieber selber, weil ich auch den Frankfurter Kaufherrn Helmprecht besuchen möchte, der hier zu Gast weilt.«

Der Diener trat ihm in den Weg. »Ihr müsst Euch irren. Keiner der Herrschaften wünscht zur Zeit Besuch«, sagte er langsam. »Zumal sie alle ausgegangen sind.«

Ludomar schoss das Blut in die Wangen, mit einer solchen Auskunft hatte er nicht gerechnet. Er hatte sich sogar für Helmprecht etwas zurechtgelegt, eine angebliche Bestellung des Erzbischofs. Jetzt konnte er nicht einfach wieder gehen wie ein armer Bittsteller. »Willst du einen Botschafter abweisen, du Wicht?«, knurrte er.

Der kleine Mann hielt das Tablett wie einen Schild vor seine Brust. »Die Herrschaften haben ausdrückliche Anweisungen gegeben, dass niemand das Haus ohne ihre Begleitung betreten soll.«

Ludomar haderte mit sich. »Hast du nicht eben gesagt, sie seien alle ausgegangen?« Vielleicht gab es doch einen Weg. Er griff tief in die Tasche. »Nimm diese Silbermünze und bringe der jungen Herrin den Brief.«

Der kleine Mann lächelte und klappte das Silbertablett vor seiner Brust wie eine Lade herunter. »Aber bitte sehr.«

Ludomar legte Brief und Münze auf das Tablett.

Der Diener verschwand im Haus und verriegelte das Tor hinter sich.

Auf der Brücke über den Stichkanal vor der Seitenwand des Palasts überfiel Ludomar neuer, jäher Zweifel. Er wollte unbedingt zur Wahrheit vordringen. Aber wie sollte er klar denken, wenn er weder seinen Gefühlen noch seinem Verstand recht trauen konnte?

23

Ludomar!«, rief Mira, kaum dass sie ihn erkannte. Sie beugte sich so weit als sie konnte über die Brüstung des Balkons. »Ludomar!«, schrie sie. Vergeblich. Ein kalter Windstoß pfiff so stark, dass ihr die Strähnen ins Gesicht schlugen. Zwei Stock unter ihr, drunten an der Brücke, drehte Ludomar sich eben um und verschwand in der Gasse.

Mira wusste nicht, ob ihr die Tränen vom Wind oder vor Aufregung in den Augen stand. Ludomar stahl sich gewiss nicht ohne Grund allein und zu Fuß von der Rückseite des Palastes davon. Er suchte eine Möglichkeit, sie zu retten. Wäre er offiziell als Botschafter zu den Stratos unterwegs, hätte er allemal am Canale Grande angelegt.

Mira fror auf dem Balkon, sie ging zurück in das Musikzimmer Stratos. Bilder tanzender Menschen und singender Leute schmückten die Wände. Der Boden schimmerte von verschiedenfarbigem Holz mit eingelegten Spitzen wie bei einem Tric-Trac-Spiel.

Nur im oberen Stockwerk durfte sie sich aufhalten. Immer stand der riesige Ägypter bei den Türen.

Nur jetzt nicht. Das war kein gutes Zeichen, zumal Mira wieder diesen seltsamen Druck auf den Schultern fühlte. Sie ging rasch zu dem breiten Sessel, nahm sich ihre Laute vom Tisch und zupfte an den Saiten.

Sie erschrak über den traurigen Klang. Aber wie könnte sie auch lustig aufspielen, wo man sie wie eine Gefangene hielt. »Hilf mir, Gerhild«, flüsterte sie. So sehr sie auch sann, sie fand keine Eingebung für einen neuen Fluchtversuch.

Da hörte sie Schritte vor den offenen Flügeltüren und tat ganz in die Musik versunken.

Suleiman näherte sich, in der Hand trug er einen Brief. Mira streckte schon die Hand aus.

Vorsicht! Mein Herr und seine Mutter belauern Euch heimlich, brummte er.

Mira führte vor Schreck die Hand einfach weiter zu ihrer Stirn. »Für mich?«

Suleiman zeigte ihr den Brief und wendete ihn. Ein Siegel nur mit einem Daumenabdruck? Ludomars, gewiss, das spürte sie. Miras Herz schlug schneller. »Kein Absender? Nimm ihn wieder mit.« Sie beugte sich über die Laute.

»O doch, du kennst den Absender.« Thulia lief so schnell von der Tür herbei, dass ihr grüner Seidenschal hinter ihr wehte. Strato folgte ihr langsam im von weißem Pelz gesäumten Hausmantel, die Hand am Kinn.

Thulia riss dem Ägypter den Brief aus der Hand und bedeutete ihm mit einem Nicken des Kopfes zu gehen.

Arme Herrin, brummte er nur und war wie der Blitz verschwunden.

Thulias rosa eingefärbte Lippen wurden spitz. Sie hob die Augenbraue, als sie Strato das Siegel zeigte. »Als ob der Botschafter keines hätte. Wie ein Bauer hat er seinen Daumen reingedrückt.« Sie schlug mit den ebenfalls mit rosigem Lack bestrichenen Nägeln auf die Stuhlkante.

»Wo ist der Brief her?«, fragte Strato. Seine Stimme schwang rau.

Mira legte die Laute zur Seite und atmete durch.

Thulia lachte kurz auf. »Der Botschafter des Erzbischofs von Mainz hat ihn selbst, stell dir vor, selbst bei Luigi abgegeben, der das Portal zur Gasse bewachte.«

Strato brach das Siegel. »Es ging zu leicht.« Er kniff die Augen zusammen. »Hast du …?«

Thulia legte ihm die Hand auf den Oberarm. »Ich habe es mit dem hauchdünnen Glasmesser zerschnitten. Glaubst du, ich würde dich belästigen, wenn es nicht himmelschreiend wäre?«

Strato warf nur einen Blick auf die Zeilen, dann reichte er Thulia den Brief. »Die Sprache kannst du besser als ich. Lies vor.«

Doch Thulia reichte den Brief an Mira weiter. Kalt ruhte der Blick aus den grünen Augen auf ihr. »Ich habe dich und deinen Buhlen im Theater turteln hören. – Lies ruhig laut vor.«

Mira konnte nicht ganz verhindern, dass ihre Finger zitterten, als sie Ludomars Brief berührte.

Doch schon beim ersten Wort verschlug es ihr die Sprache. Sie sog die Zeilen geradezu auf.

Geliebte! Nacht für Nacht quäle ich mich mit der Erinnerung an Deinen Kuss, den einzigen, der mir vergönnt war. Ich ertrage es nicht, dass Du die Frau eines Mannes werden sollst, dem Dein Herz nicht gehört. Dein Unglück habe ich in Deinen Augen brennen sehen.

Was für ein Liebesbeweis, Miras Herz schlug schneller.

Aus Deiner Not erwächst auch Gotteshilfe.

Der Brief wurde ihr aus der Hand gerissen, Mira erschrak bis ins Mark.

»Du sollst laut vorlesen!«, schrie Thulia. Sie sprang zu Strato, führte einen lackierten Fingernagel über die Zeilen. »Siehst du, mein Sohn, so wirst du hintergangen. Noch vor der Hochzeit!«

Beider Augen glitten über die Zeilen.

Thulia übersetzte. »Er schreibt deiner Braut: ›Ich werde meine Liebe nicht verraten, schon bald rette ich dich. Wir fliehen aus dieser Stadt, die uns nur Unglück bringt. Ein Zeichen nur von dir, und wir können gehen. Alles ist vorbereitet.‹ Und er unterschreibt mit seinem Vornamen Ludomar.« Sie schlug mit der Hand auf das Papier. »Habe ich es dir nicht gesagt, dass eine Braut aus einem Händlershaus aus dem Norden nichts für dich ist.« Sie rümpfte die Nase. »Dabei sollt ihr doch so tugendhaft sein, ihr Tedescas.« Thulia wandte sich ihr zu. »Mir war gleich so, dass etwas mit dir ganz und nicht stimmt. Dein Vater steckt bestimmt mit unter der Decke.«

Mira schienen die beiden unendlich fern, so laut sie auch auf sie einsprachen. Ludomar teilte ihre Gefühle. Sie konnte es sich endlich eingestehen, dass sie ihn liebte. Er suchte sie gar vor der unglückseligen Verbindung mit Strato zu retten. Ein warmer Hauch von Glück umfing sie, so sehr sie auch Thulia fürchtete und Strato, dessen Blick immer dunkler wurde.

Noch immer verharrte er regungslos.

Thulia dagegen zerrte sie vom Sessel hoch und schüttelte sie. »Hast du deinen Buhlen empfangen bei diesem angeblichen Entführungsversuch?«

Sie ließ Miras Arm fahren und legte die verschränkten Hände vor ihre Brust. »Mein Sohn, am Ende legt sie dir einen Kirchen-Kuckuck von diesem Botschafter in die Wiege. Eine ehrenvolle Hochzeit kann ich mir nicht mehr vorstellen.«

Mira hätte beinahe gelächelt. Sollte es so einfach werden, nicht vor den Altar zu treten? Sie unterdrückte die Regung. Konnte Helmprecht sie nicht verheiraten, wurde sie frei für Ludomar.

Stratos dunkle Augen forschten in Miras Gesicht. »Was weißt du von des Botschafters Herr, dem Erzbischof von Mainz und seinen Absichten? Was weißt du von den Vorgängen in Florenz?«

Thulia starrte ihn nicht minder überrascht als Mira an.

»Antworte mir, Braut!«, sagte Strato scharf.

Mira überlegte nicht lange, sie stand auf Ludomars Seite. »Der Erzbischof will das Reich im Innern stärken.« Das hatte sie im Lichtkreis erfahren. »Und den jungen Hitzkopf von König Maximilian einfangen.«

»Will der Erzbischof die Allianz mit uns wirklich?«

Mira hatte ihn den französischen König verfluchen sehen. »Er verachtet den französischen König Charles, der ihn mit einem zu billigem Bestechungsgeschenk absichtlich beleidigt hat.«

Thulia blickte zu Strato, der langsam um Mira herumging. »Wieso befragst du deine Braut zu den großen Angelegenheiten der Republik?«

»Treibt dich nicht die Frage um, Mutter, warum ihr Vater Helmprecht nicht schon längst den Ehevertrag unterzeichnet hat?«

»Ich verstehe dich nicht, mein Sohn.«

Mira war unwohl, so nah wie Strato ihr kam.

»Hast du Herzog Beowulf aufgesucht?«

Mira erbleichte. Jemand hatte sie verraten. Sie konnte nicht lügen. Nur schweigen.

Strato ergriff eisenhart ihre Arme und schüttelte sie. »Hast du?«

Mira presste die Lippen aufeinander.

Er holte aus und schlug sie so fest ins Gesicht, dass sie vor Thulia auf den Boden stürzte. »Sprich oder ich lasse den Ägypter kommen und dich so lange quälen, bis du freiwillig redest. Er vermag dich am Rande des Todes entlangzuführen, wenn es sein muss für Stunden.«

Mira schmeckte Blut. Solcher Gewalt könnte sie sowieso nicht widerstehen, und es war auch eine Sünde zu viel, wenn sie den armen Suleiman hineinzog, der sie doch gewarnt hatte. Sie zog sich an Thulias Rock hoch. »Ja, ich war bei ihm.«

Strato schlug mit der Faust in die andere Handfläche. »Kein Wunder, wenn der Botschafter Ludomar so hinter dir her ist, dass er selbst gar den eigenen Liebesboten spielt.« Er lief im Kreis herum und bedeutete Thulia, die mit offenem Munde dastand, mit herrischer Geste zu warten.

Strato kniff die Augen zusammen, nickte. »Langsam begreife ich das Spiel. Helmprecht will ihren Preis hochtreiben, weil sie unbezahlbar ist.«

»Eine Kirchenhure aus dem Norden?« Thulia stürzte auf ihn zu. »Bist du verrückt?«

»Nein, Mutter, ich sehe klarer als je. Helmprecht will das größte Geschäft seines Lebens machen. Sitzt er nicht im Geheimen Rat des Erzbischofs von Mainz? Leiht er nicht Geld dem König Maximilian? Und nun bietet er dem reicheren Venedig, also mir«, Strato ballte wieder die Faust, »den Schlüssel zur Macht.«

Mira wurde bang. All diese mächtigen Männer trauten ihren Feinden noch größere Ränke zu als sie selber spannen. Sie ahnte Unheil auf sich zurollen.

»Die Lage in unseren Nachbarländern verschärft sich. Der französische König zieht weiter gegen Rom, Mutter, alle anderen, Mailand, Neapel, der König Maximilian und wir wurden vom Papst, diesem verlotterten Hurenbock, um Hilfe gerufen. Und sie«, er deutete zu Mira hinüber, »weiß, was der Franzose vorhat. – Weil sie ein Weib mit einer besonderen Gabe ist. Sie weiß Dinge, bevor sie alle anderen erfahren. Ich habe den Beweis. Mutter, meine Braut ist eine Seherin!«

»Bei Maria«, flüsterte Thulia nur und wurde blass.

»Suleiman«, rief Strato.

Der Ägypter trat herein.

»Schaffe die Fenstergitter herbei und schraube die Stangen fest hier ein.«

»Du schließt sie ein«, sagte Thulia leise und strich sich über die Stirn wie völlig willenlos. Mira verunsicherte dieser Anblick noch mehr als die Enthüllung ihrer Gabe. Was ging zwischen den beiden auf einmal vor?

»Diese Braut entführt mir keiner. Und sie entspringt mir auch nicht.« Strato lachte leise. »Am liebsten würde ich sie einmauern, aber ein feuchtes Gelass ist zu gefährlich. Da würde sie uns nur krank.«

Suleiman trug dicke, eiserne Kreuzgitter herein und hievte

sie, als wären sie aus dünnem Holz, in die Fensterhöhlungen. Jede zweite Stange lief in einem Gewinde und konnte in den Steinen in Halterungen geschraubt werden. *Tut mir leid, Herrin,* brummte er.

Thulias Stimme hatte an Kraft zurückgewonnen. »Erkläre mir, warum du so sicher bist, dass sie diese Gabe hat.«

»Sie wusste Dinge vom französischen Kriegslager zu berichten, bevor die ersten Brieftauben unserer Zuträger eintrafen. Das ist anders nicht möglich.« Er kniff die Augen zusammen. »Und nun, Mutter, sorge dafür, dass dieser Botschafter eine Antwort kriegt, die ihn an alles, nur nicht an ihre Liebe glauben lässt.«

»O ja, mein Sohn. Die Antwort schreibe ich selber.«

Mira kämpfte mit den Tränen. Sie konnte nur hoffen, dass Ludomar einer Abweisung keinen Glauben schenkte und sie vielleicht doch entführte.

Strato raffte den Brief vom Tischchen und steckte ihn ein. »Wer weiß, wozu er noch nützen wird.«

Strato würde Ludomar damit erpressen. Mira richtete sich auf. »Ich werde Euch nicht heiraten.«

Strato lachte nur. »Du bist schon mit mir verheiratet.«

»Ihr habt doch eben gesagt, dass Helmprecht den Ehevertrag noch nicht gesiegelt hat.«

Strato lächelte sie fast mitleidig an, dann schenkte er ihr einen so gierigen wie machtlüsternen Blick. »Hat er das nicht? Vielleicht habe ich mich geirrt. Ich werde gleich nachsehen. Die Richter in Venedig werden jede Unterschrift unter dem Vertrag, die ich vorlege, als die seine anerkennen. Nicht wahr, Mutter?«

Thulia stand am letzten Fenster, wo sich der Riese mit den schweren Gittern zu schaffen machte. Sie hielt sich ungerührt steif, den Blick in die Ferne über den Canale Grande gerichtet. »Nein, daran zweifele ich nicht.«

Mira erschrak über die undeutbare Stimme. Eine tiefe Bewegung lag darin verborgen. War es nur die Trauer einer Mutter, die ihren geliebten Sohn nun einer anderen Frau überlassen musste?

Strato und Thulia verließen das nunmehr vergitterte Musikzimmer, ohne dass sie noch einen Blick an Mira verschwendeten. Selbst Suleiman verschloss die Türhöhlung mit einem Gitter ohne ein Brummen ein und entfernte sich dann.

Mira fühlte sich unendlich allein in der Stille.

Es gab niemandem im Palast, der eine geheime Botschaft an Ludomar oder Beowulf hinausschmuggeln würde.

Sie lief im Kreis. Was tun, was nur tun? Immerzu lief sie im Kreis um den Sessel, um den Lautentisch. Neunzehn Tric-Trac-Spitzen zählte sie im getäfelten Boden.

Erschöpft sank Mira schließlich auf einen Teppich. Drüben vor der Wand stand ein Fläschchen mit dickem, süßem Wein.

Einmal könnte sie es versuchen. Mira rappelte sich hoch und nahm die kleine Karaffe vom Schränkchen.

Sie fand keinen Teller, auch kein Becken in den Fächern. In ihrer Verzweiflung goss sie die goldene Flüssigkeit vor dem großen Fenster auf den Holzboden.

Sie kniete sich daneben, beugte sich über die Lache, die ein wenig im Licht spiegelte. Vielleicht gelang es, einen Lichtkreis zu sehen, der ihr einen Ausweg zeigte. »Gerhild, hilf!«

So sehr Mira auch starrte, schmerzte doch nur ihr Kreuz und die Knie. Ein Schluchzen schüttelte sie, da fielen zwei Tränen in die süß duftende Lache, erschütterten den Glanz, winzige Wellen schlugen, endlich erfasste sie ein Sog …

… der Mann schlägt auf Jockel ein. »Du Dieb, gibt die wieder her.« Jockel läuft schon, zieht dabei die drei Würste hinter sich her und rennt vom Wagen des Metzgers weg. Über den Straßengraben hüpft er in schmutzigen Holzschuhen, prescht durch ein Gebüsch und stürzt lang hin. Grobe Hände ziehen ihn ins

Blattwerk. Der grindige Mund des alten Angus wird breit. Er tätschelt Jockel die Hüfte. »Gut gemacht, Kleiner. Jetzt gibt's ein Mittagsmahl.« Er nimmt die Würste, streckt eine Jockel zu. Der grabscht danach und beißt hinein, wie einer der schon lange nichts zwischen den Zähnen gehabt hat. Sein verlorener Blick gilt dem roten Stück Wurst zwischen seinen Fingern – alles wackelt und verschwimmt …

Tränen liefen Mira von den Wangen. Nichts sah sie außer Jockels Leid. Der Himmel strafte sie für ihre Sünden. Mira wankte zur Ecke. Hinter dem Lautentisch stand in einer Mauernische ein kleines Bildnis der Heiligen Muttergottes auf der Mondsichel.

Mira fiel auf die Knie. »Straf mich wie du willst, aber nicht meinen Bruder. Er hat niemandem etwas Böses getan«, flehte sie.

Draußen vom Gang drang Geschrei zu ihr.

»Ich will meine Tochter sehen, sofort!«, brüllte Helmprecht.

Mira sprang auf und eilte zum großen Gitter, das den ganzen Türrahmen des Musiksaals versperrte. Sie schmiegte sich mit dem Gesicht in eines der Eisengevierte.

Der breitschultrige Ägypter bewachte die Treppe. Jedes Mal wenn Helmprecht an ihm vorbei wollte, sprang er ihm einfach in den Weg und breitete die muskulösen Oberarme aus. Helmprecht hing daran wie ein Knabe, der auf einem Ast turnt. »Kind, behalte deine Geheimnisse für dich, hörst du?«, rief er ihr lauthals zu. Doch der Ägypter drängte ihn ab, bevor Mira antworten konnte. Strato musste es ihm eben gesagt haben, weil er davon ausging, dass Helmprecht ihre Gabe teuer verkaufen wollte.

»Ich hole dich da wieder raus!«, schrie Helmprecht noch. Da verstummte er plötzlich. Mira fühlte es am Druck auf ihren Schultern, dass Suleiman ihn einfach wegtrug.

Nichts war verborgen geblieben. Wer auch immer von Beowulfs Leuten ihren Besuch verraten hatte.

Und der Himmel strafte sie noch schwerer als zuvor dafür, dass sie an Gerhilds Stelle lebte. Nichts sah sie mehr, nichts außer schrecklichen Dingen. Und die Liebe, die Ludomar für sie fühlte, hatte keine Zukunft, kaum dass sie davon erfahren hatte.

Mira schleppte sich zum Sessel. Doch in der weichen Seide fand sie keinen Trost. »Heilige Mutter im Himmel«, flehte sie flüsternd.

Wie lange sie so lag, wusste sie nicht, doch irgendwann streifte sie ein singender Hauch, Mira spürte noch die Erschöpfung, dann sank sie in Schlaf.

24

Ludomar hatte sich nicht vorstellen können, wie kalt und regnerisch Venedig werden konnte. Traurig zogen die Gondeln Ende Oktober durch die Kanäle.

Vor zwei Wochen und einem Tag war ein Brief vom näselnden Diener der Stratos abgegeben worden. Ludomar faltete das kurze Schreiben wieder ein. Ganz brüchig war das Papier schon, die Ränder eingerissen. Selbst in der dämmrigen Gasse vor der Kirche konnte er es nicht lassen; er musste diese Zeilen wieder und wieder anstarren. Jedes Mal schwoll erst die Trauer an, dann der Zweifel, bevor schließlich der Zweifel am Zweifel obsiegte.

Ludomar faltete das Papier wieder auseinander.

Ich werde Deinen Verführungen zur Sünde nicht anheimfallen. Nähere Dich mir nie wieder. Sonst vernichtet Dich der Mann, mit dem ich durchs Leben gehen will.

Sie vermochte zu schreiben, Gerhild war gebildet. Und doch klang es nicht nach der Frau, die er im Theater geküsst hatte, wo sie ihn beschworen hatte, dass er ihr helfen möge. Ludomar nannte sie ungern Gerhild, weil er sie doch als die Magd Mira getarnt zum ersten Mal geküsst hatte.

Durchs Leben gehen will – das war doch nicht ihre Sprechweise. Daran sollte er sich halten. Ludomar steckte den Brief wieder weg. Er war gefälscht.

Aber wie man es drehte und wendete, ein Liebespfand waren die Zeilen nicht. Der Plan Pater Jordans war gescheitert.

Doch Ludomars eigener Plan würde gelingen. Er zog die Maske fest und verbarg sich hinter dem Ladenschild eines Schusters. Von dort äugte er zum Vorplatz der Kirche. Er würde niemals Gewissheit erlangen, wenn er sie nicht selber von Angesicht zu Angesicht sprach. Wenn er nicht selber ergründen könnte, ob sie das Werkzeug oder Opfer Stratos war. Dann erst würde er entscheiden können, was stärker in ihm war, die Liebe, die er sich kaum eingestehen mochte, oder der Schwur der Enthaltsamkeit vor dem Erzbischof für einen Aufstieg in der Kirche.

Ein Geräusch brach Ludomars Gedankenstrom. Bevor er eine Entscheidung traf, galt es, ihrer habhaft zu werden. Ob sie nun die gesuchte Seherin war, wie Pater Jordan glaubte, oder nicht.

Ludomar schaute zum Portal hinüber. Am Feiertag des Schutzheiligen von Stratos Patronatskirche würde die ganze Familie erscheinen müssen. Und zwar mit der Verlobten, damit niemand sich die Mäuler zerriss, ob die Braut von Ercole Strato krank geworden sei.

Pater Jordan hatte seine Verbindungen zum Klerus spielen lassen, hatte vertrauenswürdige Männer aufgetrieben, die alle die Stratos hassten. Gründe gab es genug. Dem einen hatten die Stratos durch einen Monopol-Brief den Handel mit sardischem Zinn verdorben, dem anderen hatten sie minderwertiges Öl verkauft, dass die Kinder blind geworden waren. Und Schlimmeres noch.

Da wurden die Kirchentüren aufgestoßen. Ein heller Lichtschein fiel auf die ersten Messgänger. So gern Ludomar Gerhild gesehen hätte, er durfte jetzt nicht seinem Sehnen nachgeben.

Er lief die Gasse zurück, sprang an der nächsten Brücke auf die Gondel, die dort auf ihn wartete. Eine zweite Gondel wartete unter der übernächsten Brücke verborgen. »Los«, sagte er nur. Der Steuermann war ganz in schwarzes Tuch gehüllt, sogar das Gesicht hatte er mit einer Maske verborgen. Er legte vom Kai ab.

Schnell gelangten sie zur nächsten Wasserkreuzung. Der Steuermann stützte sich mit der Ruderstange an eine Mauerwand und hielt die Gondel auf der Stelle. »Sagt, welche, Herr?«, raunte er.

Es dämmerte. Doch Ludomar schien, dass seine Leidenschaft ihm die Augen schärfte. Die Gondeln der vornehmen Kirchgänger schwankten von rechts in den etwas breiteren Kanal. »Die mit dem goldenen Rand am Aufsatz lass noch ziehen. Dräng dich dann vor die mit dem roten Strich rundum verzierte Prachtgondel.« Ludomar duckte sich tief.

Der Steuermann stieß so fest ab, dass sie zwischen die beiden vornehmen Gondeln schossen.

»Pass auf!«, rief von dort ein Gondoliere. »Willst du in die Bleikammern geworfen werden?«

Ludomar erkannte Strato und seine Mutter auf der Sitzbank. Sie wandten sich nur kurz um, steckten aber gleich wieder die Köpfe zusammen.

Er winkte zu seiner zweiten Gondel, die auf der anderen Seite des Kanals unter einer Brücke wartete. Sie schloss wie geplant hinter Helmprecht und Gerhild auf.

»Gleich kommt der Zusammenfluss dreier Kanäle, dort drehen viele«, zischte der Mann am Ruder.

»Aus dem Weg, du Affe«, schrie der Gondoliere Helmprechts. Er steuerte gegen, und Helmprechts Gondel schwankte stark. Das Holz schrammte laut aneinander. Wieder ein Stoß, Ludomars zweite Gondel rammte von der anderen Seite.

Seine Männer handelten sofort. Drei warfen den Gondoliere in den Kanal, die drei anderen prügelten mit Fausthieben so auf Helmprecht ein, dass der zusammensackte. Gerhild aber hatte sich erhoben und suchte offenbar einen Fluchtweg zur Kaimauer. Ludomar sprang hinüber in ihre Gondel, packte sie und riss sie in die Kissen herüber.

Zwei von seinen Leuten schleppten Helmprecht zum Kai, die anderen drei verschwanden. Es hatte geklappt. Seine zwei Gondeln strebten wieder auseinander.

»Lass mich los!« Gerhild hieb mit Fäusten um sich.

Ludomar drückte sie noch fester an sich. Sie wehrte sich wie eine Löwin. Er musste sie mit dem ganzen Körpergewicht in die Kissen drücken, doch biss und wand sie sich wie im hitzigsten Liebesgefecht. Ludomars Leib erinnerte sich dieser Kämpfe, wie er danach lechzte, diesen Streit ums Oben und Unten zu verlieren – was noch immer einem Gewinnen gleichkam. »Bring uns in Sicherheit!«, rief er seinem Steuermann zu.

Beim Klang seiner Stimme hielt sie inne. Ihr Kopf fiel in die Kissen zurück. »Du?«, hauchte sie.

Ludomar streckte sich neben ihr aus. In dem Gondelaufbau, der sie vor Blicken abschirmte, zog er die Pelzdecke über sie beide und riss sich die Maske vom Kopf.

»Du hast mich gerettet«, flüsterte sie. »Du hast mich wirklich gerettet.«

Gerhilds überraschtes Lächeln war so voller Liebreiz, dass er sie einfach küssen musste.

Einmal, zweimal.

Dann zählte er nicht mehr, sein Leib zählte für ihn die Herzschläge. Seine Lippen fanden ihren zarten Hals, den er über und über mit Küssen bedeckte.

Sie zog ihn nur noch fester an ihre Brust. »Ludomar, ich habe so darum gefleht, dass du mich holen kommst«, flüsterte sie. »Dem Himmel sei Dank.«

Sie strich ihm über die Wange, das Kinn, sie blinzelte Freudentränen, die er ihr von den Augen küsste. Sie umfingen einander. Schaukelte die Gondel oder war es sein Blut, dass sie beide vor Wallung herumwarf?

Langsam wand er sich aus dem Hemd und befreite zärtlich ihren Leib vom feinen Mieder. Er bewunderte ihre reine Brust, die in dem weißen Unterzeug geborgen war.

Die vielerlei Berührungen von Haut an Haut ließ seine Lust wachsen, je mehr er sich der Kleiderfesseln entledigte.

Ihre Seufzer spornten seine Stöße an. Kein Gurt, kein Schleier trennte auf einmal mehr ihre Leiber voneinander. Ihre Sehnsucht, die sie vergaßen, je mehr sie einander entdeckten, machte sie zu zwei Teilen von etwas, das zusammengehörte, Teile, die ineinander ein Ganzes fanden.

Ihr Stöhnen, sein Schrei: Schiere Fleischesfreude verströmte sich in ihm wie ein Sturz vom höchsten Fels ins süße Nichts.

Sie lagen erschöpft beieinander in der wiegenden Gondel. Hinter den Mauern eines Stadthauses, an dem sie vorbeischwammen, verklang ein Fetzen Musik.

»Was ich mir so gewünscht habe, ist wirklich geworden.« Gerhild rollte ein wenig zu ihm herum. »Du hast mich befreit.«

Mit der verebbenden Lust wuchs Ludomars Scham ob des gebrochenen Schwurs der Enthaltsamkeit. Auch die Zweifel nagten wieder an ihm. Wenn er doch nur einmal damit aufhören könnte, ewig wie ein Halm im Wind zu schwanken. »Ich wollte wissen, ob der hier von dir ist.« Er ordnete unbeholfen seine Kleidung und fingerte den zerfledderten Brief aus seiner Brusttasche.

Sie blickte nicht einmal darauf. »Das hat Thulia geschrieben. Mich haben sie gefangen gehalten. Nur zum Patronatstag in die Kirche sollte ich mitgehen.«

»Also doch!« Ludomar war erleichtert, unendlich erleichtert. Und wollte seine letzten Zweifel ein für alle Mal ausräumen. Er strich ihr über die Wange. »Wer bist du wirklich? Die Seherin, die alle suchen?«

Sie schmiegte sich an ihn. »Ich werde dir alles erzählen.«

Aber je mehr Gerhild oder Mira oder wie die Seherin nun wirklich hieß ihm erklärte, wie sie nach Venedig gekommen war, desto einsilbiger fragte er nach. »Sieben mal sieben Kerzen? Und deine Seherinnengabe haben die beiden mit einem Fliedertrank geweckt?« Die Erinnerung an die alten Berghexen erfüllte ihn mit Grausen. »Du warst also tatsächlich die Frau bei Herzog Beowulf, nicht wahr?«

Sie nickte. »Die Gabe ist grausamer, als du glaubst. Ich habe in den letzten Wochen seit dem Fluchtversuch zu Beowulf nur noch Schreckliches gesehen. Mein Bruder Jockel quält der Hunger, er schläft auf fauligem Stroh und wird von dem alten Handwerker zum Stehlen geschickt oder fahrenden Gesellen für ein Stück Brot für Schlimmeres angedient.«

»Wirklich?«, fragte Ludomar. Ihre Worte klangen so übertrieben.

»Ich sehe so viele Tote auf Schlachtfeldern, die die Franzosen in Gruben hinunterstoßen.«

Sie rückte noch näher an ihn heran, legte gar die Hand an seinen Hemdaufschlag. Ludomar war ihre Nähe auf einmal zu viel.

»Was schaust du so ungläubig? Du wolltest doch wissen, wie es kommt, dass ich Dinge sehe, die woanders geschehen.«

Sie streichelte die Härchen auf seiner Hand. Doch Ludomar war das Gefühl unerträglich, wie sengend heiß, er zog die Hand weg und rollte sich ein wenig auf die Seite. Wenn sie wirklich eine Seherin war, dann war sie doch eigentlich kein Geschöpf wie jedes andere Weib, sondern ein … eine … Ludomar fiel kein rechter Begriff ein.

»Eines verstehe ich immer noch nicht. Warum hintergeht dein Erzbischof von Mainz, für den du in Venedig bist, König Maximilian?«, fragte sie auf einmal mit ganz anderer Stimme.

Sie klang so kühl berechnend. »Wie kommst du auf solch einen Unsinn?« Ludomar stopfte sein Hemd in die Hose.

»Der Erzbischof legt dem König nicht alle Botenbriefe aus dem Welschland vor. Ich habe den Stapel gesehen, mit den Siegeln aus Neapel und dem des Papstes, die er nicht in die rote Mappe gepackt hat.«

Ludomar war sich nicht sicher, ob es überhaupt klug war, so genau zu antworten. »Rot war die Mappe, sagst du?« Er füßelte nicht mehr mit ihr, sondern angelte nach einem Schuh. »Du magst eine Seherin sein. Aber du verstehst offenbar nicht, wie eine Kanzlei vielerlei Schreiben verwaltet. Der Erzbischof arbeitet für nichts anderes als die Stärke des Reiches. Also für den König.«

Mira zog die Augenbrauen zusammen. »Warum kauft der Erzbischof dann Waffen nur für sich und nicht für die Burgen des Königs?«

Sie verstand wirklich nichts von den Dingen der Mächtigen. »Weil er als Kurfürst von Mainz auch sein Land am Rhein sichern muss.«

»Aber warum schafft er dann Kanonen in Burgen im ganzen Reich, die die freien Städte bedrohen, die dem König allein untertan sind?«

Ludomar zuckte mit den Schultern. Burgen wurden immer bewaffnet, das war nichts Besonderes. »Der Erzbischof ist ein weiser Mann.«

Mira wandte sich auf einmal ab und suchte nach ihrem Mieder. »Wenn der Erzbischof so treu ist, warum nimmt er dann Geschenke von Frankreichs König an?«

»Wie bitte?« Ludomar wurde noch unwohler als zuvor, je länger Mira redete. Schon als sie von den Bergbäuerinnen geredet hatte, hatte er wieder sein Grausen vor diesen alten Frauen mit den Mädchenstimmen gespürt. Neuartige Zweifel beschlichen ihn. Das alles bestätigte die Warnungen aus der Erfurter Vorlesung vor den vielfältigen Formen der üblen Teufelslist, die er als Studiosus gehört hatte. Gerade wenn Ereignisse unübersichtlich, voller seltsamer Zufälle erschienen, dann war die Gefahr groß, dass der Teufel dahintersteckte. Das galt nicht minder für alle, die von sich behaupteten, die Zukunft zu ahnen.

Ludomar entging nicht, wie eindringlich Mira ihn anschaute. Von Seherinnen sprach zwar auch die Bibel, aber unklar blieb, woran man deren Wort von zauberischen Wahngebilden unterscheiden konnte. »Zwischen den Höfen werden immer

Geschenke getauscht. Bildnisse und Goldgefäße oder Ähnliches«, sagte Ludomar unsicher.

»Wie die Geheimbotschaften an die deutschen Fürsten, von denen der König Maximilian nichts erfährt?«

Merkwürdig wäre das schon, aber der Erzbischof war ein bedachter Mann. Ludomar richtete sein Geschlecht in der Hose, zog den Gürtel fest. Aber um ihn und sein bisschen Saft ging es dem Bösen gewiss nicht. Samenraub, das befahl der Teufel den einfachen Hexen. Ludomar wurde richtig unwohl.

Die Seherin war im Palazzo des mächtigsten Mannes von Venedig aufgetaucht – wessen Werkzeug war sie nun: Das des Himmels oder der Hölle? Die Frage schlug ihn vollends nieder.

»Was hast du denn auf einmal?«

Entweder war sie zu rein für ihn oder zu verderbt. Wem sie auch zugehörte, den guten oder den bösen Mächten – in beiden Fällen war sie um seines Seelenheils willen nicht die Frau, für die er seinen Schwur, dem Erzbischof treu und keusch zu dienen, hätte brechen dürfen.

»Du sagst ja gar nichts.« Mira steckte langsam eine Strähne ihres Haars fest und lächelte dabei so traurig, dass Ludomar sich im nächsten Augenblick schon fast wieder für einen Schwachkopf hielt, der sich verquere Gedanken machte.

Er atmete tief durch. »Weiß ich, was in den Verträgen zwischen Charles und Maximilian beim Burgundischen Frieden vereinbart war?«

»Geld für den Erzbischof wohl kaum.« Sie beugte sich vor und küsste ihn.

Er ließ es geschehen. So süß schmeckten ihre Küsse, wie die Sünde selbst. Oder das Paradies. Ludomar küsste sie wieder. Eine Seherin war diese Mira in seinen Armen aber gewiss, sonst wären nicht so viele seltsame Dinge in ihrem Umfeld geschehen.

Er schob sie sanft von sich, er durfte sich dennoch nicht wieder gehenlassen. Wichtiger war, endlich an einen sicheren Ort zu gelangen. »Lass uns morgen über alles reden. Wir müssen die Nacht nutzen, um dich …«

Weiter kam er nicht. Es surrte in der Luft. Etwas prallte dumpf auf, schon stieß der Steuermann einen grässlichen Schrei aus und kippte ins Wasser.

»Duck dich!«, schrie Mira neben ihm.

Vor ihnen rasselte ein Sperrgitter von der nächsten Kanalbrücke herunter, von oben prasselten kleine spitze Steine auf sie herab, gerade so schwer, dass sie furchtbar schmerzten. Nasse, schlammige Steine, die ekelhaft rochen, begruben sie unter sich.

»Keine Bewegung, oder wir erstechen euch!« Vier Männer sprangen auf das Boot, einer davon war so riesig, dass Ludomar an einen Geist glaubte. Der Mann brummte so tief wie eine Orgel und hob Mira schon von Ludomars Seite weg, samt der Pelzdecke voller Steine trug er sie davon, als wären sie aus Luft. So massig der Entführer auch war, die Gondel schwankte davon kein bisschen.

Ludomar grauste es.

»Nimm das!«, rief einer der drei anderen Kerle, die in einer Halbrüstung steckten.

Fische glitschten über seinen Kopf und Leib: fauliges, stinkiges Seegetier glibberte überall. Da stießen die Männer Ludomars Gondel schon vom Sperrgitter zurück, dass sich langsam quietschend wieder aus dem Canale hob.

Etwas Kaltes, Schweres traf ihn am Kopf. Ludomar begriff nichts mehr, außer dass er die Seherin verloren hatte. Er übergab sich in die stinkenden toten Tiere hinein.

Erst viel später in der Nacht, als ihn ein mitleidiger Gondoliere gegen viele Münzen zum Kloster schleppte, verstand Ludomar, dass Strato ihn geschont hatte. Er hätte ihn ohne Weiteres töten dürfen. Nicht einmal der Erzbischof von Mainz hätte sich darüber ereifern können. Eine Braut zu entführen galt überall auf der Welt als ein schwerer Frevel.

Ludomar stieg vor dem Kloster aus der Gondel. Ein letzter Fisch klatschte auf die Stufen.

»Nehmt alles.« Er warf dem Gondoliere sein Münzsäckchen zu.

Der Glockenturm warf im Mondlicht einen schwarzen Schatten auf die *Piazetta*. Es schlug drei Uhr.

Strato hatte ihn geschont, weil er der Seherin wieder habhaft werden, sich aber den Erzbischof nicht zum Feind machen wollte. Zumindest jetzt nicht.

Ludomar hielt an der Pforte inne. Kalt überkam ihn ein quälender Gedanke: Er durfte nicht übersehen, dass alles noch schlimmer sein könnte.

War die Seherin ein Werkzeug der Hölle, hatte sie nicht nur seine tugendhaften Vorsätze mit ein paar Küssen hinweggewischt, sondern auch längst Strato in ihren Bann geschlagen, damit der Teufel bald mit großem Krieg im Welschland triumphierte. War sie jedoch ein Werkzeug des Himmels, begriff Ludomar nicht, wieso die Vorsehung sie ihm wieder entwunden hatte. Er wollte die Seherin doch für den Erzbischof und die Kirche gewinnen – und auch für sich, wenn er ehrlich war.

»Mein Gott, Beulen am Kopf! Hat man Euch überfallen? Ihr stinkt wie ein Fischer von Jesolo.« Der Pater an der Pforte bekreuzigte sich. »Rasch. Bereitet ein Bad«, rief er ins Kloster hinein. »Kommt, Herr, hier entlang. Die Reinigung wird Euch guttun.«

Wenigstens an der Wirkkraft von Bürste und Seife brauchte Ludomar nicht zu zweifeln.

Kaum berührten seine Füße die geheiligten Platten des Kreuzgangs, fand er endlich inneren Halt im Gebet. *Herr im Himmel, reinige mich und meine Seele, bewahre mich, dass ich nicht vom rechten Glauben abfalle.*

25

Ludomar hätte nicht geglaubt, dass er schon in der übernächsten Nacht wieder in der dunklen Kleidung eines einfachen Schreibers durch die Gassen Venedigs schleichen würde. Und wieder wegen Mira!

Noch immer juckte ihn die Haut. Wie ein Wilder hatte er sich in zwei Kräuterbädern hintereinander wund geschrubbt, bis endlich der ekelhafte Fischgeruch gewichen war.

An der nächsten Brücke nahm sich Ludomar eine der schnellen Mietgondeln. »Nach San Salvatore.« Er blieb einfach in der Mitte aufrecht stehen, wie es die Venezianer taten. Für die Abkürzungen durch die kleinen Kanäle hatte er kaum einen Blick übrig.

Er rieb die Fingerspitzen aneinander, die fast genauso wund wie seine Haut am Rest des Körpers waren. Dreiunddreißig Rosenkränze hatte ihm Pater Jordan nach der Beichte aufgetragen, damit der Einfluss der Verführungskraft Miras von ihm weiche. Pater Jordan hatte ihn beschworen und die großen Kirchenlehrer angeführt, dass die Seherin nicht vom Himmel gesandt worden sein konnte. Die Seherinnen der Bibel seien keine Frauen gewesen, die sich in den Armen der Männer gewälzt hätten.

Ludomar strich sich über die Lippen. Welche Wollust hatte Miras Hingabe ihm geschenkt. Wie er sie in größter Inbrunst gekost hatte …

Dass sie schon wieder Ludomar entrissen worden war, hatte Pater Jordan davon überzeugt, dass ihre Seherinnenkraft keineswegs Ergebnis eines ausgeklügelten Ränkespiels Stratos, sondern echt und damit aber auch höllischer Hexenkraft gleichzusetzen war.

Ludomar straffte sich. Wie auch immer, er durfte der Verführung nicht einmal in der Erinnerung einen Platz einräumen. Denn ein kleiner Teil von ihm, das Bauchgefühl seines sündigen Unterleibs, glaubte noch immer an Miras Worte. Aber nur die Heilige Schrift und die Lehren der Kirchenväter durften Richtschnur für sein zukünftiges Handeln sein. Ludomar richtete den Blick nach vorn, wo die ersten Schiffe im Fackellicht lagen.

In Venedig waren die Hafenkais erleuchtet. Nicht nur als Schutz gegen Diebe, sondern auch, weil hier sogar nachts be- und entladen, Segel erneuert, Hölzer geschliffen, lose Bretter angenagelt wurden. Der Hafen schlief nie.

Vor zwei Stunden hatte Pater Jordan an seine Gastzelle im Dominikanerkloster geklopft und ihm die Nachricht hinterbracht: Der Herzog Beowulf treffe sich mit Strato auf einem der Schiffe, sogar der Kaufmann aus Frankfurt sei dabei. Es gehe um die Seherin.

Mehr wusste der Pater aus dem Königslager um Herzog Beowulf nicht zu berichten. Gemeinsam hatten sie beraten, und Ludomar hatte den Pater davon überzeugt, dass er besser selbst alles auskundschaftete. Denn den Zuträgern aus dem Hafen war nicht zu trauen. Strato könnte sie rasch mit etwas Geld umdrehen und sie damit in die Irre führen. Auf jeden Fall musste der Erzbischof in Mainz unbedingt erfahren, ob Strato, Beowulf oder Helmprecht über die Weissagungen der Seherin würden verfügen können. *Gerade wenn es ein Höllenplan ist, muss er davon erfahren.*

Nur war das Auskundschaften leichter gesagt als getan.

»Leg an.« Ludomar warf dem Gondoliere eine Münze zu und sprang an der äußersten Hafentreppe an Land. Hier gab es weniger Fackeln, und er konnte sich vor den hohen Mauern eines Kollegiums im Schatten halten.

Auf der *Stella Maris* sollte das Treffen stattfinden – so war es Pater Jordan zugetragen worden – in der Kajüte des *Capitano*. Mit Gottvertrauen, anders ging es nicht: Ludomar gab sich einen Ruck. Er hielt auf das dritte Schiff am Kai zu und schlängelte sich durch die Haufen von Seilen, Gewinden und Handwerkerkisten am Kai. Unter den Fackelsäulen entlang ging er bis zum Landungssteg des Schiffes. Es wurde gerade mit Segeln betakelt. Viele Seeleute, meist junge Burschen, schleppten den schweren Stoff zu mehreren heran oder stiegen flink in die Seile. Ludomar ging hinter drei verschwitzten Seemännern über das sich unter dem Gewicht biegende Steigbrett an Bord.

Ein graubärtiger Vormann war über Listen gebeugt und zählte Talglichter in eine Kiste. »Was wollt Ihr, Herr?«, fragte er.

Sein rotes Auge triefte. Trunksucht war das Laster der Seeleute. »Ich bin der Unterhändler, Euer Herr erwartet mich.«

Der Alte nickte und deutete am Schiffsaufbau entlang. »Er ist noch nicht da. Ihr sollt in die große Kabine gehen. Da hinten die zweite Luke. Wein habe ich schon gerichtet.« Er kicherte zahnlos. »Einschenken müsst Ihr Euch selber.«

Gottvertrauen half. Der Alte war wieder mit seinen Talglichtern beschäftigt. Ludomar zögerte nicht und ging weiter.

Hinter der zweiten Luke war das Außenholz so grob wie vorn am Landungssteg. Ein Handelsschiff eben, keines, in dem Fürsten reisten. Ludomar horchte an der Kajütentür des *Capitano*. Nichts. Mit frischem Mut öffnete er.

Drinnen war es sehr reinlich. Auf einem Tisch standen Gläser und eine Weinkaraffe bereit. Ein vergittertes Schaff barg die nautischen Gerätschaften und ein Fernrohr. Festgenagelte Sitzbänke umliefen die Wände. Ludomar öffnete einen Wandschrank, der enge Flechtgitter zur besseren Lüftung aufwies. Er war voller Zeug. Erst im dritten lag oben nur der vornehme Hut des *Capitano*, darunter war er leer. Ludomar überlegte nicht lange und verbarg sich darin.

So gut es ging, machte er es sich mit angezogenen Knien im Sitzen bequem. Durch das Lüftungsgeflecht konnte er zumindest den Tisch im Auge behalten.

Er wartete, bis wohl eine gute Stunde verronnen sein musste. Auf dem Schiff schlug eine Glocke zweimal. Er hörte befehlsgewohnte Stimmen, dann kamen Schritte näher. Ludomar atmete noch einmal tief durch.

»Willkommen auf meinem Schiff.« Strato trat als Erster ein. Sein dunkelroter Samtmantel war mit Silberspitzen bestickt. »Nehmt Platz, Herzog.« So freundlich hatte er bei allen Verhandlungen zur Allianz, die Ludomar mit ihm geführt hatte, auch geklungen.

Braune Stiefel und eine knapp sitzende Wildlederjacke streiften den Schrank. Ludomar hielt die Luft an. Doch vom Herzog sah er nur den Rücken und den Umhang, den dieser auf eine Bank geworfen hatte. »Wie viele Schiffe dieser Größe habt Ihr unter Befehl?«

»Dreizehn. Sechs weitere sind gerade auf der Werft.« Stratos dunkle Stimme blieb sachlich. »Und Euer König?«

»Der herrscht über das feste Land wie Venedig über die schwankenden Wellen des Meeres.«

»Gute Antwort«, hörte Ludomar den Kaufmann Helmprecht von der Tür her sagen. »Lasst Euch nicht beeindrucken von dem glitzernden Tand. Zehn Schiffe haben alle große Familien. Selbst die Kaufleute der Türken haben meistens acht.«

Strato drehte sich so schnell herum, dass der teure Samt Falten schlug. »Schwiegervater!«

Beowulf säuselte wie ein gehässiger Wirt, der einem Säufer nach der letzten Münze Essig in den Weinkelch kippt. »Ich dachte mir, dass Ihr nichts dagegen habt, wenn Euer Schwiegervater unserem Gespräch beiwohnt. Es geht schließlich um die besondere Gabe seiner Tochter.«

»Meiner Frau«, sagte Strato knapp, doch ein winziges Zittern verriet, dass er noch um Fassung rang. »Setzt Euch hier auf die Kissen, Schwiegervater.«

»Ob ich Euer Schwiegervater werde, ist noch nicht gewiss.« Helmprecht stützte sich auf den Tisch und ließ sich gewichtig auf die festgenagelte Schiffsbank fallen. Ludomar hätte zu gern das feiste Gesicht gesehen, aber er wagte nicht, den Kopf aus dem Schatten zu drehen.

»Die Familie Strato hat alle deine Forderungen erfüllt.«

»Hast du nicht! Warum lässt du mich nicht mit meiner Tochter sprechen?«

»Sie redet von den Dingen der großen Herren. Sie sieht den König im fernen Deutschland beim Erzbischof von Mainz stehen, sieht den Franzosenkönig, wie er mit seinem Heer weiter auf Rom vorrückt.« Als ob er nur über Wetter sprach, goss Strato den Wein in die Gläser. Doch Ludomar entging das Zucken des Kiefers nicht. Er unterdrückte den Zorn nur. »Eben darum sollt Ihr Eure Tochter bis zur Hochzeit nicht sehen. Ich will wissen, ob Ihr meiner Frau etwas einflüstert.«

»Lüge nicht. Du hältst meine Tochter gefangen.«

»Ich schütze sie.« Stratos Blick richtete sich fest auf den Herzog, dem er ein Glas Wein reichte. »Vor zu Neugierigen.«

Der Herzog tat einen Schritt nach vorn, sodass Ludomar ihn sah, lachte laut und gönnte sich einen großen Schluck. Über den Rand des Glases hinweg sah er Strato scharf an. »Warum aber lockt Ihr mich dann damit her, dass Eure … Frau wieder Neues gesehen habe?«

»Damit Ihr seht, dass ich die Allianz mit Eurem König wirklich anstrebe.«

»Du hättest ihm einen Brief schreiben können und einen Boten schicken«, sagte Helmprecht.

»Unsinn. Bei Boten weiß man nie, ob nicht die Frontati mitlesen oder die Cerrini, oder gar die Franzosen selbst.« Wut flammte in Stratos Stimme auf.

»Tut nicht so, als ob Ihr das nicht auch wisst, Helmprecht.« Der Herzog tippte an seine spitze Nase. »Ich selbst habe zum Schein in den Hurenhäusern suchen lassen, damit niemand in der Stadt eine Verbindung zu Eurer Tochter zieht.« Der Herzog schaute Strato mit schiefem Lächeln an. »Auf Euren Wunsch, nehme ich an, hat mich Eure zukünftige Ehefrau besucht. Nicht wahr?«

Helmprecht blickte mit offenem Mund von einem zum anderen.

Strato zuckte mit den Schultern. »Hat sie Euch das erzählt?«

Der Herzog nickte.

Was für ein Lügengeflecht, sie waren alle der Seherin verfallen. Alle drei. Und merkten es nicht einmal. Der Pater hatte Recht. Der Teufel verlieh ihr Macht.

Strato verneigte sich etwas zum Herzog hin. »Deshalb habt Ihr sie mir ja auch wiedergeschickt.«

»Hätte ich erkannt, was tatsächlich ihre Gabe ist, ich hätte sie gehütet wie meinen Augapfel.« Der Herzog lachte bitter. »Euer Schlachtenglück, mein lieber Strato.«

»Noch ist sie nicht sein«, hechelte Helmprecht auf der Sitzbank. »Noch kann ich meine Tochter einem anderen Manne geben, der mir und ihr mehr zu bieten hat als Geld.«

Strato setzte sein Glas langsam ab. »Ihr würdet sie wohl gar einem Ungläubigen vermählen.«

»Das nicht.« Helmprecht beugte sich vor, kurz erblickte Ludomar das freche, runde Gesicht des Kaufmanns. »Aber einem Fürsten schon. Der gebietet nicht nur über Schiffe, sondern auch über ein Volk.«

»Eine solche Ehe ließe sich durchaus anbahnen.« Der Herzog legte den Arm auf die Rücklehne der Sitzbank und sah dabei Strato an. »Mein König gebietet vielen Grafen und Herren, die für ein kleines Privileg einen Sohn an ein solch seltsames Weib verheiraten. Zumal ihre Gabe auf die Töchter übergehen könnte.«

»Macht sie zur Fürstin«, ereiferte sich Helmprecht.

»Sie ist bereits meine Frau«, sagte Strato hart.

Ludomar fühlte einen Stich im Herzen, den er nicht fühlen wollte.

»Unsinn!«, rief Helmprecht aus. »Kein Priester hat Euch getraut.«

»Der Ehevertrag ist gültig«, zischte Strato.

»Nichts habe ich unterschrieben.« Helmprecht sprang auf und baute sich vor dem Venezianer auf.

»Doch.« Stratos Mantel verdeckte Ludomar die Sicht. »Der oberste Richter Venedigs, mein Doge, bezweifelt die Unterschrift, die du auf dem Vertrag finden wirst, gewiss nicht.«

»Mit einer Fälschung drohst du mir?« Helmprecht lachte nur. »Ich bringe dir sieben Urkunden, dass sie in Frankfurt längst Mutter von drei Kindern ist.«

»Das brächte Euch in die Bleikammern, wenn ihr mir eine verheiratete Braut angedient hättet«, sagte Strato.

»Da schmachte ich sogar gern, wenn nur ganz Venedig darüber redet, wie Ercole Strato, der doch Doge werden will, einem alten fetten Kaufmann, gar einem Tedesco, auf den Leim gegangen ist.« Helmprecht reckte die Faust. »Ich entscheide, wen sie heiraten wird!« Er stürmte hinaus. Die Kajütentür knallte zu.

Einen langen Augenblick schwiegen der Herzog und Strato.

»Er überschätzt sich maßlos«, sagte Strato leise.

»Erstaunlich, wie er die Gefahr unterschätzt, in der er schwebt«, sagte der Herzog. »Er darf keine Handhabe über seine Tochter mehr bekommen. Lieber ist dem König, Ihr habt sie in der Gewalt als ein geldgieriger Hitzkopf, der nicht ahnt, was er mit den Weissagungen zur falschen Zeit an Kriegswahn anrichten kann.«

Strato drehte sich langsam um. »Mir scheint, auch Ihr könnt Gedanken lesen, Herzog.«

Der verschränkte die Arme. »Um des Gedeihens unserer

Allianz willen, verratet mir, was die Seherin vom Franzosenheer gesehen hat.« Der Herzog klang auf einmal sehr besorgt.

»Charles zieht nicht nur gegen Rom, er hat jetzt seine Flotte gegen das Königreich Neapel befohlen.«

»Verflucht noch mal! So will er das ganze Welschland bis hinunter nach Sizilien aufrollen.«

»Dort hat mit den Anjou schon einmal ein französisches Geschlecht geherrscht.«

Die spitze Nase des Herzogs zuckte. »Wir müssen also die Allianz um den Neapolitaner erweitern.«

»Gewiss.«

»Ich kümmere mich darum, dass König Maximilian zustimmt.«

Ludomar dankte der Vorsehung, dass die beiden vom Feldzug sprachen. Der Erzbischof würde diesen Schwenk der Geschehnisse nicht gutheißen. Ludomar musste es sofort nach Mainz melden, wenn er nur unbehelligt vom Schiff kam.

»Helmprecht stört unsere Allianzpläne sehr, nicht wahr? Kümmert Ihr Euch um ihn, Strato?«

»Keine Sorge.« Der Venezianer öffnete schon die Kajütentür. »Erweist mir die Ehre und begleitet mich zu einem Nachtmahl. Nella, eine der besten Sängerinnen Venedigs, gibt ein kleines Fest. Auch einige ihrer Freundinnen, hellhäutig und drall wie Ihr sie mögt, werden zugegen sein.«

Der Herzog lachte nur. »Welch Ehre. Von den Festen bei Eurer Geliebten spricht die ganze Stadt.«

Sie waren schon hinaus.

Ludomar zählte bis zweihundert, dann wagte er es, aus dem Wandschrank zu kriechen. Sein linker Fuß war eingeschlafen. Ludomar streckte sich breit und lang, damit er überhaupt auftreten konnte.

Ein Blick durch die Luke genügte ihm. Noch immer takelten die Burschen die Masten auf. Er ging auf das Landungsbrett zu.

Der Triefäugige blickte von seinen Listen nicht mal auf, sondern zählte geölte Kappen in einen Korb.

Ludomar beeilte sich, dass er vom erleuchteten Hafenkai wegkam.

Auf der Suche nach einer Mietgondel wehte in einer der nächsten Gassen ein zarter Blumenduft um seine Nase. Ludomar überfiel ein Schauer, so erinnerte ihn der süße Geruch an die Seherin. Nur weiter, nicht in die Sünde zurückfallen!

Er schlug an einer Brückenecke sein Wasser ab und sah dabei auf den Ursprung seines Strahls hinunter. »Nur Ärger bringst du mir«, brummte er. Der Herr hatte Adam mit der Lust gestraft, so hieß es doch.

An der nächsten Brücke winkte Ludomar einer Mietgondel. »Aber der Herr hat Adam auch Verstand gegeben.« Und den würde er nun nutzen, damit der Erzbischof mit seiner Weisheit auch Ludomars Verwirrung lösen würde. Die Seherin verlockte die Mächtigen mit wahren Weissagungen. Was, wenn sie im entscheidenden Augenblick mit Lug und Trug alle Heeresleute und Fürsten gegeneinanderhetzte und ins Verderben stürzte?

Die Kirche musste die Seherin rechtzeitig in die Gewalt bekommen, damit sein Erzbischof alles zum Wohle des Reiches wenden könnte.

26

Mira rieb sich den Oberarm mit Ringelblumensalbe ein. Langsam verblassten die blauen Flecken, die der eiserne Griff von Stratos Leuten hinterlassen hatte. Sie raffte ihr wollenes Kleid auf und rieb sich auch die Oberschenkel und die Waden mit der bitter duftenden Salbe ein. Es war alles so schnell gegangen, vor drei Tagen in der Gondel, dass Mira noch immer Mühe hatte zu verstehen.

Je näher Ludomar ihr in der Gondel gekommen war, je mehr Mira aufrichtig von ihren Gefühlen gesprochen hatte, desto mehr hatte ihn die Leidenschaft übermannt – und sie beide am Ende gar fortgerissen. »Kann ich mich denn so geirrt haben?« Mira schlug den Rock wieder über die Beine und stellte den Tiegel mit der Salbe auf den Tisch. Sie hatte mit jeder Faser ihres Körpers gespürt, dass Ludomar sie wahrlich begehrte und überglücklich war, sie wiedergefunden zu haben, gerettet zu haben.

Und dann war er später, als sich ihrer beider Hitze gelegt hatte, mit jedem aufrichtigen Wort immer weiter von ihr abgerückt. Mira hätte seinen Zweifel an ihren Erlebnissen mit Händen greifen können, als sie über den heimtückischen Erzbischof von Mainz gesprochen hatte.

Wären nicht Stratos Häscher über sie hergefallen, vielleicht hätte sie Ludomar noch überzeugt. »Wenn ich doch nur wüsste, was Strato ihm angetan hat.« Doch der hatte sie nur eisig angeschwiegen, als die Häscher sie ihm im großen Saal vor die Füße gestoßen hatten. *Du entkommst mir nicht, Frau!* Mehr hatte er nicht gesagt, nur gepfiffen, und der Riese von Ägypter war aus dem Schatten hervorgesprungen und hatte sie wieder ins vergitterte Musikzimmer getragen.

Mira verschloss den Salbentiegel. Es war so bitter, wieder gefangen zu sein, wo sie die Freiheit schon gekostet hatte. Und in Ludomars Armen auch von einem ganz anderen Leben hatte träumen dürfen. Mira rollte den Tiegel in den Händen. Wenn sie einem Mann gehören wollte, dann ihm. Aber sie war wieder von ihm getrennt worden, kaum dass sie sich ihm hingegeben hatte.

Eine plötzliche ohnmächtige Wut erfasste sie. Mira warf den Tiegel gegen die Wand, wo er zersprang: »Wenn ich doch nur begreifen könnte, warum ich all diese Lichtkreise sehen muss.« Sie hoffte, darin einen Fingerzeig von Gerhild zu finden, doch verzweifelte sie, dass sie nicht begriff, was die Freundin ihr sagen wollte. Mira wischte eine Träne der Wut fort.

Es gab noch mehr, dass sie nicht verstand. So gnadenlos Strato mit ihr umsprang, so milde zeigte sich nun auf einmal Thulia. Bestes Essen ließ sie ihr bringen, kaum dass die Dienerinnen sie hier gebadet hatten. Der Tisch mit den Pflegetiegeln und Salben war gebracht worden, wärmende Kleider, sogar Bilder und einen Spieltisch hatte sie hereinstellen lassen.

Jedes Mal hatte der Ägypter, wenn die Gitter geöffnet waren, sie auf die Arme genommen, zart festgehalten und *Verzeihung, Herrin, dass ich Euch berühre,* gebrummt.

Mira lief zwischen dem Spieltisch und dem Sessel auf und ab. Vielleicht konnte sie sich vor dem Altar dem Priester in die Arme werfen und um Aufnahme in ein Kloster flehen? Sie nagte an den Lippen. Aber selbst dorthin würde der Arm der Stratos reichen, so viel wie sie stifteten.

Helmprecht hatte zwar geschworen, sie herauszuholen. »Aber da komme ich nur vom Regen in die Traufe«, murmelte Mira.

Sie kam sich vor wie ein Lamm vor der Schlachtbank. Ihr Gürtel streifte das tragbare Kupferwaschbecken, das leise aufklang. Mira drehte sich zum Ständer mit den Löwenfüßen um. Etwas anderes blieb ihr nicht.

Bei den letzten beiden Malen hatte sie sogar den Eindruck gehabt, sie könne willentlich den Lichtkreis ein wenig verschieben wie einen Rahmen, den man mehr nach rechts oder links rückte. Vielleicht gelang es ihr sogar zu lenken, was der Lichtkreis zeigte, wenn sie vorher mit aller Inbrunst an Ludomar dachte.

Mira griff zur Kanne und goss klares Wasser in das Becken. »Licht brauche ich noch.« Die ersten Novembertage waren in Venedig grau und kalt. Sie ging so weit um das Becken herum, bis sich der Himmel im Wasser spiegelte.

»Ludomar, Ludomar«, flüsterte sie. Sie wollte unbedingt wissen, was Strato ihm angetan hatte, ob er ihn gar hatte in die Bleikammern werfen lassen.

Mit der linken Hand stieß Mira das Becken an, damit Wellen schlugen und das Grau des gespiegelten Himmels brach. Sie fühlte den Sog kommen und wieder verebben.

»Ludomar, wo bist du?« Erneut stieß sie das Becken an. Das Wasser schwappte, in Kreisen, in Wellen, in winzigen Tälern und Bergen, glatt und grau wie der Himmel, hell und heller, weiß gar …

… weiß. Überall liegt weißer Schnee im Tal. Am gewundenen Bach reichen von den Weidenwurzeln Eiszapfen in das Wasser. Vor schwarzen Ästen peitschen spitze Schneenadeln Jockel ins Gesicht. Sein Mund ist wund vor der Kälte. Mit klammen Händen schleißt er Weidenruten und wirft die Rinde in den Bach. Ihm klappern die Zähne. Laut. Hinter ihm mühen sich andere Gestalten in Lumpen an den Bäumen. Jockel fällt die Weidenrute ins Wasser, seine Knie sinken gegen den Wurzelstock. Seine bleichen Lider flattern, er kippt in den Schnee. Eine graue Gestalt ruft matt. »Nicht einschlafen.«

Jockel liegt da, Schneenadeln sammeln sich auf den Wimpern.

»Bub? Himmelherrgott«, flucht die graue Gestalt, stapft hin zu der alten knorrigen Weide und rüttelt an Jockels Lumpen.

Von der Weide stößt der Wind einen großen Klumpen Schnee auf die beiden. Weiße Flocken wirbeln überall, alles wird weiß und verschluckt sie …

»Jockel! Um Himmels willen, rege dich.« Mira fiel auf die Knie, ihre Stirn stieß an das Kupferbecken. Der schwappende Klang verschmolz wieder mit dem Licht …

So blank. Ist es der kalte Schein und Glanz einer Silbermünze? Sie dreht sich eiernd, fällt klirrend auf die nächste in dem Haufen.

Helmprecht sitzt am Tisch vor Münzwaagen und Eichgewichten. »Ihr gebt einen gerechten Kurs«, sagt er erstaunt und lacht. »Und das auf rheinische Gulden.«

»Würden wir betrügen, wäre es bald aus mit unserem Geschäft.« Der bärtige Münzwechsler richtet sich die Judenkappe. »Von unserem Volk wohnen genug Leute am Rhein, dass wir Euer Geld gebrauchen können.«

»Vielleicht wechselst du es mir morgen schon zurück.« Helmprecht erhebt sich und streicht die venezianischen Silbermünzen über den Tischrand in seinen Münzsack.

»Wollt Ihr vor der Hochzeit Eurer Tochter abreisen, Herr?«, fragt der Jude. Ein Eichgewicht schwebt in seiner Hand.

»Wer weiß, wann meine Tochter heiratet.« Helmprecht steckt den Beutel an seinem Gürtel fest.

»Aber alle reden doch davon. In einer Woche soll es den längsten Hochzeits-Corso auf dem Canale geben, den Venedig je gesehen hat.« Der Jude hebt die weißen Augenbrauen.

Helmprecht wirft sich den Mantel um, sein rundes Gesicht glänzt. »Meine Tochter wird einen Mann von Macht und Rang bekommen, verlasst Euch drauf.«

Er reißt die Tür auf. Hinter ihm, auf dem Tisch des Juden, schwankt die feine Waage, heben und senken sich die leeren Arme.

Helmprecht wirft sich einen Pelz um den Kragen vor dem kalten Nieselregen. Nach links dreht er in die Gasse ab. Wenig Zeug steht vor den Läden, hie und da lugen Säcke unter Lederplanen hervor. Schritte nähern sich, die immer schneller werden. Zwei lange Burschen, ganz in schwarzem Leder, packen ihn an den Oberarmen.

»He! Was soll das?«, schreit Helmprecht. »Lasst mich los!« Er stolpert gegen eine Plane, einen Sack. »Zu Hilfe!«

Die Gasse ist menschenleer. Niemand hört ihn.

Da geht eine niedrige Tür auf. Die langen Burschen stoßen ihn hinein. Ein Riegel rutscht draußen, schließt ihn ein.

Helmprecht rappelt sich hoch, stiert auf die offenen Säcke voll rotem Pfeffer, Muskatnuss, Anisstern und Nelkenkern. Er wendet sich und trommelt gegen die Tür. »Was soll das?« Er rüttelt an dem Riegel. Schweiß steht auf seiner Stirn. »Lasst mich sofort raus. Ich bezahle euch.« Das Schloss gibt nicht nach.

Hinter ihm tritt jemand halb aus dem Schatten. Er trägt einen langen Mantel ohne Pelz, ein brauner Schuh, ein weißes Hemd. Lautlos streckt er muskulöse Arme aus. Feine hellgrüne Ziegenlederhandschuhe umhüllen Hände, die eine Seidenschnur straff zwischen sich ausspannen.

Da wird die Schnur jäh über Helmprechts runden Kopf geworfen. Die Schlinge zieht sich eng und enger um den Hals, schneidet tief in die Haut.

Helmprecht entfährt ein Gurgeln. Er greift nach der Seidenschnur, doch seine Finger finden keinen Halt. Zunge und Augen treten vor wie bei einem Frosch. Ein Röcheln entfährt ihm, seine Arme zucken, die Beine sacken ihm weg. Schlaff fallen seine Füße auseinander.

Dreimal zerrt der Mann noch, dann rutscht die Schnur vom Hals. Der Mann steigt über ihn hinweg wie über einen Sack. Helmprechts Blick ist starr und …

»Tot. Er ist tot!« Für lange Atemzüge überflutete Mira nur schieres Entsetzen. Sie lehnte sich dankbar in die weichen Arme, die sie umfangen hielten. »Man hat ihn erdrosselt.« Mira schüttelte es – doch wieder und wieder wurde sie gewiegt. Tränen liefen ihr über die Wangen. Sie hatte nichts tun können, nichts.

Die schützenden Arme taten wohl. Mira rang nach Atem. Da roch sie den Nelkenduft und erschrak heftig. Es war Thulias Duft. Mit einem Ruck hob sie den Kopf. »Warum tröstest Ihr mich?«, flüsterte sie verstört.

Thulia stand hinter ihr an die Wand gelehnt und stützte sie im Rücken. »Niemand tut dir etwas.«

Ein Kissen war an ihre Hüfte geschoben. Hatte sie etwa geredet? Und was hatte Stratos Mutter davon gehört? »Seit wann steht Ihr hier?«

»Ich weiß es nicht.« Thulia hielt ein Spitzentuch in der Hand und tupfte ihr die Stirn. »Ich war so erschrocken, als ich dich, über das Kupferbecken gekrümmt, halb darauf liegen sah.«

»Habe ich geredet?«

»Gelallt eher.« Sie reichte ihr ein Tiegelchen mit einem stechend riechenden Schmand. »Hat deine Gabe dich wieder etwas sehen lassen?«

So unangenehm der Geruch war, machte er Mira doch richtig wach.

»In dem Wasser …« Sie konnte nicht lügen, nur auslassen. »… etwas Schreckliches.«

Thulia strich ihr besänftigend über den Rücken. »Strato sagt, dass du den Krieg des Franzosenkönigs siehst. War es eine Schlacht?«

Mira schwieg lieber. Mord hatte sie gesehen. Helmprecht, der sie als Braut nach Venedig gezwungen hatte, war tot. Ein Gefühl, als fielen Eisenpanzer von ihr ab, durchlief sie. Sie schämte sich für das Lächeln in ihrem Gesicht. Über einen solch heimtückischen Mord durfte sie sich nicht freuen. Das war Sünde.

Mira sank noch mehr gegen die Wand.

»Erschöpft es dich so sehr, wenn du hellsiehst?« Schon wieder hielt Thulia ihr den stechend riechenden Tiegel unter die Nase.

»Ich bin sehr müde.« Entsetzlich müde. Das war die Strafe dafür, dass sie hatte sehen wollen, ohne zu warten.

»Herrin, Herrin!«, rief Luigi vom Gitter des Musikzimmers her. »Verzeiht!«

»Warum störst du gegen meinen Befehl?« Thulia klang unwirsch.

Luigi buckelte vor dem Sperrgitter. »Man hat den Vater von Eurer Schwiegertochter …« Seine Stimme wurde brüchig. »Man hat den Kaufmann Helmprecht erdrosselt aufgefunden.«

Der ungehaltene Ausdruck in Thulias Gesicht verblasste, ihre Wangen sanken, ihre Augenlider hoben sich langsam. Dann erstarrte jede Regung. Nur in ihren grünen Augen sah Mira eine unendliche Furcht, die seelentief stürzte.

»Wo?«, fragte sie fast tonlos.

»In einem Gewürzladen«, sagte Mira, ehe sie es recht bedacht hatte.

»Gewürzladen?« Thulia ließ sie los, trat auf ein rotes Kissen am Boden, ging zum Gitter hin. »Luigi? Wo hat man ihn gefunden, wo?«

»In der Ponente-Gasse, im kleinen Lager. Niemand weiß, wie er dort hingekommen ist.«

Im kleinen Lager? Dann gehörten diese hellgrünen Handschuhe vielleicht Strato selbst. Mira legte die Hände auf die Wand in ihrem Rücken, so übel war ihr.

»Wo ist der Leichnam jetzt?«, herrschte Thulia Luigi an.

»Der Verwalter hat nach unserem Herrn geschickt, weil er nicht wusste, was tun. Euer Sohn lässt ihn gerade bergen.«

»Gut. Und nun geh.«

Thulia tastete sich an der Wand entlang zurück ins Zimmer. Sie suchte Halt am Spieltisch und am Sessel, bis sie langsam neben Mira an der Wand anlangte.

»Hast du eben gesehen, wer …« Thulias Stimme brach ab.

In der gemalten Decke über Mira schwebten wie zum Hohn Singvögel durch einen Frühlingshimmel.

»Wen hast du gesehen?« Thulia rührte an Miras Arm. »Wenn du eine Seherin bist, dann kannst du nicht lügen.« Sie zerrte an ihr. »Sprich!«

Mira wollte sich nicht erinnern. »Ich werde Strato nicht heiraten. Ich gehe nach Frankfurt zurück.«

»Gar nichts wirst du!« Thulia packte sie bei den Schultern. »Hast du gesehen, wer es getan hat?«

Wut wallte in Mira auf. Nur die Arme des Mannes hatte sie gesehen. »Nein. Ich habe aber den entsetzlichen Ausdruck im Gesicht Helmprechts gesehen, als ihn das Leben verlassen hat«, sagte sie laut.

Thulia zuckte zurück, aber ihr Gesicht war grau vor Angst. »Welche Farbe hatten die Handschuhe, von denen du gelallt hast?« Sie rührte Mira an der Schulter. »Ich muss es wissen«, hauchte sie. »Bitte.«

»Hellgrün.«

Ein kurzer Schrei entfuhr Thulia, sie presste die Hände auf die Lippen. »Die Bewährung, die Bewährung steht mir bevor.«

Mira langte nach ihr, doch Thulia schlug ihre Hand weg.

»War es mein Sohn?«, fragte sie.

»Ich weiß es nicht«, flüsterte Mira, vom plötzlichen Gram Thulias erschüttert. Die Lippen der eben noch so herrischen Frau zitterten, die Augenlider flatterten. »Ihr sollt die ganze Wahrheit wissen«, sagte Mira. »Helmprecht hat mich gezwungen, Euch zu belügen. Ich bin nicht seine Tochter, sondern die Magd seiner Tochter, die in den Bergen gestorben ist.«

Thulias Mundwinkel zuckte. »Drei Monate früher«, sagte sie tonlos, »stand die Venus im Norden.«

Was sagte sie da? »Hört Ihr mir nicht zu?«

»Die sieben Planeten bilden in diesem Monat den Kreis.« Thulia ballte die Fäuste und starrte durch Mira hindurch. »Darum war Ciffrah so seltsam verschwiegen. Sie hat meine Bewährung kommen sehen.«

Von wem redete sie nur? Mira griff nach Thulias kalter Faust. »Hört Ihr, ich bin nicht Gerhilda, sondern ...«

Thulia wandte ihr den Kopf zu. »Du weißt noch nicht, wer du bist.«

»Doch. Ich bin Mira, die Magd!«

»Nein.« Thulias Augen wurden wieder undurchdringlich hart.

»Wer denn sonst?«

»Nur Ciffrah darf dir das enthüllen.« Thulia schloss die Lider wie unter großem Schmerz. »Ich darf keinen Fehler machen.«

Sie hörten Schritte vor der vergitterten Tür. *Der Herr kommt*, brummte Suleiman.

»Ausgerechnet jetzt kommt Ercole!« Thulias Halstuch verrutschte, als sie sich mit dessen Zipfel in allergrößter Eile vor dem Spiegel den verschmierten Puder aus dem Gesicht wischte.

Ein fliederfarbener Stein ruhte an Thulias Hals in einer mehrzackigen Goldfassung. Mira starrte auf das Schmuckstück. Die beiden Alten in den Bergen hatten ebenfalls solche Steine an genau solch einer Kette getragen!

Thulia fing ihren Blick auf und versteckte den Stein schon wieder unter dem Halstuch. »Schweige! Sonst ist es unser aller Untergang.« Thulia stürzte davon.

Mira taumelte fast zur Liege mit den Kissen und sank darauf. Dieser Schmuck bedeutete doch, dass die drei sich kannten.

Mira war unfähig, ihre Gedanken zu ordnen. Thulia scherte es gar nicht, dass sie nicht die Tochter Helmprechts war. *Bewährung*, hatte Thulia geflüstert. Ihre Gedanken verwirrten sich nur noch mehr.

Da sah sie es erst: Das Gitter war nicht hinter Thulia geschlossen worden. Mira sprang sofort auf zur Tür und lugte um die Ecke. Der Ägypter wartete mitten auf der Treppe.

Freundlich nickte er ihr zu, die dicken Arme vor der Brust verschränkt. *Ich darf Euch hier nicht nach unten vorbeilassen, sagt die Herrin. Sie hat mich hier hingestellt.*

Weit hinten am roten Saal hörte sie die Stimmen von Thulia und Strato. Thulia wollte offenbar, dass sie lauschte, sonst hätte sie das Gitter hinter sich verschließen lassen. Mira schlich sich heran. Sie lugte durch den Türspalt.

»Mein Schwiegervater ist erdrosselt worden.« Strato warf einen Packen Briefe auf seinen Rosenholzsekretär. »Ich habe ihn in San Tomaso aufbahren lassen.«

»Warum?«, fragte Thulia, die wohl auf einem Sessel neben dem Kamin saß.

»Weil es sich gehört.«

Thulias Lachen war so knapp und hart wie sonst, und doch schien es Mira, als sei es wie ein Schild im Kampf. »Du weißt, was ich meine.«

Strato warf seine hellgrünen Lederhandschuhe neben den Stapel Briefe. Mira erschauderte.

»Helmprecht wollte mich lächerlich machen. Hast du mich nicht gelehrt, dass die Familienehre über allem steht?«

»Gab es keinen anderen Weg?«

»Hätte es ihn gegeben, wäre ich ihn gegangen. Er hat mich herausgefordert.«

»Wir hatten die Unterschrift unter dem Ehevertrag bereits gefälscht.«

»Helmprecht war gierig auf einen Adelstitel. Er hat versucht, mit dem Herzog Beowulf ins Geschäft zu kommen. Der hat mir die Braut schon einmal fast entführt.«

»Das ist wahr«, sagte Thulia sehr langsam.

»Das Geschäft mit der Gabe der Seherin, meiner Braut, mache ich. Niemand sonst.«

»Noch vor ein paar Tagen hast du alle diese Gerüchte um die Seherin für ein Ränkespiel des Erzbischofs von Mainz oder des Herzogs Beowulf gehalten.«

»Nun gibt es Beweise für ihre Kraft.«

»Gaukelei mit Brieftauben, wie wir sie selbst ...«

»Mutter, selbst wenn das am Ende so wäre. Niemand entzieht einem Strato die Braut, wenn der Vertrag geschrieben ist. Wir würden als die dümmsten Händler dastehen.«

»Und was sollen die Leute glauben, wer den Vater deiner Braut gemeuchelt hat?«

»Lassen wir streuen, die Carinis oder die Mantini hätten dem Tedesco den Erfolg nicht gegönnt. Das glauben die Leute gern.«

Mira wurde noch kälter. Wie gefühllos dieser Mann in Wirklichkeit war. Der Teufel selbst könnte sich nicht besser verstellen.

»Wie du meinst.« Thulia räusperte sich. »Ich glaube, deine Frau hat wieder etwas gesehen.«

»Was? Sag schnell.«

Thulia holte hörbar Luft. Mira krallte die Fingernägel ins Holz der Tür. »Ich fand sie vorhin. Zusammengesunken am kupfernen Waschbecken. Sie hat gelallt.«

»Wovon?«, fragte Strato.

»Immer das Gleiche. ›Warum nur, warum?‹ Dann hat sie mir gesagt, sie habe ihren Vater tot vor Gewürzsäcken liegen sehen. Danach hat sie nur geweint.«

Thulia log für sie. Mira war nur noch verwirrter. Stratos Mutter wollte sie vor ihrem eigenen Sohn schützen. Aber Strato würde ihr doch kein Leid antun. Es sei denn, Thulia kannte ihren Ercole besser.

»Aber wer es getan hat, weiß sie nicht zu sagen?«

»Nein.«

»Die Seherin ist klüger als ich gedacht habe. Sie weiß, was sie von dem was sie sieht, besser niemals äußert.«

Mira machte einen Schritt zurück.

»Ich werde sofort mit ihr sprechen.«

»Lass sie noch ruhen, sie war sehr erschöpft.«

»Ich muss ihr doch mein Beileid überbringen«, sagte er sanft und doch wie lauernd.

Mira eilte durch den Flur zu ihrem Zimmer zurück. Sie wollte weg, nur einfach weg. Vielleicht könnte sie doch vom Balkon auf den darunter springen und von dort in den Canale. Selbst wenn sie nicht schwimmen konnte, gelang es ihr vielleicht nah an der Mauer hineinzufallen und sich an den Steinen herauszuziehen.

»Gerhilda!«, hallte Stratos Stimme hinter ihr von den marmornen Wänden wider. »Bleibe sofort stehen.«

Mira dachte nicht daran. Da hörte sie ihn losrennen.

Sie lief im Gang in den erstbesten offenen Raum. Zwei Schritte hinter der Schlafzimmertür hatte er sie eingeholt, fasste nach ihrem Handgelenk und riss sie herum. »Du hast gelauscht.« Seine dunkle Stimme klang sogar erheitert. »Du wirst noch eine echte Strato.«

»Niemals.« Mira riss sich los und lief hinter einen Sessel, von dort waren es nur zwei Schritt bis zur Balkontür. Strato kam auf sie zu.

»O doch.« Kein Verführer hätte sanfter lächeln können. »Eine Frau wie du ist es wert.«

In Mira stieg Angst empor. »Ich heirate keinen Mörder.«

Strato sprang einfach auf des Sessels Sitzfläche, trat ihn dabei um, riss Mira zu Boden. Geschwind zog er sie wieder hoch, holte weit aus und ohrfeigte sie, dass ihr schwindelig wurde. »Sage das niemals wieder«, brüllte er. Bei seinem dritten Schlag wich sie rechtzeitig aus, dem vierten und fünften ebenso.

Strato kniff die Augenbrauen zusammen.

Mira begriff, dass sie schon vorher wusste, wohin er zielte.

Strato hörte mit dem Schlagen auf, hob sie stattdessen hoch. »Ich vollziehe den Ehevertrag, und zwar jetzt.« Er warf sie auf das Bett, rammte ihr ein Knie zwischen die Schenkel, drückte sie auseinander und zähmte sie mit seinem ganzen Gewicht. »Du bist mein und niemandes sonst.«

»Nein.« Mira wehrte sich mit allen Kräften, aber er war ein geübter Fechter, stark in Armen und Beinen. Und er wusste eine Frau unter sich zu halten. Sie spürte seinen heißen Atem an ihrem Hals, fühlte seine Erregung an ihrem Bauch.

Mira ließ die Gegenwehr sein. Es war sinnlos. Sie sammelte ihren Geist, suchte seinen Blick. »Höre mich an, Strato. Ich bin nicht Helmprechts Tochter. Ich bin nur seine Magd, die er Euch statt seiner toten Tochter hat unterschieben wollen.«

Strato stützte sich auf die Hände auf, beschwerte sie mit seinem übrigen Leib aber desto mehr. »Was für eine billige Lüge.« Er lachte. »Und selbst wenn.« Er zog sein Hemd aus der Hose.

»Vergiss nicht, dass sie nur einzig und allein die Wahrheit sagen kann, wenn sie wirklich eine Seherin ist.« Thulia stand unweit des Bettes im Halblicht.

»Ich zweifele nicht mehr an ihrer Gabe, seit ich die neuesten Berichte unseres Spions im französischen Heerlager gelesen habe. Sie ist so gewiss eine Seherin wie ich ein Strato.« Er störte sich nicht einmal daran, dass seine Mutter zusah. Mit einer Hand nestelte er an seinem Gürtel, bekam seine Hose auf und riss an Mira Rock.

Sie bäumte sich auf, biss und wand sich.

Seine Umklammerung war eisern. »Solcherlei Gaben erben nur die Töchter. Und du wirst mir viele davon schenken.«

»Ich schenke keinem Mörder ein Kind.« Sie entkam seinen Zähnen nicht. Er biss sie einfach in die Schulter. Mira schrie auf vor Schmerz.

»Dein Vater – oder eben nicht dein Vater – wie du willst, hat uns herausgefordert. Er wollte seinen Vertrag nicht einhalten. Er hat den Tod verdient.«

»Hätte er nur Stratos Ehre nicht verletzt«, stöhnte Thulia und tastete nach Halt an der Wand.

»Rühre nie an meine Ehre, sonst ergeht es dir genauso. Gabe hin oder her!«, knurrte Strato an ihrem Ohr.

Mira versuchte sich unter ihm wegzudrehen, oder wenigstens die Beine zu kreuzen. »Dann bring mich gleich um, du Mörder.«

Wieder entkam sie nicht, diesmal biss er sie in den Hals. Mira fühlte Blut über ihre Haut sickern. Sein gieriges Gebrüll dabei war schrecklich.

»Lass sie leben!«, fauchte Thulia aus dem Halblicht bei der Wand. »Ich verbiete dir den Zorn. Sie ist zu wertvoll!«

Strato keuchte. »Füge dich, und unsere Kinder leben in Gold.«

Mira grauste von der Zärtlichkeit eines Nachtwesens, die in Stratos mühsam beherrschter Gier mitschwang, dem sinnlichen Flüstern, als er weiterwarb. »Unsere Kinder werden so unglaublich mächtig und schön sein, wenn wir unser beider Gaben vereinen. Ist die Macht des Geldes und des Geistes erst verbunden, wird ihr niemand widerstehen können.« Er sog zärtlich an ihrem Hals, seine Lippen strichen über ihre wunde Haut. Die Hitze seines Leibes lastete auf ihr, aber Mira empfand immer größere Furcht vor diesen unheilvoll sanften Berührungen.

»Füge dich, wer immer du bist«, hörte sie Strato sagen. Und es war ihr, als ob sie auch Thulias Stimme im gleichen Atemzug sprechen hörte. Seine Augen schimmerten schwarz. »Du wirst mein für immer.«

So wenig Strato sie töten würde, würde er ihr auch niemals die Freiheit schenken, sondern sie in ewiger Gefangenschaft an seinem Gängelband halten. Von diesem Ungeheuer von Mann

Kinder zu empfangen, wäre eine grausame Strafe. *Was habe ich nur getan, verzeiht mir, o Himmelsmächte.*

Stratos volle Lippen legten sich wieder an ihren Hals, sanft fuhr seine Zunge über die Bisswunde. »Du wirst es nicht bereuen. Das Leben an meiner Seite wird niemals langweilig sein. Je schneller du Kinder von mir bekommst, desto besser.«

Sie spürte ihn zwischen ihren Schenkeln. In seinen Augen verband sich nachtschwarze Zärtlichkeit mit unbeugbarem Willen. Ein Schweißtropfen lief an seiner Stirn herunter zum Ohr.

Ein winziger Funke des Kerzenlichts spiegelte sich darin, der kleine Tropfen rann über die braune Haut, stieß auf eine Falte, schlug winzige Wellen …

… der rote Lack wölbt sich unter dem schweren Reichssiegel. Der Schreiber stützt sich mit seinem ganzen Gewicht darauf, hebt es ab, ein zweiter legt die Urkunden katzbuckelnd dem König Maximilian vor. »Euer Befehl ist ausgefertigt.« Die beiden Schreiber ziehen sich ins Dunkel der Kanzlei zurück.

»So verkündet meinen Willen im ganzen Reich.« Der junge König weist zum gesiegelten Schreiben. »Zum zweiten Februar im Jahre des Herrn 1495 berufe ich nach Worms alle Großen des Reiches und die Vertreter der freien Städte.«

»Ich sende noch heute die Boten aus.« Der Erzbischof von Mainz seufzt widerwillig und winkt den Schreibern. »Gebt es zum Abschreiben in die Kanzlei.«

Der König sieht zu, wie die Urkunde eingerollt wird. »Ich werde die Fürsten versammeln, damit sie mir ein mächtiges Heer stellen, mit dem ich nach Rom ziehen werde.«

»Wolltet Ihr nicht vor acht Wochen schon ins Welschland ziehen?« Der Erzbischof von Mainz schlendert zu einem Fenster, schaut über den Rhein.

»Was spottet Ihr meiner? Ihr kennt die neuesten Nachrichten

aus dem Süden so gut wie ich. Die Allianz gegen Charles ist geschmiedet.«

»Macht das Reich im Inneren stark, bevor Ihr eine Streitmacht an seine Ränder führt.«

Der König stemmt die Hände in die Seiten auf den weißen Mantel. »Ich werde siegen. Und mich in Rom zum Kaiser krönen lassen.«

Der Erzbischof wendet den Blick nicht vom Rhein. »Nur, wie soll es gehen? Wo selbst Euer Schwiegervater, der Herrscher von Mailand, mit seinen zweitausend Mann nicht Charles dem Achten hat widerstehen können.« Er ballt eine Hand zur Faust. »Wie viele Landsknechte sollen Euch die Fürsten bewilligen?«

»Viertausend.«

»Ha!«, entfährt es dem Erzbischof. »Das glaubt nur Ihr.«

»Und das Geld dazu«, begehrt der König auf. »Ihr werdet sehen, dass der Reichstag meinen Willen beschließen wird.«

Der Erzbischof kräuselt die Lippen vor Verachtung.

»Ihr sorgt mir für eine Mehrheit, Erzbischof. Ihr seid mein Kanzler.« Der König stürmt aus der Kanzlei.

»Den Teufel werde ich tun. Erst sorge ich für eine starke innere Ordnung«, flüstert der Erzbischof im Rücken des Königs. »Unter meiner Faust.«

Finger streichelten ihr Gesicht. Mira hatte keine Ahnung, wie lange sie wie tot bewusstlos dagelegen hatte.

»Sie hat etwas gesehen, Mutter. Von König Maximilian und dem Erzbischof.«

Stratos zarte Fingerstriche brannten auf ihrer Haut. Es war Mira unangenehm, dass er halb nackt neben ihr lag.

Ein Bild blitzte kurz wie ein Nachhall durch ihren Geist, ein Schreiben des König, nur diesmal auf einem Tisch in Venedig. Sie war gewiss, dass sie sich nicht irrte, wiewohl sie es kaum erfasst hatte. Vielleicht ließ Strato sie dann endlich in Ruhe. »Der Herzog Beowulf hat geheime Post vom König Maximilian erhalten«, sagte Mira matt.

Stratos Blick lag forschend auf ihr. »Es ist beeindruckend, was in ihr vorgeht.«

»Merkst du nicht, wie erschöpft sie ist?« Thulia zog ihren Sohn an der rechten Schulter weg. »Lass sie jetzt in Ruhe. Was du vorgehabt hast, kannst du morgen noch besorgen.«

Strato stopfte sein Hemd wieder in die Hose. »Du hast Recht, Mutter.« Er wälzte sich vom Bett.

Mira ertrug seinen Blick kaum, der vor Machttrunkenheit überlief, als er die Hose gürtete.

»Hole die goldene Kette, Mutter«, sagte Strato dann.

Thulia erstarrte für einen Moment, wie Mira es nicht oft an ihr gesehen hatte. Nichts regte sich an ihr. Dann schlug eine Wimper dreimal.

Plötzlich wandte Thulia sich zum Kamin um. Sie drehte mit ihren großen Händen an einem Engelskopf, der die Seitenwand schmückte. Eine gelbe Marmorplatte sprang vor. »Hier.«

Strato kniete sich hin und packte sich die goldene Kette auf die Arme.

»Was wird das?«, fragte Mira.

»So haben alle Stratos ihre Frauen und Töchter zur Vernunft gebracht, wenn sie zu aufmüpfig wurden.« Er legte die Kette am Fußende des Bettes ab. »Das beste Geschenk eines Sultans, das mein Urgroßvater je bekommen hat.«

Eine Schelle aus Gold. Mira trat nach Stratos Händen. »Ich bin doch kein Tier, das man festbinden muss.«

»Gerade weil du keines bist, aber ungezähmt wie ein Löwin, muss ich dich anketten.«

Thulia umfasste sie von hinten. »Er bezwingt dich sowieso. Du verletzt dich bloß, wenn du nicht nachgibst.«

Strato packte Miras linken Fuß und drehte ihn gegen das

Gelenk, bis es Mira heftig schmerzte, dann ließ er das kalte Metall um ihre Fessel einrasten.

»Füge dich besser, sonst holt er noch den Korb«, warnte Thulia.

»Welch Folterwerkzeug bergen diese Wände noch?« Mira versuchte die Kette an sich zu raffen, auch wenn es sinnlos war.

»Frage lieber nicht«, sagte Thulia tonlos.

Strato zog die gut zwölf Ellen lange Kette aus Gold zum Kamin. Daneben in der Ecke war ein goldener Ring im Boden eingelassen. Strato verband das letzte Glied mit dem Kettenschloss und drehte den Schlüssel.

»Du wirst es später einsehen und mir verzeihen.«

»Niemals werde ich diese Schmach vergessen, Strato.« Mira spuckte vor ihm aus.

Stratos Kinn zuckte, seine Arme schnellten vor, er wollte sie greifen.

Doch Thulia zerrte ihn zurück und zog ihn weiter zur Tür. »Sie redet ohne zu denken. Wir wissen nicht, wie sehr die Bilder, die die Seherin sieht, eine Weile ihren Verstand untergraben.«

»Du magst recht haben.« Strato strich sich die Ärmel glatt. »Versorge sie und halte in der Nacht Wache an ihrem Bett.«

Er blickte sich um zu Mira. »Morgen früh holen wir den Priester, damit die Leute bald von unserer Vermählung erfahren.«

Mira ließ die goldene Kette mit Absicht vom Bett rutschen, dass es nur so klirrte. »Ich werde niemals Ja sagen.«

»Das brauchst du nicht«, sagte er sanft. »Niemand wird dich um deine Zustimmung fragen. Aber der Priester wird sie hören.«

»Das ist nicht gültig vor Gott.«

Strato lachte nur laut wie über einen Scherz eines Kindes und verschwand.

Thulia jedoch kniete sich in der Ecke vor das Bild der Heiligen Mutter Gottes auf der Mondsichel. »… zu verstehen, was vor sich geht, ob der ersehnte Tag nun kommt …«, betete sie murmelnd.

»Diese Trauung ist nicht gültig vor Gott!« Mira glitt vom Bett und schritt auf Thulia zu. Die Kette schleifte sie hinter sich her, sie reichte nicht ganz bis zur Ecke. Mira musste vor der Betenden stehen bleiben.

»Gib mir Kraft und Eingebung … Heilige Mutter …« Thulia schloss ihr Gebet ab und ging ohne einen Blick zurück hinaus.

27

Mira schleifte die goldene Fessel am linken Fuß über den Teppich. Sie streckte sich nach der kristallbehangenen Lampe. »Es geht nicht«, stöhnte sie. »Sie haben an alles gedacht.« Die Kettenlänge war genau so bemessen, dass sie vom Bett die Wände nicht erreichen konnte. »Aus nichts kann ich eine Waffe machen.« Weder aus den gläsernen Spiegelblüten, noch aus den feinen Eisenranken an den Lampen. Nicht einmal an die Flammen der Kerzen kam sie heran.

Mira war es, als ob es aus allen Ecken hauchte: *Verzweifle nicht, wir haben es auch überstanden.* Mira setzte sich aufs Bett. Es war wohl der Widerhall der Seufzer all der Frauen gewesen, die die Stratos mit dieser Kette ihrem Willen unterworfen hatten.

Ein Geräusch im Flur schreckte sie auf. Es klang als hätte man ein Holz mit großer Wucht auf den Marmorboden gestoßen. Das Kerzenlicht flackerte unter einem Luftzug.

In der Tür erschien Thulia im dunkelblauen Ausgehmantel, der ihr bis zu den Füßen reichte. Sie wirkte geradezu klein vor Suleiman, der sich hinter ihr aufbaute, weil Thulia zusammengefaltete Kleider unter dem Mantel hervorzog und ihr aufs Bett legte.

»Was hast du vor?«, fragte Mira misstrauisch,

Thulias Lider zuckten unter großer Spannung. »Du sollst alles erfahren. Alles.« Sie deutete zur Kette. »Mach sie los!«

Der Ägypter kniete sich in der Ecke vor dem Kamin. Er fasste das letzte Kettenglied vor dem Schloss und dem im Boden eingelassenen Ring, spannte die Muskeln, kurz zeigte er vor Anstrengung die Zähne, dann brach das Gold entzwei.

Reicht mir Euren Fuß, damit ich Euch von der scheußlichen Fessel befreien kann, brummte er. Mira hielt ihm den linken Fuß hin. Er krallte die Finger um die Fußfessel, bevor er sie auseinanderbog, als wäre sie ein Kohlblatt.

Es reicht für Euren schmalen Fuß, brummte er zufrieden. *Zieht ihn heraus.*

Mira gelang es. Sie war frei! »Ich danke dir.«

»Zieh dich um, schnell. Wir haben keine Zeit.« Thulia legte schon die frische Kleidung auseinander. Der Mantel war dunkelblau wie Thulias. »Rolle die Kette ein und schiebe sie unters Bett.«

Der Ägypter gehorchte.

»Ich habe keine Schuhe«, sagte Mira, als sie in den Rock schlüpfte.

»Doch.« Thulia warf ihr ein Paar schwarze Lederschuhe zu. »Schnell.«

Mira beeilte sich.

Sie liefen über die Palasttreppen hinaus in die Nacht. Nur vereinzelt waren Lichtpunkte auf dem Canale Grande zu erkennen. Der Ägypter machte schon Thulias Gondel los.

»Du kannst steuern?«, fragte Mira den großen Wächter, der sich hinten aufstellte.

Es ist nicht schwer, brummte er. *Ich kann noch vieles mehr.*

Thulia zerrte an Miras Rock. »Verbirg dich!«

»Warum hilfst du mir?«, fragte Mira, als sie sich in den Sitz geduckt hatte.

Thulias Gesicht war von der Dunkelheit verborgen. »Weil ich das Richtige für das Haus Strato tun will.«

Wie konnte es in Stratos Sinne sein, ihr aus dem Haus zu helfen? »Warum lässt du mich dann frei?«

»Wir werden noch sehen, wie frei du sein willst.«

Die Gondel schaukelte wild. Mira hielt sich an einem Griff im Aufbau fest. »Was bedeutet das alles?«

Thulia antwortete nicht.

Mira vermochte deren Gesicht nicht zu deuten. Nichts war in dieser Stadt wie es schien. Aber das hieß … dass ihr Thulia vielleicht gar nicht half! Strato machte noch kürzeren Prozess mit ihr. »Du fährst mit mir zu einem Priester.«

Thulias Mantel raschelte, sie atmete wie gehetzt, doch sie schwieg.

Mittlerweile schwammen sie an der Außenseite der Stadt entlang.

Bald hielten sie auf einen großen Lichtfleck zu. Es war der Hafen, wo sie ein mit Öllampen erleuchtetes Schiff erreichten.

Keine venezianischen Löwenköpfe in Gold zierten es, sondern verschlungene Ornamente säumten den Rumpf. Schriftzeichen am Bug verrieten, dass es aus dem Orient stammte, und auf der Mastspitze saß ein Halbmond. Von edlem Holz schimmerten alle Aufbauten. Die Segelenden waren sogar mit Tressen verziert. So aufwendig wie das Tuch mit verschlungenen Dreiecken bemalt war, konnte es nur ein Ziersegel sein.

Die Gondel stieß an die kleine Außentreppe, die vor der Schiffswand herabgelassen war.

»Wir dürfen keine Zeit verlieren.« Thulia ergriff ihre Hand.

Mira stieg hinter ihr auf den schwankenden Steg, der gerade mal zwei Fußbreit war.

»Du wartest hier«, rief Thulia über die Schulter Suleiman zu.

Junge Sklaven in roten Gewändern und goldbestickten Pantoffeln reichten ihnen an der Reling die Hand. Ein Kahlkopf mit einem runden Kegelhut verbeugte sich tief. »Folgt mir, *bayan*.«

Der Kahle führte sie ins Schiff, wo schwere Teppiche jedes Geräusch schluckten. Eine mit üppigen Schnitzereien verzierte Tür schwang auf und warmes Licht strömte über sie.

»Thulia?«, rief eine raue Stimme aus einem Berg von Kissen, die silbern glitzerten. Jemand stützte sich im lilafarbenen Umhang auf, schwere Goldarmreifen rutschten auf ein dickes Handgelenk. »Du hast dich also entschieden!«

Mira hätte im ersten Augenblick nicht sagen können, ob der dicke Mensch dort ein Mann oder ein Frau war, so füllig waren alle Glieder, so verwirrend der dunkle Flaum auf der Oberlippe in dem weichen, hellen Gesicht.

»Gepriesen sei die heilige Zahl!«

Dann aber strichen sehr feine Finger über gezupfte Augenbrauen. Die großen, dunklen Augen einer sehr dicken Frau blickten Mira milde an. »Ich bin Ciffrah.«

Obwohl Mira nicht wusste, was die beiden Frauen mit ihr vorhatten, flößte ihr die freundliche Stimme Vertrauen ein. »Ich bin Mira.«

Die dicke Frau klatschte, dass die Armreifen nur so klingelten. »So weiß ich endlich deinen Namen!« Sie wies auf den Diwan. »So lange schon verfolge ich in den Sternläufen dein Schicksal«, sagte sie.

»Meines? In welchem Sternenlauf?«

Thulia nahm Mira den Mantel ab und legte ihn mit ihrem beiseite. »Ich habe sie noch nicht eingeweiht. Ich wollte keinen Fehler machen.«

Die dunklen Augen der Frau loderten kurz auf. »Du hast ihr zu Recht noch nichts offenbart, Thulia.« Ciffrah strich sich eine lange Locke von ihrer Brust. Dabei schien ein Anhänger auf. Mira traute ihren Augen kaum. Ein in goldenen Spitzen gefasster Carneol? »Ihr tragt auch diesen Schmuck.«

»Natürlich«, sagte Ciffrah sanft. »Wie Branca und Nera auch.«

Thulia löste ihr Halstuch, nun vermochte Mira den Amethyst an diesem fein gesponnenen Goldfaden aus der Nähe zu bewundern.

»Alle erwählten Frauen tragen einen in anderer Farbe in Fassungen, die sich gleichen«, sagte Thulia.

Die Schönheit der Steine zog Mira seltsam an, eine Ruhe senkte sich über sie, die doch gar nicht ihrer Lage entsprach.

Sie mahnte sich zur Vorsicht und forschte in dem weichen Gesicht Ciffrahs, deren Bartflaum zuckte. »Und wieso habt Ihr mein Schicksal verfolgt? Peinigen Euch auch Bilder von fernen Geschehnissen?«

»Meine Gabe ist anders. Ich vermag aus dem Lauf der Gestirne die richtige Zeit für uns zu bestimmen.«

Ciffrah hob eine Silberglocke. Darunter duftete herrliches veilchenfarbenes Gebäck und kleine Schalen mit rotem Saft. »Du wirst alles erfahren, was du jetzt schon wissen darfst. – Stärke dich erst, Mira.«

Mira war hin und her gerissen zwischen Vertrauen und Zweifel. Zwar drängten sich die Erinnerungen an den Trank Brancas und Neras auf, aber sie würde wohl nur von Ciffrah endlich mehr über ihre Gabe erfahren können.

Thulia griff nach einer Schale. »Trink mit uns.«

Mira wehrte ab. »Werde ich wie beim Trank, den mir die alten Zwillinge eingeflößt haben, dann etwas sehen müssen?«

Ciffrah wiegte den Kopf, lachte dabei. »Mira, es ist bloß ein süßer Saft.«

»Aber in den Bergen …«

»Branca und Nera haben nur ihre Aufgabe erfüllt, zu prüfen, ob du eine Erwählte bist.« Ciffrah zeigte hinüber zu einem Tisch, auf dem eine Art Pergament ausgerollt war und kleine Kugeln lagen. Ihr Blick streifte Thulia, dabei hob sie kurz die Augenbraue. Sie griff nach Miras Hand. »Ich darf dir nicht mehr sagen, weil deine Unterweisung jemandem anderen obliegt. Nur so viel: Auch du hast eine Aufgabe. Schmerz wird deine Kraft formen.«

»Aufgaben? Schmerz?« Mira verschränkte die Arme. »Fragt mich überhaupt einmal jemand, ob ich das alles möchte? Dass ich ohnmächtig zusehen muss, wie mein kleiner Bruder im

Schnee hungert. Das macht mich gewiss nicht stark, sondern halb irre vor Sorge. Und dass ich all diese Könige und Kirchenfürsten sehe, stellt mich nur vor undurchdringliche Rätsel.« Ärger erfasste sie. »Warum haben Branca und Nera mit dem Trank diese Gabe geweckt? Ich will das endlich wissen.«

Ciffrah legte die Fingerspitzen aneinander. »Keine von uns konnte sich verschließen, als sie auserwählt wurde.« Sie blickte wehmütig zur Seite.

»Von wem? Wozu?« Mira legte den Kopf schief. Ihr Ärger wuchs. Hatte sie nicht schon genug Leid erfahren? »Ich möchte gar nicht auserwählt sein, wenn es so viel Schmerz bringt und …«

»Dagegen kannst du dich nicht wehren«, sagten beide wie aus einem Mund.

»Das werden wir noch sehen, ob ich das nicht kann.« Mira fasste Mut. »Und schon gar nicht werde ich Stratos Ehefrau. Lieber bringe ich mich um.«

Ciffrah packte sie fest am Oberarm. Dunkel funkelten ihre Augen. »Niemals«, zischte sie. »Niemals darfst du auch nur erwägen, Hand an dich zu legen. Schon einmal hat ein Siebter Stern so versagt. Kleopatra wählte den Freitod, was unsere Vorgängerinnen ins Unglück stürzte. Dabei hätte sie mit Julius Cäsar eine ägyptisch-römische Dynastie der gleichberechtigten Herrschaft von Kaiser und Kaiserin schaffen sollen! Stattdessen verlor sie sich auf einem dunklen Pfad mit ihrem Geliebten Marcus Antonius.«

Mira sagten diese Namen nichts, sie schüttelte die Hand ab. »Du redest ja irr.«

Thulia zupfte Ciffrah am Ärmel. »Mache nicht den vierten vor dem ersten Schritt. Du bist die Hüterin der Zeit. Sag, haben wir denn so viel davon, dass wir streiten dürfen? Mira muss begreifen, damit sie ihre Aufgabe für uns erfüllen kann. Mein Sohn wird keine Sekunde zögern, sobald einer der verräterischen

Diener ihn benachrichtigt hat, dass wir den Palazzo verlassen haben. Er wird ganz Venedig nach uns durchkämmen.«

Ein Bild einer singenden Frau blitzte durch Miras Geist, es kam wie von selbst über ihre Lippen. »Dein Sohn ist bei Nella, seiner Geliebten.« Mira legte unwillkürlich die Finger an ihren Mund. Ein fremder Wille, schien ihr, hatte sie zu reden gezwungen.

»Das gibt uns vielleicht ein wenig mehr Zeit«, murmelte Thulia.

»Die Zeit reicht.« Ciffrah lächelte milde. »Je mehr von uns versammelt sind, desto stärker werden unsere Sternen-Kräfte.«

»Ich fühle mich noch immer sehr schwach«, flüsterte Thulia.

Ciffrah strich ihr über die grauen Locken. »Du hast dich gegen die Ehre deiner Familie, der Stratos, stellen müssen. Du hast dich gegen das Glück deines Sohnes entscheiden müssen, den du liebst.«

Thulia schluchzte. »Ich habe es nicht glauben wollen, dass es gerade jetzt geschehen und wir endlich unseren siebten Stern finden könnten. Ich habe mir einen Zufall eingeredet, als ausgerechnet Helmprecht beim ersten Abendessen erzählt hat, dass er bei Branca und Nera in den Bergen genächtigt hat.«

Thulia wandte sich Mira zu. »Verzeih mir, dass ich so hart gegen dich war. Dich habe ich nicht erkennen wollen. Es war wohl meine Prüfung …«, ihre Stimme brach. Sie schluckte. »Aber dann kamen diese Gerüchte auf, sprach mein Sohn von den seltsamen Gaben seiner deutschen Braut. Ich konnte die Augen nicht mehr länger davor verschließen, als Ciffrahs Schiff in Venedig angelegt hatte und sie mich nicht gleich empfing. Meine Prüfung als dritter Stern war gekommen. Ich war so voller Furcht, dass ich einfach nicht wusste, was tun.«

Mira strich Thulia über den Arm. Sie begriff noch immer nicht recht, was hier vor sich ging. »Aber wer prüft euch denn? So sprecht doch endlich, wenn ich euch helfen soll.«

»Wir nennen sie bei ihrem alten Namen, weil es uns, ihre Dienerinnen, schon seit Urzeiten gibt. Es ist Astarte selbst, die uns prüft«, sagte Ciffrah.

Mira wusste sofort, dass sie eine Wahrheit gehört hatte, doch verstand sie deren Bedeutung nicht. »Wer ist Astarte?«

»Wir alle dienen nur ihr. Sie trug schon viele Namen – Freya, Isis, Venus – du kennst sie als Maria.«

»Die Mutter Gottes?«, hauchte Mira.

Ciffrah nickte. Sie deutete auf Thulia. »Ohne die Kraft, die von Mira ausstrahlt, hättest du dich niemals gegen deinen Sohn und das Haus Strato stellen können. Ohne sie hättest du versagt. Du hast deine Prüfung als dritter Stern bestanden.«

Thulia wischte sich die Tränen fort und versuchte ein zuversichtliches Lächeln. »Als Mira in meinen Armen von Krieg und Königen gelallt hat, offenbar ganz entrückt, da habe ich gespürt, dass Astarte bei uns ist. Und wenn ich nicht uns Sternenfrauen verraten wollte, musste ich Mira helfen und sie aus dem Palazzo bringen.«

Ciffrah reichte Thulia ein Tüchlein und sah Mira an. »Als Stratos Ehefrau wärest du niemals frei genug für deine Aufgabe. Wenn du nur willst, brauchst du ihn nicht heiraten.«

»Niemals«, sagte Mira. In die Erleichterung mischte sich sofort neue Sorge. »Aber was wollt ihr dafür von mir? Oder was will Maria selbst?«

»Das uralte Gesetz der Sternenfrauen besagt, dass du frei entscheiden darfst, ob du den heiligen oder den weltlichen Weg gehen willst.« Ciffrahs Stimme wurde noch rauer als bisher. »Wie es dir als einer Erwählten zusteht.« Sie räusperte sich. »Bedenke: Du kannst die gefährliche Bürde einer Sternenfrau tragen, dann helfen wir dir aus Venedig zu entkommen. Oder du kannst als Stratos Frau die mächtigste Frau in Europa werden. Dann bringt Thulia dich zurück, als ob nichts gewesen wäre. Bedenke die Macht über die Menschen und den unerschöpflichen Reichtum, den die Ehe mit Strato dir verschaffen wird.«

Geld und Macht. Ihre kurze Zeit als Herrin hatten Mira schon gezeigt, wie viel Last sowohl das eine wie das andere bedeuten konnte. Sie wünschte sich sehnlichst, dass es wirklich Maria war, die ihr die Bilder in den Lichtkreisen schickte. Dann müsste sie sie nicht mehr fürchten. Sie könnte im Gegenteil vielleicht gar einen Weg finden, wie sie ihren Bruder Jockel vor dem Tod auf den verschneiten Straßen rettete. »Macht und Geld, damit ist zu viel Böses verbunden.«

Ein stiller Augenblick verrann. Mira fühlte sich erleichtert, dass sie nicht in die Fänge von Hexen geraten war, sondern bei Frauen, die der Heiligen Jungfrau nachstrebten, mit welchem Namen sie sie auch anriefen. Doch spürte sie eine große Sehnsucht nach der Kraft, die von Ciffrah und Thulia ausging, der Wunsch nach Unterweisung und Halt. »Ich will Maria dienen«, flüsterte sie, bis sie ein wenig mutiger fragte: »Worin besteht nun meine Aufgabe?«

Ciffrah lud sie ein, sich zwischen sich und Thulia auf den Diwan zu setzen. »Höre. Wie Thulia und ich, leiten noch vier andere Frauen viele weitere an. Wir sechs im obersten Kreis nennen uns Sterne, nach den Schmucksteinen, die von uralter Zeit auf uns gekommen sind.« Ciffrah hob den Zeigefinger. »Du aber bist als siebter auserwählt und wirst deshalb unser Leitstern sein. Du leuchtest über dem Pfad des Lichts, den du für uns suchen wirst.«

»Wie soll das gehen? Ich verstehe nicht einmal, was du meinst.« Mira hielt sich das Kinn und schaute beide an. »Ich sehe doch nur ab und zu Dinge, Geschehnisse, die ich überhaupt nicht begreifen kann.«

»Die Hüterin des Wissens wird dich die Kraft deiner Gabe nutzen lehren. Der Fünfte Stern wird dir helfen, vertraue ihr.« Ciffrah lachte leise. »Das ist alles nur der Anfang.«

Thulia wischte eine kleine Träne fort und legte die Finger auf den Amethyst in ihrer Halskette. »In manchen Jahrhunderten scharen wir viele um uns, in manchen nur sehr wenige. Astarte hat den ersten Frauen vor Urzeiten die sieben Schmucksteine als Zeichen der Berufung geschenkt, damit der Verbund der sieben Sterne das heilige Wissen über die Zeiten rette.«

»Still!« Ciffrah legte den Zeigefinger an ihre Oberlippe. »Wir dürfen Creseas Lehren nicht vorgreifen. Sie hütet das Wissen, sie entscheidet, wann Mira von den großen Geheimnissen erfahren darf.«

»Du hast Recht.« Thulias grüner Blick lag voller Hoffnung auf Mira. »Mögest du dich bewähren.«

Hätte Mira nicht so oft schon die Lichtkreise geschaut, sie hätte alles für Gaukelei gehalten. Mira täte Thulia einfach Unrecht, die so viel für sie wagte, wenn sie an Spiegelfechterei glaubte. Die stolze Frau hatte sie von der goldenen Fessel befreit, sie nahm die unweigerliche Rache ihres Sohnes auf sich. Thulia log nicht, gewiss nicht.

Mira fühlte eine Kraft von den beiden ausgehen, fast wie im Kreis mit Freundinnen beim Reigen unter blühenden Apfelbäumen, nur viel stärker, viel ernster.

»Sie sollte so schnell als möglich lernen. Wann können wir sie zu Cresea bringen?«, fragte Thulia.

Ciffrah wiegte den Kopf. »Warte, ich werde gleich den Sternenlauf befragen.« Sie spreizte über ihrem lila Kleid die Finger, und schloss für einen Moment die Augen. »Doch zuvor erkläre mir etwas. Komm zum Tisch.«

»Ich?«, fragte Mira.

»Gewiss.« Ciffrah raffte den Umhang um ihre Fülle und richtete die goldenen Armreifen. »Wer sonst? Du bist der Siebte Stern, der …«

»Es ist nicht unsere Aufgabe.« Jetzt legte Thulia die Finger an die Lippen. »Überlass es Cresea.«

Ciffrah strich sich über die Stirn. »Meine Freude ist so groß, dass ich Fehler mache. Noch ist Mira nicht in Sicherheit.« Sie trat zu dem großen Tisch mit dem ausgerollten Pergament. Darum herum lagen aufgeschlagen uralte Bücher. Kreise, Linien, seltsame Symbole, Buchstaben und kleine Bildchen waren darauf eingemalt. »Als Hüterin der Zeit berechne ich jedes Jahr zum Tage Astartes das Horoskop unseres Verbundes. Seht!« Sie wies auf sieben Kugeln, die darauf verteilt standen. »Diese entsprechen den sieben Planeten.«

»Drei Farben links auf dem Kreis, drei farbige Kugeln rechts, und oben in der Mitte.« Mira war es, als ob alte Erinnerungen aufstiegen, was doch gar nicht möglich war. »Die weiße Kugel, bin … ich?«

Thulia schwieg. Ciffrahs goldene Armreifen schwebten über dem Horoskop. »Zu Hause in Konstantinopel, als der Sultan in Syrien auf Reisen war, trug ich hier die Linien für jeden mir bekannten Stern ein.« Ciffrah legte die Fingerspitzen aneinander. »Es lief alles auf diesen September hinaus. Das erste Mal seit langen Jahren verdeckte kein anderer Planet den Aufgang der weißen Kugel. Das konnte nur heißen, dass wir endlich den siebten Stern finden würden.«

Thulia strahlte Mira an. »Endlich sind wir wieder vollzählig.«

Ciffrah zog mit dem Finger eine blaue Linie nach. »Branca und Nera, Hüterinnen von Zeichen und Wahl, standen zum ersten Mal seit Langem in zwei Häusern einander genau gegenüber.« Ihr Finger folgte einer roten Linie. »Während das Sonnenhaus genau dazwischen frei war.« Sie nickte. »Und hier das Trigon, in dem Thulia genau am tiefsten Punkt des Firmamentkreises steht. Ihre Prüfung stand also bevor.«

Ciffrah ging zu einem kleinen Tisch, der Mira noch nicht aufgefallen war. Auch dort lag ein Pergament. »Das Horoskop für den heutigen Tag.« Sie strich es mit dem Handrücken glatt. »Ein kosmisches Unwetter braut sich zusammen. Seht, hier die dreifache Opposition von Mars, Saturn und Jupiter vor dem Haus der Venus. Drei Männer«, Ciffrah rührte an ihren weißen Stein, »buhlen noch heute um dich.«

»Jupiter ist mein Sohn«, sagte Thulia. »Er jagt uns gewiss.«

»Mars ist der Herzog Beowulf«, sagte Mira.

»Und wer mag der Dritte sein, Saturn?«, fragte Ciffrah.

Ludomar? Eine Sehnsucht streifte Mira. Doch sie schüttelte den Kopf, denn sie fühlte keine Gewissheit, so sehr sie es sich wünschte.

»Mira wird noch lernen, ihre Gabe blüht erst auf.« Thulia sah zu den Mänteln. »Wir sollten dich jetzt in Sicherheit bringen.« Sie holte die Kleider.

»Warte.« Ciffrah nahm ein Buch vom Stapel hinter dem Horoskop. »Als Hüterin der Zeit vermag ich leider nur zu warnen, dass der Zeitpunkt äußerst ungünstig ist. Bedenkt das Trigon. Ob wir es überhaupt versuchen dürfen, vermag ich erst zu deuten, wenn mir Mira eine Frage beantwortet hat.«

Ciffrah blätterte an einer Stelle auf, die ein rotes Lesezeichen markierte. Sie reichte Mira das Buch. »Diesen Satz vermag ich nicht zu entschlüsseln.«

Thulia riss die Augen auf. »Du? Die sonst alles über die Zeit weiß?«

»Ja, ich.« Ciffrah umfasste ihre Unterarme. »Wir bleiben Menschen. Keine von uns ist unfehlbar. Zumal es der siebte Satz im siebten Kapitel zum siebten Stern ist. Nur der Stern selbst vermag zu erkennen, was er bedeutet.«

Mira beugte sich über die Zeilen. *La prima acqua è quella che bagna.* »Das erste Wasser ist jenes, das nässt.« Sie las es noch einmal, berührte unwillkürlich die Linien auf dem Horoskop auf dem Tisch vor ihr, da durchzuckte sie die Erkenntnis so stark, dass ihr gar das Buch aus der Hand fiel. »Ich darf die Mauern Venedigs nicht mehr mit dem Fuß berühren, sondern muss selber schwimmen.«

»Ein Beweis mehr«, flüsterte Ciffrah und hob das Buch wieder auf. »Möge dir Cresea, die Hüterin des Wissens, alles beibringen.«

Selber … Mira fühlte sich plötzlich völlig ausgeliefert.

»Was hast du?«, fragten beide wie aus einem Mund.

»Ich habe nie schwimmen gelernt.«

»Bei allen Sternen«, rief Thulia aus. »Das bedeutet, wir müssen dich zu Boot aufs Festland schaffen, irgendwie, noch in der Nacht.«

Ciffrah fuhr die Linien auf dem Horoskop entlang. »Es ist höchst gefährlich. Die drei Männer werden ihr heute noch begegnen, denn ihre drei Linien kreuzen sich unter dem von Mira besetzten Haus.«

Mira hörte einen hauchfeinen Ton. Sie stützte sich mit beiden Händen auf das Pergament. Es hatte die Farbe von Gerhilds und Mira Haar. *Geh nicht ohne einen letzten Gruß,* wisperte es aus dem Gespinst der vielen farbigen Linien zwischen den Planeten und Häusern. Mira zögerte, dann folgte sie einem neuen Gedanken. »Bevor ich gehen kann, möchte ich noch eine Kerze stiften.«

»Auf keinen Fall! Du darfst nicht zurück in die Mauern Venedigs.« Thulia beschwor sie mit erhobenen Händen. »Das hast du eben selbst gesagt.«

Ciffrah ließ die Schultern sinken. »Wenn es ihr Wunsch ist, müssen wir folgen. Bedenke, wer sie ist.«

Gerhilds Tod hatte Mira hergeführt. Sie musste sich von der Schuld befreien. »Gibt es keine Kirche außerhalb?«

Thulia überlegte. »Auf der Friedhofsinsel, die liegt abseits«, murmelte sie schließlich. »Von dort könnten wir auch hinüber aufs Festland rudern.«

Da spürte Mira jenen seltsamen Druck auf den Schultern, wie immer wenn Menschen sich näherten, die ihr schaden wollten. »Stratos Häscher durchsuchen den Hafen.«

Thulia warf ihr den Mantel um. »Verschwinden wir sofort!«

»Ich benachrichtige Cresea, sorge dich nicht«, sagte Ciffrah.

Sie eilten aus der Kabine, über das Schiff an den rot gekleideten Sklaven vorbei, die sich verbeugten.

Mira kletterte zum Landesteg hinab. Es war, als ob es die Wellen ihr zuflüsterten: Noch unsichtbare Gondeln strebten über die dunklen Wasser auf sie zu.

»Nach San Michele«, befahl Thulia dem Ägypter, der schon zur Ruderstange griff.

Wo ist das?, brummte er fragend und stieß die Gondel vom Schiffsrumpf ab.

»Das Schiff entlang schräg links ins Dunkle.« Mira ließ sich neben Thulia auf die Sitzbank fallen.

28

Mira entzündete die Kerze am ewigen Licht des Altars. Mit dem Aufflackern der Flamme strömte in ihr zum ersten Mal seit Wochen das Gefühl ein, dass sie etwas Richtiges tat, das ihr Frieden schenkte statt neues Unheil heraufzubeschwören.

Sie sollte eine Sternenfrau sein, die Astarte diente. Deshalb sah sie also die Dinge der so viel höher Stehenden. »Ich bin nicht du, Gerhild, ich will nicht weiter in deinem Namen leben und deine ewige Ruhe stören.« Was auch immer damit verbunden sein mochte, ein Stern zu sein, Mira nahm es an. Solch ein Schicksalsweg war richtiger als der einer andauernden sündigen Täuschung.

Mira trat vom Altar zurück und steckte die Kerze auf einer der vielen Spitzen des Eisengestells fest. »Ich stifte deinem Angedenken diese Kerze und bitte dich um Verzeihung. Du warst immer gut zu mir und eine echte Freundin.«

Mira bekreuzigte sich. Die Flamme brannte ruhig und weiß. Mochte die Stille in ihrer Seele ein Zeichen sein, dass Gerhild ihr verzieh.

»Wir dürfen nicht länger warten.« Thulia zog sie vom Altar weg.

Der Priester der Friedhofskapelle, den sie mitten in der Nacht aufgeschreckt hatten, war schon wieder verschwunden, wie auch das Bellen der Hunde verklungen war.

Vor der Kapelle erleuchteten zwei Fackeln die Treppenstufen hinunter zur Lagune. Nur am Rauschen der Zweige erahnte Mira die Bäume hinter den Mauern der Friedhofsinsel. Der

Ägypter stand mit dem Rücken zum Friedhof auf der Gondel. Er hatte geklagt und sich gewunden, aber er hatte selbst auf Thulias Befehl hin nicht an der Insel festmachen wollen. Schließlich hatte Mira selbst den Sprung auf die Stufen getan und die Gondel an den Pfosten gebunden. Er dürfe noch nicht zurück, hatte er immerzu gebrummt. Ein seltsames Ding mehr in dieser Nacht, das Mira nicht begriff.

Sie machte die Gondel los. »Hinüber zum Festland. Schnell.«

Thulia wies die Richtung. Der mächtige Ägypter ruderte los.

Da bog eine andere Gondel mit Fackeln an Bord um die hohe Mauer der Friedhofsinsel. Ein Banner wehte im Nachtwind.

»Der Herzog Beowulf!« Mira drehte sich zum Ägypter um. »Weiche aus und schaffe uns davon.«

Doch Beowulf war nicht allein. Hinter ihm standen geharnischte Kerle mit Piken in der Hand.

Beowulfs Gondel trieb auf sie zu. Der Lichtschein der Fackeln erfasste sie.

»Gebt Euch keine Mühe«, brüllte der Herzog herüber. »Ich habe Euch erkannt.«

Thulia fasste mit eiskalten Fingern nach Miras Hand. »Was tun wir nur?«, flüsterte sie.

In Mira war der neue Frieden, den sie gefunden hatte, noch zu stark für ein Gefühl der Angst. Wenn sie wirklich ein Stern war, dann wäre Astarte jetzt mit ihnen. »Was wollt Ihr?«, rief Mira hinüber.

»Verhandeln.«

Thulias Rücken straffte sich, als erinnere sie sich, wer sie war. »Ihr stört unseren Totenbesuch bei dem Kaufmann Helmprecht«, log sie. »Belästigt nicht zwei Trauernde!«

»Bei allem Respekt, Signora. Meine Späher haben mich längst unterrichtet. Ihr seid auf der Flucht. Ich vermag Euch dabei zu helfen.«

»Macht den Weg frei!«, beharrte Thulia.

Doch Mira legte ihr die Hand auf die Schulter und rief hinüber: »Wie könntet Ihr das, Herzog? Das Wasser hier, das Land dort im Dunkeln, alles untersteht dem Dogen und der stolzen Republik Venedig, noch viele hundert Meilen in die terra ferma hinein.«

Der Herzog beugte sich weit über den Rand seiner Gondel. Ein Ledermantel schützte ihn gegen die Kälte. »Ihr, die Ihr sehen könnt, was weit von diesem Ort geschieht, seht Ihr nicht meinen Geleitschutz, der am Ufer steht? Man wird meinen Gesandtenwagen nicht durchsuchen.«

»Mein Sohn wird deinetwegen jede Regel brechen, verlasse dich auf mein Wort«, flüsterte Thulia.

Mira nickte. Laut rief sie: »Wohin wollt Ihr mich bringen?«

»Zum König Maximilian. Keiner bedarf Eures Rates mehr als er.«

Der Name ließ Mira erzittern. Sollten sich die Bilder in den Lichtkreisen zu ihrem Schicksal fügen?

Passt auf Herrin, hinter uns!, brummte der Ägypter am Steuer.

»Höre nicht auf ihn!«, scholl es da schon über das dunkle Wasser.

Mira fuhr herum. Ludomar!

»Die Missgunst am Hofe wird dich bald treffen. Ein Becher Gift ist schnell gereicht. Nur mein Erzbischof kann dich schützen, wenn er deine Gabe gottgefällig nennt«, rief Ludomar von seiner Gondel. Er wollte sie also für den Erzbischof einfangen, nicht für sich. Mira hatte keine Zeit, dem bitteren Gefühl verschmähter Liebe nachzugeben.

Beide Männer trieben von zwei Seiten auf sie zu.

»Glaubt mir, Seherin, mein König ist auch Euer König.« Herzog Beowulf hob den Arm, woraufhin die Harnische seiner Männer klirrten.

»Niemand außer Astarte gebietet uns«, flüsterte Thulia. »Hilf deinen Sternen.«

»Sie wollen uns fangen«, sagte Mira leise. Und plötzlich war ihr, als könnte sie mit den Füßen in einer Weise fühlen, wie sie es noch nie zuvor vermocht hatte. Als würden ihre Fußsohlen die Bewegung des Wassers spüren. Dort unter ihr, nur wenige Ellen tiefer, zog etwas entlang, das ihr von den Sternen geschickt wurde.

»Der König ist wankelmütig, Mira, mein Erzbischof dagegen ehern fest in seinem Willen.« Ludomar klang sehr ernst von seiner Gondel her.

O ja. Von dessen Verschlagenheit hatte Mira mehr als genug gesehen. Ciffrahs siebte Zeile im siebten Kapitel zum siebten Stern fiel ihr ein: *Das erste Wasser nässt.* Sie musste es wagen. »Ducke dich Thulia und sorge dich nicht um mich.« Mira ging vorsichtig in die Knie.

»Du willst doch nicht etwa …« Thulias blickte schnell vom Herzog Beowulf, der bereits mit einem Fuß auf dem Rand seiner Gondel stand, zu Ludomar, der seinen Mantel auch schon abwarf. Sie riss Mira an sich und flüsterte ihr ins Ohr: »Flieh zum Bergwerk am Splügenpass, dort findest du Cresea. Sage ihr nur das eine Wort: Semiramis.«

Mira fühlte mehr, als dass sie es sah, wie die beiden Männer zum Sprung ansetzten. »Ducke dich!« Sie stieß sich von Thulias Schulter ab und stürzte an der Gondel des Herzogs vorbei kopfüber ins Wasser. Das Schwappen verschluckte Thulias Schrei.

Eisige Kälte drang von allen Seiten auf Mira ein und konnte doch die innere Wärme nicht verdrängen. Sie entsprang aus dem Frieden, den sie mit Gerhild gemacht hatte. Mira ließ sich einfach sinken, breitete Arme und Beine aus und verfing sich schon an dem, was ihr die Sterne geschickt hatten.

Ein braver Fischer zog ein Netz durchs Wasser, das eben ihren Fuß erfasste, ihren Arm, ihren Leib. Das Netz zog schneller. Mira schoss dahin wie ein Fisch – weder fror sie, noch rang sie nach Luft. Denn der Fisch als Wesen war Astarte geweiht.

Ludomar war im gleichen Augenblick wie der Herzog gesprungen. In der Luft machte er sich so lang als möglich und breitete seine Arme aus. Er prallte mit Wucht gegen einen Leib, hielt fest und krachte mit dem ganzen Gewicht auf einen Gondelsitz.

Er würde die Seherin nicht mehr loslassen, bis er sie dingfest wusste! Mochte sie noch so schreien.

»Lasst mich los!«

Ein Faustschlag traf ihn in den Magen, Ludomar ließ alles fahren, so vernebelte Übelkeit seinen Sinn.

»Lass die Signora los, du Dummkopf!« Der Herzog riss ihn hoch und ohrfeigte ihn. »Die Seherin ist uns entkommen.«

Die Stimme seines Gegners brachte Ludomar wieder zu Verstand. Er blinzelte ins flackernde Licht, das von der anderen Gondel herüberschien. »Wie bitte?«

Noch eine Ohrfeige traf ihn auf der Wange.

»Die Seherin versteht mehr von Kriegshandwerk als Ihr Kirchenpack! Himmelsakra!«, fluchte der Herzog. »Sie hat das einzig Richtige getan und ist in die Lagune gesprungen.«

Ludomar rappelte sich auf. »Dann müssen wir sie doch herausfischen, Mann!«

Der Herzog lachte kurz auf. »Macht die Glotzaugen auf. Was glaubt Ihr, was meine Männer tun? Sie sind nicht das erste Mal auf Streifzug mit einem Boot.«

Tatsächlich stocherten von der Gondel des Herzogs aus die Landsknechte mit ihren Piken im Wasser herum. Zwei schwammen gar angeseilt und tauchten immer wieder ab. »Sie finden sie nicht.« Ludomar spürte einen traurigen Stich im Herzen. »Sie ist ertrunken.«

»Seid Ihr Euch da so sicher?« Der Herzog wiegte den Kopf. »Einem Weib, das zu sehen vermag, was wir nicht sehen, dem traue ich zu, dass es auch auf dem Grund des Meeres zu laufen vermag.«

Neben Ludomar regte es sich. Was er für einen Haufen Kleider gehalten hatte, streckte sich. Ein Mantel wurde zurückgeworfen. Stratos Mutter, er hatte sie ganz vergessen.

»Verlasst meine Gondel! Sofort!« Sie winkte ihrem riesigen Sklaven. Der kam breitbeinig die wenigen Schritt vom Ruder her. »Oder ich lass Euch ins Wasser werfen.«

Der Riese brummte so grimmig, dass Ludomar zurückwich und dem Herzog auf den Fuß trat.

Der boxte ihn in die Seite. »Kommt, machen wir es nicht noch schlimmer als es ist. Steigt herüber in meine Gondel, das geht schneller.« Der Herzog verneigte sich tief vor Stratos Mutter. »Verzeiht, Signora.«

Stratos Mutter stand hoch aufgerichtet, mit reglosem Gesicht wie eine Statue, nur ihre Augen glühten im Halblicht der Fackeln.

»Verzeiht«, murmelte Ludomar. Er griff die Hand des Herzogs, der ihm in seine Gondel half.

»Bringe uns nach Hause«, hörte Ludomar Stratos Mutter befehlen.

Ludomar hätte nicht geglaubt, dass ein Steuermann eine Gondel so schnell drehen könnte. Nur wenige Augenblicke später verschwand die Gondel mit der Signoria Strato und ihrem Sklaven schon aus dem Fackelschein. Wieso hatte sie überhaupt die Seherin hierher gebracht?

»Hört auf. Es hat keinen Zweck. Zieht die beiden Taucher aus dem Wasser und gebt ihnen Branntwein.« Der Herzog setzte sich Ludomar gegenüber. »Ablegen.«

Ein eisiger Hauch wehte über die Lagune.

Die schwarzen kleinen Augen ließen ihn nicht aus dem Blick. »Woher wusstet Ihr, dass die Seherin ausgerechnet an der Toteninsel zu finden ist?«

Ludomar würde Pater Jordan gewiss nicht verraten. »Ich bin Euch gefolgt«, log er. Dabei hatte ihm ein Helfer des Paters die

Botschaft aus dem Lager des Herzogs gebracht, dass die Mutter Stratos mit einer Frau beim Schiff der Sultanin abgelegt hatte.

»Das soll ich glauben?«

»Glaubt, was Ihr wollt.« Ludomar konnte es nicht verwinden, dass er nun seinem Erzbischof nicht die Seherin würde zuführen können. Und weniger noch konnte er sich eingestehen, dass er sich um Miras Leben sorgte.

»Eine Gondel nähert sich, Herr, mit der Fahne des Dogen«, rief ein Späher von der Spitze der Begleitgondel.

»Löscht die Fackeln!«, befahl der Herzog. Im plötzlichen Dunkel drückte Beowulf Ludomar nieder auf die Gondelbretter. »Die Venezianer bemerken uns besser nicht«, flüsterte er.

Ludomar kauerte halb auf der Seite, die Kälte kroch in seine Glieder. »Wir müssen die Seherin verfolgen«, wisperte er.

»Wenn wir nur wüssten, wo sie wieder auftaucht, werter Gesandter. Wir beide müssen morgen schon nach Worms. Der König hat den Reichstag für Anfang Februar dorthin einberufen«, gab der Herzog leise zurück.

Ludomar blinzelte blind unter dem Mantel, den Beowulf über sie gebreitet hatte. »Sprecht Ihr wahr?« Vielleicht war es eine Finte.

Der Herzog kicherte. »Das ist das erste Mal, dass die Boten Maximilians schneller sind als die Eures Erzbischofs von Mainz. Vielleicht lernt mein König ja doch noch, wie er Euch Kirchenpack überlistet.«

29

Fisch zwischen Fischen glitt Mira durch das eiskalte Wasser. Sie hörte die uralte Sprache der Unterwasseratmer mit den großen Augen. *Eine Nixfrau? Wie kann das sein, wo die Schönen schon lange nicht mehr in den grünen Schilfwäldern wohnen?*

Fragt die Muscheln, die sind länger hier.

Keine Nixe-ixe-ixe, raunte der Muschelchor vom Boden mit feinen Stimmchen, *ist eine Menschenfrau, so blau die Lippen, so bleich die Haut, flossenlos sie ist.*

Der Sog wurde langsamer, schon prasselte Schilf und Blattwerk auf Mira ein. Mit dem Rücken rutschte sie auf schlammigem Boden entlang.

Schon schüttelte sie das Zappeln der sterbenden Wassertiere durch, von den gestammelten Todesschreien wurde sie ganz taub.

Auf einmal ganz leicht, das flüssige Reich hatte sie wieder hergegeben, strömte Luft in Miras Lungen ein. Salzige frische Luft, und Mira verlernte die Sprache der Fische wieder.

»Schon wieder eine! Eine Hübsche dazu«, sagte ein alter Mann. Er kaute an einer Pfeife. »Haben die Herren in Venedig denn kein Erbarmen.«

Mira roch sogar den Rauch. Mit dem Fang wurde sie weitergezerrt. Sie schlug die Augen auf.

»Fafo, die lebt noch«, brüllte ein Junge. Er räumte die Fische von ihrem Leib, und tätschelte mit groben Händen ihr Gesicht. »Donna?« Er hob sie aus dem Fangnetz empor.

»Ich friere so.« Mehr vermochte Mira nicht zu hauchen.

»Lass alles liegen. Renne zu Nana und lass sie einen Bottich

Wasser heiß machen, schnell.« Der Fischer nahm sie auf die Arme, trug sie wie in ferner Kindheit ihr Vater. Grobe Wolle kratzte über ihre Haut. Das Gefühl hielt sie im Jetzt wie auch die harten Schritte. Rannte der Alte gar mit ihr?

Über Mira weit oben im dämmerigen Morgenhimmel flog eine weiße Taube, drehte einen Kreis und zog davon.

Da bückte sich der Alte schon unter einer niedrigen Tür. Warme Luft schlug Mira entgegen.

»Jesusmaria!« Ein rotwangiges, faltiges Gesicht, umkränzt von einem grauen Zopf, blickte freundlich auf sie herab. »Sie lebt wirklich.«

Mira ließ geschehen, dass die Alte sie entkleidete. »Nun aber raus hier, ihr Kerle. Ich kriege sie schon alleine ins Wasser. Holt lieber den Fang vom Strand.«

Mira vermochte nicht zu entscheiden, ob das Kräuterwasser sehr kalt oder sehr heiß war. Die Alte schrubbte mit einer Bürste sanft über ihre Haut. »Dein Blut muss herumgehen, Kind, damit du zu dir kommst.«

Mehr und mehr vervollständigte sich ihr Leib, erfasste Mira die Welt um sich wieder. Sie saß in einem Holzbottich in der Mitte einer Fischerhütte. Die Wände und Böden waren hell und sauber wie Meersalz. Über dem Feuer räucherte Fisch, ein Kessel köchelte auf der Glut. Die Strohlager weiter hinten waren säuberlich gerichtet. »Ich bin Mira«, sagte sie leise.

»Nenn mich Nana.« Die Alte reichte ihr ein großes Wolltuch. »Du kannst dich schon regen. So trockne dich selber ab.«

Am Mittag saß Mira in dicke Decken gehüllt am Tisch. »Ich danke euch so sehr. Wie kann ich es euch nur vergelten, dass ihr mir das Leben gerettet habt?«

»Lebe weiter. Das ist uns Gotteslohn genug.« Der alte Fischer hockte neben seiner Frau, die ihren Kopf an seine Schulter gelehnt hatte. Sein Gesicht war vom Wetter gegerbt und ihres von der Last der Jahrzehnte ganz faltig. Sie waren sich so ähnlich, dass Mira sie hätte für Geschwister halten können.

Nana strich ihrem Mann über die groben Hände. »Er hat schon so oft junge Frauen aus dem Meer gezogen. Mal sind sie dick von einem Kind, das einer nicht haben will. Mal haben sie einen Strick um den Hals.«

Fafo seufzte. »Am schlimmsten ist es für unseren Enkel.«

Den Jungen hatten sie um Brot ins Dorf geschickt.

Sie sahen einander so liebevoll an, dass Mira an Ludomar denken musste. Auch er war anfangs so in ihrem Blick versunken. Nur hatte er nicht ohne jeden Zweifel dabei gelächelt, wie es zwei Menschen wohl nur nach vielen Jahren gelang. Mira fragte sich, ob der Herzog Ludomar beim Kampf in die Lagune geworfen hatte.

»Erzähle uns, wie du ins Wasser gekommen bist.«

Die beiden hatten die Wahrheit verdient, auch wenn Mira nicht alles erzählen würde. Sie musste die Sternenfrauen schützen. Die beiden würden sie bestimmt nicht verraten, sollten Stratos Häscher die Dörfer durchkämmen.

»Ich hätte die Frau von Ercole Strato werden sollen«, hob sie an.

»Was? Dem schlimmsten Menschenhändler der bösen Stadt?« Fafo stand der Mund offen, in dem nur noch wenige Zähne verblieben waren.

Nana hielt die Hand hinters Ohr. »Der Doge will uns von hier vertreiben, das redet ihm der Strato ein. Sie wollen hier, wo die besten Fischweiden sind, einen Kanal graben, damit sie schneller zu ihren Landhäusern kommen.«

Fafo hieb mit der Faust auf den schlichten Treibholztisch. »Wir Fischer werden ihnen nachts den Sand zurückschütten, glaub's mir.«

»So lass sie doch erst erzählen.«

Mira hatte davon bei einem Abendessen sprechen hören, an

dem Helmprecht beharrlich Strato nach seinen laufenden Geschäften ausgefragt hatte. »Habt keine Sorge, er redet nur so lange davon, bis er die Cinelli umgarnt hat, denen hier der Grund gehört. Nach der Dogenwahl wird er es vergessen.«

Die beiden sahen sie mit verwunderten Augen an. »Bist du sicher?«

Strato hatte sich dieser List gebrüstet. »Ja.«

»Bei den Fischern heißt es, wer eine Meerjungfrau rettet, dem winkt das Glück.« Diesmal stupste Fafo seine Nana an die Nasenspitze.

Die lachte fröhlich. »So war es immer.«

Anfang Dezember wurde es früh dunkel und damit auch recht kalt. Mira saß auf dem Wagen hinter Fafo und Nana zwischen den leeren Fässern. Sie hatten allen eingesalzenen Fisch verkauft. Der Markttag in Treviso war Fafo unverfänglich genug erschienen, um Mira schnell weiter in Richtung des Gebirges zu schaffen, weil die beiden dort seit je ihren Fisch verkauften. Nana hatte Mira schwarzen Bleisand ins Haar gerieben, der ein paar Tage die Farbe verdunkelte. Und Fafo hatte ihr Holzschuhe geschnitzt und in Salzlauge grau gemacht, damit sie wie abgetragen aussahen.

Sie konnten gar nicht vorsichtig genug sein: Strato hatte ein sehr hohes Kopfgeld auf Mira ausgesetzt. In allen Zollstationen und an den Grenzen der Republik Venedig kannte man ihre Beschreibung.

Die Fässer und den Stockfisch hatten sie in einem Winkel hinter dem Marktbrunnen aufgebaut, weil man diese Ecke des Marktes nicht von überall einsehen konnte. Aber die beiden Alten waren sicher gewesen, dass alles gutgehen würde: Eine Meerjungfrau bringt Glück. Nana hatte am Abend auf ihren Bauch gezeigt, wo sie den Geldbeutel verbarg. So viel Münzen nach einem Markttag habe sie nie getragen. Sie komme sich vor wie noch mal schwanger mit ihrem Tono.

Das Maultier trabte ganz ordentlich, und sie rollten durch die winterliche Landschaft am Fluss entlang. Zwischen den graubraunen Weinhügeln und abgeernteten Feldern lugten hinter Bäumen Gebäude vor.

»Schau wie es läuft«, sagte Fafo. »Es weiß, dass es gleich in den warmen Stall kommt.«

Tatsächlich machte das Tier schnellere Schritte.

»Unser Maultier kriegt auch einen Fuder Hafer mehr, so schnell wie es uns gezogen hat.« Fafo zeigte auf die fünf Hofgebäude, wo sie Nachtlager nehmen wollten.

»Bei Sottone wird uns der Abend nicht lang.« Er tätschelte Nana das Knie. »Soll ich mal wieder mit dir tanzen?«

In der Taverne saßen an zig einfachen Bänken Männer, Frauen und Kinder vor Holztellern. Von der einen Seite roch es nach Käseauflauf, von der anderen nach Speckgebratenem, und ein wenig Kräuterbratenduft zog auch vorbei.

Fafo zwinkerte Mira zu. »Du hast Hunger, so wie dein Auge glänzt. Polenta mit Zwiebelsud und einem Stückchen Schwein?«

»Gern.« Aber ihre Augen leuchteten gewiss auch, weil sie ihr altes Leben wiederfand. Wenig unterschied die Taverne hier von den einfachen Wirtsstuben zu Frankfurt, wo die Leute spät beisammen aßen, wenn sie einmal ein bisschen Lohn übrig hatten. Die Wände hinter den vielen Talglichtern schmückten noch Ährenkreuze vom Erntedank und verblasste Wiesenblumenkränze. Hie und da hing eine alte Reitpeitsche oder ein gebrochenes Rad an der Wand.

»Fafo, setz dich hierher«, rief der Wirt, ein großer dicker Mann, den Fafo Sottone nannte. Er winkte sie zum Ausschank. »Drei Bier für euch aufs Haus.« Ohne viel Federlesens nahm er

Mira bei der Hüfte. »Wer mir solch schönes Gewächs ins Haus bringt, soll nicht darben.«

Fafo und Nana nickten sich zu. »Sie ist die Enkelin von Nanas Schwester.«

»Und wenn sie die Tochter eines Kaufmanns wäre, ich bin in jedes hübsche Näschen vernarrt.« Sottone zog eine kleine Fiedel hinter dem Rücken hervor und spielte ein paar Takte. Dann ging er schon weiter und rief über die Köpfe der Leute seinen Knechten am Tresen die Bestellungen zu.

»Fafo hat mal vor Jahren des Wirts Sack und Pack aus einem Schlammloch gezogen, wo es Räubergesindel hineingeworfen hat«, sagte Nana.

»Er hat's mir nie vergessen.« Fafo griff zum hölzernen Bierkrug. Sie stießen an.

Auf der breiten Stiege nach oben standen Sottone und noch drei Burschen. »Springt, dass die Balken wackeln, Leute!« Er fing an zu fiedeln, einer blies die Flöte und zwei hieben auf große und kleine Trommeln.

»Na, mein junger Spund.« Nana fasste ihren Fafo schon bei den groben Händen. »Dreh mich, dreh mich, dreh mich rund!« Sie hopsten zwischen das Volk.

Mira nahm einen langen Schluck aus ihrem Bierkrug. Sie lehnte sich an die Wand hinter der Sitzbank, streckte die müden Beine und genoss die Musik mit geschlossenen Augen. Die beiden Trommler schlugen lustig ein, tack, tack, tatack …

… rack, rack, klatscht die Peitsche auf den Rücken des Riesen. Immer wieder holt Strato mit dem Pferdestriemer aus. »Ich habe es dir verboten, verdammt, sie aus dem Haus zu lassen.« Rack – das dünne Ende der langen Peitsche züngelt über Suleiman, der vor Strato kniet. »Warum gehorchst du nicht?« Strato holt aus und schlägt zu. Rack.

Habe ich doch, deiner Mutter, brummt der Sklave.

»Möge der Schmerz dir zeigen, wer dein Herr ist!« Strato holt aus, Schweißperlen fliegen von seiner Stirn. Rack.

Es tut nicht weh, dein Mannesarm ist schwach, brummt der Ägypter.

Strato lässt die Peitsche sinken. Ihr Ende springt noch wie lebendig umher. »Wenn ich wenigstens ein Wort aus dir rausbrächte, du …« Strato verschluckt den Fluch.

Wutentbrannt wendet er sich dem andern Diener zu. Der schmächtige Luigi kniet, die Hände auf den Rücken gebunden, auf dem Steinboden der Vorratskammer. »Peitscht mich nicht, Herr, bitte«, wimmert er schon vor dem ersten Schlag und fällt vornüber. »Ich flehe Euch an.«

Strato holt aus und zieht ihm eins über den Rücken. Luigi schreit. »Ich sage, was ich weiß, alles!«

»Sprich!«, sagt Strato kalt.

»Der Riese«, stottert er, »war nicht allein mit Eurer Braut. Ich … ich hätte sie nicht gehen lassen, gewiss nicht.« Er windet sich, ein anbiederndes Lächeln misslingt ihm. »Ich gehorche Euch immer. Doch gegen … gegen die Signora darf ich doch nichts tun. Das habt Ihr immer gesagt, ihr Wort sei Euer Wort, Herr«, wimmert Luigi.

»Meine Mutter?« Strato fällt die Peitsche aus der Hand. »Wehe du lügst!« Er läuft aus der Kammer hinaus in den Hof mit den Öllampen, die Marmortreppen hinauf. »Mutter!«, schreit er.

Thulia steht im roten Zimmer im langen grauen Kleid.

Strato stürzt auf sie, reißt sie an den Schultern herum, dass ihre Ohrgehänge fliegen. »Hast du Mira gehen lassen?« Seine Hände krallen sich in Thulias Fleisch. »Hast du?«, schreit er.

Thulia schließt die Augen und wehrt sich nicht. Erst als er von ihr ablässt, hebt sie die Lider. Verschleiert ist ihr Blick. »Es war nicht anders möglich«, sagt sie leise.

Strato stößt sie zu Boden, ums Haar hätte er nach ihr getreten, schon reißt er sie wieder hoch und schleudert sie mit dem Rücken an die Marmorwand. »Was faselst du da?«

»Willst du deine Mutter umbringen?« Thulia schaut kalt auf die Hände ihres Sohnes, die sich um ihren Hals legen.

»Rede. Sofort, sonst …«

»Ich kenne deinen Zorn, mein Sohn.«

Strato zischt nur. »Was ist eine goldene Kette gegen die Kraft meines Ägypters. Du allein kannst es ihm befohlen haben, er gehorcht nur meinem Blut.« Er klopft sich auf die Brust. »Der Großhexer des Muftis von Alexandria hat ihn mit meinem Blut zu Gehorsam gezwungen!«

Thulia legt die Hand auf ihren im Halstuch verborgenen Stein. »Hoffentlich hast du nicht zu viel gezahlt, mein Sohn. Was die Hexerei der Mauren wert ist, haben wir ja gesehen … Die Seherin hat ihm …«

»Du lügst! Du hast sie freigelassen, weil du von Anfang an gegen meine Verbindung mit einer Tedesca warst, die …«

»Schweig!«, schreit Thulia. »Du sagt selbst, dass sie eine Seherin ist. Ein Weib, das solch eine Gabe hat«, ihr Zeigefinger fährt hoch in die Luft, »vermag gewiss Suleiman zu bezwingen. Was ist schon das Werk eines maurischen Hexers gegen eine Seherin von solcher Kraft?«

Strato stiert sie an. Sein Kiefer mahlt. Er schlägt mit der Faust gegen die Wand. »Zur Hölle mit ihr.«

»Dein Zorn geht fehl.« Thulia nimmt ihn an seinem Kinnbart. »Hätte ich mich gegen sie stellen sollen? Hätte ich ihre Macht noch mehr gegen unser Haus wenden sollen, du Narr! Sag es mir, Ercole Strato.«

Er stützt sich an der Wand ab und schnauft. »Du hättest mich fragen müssen, Mutter.«

»Wie das tun? Wo sie schon frei von den Ketten war. Was weiß ich, wie sie das bewerkstelligt hat.«

»Wo bist du mit ihr hingefahren?«

»Nicht ich mit ihr.« Thulias Blick gleitet zu Boden. »Ich musste ihr folgen, sie hat es verlangt. Wohl zur Tarnung.«

»Wohin?«

»Zur Friedhofsinsel. Der Herzog Beowulf und dieser Botschafter sind bald danach erschienen. Kein Wunder. Sie überwachen uns ja mit ihren Zuträgern, wie du weißt.«

»Warum hast du nichts getan, dass unsere Ehre nicht so beschmutzt wird?« Er packt sie am Handgelenk. »Ganz Venedig wird meiner spotten, dass mir die Braut davongelaufen ist.«

»Du tust mir weh.« Thulia schüttelt sich frei. »Kühle deinen Zorn, mein Sohn«, faucht sie. »Damit du wieder scharf denken kannst.« Ruhiger sagt sie: »Niemand wird deiner spotten.« Thulia richtet sich zur vollen Größe auf. »Deine Braut wurde eben entführt, um dir zu schaden.«

Strato lehnt sich mit dem Rücken zur Wand. »Kein Mensch wird glauben, dass der Herzog oder der Botschafter des Erzbischofs meine Braut entführt haben, wo wir gerade in der Heiligen Liga Bündnisgenossen werden.«

»Ich habe dich gelehrt zu denken, bevor du redest, Ercole.« Thulia bohrt den Zeigefinger in sein Spitzenhemd. »Natürlich hat nicht der Herzog die Entführung bewerkstelligt. Sondern deine Feinde, die Feinde Venedigs.« Sie hebt den Blick zu ihm. »Zumindest im Augenblick sind das die Franzosen. Charles der Achte hat also deine Braut entführt.«

Strato steht der Mund offen. »Niemand wird das glauben. Die Franzosen ziehen gerade auf Rom zu.«

»Ach was!« Thulia zuckt mit den Schultern. »Jeder wird es glauben. Hören wir nicht seit Wochen von einer Schlacht nach der anderen, die Charles gewinnt? Mailand, gar das stolze Florenz strecken die Waffen. Da traut jeder den Offizieren des Franzosenkönigs solch eine verwegene Tat zu, um dich zu erpressen.« Sie stößt sich von seiner Brust ab. »Lass die üblichen Zuträger das Gerücht streuen, schon glauben es alle.«

Strato wischt sich über die Stirn. Er ist blass. »Das werde ich jetzt wohl tun müssen.«

»So ist es«, sagt Thulia streng.

»Verzeih.« Strato streicht ihr über den Oberarm.

»Geh jetzt. Rette unsere Ehre«, sagt Thulia matt, ihre Augen füllen sich mit Tränen.

Strato eilt davon, er sieht nicht mehr, wie Thulia hinter der Tür an der Wand in die Hocke sinkt. Sie nestelt ihre Sternenkette frei und schützt den Amethyst in beiden Händen.

Jemand tippte ihr an die Schultern. »Macht dich das Bier so müde, mein Kind?« Die alte Nana setzte sich mit vom Tanzen hochrotem Kopf und trank aus ihrem Krug. »Wie herrlich so ein Bier ist, wenn man das Bein geschwungen hat. – Fafo bringt gleich Essen.«

Mira blinzelte zu dem alten Fischer hin, der Schüsseln auf ein Brett stellte. »Mir ist nur schwindelig.« Mehr allerdings von dem Geschehen in Venedig. Sie war so froh, dass es Thulia gelungen war, Stratos Verdacht zu zerstreuen.

»Trink noch Bier, Kind.« Nana schob ihres rüber. »Du hast zu wenig getrunken heute.«

»Lächeln kannst du wie eine Selige auf den Bildern im Dom.« Fafo brachte das Brett mit duftenden Schüsseln voll Braten und Gemüse heran. Er deutete hinüber zu einem Mann mit grünem Faltenhemd, der seine Frau stützte, weil die aus dem Holzschuh geglitten war und einbeinig weiterhüpfte. Die anderen Tänzer traten unter Gelächter den Schuh zwischen sich hin und her. »Lambioni heißt der. Ist Käsehändler. Der nimmt dich morgen bis Bergamo mit«, sagte Fafo leise. »Dort liegt noch kein Schnee.«

»Ich habe aber kein Geld für die Fahrt«, sagte Mira.

»Aber natürlich hast du Geld.« Nana rückte zu ihr auf. »Deinen Lohn. Du hast uns doch beim Markt geholfen.«

Mira küsste die beiden auf die Wangen. »Was würde ich ohne euch nur machen.«

»Geh deinen Weg weiter, mein Kind. Die Lagune gibt nur sehr selten eine junge Frau wieder her.«

Irgendwann wurde Sottone des Fiedelns müde. Die letzten Tänzer drehten sich nur noch langsam, Fafo und Nana zogen Mira mit sich fort, nach hinten zur Stiege.

Über dem Schankraum waren mit Flechtwerk Kammern ohne Türen abgeteilt. Aus einigen schnarchte es schon gewaltig.

Fafo schlich zu einer leeren Kammer. »Das Stroh ist frisch. Wir sind über der Küche. Es wird nicht kalt werden.«

Nana stellte ein Windlicht auf einen Mauervorsprung. »Ich mag es lieber, wenn es nicht ganz dunkel ist. In der Nacht ist das Böse unterwegs.«

Fafo legte seinen Arm um sie. »Ich bin doch bei dir.« Er bettete sich vorn, hinter ihm Nana und zur Mauer hin hatte Mira selbst Platz. Mira breitete noch eine Decke, die Nana aus dem Wagen mitgenommen hatte, über sie alle. »Schlaft gut.«

»Du auch, Meerjungfrau.«

Mira barg den Kopf auf dem Stroh. War sie das wirklich, eine Glücksbringerin? Vielleicht konnte sie es werden, wenn sie wirklich der Siebte Stern war. Sie musste den Fünften Stern finden. Den Alten hatte sie nicht von dem Bergwerk am Splügenpass erzählt, damit die sich nicht noch mehr wunderten. Mira wusste ja selbst nicht einmal, was diese Cresea dort machte, bei der sie in die Lehre gehen sollte.

Und das wollte sie. Vielleicht konnte sie dann auch für ihren Bruder etwas tun. Mira presste die Lippen aufeinander, sie wollte die lieben Alten, die schon sanft atmeten, nicht wecken. *Ach Sterne, ach Astarte, helft meinem Jockel.*

Nana schnaufte, und Fafo grummelte im Schlaf.

Im Windlicht flackerte freundlich eine kleine Flamme. Sie war so schmal. Eine Weile schaute Mira hinein. Und hell. Und auf einmal so weiß …

… grell lodern Flammen auf. »Nicht«, schreit Jockel unter stürzenden Balken voller rot-weißer Gluttropfen. Er schützt sich mit den Armen. Die Haare versengen, er stolpert durch den Rauch. Stallzeug, Stroh, alles brennt.

Ein Wasserschwall trifft ihn, als er krachend mit einer brennenden Leiter hinunterbricht. Da zieht ihn jemand aus dem Feuer weg.

»Wo kommt denn der Bub her?«, zischt einer.

»Schaffe ihn weiter weg, sonst flämmt er sich wieder an.«

Ledereimer gehen von Hand zu Hand, Wasserschwall um Wasserschwall schlägt an die Bretter. In Todesangst quiekt ein Ferkel, ein Bauer stürmt mit einem Eimer vor, schleudert ihn auf das Tier, das wie wahnsinnig an seinem Seil zerrt. Schnell zückt der Bauer ein Messer, rafft das Ferkel auf, packt Jockel am Genick gleich mit. Zu dritt fallen sie draußen in erdiges Gras.

»Den Ziegenstall sollen die Flammen nicht kriegen. Macht ihn bloß gehörig nass«, ruft einer.

Eine Frau birgt Jockels Kopf im Schoß. Sie wischt ihm den Ruß aus dem Gesicht. »Was hast du denn da drin gemacht?«

»Ich soll doch die Schweine hüten.«

»Hast den Brandstifter nicht gesehen? Oder warst du's gar selber?«, zischt eine und bleibt mit dem schwappenden Ledereimer stehen. »Seit er im Dorf ist, brennt's dauernd.«

»Versündige dich nicht mit solch barem Unsinn, Yvette. Der Jockel ist doch selber halb verbrannt.« Die Frau mit dem weichen Kinn legt ihm den Arm um die Schulter. »Dir muss ich die Haut abwaschen und mit Salbe bestreichen, komm.«

»Wenn du eigene hättest, würdest du dich um den hergelaufenen Balg nicht so scheren.« Ein Kerl mit breitem Kreuz trägt einen Ledereimer weiter.

»Lass sie schwätzen«, meint eine gichtige Alte. »Dabei ist es nicht mal ihr Schweinestall, der brennt.«

»Die neue Herrin wird's bald hören, dass in ihrem Dorf der Feuerteufel umgeht.« Ein böser Blick streift Jockel.

»Er ist's nicht.« Die Frau streckt drohend die Zeigefinger aus. »Es hat drüben in der Zehntscheune im Oktober gebrannt. Da war er noch gar nicht bei mir!«

»Das stimmt«, krächzt die Alte.

Die Leute drehen sich um, weil der Querbalken des Schweinstalls herunterkracht.

»Schaufeln wir die Glut morgen ins Backhaus, dann haben wir wenigsten guten Flammkuchen davon.« Die Leute lachten traurig, hören doch alle die Verzweiflung darin. »Schon wieder ein Brand.«

Das Feuer züngelt hell. »Flammkuech, noch haben wir Speck.«

Flammkuech... Das Wort hatte Mira schon einmal gehört. Sie blinzelte in das Halbdunkel der Schlafkammer. Da war sie noch ganz klein gewesen und zu Hause. Als es das noch gab, ein eigenes Zuhause, als das noch nicht das halbe Bett im Armenhaus bedeutete, als Vater noch gelebt hatte und ... seine Base Agnes einmal in Frankfurt gewesen war! Mira blinzelte in das Flämmchen des Windlichts. Sie hätte jubeln mögen vor Glück.

Jockel war zu Agnes gewandert, ins Elsass. Die Dicke mit dem weichen Kinn war niemand anderes als Agnes. Die Verwandte hatte ihn aufgenommen. Er würde also den Winter überstehen. Die Brandwunden besorgten Mira nicht mehr. Agnes würde gewiss Abhilfe schaffen.

Mira wischte sich eine Freudenträne aus den Augen. Und so

wusste auch sie, Mira, endlich, wo sie ihren Bruder finden könnte.

Jockel war gerettet. Mira drehte sich auf den Rücken und faltete die Hände. *Gedankt sei dir Maria für deine Hilfe, gedankt sei dir, o Schützerin der Armen.*

30

Mira zog ihr Kopftuch über Nase und Mund. Drei dunkle Dezembertage schon war sie vom ersten Tageslicht an die Berge hinangestapft, nun war sie endlich in Calantgil angelangt. Der dichte Schneefall verwischte alles. Von der Bergwerkssiedlung hier im hintersten Ferreratal ahnte sie gerade mal die verstreut liegenden Häuser als schwarze Punkte.

Bis Bergamo war sie mit dem Käsehändler auf einem Pferdewagen gerollt, von dort hatte ein Abt sie auf seinem Nachen bis Como über den See mitfahren lassen, wo sie sich nach dem Bergwerk am Pass erkundigt hatte. Hätten sie Fafo und seine liebe Nana nicht mit Fellmantel, festen Lederschuhen und auch ein paar Münzen ausgestattet, Mira hätte es nie bis hier herauf geschafft.

Mira stemmte sich gegen eine Windböe, die nur noch mehr Schnee aufwirbelte und sie fast verschlang. Ihr einziger Trost auf der beschwerlichen Wanderschaft war, dass es Jockel nun wärmer hatte als sie. Ein gnädiger Lichtkreis hatte ihn ihr vor dem Herd gezeigt, wie er einen Quirl bei der Verwandtschaft geschnitzt hatte.

Mira stapfte weiter auf die dunklen Gebäude des Bergwerkdorfs zu. Sie hoffte inständig, dass Cresea ihr endlich die Geheimnisse enthüllte, von denen Ciffrah und Thulia gesprochen hatten. Die Lichtkreise überfielen sie inzwischen zu oft. Das war gefährlich.

Die ersten Häuser waren verrammelt. Der Schnee fiel so dicht, dass Mira nicht erraten konnte, ob doch ein Herdfeuer drinnen brannte. Ihr Gefühl sagte ihr, dass dort niemand wohnte.

Sie befiel Angst. Womöglich lag das Bergwerk, zu dem Thulia sie geschickt hatte, in diesem Dezember still, weil der Winter das Tal besonders hart ergriffen hatte.

Drei Wegbiegungen weiter spürte sie endlich Menschen, viele sogar. Das gab ihr Kraft weiterzulaufen, so eisig kalt ihr auch war.

Das Gehöft bestand aus vielen kleinen Steinhäusern, die auf den Vorsprüngen des Hangs verteilt waren. Ungefähr in der Mitte erhob sich wie eine alte Burg ein sehr großes Haus.

Trotz des Schnees wimmelte es vor Männern in Bergwerkskutten, die Schütten mit Steinen auf den Rücken trugen oder Schlitten voller Gestein aus einer Scheune zogen.

Mira begriff, dass in der Scheune einer der Stollen begann. Sie hielt einen der Männer an der Kutte fest. »Warte, Mann. Wo finde ich die Cresea?«

Der Kerl wandte nur den Kopf unter der schweren Last. »Mein Gott, a Weiberl. Was schaffst du hier bei dem Sauwetter?«

»Ich soll zu Cresea gehen«, sagte sie im Ton einer Magd, die ungern als Botin geschickt wurde.

»Wo soll des Kupfermeisters Frau schon wohnen als im großen Haus.« Er machte eine Bewegung nach vorn. »Aber sie lassen heut keinen ein.«

Das fehlte noch. »Warum denn?«

Er stapfte schon weiter. Mira ging neben ihm her, und er warf einen schnellen Blick auf sie. »Du bist nicht von hier, Weiberl. Heute ist der Tag des heiligen Vinzenz, da wird mit der Herrschaft abgerechnet.«

Der Kerl lief weiter, vom Schnee fast verschluckt. Im grauen Licht verwischte alles. Mira hörte, wie unweit Steine auf eine Halde prasselten. Irgendwo wieherten sogar Pferde in einem Stall.

Hinter den kleinen Fenstern des Haupthauses erkannte sie

Licht und sogar Rauch, der aus vier Kaminen aufstieg. Der Schnee lag auf dem Vorplatz nicht so hoch. Mira klopfte mit dem großen Ring an der Tür.

Nach einer Weile öffnete sich ein Spalt, eine rote Nase, ein faltiges Gesicht zeigte sich. »Was willst du?«, fragte der alte Mann knapp.

Ein warmer Hauch wehte aus dem Haus. »Zu deiner Herrin, zu Cresea.«

»Wir brauchen keine Magd.« Die Tür schloss sich.

Mira setzte schnell ihren Stiefel in den Spalt. »Ich habe eine Botschaft für sie.«

»Schleich dich! Jetzt treiben sich die Zigeunerweiber schon allein im Schnee herum.« Er trat ihr so fest gegen die Fußspitze, dass Mira ihren Stiefel zurückziehen musste. »Verschwinde, oder ich lass eine Schütte taubes Gestein nach dir werfen. Von Diebsvolk wie euch haben wir hier schon genug gehabt. Pack dich!«

Die Tür knallte zu.

Mira war nicht so weit gewandert, dass sie sich jetzt abweisen ließ. Nur vor der Tür durfte sie nicht stehen bleiben. Sie ging einfach zum nächsten Gebäude, dem Geruch nach ein Pferdestall. Absichtlich beugte sie sich in einer Weise, dass man sie im Gestöber für einen der Schüttenträger halten würde, der sich hinter dem aufgestapelten Feuerholz erleichterte. Jedes Haus hatte einen Hintereingang, und noch überall machten die Köchinnen gern eine Abkürzung zu den Ställen, wenn sie nach Eiern gingen.

Doch hinter dem Haus entdeckte Mira nur Bretterwände, hinter denen es wummerte. Es waren Bergwerkshütten, zwischen denen der Schnee hoch aufgeweht war. Mira versuchte es auf der anderen Seite des Hauses.

Und dann fühlte sie etwas Unerwartetes. Es war so stark, dass sie innehielt und sich mit dem Pelzhandschuh an der nächsten

Wand abstützte. Die Kälte des Windes, der so sehr in ihre Gesichtshaut gebissen hatte, wich auf einen Schlag von ihr. Ruhe fand sich in ihrem Herzen. Grundlos hüllte sie eine Freude ein. Cresea war hier – und ganz nahe! Es konnte nicht anders sein, als dass sie den Fünften Stern spürte. Mira stapfte weiter und richtete sich nach dem Schwingen in ihr.

Im Schneegestöber erkannte sie erst jetzt, dass hinter dem Haus ein viereckiger Festungsturm aufragte. Oben im Haus wurden gerade die Fenster erleuchtet, der kurze Dezembertag neigte sich dem Ende zu.

Die Fußspur zwischen den Verschlägen führte zur Küche, auf dem dampfenden Misthaufen lagen Kohlblätter und leere Eierschalen.

Mira legte die Hand an den Riegel und zog. Die Tür war offen!

Sie schlüpfte ins Haus und wandte sich geradewegs nach links. Von dem Druck auf ihren Schultern ließ sie sich leiten, der ihr die Anwesenheit anderer Menschen verriet. Rechts waren viele, links nur zwei. Dazwischen führte eine Stiege nach oben. Mira setzte vorsichtig ihre Füße auf die erste Stufe.

Im Haus war gut geheizt, warme Luft zog über ihr Gesicht. Sie klopfte den Schnee vom Mantel und öffnete ihn.

Leute kamen! Mira kauerte sich im Winkel hinter der Treppe, bis zwei Knechte eine Truhe vorübergeschleppt hatten.

Sie ging einfach nach oben. Im ersten Stock waren die Stufen blank gescheuert und sogar geölt. Hier wohnte also die Herrschaft.

»Was suchst du hier?«, fragte eine strenge Stimme. »Ich kenne dich nicht.« In einem Lehnstuhl saß ein hutzliges Weiblein in schwefelgelbem Samtüberwurf.

»Ich suche Cresea.«

»Verschwinde, du hast hier nichts zu schaffen.« Die Alte hob eine zittrige Hand. »Uriel!«, zischte sie.

Ein schwarzer Hund sprang bellend hinter dem Lehnstuhl auf.

»Fass!«, krächzte die Alte.

Klein und zottelig, so ein Untier hatte Gerhilds Vogel gerissen! Mira spreizte unwillkürlich alle zehn Finger von sich. *Still! Du Höllentier.* Der Hund knurrte noch lauter, wich aber zu den Füßen der Alten zurück.

Eine Tür ein paar Schritte weiter flog auf. »Gib Ruhe, du Vieh!«, rief eine junge Stimme.

Mira rieselte Wärme bis in die Fingerspitzen. Der Hund ging langsam auf die Hocke, duckte sich und schob sich rückwärts immer enger an die Alte im Schaukelstuhl.

»Was geht hier vor?«

Mira entfuhr ein Laut der Überraschung. So hatte sie sich den Fünften Stern nicht vorgestellt. Cresea war nur wenige Jahre älter als sie. Ein sehr dicker Zopf aus hellem Haar fiel ihr über die linke Schulter. Im runden, rosigen Gesicht standen die Augen eher etwas weit auseinander, fast schienen sie in ihrem reinen Blau ein winziges bisschen zu schielen. So gut genährt wie die jungen Wangen, so voll waren die rosa Lippen. Der hochgewölbte Bauch verhieß eine baldige Niederkunft.

»Ihr seid Cresea, nicht wahr? Ich suche Euch«, sagte Mira.

»Schaff sie weg. Sie ist ins Haus eingedrungen«, keifte die Alte im Lehnstuhl.

»Gleich, Mume.« Creseas Blick ruhte in Miras. Auf ihrer Stirn formte sich eine steile Falte. »Wie ist es dir überhaupt gelungen? Wir halten am Vinzenz-Tag das Haus verschlossen.«

»Schaff die Diebin raus. Aber durchsuche sie vorher.«

Mira verlor lieber keine Zeit. »Ich bringe nur eine Nachricht.« Sie trat näher, senkte die Stimme. »Semiramis«, flüsterte sie so leise als möglich das Kennwort, das Thulia ihr mitgegeben hatte.

Cresea presste sich vor Schreck die Hände auf ihren geschwollenen Bauch. Ihre blauen Augen wurden groß.

»Schaffe sie endlich fort«, krächzte die Alte herrisch.

Cresea zog Mira am Arm zur offenen Tür im Flur. »Ich will erst wissen, wer die Frau geschickt hat, Mume.« Das zottelige Tier knurrte fürchterlich. »Halte Uriel zurück.«

Mira hörte einen Zischlaut, von dem sie nicht wusste, ob er der Alten oder dem Tier entfleuchte.

Cresea schloss die Tür einer Stube hinter ihnen, sie hielt dabei den Zeigefinger an die Lippen. Die kleine Kammer war wohlig von einem Kachelofen gewärmt. Zwei Wiegen standen davor. Auf einem Tisch waren kleine Kämme und Tiegel mit Salbe versammelt. Es roch nach Windeln aus einem Zuber in der Ecke.

Cresea winkte sie in den Winkel vor ein Schaff mit allerlei Wollsachen für Säuglinge, bunte Käppchen und weiche Decken. »Ich kann es kaum fassen. Du bist schon da!« Cresea umarmte sie.

Sie nahm Mira den Mantel ab, legte ihn über einen Stuhl und kniete sich vor sie hin. »Du bist durchgefroren. Lege die Stiefel ab. Du darfst dich nicht erkälten. Jetzt, wo wir dich endlich gefunden haben.«

Mira spürte auf einmal die tagelange Wanderschaft in allen Knochen. »Ich bin ziemlich erschöpft.«

Cresea hob den Zeigefinger. »Wisse, das Haus ist voller fremder Leute aus dem Tal. Wir rechnen mit den Verwaltern der Herrschaft ab.« Sie blickte kurz zur Tür. »Es wird dich nicht freuen, dass das Erz zum Viertel den Stratos gehört.«

»Kommt er etwa selbst herauf?« Miras Herz pochte wild.

»Der Schneefall wird uns helfen, er schließt bald das Tal von der Außenwelt ab. Aber wir müssen vorsichtig sein.« Weil eines der Kinder krähte, ging Cresea zu einer Wiege. Als sie sich darüber beugte, baumelte an goldenem Bast in der achteckigen Fassung ein Smaragd.

Sie fing Miras Blick auf und nickte. »Ich werde dich als die Amme ausgeben, die ich schon länger aus Bergamo erwarte.«

»Und wenn die andere kommt?«

»Nehme ich sie auch noch.« Cresea lächelte. »Mein Mann ist nicht geizig. Er verdient gut als Kupfermeister.«

»Was soll ich tun?« Mira sank entkräftet an die Stuhllehne.

Cresea machte wegen ihres hohen Bauches ungelenke Schritte auf sie zu. »Du wirst hungrig sein. Stärke dich, weil du morgen schon wirst viel lernen müssen.« Sie schob ihr einfach eine Schale Kinderbrei hin. »Wir haben so lange darauf gewartet, dass der Siebte Stern erscheint. Wir brauchen dich. Mira. Je schneller du lernst, desto besser ist es.«

Draußen rumpelte es, der Hund bellte wieder. »Nimm dich in Acht vor der Mume meines Mannes.« Cresea senkte die Stimme. »Sie ist von seltsamer Art. Wer weiß, wofür sie mit dem krummen Rücken gestraft worden ist.«

Im Gang draußen hörten sie Befehle rufen. Die Tür flog auf. Ein breiter Mann mit schwerer Lederschürze stand im Rahmen. Sein glückliches Lächeln, als er sich die rote Kappe der Bergleute vom Kopf riss, versackte. »Wer ist denn die? Ich will kein verdrecktes Weib bei meinen Kindern sehen.« Er stellte sich breitbeinig vor Mira und winkte sie hinaus.

»Warte, Giulio. Sie ist die Amme aus Bergamo, die mir die Contessa Vorone geschickt hat. Sie ist trotz des Schnees heraufgekommen.«

»Ach so.« Er strahlte wieder. »Geh und wasch dich. Iss was und dann machst du alles, was meine Frau dir sagt. Hörst du?« Er fasste Mira am Kragen und schob sie schon halb hinaus. »Und merke dir, Dreck dulden wir hier im Haus nicht. Wo Silber und Kupfer gegraben wird, hat es zu glänzen, sonst sieht man es nicht. Und nun ab!«

Cresea tat, als ob sie sich weiter nicht kümmerte. Und schon stand Mira draußen auf dem Flur. Einmal mehr war sie wieder zur Magd geworden. Aber das machte nichts. Sie war nicht mehr allein.

»Bist doch keine Diebin«, krächzte die Alte im Stuhl. »Wer bist du also?« Die knochigen Hände fuhren gebieterisch durch die Luft.

»Ich soll der Herrin mit den Kindern helfen.«

»Wird auch Zeit, dass du dich blicken lässt.«

Mira ging schnell weiter, hinunter zur Küche. Auf der Treppe hörte sie das Tier rachsüchtig knurren.

31

Miras Finger waren bald rot vom vielen Abwaschen. »Ich brauche neues Spülwasser. Ist der Kessel schon heiß?«

»Wenn du länger hier wärst, Mira, würdest du nicht fragen.« Die abgeschaffte Ella hielt sich das Kreuz. Graue Strähnen hingen ihr über die Augen. »In einem Kupfermeistershaus geht die Glut nie aus.« Sie deutete hinter sich. »Heißwasser gibt es in der ersten Hütte im Hof, dort wird das Kupfer und Silber ausgeschmolzen.«

Mira nickte nur und schaffte den Waschzuber zum Ausguss.

Die Gesindeleute hatten gestern am Vinzenztag nicht lange gefackelt. Jede Hand war willkommen, die Verwalter bei der Abrechnung zu verköstigen. Eine schwerhörige Köchin hatte ihr drei kalte Klöße hingestellt mit ein bisschen warmem Schweinsbraten. Dann hatte der dürre Hausmeister auf einen Zuruf des Kupfermeisters unter etlichen Verwünschungen Mira eine Schürze geholt. Und schon hatte es wie früher geheißen: schrubben, scheuern, spülen. Hintragen, hertragen, auftragen, abtragen.

Erst spät in der Nacht, Mira konnte kaum noch stehen, hatte ihr die Köchin in der Weiberkammer einen Winkel gezeigt. Zwischen einer Halbwüchsigen und zwei Witwen war Mira sofort eingeschlafen.

Mira schaute lieber nicht dem abfließenden Spülwasser zu, am Ende überwältigte sie noch ein Lichtkreis.

»Lass den Zuber stehen, Mira. Die Herrin ruft nach dir.« Die abgeschaffte Ella humpelte schon heran.

Cresea steckte den Kopf zur Küchentür herein. »Ich brauch dich jetzt bei den Kindern«, rief sie in sehr strengem Ton.

Der Schaukelstuhl der Mume war leer. Im Flur ging Cresea voraus, an der Treppe vorbei bis zum Ende, wo ein hoher spitzer Bogen durch eine wuchtige Mauer führte.

Sie standen vor einer schweren Bohlentür. Cresea holte unter ihrem schwangeren Bauch einen Schlüsselbund hervor und schloss auf. Leise quietschten die Angeln.

Drinnen drückte sie hinter Mira die Tür mit dem Rücken zu. »Hilf mir den Balken vorzulegen.«

Mira bückte sich rasch. Es war sehr dunkel und kalt zwischen den Mauern. »Steigen wir schnell hoch in die Turmstube. Geh vor, ich kann mit dem Bauch nicht so schnell.« Creseas Stimme war wieder sehr freundlich. »Verzeih mir. Aber vor den Leuten will ich so streng tun, damit keiner Verdacht schöpft.«

Mira zählte einhundertundelf Stufen, dann stieß sie mit dem Kopf an eine Klappe. »Soll ich öffnen?«

»Gewiss. Du bist der Schlüssel zu allem.« Cresea kam langsam die Holztreppe des Wehrturms heraufgestiegen.

Mit der Schulter stemmte Mira die Klappe auf. Grau fiel das Licht durch zwei schmale Fenster.

»Eine Bibliothek!« Sie kroch schnell auf den weichen Teppich. Ein breiter Sessel stand vor einem Eisenofen in der Ecke. Die Wände der hohen Stube waren mit Teppichen behangen, die über und über mit seltsamen Zeichen bestickt waren. Tische bogen sich unter Stapeln alter Bücher, Karten, steinernen Figuren, Holzkugeln in vielen Farben, Murmeln und Glaskugeln. Eine ganze Wand voller irdener Töpfe, aus denen aufgerollte Pergamente ragten, beeindruckte Mira sehr.

»Staune nur, wie auch ich gestaunt habe.« Creseas von der Anstrengung hochroter Kopf erschien in der Bodenklappe.

Mira half ihr heraus, bevor sie die Luke schloss.

»Schiebe den Teppich darüber, dann kann kein Lauscher uns verstehen.« Cresea prüfte am Fenster, was drunten vor dem großen Haus vorging. »Die Steuereintreiber schaffen gerade

Bruchsilber davon, die Begleitwächter reihen sich auf, sie wollen dringend los. Niemand wird uns die nächsten Wochen stören. Bald sind wir endgültig eingeschneit.«

Mira war fast schwindelig von all den unbekannten Schriften auf den Pergamenten.

Cresea setzte sich auf den breiten Sessel und stützte den Rücken mit einem Kissen. Sie wies Mira den Platz neben sich zu. »Deine Lehre beginnt.« Sie lachte. »Mach nicht so ein Gesicht. Du wirst heute begreifen, dass nichts deinen Geist mehr fesseln kann, als das geheime Wissen unserer Vorfahrinnen.« Cresea zeigte zur Wand mit den Tongefäßen. »Vier alte Alphabete habe ich dafür erlernt.«

»Ich fand eines schon schwierig.« Mira wurde wehmütig, als sie der schönen Stunden in Frankfurt gedachte, wenn Gerhild sie bei den Lectiones hatte dabeisitzen lassen.

»Für alles haben unsere Vorgängerinnen, die einst Sterne waren wie wir, Hilfestellungen hinterlassen.« Cresea hielt sich kurz den Handrücken an die Stirn. »Wo fange ich nur an?« Sie lächelte. »Vielleicht einfach bei mir.«

Mira wartete angespannt.

»Ich bin die Hüterin des Wissens, das schon seit 4793 Jahren bewahrt wird. Deshalb trage ich den Smaragd.« Cresea deutete zu einem irdenen Topf ganz oben im Schaff. »Der erste Text stammt aus Ägyptens Altem Reich. Aber die Sternenfrauen gibt es natürlich noch viel länger.«

»Haben Branca und Nera dich auch gefunden?«

»Gewiss. Das ist ihre Aufgabe als Hüterinnen des Zeichens und der Wahl. Sie finden die neuen Frauen, die Astarte auswählt, wenn ein Stern verglommen ist.«

»Und was hüte ich?«, fragte Mira leise.

Cresea legte ihr die Hand auf die Schulter. »Als Siebter Stern führst du uns zur Großen Aufgabe, die wir gemeinsam für die Menschheit leisten müssen.«

»Für die Menschheit?« So unfassbar groß die Herausforderung auch war, so deutlich fühlte Mira, dass endlich ein Rätsel gelöst war: Darauf hatten sie die Lichtkreise also vorbereiten sollen. »Wie soll mir das nur gelingen?« Ihr Blick verfing sich ratlos in einem Wandteppich. Der rote Samt war voller edler Goldstickerei ... worin sie auf einmal sieben Zeichen in einem Kreis verteilt erkannte. »Warum sind wir dort von vielen mittleren und kleinen Kreuzchen umschwirrt?«

»Es ist wie in den alten Schriften vorhergesagt.« Cresea klatschte in die Hände. »Du bist der Siebte Stern, weil du schneller lernst als wir anderen.« Sie fiel Mira um den Hals. »Es ist so herrlich!«

Mira wusste nicht recht wie ihr geschah.

»Die gestickten Kreuzchen stehen für all die Frauen, die unter unserer Anleitung daran wirken, dass wir die Große Aufgabe leisten, die wir Astarte schulden. Sobald wir sechs Sterne unter der Führung des Siebten stehen. Denn du siehst, was die Könige und Mächtigen tun.«

Mira hielt es nicht auf dem Sessel, der Wandteppich zog sie geradezu an. Sie stellte sich genau in der Mitte davor und betrachtete die eingestickten Bilder, Sterne, Kreuze, Linien. »Und weil ich das alles sehen muss ...« Mira war, als öffne sich im verwirrend golden durchwirkten Stoff ein unendlich ferner Horizont.

»... weil du das alles siehst, wirst du die Große Aufgabe erkennen, die wir Sternenfrauen in jedem Jahrhundert für die Menschheit zu leisten haben.« Creseas Stimme klang auf einmal wie leise schwankend. »Du bist der Leitstern, dem wir alle folgen müssen.«

Mira wandte den Kopf. Cresea hatte den Blick auf den schweren Bauch gesenkt. Sie strich darüber. Mira hatte die Furcht genau heraushört. »Wovor hast du solche Angst?«

Cresea berührte ihren Smaragd im Sternenschmuck. »Jede

Sternenfrau wird nach ihrer Berufung geprüft, ob sie den Verlockungen der Welt widerstehen kann. Denn es gibt immer nur einen einzigen Pfad des Lichts, aber viele, die einen Stern in die Dunkelheit führen.«

»Du hast deine Prüfung schon bestanden, nicht wahr?« Mira war es, als springe das Wissen einfach aus dem Smaragd Creseas in ihren Geist. »Weil du dein Kind weiter hast wachsen lassen, obwohl Branca und Nera mich gefunden haben.«

»Die Schriften verlangen von der Hüterin des Wissens grenzenlose Hingabe für die Unterweisung des Siebten Sternes ab. Doch seit dem Tage, als ich mich dennoch für das Kind entschieden haben, leuchtet mein Stein von innen. Das ist das Zeichen.« Cresea hielt ihre Halskette hoch. »Der Schimmer ist wunderschön.«

Mira kam das Schimmern so bekannt und wunderschön vor.

»Auch du wirst dich wie wir alle einer Prüfung stellen müssen, die dich bis in die tiefsten Tiefen deiner Seele aufwühlen wird. Ich hoffe nur, dass ich Zeit genug habe, dich nach den Regeln auszubilden. Strato sucht noch immer rastlos nach dir. Du kannst nicht lange hierbleiben. Der Schnee schmilzt irgendwann.«

Mira trat langsam zurück zum Sessel. Eine ungeheure Wucht drückte sie nieder. »Warum wurde gerade ich erwählt?«

»Darauf gibt dir Astarte vielleicht Antwort, falls du sie dereinst schauen darfst.« Cresea zeigte zum Winkel bei dem Fenster, wo ein kleines Bild hing. »Hüte dich vor den dunklen Pfaden, die oft zunächst als hell erscheinen. Andere vor dir haben versagt, wie die letzte Königin Ägyptens. Kleopatra verspielte das Erbe der gleichberechtigten Welt, in dem die Mächte des Himmels und der Erde nur als Paare denkbar waren.«

Mira fühlte sich klein vor so viel Verantwortung. »Ich bin nur als Handwerkerstochter geboren, die zur Magd verarmt ist.«

Cresea legte den Kopf zur Seite. »Lerne. Lies. Die Große Aufgabe kann so vieles sein. Einmal mussten die sieben Sterne nur ein kleines Findelkind aus einem Weidenkorb im Nil retten. In einem anderen Jahrhundert galt es, eine Heilpflanze, den Silbermantel, in der ganzen bekannten Welt zu verbreiten. Du wirst die neue Aufgabe erkennen.«

»Wie soll ich das nur schaffen?« Mira mühte sich um Haltung. »Ich fühle mich so armselig.«

Cresea erhob sich. »Du findest Hilfe in unserem Verbund, in der hier gespeicherten Erfahrung der Vorgängerinnen.« Sie wies auf die Bibliothek. Dann nahm sie eine flache Silberschale aus einer Lade. »Komm zum Fenster. Du musst es selber tun.«

Mira stellte sich neben Cresea an die Fensterbank.

»Nimm den Wasserkrug und gieße eine möglichst dünne Lache in die Schale.« Cresea schob sie ganz sanft an den Rahmen, wo es kalt hereinzog. »Dann warte und schaue einfach hinein.«

Miras Hände zitterten, vor Kälte, vor Überwältigung. Ein dünner Strahl spritzte auf den Rand der ovalen Schale, die mit maurischen Zeichen gestanzt war. Ganz dünn bedeckte das Wasser den glatten Silberboden. Mira stellte die Kanne weg und sah sich selbst in dem vom milchigen Tageslicht erhellten Wasser. Sie sah die Furchen in ihrer Stirn, die Besorgnis in ihrem Blick, ihre braunen Strähnen, die längst hätten gewaschen sein müssen, die roten Ohrläppchen, ihre Augenbrauen.

Doch das Bild trübte sich. Ein weißer Hauch zog über ihr Abbild. Reif lief über die Lache, wurde dichter und hart. Das Eis verwischte ihr eigenes Bild und wurde plötzlich klar.

Habe keine Angst, Mira. Kluge Augen schauten sie aus einer anderen Zeit an. *Wir alle fühlten uns wie du jetzt. Ich bin Hildegardis. Meine Aufgabe war es, ein Kloster zu gründen, gegen den Männerwillen meiner Zeit, damit ich dort für alle Zukunft die Heilkunde für die Leiber, dem Gefäß der Seelen, verbreite. Hast du den rechten Pfad erst gefunden, wird dir die Kraft gegeben.* Das alte Gesicht lächelte sie gütig an, eine Hand winkte gar. *Glaube an die Liebe, sie wäret ewig. Der Hass vergeht mit dem Fleisch. Vergiss nie, die Seherinnengabe ist dir nur geliehen. Verrätst du den Pfad, verlässt dich das Licht und dann wirst du blind sein.«* Hildegardis hob einen Apfel vor ihren Mund. Trotzdem hörte Mira sie sprechen. *Entscheiden musst du zwischen einem Wirken aus dem Niederen beim Volk oder dem Wirken aus dem Hohen bei den Mächtigen.* Hildegardis drehte den Apfel in der Hand, die halbe Seite war faul von Wurmlöchern. *Der Reichsapfel ist morsch, gehöhlt von nagender Gier. Beseitige seine Feinde. Aber wie? Kräftigst du die Frucht von innen oder stärkst du die schirmende Hand?* Der Apfel sank vor dem gütigen Gesicht. *Lies die Schriften auf dem alten Perga…*

Das Eis brach mit einem Knack. Schon versank Hildegardis' Gesicht im Nebel der Zeit.

»Himmel«, entfuhr es Mira, sie sank gegen die kalte Fensterbrüstung.

Cresea stützte sie. »Je weiter du in der Zeit zurück oder vorausblickst, desto mehr raubt es dir die Leibeskräfte. So ist es leider mit den Visionen.«

Mira war sich nicht sicher, ob sie in die Vergangenheit geschaut hatte oder ob Hildegardis aus einer zeitlosen Ewigkeit gesprochen hatte.

Cresea hakte sie unter und führte Mira zum Sessel zurück. »Ruhe dich aus. Danach zeige ich dir, welche Schriften du zuerst lesen musst.«

Mira war, als hätte das Eisbild ihr das Mark aus den Knochen gesogen. Ehe sie hätte antworten können, versank sie in einem wohligen Dämmer.

32

Rußig loderte drunten die Esse unter den Hammerschlägen des Schmieds auf. Ludomar beugte sich weiter über den zugigen Söller. Vor der Schmiede im Mainzer Palasthof halfen die Gesellen den Waffenknechten in die Rüstungen, deren Brustpanzer passgenau gemacht wurden.

Der Erzbischof neben ihm behauchte die kalten Finger. »In diesen Zeiten muss die Kirche gut gerüstet sein.«

Ludomar verstand die Anspielung. Zum Silvestertag war Charles der Achte in Rom einmarschiert, das sich den siegreichen Franzosen sofort unterworfen hatte. Der Papst war in die Engelsburg geflüchtet. »Die Kirche muss auch standhaft bleiben«, antwortete er.

Der Erzbischof hob die Augenbraue. »Euch hat die Reise ins Welschland den Verstand geschärft. Das werde ich bald belohnen.« Sein milder Blick wurde wieder hart. »Ihr habt Recht. Rom ist verspielt worden. Der Herr straft die Kirche, weil sie diesen Hurenbock von Alexander dem Sechsten zum Papst erhoben hat. Was wird jetzt erst kommen?«

Wild hämmerte im Hof der Schmied auf einen Brustpanzer ein. Die Lehrlinge fädelten Lederriemen in abgekühlte Ösen. »Der Franzosenkönig wird nicht zögern, den Papst zu erpressen«, sagte Ludomar.

Der Erzbischof schickte einen Blick in den grauen Himmel über dem winterlichen Rhein. »Möge der Herr verhindern, dass Charles der Achte sich zum Kaiser krönen lässt. Denn sonst wird er an der Stelle unseres Königs Maximilian das Lehnsrecht über uns Reichsfürsten ausüben wollen.«

Ludomar war erst zehn Tage wieder in Mainz, doch bezweifelte er weniger denn je, dass der Erzbischof einen Lehnseid auf den Franzosenkönig schwören würde. »Ihr werdet niemals Euer Knie vor einem falschen Kaiser beugen. Ein gekaufter Papst kann nicht wahrhaft krönen.«

Der Erzbischof schmunzelte anerkennend. »Ihr seht es wie ich. Nur auf dem Reichstag kann die Gegenwehr des Reiches gebündelt werden. Deshalb sende ich tagaus, tagein Schriften zu allen Fürsten, Herren und Äbten.« Er wies hinunter, wo drei Wagen aus der Rüstkammer rollten. »Ich lasse die Festungen den Rhein hinauf mit je zwanzig Rittern besetzen.«

Ludomar zog seinen Mantel fester um sich. Es zog eisig über den Söller her. Schon über die Berge zum Bodensee hinunter und dann weiter über Basel den Rhein herauf, hatte der Winter die ganze Reise beschwerlich gemacht. Schwerer Schnee hatte die Pferde unterwegs stürzen und die Schiffe mit Flusseis auf dem Rhein kämpfen lassen.

»Gehen wir hinein«, sagte der Erzbischof.

Ludomar hatte sich in Bregenz von Herzog Beowulf getrennt. Ganz offen hatte dieser davon gesprochen, dass er in den schwäbischen Reichsstädten um Gelder für König Maximilian werben würde. Geld, auf das der Erzbischof von Mainz die Hand nicht bekommen sollte. Von Reisetag zu Reisetag war die Feindschaft des Herzogs offener geworden. Er stachelte den König gegen den Erzbischof auf.

Leider hatten sie keine Spur der Seherin gefunden und notgedrungen auf eine eigene Suche verzichtet, weil Stratos Häscher jedes Dorf auf dem venezianischen Herrschaftsgebiet durchkämmten.

Zu seiner Erleichterung war der Erzbischof über Ludomars Misserfolg gnädig hinweggegangen, weil die Vorbereitung des Reichstags drängte. Leider verschloss sich König Maximilian mehr und mehr dem Rat des Erzbischofs, seit Herzog Beowulf wieder am Hofe weilte. König und Kirche gerieten immer mehr in einen Kampf um die eigentliche Macht im Reich.

Ludomar rieb sich über die Brust, wenigstens zog es in dem Flur des Schreiberhauses nicht. Der schwere Husten, der ihn in Konstanz befallen und über die Weihnachtstage dort in der Herberge ans Bett gefesselt hatte, war endlich gewichen. Ludomar konnte den wollüstigen Fieberwahn nicht vergessen, in dem er in lasterhafter Weise den Schoß dieser Seherin genossen und seine Sehnsucht nach Mira wieder angefacht hatte. Sein Erzbischof ging nicht zur Kanzlei zurück, sondern wandte sich zum Festen Turm. »Wohin wollt Ihr?«, fragte Ludomar.

Statt einer Antwort raffte der seinen Kardinalsrock und stieg die Turmtreppe hinauf.

Die Luft wurde etwas wärmer, auch abgestandener. Ludomar erspähte vor einer mit Eisen beschlagenen Tür zwei handfeste Wächter mit Spießen, die erschreckt herglotzten und sofort Haltung annahmen.

Der Erzbischof zog einen schweren Schlüssel aus dem Mantel. »Schließt auf!«

Ludomar verneigte sich vor dieser Ehre und nahm den Schlüssel mit beiden Handflächen entgegen. Zu seiner Verwunderung glitt dieser leicht ins Schloss, das sich auch spielend drehte. Ludomar drückte die Tür am darauf prangenden Wappen des Erzbischofs auf.

Drinnen sickerte fahles Januarlicht durch ein kreisrundes Fenster hoch oben im Gewölbe. Nichts weiter fand sich hier außer einem brettschmalen Altar des Petrus.

»Ich weihe Euch in ein Geheimnis ein. Das Vertrauen habt Ihr Euch verdient, Ludomar. Kommt weiter«, flüsterte der Erzbischof. Er klappte das Heiligenbild zur Seite und schlüpfte durch die Öffnung.

Die getäfelte Kammer dahinter war ebenso fahl erleuchtet,

nur dass hier gut zwanzig Truhen ordentlich im Kreis aufgereiht standen.

»Seht her!« Der Erzbischof hob mit einem kurzen Ächzen einen Deckel und fuhr durch randhoch liegende Goldmünzen. »Die Kirche wird nicht kampflos aufgeben müssen.«

So viel Geld auf einem Haufen hatte Ludomar noch nie gesehen. Er beeilte sich, sein kindliches Staunen zu unterdrücken, schloss rasch den Mund. »Sind alle Truhen hier so gefüllt?«, fragte Ludomar.

»Jawohl!« Der Erzbischof ließ den Deckel wieder zukrachen. »Alle sind randvoll. Ihr stellt die richtigen Fragen, das gefällt mir.« Er wischte sich durch die schwarzgrauen Locken. »Und Ihr werdet dafür sorgen, dass dieses Gold nur kirchentreue Ritter bezahlen wird. Wenn es bald um die Verteidigung des Reiches geht, sollen sie meinem Befehl gehorchen und nicht etwa …«

»… dem des Herzogs Beowulf.« Den hatte der König sich zu seinem wichtigsten Heeresmann auserkoren.

»Ich habe mich nicht in Euch getäuscht«, sagte der Erzbischof. »Ihr begreift schnell.«

Ludomar schluckte. Er gab den Inhalt dieser Truhen also nicht seinem König für den gefährlichen Feldzug im Welschland, sondern sicherte lieber insgeheim die Verteidigung des Reiches. »Ich bin nur Euer einfacher Schreiber. Wie kann ich für Euch gar Ritter anwerben?«

Der Erzbischof kam ganz nahe und tippte ihm an die Brust. »Geduld, Geduld. – Habt Ihr meinen geheimen Auftrag erfüllt?«, fragte er.

Ludomar fasste in die Innentasche seines Mantels und reichte dem Erzbischof das Futteral mit dem venezianischen Dolch. Endlich konnte er ihn übergeben.

Der Erzbischof trat zur Seite an einen Tisch, auf den etwas mehr Licht fiel. Er klappte das Futteral auf.

»Vorsicht!« Ludomar stürzte hinzu. »Die Glasspitze ist vergiftet. Ihr dürft sie nicht einmal berühren.«

»Den Griff aber schon«, antwortete der Erzbischof ganz unaufgeregt. »Er führt sich leicht.«

»Die Spitze splittert sofort, und der Gegner stirbt am Gift.«

Der Erzbischof betrachtete kurz das nadelfeine Ende. »Wer weiß, vielleicht rettet gerade dieses winzige Stück Glas das Reich vor dem Untergang.«

Ludomar zog die Brauen zusammen. »Wie meint Ihr das?«

Der Bischof legte den Dolch zurück. »Des Herren Wege sind voller Geheimnisse.« Er klappte das Futteral zu und verbarg es in einer der Schatztruhen.

Der Kardinalsumhang nahm Ludomar die Sicht, was sonst noch darin aufbewahrt war. Er hörte nur ein Rascheln wie von Seide und Klirren wie von Metall.

Langsam wandte sich der Erzbischof um. »Ihr habt die Venezianer kennengelernt. Sie sind zu teuflischen Dingen fähig wie auch zu größter Kunst. Dass Ihr die Allianz mit Venedig zustande gebracht habt, war sehr löblich.« Er rieb die Hände. Ludomar schmeichelte das unerwartet freundliche Lächeln des Erzbischofs. Selbst sein Blick, der sonst so kalt und fürstlich jeden auf Abstand hielt, leuchtete warm, väterlich gar.

»Ich bin Euer Diener.« Ludomar verneigte sich.

»Ich ernenne Euch von heute an zu meinem Scriniarius. Dann werden die Ritter mit Euch würdevoll sprechen. Ihr werdet zusätzlich als mein geheimer Schreiber die Correspondentia mit der Allianz und dem Reichstag ordnen.«

Ludomar verneigte sich noch tiefer.

»Studiert fleißig auch die Heilige Schrift! Fallt nicht zurück in alte Sünden.«

»Gewiss nicht.« Dass er so schnell in der Hierarchie der Kirche aufstieg. Ludomar wagte kaum zu atmen.

»Und begeht keine neuen.« Der Erzbischof zog ihn an der

Schulter hoch. »Die Badeweiber zu Mainz habt Ihr ja bislang gemieden, wie ich höre. Das hat mein Vertrauen gestärkt.«

Ludomar kämpfte darum, keinen Anschein von Hoffart und Stolz erkennen zu lassen. Er hielt sein Gesicht gesenkt und mied des Erzbischofs Blick. Was sollte er bloß antworten? »Ich werde Euch nicht enttäuschen.«

Der Erzbischof winkte, dass Ludomar aufsehen möge.

Der Blick des Kirchenfürsten war nicht mehr der eines Vaters, sondern der eines Herrschers, so wie er über Ludomars Schulter hinweg die Goldtruhen musterte. »Ich habe gestern Eure Berichte noch einmal genau studiert. Eine Frage treibt mich um, was diese Seherin angeht. Wie kann es sein, dass sie den Sturz in die eiskalte Lagune überlebt hat?«

Ludomar wurde der Mund trocken, weil der Erzbischof nun doch sein Versagen ansprach. »Niemand weiß es. Die Seherin wurde aber später von verlässlichen Zeugen auf dem Festland gesehen. Die venezianischen Zöllner haben nur zu spät begriffen, wer da an ihnen vorbeigeritten ist. Die Seherin muss ihnen den Sinn verwirrt haben, so gierig wie sie sonst auf Kopfgelder sind.« In Ludomar stieg das liebliche Gesicht Miras wieder auf, das auch ihm den Kopf so verdreht hatte.

»Das habe ich befürchtet.« Der Erzbischof nickte mit verkniffenem Mund. »Die Kirche hat viele Feinde, nicht nur Hexen, Humanisten und zehntfaule Bauern. Den Teufel nicht zu vergessen!« Er hob den Zeigefinger. »Aber der hat ihr nicht geholfen. Hört gut zu. Ich fürchte, diese Seherin gehört zu den gefährlichsten Ketzerinnen überhaupt, die der Vatikan seit Langem jagt. Diese Frauen widerstehen sogar dem Teufel. Seit Urzeiten kämpft die Kirche mit allen Mitteln gegen diese Weiber, die einen Kult um die falsche Göttin Aschtaruth pflegen.« Er ballte die Faust. »Nur eines haben sie im Sinn: den Papst zu stürzen, eine Hohepriesterin auf seinen Platz zu hieven und alle Männer untertan zu machen. Gegen jedes Gottesgesetz.« Er stieß den Atem aus. »Die Macht dieser Seherinnen ist sehr, sehr groß.«

Die Worte des Erzbischofs nahmen eine große Last von Ludomar. Das minderte seine Sünde ungemein. Keine teuflische Hexenkraft war von der Seherin ausgegangen, sondern die fehlgeleitete Kraft einer Seherin, die dem Ketzertum verfallen war. Ludomar hatte kaum Zweifel, dass er diese Macht bereits gefühlt hatte. »Gibt es viele von ihnen?«, flüsterte Ludomar.

»Mal heißt es in den alten Kirchenschriften, es seien drei, mal sechs, wie es die Teufelszahl nahelegt.« Der Erzbischof lief vor den Kisten auf und ab. »Ihr werdet in der Bibliothek alle Schriften der großen Kirchenlehrer zu diesen Ketzerinnen studieren. Der Franzosenkönig darf sich nicht auch noch ihrer Macht bedienen können. Macht Euch schlau, wie wir diese Seherin ausmerzen können, bevor sie die Kirche in den Abgrund reißt.«

Ludomar war es, als ob er erst jetzt die ganze Tragweite der schlechten Nachrichten vom Silvestertag begriff. »Und der Papst hat schon in die Engelsburg in Rom fliehen müssen!«

Der Erzbischof faltete die Hände. »Der Heilige Stuhl ist somit unbesetzt. Das haben die Seherinnen schon erreicht!«

Ludomar brachte kein Wort heraus. Er konnte solch einen Umsturzplan kaum mit Mira zusammenbringen. Wirkte ihre Kraft noch immer in ihm? Der Gedanke war zu schrecklich. Er musste sich befreien. »Ich werde Nachricht von unseren Spionen an Charles des Achten Hofe anfordern. Alle Weiber sind eitel, gewiss auch die Seherin. Man wird sie gesehen haben, wenn sie dort steckt.«

Der Erzbischof raffte den Mantel. »Sehr gut, tut das sofort.« Er streifte im Vorbeigehen mit einer Hand die Truhen, dann Ludomars Arm. »Mit diesem Gold und unserem Geist verteidigen wir die Kirche.« Er schlüpfte durch die Tür im Altar des heiligen Petrus und lief aus der Kapelle. »Schließt ab.«

Ludomar zog die eisenbeschlagene Tür zu und drehte den schweren Schlüssel. Krachend fiel der Riegel ins eiserne Bett.

Die Wächter standen stramm.

»Ab heute sitzt Ihr dafür im Geheimen Rat. Ich verlasse mich auf Euch, diese Ketzerinnen müssen vernichtet werden!« In den Augen des Erzbischofs flackerte der Entschluss, Kirche und Glauben gnadenlos zu verteidigen.

Ludomar eilte dem Erzbischof hinterher durch die Gänge des Mainzer Bischofspalastes. Erstmals durfte er dem Geheimen Rat des Reiches beiwohnen, was ihm zur Ehre auch bald Pfründe einbringen würde. Aber bei jedem Schritt trübten neue Zweifel seine Freude ein. Die Heilige Schrift lehrte doch, dass nicht der zehrende Hass die Seelen rettete, sondern die gnädige Kraft der Liebe.

Genau diese hatte er aber an der Seite Miras gefühlt, erst in dem Stall, dann in der Gondel – waren die ketzerischen Seherinnen wirklich so mächtig, dass sie solch eine Täuschung bewirken konnten? Er musste unbedingt genauestens studieren, was Kirchenlehrer und die Bibel selbst zu den Seherinnen verkündeten.

Die Wahrheit fand er im Evangelium, wenigstens das war gewiss.

33

Mira kitzelte den kleinen Paul auf dem Bauch. »Schön die Luft anhalten, ja?« Creseas Söhnchen kniff die Augen fest zusammen, sein Kopf wurde vor Anstrengung ganz rot. Es dampfte kräftig aus dem Kinderbadezuber, den sie auf den Tisch gehievt hatten. Mira schöpfte das heiße Badewasser über Pauls Kopf und Rücken, dann rieb sie ein wenig von der Ei-Kräuterpaste in sein Haar, und schäumte es auf.

»Mein kleiner Paul ist so tapfer.« Cresea wusch ihm die Füße.

Er zog kichernd das rechte Bein weg.

Mira holte weiche Tücher. »Soll ich ihm nachher die Haare schneiden?« Es könnte nicht schaden, wenn sie im Haus von den anderen Dienern wieder einmal mit Arbeit betraut gesehen würde.

Cresea strich durch die nassen Strähnen ihres Sohns. »Eigentlich ist es noch nicht nötig.«

»Was könnte ich dann tun?«, fragte Mira. Der Neid der anderen Mägde wuchs, weil Mira kaum unangenehme Dinge erledigen musste. »Ich könnte die neue Wolle wickeln, die seit Neujahr gesponnen worden ist.«

Cresea hätte sie am liebsten den ganzen Tag und die halbe Nacht in die geheime Turmstube geschickt. Jeden Abend fragte sie ab, was sich Mira an neuem Wissen angeeignet hatte.

»Mir wäre lieber, du würdest mit dem Griechisch weiterkommen«, sagte sie, während sie dem krähenden Paul den Rücken abtrocknete. Creseas Söhnchen tapste mit dem Fuß im Zuber, dass es spritzte. »Lässt du das jetzt mal?« Cresea funkelte ihn an. Doch Paul machte nur: »Brrrrr.«

Sie mussten lachen. »Ein Dickkopf wie sein Vater«, sagte Cresea.

In den ersten Tagen hatte Mira sich gewundert, dass der Kupfermeister, der sonst mit eiserner Hand über die Bergleute und das Gesinde herrschte, sie niemals fragte, was Mira im Hause überhaupt schaffte. Auch betrat er niemals den Turm, geschweige denn die geheime Stube. Dann klärte Cresea dieses Geheimnis auf. Der Kupfermeister hatte schwören müssen, niemals seine Frau am Lernen zu hindern oder bei der Verwaltung der Bibliothek zu stören – anders wäre er niemals Kupfermeister und durch Thulias Ehestiftung Creseas Ehemann geworden. Thulia war der Dritte Stern, und ein Anteil des Bergwerks gehörte den Stratos deshalb durch ihre Mitgift. Sie konnten nur hoffen, dass Strato sie nicht hier suchen würde.

Mira legte ein dickes Tuch auf die Dielen, bevor sie Paul aus dem Wasser hob. »Jetzt kannst du sie trockentrampeln.« Das machte ihm Spaß, sie brauchte es nicht zweimal sagen. Er hüpfte und scharrte mit den kleinen Füßen auf dem Tuch, bis er vornüberfiel. Cresea wollte schon helfen, da rappelte er sich schon auf.

»Du Wuschelbär.« Sie rieb ihm mit einem Tuchzipfel die Ohren trocken.

Paul wehrte mit den Fäusten ab.

Mira wollte schon gut zureden, da lief ein beißendes Gefühl ihre Wirbelsäule hinab. »Jemand ist in meiner Kammer!«

Cresea zuckte zusammen. »Das darf nicht sein.« Sie ließ das Trockentuch fallen. »Lauf! Ich komme nach.«

Mira eilte aus der Kinderstube hinaus, den ganz langen Gang im Stockwerk der Herrschaft entlang bis zur engen Treppe der Dienerschaft. Sie stieg zwei Stockwerke hinauf unters Dach, wo dicke Holzbretter die Kammern im Speicher abteilten.

Ihr hatte man eine niedrige im Winkel zwischen Hauptdach und Übergang zum Nebengebäude zugewiesen. Um diese Zeit am Vormittag war das Gesinde beschäftigt, doch Mira hörte es deutlich in ihrer Kammer rascheln. Sie riss die Tür auf. »Was soll …«

Die hutzlige Mume des Kupfermeisters sprang von Miras Bett zurück und duckte sich gegen das Flechtwerk der Wand. Ihr schwefelgelber Samtrock schwang wild. Die kleinen Äugelein blickten hart. Schlimmer aber war, dass der Wolfshund an dem Elfenbeinkästchen biss und kaute, dass ihr Thulia nachgesandt hatte.

Mira fasste sich. »Was schnüffelt Ihr hier herum?«

»Wag ein Wort gegen mich, und du kannst im Schnee draußen hausen!«, keifte die Mume und zeigte mit dem knochigen Finger auf sie.

»Befehlt sofort Eurem Hund, dass er mein Kästchen hergibt!«, sagte Mira hart. Er würde sie beißen, wenn sie selbst versuchte, es aus seinem Maul zu winden.

»Dein Kästchen? Dass ich nicht lache.« Das raue Kichern klang sehr böse. »Gestohlen hast du's. Du bist ertappt!«

»Es ist meins.« Mira wies zur Tür. »Geht!«

»Nichts gehört dir hier, du Diebin.« Die Alte sah mit glitzernden Augen zu, wie die Fangzähne des Wolfshunds an dem Kästchen knackten.

Mira spürte, dass Cresea sich näherte. »Fragen wir die Herrin selbst.«

Jetzt waren die Schritte im Gang zu hören. Das Gesicht der Mume schrumpelte noch mehr ein.

»Aus, aus!«, schrie Cresea, kaum dass sie den zotteligen Hund kauen sah. »Tu doch was, Mume!« Cresea stieß sie am Arm.

Die Alte streckte die knochigen Finger aus. »Gib, Uriel, gib aus.«

Der Wolfshund knurrte und ließ das verkratzte Elfenbeinkästchen vor die Wollschuhe der Mume fallen.

Mira wollte schon zugreifen, da schlug sie ihr auf die Hände.

»Wollen wir mal sehen, was du noch gestohlen hast«, krächzte sie, ehe Cresea hätte etwas sagen können.

Mira verwahrte in dem Kästchen den Rosenkranz, den ihr Ludomar geschenkt hatte. Thulia hatte ihr ein paar Sachen in den Neujahrstagen zum Bergwerk schmuggeln lassen. Die Sternenfrauen, hatte Mira ebenfalls erfahren, scharten uneingeweihte Helferinnen um sich, die von den Männern unbemerkt wirken sollten. »Her damit!« Mira haschte nach dem Rosenkranz, doch die Alte ließ die schönen roten Perlen so rasch durch ihre Hände gleiten als wären sie glühend heiß. Sie tat so, als ob sie ihr entglitten, verzog den Mund böse und ließ den Rosenkranz vor die Schnauze des Wolfshunds fallen.

»Nein!«, entfuhr es Mira. Nicht dieser Kranz, das einzige Stück, das sie mit Ludomar verband und das sie in der Nacht in die Hand nahm, wenn sie sich nach ihm sehnte. »Nein!«

Der Hund schnappte. Sein Knurren ging in ein grausiges Winseln über, er spuckte den Kranz wieder aus, robbte auf den Hinterläufen zurück, fiepte und schob sich mit dem Rücken an die Mume.

Deren runzliges Gesicht versteinerte. Lange starrten sie alle die roten Perlen an, die zerstreut auf den groben Dielen der Kammer lagen.

»Den Hund hat was Böses verschreckt.« Die Mume packte Uriel im Genick und zog ihn halb auf den Hinterpfoten aus der Kammer. »Lass dich nicht noch mehr mit der da ein, Cresea.« Sie humpelte zur Tür. »Ich warne dich«, zischte sie noch. »Der Kupfermeister will Ordnung in seinem Haus.«

Mira sammelte die Perlen des Rosenkranzes auf und spülte sie in der Kammerecke im Waschwasser vom Morgen ab. »Die Röschen sind wenigstens nicht zerbissen.«

Cresea lehnte sich mit dem Rücken an den Türpfosten. »Ich fürchte dennoch, die Mume spricht wahr.«

Mira ließ das Elfenbeinkästchen auf dem Boden stehen. »Aber wie kann ein Rosenkranz böse sein?«

Cresea sah sie aus den blauen Augen liebevoll an. Ihre sonst so rosigen Wangen waren blass. »Ach, Mira. Du musst noch so viel lernen.« Sie strich sich über die Schläfe. »Nicht der Rosenkranz selbst, gewiss. Aber um ihn herum mag ein böses Fluidum sein.«

Mira hatte in den letzten Wochen so viele lateinische Wörter lernen müssen. Sie runzelte die Stirn.

»Eine unsichtbare Hülle«, half Cresea aus.

Da fiel es Mira wieder ein. Ein ganzer Traktat aus dem vierten Kapitel der Initiatio war den spürbaren und deutbaren Zeichen gewidmet, die sie als Siebter Stern erkennen sollte. »Ich spüre an den Röschen aber nichts Besonderes.« Höchstens einen Nachhall der Leidenschaft, mit der Ludomar sie begehrt hatte. Einen winzigen Moment war er wieder um sie. Mira seufzte. Sie sammelte die Röschen des Kranzes in das Elfenbeinkästchen.

Cresea zuckte die Achseln. »Manche Geheimnisse sind mir verschlossen. Sie werden nur dir offenbar. So steht es in den Schriften.«

»Vielleicht finde ich später eine Erklärung.« Mira richtete die Decke ihres Schlaflagers, da führte eine Spannung ihre Hand weiter. Sie fühlte an dem Laken entlang. »Ein Draht?«

Sie zog mit einem Ruck das Tuch vom Stroh. Aus den Säumen fielen an den vier Seiten Drahtstücke, auf die tote Spinnen gespießt waren.

»Wie eklig«, stöhnte Cresea auf.

»Die Mume versucht sich also in Schadenszauber.« Mira sammelte die Drahtstücke zusammen und suchte in den Winkeln nach weiterem Getier. »Ich kehre hier aus und hole lieber neues Stroh.«

Cresea fasste sich. »Ein Schutzspruch wird nötig sein.« Sie

nagte an ihren Fingernägeln. »Lies im Kapitel sieben oder acht nach, auch wenn du noch nicht ganz so weit bist.«

Uriel, der Hundsname, drängte sich Mira auf. Sie zog Cresea am Ärmel aus der Kammer. »Neues Stroh hole ich später. Ich sollte vielleicht erst begreifen, was genau die Mume mit dem Zauber gegen mich bewirken wollte.«

In der Turmstube streckte Mira sich und dehnte den Rücken. So wie er schmerzte, las sie schon wieder seit Stunden in den alten Schriften. Dennoch beschlich sie das Gefühl, dass die Zeit stehen geblieben war. Die sieben Kerzenflammen auf dem Halter am Lesepult brannten still und flackerten nicht. Nicht einmal Wachs schienen sie aufgezehrt zu haben. Fast wähnte Mira, dass sie hier außerhalb der Zeit lebte und es gar nicht sie selber war, sondern nur ein Geist, der las und las und lernte und lernte.

Sie nahm einen Schluck süßes Merkwasser aus dem Kristallglas. Ihre Vorgängerinnen hatten sogar daran gedacht, die einfachen Dinge niederzulegen. *Stell dir Merkwasser, das dir der Fünfte Stern braut, ans Pult. Iss nicht zu viel, aber auch nicht zu wenig vor den Lectiones,* und vielerlei mehr Hilfen hatte Mira im Großen Manual gefunden, das ihr Cresea in der ersten Tagen gegeben hatte.

Cresea drängte jeden Tag. Der Schnee würde nicht ewig das Tal vor Verfolgern verschließen. Dabei hätte Mira nie gedacht, dass sie überhaupt so viel und so schnell lernen könnte. Mira verstand inzwischen Latein, nach fünf Wochen nur, und begriff die ersten Absätze auf Griechisch. Es mochte an dem seltsam bitter-süßen Gebräu liegen, dass ihr Cresea zubereitete. Es versetzte sie in eine so intensive Sammlung, dass sie geradezu in den Schriften lebte, als wären die Worte Menschen, die sie herzlich begrüßten und ihr den Sinn der Wörter schenkten, der von ihnen ständig weiter verwoben wurde.

Mira bewunderte wieder einmal den großen roten Wandbehang auf der Stirnseite, auf dem die sieben Sterne eingestickt waren. Sie begriff immer mehr, dass jeder Stich des goldenen Fadens eine geheime Bedeutung trug.

Sie waren nicht nur sieben Sterne. Es gab um sie herum große und kleine Funken; Frauen, die ein wenig eingeweiht waren und andere, die nur wussten, dass sie einer uralten Weisheit folgten.

Leider gab es auch erloschene Funken. Mira seufzte. »Wie die Mume.« Sie war sich dessen inzwischen sicher, seit sie im achten Kapitel der Initiatio nachgelesen hatte. Manche Funken waren zu neugierig oder wissbegierig, diese fügten sich nicht ein in Astartes großen Plan. Auch Frauen strebten – oft im Geheimen – nach zu viel Macht und Herrschaft über andere. Und wendeten ihr Wissen zum Schaden an wie die Mume mit den Spinnen in Miras Bett.

Mira war es, als sänge eine zarte Stimme in ihrem Kopf wieder und wieder die Regeln.

Stern, der du uns folgst, höre wie auch wir gehört haben auf die Sterne, die vor uns den Pfad des Lichts gefunden haben: Siehst du Ding und Sach, Haupt und Hand nur auf einen Teil, so bist du für Astartes Gnade noch nicht frei genug von niedrigem Eigensinn. Lerne das Glitzern vom Licht zu unterscheiden! Wo das eine lockt mit verborgenem Schatten, bringt nur das andere das Heil.

Mira legte den silbernen Lesegriffel aufs Pult, mit dem sie den Zeilen folgte.

Wie es wohl Jockel bei der Verwandtschaft im Elsass erging?

Mira ging um den runden Tisch herum. Seit Tagen schon überlegte sie, ob sie es versuchten sollte, das Schicksal ihres Bruders zu sehen. Cresea hatte sie gelehrt, dass sie über Dinge, die anderen Menschen gehörten, Visionen auf diese richten könnte, wenn sie sich nur lange genug sammelte.

Was du in der Vision siehst, ist immer das, was geschehen ist, geschah oder geschehen wird. Hüte dich an einen Irrtum zu glauben, wenn es dich schmerzt, was du siehst.

Sangen die Warnungen noch in ihr? Mira stand ganz still vor dem Schaff mit den uralten Tonkrügen. In großer Ehrfurcht hatte Cresea ihr die ältesten Papyrusrollen gezeigt. So brüchig waren diese, dass die Vorgängerinnen sie schon auf Leder gezogen hatten, das selbst längst mürbe geworden war. Dort standen alle Frauen verzeichnet, die einst ein Siebter Stern gewesen waren.

War sie es wirklich? Mira fühlte sich auf einmal so allein, so wie in eine unbekannte Wildnis geworfen. Mit einem Mal fror Mira, sie umfasste ihre Schultern mit den überkreuzten Armen, wiewohl das Eisenöfchen die Turmstube kräftig heizte.

In der Ecke vor dem Altar blitzte ein Funke auf, genau in der Sternenkrone Astartes. Für einen winzigen Augenblick flackerte er auf. Sein reines Licht umhüllte sie und füllte die ganze Turmstube aus, unendlich lang, unendlich kurz.

Dann war es vorbei – und alles war wieder dämmrig grau, bis auf die Lesekerzen am Pult.

»Ich soll nicht zweifeln. Fafo und Nana haben auch keine Sekunde gezweifelt, als sie mich gerettet haben.«

Mira griff zum Elfenbeinkistchen, das Cresea für sie gereinigt hatte. Sie setzte sich auf den Sessel und klappte es auf. Leider besaß sie kein Kleidungsstück von Jockel, aber etwas, das Ludomar gehört hatte. Die Regeln besagten doch: *Wenn du einen inniglich liebst, so er dich wiederliebt, dann bleibt er dir im Lichtkreis verborgen.* Mira musste es einfach wissen.

Miras Finger zitterten, als sie eine Handvoll Röschen des zerstörten Kranzes herausnahm. *Blicke einfach auf das jeweilige Ding, zucke mit keinem Lid und suche einen Glanz darauf, dann …*

… wendet in der bischöflichen Bibliothek zu Mainz ein schwarzer Arm Blatt um Blatt. Seltsam gedreht ist die Schulter gerade noch im Lichtkreisrand, ein Schuh, ein Knie, ein Saum. Eine kräftige, so leidenschaftlich gefühlte, zärtliche Hand unterstreicht eine Textstelle, ein erschrockenes Aufstöhnen verschmilzt schon mit dem Lichtkreis, der vergeht, doch …

… Mira hörte nicht mehr richtig, was er sagte. So sehr sie es wollte, sie vermochte Ludomar nicht zu sehen. Der Lichtkreis hatte ihn nur als einen halben Mann gezeigt? Sie drückte die Rosenkranzperlen an ihr Herz.

Nach den Gesetzen der Visionen hätte sie doch Ludomar selbst eigentlich gar nicht sehen dürfen, weil sie ihn liebte. Aber so halb? *So er dich wiederliebt* … Tat Ludomar das nicht mehr? Aber in dem Falle hätte sie Ludomar doch ganz gesehen, wie jeden anderen Mann in den Visionen. Warum zeigte die Vision ihn ihr nur in Teilen? Mira fühlte auf einmal wieder die Erschöpfung, die mit diesen Lichtkreisen einherging. Sie hatte einfach noch nicht genug Erfahrung mit der Gabe des Siebten Sterns.

In ihren Lehrbüchern fand sie nur die gemalten ägyptischen Bilderzeichen unter den griechischen Überschriften. Das hieß, die Erklärung war in der ägyptischen Schrift verzeichnet, die sie noch nicht beherrschte.

»Ich bleibe mit meinem Zweifel allein.« Mira legte die Röschen zurück in das Elfenbeinkästchen und klappte es zu. »Oder zweifelst du auch an mir, Ludomar?«

Stunden später waren Miras Sorgen verflogen, längst erhellte nur noch ein schwerer Leuchter die Turmstube. Cresea hatte duftenden Entenbraten mit Kraut heraufgebracht, dem Mira kräftig zusprach. »Lernen macht mich immer so hungrig.«

»Das ging mir auch so, selbst als ich noch nicht mit Paul schwanger ging.«

Mira aß das letzte Stück Fleisch. »Es schmeckt so gut.«

»Iss, damit du gut von innen warm bleibst. Ein Schneesturm tobt durch unser Tal, der uns noch vor deinen Verfolgern schützt.«

»Ich höre ja gar nichts vom Wind.« Mira hätte nicht gedacht, dass die Mauern so dick waren.

»Ich weiß auch nicht, wieso das so ist. Diese Stube birgt manche Geheimnisse.« Cresea reichte ihr ein Glas roten Weins. »Das hilft verdauen.« Sie hob eine Strähne von ihrem Ohr. »Seit dreihundert Jahren ist die Bibliothek schon hier sicher verwahrt.«

Mira schaute zu den alten Tonkrügen und Buchrollen. Sie empfand eine große Ehrfurcht vor diesem Erbe. Eine Frage wollte sie schon längst stellen. »Wenn ich der Siebte bin und du der Fünfte, dann muss es doch noch einen Sechsten Stern geben.«

»Aber ja.« Creseas gerundete Wangen waren gerötet vom Wein. »Sie wird dich rufen, wenn du genug gelernt hast.«

»Wie kann sie das wissen?«

»Nicht alles ist geheimnisbeladen.« Ein junges, fröhliches Lachen perlte über Creseas Lippen. »Ich werde es ihr einfach sagen.«

Sie strich ihr über den Oberarm. »Es ist kein Wunder, dass du dich sorgst. Es ging alles so viel schneller, als es nach der Überlieferung sollte. Eigentlich hätte dich Thulia erst im Umgang mit den Gelddingen unterweisen müssen, und Ciffrah in der Astrologie, bevor du bei mir das arkane Wissen erwirbst.« Cresea deutete zu den Sternkarten auf dem runden Tisch hinter ihnen. »Die Kräfte von Mars, Saturn und Jupiter stehen gegen uns, von Woche zu Woche rücken sie mehr zueinander, finden sie sich in einer immer engeren Konjunktion.« Cresea überlegte kurz. »Die drei Planeten stehen in diesem Spannungsfeld. Ihre Kräfte ziehen in gegensätzliche Richtungen. Das könnte uns nützlich sein oder auch nicht. Ich bin leider nicht so gut in der Deutung wie Ciffrah.«

Mira schien es offensichtlich. »Die Konjunktion der drei Planeten steht für den stärksten Männerbund überhaupt – die Kirchenmänner.«

Cresea nickte. »Die Männer Roms hassen uns sieben Sterne, weil wir älter sind als sie. Weil wir noch wissen, dass das Gleichgewicht der Pole nie hätte gebrochen werden dürfen. Dass es den Vatikan samt Papst nie hätte geben dürfen.« Cresea wehrte mit beiden Händen ab. »Es ist zu früh. Ich sollte besser erst von diesen letzten Geheimnissen sprechen, wenn der Sechste Stern dich gerufen hat.«

Mira verstand nicht recht. »Aber du bist doch die Hüterin des Wissens.«

»Aber sie ist die Hüterin der Verbindung. Sie soll sein wie deine Hand und deine Stimme, dein Bein und dein Wort, und dir bei allem helfen, was du nur befiehlst.«

Etwas in Miras Geist sprach leise, doch vernahm sie es: *Ich, der Siebte Stern, erwache in dir. Bin du, bin und werde sein.*

Cresea berührte sie. »Du bist so blass. Ist dir nicht gut?«

»Doch, doch.« Mira war es als glitzerten die goldenen Fäden im Wandteppich. Sie spürte neue Zuversicht. »Es ist alles so überwältigend.«

Cresea erhob sich. »Der Schneesturm wird nicht ewig dauern.« Ihr Blick fiel zum Tisch mit der ägyptischen Zeichenlehre. »Du musst lernen, lernen, so schnell es geht. Wir haben genug Feinde. Die Mume ist gewiss nicht die Einzige voller Misstrauen. Irgendwann werden Stratos Häscher von dir hören.«

Mira spürte ihre Furcht und umarmte Cresea.

»Manchmal habe ich richtig Angst. Nicht nur wegen meiner Kinder. Das Volk glaubt sowieso an Hexen, und die Bischöfe verfolgen uns schon immer. Da wo sie eine von uns entdecken, merzen sie uns mit Feuer und Schwert aus.«

»Es ist bis heute gelungen, diese Bibliothek vor ihnen zu retten.«

Cresea lächelte unsicher. »Es gibt immer Wege, wie Frauen den Männern etwas verbergen. Manchmal einfach dadurch, dass man es ihnen gleich vor die Augen stellt.« Sie wies hin zu den vielen Büchern. »Das hier gilt einfach als die Schreibstube des Bergwerksteils, der Thulia gehört. Keiner zweifelt daran, dass die Herrschaft ihre Listen mit den Kupferfunden und Schmelzanteilen gut verwahrt. Thulia ist schlau.«

Mira nickte. Doch als Cresea die Teller und den Wein wieder in den Korb legte und durch die Bodenklappe in den Turm nach unten stieg, beschlich Mira ein beunruhigender Gedanke. *Und ihr Sohn ist es nicht weniger.*

34

Mira saß einmal mehr in der Küche. Es war Anfang Februar und sie spaltete die Quitten mit dem Hackmesser. Ein wenig musste sie zur Tarnung Hausarbeit als Magd verrichten. Sie freute sich, dass sie die einfachen Dinge aus dem Mägdeleben nicht verlernt hatte. Mit zwei gezielten Messerhieben löste sie das Kernhaus aus.

»Du bist ja richtig gewandt.« Zoss, der Küchenknecht, schleppte schon den nächsten Sack aus dem Lager hinter der Küche herbei. »Da wird die Darre ja gleich voll.«

»Ich esse halt gern Quitten«, sagte Mira. Sie hatte Cresea davon überzeugen können, dass sie öfter beim Gesinde sein und Hausarbeiten erledigen sollte. Nachgegeben hatte Cresea aber erst, als Mira ihr verständlich machte, dass sie einfach auch Zeit brauchte, über all das Erlernte nachzudenken. Und das ging am besten, wenn sie schnippelte, schnitt oder sonst etwas mit den Händen tat.

»Die Bäume im Tal haben wohl im Herbst gut getragen«, sagte sie. »Wir dörren schon seit Wochen Äpfel, Birnen und Pflaumen.«

Zoss war ziemlich dürr, schäkerte aber bei jeder Gelegenheit mit den Mägden. Die waren alle verrückt nach ihm, denn obwohl seine Nase ein wenig lang und die Ohren klein waren, hatte er einen wunderschönen Mund. *Zoss, ein Kuss*, hatte Mira mehr als einmal hinter ihm herrufen hören. Er kniff sie in die Hüfte. »In deinem Tal steht gewiss auch mancher Baum gern.«

»Lang nicht nach den Ärschen, schaff das Brennholz bei!«, krächzte es von der Küchentür. »Und bringe mir eine Stiege an den Ofen!« Die Mume lehnte sich krumm wie sie war an den Türpflock.

Mira schnitt die nächste Quitte auf.

»Das wird ja auch Zeit, dass Cresea dich über hat«, zischte die Alte und humpelte in ihrem schwefelgelben Samtrock davon.

Mochte sie glauben, was sie wollte.

Mira hackte gleichmäßige Schnitze, nicht zu dick, sonst faulten sie auf der Dörre. Je mehr sie über den Schriften von den sieben Sternen begriff, desto schwieriger schien ihr die Aufgabe, vor der sie stand. Es war im Alltag heikel, all die Laiinnen an die Sternenfrauen zu binden, die nicht wirklich eingeweiht werden durften, aber doch Wissen weitertragen sollten. Thulia scharte Kaufmannsfrauen um sich, damit die Sternenfrauen über genügend weltliche Güter verfügen konnten. Ciffrah lehrte in den Harems der Türken die Frauen die Astrologie und enthielt das Wissen auch den christlichen Sklavinnen nicht vor. Immer einmal wieder ließ sie welche frei. Branca und Nera waren in den Bergen weit bekannt als Heilerinnen und Kräuterwissende, die sogar von Nonnen um Rat aufgesucht wurden. Und in jedem Sommer zogen die beiden mit jungen Frauen aus den Bergtälern über die Hänge und sammelten die wirksamsten Kräuter. Ganz nebenbei streuten sie dabei ihr Wissen unter die Frauen, damit jene nicht schon bei der ersten Geburt im Kindbett starben.

Mira öffnete den nächsten Sack und holte einen Haufen Quitten auf den blanken Schneidetisch. Sie sog den herrlichen Duft ein, der so zart und süß und doch unverwechselbar war. Im Turm hatte sie gelesen, dass die Frucht nach der griechischen Stadt Kydonia auf Candia genannt worden war. Auf dieser Insel besaßen die Stratos ganze Täler.

Die harte Frucht vor ihr glänzte gelb. Am Ende waren es tatsächlich Stratos Früchte, die sie hier spaltete, wenn Thulia das Bergwerk als Mitgift eingebracht hatte.

Mira hörte Stimmen vor der Küche. Cresea legte an der Tür die Finger auf die Lippen und winkte sie heftig zu sich.

Im dunklen Flur stand eine breite Bäuerin neben Cresea. Sie lockerte eben ihren dicken Pelz. Ihr Haar war streng geflochten, ein paar Schneeflocken schmolzen noch darauf. Cresea nickte der Bäuerin zu.

»Das Tal herauf kommen gerüstete Männer aus Venedig, in Mänteln mit dem Wappen von Thulia, der Herrin des Bergwerks. Sie haben in unserer Herberge genächtigt und schwer gezecht.« Die Bäuerin räusperte sich und blickte zwischen Mira und Cresea hin und her. »Dabei habe ich gehört, dass sie Cresea eine Magd wegfangen sollen, die ihnen tausend Dukaten einbringen wird. Da bin ich noch im ersten Morgengrauen losgelaufen, immer den Hang hoch, jede Biegung habe ich abgekürzt.«

Mira nahm die Bäuerin bei der Hand. »Sei bedankt für deine Warnung.«

»Geh zum Stall und lass dir einen Käse geben. Sag, es sei für einen Sack Bleichsalz für die Windeln.« Cresea deutete zur Hintertür. »Du gehst an der Schmiede vorbei und …«

Die breite Bäuerin nickte. »Sorgt Euch nicht, ich finde den Stall schon.«

Cresea wartete nicht einmal, bis die Frau gegangen war, da zog sie Mira schon zur Steintreppe. Im ersten Stock schlief die alte Mume in ihrem Sessel, nur der Wolfshund knurrte wie immer, wenn er Mira witterte.

Cresea holte im Laufen ihren Schlüssel hervor und sperrte die eisenbeschlagene Turmtür. »Rasch!«

Hinter Mira schloss sie dreimal ab. Sie keuchten die Holzstiege nach oben.

In der Turmstube fiel Cresea geradezu vor den Tisch mit den Sternenkarten und zog einen Koffer darunter hervor. »Das Guckrohr.« Sie rang nach Luft. »Nimm es und schau ins Tal, wie weit Stratos Männer sich schon durch den Schnee heraufgekämpft haben.«

Mira griff sich das bronzefarbene Rohr. An einem Ende saß eine Glaslinse, am anderen, schmaleren eine zweite. »Wie herum hält man es?«

Cresea saß mit ihrem dicken Bauch auf dem Boden. »Versuch's einfach.«

Mira stellte sich auf das kleine Podest am talseitigen Fenster. Erst hielt sie das Rohr verkehrt herum, weil sie den Kirchturm im Taldorf Calantgil ganz winzig sah. Dann vergrößerte das Rohr die Sicht. »Der Kirchturm, das Brunnenhaus, die drei Schindelhäuser unter dem Adlerfelsen …« Mira hatte oft ins Tal geschaut, wenn sie über die Lectiones nachgedacht hatte. Da erfasste plötzlich das Rohr dunkle Punkte, der Wind spielte in einem Banner. »Stratos Gelb und Rot, ohne Zweifel. Es sind seine Häscher.«

»Wie viele sind es?«, fragte Cresea.

Mira schätzte schnell. »Dreißig. Sie werden hier jeden Stein umdrehen und jede Kammer durchsuchen.«

Cresea erhob sich. »Wir müssen dich sofort verstecken.«

»Wir müssen zuerst das Wissen hier vor ihnen verbergen.« Mira sammelte ihren Mut. »Wo anfangen?«

»Sorge dich nicht um die Bücher.« Cresea stand vor dem Wandbehang. »Hilf mir! Ich bin zu schwach mit dem Kind im Bauch. Da.«

Hinter dem Wandbehang hing eine Kette. Mira zog mit aller Leibeskraft, da setzte sich etwas in Bewegung, ein Schwungrad ratterte in der Wand. Über ihrem Kopf senkte sich aus der Decke eine dünne Wand langsam herab. Mira ließ los und trat zurück.

Hinter der Blendwand verschwanden die uralten Tonkrüge, die Bücher, selbst die Tische, die Mira und Cresea schnell vor das Schaff schoben.

»Von vorn sieht die Wand aus wie von schweren, dicken Steinen gemauert. Es sind aber nur dünne Scheiben davon«, sagte Cresea.

Mira musste fast lächeln. »Unsere Vorfahrinnen haben an alles gedacht.«

»Denken müssen!« Cresea winkte zum zweiten Wandbehang. Auch hier zog Mira an einer Kette, und eine weitere schützende Blendwand senkte sich herab. Mira überflog das nun etwas kleinere Zimmer. »Sie werden bloß noch die Listen, die zum Bergwerk gehören, finden.«

Cresea ging vor der Liege auf und ab. »Die Häscher haben gewiss eine genaue Beschreibung von dir.« Sie fuhr sich durch die Haare. »Draußen liegt so viel Schnee wie schon lange nicht im Februar, in der Nacht friert Stein und Bein.« Sie sah Mira mit gefurchter Stirn an. »Wo um Himmels willen verstecke ich dich nur?«

»Im Hause ist es zu gefährlich. Zu viele Bedienstete sind missgünstig gegen mich.« Mira war nicht entgangen, dass viele mehr auf die Mume hörten als auf Cresea. »Zu viele gehorchen der Mume.«

»Ich hätte nie zustimmen dürfen, dass die böse Alte hier wohnen darf.« Cresea wrang die Hände. Ihr flehentlicher Blick sagte nur eins: *Siebter Stern, hilf!*

»Zurückschauen bringt uns jetzt nicht weiter.« Mira straffte sich. »Befolge die Regeln streng, aber brich sie, wenn die Sterne nur so gerettet werden können«, führte sie die Worte aus der Initiatio an.

Creseas blaue Augen weiteten sich. »Du hast Recht. Wie darf ich verzagen, wenn der Siebte Stern vor mir steht?« Sie verneigte sich und ging zum Schrein in der Zimmerecke. »Dann werde ich es dir jetzt geben, gegen alle Regeln«, flüsterte sie. »Es ist eigentlich für das Ende der Lehrzeit vorgesehen. Komm!«

Cresea löste am Standbild Astartes die Mondsichel unter den

Füßen, indem sie auf verschiedene Sterne der Krone drückte. Wie eine Lade zog sie die Sichel vor. Zum Vorschein kam etwas Glänzendes.

»Ich bin die Hüterin des Wissens. Treulich habe ich alles aufbewahrt, damit du lernen kannst. Doch wozu, wenn dich nun die Häscher greifen?«

Cresea fasste in die Lade der Mondsichel. »Zuerst muss ich dich salben.« Sie holte ein Fläschchen hervor, entkorkte. Ein Duft entströmte, so stark wie ein Meer von Blumen. Zart netzte Cresea Miras Stirn über der Nase. »Astarte, öffne deinem Siebten Stern, den wir dir bringen, das dritte Auge.« Sie verrieb das Öl mit sieben Strichen. Mira empfand es heiß auf der Haut, als ströme eine Kraft in ihren Geist. Eine Furcht erfasst sie zugleich, dass sie all dieses Vertrauen einmal enttäuschen könnte.

»Halte deinen Stern in deiner Gnade auf dem Pfad des Lichts, dass sie niemals dem eitlen Spiegellicht folge, dass sie niemals dem Falschen diene, dass sie niemals das Geringe dem Großen vorziehe, dass sie die wahre Aufgabe für deine Sternenfrauen in diesem Jahrhundert finde.« Cresea umarmte Mira. »Jetzt darf ich ihn dir überreichen.«

Auf blauem Samt lag ein klarer, geschliffener Stein, eingefasst in eine achteckige Fassung wie die Steine, die alle anderen trugen.

»Eigentlich sollst du dein Zeichen erst nach dem Studium aller Schriften erhalten.« Cresea hob ihn an der goldenen Bastkette hoch. »Der Siebte Stern hat die Farbe des Lichts, er ist also durchsichtig. Er heißt Diamant.«

Mira zitterte, als sie den Stein ihrer Vorgängerinnen ergriff. Das Geschmeide fühlte sich so vertraut wie der Ledergurt am Leib an.

»Du schmückst dich selber als Zeichen deiner Huldigung an Astarte«, sagte Cresea mit Freude und Zutrauen in der Stimme, ganz als hätte sie vergessen, warum sie sich so eilten.

Mira legte sich die Kette um den Hals. Eine besondere Wärme ging von dem Daumennagel großen Stein aus, als Mira vorsichtig darüberfuhr, eine Wärme, die sie bis in ihre Seele dringen fühlte.

»Das Lernen ist nur der Anfang. Bedenke, Mira, auch du wirst geprüft werden. Eines Tages, wenn du den Pfad des Lichts erkennst, wird der klare Stein Funken sprühen und von innen heraus leuchten. So steht es geschrieben.«

Mira legte die Fingerspitzen auf den Diamanten und schloss die Augen. »Hilf deinem Stern, ich bitte für uns alle, Astarte, verhilf mir zur Flucht!«

Sie wiederholte es siebenmal, wie es die Anrufung gebot.

Aber nicht eine Vision erfasste sie daraufhin, sondern etwas anderes. Als ob sich Seide um sie legte, barg sie eine Kraft und schenkte ihr klare Gedanken. Die Zeit verlor Bedeutung. Alles wurde still, hell wie Schneelicht, trocken, selbst der Blumenduft verwehte. Mira spürte tief unter ihren Füßen Menschen arbeiten. *Quere den Berg im Dunkeln, so findest du Licht.* Die Botschaft erfüllte ihren Geist ganz und gar.

Sie riss die Augen auf. »Führe mich in die Stollen. Irgendwo weiter unten im Tal auf der anderen Bergseite gibt es einen Ausgang.«

»Bist du wahnsinnig?« Cresea packte sie an der Schulter. »Nicht einmal die ältesten Bergmänner wüssten einen Weg durch den Berg.«

Mira hob den Diamanten an der Kette an. »Soll ich etwa nicht glauben, was mir der Stein zuflüstert?«

Cresea ließ ihre Schulter fahren. »N-nein, gewiss nicht«, stotterte sie. »Ich werde nicht abtrünnig. Niemals.« Sie strich mit Tränen in den Augen über das Schmuckstück. »Ich habe nur so Furcht, dass …«

»Verlieren wir keine Zeit mehr«, sagte Mira. »Ich brauche Kleider, etwas Geld und Wegzehrung.«

Cresea stieg als Erste die Bodenklappe hinab. »Verstecke dich solange in der Wäscherei, dorthin bring ich alles.«

Mira band sich erst ein dünnes Tuch um den Hals und verhüllte damit ihren Stein, dann schlüpfte sie in das Winterzeug, das ihr Cresea Stück um Stück reichte. Die Waschfrauen hatte sie unter einem Vorwand aus der Wäscherei geschickt.

Mira wechselte die Schuhe gegen feste Lederstiefel. »Hast du einen Brotbeutel?«

»Gewiss, hier.«

Es polterte draußen wie vom Schränkerücken. »Schnell, Mira, in den Mantel«, flüsterte Cresea.

Jemand hämmerte schon gegen die verriegelte Tür des Waschhauses. »Macht sofort auf!«

Cresea riss die Augen auf. Mira flüsterte: »Antworte so gebieterisch als möglich.«

»Wer wagt es in meinem Haus so mit mir zu sprechen?«, rief Cresea laut, und doch schwankte ihre Stimme ein wenig.

»Macht auf, ich dulde keinen Widerstand!«

»So redest du nicht mit meiner Frau!«, polterte draußen die tiefe Stimme des Kupfermeisters dazwischen.

»Mein Mann ist stolz und ein Hitzkopf«, sagte Cresea schnell. »Wenigstens einmal nutzt es.« Sie holte Atem. Giulio, was ist das für ein Kerl?«, rief sie zur Tür hin.

»Ich bin der Vogt, den Eure Grundherrin, Thulia Strato, schickt. Ihr schützt eine Diebin.«

»Nie im Leben steckt Thulia dahinter«, flüsterte Cresea.

»Ich lasse doch kein Diebsvolk ins Haus!«, schrie der Kupfermeister.

»Fasst mich nicht an«, gab der andere zurück. »Sonst schlagen Euch meine Männer zu Brei!«

»So wartet doch, ich habe den Rock ja gleich oben«, schrie Cresea schrill, als wäre sie ungehalten.

Mira warf den Mantel um. »Wohin nun?«, wisperte sie. Es gab nur eine weitere Tür zur Kammer, in der die Leibwäsche gewaschen wurde. Cresea deutete hinter die drei Spülbottiche. »Lege dich in die Abwasserrinne. Lass dich mit den Füßen zuerst durch das schmale Loch im Boden gleiten. Du fällst sieben Ellen tief in ein Becken, das dann zur Eisenschmelze führt«, flüsterte sie. »Astarte sei mit dir.«

Mira legte sich auf den Rücken in die eiskalte Rinne. Sie rutschte vor, fühlte einen Luftzug an den Füßen, zog sich an den Fersen über eine Kante, dann mit den Knien.

Sie hörte noch Cresea die Tür aufriegeln. »Benehmt Euch gefälligst. Wir sind kein einfaches Volk. Ihr seid im Haus des Kupfermeisters …«

Schritte scharrten wie von zig Mann. Mira fühlte freie Luft und sackte langsam von ihrem eigenen Gewicht durch den breiten Ausguss nach unten.

Gleich darauf prallte sie hart auf, Wasser spritzte auf ihr Gesicht, aber der pelzgefütterte Mantel war dick genug, dass sie sich nicht richtig wehtat. Nur nass war sie, an ihrer Hüfte und den Händen. Wenigstens wies ein wenig Licht den Weg.

Mira rappelte sich auf und lief auf dem gemauerten Rand des Abflusses entlang. Warme Luft schlug ihr entgegen.

Die große Schmelze füllte das ganze Steingemäuer aus. Hier wurde das zertrümmerte Erz verflüssigt. In mannshohen Steintiegeln gluckerte es wie von Riesenfröschen, darunter glühten Kohlenfeuer weiß. Nur zwei Männer in staubigen Kutten wachten über das Feuer.

»Wir brauchen noch Kohle für den Abstich. Warten wir damit lieber nicht, bis der Kupfermeister von den Reitern zurückkommt, sonst verderben wir das Erz. Lass es uns lieber gleich selber holen«, sagte der eine.

»Recht hast. Er zieht es uns nur vom Lohn ab, wenn wir die

Schütte verderben. Sie ist reif.« Der andere Schmelzer stapfte mit los.

Mira nutzte den Augenblick, sprang hinter den Feuern vorbei über ein Lenkbrett, mit dem das Wasser vom Ausguss der Wäscherei zum Abkühlen von Erzglut genutzt werden konnte. Sie stieg über zersprungene Steinbrocken hinweg.

Irgendwo hier musste ein Stollenmund sein. Sie war in ihren ersten Tagen hier unten gewesen, als sie die Nachttöpfe hatte auf den Misthaufen tragen müssen. Mira suchte in dem Gemäuer nach einem Tor, doch es gab nur eine Mauerecke, zu der hin der Boden abfiel. Die Spuren zeigten ihr, woher die Erzfuhren zur Schmelze gerollt wurden. Dort also musste der Stollen beginnen.

Mira bog um die Ecke. Ein hoher gemauerter Bogen, neben dem zwei Fackeln loderten, überwölbte den Stollenmund.

Da sprang sie etwas knurrend an und zerrte an ihrem festen Rock. Vor Schreck drückte sich Mira an die Wand. Der große Hund verbiss sich in ihrem Stiefel.

»Habe ich mir's gedacht«, höhnte eine knarzende Stimme aus dem Dunkeln.

Die Mume! Mira brach der Schweiß aus, so sehr musste sie mit dem zottigen Wolfshund kämpfen, dessen Zähne sie mehr und mehr durch das Leder der Stiefel spürte. »Lass los!«

Je mehr sie trat, desto fester packte der Wolfshund zu. *Besinn dich!*, mahnte sie ein Raunen. *Nutze dein Sternenwissen.*

Mira atmete durch und schrie mit aller Kraft: »Aus!« Dabei spreizte sie die zehn Finger vor der Nase des Tieres.

Das Knurren wurde laut, lauter, schon verbellte der Wolfshund sie. Aber er hatte losgelassen und war zur Mume zurückgesprungen.

Die stürzte auf Mira zu. »Wusste ich's doch, dass es bei dir nicht mit rechten Dingen zugeht. Tagaus, tagein hockst du im Turm, zu dem niemand sonst Zutritt hat.«

Sie fuchtelte mit ihrem knochigen Finger vor Miras Nase

herum. Mit der anderen schwang sie eine Reitpeitsche. »Aber mir entkommst du nicht.« Sie ließ das lederne Ende schmerzvoll über Miras Hände züngeln. Es tat höllisch weh. »Die Cresea hält sich für was Besseres, bloß weil sie oben in den Bergen einen Sommer bei den Hexen Heilen gelernt hat. Pah!« Sie schlug die Reitpeitsche Mira über das Ohr.

Mira haschte vergeblich nach dem Ende, kam kaum vorwärts zum Stollen hin.

Die Mume krächzte: »Ich habe auch mal als junge Mutter bei Branca und Nera gehockt. Gezüchtigt haben sie mich, weil ich aus Neugier in ihre Kammer gegangen bin. Ja, ich habe die seltsamen Lichter und den Schmuck gesehen, wie ihn auch Cresea am Halse trägt. Mein Neffe, der Kupfermeister, hat nicht auf mich hören wollen, aber ich habe euch Hexen durchschaut.« Sie peitschte Mira rechts und links, trieb sie durch das Schmelzhaus vor sich her. »Ich habe sie, zu Hilfe, Hilfe!«, kreischte sie dann so laut, wie es Mira nicht für möglich gehalten hätte. »Die Diebin ist hier, schnell!« Dabei drosch sie auf Mira ein, dass sie kaum das Gesicht schützen konnte.

Der Hund tobte um sie beide herum. Sie stiegen beide über den Rand in das Schmelzbecken hinein. Mira wollte zum Stollenmund hin flüchten. Doch die Mume versperrte ihr den Weg.

Hitze wallte von den kochenden Schmelztiegeln her, eine Kette rasselte hinter der peitschenden Mume. »Ich habe sie, habe sie, die Diebin. Zu Hilfe!« Hinter ihr spannte sich die Kette über dem Boden und zog einen Balken aus einer Verankerung.

Die Hitze kam den Boden entlanggekrochen. Mira begriff, dass sie im flachen Auskühlbecken unterhalb der Schmelztiegel standen. Rot-weiß glühend züngelte der Erzabstich durch eine Rinne auf sie zu.

»Weg, zur Seite, du verbrennst sonst!«, schrie Mira unter den Peitschenschlägen.

Aber die Mume drosch nur noch wilder auf sie ein. »Hab sie, hab die Diebin!«

Mira drückte sich rückwärts an die Mauer, damit ihr Fuß wenigstens auf dem niedrigen Rand der Schmelzrinne zu stehen kam, die ihr jeden Rückweg abschnitt.

Die Mume holte mit der Peitsche aus, trat dafür einen Schritt zurück – ins fließende Erz!

Ihr Schrei fuhr Mira in Mark und Bein, dass sie glaubte zu ertauben. Im gleichen Augenblick leckten die Flammen an der Mume Stiefel hoch, erfassten Mantel, Jacke, Hände, selbst das geflochtene Haar. Schon brannte sie lichterloh. Die Peitsche zuckte wie ein gelber Blitz vor Mira auf und fiel mit der Mume ins flüssige Erz.

Ein seltsames Zischen zwischen den Flammen ließ den lodernden Leib der Alten entzweifliegen. In die erzstichige Luft mischte sich der Geruch verkohlten Fleischs.

Der Wolfshund tobte wie irr an der äußersten Kante des Erzflusses entlang.

»Herrgott. Da ist einer reingefallen«, rief der eine Schmelzer von weiter hinten.

Der andere lief schon los. »Ein Unglück! Ein Unglück! – Leute, kommt's schnell.«

Weiter oben hörte Mira das noch lautere Brüllen der Häscher Stratos. Der sich verästelnde Erzfluss trennte sie von ihnen, aber auch zum Stollenmund in der anderen Richtung konnte sie jetzt nicht mehr laufen. Eine verkohlte Hand und ein zerborstener Schädel ragten aus dem auskühlenden Kupfer.

Mira ging vorsichtig auf dem Rand der Rinne zur Seite, wo die Schmelzer Steintiegel aufgestellt hatten, in denen sie Fassreifen gossen. Sie fasste einen, so schwer er auch war. Mit beiden Händen drehte sie sich dreimal um sich selbst und schleuderte die Gussform mitten in den Erzfluss hinein. Das flüssige Eisen spritzte, traf den Wolfshund, der mit einem schrecklichen

Fiepen umfiel, auf den Rücken rollte und alle Pfoten von sich streckte.

»Da ist sie!«, rief ein Häscher. »Freut euch auf die tausend Dukaten.«

Mira nahm die kleine Insel mitten im Erzstrom in ihren Blick. Die Gussform ragte zwei Daumenbreit über dem ausglühenden Erz auf. Ein Fehltritt und sie würde der Mume in den Flammentod folgen.

»Da!«

»Stoß sie bloß nicht ins Erz, Pietro!«

Jetzt oder nie. Mira nahm Anlauf, streckte den rechten Fuß weit vor, rührte mit der Spitze an die Gussform, die schon unter ihrem Gewicht wegkippte. Aber sie hielt gerade so lange stand, dass Mira das linke Bein schwingen konnte und einen großen Ausfallschritt hinüber in den Staub hinter dem glühenden Erzarm schaffte. Sie fiel auf die Hände und ihr Gesicht, wobei sie sich die Haut aufriss.

Weiter, weiter. Sie rappelte sich auf.

»Verdammt! Wir kommen nicht übers Erz. Einen Bogen, hat denn keiner Pfeil und Bogen bei der Hand?«, schrie einer.

Mira drehte sich nicht um. Sie lief in den Stollen hinein, an den Fackeln darin vorbei in den Berg, immer tiefer in den Berg.

Mira wusste nicht, wie lange sie einfach weitergestolpert war. An den Verzweigungen wählte sie die Stollen, die weiter bergab führten. Nur so kam sie zum Tal. Irgendwie. Erst als sie an der letzten Fackel vorbei war, und kein weiterer Lichtpunkt lockte, ruhte sie im Dunkeln aus.

Kalt war es, feucht und unheimlich still.

Als sich ihr Herzschlag gelegt hatte, schlich sie zur letzten Fackel zurück, löste sie aus der rostigen Halterung.

Der breite Stollen verzweigte sich vierfach, kaum dass sie ein Stück in den Berg weitergelaufen war. Dreimal gab es keine

Fußspuren im Staub. Vielleicht waren die Höhlen vom Erz längst leer geräumt. Mira entschied sich für den Weg mit der abschüssigsten Neigung.

Doch je weiter sie kam, desto weniger bergmännisch behauen wirkte der Stollen. Er wurde mal zum Schacht, mal weitete er sich zu haushohen Kammern, die ihre Fackel nicht bis zur Decke ausleuchten konnte.

Nur einmal hatte sie ein paar behauene Treppen gefunden, auf denen fingerhoch der Staub lag. Siebzig Stufen führten nach unten, im Zickzack wie in einer unterirdischen Schlucht.

Keine Spur von Erz glitzerte im Gestein, das völlig leer gehauen schien. Wieder weitete sich der schmale Schacht hinter einer Biegung zu einer Halle. Wie Drachenköpfe ragten Felsen weit über ihr auf. Mira blickte nach vorn, nach unten, aber da war nichts, da war kein Boden mehr, nur noch Schwarz und leere Luft. Ihr Fuß schreckte zurück, aber der andere rutschte im fesselhohen Geröll, sie glitt nach vorn und stürzte kopfüber nach vorn – ins Nichts.

35

Alles drehte sich um Mira und stand trotzdem still. Ein stechender Schmerz am Ellenbogen marterte sie, mehr noch aber war ihr Geist noch immer von einem Schwindel erfasst, der wirbelte und wirbelte. Ob Mira die Augen öffnete oder schloss, das gleiche Fackellicht flackerte um sie herum.

Erst als sie unter sich griff, sie den trockenen Bergwerksschutt fühlte, ebbte der Drall in ihrem Leib ab. Die Fackel unweit ihres Fußes war fast aufgezehrt. Mira war froh, dass sie nicht ganz im Dunkeln lag. Langsam streckte sie erst die Arme und Beine von sich, bewegte dann vorsichtig den Rumpf. Sie hatte sich nichts gebrochen.

Der Boden unter ihr war gar nicht eisig kalt, sondern so lau wie an einem Frühsommermorgen. Es hieß, je tiefer man in den Berg vorstieß, desto näher kam man der Hölle.

Sie rappelte sich auf die Knie hoch und ergriff die Fackel. Das Licht reichte den Schuttberg nicht ganz hinauf, der wohl ihren Fall so gebremst hatte, dass sie nicht zerschmettert worden war. »Herumstehen hat keinen Sinn«, sagte Mira zu sich selbst.

Im nächsten Augenblick zuckte sie zusammen. »Einen Sinn … Sinn …inn…nnn«, echote es von hoch oben wie in einem weiten Tal.

Mira leuchtete die Wände des Schachts ab. Vielleicht fand sie einen Stollen, der von der Grube abzweigte. Aber schon nach wenigen Schritten ins Dunkel hinein wurde sie enttäuscht. Vielleicht hatte einmal vor langer Zeit ein unterirdischer Fluss die Höhlung ausgewaschen. Die Wände waren alle glatt, ohne

Vorsprünge, und so hoch, dass sie niemals würde hinaufklettern können, selbst wenn sie ans obere Ende der Geröllhalde gelangen könnte. Langsam schlich sich der schreckliche Gedanke in ihren Geist. *Hier gibt es kein Entkommen. Das wird dein Grab.*

»Nein!« Und nochmals nein. Mira wollte nicht aufgeben. Sie erkundete alle Wände noch einmal nach einem Spalt. Wenn hier einmal Wasser geflossen war, musste es doch irgendwohin gestrudelt sein.

Doch nichts, nur ein paar rinnende Tropfen salzigen Wassers fand sie und stillte daran ihren Durst.

Mira marterte ihr Hirn und suchte in Gedanken all die vielen Seiten der Schriftrollen ab, die sie gelesen hatte. »Was nützt mir hier das Griechisch?« *Notlagen und Auswege,* hatte das elfte Kapitel geheißen. Doch das hatte sie übersprungen, weil sie unbedingt zuerst hatte die Lichtkreise beherrschen wollen, die ihr so oft Angst gemacht hatten.

Weder gelang es Mira, über einer kleinen Lache von Salztropfen eine Vision heraufzubeschwören, noch vermochte sie es mit den Handschuhen Creseas zu bewirken.

Nichts. Sie steckte die Fackel ins Geröll und starrte lange in das flackernde Licht. Nichts. Kein Lichtkreis öffnete sich für sie. Es war, als ob der Berg mit seinem ewigen Gestein ihre Gabe außer Kraft setzte.

Die Fackel brannte vollends nieder, das letzte Licht verglühte.

In der Dunkelheit sank Mira auf das Geröll. Tränen rannen ihr über das Gesicht. Cresea, Thulia, alle hatten vergebens ihre Hoffnung in sie gesetzt. Mira war unendlich verzweifelt. Sie hatte versagt.

Mira hatte das Gefühl für die Zeit längst verloren, Hunger quälte sie, wenn auch kein Durst. Sie würde elendiglich verhungern, bis sie endlich sterben dürfte.

»Ich habe es versucht, ehrlich versucht, euer Siebter Stern zu sein«, flüsterte sie in das Dunkel.

»Zu sein…ein…nein«, wisperte das Echo.

Sie barg den Kopf auf den Händen und wollte schon beten, als eine Stille sich in ihrem Geist ausbreitete. Da spürte sie etwas: eine Anwesenheit.

Sie war nicht allein. Konnte das sein? Der Gedanke spendete keinen wirklichen Trost, doch machte er sie wach und schärfte ihre von der Verzweiflung getrübten Sinne.

Fern, ganz tief unter ihr hatte jemand Geduld. Unendlich viel Geduld. Mira sammelte sich. Da stieg etwas Ähnliches wie ein Lichtkreis in ihr auf, ein schimmernder Glanz umkränzte ein verschwommenes Bild …

… ein wollweißes Gewand hüllt eine weibliche Gestalt ein, mütterlich breit und voll die Brüste. *Mutter Erde.* Immerzu bewegt sie sich, mal hierhin, mal dahin, langsam und bedacht schichtet sie Dinge um, webt sie mit endlosen Fäden an einem Gespinst. Es rieselt aus ihren Kannen auf verschleierte Beete, es tröpfelt aus ihren Flaschen. Dinge vergehen, andere quellen empor. Mal scheint es, dass die Gestalt jemanden säugt, mal kehrt sie mit den Händen wie von Beeten verwelktes Laub …

»Hilf mir«, flüsterte Mira inbrünstig.

»…fmirr …«, antwortete das Echo, und das Schimmern verblasste über der geduldigen Gestalt, die sich um nichts scherte, sondern wob und schichtete, bis sie verschwunden war.

Mira hatte versagt. Völlig versagt. Nicht einmal Mutter Erde wollte ihr zuhören. Sie brach in Schluchzen aus und hielt sich die Ohren zu vor dem Widerhall ihres eigenen Klagens. Die anderen Sterne, Ciffrah, Branca … Sie würden spüren, dass es mit ihr zu Ende ging, und ihre Suche nach einem anderen Siebten Stern beginnen.

Da war ein Lichtschein, der erst wie ein Traumbild durch ihren Geist tanzte, dann greller wurde, bis er so sehr in ihre Augen stach, dass Mira davon wach wurde. Am anderen Ende der Grube gewahrte sie einen klaren, warmen Schein. Woher er genau kam, konnte sie nicht ausmachen.

Vorsichtig kroch Mira über den unebenen Boden auf das Licht zu.

»Helft mir!«, rief sie und wollte sich schon vor dem Echo die Ohren zuhalten. Doch zu Miras Verwunderung schwieg es in diesem Winkel der Grube.

Aber auch sonst antwortete ihr niemand.

Mira sammelte den Geist. *Noch bin ich der Siebte Stern.* Sie spürte doch jemanden. Dort hinter dem Felsvorsprung gut zehn Ellen über ihrem Kopf verbarg sich einer. »Zeige dich bitte, und hilf mir!«, rief sie hinauf.

Spürte sie ein Zögern oder hoffte sie nur in die Stille hinein? Mira lauschte.

»Seit wann brauchen Eisenhexen Hilfe?«, brummelte es rau von oben, als spräche ein alter Mann.

Mira hatte keine Ahnung, was eine Eisenhexe sein sollte. »Ich bin ein Mensch!«, rief sie hinauf.

Ein polterndes Lachen antwortete. »Für wie dumm hältst du mich?« Eine grüne Mütze erschien, darunter ein schwarzer Bart. Mira konnte weder Nase noch Mund oder Augen erkennen. Nur eine Faust, die eine lange, astartige Lampe hielt, die aber einen sehr hellen Schein warf. »Seit wann schicken die Menschen ihre Frauen in den Berg? Niemals nicht!«

»Ich bin geflohen.« Mira verstand nicht, warum der kleine Mann dort oben ihr nicht glaubte.

Er hielt seine Lampe über den Felsrand, der Schein fiel nun auf sie herab. »Du bist ja jung«, flüsterte er.

Dann waren Eisenhexen wohl alt. »Man wollte mich entführen«, sagte sie.

»Niemals nicht. Nein, nein«, grummelte der Kerl und fuhr sich durch den Bart. »Du willst nur, dass ich umsonst hinabsteige, und dann fliegst du weg wie der Staub beim Stemmen.«

»Aber warum sollte ich das tun? Ich bin keine Hexe.« Mira versuchte es freundlich.

»Nein, nein, niemals nicht. Du ärgerst mich, wie du mich immer ärgerst.«

»Aber womit denn?«

Die Lampe schwang auf und ab. Er versuchte wohl, sie auszuleuchten. »Tu nicht so, Eisenhexe. Jedes Mal wenn ich zum Tal hin eine neue Ader Erz finde und auftue, höre ich dich kichern. Keine drei Tage, dann ist die Ader leer, und ich ernte nur noch Geröll.«

»Ich bin Mira. Wenn ich die Eisenhexe wäre, säße ich wohl kaum hier fest.«

»Wahrscheinlich hast du deinen Hexenschuh verloren. Selbst schuld.« Er zog die Lampe weg. »Jetzt kannst du mir nicht mehr das Erz vergraulen und die Adern aus dem Stein ziehen.« Er lachte polternd. »Die Hexe hat den Schuh verloren, Schuh verlor'n, ich fühle mich wie neugeboren, neu gebor'n.«

Mira kannte die Melodie. Die Köchin Thulias hatte sie gepfiffen, manchmal hatte es Mira auf dem Balkon gehört. Sie sang einfach auch ein Lied. »Schau her, lieber Mann, was ich trag für Schuh. Schau her und zeig, was trägst – du?« Sie streckte die festen Stiefel vor, die Cresea ihr gegeben hatte.

Der Lichtschein reichte wieder zu ihr herab. »Oh, oh. Nicht niemals nicht.« Der kleine Mann ließ seine kurzen Beine über den Rand baumeln. »Dann bist du die Kupferhexe. Mit der kann man handeln.« Er stellte die Lampe neben sich. »Wobei brauchst du denn Hilfe?«

An den seltsam grünen Kleidern erkannte Mira, dass der

Mann gewiss nicht zu den Bergleuten des Kupfermeisters gehörte. »Bring mich hier heraus, aber nicht hinauf zum Bergwerk.«

»Das ginge auch nicht. Wir haben alle Stollen verschüttet, die sie bis zu uns heruntergebohrt haben.«

»Wer seid ihr?«

»Freie Erzmänner.« Der Stolz dröhnte geradezu in seiner knarzigen Stimme.

»So bring mich nach draußen.«

Er beugte sich so weit vor, dass Mira schon glaubte, er fiel gleich von der Kante herab. »Hast du der Eisenhexe einen Streich spielen wollen?«

Sie konnte nicht lügen. »Nein. Ich fliehe.«

»Ihr Hexen vertragt euch also auch nicht untereinander, wie wir und die Erzleute.«

Mira seufzte. »Hilf mir bitte hier heraus.«

»Nur wenn du mir eine der Kupferadern im Berg enthüllst, aber eine fette!« Er zog an seiner grünen Mütze, und zum ersten Mal sah sie über dem schwarzen Bart große eisblaue Augen aufleuchten, die gar nicht freundlich dreinschauten.

Mira sackte auf die Knie. Wie sollte sie nur wissen, wo Erzadern im Berg verliefen? Tränen stiegen in ihre Augen.

Und im grellen Licht aus der Lampe des freien Erzmanns wuchs in ihrem wässrigen Blick ein Schimmer auf. Groß und größer wurde er …

Sie sinkt ein, immer tiefer in das Gestein, hinab zu der webenden, wiegenden, schichtenden Gestalt im wollweißen Gewand. Geduldig räumt Mutter Erde Dinge beiseite und wartet sie, bis Mira vor sie kommt. Sie weist mit dem Arm langsam schräg nach oben. Ihre mütterliche Hand macht eine Bewegung die einer glitzernden Kupferader folgt, Finger zeichnen feine rötlich glänzende Ästchen nach, dann wendet sie sich wieder um, webt an einem Gespinst weiter, schichtet Lagen von unklaren Dingen um, träufelt, räumt und weht …

Der Schimmer verblasste. Mira spürte den harten Boden unter ihren Knien wieder.

»Nun? Du schweigst?«

»Ich bin nur«, Mira war es als ob der Berg vor ihr die Farbe verlor und das Gestein sich zu durchsichtigem Glas wandelte. Glänzendes Erz, Eisen, Kupfer, ein wenig Silber und ein paar Strähnen Gold durchzogen wie ein Pilzgeflecht bis weit hinab den Berg, »von der Menge überrascht.« Sie lächelte und blickte hinauf. Seltsame Worte drängten in ihren Mund. Hatte es nicht in den Lectiones geheißen: *Die Ahninnen vermögen durch dich zu sprechen. Weise die Hilfe nie zurück, du lernst bei jedem Wort.* Mira ließ die Laute über ihre Lippen gleiten: »An der kleinen Kehre die Falkenschlucht hinab zum Horn, dort in den Karfreitagsstollen hinein bis zum Blatt. Vier Manns Schritt nach rechts und einen tief. Dort findest du fettes Kupfer mit einer Dreilang Silber drin.«

Er klatschte in die Hände. »Du bist doch die Kupferhexe!«

Die kurzen Beine verschwanden, dann schwankte das Licht.

»Warte!«, rief Mira.

»Erst schau ich nach, ob du nicht lügst.«

Lange hörte sie nichts außer einem fernen Klopfen im Dunkeln. Ihre Angst war gewichen. Es war ihr gleich, ob sie wirklich Mutter Erde gesehen hatte oder ob die Sterne diesen Weg gewählt hatten, sie aus dem Berg zu bringen. Sie sprachen wieder zu ihr. Astarte hatte sie noch nicht aufgegeben, und so würde auch Mira kämpfen, bis sie den Pfad des Lichts gefunden hatte.

Sie spürte Leute über sich.

»Steig hoch«, rief der alte freie Bergmann zu ihr herunter.

Gleich drei Männer in grüner Kluft erschienen oben und

ließen eine Strickleiter hinab. Mira war so erleichtert, dass sie beinahe gejubelt hätte.

Sie erklomm die Sprossen. Oben halfen sie ihr sogar auf die Knie und zogen sie hoch.

Die anderen Männer hatten auch dichte Bärte, nur waren sie hell. Alle drei waren kleiner als Mira. »Hast du das Kupfer gefunden?«, fragte sie.

»Ja!«, lachten die drei wie aus einer Kehle. »Und nun halten wir Ksacks' Wort!«

Einer leuchtete voran, einer neben ihr und der Dritte folgte.

Mira folgte ihnen einen schmalen Pfad wie in einer Schlucht entlang. Dann mündete er in einen engen Stollen.

Zweimal gingen sie sogar über Brücken aus Holz. Ihr schmerzten bald die Füße, ihre Schultern waren fast taub von dem ständigen Anstoßen, da weitete sich eine hohe Halle vor ihnen.

Niedrige Hütten waren eng aneinander versammelt. »Ein Dorf im Berg?«, fragte sie verwundert.

»Nein, es ist nur Nacht. Deshalb siehst du das Stück Himmel zwischen den Felsen nicht«, sagte Ksacks.

Der Jüngste zeigte zu einer mit Stroh gedeckten Hütte, aus der es lustig im Kamin qualmte. »Wir wohnen hier. Und du hast bestimmt Hunger.«

»Es riecht wunderbar nach Schweinsbraten. Am liebsten würde ich zwei Teller gleich hintereinander essen.«

Ksacks zupfte sie am Ärmel. »Da musst du Ksilla fragen, ob sie dir so viel abgibt.«

»Lass die Finger von der Frau, Ksoss!« An der Tür stemmte eine dicke Bergfrau die Hände in die Seiten. Auch ihre Schürze war so grün wie die Kluft der Bergmänner. »Das ist doch nie und nimmer eine Hexe! Hat euch der Staub die Äuglein verklebt, dass ihr ein schönes Weib nicht mehr erkennt? Dann müssen wir euch mal wieder in den Zuber stecken und gehörig abschrubben, die Ksenna und ich.« Sie machte schon Platz. »Duck dich, Mädchen.«

Drinnen war es peinlich sauber. Die kleinen Bergmänner zogen im Vorraum die Stiefel von den Füßen und hängten die Mäntel in Schränke. Jeder bürstete sich ab und wusch sich in dem in der Wand eingelassenen Steinbecken die Hände und Gesicht. Jeder goss sich das Wasser aus einer eigenen Zinnkanne dafür ein.

»Darf ich auch?«, fragte Mira.

»Aber sicher. Du musst sogar. Ungewaschen hockt sich keiner bei mir an den Tisch.« Mit ihren eisblauen Augen musterte die Bergfrau sie freundlich. Sie drehte den Kopf zu den Männern, die nun einer nach dem andern in den Hauptraum weitergingen. »Stellt noch einen Teller zu!«

Ksilla streckte den Arm zu Mira aus. »Gib mir deinen Mantel, den mache ich dir rein, auch deine anderen Sachen.« Sie schmunzelte. »Und beim Essen erzählst du mir, warum du ausgerechnet in die Mumengrube gefallen bist. Der Schacht ist doch schon seit Jahrhunderten dicht.«

Mira stutzte. »Ich danke dir«, sagte sie aber nur.

Ksilla legte den Mantel neben der Tür ab. »Ksacks wird dir den ehrlichen Finderanteil am neuen Kupfer geben. Keiner im Tal soll glauben, dass die freien Bergleute einen übers Ohr hauen, wenn er Erz für sie auftut. Sie zwinkerte. »Und sei es eine Kupferhexe.« Sie raffte die grüne Schürze. »Ich trage jetzt auf und du – komm und iss!«

Das ließ Mira sich nicht zweimal sagen.

»Habe Dank für alles!« Mira hörte am nächsten Morgen leise die Schellen am Schlitten klingen, als Ksilla wendete. In einer atemberaubenden Fahrt waren sie hinunter ins Tal nach Splügen gefahren.

»Bei uns sagt man: Wer ohne Sturz bis ins Tal kommt, erreicht sein Ziel«, rief die freie Bergfrau zum Abschied noch, legte sich das Zugseil um und stapfte dann mit dem Schlitten den Berg wieder hinan.

Das freie Dorf lag weit oben im Tal, verborgen von hohen Felswänden, geschützt vorm Nordwind. Jeder der Gipfel war anders, jäh und schroff, und doch schienen Mira die Berge nicht feindlich gesinnt, sondern träge wie alte Kater, die sich nicht gern rührten.

Es war der erste sonnige Tag, seit Mira in die Berge aufgebrochen war, nur ein zarter Dunstschleier milderte das Gleißen der Schneefelder.

Sie schaute Ksilla nach, bis sie hinter der Kirche verschwunden war. Mira hatte den Stolz der Bergleute auf ihre Sitten und ihre Freiheit gespürt. Kein Graf und kein Bischof hatten je sich getraut, ihnen Steuern abzunehmen. Die Bergfrau hatte Miras vom Sturz gerissenen Mantel genäht. Einen grünen Überrock hatte sie ihr dazu geschenkt. So würde man Mira hier in den Tälern für eine freie Bergfrau halten und sie in Ruhe lassen.

Ohne die kluge Ksilla wäre Mira wohl kaum so schnell weitergekommen. Kaum hatte Mira beim Abendessen fallen lassen, dass sie bei Cresea gewohnt hatte, war sie von ihr zur Seite gezogen worden, außer Hörweite von Ksenna und den anderen. Mira hatte berichten müssen, wie es dem kleinen Paul erging und ob die Kupferschmelzen kochten. *Es wundert mich nicht, dass Cresea eine Kupferhexe zur Freundin hat.* Ksilla hatte belustigt gezwinkert. *Mir ist es gleich, warum du unbedingt zu den Menschen im Norden fahren willst. Hilft dir Cresea, helfe ich dir auch.*

Mira hatte die dreißig Goldmünzen angenommen, die ihr Ksacks und Ksilla am Morgen für die neue Kupferader auf den Tisch gezählt hatten. Ohne Geld kam sie nicht weiter. *Das ist nicht mal der Dreizehnt, der dir nach unserem Gesetz zusteht, aber mehr Münzen haben wir nicht. Im Herbst haben wir alles für Vorräte ausgegeben.*

In Splügen schauten ein paar Alte aus den Fenstern. Mira genoss vor der Dorfkirche den Blick hinauf auf die sonnenbeschienenen Schneefelder und die grauen Felsen. Sie glaubte wieder an sich, an ihren Auftrag als Siebter Stern. Der Berg hatte sie nicht haben wollen, Mutter Erde hatte ihr geholfen. Wenn die Natur auf ihrer Seite war, wer sollte sie dann aufhalten können?

Die Menschen, raunte eine Warnung leise.

Vor der einzigen Herberge neben der Kirche handelten gerade zwei Männer mit einem Reiter in rotem Wams und langer Hutfeder um einen Preis. Ihre Pferde standen unweit in einem offenen Stall.

Mira wartete, bis der Reiter mit den Männern einig geworden war und die in der Herberge verschwanden. »Seid Ihr der Lindauer Bote?«, fragte sie.

Der schmalbrüstige Reiter hatte eine dicke Nase, aber einen lustigen Blick. Sein schmaler Mund zuckte. »Stets zu Diensten. Der Peracher höchstselbst steht vor Euch.«

Die Lindauer Boten reisten seit gut hundert Jahren einmal die Woche von Mailand nach Lindau. Sie führten Post und Leute über die Berge. »Bring mich zum Konstanzer See«, sagte Mira und legte ein wenig von dem Herrinnenton in ihre Stimme, den sie in Venedig gebraucht hatte.

Perachers Blick streifte ihren Hals, die Brust hinab bis zu den Stiefeln. »Gern. Was gibt es Schöneres, als mit einem hübschen Weib zu reisen. Könnt Ihr zahlen?«

»Gewiss«, sagte Mira und zog eine Münze heraus. »Dafür besorgst du mir noch die Fahrt über den See bis Konstanz!«

»Ein Florentiner.« Peracher strich ganz zärtlich mit den roten Handschuhen über die Goldmünze. »Dafür bekommt Ihr mich dazu. Natürlich nur, wenn Ihr wollt«, lachte er und vollführte einen Sprung rückwärts wie ein Spaßmacher, dass seine Hutfeder nur so wippte.

Mira lachte. Die Reise ins Elsass zu Jockel würde lang, da war es nicht schlecht, wenn wenigstens ein Stück davon lustig würde. »Wer reist noch mit?«

Peracher rieb sich die Nase. »Ein Mönch von Disentis und ein Kaufherr von Weingarten. Das ist schon viel im Winter, sonst bring ich nur Post.«

Die waren keine gefährlichen Weggefährten. Mira betrachtete die Pferde. »Drei sind aber eins zu wenig für vier.«

»Ich hole noch eins vom Bauern, bei dem ich sie unterstelle.« Er steckte die Münze in ein Säckchen am Gürtel. »Ich lauf gleich. Wir wollen sofort los, damit wir bis zum Abend noch bis Thusis kommen.« Er verschwand um die Ecke der Herberge.

Mira holte sich ein Brot aus dem Rucksack, den Ksilla ihr gepackt hatte. Ein wenig fühlte sie sich nun doch einsam. Die Zeit oben im Bergwerk bei Cresea war einfach zu kurz gewesen, so vieles hatte sie noch lernen wollen. Besonders beschäftigte sie die Frage, wie all die Frauen zusammengeführt wurden, ohne dass sich die sieben Sterne gegenüber den in den Kirchen predigenden Männern Roms verrieten.

Mira hörte Hufgetrappel, der Peracher kam zurück.

Der hagere Mönch und ein Kaufherr im Pelzmantel traten aus der Herberge.

»Sitzen wir auf!«, rief der Peracher. »Lasst die Frau gleich mir folgen. Ihre Stute kennt noch nicht den Weg, aber mein Hengst weiß, wo's langgeht.«

Mira griff wortlos zum Halfter und stellte den Fuß in den Steigbügel. Peracher stützte dabei ihre Hüfte und hob sie hoch. »Damit Ihr mir nicht fallt«, sagte er leichthin und tätschelte ihre Wade.

»Ich kann sehr gut auf mich allein aufpassen, Bote!«, sagte Mira knapp. Und doch sah sie an seinem Zwinkern, dass er sie in Ruhe lassen würde, solange sie ihn nicht lockte.

Und das würde sie nicht, denn ihr Herz gehörte immer noch

Ludomar. Mira seufzte. Doch ihren Geist hatte sie den Sternen-Frauen und ihrer großen Aufgabe gewidmet.

Sie ritten schweigend unter dem klaren Himmel aus dem Dorf und den Pfad das Tal hinunter, an Gehöften vorbei und über Stege, bis die Sonne hinter den Gipfeln unterging.

Der Weg bis ins Elsass war noch so weit.

36

Ludomar erkannte Worms nicht wieder. Schon immer war es umtriebig in der Reichsstadt zugegangen, doch seit gewiss war, dass König Maximilian hier seinen Reichstag abhalten würde, summten und brummten die Gassen sogar jetzt im März wie ein angestochenes Wespennest.

»Es ist kein Durchkommen«, jammerte Prälat Wegges hinter ihm. »Schon den ganzen Morgen nicht.« Er schüttelte den Kopf, sein enger Kragen zwickte den Hals. »Die Weinhändler halten heute Markt und alle Welt kauft, damit die Fürsten was zu saufen haben.«

»Zeigt mir das Schuhmacherzunfthaus«, sagte Ludomar nur und querte die Gasse zwischen zwei vorbeirollenden Fuhrwerken. Er war froh, dass er seinem Erzbischof keine Herberge verschaffen musste, weil der Wormser Bischof seinen Herrn im eigenen Palast unterbrachte. Für die Prälaten und Schreiber wie Ludomar hatte man Betten im Dominikanerkloster hergerichtet.

Die Zwerchgasse reichte von der Martinspforte im Norden bis herunter zum Markt. An ihr standen die großen Bürgerhöfe, in die sich die Reichsfürsten einmieteten. Nur hier gab es tiefe Keller, die groß genug waren, all die Fässer und Säcke zu lagern, die ein großes Gefolge verfraß.

Die Kirchenkeller in den Stiften, Klöstern und dem Bischofspalast von Worms waren gut gefüllt. Von Mainz hatte der Erzbischof vierzig Wagen den Rhein hinaufschaffen lassen, nur damit es seinen Leuten an nichts fehlte.

Ludomar war als Vorhut vom Erzbischof vorausgeschickt

worden. *Halte die Ohren und die Augen offen. Früh schon bilden sich die Reigen, die gemeinsam streiten gegen des Reiches Wohl. Gerade auf die Fürstenleute von Brandenburg und Sachsen halte Acht. Finde heraus, wen Herzog Beowulf trifft.*

»Kommt hier entlang«, japste der dicke Wegges, der wohl schon lange nicht mehr als hundert Schritt gelaufen war. »Seht Ihr dort das dreistöckige Haus? Dort werden die Vertreter der Reichsstädte ihre Stube halten.«

Ludomar blickte über das Gedränge. Es schien ihm, als wanderten die Körbe, Kisten, Ballen wie Käfer von selbst über die Menge.

»Kommt zur Münze. Dort ist der Stadtrat von Worms. Die Kurfürsten streiten noch, ob sie dort tagen wollen oder bei den Augustinern in der Hanggasse.«

Keine Ahnung hatte der Wegges, der zwar die Bibel auf Hebräisch zitieren konnte, aber von den Reichshändeln nichts verstand. Erst seit Ludomar an den Sitzungen des Geheimen Rates teilnehmen durfte, begriff er, wie hinterlistig der Kampf um Pfründen und Macht geführt wurde. Die Kurfürsten würden wohl kaum ihren Fuß auf Kirchenland setzen. Im Gegenteil: Sie ließen gar die Bürgerhäuser umbauen, damit es ein wenig prunkvoller zuging. »In der Münze sollen die großen Zeremonien abgehalten werden.«

»Kommt der König schon?« Wegges machte drei schnelle Schritte, damit er Ludomar nicht verlor.

»Wohl nicht vor Ende März.« Seit Wochen hörte Ludomar den Erzbischof klagen. *Wie will er einen Krieg im Welschland gewinnen, wenn er nicht einmal den Reichstag zur gemahnten Zeit eröffnet? Da sieht man es wieder: Der König ist ein sprunghafter, törichter Jüngling. Je stärker ich das Reich mache, desto besser für alle.*

Danach hatte der Erzbischof Ludomar die nächsten geheimen Briefe an die Fürsten zur Mitschrift vorgesprochen. Bald sollte es ein stehendes Heer fürs Reich geben, Festungen wie bei den Franzosen und ein zentrales Regiment unter einer einzigen Faust. Niemand war dafür besser geeignet als der Erzbischof selbst.

»So wird der Trubel ja nie enden.« Wegges fächelte sich Luft zu. »Ich schlafe ja jetzt schon schlecht von all dem Zechlärm und der Hurerei, wo die Leute allzeit singen und grölen wie eine halbes Heer.«

Sorgen hatte der Mann. Ludomar wich einer Horde Schreinergesellen aus, die einen Wagen mit Bauholz und Sägen durch den Gassendreck zerrten. »Was ist das für ein Tor dort hinten?«

»Da geht's zum Judenviertel. Jetzt weiß ich, was Ihr sucht.« Wegges kicherte heiser. »Glaubt mir, die Judenhuren gleich hinter dem Tor sind nicht billiger.« Er griente. »Aber schöner als die unten in den Fischergassen.«

Schämt Ihr Euch nicht?, lag Ludomar auf der Zunge.

Ein Regen von Erbsen prasselte auf ihre Schultern, Weiber kreischten, und sie sprangen weiter. Ein Müller war mit dem Wagen an einer Hauswand angestoßen, der Sack am Eckpfosten angerissen.

»Nur weg hier.« Wegges zog ihn in einen schmalen Durchgang. »Hier kommen wir bei Sankt Magnus wieder raus.« Er wackelte vor Ludomar über den Dreck.

... der werfe den ersten Stein. Ludomar tat im Geiste Abbitte. War er nicht auch ein Sünder, der, kaum bot sich die Gelegenheit, der Verführung anheimgefallen war? Vor drei Tagen hatte er dem Erzbischof erneut geschworen, sich aufs Priesteramt vorzubereiten und keusch zu bleiben. Die Schriften der Kirchenlehrer hatten ihm die Augen geöffnet. So schwer es ihm fiel, weil sein Herz sich noch immer gegen die Erkenntnis sträubte, musste er es doch einsehen: Mira war eine Seherin, die ihre Gabe missbrauchte und den Papst und die Kirche verleugnete. Der Vatikan verdammte diesen uralten Frauenbund als abgefeimte Ketzerinnen.

Ein Jammerlaut von Wegges riss ihn aus den Gedanken.

»Mir tun die Füße weh. Wo wollt Ihr denn noch hin«, keuchte dieser.

Ludomar gab nichts darauf. »Ich will die kurzen Wege kennen, bevor die Fürsten tagen.« Er prägte sich die Kreuzung vor Sankt Magnus ein. »Es wird nützlich sein, selber schnell vom Haus der Reichsstädte zum Hof des Königs oder zum Bischofspalast laufen zu können.« In Worms wohnten über siebentausend Menschen, und mit dem Auflauf zum Reichstag waren es gewiss bald zehn. Die Reiter der Kurfürsten nächtigten vor den Mauern in Zelten. Die Huren und Marketenderinnen bauten schon die Gauklerbuden auf und schufen Strohlager für die Lendennot.

»So zeige ich Euch noch den Froschgang.« Wegges hustete wie mit Zipperlein. »Hier!« Er trat hinter einen Mauervorsprung von Sankt Magnus.

Ein paar Stufen führten zwischen hohen Wänden nach unten. Dann roch es nach Pisse und verwelktem Heu.

Ludomar hörte den Trubel schon, bevor sie an der Marktecke am Schwanen herauskamen. »Wahrlich ein kurzer Weg.«

Der Prälat kniff vor dem Wirtshausschild die Augen zusammen. »Schon wieder ein Anschlag, als ob alle Leut' lesen könnten.«

Ludomar überflog das lange Blatt neben der Wirtshaustür. König Maximilian hatte eine Reichstagsordnung erlassen.

Fremde sollen besonders mit denen, die geladen sind, keinen Rumor anfangen, sonst werden sie von dem Marschall des Reiches gestraft.

Die Feuerordnung … wo sich die Diener in der Nacht aufhalten sollen …

Jene die fremder Nation sind und in Sitten und Kleidung unserem Wesen nicht gleich wären, sollen deshalb nicht verachtet werden noch verspottet. Ihnen ist wie anderen für ihr Geld Zehrung zu geben.

»Das gilt für die Gesandten des Sultans wie für die Welschen.

Die Venezianer schicken Botschafter wie Mailand und der Papst sowieso«, sagte Ludomar, weil Wegges beide Augenbrauen verwundert hob.

»Seht!« Der dicke Finger von Wegges wies auf eine Zeile.

Mit der Zehrung soll es folgendermaßen gehalten werden: für ein Herrenmahl mit Mandel- oder anderer guter Suppe, zweierlei gesalzenem und grünem Fisch, einem Gemüse und zum Abschluss Lebkuchen, Äpfel, Nuss, dazu guten Wein sind vier Weißpfennige zu geben.

Die Preise waren festgesetzt worden, selbst für den Malter Hafer in den Ställen. »Ob sich einer dran hält?«, fragte Ludomar.

»Solange es Vorrat gibt schon. Danach mauscheln alle, damit nur die Herren zufrieden bleiben. Worms hat schon immer gut an den Reichstagen verdient.«

Der König will, dass die Juden zu Worms von niemandem überlaufen, geschatzt, beschwert noch beschädigt werden sollen.

Sonst drohte die Ungnade des Königs. Ludomar war erstaunt über die Umsicht des jungen Königs, für den sein Erzbischof doch nur schlechte Worte fand.

Wegges kicherte. »Kommt zurück in den Konvent, dort gibt's gleich Mittagessen. Da zahlen wir keinen Weißpfennig und bekommen den Wein obendrein.«

Nach dem Nachtmahl saß Ludomar in seiner Gastzelle bei den Dominikanern. Die Erinnerung an Miras Liebreiz bedrängte ihn, wie so oft. Das Glück, das er an ihrer Seite gefühlt hatte, vermisste er sehnlich. Was halfen ihm die Mahnungen und Warnungen der Kirchenväter vor der Macht dieser Seherinnen jetzt, wo er allein in der Zelle saß und unentwegt das schöne Gesicht vor Augen schweben sah? So sehr er sich mühte, an anderes zu denken, an die heiligen Lehren, an die Gesetze der Mathematica oder einfach an den Fischmarkt am Rhein, immerzu sog ihn ihr Liebreiz auf. *Mira.* Er wagte nicht, den Namen auszusprechen, fürchtete, dass die Zaubermacht der Seherin dann selbst hier im Wormser Kloster noch wirksam würde.

Er brauchte Hilfe.

Sonst fanden sich in den Mönchszellen meist nur Bilder der Heiligen, aber hier hing ein Bildnis der Höchsten nach dem Herrn selber. Ludomar warf sich vor Maria nieder, die einen Winkel seiner Zelle schmückte. »Heilige Mutter Gottes, hilf deinem geringsten Sohn!«

Ludomar betete die Gebete seiner Kindheit, die Gebete seiner Studentenzeit, die griechischen Gebete, die er im Palast des Erzbischofs gelernt hatte.

Doch sein sündhafter Geist ließ nicht ab von den Erinnerungen an Miras Leib, an die Sanftheit ihrer Stimme, an das Glücksgefühl, das sie ihm geschenkt hatte, als er in der Gondel in Venedig in ihren Armen lag. »So schwer ist meine Sünde, dass ich noch immer nicht davon lassen kann.«

Er musste sich strafen. Anders als durch den Schmerz würde er nicht dem Sog der Ketzerin widerstehen. Ludomar rutschte auf Knien zum Schaff, zog aus einer Lade die kleine neunschwänzige Geißel mit den Eisenpickeln, die jeder Mönch Kloster dort verwahren musste.

Er legte das Hemd ab, die Hosen, zog Schuh und Strümpfe aus, sodass die Kälte des Februars von den Steinfliesen in seine Knochen kroch. Dann fasste er die Geißel am dicken Knauf, holte über den Rücken aus, zog durch.

Die Eisennägel bissen in seinen Rücken, das Leder brannte Striemen in die Haut. Schmerz überlief ihn heiß. »Ich bin ein schwerer Sünder«, stöhnte Ludomar. Er schlug wieder zu, die andere Schulter.

Und doch verging Miras Bild nicht vor seinen Augen. Es flackerte im roten Schmerz seines Rückens, wo die Haut riss. Ludomar schlug sich auf die Beine, die Waden, den Bauch, den lästerlichen Unterleib.

Sein Atem verschmolz mit dem glühenden Schmerz, der endlich, endlich das Gesicht zum Verblassen brachte, wiewohl es immer mehr an ihn heranrückte, größer wurde, ihr Gesicht, ihre Augen … Heiß überzog das Brennen seinen Leib von allen Seiten. O Gott, welch schmerzvolle Lust, sie zu überwinden, sie … Ihre Nase, ihre Lippen kamen näher, näher, zu nah, berührten die seinen. »Mira!« Eine heiße Welle riss ihn davon.

Die Geißel entglitt ihm, Ludomar fiel um, in sein Blut, seinen Schweiß und Saft.

Dann war endlich alles still in ihm.

Ludomar schlug die Augen auf. Maria lächelte sanft und wissend aus dem Winkel zu ihm herab.

37

Mira zahlte das Fahrgeld. »Das ist ein guter Baseler Silbergroschen«, sagte sie.

Der dick in Wolltücher gehüllte Bauer rieb die Münze mit dem schwieligen Daumen. »Die kenne ich gut, die gibt es hier oft. Den Rhein hinauf und hinab wandern die Münzen vieler Herren. Ob Straßburger Geld oder das aus Köln. Nur bei den Königsmünzen, Kind, da pass auf, die sind manchmal schlecht.« Er führte die Münze vor seinen fast zahnlosen Mund. »Da musst du dann draufbeißen, so.« Er biss und lachte. »Und du feine Maid willst wirklich bis nach Iffertsheim zu Fuß?«

Mira nickte. »Ich laufe gern ein Stück. Ich habe lang genug herumgehockt.«

»Die jungen Füllen springen am weitesten.« Der Bauer lachte hell. »Schade, ich fahre nicht alle Tage mit einer hübschen Maid wie dir. Gott zum Wohl!« Er ließ die Zügel los und rollte die Landstraße weiter.

Mira schaute ihm nach, bis er mit dem Graubraun der winterlichen Felder verschmolz. Hie und da spitzte etwas Wintersaat aus der Erde, und vereinzelte helle Flecken zeigten, dass es auch im Elsass geschneit hatte. Doch am Rhein war das Wetter milder und so taute es immer wieder einmal. Feucht zog der Wind von den Rheinauen her.

Mira ging auf die runden Hänge zu, wohinter sich die Vogesen erhoben. Jetzt, Anfang März, war der schlammige Weg von Rheinau menschenleer. Sie sandte einmal mehr einen dankbaren Blick zum Himmel. Solches Glück hatte sie gehabt. Schon am Bodensee hatte der Lindauer Bote ihr einen Platz auf einem Getreideschiff nach Konstanz verschafft. Und dort hatte sie nicht lange fragen müssen, da bot sich schon ein Baseler Nonnenstift an, ihr den freien Platz einer krank gewordenen Ursuline auf dem Wagen zu überlassen. So hatte sie in Basel nicht einmal in eine Herberge gehen müssen, in der sich allerlei Volk herumtrieb, sondern hatte im Stall des Nonnenkonvents für einige Tage ein Strohlager gefunden.

Mira trug ihr Bündel auf dem Rücken. Bald musste der Weg nach Iffertsheim links abbiegen, von dem der Bauer gesprochen hatte. Lange hatte sie nachgesonnen, wie das Dorf geheißen hatte, in dem die Verwandtschaft lebte. Erst nach einer Geistesübung, die sie von Cresea gelernt hatte, war ihr der Name Iffertsheim eingefallen.

Sie bog auf den schmaleren Weg ein, der nicht so sehr von Rädern ausgefahren war wie die Landstraße. Inständig hoffte sie, dass es Cresea gelungen war, die geheime Turmbibliothek vor Stratos Häschern zu bewahren. Aber wenn nicht, dann hätte sie doch irgendeine Erschütterung spüren müssen. So hoffte Mira jedenfalls.

Auf dem Bodensee hatte sie wieder eine Vision ereilt. Doch war sie anders gewesen als die vorigen. Oft waren ja Wasserflächen, Tränen oder Tropfen eine Verbindung zu den Lichtkreisen gewesen. Der große See mochte deshalb eine so gewaltige Kraft auf sie ausgeübt haben. Wie war dann erst das Meer? Mira schauderte. Auf dem Getreideschiff hatte sie in einem Winkel gesessen, zwischen den Ballen eines Tuchhändlers und einigen Fässern welschen Weins, die ein Verwalter aus Rottweil eifersüchtig hütete. Mira hatte im Sonnenlicht über den See geschaut, hin zu den hohen Schneebergen, da war die Vision wie eine Feuerwalze über sie hereingebrochen. Zahllose Lichtkreise hatten ineinander, übereinander und durcheinander gesteckt, sie hatte nicht vermocht, all das Geschehen zu begreifen. Es war, als ob sie gleichzeitig übereinandergeblendet sähe, was rund um den See geschah. In armen Weilern, in Schlössern, in Schmieden und in den Judengassen. Überall schaffte man Waffen hin oder ölte sie ein, schärfte Schwerter oder vergrub Töpfe voll Silber unter Baumwurzeln. Alle Gesichter hatten sich gedreht, die Häuser, Stuben, Kleider, alles war ineinandergeflossen, bis die Flammen aus den Lichtkreisen alles überstrahlten. Mira war so erschöpft gewesen, dass sie trotz der Angst, die die Vision in ihr hervorgerufen hatte, in einen tiefen Schlummer gefallen war.

»Hätte ich doch nur meine Ausbildung abschließen können«, seufzte sie. »Dann hätte ich vielleicht verstehen können.«

Mira hatte einfach nicht die Zeit gehabt für all die vielen Schriften. Es nützte ihr nun wenig, dass die Vorgängerinnen ihr Wissen in Kapiteln *Von den wirren und beweglichen Lichtkreisen* oder *Das richtige Deuten unscharfen Bilds* überliefert hatten. »Ich werde es allein lernen müssen. Irgendwie.«

Aber zuerst wollte sie unbedingt ihren Bruder wiedersehen und die liebe Agnes, die ihn aufgenommen hatte. Mit dem ihr verbliebenen Geld könnte Mira sie ohne Entbehrungen durch das Jahr bringen. Sie wollte alles erfahren, was Jockel erlitten hatte, ihn trösten und eine Heimstatt für sie beide finden.

Hinter der nächsten Wegbiegung erstreckte sich das Dorf Iffertsheim. Das Land stieg hier ein wenig aus der Ebene auf, am oberen Rand des Dorfes, in den ersten Weinhängen, stand die niedrige Kirche. Drumherum duckten sich die Fachwerkhäuser.

Das Elsass war ein von Gott gesegneter Landstrich. Hier konnten sogar die einfachen Bauern Ziegel auf ihr Dach legen und nicht bloß Steine wie in den hohen Bergen oder Holzschindeln wie drunten am Schwarzwald.

Vor dem Dorf weideten ein paar Pferde. Bald sah Mira auch ein Mühlrad sich über einem Bach drehen, der aus den Weinbergen herabfloss.

Sie wunderte sich, dass nirgends einer vor den Türen hockte, obwohl sie spürte, dass viele Menschen im Dorf waren. Es war nicht sonderlich kalt. An solchen Tagen hobelten die Männer oder spalteten Brennholz.

Da hörte sie Geschrei. Mira lief darauf zu. Auf dem Dorfplatz hatten sich gut fünfzig Leute, junge, alte, Männer wie Frauen, versammelt. Sie hielten sich in zwei Pulks rechts und links neben dem Backhaus.

Einem breitschultrigen Bauern stand die Jacke offen, er redete mit erhobenem Arm. »Hat es gebrannt, bevor dein nichtsnutziger Balg hergelaufen kam? Nein!« Er wandte sich zu den Leuten hinter ihm. »Hannes, deine Scheune würde noch stehen, und Elsbeths Brunnenhaus wäre nicht kohlschwarz. Und die Scheuer vom Jakob Lannehäuser wäre noch die größte im ganzen Dorf. Habe ich etwa nicht recht?«

»So ist's«, riefen zwei Männer und rissen wütend die Fäuste hoch.

»So ist's gar nicht«, schrie eine Dicke am Backhaus dem breitschultrigen Bauern zu. »Was ist mit der Feldtränke drunten am Erlenbach? Oder mit dem Lina ihrem Hühnerstall? Die haben schon gebrannt, als der Jockel noch gar nicht hier war!«

Es ging um ihren Bruder! Mira hielt sich vor Schreck an einer Hausecke fest und lugte zu den Leuten. Die dicke Frau hatte sie schon gesehen, in einem Lichtkreis. Es war Agnes, ihre Verwandte, die für Jockel einstand.

»Sie hat Recht«, mischte sich eine Bauersfrau ein. »Was scherst du dich eigentlich jetzt so um die Flammen, Küfer-Michel? Sonst sitzt du's ganze Jahr im Wirtshaus in Barr droben und versäufst dein Geld. Was hat dir denn der Bub getan, dass du ihm alles aufhalsen willst?«

»Kümmere du dich lieber um deinen Mann, dass er nicht allweil in den blauen Specht hinkt.« Der Küfer spuckte vor ihr aus. »Warum brennt es dann nur bei Leuten, wo die Agnes nicht aushelfen darf?«

»Du verhurter Lügenbock!« Agnes stemmte die Arme in die Seiten. »Ich war beim Hannes bei jedem Schlachtfest die Federn brühen und bei der Elsbeth noch auf jeder Kindstauf!«

Nun schrien alle durcheinander. Mira suchte verzweifelt die Menge ab, ob sie irgendwo Jockels Schopf erkennen könnte.

»Macht Platz! Wir haben den Kerl«, rief es da von hinter den Leuten her.

Zwei junge Männer in Holzschuhen und Winterjacken zerrten Jockel barfüßig über den schlammigen Dorfweg. Obwohl sie ihm einen Sack über den Kopf gestülpt hatten, erkannte Mira ihn sofort.

Der eine Kerl hatte ein Band um die langen Haare gebunden, der andere trug eine eingerollte Peitsche auf der Schulter. »Im Heuhaufen zwischen den Hasen von Bonna hat er gesteckt«, sagte der Erste stolz. Sie stießen Jockel auf die Knie und stießen ihm gegen den Kopf unter dem groben Sack. »Was machen wir nun mit ihm, Küfer-Michel?«

»Ihr macht gar nichts!« Agnes sprang vor, wurde aber von dem mit der Peitsche zurückgestoßen.

»Federn wir ihn und ziehen ihm mit den Flämmchen die Haare ab«, grölte einer aus der Menge.

»Ab mit ihm ins Taubenloch bei der Hergis-Mühle!«, rief der mit dem Band ums lange Haar.

»In den Pfuhl!«

»Gar nichts macht ihr!«, rief ein alter Bauer mit erstaunlich lauter Stimme. »Wollt ihr es euch mit der neuen Herrschaft gleich verderben? Seit wann richten wir und nicht der Vogt?«

»Er ist ein Brandstifter!« Wieder hob der breitschultrige Küfer den Arm.

»Das weißt du nicht«, gab ihm der alte Bauer zurück. »Bewiesen ist nichts – und *du*, versündige dich nicht an seinem Leib!« Er wies auf den jüngeren der beiden Kerle, der mit der Peitsche in Jockels Rippen rammte, aber sofort damit aufhörte, als der Alte ihn in den Blick nahm. »Bis der Vogt ihn holen lässt, bringt ihn zum Pfarrer.«

»Dem alten Suffkopp? Lieber lege ich ihn zu meinen Hunden an die Kette«, brummte eine fette Bäuerin mit blauem Brusttuch. »Nicht wahr, Johannes? Die werden ihm einheizen, dem Brandstifter!«

»Lasst ihn los!« Agnes zerrte Jockels Arm frei, doch der Küfer-Michel trat gleich vor sie, dass sie gegen seinen Bauch prallte.

»Das würde ihr gefallen«, lachte der mit dem Haarband bös.

Der andere trat Jockel auf die nackten Füße.

Mira hörte seinen Schrei, der sich ihr ins Herz bohrte. Tränen schossen ihr in die Augen, sie wischte sie schnell weg.

Wieder schrien die Dörfler durcheinander. Mira musste etwas tun. Nur was? Da verfing sich auf ihrem Handrücken ein Sonnenstrahl in einer Träne und glänzte auf. Sie fühlte die Vision kommen, machte noch einen Schritt hinter die Hausecke hin, stützte sich an Holz und …

… noch viel mehr Holz liegt Balken für Balken in der Scheune, immer zwei längs und zwei quer aufgestapelt, damit sie für das Bauen im Sommer gut trocknen. Vier Pferdehalfter hängen an der gekalkten Wand. Ein junger Mann kehrt mit einem Besen trockenes Laub unter den ersten Stapel, eng anliegende Hosen und ein Umhang aus feinem Leder umhüllen ihn. Er kniet hin und zieht zwei Feuersteine aus der Tasche. Lüstern glänzt sein Gesicht, seine Zungenspitze züngelt vor Erregung zwischen den Lippen. Das Laub will kein Feuer fangen, noch nicht. Seine braunen Locken tanzen wild, weil sich der Mann so sehr müht, klack-klack sausen die Steine aneinander, klack-klack …

Ein Klatschen, das sie wirklich hörte, zerriss den Lichtkreis. Mira fühlte wieder das harte Holz der Wand im Rücken, sie schüttelte sich. Wieder dies Geräusch. Mira lugte um die Hausecke. Sie schlugen Jockel mit einem Gurt!

Sie rannte los, brüllte aus vollem Hals: »Schert euch lieber um die Scheune mit den vier Halftern, dort schlägt einer grad Funken für Feuer!«

»Was?« – »Wer ist die?« – »Die Zehntscheune, Leute, schnell!« – »Holt das Löschzeug!«

Mira hätte gar nicht anders als mitrennen können. Das ganze Dorf lief los, alle um das Backhaus links herum, den Hang hinauf.

»Unser Zehntholz, ach Gott! Sonst müssen wir noch mal zahlen!«

»Ich rieche keinen Brand!«, rief die Bäuerin mit dem blauen Brusttuch.

»Dir läuft der Rotz, ich rieche was!«, schrie eine junge Frau, die sich die Ärmel schon über die Ellenbogen schob. »Nehmt lieber schon Wasser mit. Am Brunnenhaus, jeder einen Eimer!«

Mira stieß mit Leuten zusammen, stolperte zwischen Füßen, Körpern und Hauswänden voran. Sie reckte den Hals, doch konnte sie in dem Wirrwarr nicht erkennen, ob Jockel mitgeschleppt wurde.

Die Ersten erreichten schon die Zehntscheune. Die Besonnenen liefen langsam hinterher, manche kamen mit den vollen Ledereimern fürs Löschen.

»Es brennt schon!«

»Macht Platz!«, schrie der alte Bauer mit der lauten Stimme. »Platz für die Eimerleut'.«

Mira wich fünf anderen mit Wasser aus. Zwölfe oder dreizehn rannten durchs offene Scheunentor, wo es schon knisterte.

Von hinter der Scheune rannte einer den Feldweg entlang, am letzten Haus vorbei. Sein Umhang wehte. Mira erschrak, der Mann hatte eine schwarze Ledermaske über dem Gesicht. Er rannte zu einem kleinen Waldstück hin.

»Da läuft der Feuerteufel!« Der Kerl mit dem Haarband spurtete los. »Den schnapp ich mir, dann brennt er selber.«

Zwei andere Männer stellten die Wassereimer einfach hin und rannten hinterher.

»Der trägt einen Umhang aus feinem Ziegenleder«, sagte der alte Bauer mit der durchdringenden Stimme. »Sonst schlägt das Tuch andere Falten.«

»Jesus!« Eine junge Magd bekreuzigte sich. »Dann ist es ja der ...«

»Halte bloß den Mund!« Die fette Bäuerin, die so gekeift hatte, zog sich das blaue Brusttuch fest und griff wieder zu den Eimern. »Wenn's der ist, bringt's uns erst recht nichts Gutes!«

Qualm stieg aus dem offenen Tor der Zehntscheune auf.

»Jetzt kriegen wir auch noch die Händel der Herrn untereinander ab«, seufzte ein junger Bauer und schüttete Wasser gegen das qualmende Holz. Bäuerinnen brachten ihm ihre Ledereimer.

»Gleich hier vorn unterm Bauholz, gieß langsam!«

»Macht erst das Laub nass, sonst zundert es erst recht.«

»Hinten ist auch Rauch!«

Noch mehr Leute drängten in und um die Scheune. Ein hochgewachsener Bauer kippte mit großem Schwung einen großen Eimer quer über das Feuer aus. Es zischte und qualmte.

»Gebt dem Josef das Wasser, er löscht am besten.«

Die Eimer gingen von Hand zu Hand, Mira stellte sich einfach in die Kette und packte zu. Wasser schwappte auf ihre Füße. Sie schloss die Augen, damit sie jetzt keine Vision erfasste.

»Noch zwanzig«, verlangte der Josef von drinnen.

Da erscholl auf einmal ein Jubel aus vielen Frauen- und Männerkehlen. »Es reicht!«

»Sie haben es geschafft«, meinte eine halb lahme Frau neben ihr in der Eimerkette, die sich die Hüfte hielt. »Das hätte uns noch gefehlt, dass wir der neuen Herrschaft das Brennholz für den Zehnt nicht hätten bringen können. Dann hätten wir die Steuertreiber erst recht im Dorf gehabt.«

Mira nickte nur, wandte sich um und lief zum Backhaus zurück.

Aber ein dürrer Bauer mit Holzschuhen war schneller als sie. Der Kerl mit der Peitsche in der Hand hielt Jockel noch immer fest untergehakt.

»Lass den Jungen frei, Johannes«, rief er. »In der Zehntscheune dort oben hat einer gezündelt. Wir konnten es gerade noch abgießen.«

Weitere Leute aus dem Dorf kamen von der Scheune mit den leeren Ledereimern zurück.

»Und wenn er's vorher mit dem anderen zusammen gemacht hat?« Dieser Johannes drehte die Peitsche in der Hand und rückte nicht von Jockel ab.

Doch der alte Bauer mit der lauten Stimme kam und stieß ihn weg. »Schwätz kein dummes Zeug. Geh lieber mal was Rechtes schaffen. Ich habe den Brandstifter selber weglaufen sehen. Und drinnen war das Laub grad erst angeflämmt.« Er hob den Zeigefinger. »Sogar die Zündstein haben noch davor gelegen.«

Der dürre Bauer mit den Holzschuhen nickte. »Der Brandstifter ist hinten durch die Rossluke fortgesprungen, als er uns hat kommen hören.«

Der Kerl ließ die Peitsche sinken. »Und wenn der hier hat aufpassen sollen?«

»Schafft euch fort!«, sagte Mira laut. »Lasst den Knaben endlich in Frieden.«

»Was will denn die?«, fragte die fette Bäuerin. »Wo kommst du eigentlich her?«

Mira antwortete nicht. Sie kniete sich vor Jockel und zog den groben Sack von seinem Schopf.

Er saß da mit zusammengepressten Augen, den Kopf ganz

zwischen den Schultern eingezogen. »Ich war's nicht«, flüsterte er.

Sie legte ihm beide Hände an die Wange, wie es schon ihre Mutter gemacht hatte. »Ich weiß, Jockel.« Ihr brach die Stimme. »Ich weiß.«

Ein Schreckenslaut entfuhr ihm. »Mira?« Dann wandelte sich das Entsetzen in seinen kindlichen Wangen, als striche ein Farbpinsel über das blasse Gesicht. Er strahlte auf einmal vor heller Freude. »Du bist es!« Jockel umschlang sie so fest, dass ihr fast der Atem verging. »Mira!«

»Ich bin so froh, dass ich dich wiederhabe«, flüsterte sie.

»Ich habe es gewusst, gewusst«, jauchzte Jockel und schüttelte sie wie besessen. »Du bist wieder da!«

»Ich habe es dir doch versprochen.« Sie lachte in ihre Freudentränen hinein. Die ganze Last der langen Reise fiel von ihr ab, als sie den dünnen Leib ihres Bruders drückte und herzte.

Sie hielten sich fest, eine lange Zeit.

Mira hörte nicht recht, was die Leute sagten, es war ihr auch gleich.

Eine Hand rüttelte sie fest an der Schulter. »Dann bist du die Schwester, Barbaras Tochter.« Freundlich glänzte das Gesicht von Agnes im Sonnenlicht. »Jockel hat bestimmt schon ganz eisige Füße. Kommt, wir wärmen uns auf.«

Mira erhob sich. »Ich danke dir so sehr.«

»Ich lass Mira nicht los.« Jockel hielt sie umschlungen und drückte sich an sie wie in Frankfurt, wenn er in den Gewitternächten Angst gehabt hatte. »Geh nicht mehr fort. Hörst du. Du musst bleiben.«

Mira strich ihm übers Haar. »Aber ja doch.«

Die Leute aus dem Dorf standen immer noch um sie herum. Die abgeschafften Gesichter der Alten musterten sie misstrauisch, die jungen Dinger glotzten. Unverstellt neugierig schauten die jungen Männer ihr auf die Brust.

»Du bist die Schwester? Wo kommst du auf einmal her?«, fragte die junge Magd der fetten Bäuerin.

»Aus Basel«, sagte Mira. »Ich bin den Rhein heruntergefahren.«

»Sie hat die Herrin nach Venedig begleiten müssen, weil die Tochter von dem alten Helmprecht …«, sprudelte es aus Jockels Mund. Er ließ seine Augen nicht von ihr.

»Sei jetzt mal still«, unterbrach ihn Agnes.

»Ich habe meine Herrin auf der Brautfahrt begleitet.« Mira wog sorgsam die Worte, denn sie war nach dem Gesetz der Sterne der Wahrheit unterworfen. »Nun kehre ich zurück.«

»Sie ist die Tochter meiner Base, die in Frankfurt im Armenhaus gestorben ist«, sagte Agnes.

»Ach die!« Eine von den Bauersfrauen raffte ihren groben Wollrock. »Wo der Mann im Krieg bei Hanau Sack und Pack verloren hat.« Bevor Mira oder Agnes Antwort geben konnten, winkte sie mit der Hand ab. »Erzähl's uns beim Spulenwickeln. Ich habe zu schaffen, die Kühe melken sich nicht von allein.« Sie stapfte schon fort. »Ich komme morgen mal rum, Agnes«, rief sie noch.

Der breitschultrige Küfer-Michel rief über die Köpfe: »Wartet lieber.« Er hob das Kinn und sah Mira scharf an. »Wie kommt es eigentlich, dass du gewusst hast, wo der Grafensohn zündelt? Bist du seine Hure und hast ihm das Feuer legen helfen?«

»Halte endlich dein Giftmaul«, schrie Agnes erbost. »Was hat Mira mit dem jungen Rappoltstein zu schaffen? Ihr habt den Brandstifter doch auch in seinem feinen Umhang aus Ziegenleder fortrennen sehen.«

Doch Mira hielt sie zurück. »Ich bin heute bis Rheinau mit dem Straßburger Stadtschiff gefahren, dort hat mich der Bauer Solzheimer mitgenommen.«

»Den kenn ich, der ist mit meiner Schwester Mann verwandt«, sagte der dürre Bauer mit den Holzschuhen ein paar Schritte neben ihr.

»Als ich ins Dorf gekommen bin, hat das Tor der Zehntscheune ein wenig offen gestanden.« Das war nicht gelogen, auch wenn sie dort nicht wirklich hineingeschaut hatte. »Ein gut gekleideter Mann hat dort Laub unter das Holz gekehrt.« Sie suchte nach den Worten, durfte aber nicht lange zögern. »Und wie ich euch hier über dem Kopf meines Bruder streiten hörte, habe ich mit einem Mal begriffen, was er dort gemacht hat.«

»Lass der Agnes ihre Base in Ruhe, Küfer-Michel. Hast du nichts Besseres zu tun mit deinen Weinfässern?«, sagte der alte Bauer, auf den das Dorf wohl hörte.

Noch mehr Leute machten sich davon.

Ein stämmiger Mann mit kurz geschorenem weißem Bart warf Jockel ein paar Holzschuhe hin. »Da, damit du heil nach Hause kommst.« Er strich ihm übers vom Dreck verschmierte Haar. »Ich habe sie vor dem Stall aufgelesen, wo du dich versteckt hast.«

Agnes fuhr ihm über die Stirn. »Mein Lieber, du hast ja eine Beule.«

Der Mann wand unwirsch den Kopf. »Die Kerle da haben mir eine gelangt, als ich ihnen den Jockel aus den Armen reißen wollte. Da bin ich umgekippt und war ziemlich taumelig.«

Jockel schlüpfte schnell in seine Holzschuhe hinein. »Die habe ich selbst geschnitzt. Das kann ich jetzt, weil's mir das Oheimchen beigebracht hat.« Er zitterte. »Mira, ich bin nicht mehr so dumm wie in Frankfurt.«

»Bringen wir den Buben mal schnell ans Herdfeuer, Weibsleut'«, sagte der Oheim. Langsam wich die Wut aus seinem Gesicht, das fast vornehm blass wurde. Er streckte Mira die Hand hin. »Ich bin der Erwin. Nenn mich Oheimchen, wie alle.« So alt er war, hatte er noch alle Zähne und lief nicht mal krumm.

»Ich danke euch, dass ihr meinen Bruder aufgenommen habt.«

»Blut ist dicker als Wasser«, sagte der Oheim und drehte sich um. »Komm, Jockel, gehen wir uns wärmen. Vielleicht macht die Agnes uns noch einen heißen Brei.«

»Ich geb dir von der Butter, ist noch was von gestern übrig«, rief die fette Bäuerin. »Heute hat die Brella viel Milch gehabt, ich geb dir auch noch Schmand.«

Eine andere Frau mit einfachem Rock stippte Agnes an der Schulter. »Hast du noch Schinken?«

»Es wird reichen, dank euch. Ich komm gleich mit der Schüssel rum.« Agnes nickte den anderen Weibern zu.

Sie gingen alle die Dorfgasse entlang. »Seien wir froh, dass der junge Rappoltstein nicht das ganze Dorf angesteckt hat. Der und kein anderer war's. Er hat sich gerächt.«

»Wieso?«, fragte Mira.

»Der junge Graf hat sich die Mägde einfach so genommen.« Jockel grapschte mit der Knabenfaust in der Luft. »Im Feld hat er sie einfach flachgelegt. Die Sanne hat er dick gemacht und hat's nicht zugegeben.«

Agnes zog die Brauen zusammen und nickte kurz. »Und das ist viel schlimmer, als du schon begreifst, mein Kleiner. Wo sollen die vielen Bankerte unterkommen, wenn er's so weitertreibt? Der alte Graf nimmt sie gewiss nicht als Enkel auf sein Schloss.«

»Und wo ist die Sanne jetzt?«, fragte Mira. Zu oft hatte sie derlei Geschichten übel ausgehen hören.

Agnes zuckte mit den Schultern. »Hier. Wo sonst? Im Hof vom Hagenauer. Wir füttern sie mit durch, wie wir auch Jockel aufgenommen haben. Die jungen Mütter sind doch alle die Töchter von uns alten Knechten und Mägden.« Agnes lächelte. »So ist die Welt. Was kann man machen?«

»Aber warum legt der junge Graf dann Feuer?«

Agnes führte sie von der Dorfgasse weg auf einen Pfad. »Falscher Stolz oder Rachsucht, was weiß ich? Unser Dorf ist vor zwei Monaten verkauft worden. Die Äbtissin von Andlau hat beim königlichen Vogt erwirkt, dass der alte Graf Rappoltstein damit seine Schulden beim Kloster endlich bezahlen musste. Der Graf hat sie danach in der Kirche von Barr verflucht. Vor allen Messgängern! So wütend war er, dass die Äbtissin die Schulden eingetrieben hat. Die Rappoltsteiner haben sich bestimmt am Kloster rächen wollen, indem sie unser Dorf verwüsten.«

»Dann hat der alte Graf das seinem Sohn befohlen?«, fragte Mira.

Agnes schaute grimmig drein. »Der ist ein noch größerer Tunichtgut. Dem traue ich das sofort zu.«

Mira legte ihr und Jockel die Arme um die Schultern. Sie sollte einmal die Sorgen fahren lassen und sich endlich freuen. »Ich kann dir gar nicht oft genug danken, dass du ihn bei dir aufgenommen hast.«

Agnes strich Jockel über die Nase. »Ach, wo drei satt werden, wird auch ein vierter satt. Ich habe eure Eltern immer gern gehabt.«

»Ich auch«, sagte Jockel und seine Stimme klang rau.

Mira gab ihm einen Kuss auf die Wange. »Die schlimmen Zeiten sind vorbei.«

»Ich will nie wieder auf der Landstraße betteln müssen«, flüsterte Jockel. »Nie wieder mich von besoffenen Knechten von meinem Platz auf dem Stroh stoßen lassen.«

»Bei uns ist immer warm«, sagte Agnes milde. »Oheimchen bringt immer genug Brennholz von den Bauern mit, wo er schafft.«

»Ich will auch Schnitzer werden.«

»Jetzt feiern wir erst einmal Wiedersehen«, sagte Mira. Ihr sprang das Herz vor Freude im Leib, als Jockel hoffnungsfroh und entschlossen in die Ferne blinzelte, als begriffe er doch langsam, wie es auf der Welt zuging.

»Wir haben aber nur Haferbrei und Schinken«, sagte er ein wenig traurig.

»Und was uns die Nachbarinnen gestiftet haben, hast du's nicht gehört?«, sagte Agnes. »Immer träumt er vor sich hin. Und Zwiebeln habe ich, eingelegte Pilze, Kraut und viele, viele Eier.«

Mira fühlte rasch an ihren Beutel, ob sie das Geld in dem Wirrwarr nicht verloren hätte. »Ich habe genug, dass wir für uns alle eine Gans kaufen können. Wir laden alle ein, die euch geholfen haben.«

»Ich habe schon ewig keine Gans mehr gegessen.« Der Oheim machte einen Tanzschritt. »Die Erna verkauft uns bestimmt eine.«

Agnes hob den Finger. »Geh zu Hiltrud, die macht wenigstens einen ehrlichen Preis.«

»Und ich habe noch zwei Flaschen Wein beim Bartel gut«, sagte das Oheimchen und lachte. »Die hole ich uns für heute.«

Jockel zog ein Holzgitter vor einem winterlich unordentlichen Garten auf.

»Und jetzt setzen wir erst mal heißes Wasser auf, dass Jockel warme Füße kriegt«, sagte Agnes.

»Und den Dreck schrubben wir gleich mit ab«, sagte Mira.

»Immer steckst du mich in den Badezuber, Schwesterchen«, sagte Jockel. Aber sein Maulen klang nicht richtig ernst.

»Kommt herein«, sagte der Oheim an der Tür. »Ihr seid zu Hause.«

Ein neues Heim. Auch wenn es ganz und gar nicht so aussah wie jenes, dass sie sich für sich und Ludomar in den schweren Nächten erträumt hatte, Mira erschien das windschiefe Häuschen schöner als jeder Palazzo in Venedig.

38

Nur an zwei Stellen bröckelte der Lehm von den Wänden des Backhauses. Das Dorf war wohlhabend genug, dass es sogar einen Anbau für die Vorräte errichtet hatte. Mira schichtete Brennholz in einen Korb. Seit dem frühen Morgen half sie Agnes dabei, den Ofen herzurichten und anzuheizen. Gegen Mittag würden die Frauen des Dorfes kommen und ihr Brot gemeinsam ausbacken.

Mira legte noch zwei Hölzer quer, damit sie nicht verrutschten, dann trug sie den Korb nach vorn. Das Backhaus verfügte sogar hinter der hoch gemauerten Ofenwand über zwei Kammern. Außer ein paar alten Holzbrettern waren nur die großen Mulden dort abgestellt. Aber sehr nützlich war das große Vordach, das sie bei der Arbeit vor Wind und Wetter schützte und worunter auch die Leute gern beieinanderhockten und aufs Brot warteten.

Mira war noch nicht ganz im Reinen mit sich, ob sie eine Stube vom Dorf mieten sollte. Denn bei Agnes und dem Oheim hatte schon Jockel kaum Platz. Klug war es wahrscheinlich nicht. Alle würden sich wundern, woher eine einfache Magd so viel Geld hatte. Und allzu viel über die Brautfahrt mochte Mira auch nicht erzählen.

»Brauchst du noch mehr Holz?«, fragte sie.

Agnes stak bis zu den Hüften in der Brennkammer. »Zwei Körbe reichen. Ich habe genug Scheite hier drinnen.« Ihre Stimme klang gedämpft. »Oheimchen hat mir Glut mitgegeben, der Ofen brennt gleich an.«

Mira schmunzelte. Die beiden sorgten aufrichtig füreinander. Da spielte es gar keine Rolle, das Oheimchen und Agnes gar nicht vor den Altar getreten waren. Ihre Base hatte es Mira beim Wolledrehen anvertraut. Niemand im Dorf wusste davon. Oheimchen hatte als junger Mann geheiratet, drunten bei Colmar, aber die Ehe war ungut verlaufen. Doch wie sollte ein Landarbeiter schon beim Papst eine Aufhebung erwirken. *Solange die Gret lebt, ist nichts zu machen. Aber der Herrgott kann ja immer durchs Dach schauen, ob das wirklich Sünde ist, wenn ich dem Oheimchen den Bart kraule.*

Agnes kroch rückwärts aus der Brennkammer hervor, dass ihr Hinterteil nur so wackelte. Sie hatte graue geflickte Wollkleider angelegt. »Gib mir den Blasebalg.«

Mira fand ihn an der Seite des gekachelten Ofens, der sie um gut drei Ellen überragte. »Meinst du den?« Mira presste die Griffe aufeinander, und ein gehöriger Furz ertönte.

»So wie es sich anhört, ja.« Agnes lachte. Sie fachte den Brand unter dem Ofen an.

»Wann kommen die Frauen?«

»Wenn sie es gehörig qualmen sehen.« Agnes deutete nach oben zum Kamin. »Den Schornstein sehen sie von überall. Wir müssen noch die Roste einstellen.«

Mira zog einen dreistufigen Tritt heran und öffnete die eisernen Türen des Backofens. Sie hätte geduckt sogar darin stehen können. »In Frankfurt sind die nicht so groß.«

»Dort bäckt man auch nicht fünf Lagen Brot auf einmal.«

Agnes deutete auf die Bleche. »In der Halterung haben wir vier Stockwerk für die Laibe.« Sie trommelte auf das Blech. »Unten auf dem Stein wird das Schwarzbrot gebacken. Oben die großen und in der Mitte die kleinen Brote.«

»Ich packe unten an, ja?«

»Genau«, presste Agnes hervor.

Sie hoben das schwere Eisengestell an und schoben es über die Kante. Mira stieg auf den Tritt und zerrte oben an dem Rost.

Agnes rang nach Luft. »Das ist jedes Mal das Schlimmste.«

Mira betrachtete die aufgegangenen Brotlaibe, dann schloss sie die eiserne Tür des Ofens.

Am Abend war Oheim mit Jockel von der Feldarbeit zurückgekommen. Sie saßen alle nebeneinander auf der Bank unter dem Vordach an der warmen Seite des Ofens und aßen Flammkuchen, dick mit Speck und Schmand belegt. Mira hatte sich in Gefahr gebracht, das war sicher. Aber so war es besser. Wer weiß, ob die Dörfler sonst den Feuerteufel rechtzeitig bemerkt hätten.

»Nicht mehr heiß ist er mir am liebsten«, nuschelte der Oheim und biss ins nächste Stück Flammkuchen. Er kniff das linke Auge ein wenig zu.

Mira sah über die Schulter, der Bauer Wilhelm schlurfte leicht vorübergebeugt heran.

»Du grinst ja wie ein Schwein beim Eichelherbst. Was ist los?«, fragte der Oheim.

»Nun rede doch schon!«, kaute Agnes.

Bauer Wilhelm setzte sich mit einem Ächzen auf das freie Ende der Bank. »Der Seiler-Hannes …«

»Kann er wieder laufen?« Agnes beugte sich vor. »Was ist mit seinem Arm?«

Mira hörte auf zu kauen. Der junge Bauer war mit einem anderen dem Brandstifter hinterhergerannt. Sie hatten den jungen Grafen noch vor seinem Pferd erwischt. Es gab eine furchtbare Prügelei. Doch obwohl sie zu zweit gewesen waren, war es dem Rappoltsteiner gelungen, einen Dolch zu ziehen und Hannes am Arm und den anderen am Bein zu verletzen. So war ihm die Flucht doch noch gelungen.

Der alte Wilhelm nickte. »Er kann immer noch kaum grad stehen vor Schmerz, ist aber vor Zorn gestern auf dem Esel vom Linnefelder bis nach Andlau ins Kloster geritten. Der Hannes hat der neuen Herrschaft die Brandstiftung des jungen Grafen angezeigt.«

»Und?«, fragten das Oheimchen und Jockel wie aus einem Mund.

»Die Äbtissin hat ihm zwar Wegzehrung geben lassen, aber geglaubt hat sie ihm nicht. ›Mit dem angeblichen Brand in der Scheune wollt ihr doch nur noch mehr Zehnt sparen. Die Kälber habt ihr auch noch nicht gebracht.‹«, sagte Wilhelm.

»Großer Gott.« Agnes legte die Hände an die Wangen. »Da wird die Bergsträsserin recht behalten, dass die neue Herrschaft uns noch mehr aussaugt als der Rappoltsteiner eh schon.«

Mira sah die Sorge in den Gesichtern. Sogar der Oheim legte die Stirn in Falten. »Was ist denn mit dem Zehnt?«, fragte sie.

Bauer Wilhelm nahm sich ein Stück vom Flammkuchen, biss aber nicht hinein. »Wenn ich's wüsste, warum dieses Jahr der Teufel drinsteckt. An dem Tag, als du gekommen bist, hat am Morgen ein Kutscher schon unseren Wagen mit dem geschuldeten Kälber-Zehnt abgeholt. Doch die sind nicht im Kloster angekommen. Der Mann war schon immer einer von den Leuten des alten Grafen.«

»Wir hätten es uns denken können«, murmelte der Oheim. Jockel schmiegte sich an ihn.

Der alte Wilhelm kaute erst noch langsam zu Ende. »Der Kutscher hat zwar geschworen, das Vieh beim Kloster Andlau abzuliefern, aber er ist nicht bei der Grundherrin angekommen. Der Hannes läuft grad im Dorf herum und erzählt es.« Der Bauer hob die Schultern. »Jetzt müssen wir das ganze Vieh noch mal abgeben.«

»Das wird dann ein arg mageres Jahr«, sagte Agnes düster und blickte traurig auf das Stück Speck neben dem Flammkuchen.

»Wenn wir nur wüssten, was der Rappoltsteiner mit unserm Zehntwagen gemacht hat«, sagte der alte Wilhelm. »Dann könnten wir vielleicht unsere paar Kälber und Schweine in den Ställen behalten.«

Mira spürte die Angst Wilhelms davor, noch mehr Vieh an

die Herrschaft abgeben zu müssen, wenn der Zehnt veruntreut war.

Agnes seufzte: »Ich trau dem alten Graf alles zu. Schickt den Sohn zum Brandstiften! Schade, dass Hannes ihn nicht grün und blau geschlagen hat.«

Der Oheim hob die Faust. »Und jetzt sollen wir auch noch das Vieh zweimal abliefern. Da hungern doch wieder nur die Mägde und Knechte, aber nicht die Bauern selbst.«

Mira rang mit sich. Es wäre klüger, wenn sie ihre Sternenkräfte verbärge. Aber die Dorfleute waren so gut zu ihr gewesen, hatten Jockel aufgenommen. Wie könnte sie da Hilfe verweigern? »Bringt mir etwas, das dem Kutscher gehört«, sagte sie leise.

Die anderen sahen sie groß an, bis Agnes auf einmal mit den Fingern schippte. »Du meinst, weil Vollmond ist, kann man seinen Schatten noch einfangen?«, fragte Agnes.

Mira lächelte vorsichtig. Das Volk glaubte an allerlei Dinge, die manchmal viel und manchmal gar nichts mit dem Sternenwissen gemein hatten.

Der Oheim kratzte sich am weißen Bart. »Mira, ich versteh ja nichts von den Vollmondsachen und was ihr Frauen da mit den Kräutern macht, aber für das Dorf wär's schon wichtig.«

»Der Kutscher hat was vergessen. Ich hole es dir.« Der alte Wilhelm schlurfte vom Backhaus davon.

Sie räumten das Essen weg. Da hörten sie schon Wilhelm zurückkehren.

»Der Kutscher hat den Pferdestriemer in der Zehntscheune liegen lassen.« Wilhelm schlug ein fleckiges Tuch auf.

Mira betrachtete die kurze Lederpeitsche. Sie strahlte geradezu den Schmerz der Tiere ab, die damit gequält worden waren. Dennoch konnte sie ihre Hand nicht zurückhalten.

»Was macht Mira da?« Jockel schnitzte in der Ecke vorm Ofen an einem Löffel.

Hoffentlich keinen Fehler.

Agnes stieß ihren Bruder an. »Sei still und störe sie nicht.«

Mira umschloss den Striemer mit beiden Händen. Sie sammelte sich, doch der Schmerz der Pferde riss sie schon fort …

… die Hand des Kutschers tätschelt einen Pferdeschenkel im Stall. »Hier, fürs Futter bis übermorgen.« Er wirft einem Knecht mit abstehenden Ohren einen Weißgroschen zu, der neben den Huf fällt, weil der nicht fängt. »Sag an, Bursch, find ich die Rote Kanne rechts oder links vom Münster?«

Der Bursche sucht noch zwischen den Halmen nach der Münze. »Geh links vorbei, an der Ill bis zum zweiten Mühlrad lang. Dort hörst du bestimmt schon die Leute singen. Das ist nach jedem Markt so.«

Der Kutscher schnäuzt mit dem Daumen zur Seite und geht. Der Bursche zieht die Münze unterm Huf weg, den das Ross gerade umstellt. Das fahle Öllämpchen im Stall flackert …

Mira hörte ein Raunen, als sie die Augen wieder aufschlug. Alle hatten sich um sie versammelt. Der alte Wilhelm kniete gar vor ihr. »Hast du gesehen, was du uns gerade zugeflüstert hast?«, fragte der Oheim ganz vorsichtig.

Und Mira musste die Wahrheit sagen: »Ja.«

»Ich kenne den Stall des Grafen Rappoltstein in Straßburg. Die haben so einen täppischen Knecht mit schiefen Ohren.«

»Dann verkauft der alte Graf unseren Zehnt in Straßburg auf dem Markt. Das Gold steckt er ein, verlasst euch drauf.«

»Was sollen wir nur machen?«, fragte Agnes.

Mira sank an die Schulter des Oheims. Er tätschelte ihre Hand. »Seht ihr nicht wie müde Mira von dem Mondzauber ist.«

Mira konnte kaum die Augen aufhalten. *Die Gabe ist heilig,* hallte die Warnung aus den Schriften in ihr wider. Mira war der

Mund trocken. »Das Dorf kann doch für nichts«, flüsterte sie mehr zu sich selbst.

»Wird uns das die neue Herrin glauben?«, fragte der alte Wilhelm. »Die Nonnen von Andlau sind adelige Töchter. Bestimmt sind auch Verwandte der Rappoltsteiner darunter. Die üben keine Nachsicht. Hat je ein Kloster aus Barmherzigkeit weniger Zehnt verlangt?«

»Wen schicken wir zur Äbtissin? Wer mag's ausrichten?«, fragte Agnes. »Wenn die Nonnen schon dem Hannes nicht geglaubt haben?«

Schon redeten alle so wild durcheinander, dass Mira fast schwarz vor Augen wurde.

Jockel legte seinen Arm um sie. »Mira ist nicht gut.« In seiner Stimme schwang Angst mit.

»Ich bin nur müde.«

Der Oheim reichte ihr einen Becher Milch. »Trink. – Bewache deine Schwester gut!« Er drückte Jockel die Kanne in die Hand. »Morgen früh ist Kirche. Da sollte Mira kräftig beten kommen.« Sein Lachen verbarg schlecht die Furcht, die wohl an ihm nagte. »Den Freunden folgen die Neider auf dem Fuß. Es wird bis morgen schon rum im Dorf sein, dass sie Vollmondkräfte hat.«

»Von wem nur?«, seufzte Agnes. »Von Vaters und von Mutters Seite hat es noch keinen gegeben, der es groß mit dem Himmel hatte oder gar ins Kloster gegangen wäre.«

Mira war so müde, dass sie kaum einen Gedanken fassen konnte.

»Sie schläft ja schon.« Die starken Arme des Oheims legten sie auf die Ofenbank, Agnes löste ihr die Kleider. »Und du lässt deine Schwester jetzt in Ruhe und plapperst nicht wieder!«

Aber Jockel strich ihr nur sanft über die Wange und deckte sie zu, so sanft wie im Armenhaus bei Hunger und Durst.

39

Jesus, du Lamm Gottes …«, sang Mira mit der Dorfgemeinde, wo jeder seinen Platz im Kirchlein hatte. Vorn vor dem Altar saßen die reichen Bauern mit ihren herausgeputzten Frauen und Kindern. Die Männer hatten weiß gestickte Lederhosen oder Umhänge mit bunten Paspeln an. Mira bewunderte die ausladenden Hauben der Frauen, die so leicht kippten. Übergroße Schleifen schmückten die Häupter. Die eine oder andere trug sogar eine Goldkette.

In Venedig besaß jede einfache Handwerkersfrau schönere Kleider, aber hier galt man damit als jemand Besonderes. Hinter den wenigen reichen Winzern hockten die ärmeren Viehbauern, wo es gerade für gesticktes Zierband langte. Nach ihnen reichten die Bänke kaum aus für all die landlosen Knechte und Mägde, die nur die verfleckten Arbeitskleider für den Kirchgang auswaschen konnten.

Mira hatte sich zwischen dem Oheim und Agnes am letzten der fünf Rundfenster in die Bänke eingereiht.

Der Dorfpriester Thomas hob die Hostie vor das nur mit etwas Silberblech beschlagene Kreuz. Welch Unterschied zum überbordenden Goldschmuck auf den Hochaltären Venedigs, und doch schien es Mira in dem Sandsteinkirchlein ehrfurchtsvoller zuzugehen.

»So schauet alle den Leib Christi«, sagte der Priester.

Im gleichen Augenblick drehte sich die halbe Gemeinde zu ihr um. Mira war, als träfen sie zahllose Pfeile. Die Blicke der alten Weiber brannten geradezu, die Männer starrten mit verschlossenen Gesichter herüber.

Mira fasste sich sofort. Der Oheim hatte Recht behalten. Alle wussten schon, dass sie den Kutscher in Straßburg gesehen hatte. Sie schaute nur auf das kreisrunde Stück Oblate in der Hand des Priesters.

»Erkennt ihr den Leib unseres Heilands?«, fragte er mit einem zu breiten Lächeln.

»Ja«, murmelte sie mit Agnes und dem Oheim neben ihr.

»So betet ihn an!«, forderte der Priester, weil Hexen das nicht vermochten.

Die Kinder sahen ihre Eltern an, die jungen die alten Bauern. Keiner hatte je solch eine Messe erlebt. *Hüte dich vor den Männern Roms,* hallte es in Mira wider. *Sie missdeuten die Kraft Astartes aus Schwäche und Eigensucht.*

»Herr Jesu, der du dein Blut für uns ...«, begann der alte Bauer Jakob mit seiner lauten Stimme ganz vorn. Auf ihn hörten alle. Mira fiel mit ein und hielt den Kopf mit Absicht hoch und den Blick auf die Hostie gerichtet.

Der Priester Thomas ging sogar mit der Hostie durch den Mittelgang und zeigte sie jedem Einzelnen. Alle bekreuzigten sich.

Mira strich unauffällig über den klaren Stein, ihr Schmuckstück, das sie immer unter einem weißen Halstuch verbarg. Hatte der versoffene Priester wirklich geglaubt, dass sie beim Anblick der Hostie in teuflische Verwünschungen ausbrach oder in einer stinkenden Wolke zum Fenster hinausfuhr? Sie war keine Hexe.

»Amen«, murmelte sie mit der Gemeinde.

Mira blickte dem Priester nach, der zum Altar zurückging und nun wie üblich die Messe vollzog. Doch zu ihrer Überraschung schien es ihr, als hätte die Hostie ein Wunder gewirkt. Die Gesichter um sie herum waren völlig verändert. Wer eben noch so misstrauisch geäugt hatte, zeigt nun Ehrfurcht. Die stolzen Bauern hielten die Köpfe niedriger, die Weiber hingegen schauten Mira mit Hoffnung an. Das Volk unterschied in seiner einfachen Denkweise nach Gut und Böse. Deshalb stellte es sich weise Frauen entweder als böse Hexen oder gute Wenderinnen vor.

Der Priester breitete die Arme aus. »So gehet mit dem Segen des Herrn.« Er schritt mit dem Kreuz in der Hand durch den Mittelgang hinaus, einer der Ministranten öffnete die Kirchentür vor ihm.

Mira senkte den Kopf. Die Ersten hinter ihr strebten aus der Kirche. Vor der Messe war es windig gewesen und hatte genieselt, nun herrschte Windstille unter dem grauen wolkenverhangenen Himmel.

Es dauerte ungewöhnlich lange, bis die Gemeinde die Kirche verließ. Mira freute sich aufs Sonntagsessen. Agnes hatte ein Hühnchen mit Rüben und Kräuterpaste im Tontopf in die Herdglut gesteckt.

»Was ein Getrödel.« Der Oheim schüttelte den Kopf. »Der Thomas ist wieder ganz vom Messwein besoffen.«

Der große Küfer-Michel hinter ihm kicherte. »Oder es fehlt ihm der Groschen für das Hur…«

Der Ellenbogen seiner Frau traf ihn. Er verschluckte das Wort und lachte trotzdem noch.

»Wir haben Zeit. Das Hinkel brennt so schnell nicht an«, raunte Agnes dem Oheim zu.

Mira bemerkte, wie die Frauen bedacht waren, ihr Raum für den nächsten Schritt zu lassen. So war sie das letzte Mal behandelt worden, als sie als Stratos Braut gegolten hatte.

Kaum trat Mira hinter Agnes und der Oheim hinaus auf den Kirchhof, erkannte sie den Grund der Verzögerung. Der Priester stand mitten im Weg und zeigte jedem Kirchgänger das mit Silberblech beschlagene Kreuz. Jeder musste es sich davor verneigen, bevor er damit an der Stirn berührt wurde.

Agnes sanken die Mundwinkel. »Ja ist der Thomas nun ganz verrückt geworden?«

»Meint er, dass er für die paar Spenden die Messe zweimal so lange feiern muss?«, flüsterte die Gänse-Berta hinter ihnen.

Mira schalt sich. Bei all der Freude über den wiedergefundenen Bruder und die herzliche Aufnahme bei der Verwandtschaft hatte sie nur zu gern eine Weile vergessen, was sie im alten Turm des Bergwerks gelernt hatte: Dieser Priester vollzog keine lange Messe aus Dankbarkeit, sondern einen Exorzismus, wenn sie das lateinische Wort richtig behalten hatte. So nannten es die Männer Roms, wenn sie einen Teufel oder bösen Geist austreiben wollten. Und solch einer war Mira in den Augen des Priesters.

Sie wollte schon die Stirn senken, da zischte er: »Dass du dich traust, vor das Angesicht des Herrn zu treten.«

»Warum soll ich nicht vor ihm mein Knie beugen?«, fragte sie mit Absicht laut zurück.

Sofort erstarben alle Gespräche der Dorfleute.

»Weil du die Leute mit Vollmond-Blendwerk täuschst«, sagte der Priester.

Aber ihre Spenden nahm er. Mira faltete die Hände und kniete sich vor dem Kreuz. »Ich wirke kein Übel und webe keinen Wahn.«

»Erst schlägst du uns in deinen Bann, dann stürzt du alle ins Unglück.«

Die Gemeinde war vollkommen still. Es gab keinen aus dem Dorf, der nicht jedes Wort hören wollte.

»Keine von deinen Anschuldigungen ist wahr«, sagte Mira mit fester Stimme. »Ich bin nur …«, *Entblöße dich niemals,* blitzte eine Warnung in ihrem Geist auf, »… die Mira.«

»Der Böse in dir möge entweichen, du Besessene!«, rief der Priester und schwang das Kreuz hoch über seinen Kopf, als wolle er es wie bei einem Hammerschlag auf ihre Stirn hinabfahren lassen. Da rissen die Wolken am Himmel auf.

Die Menschen raunten. Ein Lichtstrahl züngelte vom Rhein

her auf das Dorf zu, tauchte den Weg in goldenen Mittagsglanz. Mira war wie geblendet als es sie einhüllte.

Der Priester stand im Gegenlicht ganz dunkel, er zitterte.

»Guckt doch, das Kreuz!« Der Knecht des alten Jakob, der die Weinpresse des Dorfes drehte, machte einen Schritt auf die Kirchenmauer zu.

Dort lag der Schatten des Kreuzes, weil es der Priester noch immer über seinem Kopf hielt.

»Das Oheimchen und die Agnes haben die Stelle zum Dank ausgebessert, weil der Jockel seine Schwester wiederbekommen hat«, rief die Gänse-Berta.

»Pfarrer, du beschuldigst sie zu Unrecht!«, sagte der Bauer Jakob laut.

Der Priester ließ langsam das Kreuz vor seine Brust sinken. Er stierte Mira an. Seine Mundwinkel zuckten. Er barg das Kreuz an seinem Priesterrock und rannte in die Kirche zurück.

»Der Himmel hat dich geschickt.« Die Gänse-Berta sank neben ihr auf die Knie und faltete die Hände. Zwei andere Frauen taten es ihr nach.

Mira wollte das alles nicht. »Habt keine Angst.« Sie zog die beiden lieber schnell auf die Füße zurück.

»Bist du eine Heilige?«, flüsterte ihr Bruder mit großen Augen. Er hielt die Hände von Agnes und dem Oheim, die vor der Kirchentür mitten zwischen den Leuten standen.

»Ich bin bloß Mira«, sagte sie rasch. »Deine Schwester.«

Im Himmel schoben sich die Wolken wieder übereinander, das goldene Licht verblasste rasch.

Und als sich niemand von den Dorfleuten bewegte, alle nur leise Gebete murmelten, wurde Mira mulmig zumute. Sie fasste Jockel am Arm. »Lasst euer Sonntagsessen nicht verderben, Leute«, rief sie. »Esst es im Andenken des Herrn.« Sie wandte sich zu Agnes. »Komm.« Sie musste sie dreimal anstippen, selbst Jockel, der sonst so zappelig war, hielt still. »Kommt jetzt.«

»Ihr hat das Zeichen des Himmels gegolten«, rief der alte Bauer Jakob. »Hören wir lieber auf sie.«

Die Dörfler machten sich davon. Niemand sprach. Selbst Agnes, die nie um ein lustiges Wort mit dem Oheim verlegen war, schwieg den ganzen Weg. Erst am Zaun vor ihrem Gärtchen brach es aus ihr heraus. »Hoffentlich ist das Hinkel nicht verbrannt. Ich hab vielleicht einen Hunger!«

»Ich auch.« Jockel sprang voran in die Stube.

Mira umfing ein herrlicher Duft, der ein wenig die sorgenvollen Gedanken vertrieb, die sie bestürmten. Denn was hatte Astarte ihr mit dem Lichtstrahl wirklich zu verstehen geben wollen?

Jockel warf die Holzteller auf den Tisch. Und Agnes sagte fröhlich: »Nur mal erst gegessen, geschafft ist gleich.«

Vor fast vier Wochen, noch an jenem Sonntag, hatte die Dorfversammlung Mira die Stuben im Backhaus als Wohnstatt angetragen. Am Ende hatte Mira nachgegeben, damit nicht noch mehr über das Himmelszeichen geredet wurde. Und kaum dass Mira dort eingezogen war und die Räume herrichten wollte, war die erste Jungfer aufgetaucht, die von ihr lernen mochte.

Reni gab nie ein Widerwort, höchstens einmal etwas zu bedenken. Mira konnte kaum glauben, dass sie diese Helferin vor drei Wochen beinahe weggeschickt hätte. Aber Reni hatte sich nicht abwimmeln lassen. *Ich habe gebetet, dass der Feuerteufel, der uns das Haus angesteckt hat, gefasst wird. Das verdanke ich Euch.* Es hieß, der Grafensohn sei wirklich vom königlichen Vogt nach Straßburg zu Gericht geschafft worden, weil das Kloster Andlau es durchgesetzt habe. Reni hatte Mira sogar die Hand küssen wollen, was sie aber mit einer schnellen Bewegung verhindert hatte. *Meine Eltern sind umgekommen. Ich habe niemand sonst, dem ich helfen kann. So will ich Euch helfen, dass Ihr noch mehr Böses zum Guten wenden könnt.* Doch Mira lebte ja selbst vom Wohlwollen des Dorfes, wie hätte sie Leute aufnehmen können? Aber Reni hatte sich einfach auf einen alten Hocker unter das Vordach des Backhauses gesetzt, bis es dunkel geworden war. Und so hatte sie Mira dann in der zweiten Kammer des Backhauses übernachten lassen. Danach war sie einfach geblieben und hatte vom ersten Tag an fleißig gearbeitet.

Nun strichen sie die Wände neu.

»In den Kammern graust es ja einer Maus«, sagte Reni mit weiß besprenkeltem Gesicht.

»Du siehst aus wie ein Fliegenpilz.« Mira lachte. Das Gesicht ihrer Helferin war knallrot angelaufen, so sehr hatte sich Reni beim Streichen ihrer Stube im Backhaus angestrengt.

Ihre Helferin tauchte die Bürste in die Kalkbrühe. »Kein Wunder, dass den Jockel hier die Albträume nicht loslassen.«

Mira wurde wieder ernst. »Er hat Schlimmes erlebt auf den Landstraßen.« Noch immer wollte er nicht so recht raus mit der Sprache, aber Mira war nicht entgangen, dass er um große Männer einen weiten Bogen machte. Sie hoffte, dass die Zeit seine Wunden würde heilen können.

»Eben drum wäre eine frische Wand doch fein.« Reni bürstete schon wieder zwei Ellen weiter den Kalk auf den Putz. Sie war sehr fleißig. Obwohl sie klein und gar nicht besonders gelenkig war, schaffte sie für drei.

Mira überlegte. Wichtiger war das Dorf. Jockel kroch sowieso in der Nacht zu ihr, wenn ihn Albträume plagten. »Wir streichen erst die Wände der Vorhalle und dann noch mal die Scheune.«

Reni kratzte sich einen vertrockneten Kalkspritzer von der Wange. »Das juckte wie ein Haufen Mücken.« Sie schüttelte sich und nickte dann. »Wie Ihr wollt.«

»Vera und Gerti sind bestimmt bis Mittag drüben fertig und helfen dir.«

»Wollt Ihr heute Besucher empfangen?«, rief Reni und stieg schon auf einer Leiter bis ganz nach oben unter das Stubendach.

Seit dem seltsamen Wetterzeichen beim Gottesdienst kamen immer mehr Leute um Rat.

Und Mira konnte die Verzweifelten, die Frauen und Männer voller Sorgen, einfach nicht wieder wegschicken. »Wie viele sind es heute?«

»Drei. Von Barr sind sie zu Fuß herübergelaufen.« Ein Klecks Kalk fiel auf den Steinboden.

»Gut. Aber erst, wenn der Kalk trocken geworden ist.«

»Wollt Ihr vorher noch speisen?«, fragte Reni.

»Es riecht schon, ich schaue besser mal nach.« Mira ging nach vorn, wo auf dem Herd Kraut kochte.

Mira rührte im Topf, doch das Weißkraut war noch nicht angebrannt. Würze fehlte. Sie schnitt ein Stück Speck ab und würfelte es auf einem Brett.

Reni war die erste Helferin gewesen. Inzwischen hatten sich noch zwei weitere Frauen eingefunden, die nur ein paar Jahre jünger als Mira waren. Sie hatten von den Wundern gehört und wollten ihr dienen. Als Erstes hatte Mira Vera und Gerti verboten, das Wort Wunder zu benutzen und sie wieder nach Hause geschickt. Sie waren dreimal wiedergekommen, und schließlich hatte Mira begriffen, dass sie ihr Wissen, so halb und unfertig es noch war, an die jungen Frauen weitergeben sollte.

Sie streute die Speckwürfel in den Topf. Das Weißkraut roch wunderbar. Wie viel Freude doch die einfachen Dinge des Alltags schenken konnten.

Tag für Tag wuchs Miras Gewissheit, dass sie hier im Elsass zwischen den einfachen Menschen ihre Aufgabe erfüllen konnte: die Bestimmung der Sternen-Frauen zu finden. In einer Vision der letzten Woche war ihr wieder Hildegardis erschienen. Sie hatte Mira einen Reichsapfel aus Gold mit rotem Steinbesatz gezeigt. Das goldene Kreuz darauf hatte sich im Lichtkreis zum Stiel mit einem grünen Blättchen gewandelt – und wieder zurück. *Wähle, wähle, was dir ist von Wert; wähle, wähle zwischen Spaten oder Schwert. Wähle, wähle, was dauert oder das ehrt; wähle, wähle, was vergeht oder das währt.* Dann hatte Hildegardis den Apfel hoch in die Luft geworfen, bis der kleine Punkt vom Feuerkreis der grellen Sonne überblendet worden war.

Mira ging durch das Dorf, überall hörte sie die Leute werkeln, die Kindern mahnen oder lachen. Es klopfte, hämmerte, scheuerte in den Häusern.

Mira ging zu den Feldern hin. *Wähle, wähle,* klang Hildegardis' Botschaft aus dem Lichtkreis in ihr nach. Mira spürte die Verantwortung für die Sternenfrauen so stark wie noch nie. Ihr als Siebtem Stern oblag es, den Pfad des Lichts zu finden. Versagte sie, dann führte es sie selbst früh zum Tod.

Zweimal schon war ihr Hildegardis erschienen. Was wehrte sie sich eigentlich noch dagegen, Wissen unter die jungen Frauen zu tragen? Sie kamen doch von selbst. Die Gemeinschaft, die es aufzubauen galt, wuchs bereits. Mira brauchte es nur zuzulassen. Hatte ihr der Himmel selbst nicht den Lichtschein hier im Dorf auf die Stirn gemalt?

Mira wäre vor plötzlicher Freude über diese Erkenntnis beinahe gestolpert. War sie denn blind? Wenn sie es recht bedachte, war alles längst bereitet. Hatte die Gänse-Berta nicht schon die Bibel aus der Kirche gebracht, damit Mira am Abend ein wenig daraus vorlas? Der Pfarrer Thomas war nach dem Himmelszeichen aus dem Dorf gerannt und seitdem nicht mehr wiedergekommen. Die einen sagten, er sei zum Bischof gefahren, die andern wollten ihn in Barr volltrunken in der Gosse liegen sehen haben.

Es ging alles so einfach. Wenn Mira heute Abend den Ratsuchenden erzählte, dass sie gern Schreibzeug gespendet sähe, brächten die Leute bald Papier und Stifte, womit sie Reni, Vera und Gerti unterrichten konnte.

Sie sah über die Dächer des Dorfes zu den Rheinauen hin. Gab es überhaupt irgendwo im Reich einen Ort, wo einfache

Frauen wie ihre Helferinnen etwas lernen konnten, ohne gleich Nonne werden zu müssen?

Groß genug für die Sternenfrauen war die Aufgabe jedenfalls. Mira würde aus der Scheune eine Schule für Frauen machen, und das würde nur die erste von vielen sein.

Im Himmel schoben sich weiße und schwarze Wolken übereinander. Bald würde Regen fallen. Obschon mit den ersten Märztagen die Luft milder wurde, die Zeit der Ernte war noch weit.

Mira zog das Tuch mit dem darunter verborgenen Stein enger um den Hals. Sie war so erleichtert, dass sie nun ein Ziel gefasst hatte. *Es gilt eigentlich aber …* Sie hörte über den Zweifel weg. Sie wollte endlich ihrem Bauchgefühl vertrauen, wo es sie doch so weit geführt hatte.

40

Im milden Märzlicht glänzte der Baldachin golden, unter dem der König und die Königin einherritten. Wie die Wormser Bürger und das einfache Volk drängte sich Ludomar in den Gassen von der Anlegestelle am Rhein bis zum Bischofspalast.

Vor den Fenstern der vornehmen Stadthöfe hingen die Banner der Herren, die dort Herberge genommen hatten. Aber auch die Besitzer kleinerer Stadthäuser hatten sich nicht lumpen lassen, überall prangten Teppiche oder wehten bunte Fahnen.

Die neun Ratsherren der Stadt gingen dem König zu Fuß voraus, gefolgt vom Bürgermeister mit Amtskette. König Maximilian hielt den Blick nach vorn gerichtet, rotgolden schimmerte sein Samtumhang. Auf den üppig bestickten Säumen saßen Edelsteine und Perlen. Zierschwert, Ketten, Sporn am Reitstiefel glänzten golden.

Die junge Königin Bianca Maria blickte huldvoll. Ein hauchfeiner Stoff umfing ihr Gesicht, eine kleine Reisekrone hielt den Schleier auf der Stirn, von ihren Schultern floss dunkelroter Samt in zahllosen Falten bis zum Rücken ihres weißen Pferdes.

»Sie ist gar nicht so hässlich, wie alle behaupten«, sagte Ludomar.

»Aber dumm wie eine Weißflickerin«, sagte der alte Schreiber neben ihm. »Seht sie doch an.«

Aber die hintere Ecke des Baldachins nahm Ludomar die Sicht. Er war froh, dass der König Maximilian endlich Einzug hielt.

»Nun geht's ja hoffentlich bald voran«, murrte ein anderer

Schreiber. »Rom ist von den Franzosen am 31. Dezembris besetzt worden.«

So ganz hatte es Ludomar nicht begriffen. Obwohl der König die Fürsten mit dem Reichstag zur Gegenwehr drängen wollte, war er doch erst noch den Rhein hinabgereist. »Was nur Maximilian zaudern lässt?«

»Die Geldnot, was sonst?« Der alte Schreiber schob sich den Zwicker höher auf die Nase. Die übergroßen Augen funkelten ihn an. »Maximilian hat gehofft, dass ihm die fetten Tuchhändler aus Flandern reichlich Gold vorstrecken, weil er sie bei der Hochzeit mit seiner ersten Frau mit Privilegien überhäuft hat.« Er holte kurz Luft. »Geschissen haben die ihm was. Warum sollten sie sich auch vor dem Franzosen fürchten, wenn der das Welschland im Süden mit seinen Schwertern umzackert.«

Dem König folgte der Erzbischof von Mainz. Als Erzkanzler des Reiches gebührte ihm dieser Rang. Er ritt auf einem schwarzen Ross, dessen Fell fast noch mehr glänzte als die rote Seide seines Kurfürstenmantels. Ludomar verneigte sich vor seinem Herrn tiefer noch als vor dem König.

Je länger er im Geheimen Rat des Erzbischofs die Protokolle führte, desto mehr Achtung bekam Ludomar vor dessen Weitsicht. Alles war so gekommen, wie der Erzbischof befürchtet hatte. Nach Rom war inzwischen auch das Königreich Neapel dem Franzosenkönig in die Hände gefallen. Und ganz nebenbei hatte der auch noch eine Reihe kleinerer Fürstentümer ausgeplündert.

»Langsam haben die Wormser Übung mit den Fürsteneinzügen.« Der Schreiber lachte leise. »Seht wie sich unten am Rheinkai nach dem letzten Adelsmann das Volk bereits zerstreut.«

Den reitenden Herzögen und Markgrafen in ihren grünen, blauen und gelben Gewändern folgten ihre Bannerträger. »Da kommt aber noch was Neues!«, fügte er hinzu.

Sie hörten es schwer rumpeln. Auf einem Gestell mit vier Rädern lag ein Eisenrohr aus Metall, üppig beschlagen mit Silberranken. »Kanone nennt man es.« Ludomar schätzte die Länge auf sechs Ellen. »So groß habe ich mir die gar nicht vorgestellt. Der Erzkanzler will noch sechzehn mehr davon gießen lassen.«

»Woher wisst Ihr das?«, fragte der alte Schreiber und zuckte mit der Nase.

Ludomar biss sich auf die Lippen. »Habe es auf dem Neuen Markt gehört, wo der Herzog Beowulf Schauturnier geritten ist«, log er. Von den geheimen Planungen für die Reichsrüstung durfte er nichts verraten. Der Erzbischof hielt es für viel wichtiger, die Festungen des Reiches mit Kanonen zu bestücken, als Gold und Mannen in einem fragwürdigen Feldzug im Süden zu verschwenden.

Der alte Schreiber wartete noch die Dominikanermönche ab, die als Letzte aus dem Klerus dem Einzug folgten. »Wir sind an der Reihe.«

Ludomar gab beim Gehen Acht, dass er den Schreibern vor ihm nicht auf die langen Mäntel trat. Maximilian würde im Bischofspalast einziehen. Im Hof würden die Ständevertreter ihm alsbald huldigen. Danach zog auch der Erzbischof von Mainz, der mit dem König auf dem Schiff gesegelt war, unweit im Hof zum *Dirolf* ein, wo die Schreiber für Herberge gesorgt hatten.

»Wir sind schon am Stadttor. Wer hätte gedacht, dass das schwere Schießrohr so leicht fortrollt«, murmelte der alte Schreiber und steckte seinen Zwicker weg.

Ludomar hatte sich in den letzten Wochen viel in den Schmieden herumgetrieben und mit den Heeresleuten gesprochen. Keiner war darunter gewesen, der nicht für bessere Waffen gesprochen hätte. Einer hatte sogar im letzten Jahr noch bei den Franzosen gekämpft. Gegen deren Eisen verfüge das Heer

Maximilians über nichts Gleichwertiges, hatte jener berichtet. *Aber wie wollt Ihr mit einer Horde Raufbolde gegen einen geordneten französischen Linienkampf bestehen?* Mehr und mehr zogen Ludomar die Reichsangelegenheiten in ihren Bann. Die Heilige Liga zwischen Papst, Venedig, Mailand und dem Reich aufrechtzuerhalten war das Ziel des Herzogs Beowulf, die Wehr und Rüstung zu Hause das des Erzbischofs. Vielleicht konnte Ludomar da eine Vermittlung zustande bringen und auf sich aufmerksam machen.

»Kürzen wir gleich in die Hanggasse ab«, sagte er. »Keinem wird unser Fehlen auffallen.« Ludomar wollte in der Kanzlei noch die Briefe ordnen, die von den Boten am Morgen gebracht worden waren. Der Erzbischof würde später Rat halten, Königseinzug hin oder her.

»Habt Ihr das veranlasst?«, fragte der Erzbischof von Mainz. Er deutete mit dem Handschuh zu dem niedrigen Durchgang. Sie standen im ersten Stock des *Dirolf*-Hofes, den Ludomar vom Wormser Ratsherrn Liesperger gemietet hatte. Überall im Haus waren die Türpfosten mit geschnitzten Reben verziert, deshalb nannte man das Anwesen *Rebstock*. »Der Platz hier im Haus hat nicht gereicht.« So hatte Ludomar die Wand durchbrechen lassen und den gegenüberliegenden *Jabenhof* dazugemietet.

Eigentlich bog man hier zum Treppenlauf um. Ludomar trat vor der frisch verputzten gelben Wand zurück. »Sonst hätten wir nicht genug Schreibstuben gehabt. Außerdem gibt es im anderen Haus einen fest gemauerten Keller, der ganz trocken liegt.«

»So braucht niemand durch den Gassendreck, das leuchtet ein.« Der Erzbischof sah durch das kleine Fensterchen hinab zur Gasse. »Seht, sogar Schweine treiben sie drüben in den Hof.«

»Dort sind die Küchen, Hohe Herren.« Ludomar verneigte sich. Er ließ seinem Erzbischof und dessen Gast den Vortritt.

»Solch einen fleißigen Scriniarius wünschte ich mir auch.« Der Bischof von Straßburg hob den langen Mantel und schritt voran. »Die Wormser zeigen sich großzügig, nicht wahr?«

»Etwas anderes würde ich ihnen auch nicht raten«, sagte der Erzbischof von Mainz.

»Sie werden es sich bei den Beiträgen verrechnen lassen.« Unter dem Schritt des Bischofs ächzten die Bohlen, so schwer war Albrecht von Pfalz-Mosbach.

Ludomar bewunderte seinen Erzbischof. Schon von der ersten Minute an schuf er die Grundlagen für die anstehenden Verhandlungen. *Nutze die Schwächen und die Stärken der Versammelten,* hatte er nebenbei einmal erwähnt. Albrechts Schwäche war eben die Neugier.

»Der König hat vier Fässer Wein und sechzig Malter Hafer überreicht bekommen. Und einen edlen Salm für sieben Gulden. Mit all den Kleinodien für die Königin und dem Seidenstoff werden es wohl hundert in Summa werden.«

Der dicke Bischof richtete sich schon den Gürtel. »Und was hat die Stadt Euch geschenkt?«

Der Straßburger wollte wohl gutmütig tun, aber seine Verschlagenheit verblasste nicht ganz in den kleinen Augen. An der Anzahl der Malter ließ sich leicht ablesen, wer von den Stadtherren als wie wichtig eingeschätzt wurde.

»Schaut selbst.« Der Erzbischof trat in die Schreibkammer, die Ludomar dafür noch im letzten Augenblick hatte leer räumen lassen. Dass die Pergamente nun unten bei den Schreibern auf einem Haufen lagen, der mühsam geordnet werden müsste, brauchte die beiden Herren nicht zu stören. Ludomar würde in den nächsten Tagen so manchen Humpen Bier ausgeben müssen.

»Ein kleines Fass.« Albrecht von Pfalz-Mosbach roch am Zapfhahn. »Aber guter Süßwein.«

Der Erzbischof nickte und öffnete ein buntes Schränkchen.

Absichtlich – so schien es Ludomar – ließ er nebenbei die Finger in einem kleinen Kelch voller Perlen spielen. »Zwanzig Malter Hafer wie für alle Kurfürsten hat man mir geschenkt. Aber die Säcke werdet Ihr doch im Stall nicht sehen wollen.«

Der Bischof von Straßburg fraß die Perlen mit dem Blick geradezu auf. »Reines Weiß, man verwöhnt Euch, Henneberg.«

»Teile und dein Glück wird größer, sagt der Herr.« Der Erzbischof fischte drei Perlen heraus und hielt sie Albrecht hin. »Ihr habt gewiss Verwendung.«

Der klatschte vor Freude in die Hände wie ein Kind. »Was für eine Großzügigkeit!« Er strich sie vom Handteller des Erzbischofs in seinen. »Wie sehr doch Schönheit tröstet nach all der Unbill meiner Abreise.« Er prüfte mit den Fingerspitzen wie ebenmäßig sie waren.

»Was hat Euch denn die Laune vergällt?«, fragte der Erzbischof.

»Fragt besser, wer.«

Der Erzbischof hob die Augenbraue und stellte den Kelch mit den Perlen zurück in das Schränkchen.

»Eure Freundin kann ich das Weib kaum nennen.« Albrecht von Pfalz-Mosbach lächelte breit. »Die Äbtissin von Andlau war's.«

»Versteckt sie wieder Humanisten, die in ihrem Kloster Hetzbriefe gegen die Kirche drucken dürfen?« Der Erzbischof stöhnte auf. »Oder was hat sie jetzt schon wieder ausgeheckt?«

»Eine Klage beim königlichen Vogt hat sie angestrengt.« Albrecht drückte die drei Perlen einfach in den Aufschlag seines linken Handschuhs. »Gegen den jungen Grafen Rappoltstein. Stellt Euch vor, sie verunglimpft ihn als Brandstifter.«

»Einen Grafensohn?« Der Erzbischof sah zu Ludomar her, als ob er etwas wissen müsse.

Doch Ludomar konnte nur mit den Schultern zucken. »Es war kein Schreiben des Vogtes von Straßburg in der Korrespondenz der Reichkanzlei.«

»Natürlich nicht«, sagte Bischof Albrecht. »Kein königlicher Vogt wird sich mit den Rappoltsteinern anlegen. Das ist eines der ältesten Geschlechter im Elsass, die manche Burg für Maximilian bewachen. Ich habe es dem Vogt gleich ausgeredet, das Verfahren zu eröffnen. Er speist regelmäßig bei mir.«

»Die Äbtissin wird nicht Ruhe geben.« Des Erzbischofs Gesicht verhärtete sich. »Ich kenne das Weib. Nicht einmal meinen Gesandten hat sie ins Kloster gelassen, als ich die humanistischen Umtriebe habe unterbinden wollen. Fehlt nur noch, dass sie zum Reichstag kommt.« Er zupfte sich den roten Handschuh zurecht. »Ich war immer dagegen, dass die Äbtissinnen der Reichsklöster Rede- und Stimmrecht haben. Warum soll ausgerechnet hier das Weib dem Manne nicht untertan sein?«

Bischof Albrecht begutachtete den bunt gefassten Schrank. »Verwahrt Ihr da Eure Kleinodien?«

Doch der Erzbischof hörte nicht. »Zuzutrauen wäre es ihr ...« Er nahm Albrecht beim Unterarm. »Warum zeiht die Äbtissin den Grafen Rappoltstein eigentlich der Brandstiftung?«

Albrecht von Pfalz-Mosbach seufzte auf. »Die Sache ist völlig verworren. Ich wollte sowieso bei Euch Rat einholen.« Er winkte ab. »Einfache Leute aus einem Dorf, das die Rappoltsteiner der Äbtissin haben als Schuldenauslöse verkaufen müssen, haben den Grafensohn kürzlich erst beim Kloster als Feuerteufel verschrien. Angeblich gibt es viele Zeugen. Und ausgerechnet in jenem Dorf treibt noch eine junge Ketzerin ihr Unwesen, wie mir der dortige Pfarrer vor zwei Wochen in Straßburg gebeichtet hat. Hätte ich nicht zum Reichstag nach Worms reisen müssen, hätte ich längst eine Visitatio gemacht.« Albrecht schaute wieder zum Schmuckschränkchen hin. »Mal heißt es von meinen Zuträgern, das Weib sei aus dem Nichts, mal sagen sie, es sei aus Venedig gekommen. Sie spielt sich als Hellseherin auf.«

»Nennt sie sich etwa Mira?«, fragte Ludomar. Er machte unwillkürlich zwei Schritte auf Albrecht zu.

Ein wenig zu eng für seinen niederen Rang stand er vor dem Bischof, der ihn von oben bis unten musterte. »Was maßt Ihr Euch an, Scriniarius?«

Ludomar musste erfahren, ob sie überlebt hatte.

»Wollt Ihr etwa sagen, dass Eure venezianische Seherin nun im Elsass ihr Unwesen treibt?« Der Erzbischof pfiff durch die Zähne. »Es würde mich nicht wundern, wenn die Äbtissin von Andlau irgendwie ihre Finger im Spiel hat. Das misshagt mir ganz und gar.« Er stieß den Bischof von Straßburg unsanft an. »Und, Albrecht? Wie nennt sich die Ketzerin nun?«

»Was kümmert Euch auf einmal ein Dorfgeschwätz?« Der Straßburger rieb sich den feisten Oberarm unter dem roten Bischofsstaat. »Was weiß denn ich? Fragen wir einfach den jungen Rappoltstein. Ich habe ihn in meinem Gefolge.«

»Bringt ihn sofort in mein Audienzzimmer!«

Ludomar lief schon los.

Der junge Graf Rappoltstein stützte die Arme auf den Tisch vor dem Erzbischof. Die weit gefassten Ärmel des weißen Hemdes blähten sich. »Diese Mira hat das Dorf behext!« Er atmete schwer. »Einen Wandelzauber hat sie gemacht, meine Gestalt angenommen. Deshalb haben mich Leute in der Zehntscheune Feuer legen sehen. In Wirklichkeit habe ich am Teich mein Pferd getränkt.«

So gewiss sie inzwischen sein konnten, dass sich die Ketzerin dort im Elsass herumtrieb, so erschreckend fand Ludomar das auch. Der Erzbischof ging vor der Fensterseite der Stube auf und ab. Die beiden tiefen Falten an seinem Mund regten sich nicht. Nur seine Augen waren dunkler als sonst, auch in ihm kochte Wut ob der Ungeheuerlichkeiten.

»Die Äbtissin von Andlau als Grundherrin des Dorfes hat

mich beim königlichen Vogt verklagt. Und der hat mich tatsächlich von vier Rittern nach Straßburg zu Gericht holen lassen«, sagte Rappoltstein.

»Warum hat die Äbtissin den Leuten geglaubt, und nicht Euch?«

Mit jeder Frage des Erzbischofs war das Übel deutlicher zutage getreten. Mira war dabei, das Dorf vom Glauben abzubringen. Den Pfarrer Thomas hatte sie schon vergrault, gar ein falsches Wunder hatte sie mit Wetterzauber heraufbeschworen. Ludomar war ins Stottern gekommen, als er vorhin den Bericht des königlichen Vogts vorgelesen hatte, den der Bischof von Straßburg hatte von seinen Schreibern heranschaffen lassen.

Rappoltstein blickte finster. »Weil die Äbtissin von Andlau mit meinem Vater schon lange um angebliche Schulden streitet. Sie hat sich sogar das Hexen-Dorf vom Vogt als Auslöse zusprechen und von uns zwangsverkaufen lassen.«

Ludomar schrieb Bogen für Bogen mit. Dreimal schon hatte er dabei die Feder gespleißt, so sehr bewegten die Schilderungen sein Gemüt. Wie bei seinen Tintenflecken auf dem Papier, lief in ihm alles durcheinander, verbotene Sehnsucht, Abscheu vor sich selbst und Unglauben über die Taten von Mira, die doch nur Gutes zu bewirken schien.

Der junge Graf tippte sich an die Brust. »Aber so einfach ist es nicht, einen Rappoltsteiner zu erniedrigen. Der Bischof von Straßburg hat ihn erinnert, aus welcher Familie ich stamme. Und mein Vater hat dem Vogt die lange Reihe unserer Burgen im Elsass aufgezählt, ohne die er kaum das Land beherrschen kann.« Der Grafensohn schob den Unterkiefer vor. »Straft die Äbtissin dafür, als Reichskanzler, der Ihr seid, dass sie sich an Männern von Stand vergreift.«

Der Erzbischof lächelte. »Nein, nein.«

Ludomar hatte ihn selten so gesehen, ganz entspannt wirkte er dann, wie ein lieber Vater, der seinen unverständigen Kindern gleich den geschnitzten Kreisel wieder drehend auf den Boden setzen würde.

»Als Reichsäbtissin müsste ich sie schon beim König selbst verklagen. Das Privileg hat Kloster Andlau schon seit seiner Gründung.« Er klopfte dem jungen Grafen auf die Schulter. »Zähmt Euren Stolz.«

Der Grafensohn verzog böse den Mund. »Dann soll sich die Äbtissin besser vor uns Rappoltsteinern in Acht nehmen.«

Der Gesichtsausdruck des Erzbischofs wechselte, drohend hob er die Hand. »Gar nichts werdet Ihr tun, wenn ich es nicht erlaube«, sprach er kalt und klar. »Stört nicht mit Eurem Ehrhändel die Angelegenheiten des Königs, den Ihr noch brauchen werdet.«

»In ein graues Büßergewand hat sie mich stecken lassen, mich!«, brauste der junge Graf auf und hielt dem Erzbischof den Zeigefinger vors Gesicht.

Der schlug ihn einfach weg. »Erdreistet Euch nicht, dem König zuwiderzuhandeln. Gehorcht und wartet auf Befehle.«

Des jungen Grafen Kiefer mahlten.

Der Erzbischof tippte auf den Tisch, an dem Ludomar schrieb. »Und Befehle werden gewiss kommen. Geht nun und schweigt über alles.«

»Wie Ihr wollt«, knirschte Rappoltstein zwischen den Zähnen hervor.

»Ich schreibe täglich nach Rom. Wenn die Äbtissin diese Ketzerin duldet, fällt sie schneller unter den Kirchenbann, als sie glaubt. – Ihr hört von mir, verlasst Euch drauf!«

»Wir stehen zu Euren Diensten«, sagte der junge Graf und verließ mit hoch erhobenem Kopf den Raum.

Kaum war er draußen, verschränkte der Erzbischof die Arme hinter dem Rücken und lief vor Ludomars Tisch auf und ab. »Es gibt keinen Zweifel, dass es deine venezianische Seherin ist.«

Ludomar hasste sich dafür, dass ein Teil von ihm Erleichterung verspürte, dass Mira wirklich überlebt hatte.

Der Erzbischof erwartete keine Antwort. »Du wirst diese Seherin nach Worms schaffen. Sofort.« Er schaute hinunter in den Hof. »Beten wir, dass Herzog Beowulf nicht auch schon Kunde hat. Noch heute reist du ab ins Elsass.« Er trommelte mit den Fingern auf den Fensterrahmen. »Nimm dir zehn der gewieftesten Männern, ach, besser zwanzig! Ihr habt am Ende das ganze Dorf gegen euch.«

Ludomar durchlief es, als hätte man flüssiges Blei in seinen Leib gegossen. »Ich soll die Ketzerin entführen?«

»Machen wir uns die Seherin gefügig! Mit allen Mitteln, unsere Henker haben genug. Letztlich bleibt auch sie lieber am Leben, als dass sie gleich zu ihresgleichen, den gefallenen Engeln, hinabsteigt.« Der Erzbischof lachte bitter. »Was für ein Omen. Heute soll die Verheiratung der Königstochter Margarete mit dem Thronfolger von Neapel verhandelt werden. Mit der Hilfe der Seherin könnten wir erfahren, was im Süden gerade vor sich geht.« Der Erzbischof schlug mit der Faust auf den Fensterrahmen. »Wir müssen sie in die Hände kriegen, bevor es Beowulf tut. Lass die Schreiberei, Ludomar. Mache dich verdient um den König. Es wird dein Schaden nicht sein.«

»Zu Diensten.« *Zwanzig Ritter.* Er würde Mira wiedersehen, Ludomar schrieb zittrig die letzten Worte auf dem Bogen, die Tinte verfloss zu einem seltsamen Fleck.

41

Am Bach blühten die ersten Weidenkätzchen. Noch war es kühl, erst gegen Mittag würde die Sonne die Luft wärmen. Seit ein paar Tagen hatten sich das Oheimchen und Agnes bei den Bauern verdungen, die die Felder ums Dorf beackerten. Die Sommersaat wurde ausgebracht, Gerste, Hafer und auch ein wenig Weizen für die weißen Brote.

Vom Bach stieg das Feld langsam zum Dorf hin an, und Mira folgte einem grasüberwucherten Pfad. Auf halber Strecke erkannte Mira den Oheim an der dicken Wollmütze mit der Bommel. Er lenkte den Ochsenpflug. Gut zehn Ellen dahinter lief der Bauer und warf in großem Bogen die Saat in die Furchen.

Agnes war heute wohl auf dem Gemüsefeld des Bauern eingesetzt. Schon seit dem Morgen hatte Mira eine Unruhe erfasst, kaum dass sie für Jockel ein wenig Milch warm gemacht und das Brot geschnitten hatte.

Mira ging am Bach entlang zurück ins Dorf.

Jockel und der Küfer-Michel holten vom alten Bauer Jakob die ausgetrunkenen Fässer, die gespült werden mussten. Jockel war so stolz, dass er schon faule von festen Dauben unterscheiden und sie auswechseln konnte. Nur die Fassreifen schlug der Michel lieber selber fest. Unbeholfen hatte sich der Küfer bei Jockel und Mira entschuldigt und angeboten, dass der Bub bei ihm zur Lehre gehen könne. Jockel freue sich wie ein Schneekönig auf dem Tanz, hatte Reni gemeint.

Mira nahm die Abkürzung zum Backhaus. Falls Reni schon gebacken hatte, könnte sie allen ein paar Weck für Mittag bringen. Agnes war eigentlich nicht einverstanden, dass Mira sich an der Feldarbeit beteiligte. Aber seit es wärmer geworden war und die Feldarbeit wieder begonnen hatte, kamen die Bittsteller nur am Abend um Rat.

Der Hund des Bauern Anton zerrte an seiner Kette, bellte aber nicht. Vom Backhaus wehte ein knuspriger Duft durch die Gasse.

Mira trat unter das Vordach.

Reni formte gerade auf einem langen Brett kleine Brötchen. »Die Sandmeierin hat uns den Teig gebracht. Ich soll von den Brötchen ein Viertel für uns behalten, wenn ich sie ihr backe.« Ihre Unterarme waren ganz weiß vom Mehlstaub. »Sie hat sogar kräftig Kümmel in den Teig getan, das spart sie sonst.«

Mira holte mit einem Korb das Brennholz aus dem Vorrat unter dem Vordach. »Soll ich nachlegen?«

»Glaube nicht, ich habe vorhin erst gehörig aufgeschichtet. Die Buchenscheite brennen lang.«

Mira klappte das Eisengitter vor dem Feuerloch auf. Die Flammen tänzelten über den knackenden Holzscheiten, züngelten auf und ab. Eine rote Flamme hüpfte nach vorn auf sie zu und loderte auf. *Sie kommt zu dir.* Die Gewissheit hallte wie der Ruf einer fernen Stimme in Mira wieder. Sie zuckte so zusammen, dass ihr der Schürhaken aus der Hand fiel.

»Was hast du?« Reni klopfte die Teigschüssel über dem Topf für die Mehlsuppe aus.

»Jemand kommt.« Mira strich sich über die Augen. »Nein, nicht jemand. Sie, die neue Herrin des Dorfes.«

Reni lehnte sich gegen den Arbeitstisch. Sie war nicht weiter verwundert, nickte nur. »Dann räume ich hier lieber auf. Aber erst laufe ich los dem alten Jakob Bescheid sagen. Die Herrin will bestimmt die Brandschäden in der Zehntscheune sehen.«

»Nein.« Die Herrin wollte Mira sehen. »Ich gehe.«

Wie es der Brauch wollte, versammelte man sich um den Dorfältesten vor der Kirche. Neben dem alten Jakob warteten die anderen Bauern, die schon auf dem Altenteil saßen. Ihre Söhne und Töchter bestellten draußen die Felder.

»Wie gut, dass wir schon das Zehntfeld gezackert haben«, raunte der alte Jakob seinem Nachbarn zu. »Die Äbtissin wird sich freuen, dass wir ihren Grund gleich mit eingesät haben.«

»Du hast mal wieder recht gehabt.« Der lahme Wilhelm konnte sich kaum noch grad auf seinem Stock halten. Aber so neugierig wie der Bauer war, ließ er sich den Blick auf die neue Dorfherrin nicht entgehen.

War Mira nur so unruhig, weil die Herrin auch über das Backhaus gebot? Wenn es ihr missfiel, dass Mira und Jockel darin wohnten, dann mussten sie ausziehen. Warum nur hielt sich unvermindert das Bild der roten Flamme in ihrem Geist?

Ein Wagen rollte den Landweg von Barr her.

»Ist es nicht von Andlau durch das Wäldchen her kürzer?«, fragte Mira.

»Die Nonnen verstehen viel von Landarbeit. Der Äbtissin wird nicht gefallen, dass wir die Weinberge noch nicht ausgeputzt und gedüngt haben.« Der alte Jakob schaute zu seiner Frau zurück, die der Kirche gegenüber in einem Lehnstuhl hockte. »Hätten wir mal besser.«

»Die Äbtissin hat die Zügel selber in der Hand«, raunte der krumme Wilhelm, als der Wagen ins Dorf fuhr.

Ihn zogen zwei schöne Braune. Das Ledergeschirr war neu und mit vielen Ösen und Schnallen versehen. Kein Wunder, dass sich die Tiere so gut lenken ließen.

Die Äbtissin fuhr in einem Bogen um die Leute herum bis vor die gegenüberstehende Kirche. Hinter ihr saßen zwei junge Nonnen. Ein dunkelroter Pelz säumte den Reitmantel der Äbtissin, darunter lugte die schwarze Tracht hervor.

Der Bauer Jakob trat vor und verneigte sich langsam mit steifen Knochen. »Ich bin der Dorfälteste, Jakob Krahner.«

Mira konnte den Blick nicht von dem roten Mantel und dem Pelz wenden. Die schlanke Frau war vielleicht Ende vierzig, ein dünner weißer Schleier umspielte ihre Stirn, die noch erstaunlich glatt war.

Den Mund fast spitz, das kleine Kinn hoch erhoben musterte sie den Platz. »Empfängt man so seine Herrin?«, sagte sie laut. Sie legte die Gerte auf den Bock.

Mira fühlte sich ins Theater nach Venedig versetzt, wo die reichen adeligen Damen ihre Kleider vorgeführt hatten. Jede Bewegung der Äbtissin strahlte Vornehmheit aus, als gehöre nicht nur das Dorf ihr, sondern das ganze Elsass. Sie stieg vom Wagen und blickte mit unverhohlenem Spott auf den alten Bauern. »Wo steckt der Pfarrer Thomas?« Ihre Handschuhe waren aus rotem Leder. »Hat er seinen Rausch nicht ausgeschlafen, dass er vergisst, was er einer Äbtissin schuldig ist?«

»Er ist nach Straßburg gefahren«, antwortete der alte Jakob.

»Wenigstens bist du ehrlich. Ich habe schon davon gehört.« Die Äbtissin blickte sich um. »Ist das die Zehntscheune?« Sie deutete hinter die Kirche. »Zeigt mir die Brandschäden!«, befahl sie mit einer erstaunlich klaren, lauten Stimme, die offenbar keinerlei Widerspruch gewohnt war.

Mira folgte mit den Dorfleuten in gebührendem Abstand.

In der Scheune waren das verbrannte Heu und die verkohlten Bretter weggeschafft worden. Auch hatte jemand schon den geschwärzten Putz abgeklopft, aber noch nicht weggeräumt.

»Halbe Sachen«, sagte die Äbtissin nur. »Wie im Weinberg.« Sie trat tiefer in die Scheune und blickte hinauf zum Gebälk. »Die Flammen haben das Dach nicht erreicht, scheint es.«

»So ist es, Herrin«, sagte der alte Jakob. »Wir haben erst den Zehntacker eingesät, dann wollen wir die Scheune neu weißeln.«

Die Äbtissin zählte die gelagerten Baumstämme. »Warum habt ihr keine Eichen gefällt?«

»Weil im Wäldchen keine mehr stehen. Der Graf Rappoltstein hat sie noch alle von fremden Holzfällern schlagen lassen.«

»Dachte ich's mir, dass er mein Kloster bestiehlt.«

Als ob sie nicht in einer einfachen Dorfscheune stünde, sondern auf einer Bühne, ging die Äbtissin noch einmal umher, dann an allen vorbei hinaus. Mira folgte den Dorfleuten.

Die Herrin blickte über die Felder, bis alle sich versammelt hatten. Dann wandte sie sich plötzlich um. »Jakob Krahner, üble Gerüchte dringen bis zu mir nach Andlau. Was geht hier Unchristliches im Backhaus vor?«

Mira legte ihre Hand dem alten Jakob auf den Unterarm, der nach Worten suchte. »Verzeiht, Herrin. Der Jakob lässt mich und meinen kleinen Bruder dort wohnen, weil wir in Frankfurt alles verloren haben.«

Die Äbtissin winkte Mira näher. »Und die andere Hälfte der Wahrheit?« Sie lächelte fein wie eine Burgfrau beim Ränkespiel. »Du bist gewiss die Frau, die den Feuerteufel angeblich hat wirken sehen.«

»Ohne sie wäre die Scheune verbrannt«, sagte der alte Jakob mit lauter Stimme.

»Und ohne sie hätten wir nie den jungen Rappoltstein wegspringen sehen.«

»O ja. Und ohne dich läge die Reichsäbtissin Geneviève von Andlau nicht im Streit mit dem Bischof von Straßburg und dem königlichen Vogt.« Sie lachte kurz. »Ihr einfachen Leute habt keine Ahnung, was für Scherereien ihr mir macht.«

Der alte Jakob senkte den Kopf und wollte sich knien.

»Nicht, alter Mann.« Die Äbtissin sprang zu ihm und hielt ihn am Ellenbogen zurück. »Eure Herrin weiß sich zu wehren.«

Daran zweifelte Mira nicht. Sie wechselte das Standbein.

»Nach Ostern schicke ich meinen Aufseher. Bis dahin habt

ihr die Zehntscheune neu gerichtet. An Pfingsten hole ich den Holzzehnt, von mir aus auch Buchen.« Ein Tropfen fiel auf ihren roten Mantel, ein anderer auf ihr Gesicht. Sie blickten alle zum grauen Himmel auf. »Geht nach Hause, bevor es regnet«, sagte die Äbtissin.

Der alte Jakob verneigte sich noch einmal. »Herrin, eine Bitte hätte ich noch.«

»Ja?«

»Der Pfarrer ist weggelaufen, nach dem … dem Wunder.«

Die Äbtissin ließ ein fast höhnisches Lachen vernehmen. »Von diesem Lichtlein auf der holden Frauenstirn habe ich gehört.«

»Würdet Ihr Euch in Straßburg verwenden, dass wir bald den Pfarrer wiederbekommen oder einen anderen?«, fragte der alte Jakob ohne Furcht.

Die Äbtissin zeigte ein mildes Lächeln, jedenfalls schien es Mira echt. »Das habe ich schon, kaum dass diese Gerüchte an mein Ohr gedrungen sind. In den Landen von Kloster Andlau sollen die Menschen sonntags zum Tisch des Herrn gehen wie es Gottes Wille ist. Sorgt euch nicht.« Sie wandte sich um. »Du aber, junge Frau«, sie maß Mira von Kopf bis Fuß. »Du wirst mir nun in der Kirche Rede und Antwort stehen, warum du mein kleines Dorf zur Wallfahrtstätte für Gaukelei und falschen Zauber machen willst.« Ohne auf Mira zu warten, ging sie in die Kirche voran. Einen Bauern, der ihr die Tür öffnen wollte, winkte sie fort. »Geht an eure Arbeit. Tut, was eures Standes ist. Das ist gottgefällig.«

Mira folgte ihr, bedrängt von einem seltsamen Gefühl.

Ein wenig hing noch der Weihrauchgeruch der Messen unter dem Dach. Das mit Silberblech beschlagene Kreuz stand auf dem Altar.

»Schließ die Tür fest zu!«, rief die Äbtissin über ihre Schulter.

Mira traute ihren Augen nicht ganz, als die Äbtissin den roten

Mantel mit dem Pelz raffte und auf die vorderste Bank der Reihen sprang. Selbst jetzt noch, als sie den Hals reckte und in jedem Winkel des Gebälks blickte, sah sie vornehm aus, nicht wie eine neugierige Handwerkersfrau. Die Äbtissin lugte sogar zum Fenster hinaus. »Was meinst du? Kann man uns von draußen belauschen, Mira?«

Mira zuckte zusammen. »Woher kennt Ihr meinen Namen?«

Die Äbtissin sprang von der Bank auf – wie die lodernde rote Flamme im Ofen! Sie streckte die Hand aus, der Mantelärmel glitt zurück, feine schwarze Nonnentracht kam hervor, darunter ein weißer Ärmel und zarte Hände, die niemals schwere Arbeit getan hatten.

Mira verschränke die Arme abwehrend auf der Brust.

»Ich weiß sogar, dass du ein Schmuckstück trägst.« Die Äbtissin legte ihr die Hand auf die Schulter. »Es kann nur unter diesem groben Tuch verborgen sein.«

Mira erschrak. War ihr Geheimnis verraten worden? Hatte Reni oder eine der Mädchen sie beim Waschen beobachtet?

Der Äbtissin runzelte die Stirn. »Du müsstest es doch spüren wie ich«, murmelte sie. Ihr Blick forschte in Miras Gesicht.

Die Unruhe, die Mira schon den ganzen Tag erfasst hatte, wurde größer und größer.

»Erkennst du mich denn nicht?« Die Äbtissin nestelte an ihrem Hals, schlug die feinen weißen Tücher auseinander.

Etwas wie ein Stoß traf Mira tief im Innern, mischte sich mit der Erinnerung an die Stunden mit Cresea, Thulia und Ciffrah. »Ihr seid der Sechste Stern!«, flüsterte sie.

Der achteckig gefasste Stein an ihrer goldenen Bastkette war blutrot. Ein Rubin …

»Und du der Siebte.«

Mira wickelte das Tuch von ihrem Hals. Mit dem Handrücken hob sie ihren Stein ins Licht.

»So klar ist der Diamant?« Die Äbtissin legte die Fingerspitzen an den Mund. »Und wie er funkelt!« In ihre Augen trat ein wenig Wasser. »Nenn mich Geneviève.« Sie setzte sich und klopfte neben sich auf die Kirchenbank. »Was ist nur geschehen, dass du auf mein Rufen nicht geantwortet hast? Sag, schnell. Wir müssen handeln.«

Mira nahm neben ihr Platz. »Welches Rufen?«

»Zur Vollmondnacht.« Die Äbtissin blickte auf die schlichten Sandsteinplatten des Kirchleins. »Hat Cresea dich nicht die Vorbereitungen für die Große Verbindung gelehrt?«

Das wichtigste Ritual ... Mira erinnerte sich. Cresea hatte die Lectiones dafür schon geplant. »Wir sind nicht mehr dazu gekommen, ich musste ja fliehen.«

»Bei Astarte! Dann fehlt dir noch mehr Wissen, als Cresea in den Briefen andeuten konnte.«

Einen Augenblick verlor sich Genevièves Blick am Altar. Warum erinnerte sie Mira nur an eine Gestrandete auf einer Insel in einem Fluss, der immer weiter anschwoll.

Die Tatkraft kehrte in Genevièves Gesicht zurück. »Ich bin die Hüterin der Großen Verbindung. Was das ist, wirst du bald erfahren. Du musst möglichst viel Wissen nachholen.«

»Ich bin froh, dass ich den Häschern Stratos entkommen bin. Ins Bergwerk kann ich kaum zurückkehren.«

»Es ist Creseas Aufgabe, deine Ausbildung zu leiten. Sie wird entscheiden, welche Bücher du als Nächste brauchst. Ich werde nach und nach alle aus dem Bergwerk kommen lassen.«

»Du?«

»Was haben denn Thulia und Cresea nur mit dir gemacht?« Geneviève verdrehte die Augen. »Das Bergwerk gehört dem Reichsstift Andlau seit gut dreihundert Jahren, wie der andere Teil der Familie Thulias. Deswegen hat Strato dort überhaupt Bergrecht.«

»Schimpfe nicht über Cresea. Ich habe Latein und Griechisch ...«

»Ich schimpfe nicht.« Geneviève machte eine besänftigende Geste. »Ich will nur verstehen, was geschehen ist. Es ist sehr, sehr gefährlich für uns alle, wenn du nicht vollkommen ausgebildet bist.«

Aber Mira war doch entkommen. »Die Sterne werden uns leiten und …«

»So einfach ist es nicht.« In Genevièves Stimme klang wieder die machtgewohnte Äbtissin durch.

»Wieso? Sie haben mich geleitet, als ich aus Venedig geflohen bin und später im Berg.«

»Aber nur, weil du da noch auf dem Pfad des Lichts gewandelt bist.«

Widerspruch war sie offenbar nicht gewohnt. »Das tue ich auch jetzt«, sagte Mira.

»Wirklich?« Geneviève ballte die Fäuste vor der Brust. »Bis jetzt habe ich dich schützen können.«

»Du? Es sind wohl eher die Sterne gewesen.«

»Nein. Ich war es. Was glaubst du, warum ich Himmel und …« Sie unterbrach sich und lächelte matt. »Warum ich alles in Bewegung gesetzt habe, dieses Dorf zu erwerben?«

»Du wusstest, dass ich hierherkommen würde?«

»Ja.«

»Hast du … die Gabe?«

»Nicht deine. Ich weiß es aus Briefen Thulias und Creseas. So wie um die Sonne viele andere Planeten kreisen, haben wir Sterne um uns Aufrichtige und Helferinnen. Ich habe in Frankfurt unauffällig von einer Frau nachforschen lassen, als ich von deines Bruders Schicksal von Cresea erfuhr.«

Es gab Mira einen Stich, dass alle über sie geredet hatten, aber nicht mit ihr. »Warum habt ihr das vor mir verborgen?«

»Wir mussten sicher sein, dass du auch wirklich der Siebte Stern bist. Verzeih.« Geneviève blickte zu Boden. »Jedenfalls habe ich als Hüterin der Verbindung alle mir zur Verfügung stehenden Mittel genutzt, bis ich wusste, wo dein Bruder von Verwandten aufgenommen worden war.« Sie rückte ein wenig näher. »Es war sehr unvorsichtig von dir, hier so offen zu zeigen, dass du den Feuerteufel zündeln siehst. Das Buch der Warnungen hast du doch studiert.«

»Habe ich.« Geneviève klang wirklich wie eine Oberin. »Cresea gab es mir gleich zu Anfang. Aber was hätte ich tun sollen? Die Scheune abflämmen lassen?«

»Natürlich. Was ist Materie gegen den Geist, den wir weitertragen?«

»Aber mein Bruder war in Gefahr, verstehst du das nicht? Was hätte ich tun sollen – ihn als falschen Brandstifter opfern?«

Genevièves Augen wanderten zum Altar hin. »Ich weiß es nicht«, sagte sie langsam, bevor sie Mira voll anblickte. »Deine Prüfung wird kommen.« Sie nahm bedächtig ihre Kette vom Hals, legte sie auf ihre Knie und umschloss sie schützend mit den Händen. »Mein Rubin leuchtet sanft von innen. Das tut er erst, seit ich meine bestanden habe.«

Mira nahm ihre Kette vom Hals. Doch zwischen ihren Handflächen leuchtete der Diamant nicht, er funkelte nur ein bisschen. Bangigkeit ergriff ihr Herz. »Tanzen diese Lichtflecke nun auf den geschliffenen Eckchen außen herum oder kommen sie von innen?«

Geneviève wiegte den Kopf. »Seit Thulia dich gerettet hat, leuchtet auch ihr Stern. Strato misstraut ihr seither, wie du dir denken kannst. Auch dein Stein wird erst nach der bestandenen Prüfung seine Strahlkraft wechseln.«

Mira umschloss den Diamanten und drückt ihn an sich. »Alles, was ich tue, mache ich reinen Herzens. Ich möchte Astarte dienen und den Pfad des Lichts weitergehen, damit unsere Aufgabe in diesem Jahrhundert reifen und gelingen möge.«

Geneviève beugte sich plötzlich gramerfüllt. »Dann bringe uns nicht noch mehr in Gefahr. Empfange keine Bittsteller mehr, zeige deine visionäre Kraft nicht. Und höre auf, eine Schule für Frauen aufzubauen.«

»Ich kann die Menschen doch nicht einfach wegschicken.«

»Doch.«

»Sie brauchen in ihren Nöten meine Hilfe.«

»Dich brauchen vor allem wir sechs anderen Sterne.« Genevièves Stimme war hart geworden. »Ohne dich vermögen wir nichts zu wirken. Das ist wichtiger als ein bisschen Herzeleid von einfachen Bauersleuten.«

Mira schauderte. »Du bist sehr kalt.«

»Bin ich nicht«, antwortete Geneviève ohne Zögern. Ihr Ton wechselte rasch, sie flehte geradezu. »Nur du vermagst zu sehen, welcher höheren Absicht Astartes in ihrem unergründlichen Plan für die Ewigkeit wir dienen sollen. Hilf uns.«

»In den ältesten Schriften steht, dass das Ziel ins Große oder scheinbar ins Kleine weisen kann. Sind Schulen für einfache Frauen, Schulen, wo sie ohne Gelübde etwas lernen können, kein Ziel?«

Geneviève stand auf und ging vor dem Altar auf und ab. »Bitte«, sagte sie, »denke nicht, nur weil ich von altem Schweizer Adel abstamme und deshalb die Äbtissin eines reichsunmittelbaren Frauenstifts geworden bin, dass ich nicht genau wüsste, wie sehr die jungen Frauen der Bildung bedürfen.« Sie blieb stehen. »Erkennst du denn nicht, wie sehr du dich und uns in Gefahr bringst? Du lässt dich als Wenderin von den Leuten in meinem Dorf verehren. Ich muss schon wegen meines Standes als Äbtissin dagegen vorgehen. Dieser Pfarrer Thomas, der entsprungen ist, hat dich beim Bischof in Straßburg angeschwärzt.« Sie stellte sich vor den Altar. »Du darfst hier keinesfalls mehr Lesungen aus der Bibel machen, wie du es vorhast.«

Mira begann zu begreifen. »Woher weißt du das?«

»Von Reni natürlich.«

Welch Hinterlist. Reni war gar nicht freiwillig zu ihr gekommen. Wut keimte in Mira auf. »Warum verrät sie mich?«

»Weil ich es ihr befohlen habe. Sie ist Nonne in Andlau und eine Helferin der Sterne.«

Mira umschloss den Diamanten mit der Faust. Die Wut schoss aus ihrem Bauch empor. »Du hast mich mit deinen Zuträgerinnen umgeben.«

»Zu deinem Schutz. Das gehört zu meinen Aufgaben als Hüterin der Verbindung.«

»Warum vertraust du mir nicht?«

Geneviève stützte sich am Altar und sah zu Mira. »Aber das tue ich doch. Wenn die Sterne dich gewählt haben, wie könnte ich an dir zweifeln?«

»Weil du fürchtest, ich könnte vom Pfad des Lichts abweichen.«

Geneviève zuckte wie unter einem Schlag. »Mira, du darfst gar nicht erst denken, dass du jemals vom Pfad abweichen könntest. Gehst du fehl, dann wird dein Stein milchig, und dein Tod naht unausweichlich.« Ihre Stimme war rau geworden. »So steht es in den alten Schriften.« Wieder schimmerten Tränen in ihren Augen. »Ich weiß, dass es nicht immer leicht ist, zu glauben.« An ihrem Hals leuchtete ihr Rubin blutrot.

Mira erschütterte der Anblick, ihre Wut verrauchte. »Wir gehören zusammen«, flüsterte sie. Sie trat auf Geneviève zu, traute sich plötzlich aber nicht, die edlen Gewänder zu berühren. »Ich werde den Pfad weitergehen.«

Geneviève nestelte die feinen Tücher über ihren Stein. »Vor der Welt muss ich zu unserem Schutz wie eine strenge Herrin handeln. Vor der Ewigkeit aber bin ich deine Dienerin wie alle anderen Sternenfrauen auch. Benenne uns das Ziel, und wir folgen dir.«

Mira fühlte auf einmal wieder die Verbundenheit und Kraft, die auch von Cresea und Thulia auf sie eingeströmt war.

»Die Schule für die jungen Frauen hier in der Scheune ist der nächste Schritt.«

Geneviève presste schmerzlich die Lippen zusammen und seufzte schließlich. »Wenn du davon überzeugt bist, will ich alles tun, damit deine Lehre stattfinden kann.« Sie überlegte. »Wisse aber, dass es mir nicht einmal gelungen ist, die Verhandlung gegen den Grafensohn vor des Königs Gericht in Gang zu setzen. Der Vogt ist bestechlich und der Bischof von Straßburg ein alter Freund der Rappoltsteiner.«

»Glaube an die Kraft der Sterne wie ich«, sagte Mira.

»Die Männer Roms sind unsere ärgsten Feinde, vergiss das bitte nicht.«

»Die Visionen werden mich leiten.« Dessen war Mira sich sicher.

»Lass uns wenigstens vorsichtig sein«, bat Geneviève inständig. »Ich werde für euch einen neuen Hof auf dem Zehntgrund bauen lassen. Das wird nicht auffallen, viele Grundherren tun das nach einem Kauf. Dort wird es eine hohe Mauer geben. Du und die jungen Frauen werden dort Mägde sein, die von Nonnen gelehrt werden.«

Mira würde die Frauen lieber selber anleiten. Aber Geneviève mochte Recht haben. »Für den Anfang ist das sicher richtig. Wir bauen einen freien Konvent auf.«

Geneviève ordnete ihren Äbtissinnenmantel. »Die Kirchenmänner verfolgen alle Andersdenkenden. Humanisten sind für sie Teufel wie ihnen weise Frauen einfach als Ketzerinnen gelten.«

»Die heilige Hildegardis ist mir schon oft in den Visionen begegnet.«

»Hoffentlich hast du bei Cresea genug gelernt, dass du die Visionen auch richtig auslegst.« Geneviève legte die Hände aneinander. »Ich muss gehen, sonst wundert man sich im Dorf.« Sie verbeugte sich vor Mira. »Ich bin nur die Sechste. Ich verbinde uns alle auf dein Geheiß, denn du bist die Siebte

Seherin. Nur du vermagst den Sternenbund in die Zukunft zu führen.«

Oder in den Untergang. Mira erschrak über ihren Gedanken, so folgerichtig er nach der Logica war. Lag nicht schon darin ein Keim des Scheiterns? Wie kalt es auf einmal in der Kirche war. Sie wollte gehen.

Geneviève deutete vornehm auf Miras Hals. »Verbirg immer deinen Diamanten vor der Neugier der Welt.«

Wenn sie schon solch einfache Vorsichtsmaßnahmen vergaß.

Geneviève umarmte sie kurz. »Ich werde vorausgehen. In der irdischen Welt schickt es sich so. Dort nehme ich die Stellung der Herrin ein.«

In der Welt der Sterne jedoch gebührte der Vorrang Mira.

Als Mira die Kirchenschwelle nach draußen überschritt, wehte ein kalter Hauch vom ewig fließenden Rhein her. Nicht sie war die oberste Herrin, sondern Astarte selbst herrschte über sie alle! Das durfte Mira nie vergessen.

42

Die Kienspäne steckten in neuen Eisenhalterungen, die ein Stellmacher gespendet hatte. Je zwei brannten auf den Längs- und je einer auf den Stirnseiten der Scheune. Vor den frisch geweißelten Wänden strahlten die Flammen so hell, dass Mira ohne Mühe aus dem Hohen Lied der Bibel vorlesen konnte.

»Wohin ist dein Geliebter gegangen, du Schönste unter den Frauen? Wohin hat dein Geliebter sich gewandt, dass wir ihn mit dir suchen?« Mira blickte von den Versen auf und in die Gesichter der Zuhörer. Gut zwanzig Frauen waren versammelt, drei waren mit ihren Männern gekommen. Mira mochte die Bauerngesichter, die von der Tagesarbeit müde, doch mit wachen Augen ihren Worten folgten. Alle saßen im Kreis auf Flechtstühlen, die Vera und Gerti am Nachmittag aufgestellt hatten.

Reni hatte die rot gearbeiteten Hände in den Schoß gelegt. Mira nahm es Genevièves Nonne nicht mehr übel, dass diese sich unter einem Vorwand eingeschlichen hatte. Ohne Renis Tatkraft hätte Mira kaum vor so vielen Leuten sprechen können. Sie nahm die Bibelstelle wieder auf. »Mein Geliebter ist in seinen Garten hinabgegangen zu den Balsambeeten, um in den Gärten zu weiden und Lilien zu pflücken. Ich gehöre meinem Geliebten, und mein Geliebter gehört mir, er, der in den Lilien weidet. Schön bist du, meine Freundin, wie Tirza, anmutig wie Jerusalem, erobernd wie ein Heer in Bannerpracht. Wende deine Augen von mir ab, denn sie verwirren mich!«

»Wer ist Tirza?«, fragte die Frau des Dorfschmieds. Ihr helles Haar glitzerte im Flammenschein.

Mira war um jede Frage froh. Sie hatte die Frauen dazu ermutigt. »Tirza ist der Name der alten Hauptstadt im Lande Kanaan, die auch die Gnadenstadt genannt wurde.« Sie vertraute darauf, dass die Menschen die Namen der biblischen Landschaften vom Pfarrer oft genug gehört hatten. Die Frau nickte.

Mira las aus der Bibel der Dorfkirche. Geneviève mochte zu schwarz sehen, denn Mira tat nichts Böses, wenn sie den Leuten daraus vortrug und die Stellen auslegte. »Auch wenn Salomo ein weiteres Mal die Schönheit seiner Geliebten preist, so gesellt sich etwas hinzu.«

Die Sandmeierin meldete sich. »Meinst du das Heer in Bannerpracht?«

»Seht ihr, so schwer ist es gar nicht, die Bibel zu verstehen.« Mira lächelte ihr zu. »Das meint einfach: Die Liebe ist nämlich nicht nur friedlich und schön anzusehen. Sie hat auch eine kriegerische Seite, die uns Liebenden bedrohlich werden kann.«

»Manches Mal ist sie wie Glut, das ist wohl wahr«, seufzte eine Frau, die nebenbei an einem Wollband flocht.

»Die Waffen der Liebe entsprechen dem Reiz der Schönheit, der die Begierde anfacht.«

Ein Luftzug von der Tür her ließ die Kienspäne flackern. Agnes trat mit einer Milchkanne ein. Das war ihr Tageslohn für die Arbeit bei der Ferkelwäsche, sie hatte sie nicht zu Hause abgestellt, weil sie wohl nichts verpassen wollte.

»Sollen wir uns denn nicht schön machen?«, fragte eine junge Frau, die wohl aus dem übernächsten Dorf gekommen war. Ihre Haube war frisch gestärkt.

»Nicht die Schönheit ist die Beschwernis.« Mira wartete, bis Agnes mit der Milchkanne an ihr vorbei zum Oheim gegangen war. »Sondern …«, hob Mira an, da stolperte Agnes an einem unebenen Stück in dem gestampften Lehmboden.

»Ach Gott«, rief sie. »Die Milch!« Sie fiel schwer auf ein Knie, der Henkel der Kanne entglitt ihr. Vom Schwung schwappte die Milch so sehr, dass sie überlief.

Milch ergoss sich vor Miras Füßen. Drei weiße Lachen lagen wie ein Kleeblatt vor ihren Schuhen. Dreimal reines Weiß, in winzigen Wellen verlaufend … weiß wie …

Der Löffel sticht in den süßen Sahneschaum. Der Erzbischof von Mainz nimmt einen Mundvoll davon und leckt ihn genüsslich ab. »Das Reichsgericht ist doch nur der Köder für den Hecht.«

»Ihr vergleicht den König mit einem solch niederen Getier?«, fragt der Ratsherr mit der Nürnberger Amtskette.

»Zweifelt Ihr am Eifer Maximilians, überall Recht sprechen zu wollen?« Der Erzbischof sticht wieder in die süße Speise.

»Und nirgends!«, gibt der Bürgermeister von Rottweil noch eins drauf. »Wenn man seinen Schiedsspruch braucht, vergisst er gern, dass wir Reichsstädte unter seinem Schutz stehen.«

»Drum brauchen wir geordnete Zustände im Reich.« Wieder nimmt der Erzbischof den Löffel voll Schaum. »Und dafür brauchen wir Landsknechte und Heerführer, die wir nicht in Wochen ausheben müssen, sondern die in Tagen unsere Befehle umsetzen.«

»Eure Befehle, meint Ihr.« Der Ratsherr aus Nürnberg trinkt aus dem silbernen Kelch Tokaj-Wein. Er lächelt nicht.

»Wären Euch Befehle des Königs selber lieber?« Der Erzbischof stößt an.

»Uns ist nur recht, was die Kraft des Reiches stärkt. Ohne seinen Schutz ist es um uns freie Städte bald geschehen.«

»So gebt dem König erst einmal nichts für seinen Feldzug im Welschland. Unterstützt mich. Ich will uns alle rüsten.«

Der Bürgermeister prostete ihm zu. »Möge Euer Plan gelingen.«

Zufrieden sticht der Erzbischof in die gekochte Sahne, die so weiß … weiß …

Die Gesichter im Saal zu Worms verschwammen, Mira versuchte, sich zu sammeln und das Gesicht des Erzbischofs weiter zu schauen, wie sie es von Cresea gelernt hatte, doch das verschwommene Weiß gerann erneut … wurde weißes Licht und …

»Weißenburg böte uns feines Nachtlager«, sagt der Reiter auf dem Geisberg heiser und tätschelt seinem Ross die Tresse. Er deutet mit dem in Eisenblech geschienten Arm hinunter zu den Stadtmauern. »Doch meiden wir die freie Reichsstadt lieber. Sie lassen ungern Landsknechte wie uns in die Mauern.«

»Wir haben einen Befehl des Erzbischofs von Mainz …« *Ludomar?* »… der ist der Reichserzkanzler.«

Die Stimme erkennt sie sofort, schon beginnt die Vision zu wackeln. Denke nicht, höre, höre hin.

Ein halber Stiefel steckt im Steigbügel, der Spann ist mit Blech überzogen wie es die Kriegsleute tragen.

»Schlimmer als eine Nacht in einem Bauernloch wäre, wenn die Äbtissin Wind von den Benediktinern bekäme, die ihr Kloster in Weißenburg auf einer Insel in der Lauter haben«, sagt der Anführer. Er blickt hinter sich zu gut zwanzig bewaffneten Reitern.

Zwanzig? Herrje, sie rüsten auf einen Kampf. Die Vision schlägt sofort Wellen. Höre, höre hin. Sieh, sieh hin. Nichts weiter ist jetzt wichtig …

»Wie soll das gehen?«, sagt Ludomar.

»Unterschätzt das Bet-Pack nicht. Hinterfotzig sind die Mönche allemal.«

Die Reiter neben ihm lachen derb. »Darauf könnt Ihr einen lassen.«

»Die Benediktiner haben Brieftauben. Die wittern allzeit Überfall auf ihre Klosterschätze. Sehen sie uns in der Stadt, ruhen sie nicht, bis sie einem Schankweib oder einer Hure herausgelockt haben, wohin wir ziehen.«

»Sorgt Euch nicht, junger Schreiber. Der Langerfoss hat noch jedes Klostertor gesprengt«, ruft einer von hinten. »Gerade, wenn er gut bezahlt wird.«

»Und nun?«, sagt Ludomar und wendet sein Ross.

Warum nur immer einen Arm, ein Knie, nicht einmal seine Hand? Die Vision wird trüb … Sieh, sieh hin.

»Wir verbergen uns auf einem Bauernhof.« Der Langerfoss droht spielerisch mit der eisernen Faust. »Dass ihr mir die Ackergräber und ihre drallen Töchter in Ruhe lasst, Kerle. Sonst läuft einer der Fronleute uns vor Zorn noch in der Nacht bis Andlau.«

»Gehören denn der Äbtissin hier die Dörfer?«, fragt Ludomar.

Wie kannst du nur so kalt und rachsüchtig sein? Die Vision trübt sich weiter ein.

»Weiß ich's? Das Frauenstift ist so reich wie kaum eines. Gewiss gehört den heiligen Ärschchen auch hier so manche Fronstelle. Die adeligen Bet-Weiber stammen doch alle aus dem Elsass.«

Nur sein festes Knie, sein Arm, in dem sie so glücklich gelegen ist … Die Vision verdunkelt sich ganz grau. Sie versteht kaum noch.

»Lasst uns also …«, *sagt er so hart. Ach Ludomar, wie kannst du nur … seine Worte verrauschen wie fallende Tropfen. Die Vision zerrinnt …*

Mira weinte. Jemand stützte sie.

»Die Verzückung hat sie ergriffen«, raunten die Frauen aus dem Dorf. »Sie ist doch eine Heilige.«

Nein!, hätte Mira am liebsten geschrien. Doch fehlte ihr die Kraft, so erschüttert war sie. Sie mochte die Augen nicht öffnen. Niemals hatte sich eine Vision so wackelig gezeigt. Mira hatte sie nicht halten können, und doch dabei gedacht, gefühlt, gefürchtet …

»Das bisschen vergossene Milch ist doch nicht schlimm.« Agnes hielt Miras Gesicht in ihren warmen Händen.

Mira fand zurück. Es half ja nichts, die Dorfleute standen alle um sie herum. Mira hatte Verantwortung für all das, es war als könne sie die Verwunderung jedes Einzelnen mit den Händen greifen. Sie war der Siebte Stern.

»Warum weinst du so?«, fragte die Sandmeierin zaghaft.

Mira schlug die Augen auf. »Unserer neuen Herrin, der Äbtissin Geneviève, droht Gefahr. Ich muss sie sofort warnen.«

»Es ist schon Nacht und ich kenne den Weg. Lass mich reiten«, sagte Reni über die Köpfe der Leute hinweg, die alle versuchten, einen Blick auf Mira zu erhaschen.

»Ich muss selber fahren.« Es war zu gefährlich, Reni zu erklären, was sie gesehen hatte. »Leiht mir jemand ein Pferd?«

Gleich drei Stimmen meldeten sich in einem Atemzug. »Ich.«

Miras Angst wich. Ein Wort von ihr, und schon waren alle bereit zu helfen. Ihre Taten wurden belohnt. Zeigte nicht auch das Hohe Lied in der Bibel die Liebe als Glauben an eine Gemeinschaft? »Ich nehme das schnellste.«

»Das ist unsers«, sagte die Frau des Dorfschmieds. »Stefan hat den Hengst erst im Herbst vom Straßburger Pferdemarkt geholt. Beste Zucht aus dem Sächsischen.«

Mira war in Gedanken schon bei Geneviève. Was um Himmels willen trieb den Erzbischof dazu, die Äbtissin von Andlau mit zwanzig Reitern zu bestürmen, wo doch der Reichstag längst verhandelte. Nur weil sie es gewagt hatte, den jungen Grafensohn der Brandstifterei anzuzeigen?

»Geht satteln. Ich muss mir noch meinen gewachsten Mantel überziehen, falls es Regen gibt.« Mira hob die Bibel hoch. »Sobald ich zurück bin, werdet ihr hören, wie das Hohe Lied endet.«

»Sei wie eine Gazelle oder wie ein junger Hirsch auf den Balsambergen!«, sprach der Oheim die Bibelverse.

Ein paar Frauen lachten leise über seinen Eifer. »Der alte Erwin muss doch immer das letzte Wort haben!«

43

Wo steckt die Hexe?«, schrien die Reiter.

Ludomar gab seinem Pferd die Sporen. Wie verabredet waren sie aus dem Wäldchen vorgeprescht, jetzt schwärmten sie aus und ritten die drei Gassen zwischen Zehntscheune, Kirchlein und Backhaus ab. Alle schlugen wild mit ihren Schwertern auf die Schilde.

Aus den Häusern rannten die Bauersfrauen, noch mit Messer oder dem Quirl in der Hand. Sie glotzten, stürzen in die Häuser zurück und verrammelten die Türen. Alte humpelten so schnell sie konnten von den Sitzbänken weg.

Langerfoss zertrampelte mit seinem Pferd die Zuber und Fässer vor einer Küferwerkstatt. Der Meister ließ mit wutstarrem Gesicht einen Hammer sinken. Ludomar zügelte sein Pferd. »Wo steckt die Ketzerin Mira? Sprich, oder ich lass dich auspeitschen!«

Der Küfer duckte sich. »Herr, Ihr irrt. Das Weib ist keine Ketzerin.«

In den Nachbardörfern hatten sie das Gleiche gehört. *Die Wenderin bewirkt nur Gutes. Sie spendet unsere Gaben der Kirche.* Ludomar hatte mehr als einmal mit dem lästerlichen Gefühl kämpfen müssen, dass er die Geschichten nur zu gern geglaubt hätte. Doch er sagte: »Das überlass uns zu beurteilen, Mann. Wo versteckt sie sich?«

Die Kiefer des Handwerkers mahlten, sein Blick schweifte über die zertretenen Dauben. »Nach Andlau ins Kloster ist sie gefahren. Wie kann sie also eine Hexe sein, wenn unsere neue Herrin sie empfängt?«

Ludomar beugte sich vom Pferd herab und packte den Küfer am Kragen. »Wenn du lügst, wirst du es bereuen!« Das würde der Äbtissin den Hals brechen. Der Kirchenbann war ihr sicher. Oder doch nicht? Angesichts der Duldsamkeit dieses Küfers war Ludomar sich auf einmal nicht mehr sicher. Denn die Kirchenlehrer, die er studiert hatte, unterschieden die Seherinnen danach, ob sie Blendwerk und Übles schufen oder vor Unheil warnten und Gutes wirkten.

»Ihr hört doch Miras Jungfrauen zetern«, knurrte der Küfer nur.

Ludomar ließ ihn fahren, ritt den gellenden Schreien nach, am Backhaus vorbei, am Brunnen, zur nächsten Gasse, wo vor einer frisch geweißelten Scheune fünf Streitrösser warteten.

Ludomar sprang ab und stürzte in die Scheune. Die Landsknechte hatten schon alles kurz und klein geschlagen. Es war ja nicht viel, ein umgekipptes Schaff, zerbrochene Hocker und ein umgestürzter Tisch.

»Wo steckt die Hexe?«, keuchte einer der Landsknechte, der eine Frau mit dem ganzen Gewicht gegen eine Wand drückte.

Ludomar sah die weißen Schenkel und Arme einer Frau mit wirrem Haar, die sich verzweifelt unter dem Kerl wand.

Altmann hielt sein Schwert an ihre Kehle. »Sprich, oder ich ziehe die Klinge durch! Wo steckt die Hexe?«

Ludomar stürzte hinzu. »Wie heißt du?«

»Reni«, flüsterte die Magd. Der Reiter zerrte noch fester an ihren Haaren.

Das Hemdchen war zerrissen, ein reiner, weißer Busen quoll heraus. »Warum verdirbst du dein Seelenheil und dienst einer Ketzerin?«, fragte Ludomar kalt.

»Sie ist eine Seherin«, röchelte Reni.

Ludomar schlug ihr mit der Hand ins Gesicht. »Geblendet hat sie dich.« Wie ihn. »Nichts weiter.« Er fühlte wieder die ganze Wut darüber, dass Mira ihn vom Pfad der Enthaltsamkeit abgebracht hatte. »Wer hat die Ketzerin vor uns gewarnt?«

Reni antwortete nicht. Der Erzbischof hatte ihm äußerste Strenge eingeschärft, damit sie keine Zeit verlören. So schwer es ihm fiel, eine junge Magd zu quälen, er gab das Zeichen mit seinem Mittelfinger, den er vor seinem Hals entlangführte.

Der Altmann zog daraufhin sein Schwert ein wenig durch. Ein rotes Rinnsal rann am Hals der Jungfrau entlang.

Reni zitterte, dass sie fast fiel. »Sie selbst hat Euch in einer Vision kommen sehen.«

So groß war also Miras Macht. »Wann ist sie nach Andlau aufgebrochen?«

Neben ihnen regte sich etwas, Ludomar nahm es im Augenwinkel wahr. Drei Reiter waren noch mit den Weibern beschäftigt, ächzten und stöhnten. Zwei andere hörte er zu Pferd vorbeistürmen. Da sah er einen großen Wäschekorb aus Weidenflechtwerk wieder einen Spann weit zur Tür rutschen. Ludomar machte einen Satz, packte den Korb und warf ihn zur Seite.

Ein Knabe hielt sich die Hände über den Kopf.

»Lauf, Jockel, lauf!«, schrie Reni laut.

Der Knabe stürzte davon, Altmann würgte Reni mit dem flachen Schwertblatt. »Wer ist das?«, presste er zwischen den Zähnen hervor. Reni schossen die Tränen, sie schüttelte nur den Kopf.

Es konnte nur Miras kleiner Bruder sein. Ludomar lief los.

Der Kleine verlor am Scheuneneck einen Holzschuh, weil dort der Dreck so glitschig war. Ludomar wich aus, holte bis zum Backhaus auf. Der Knabe wetzte über ein Mäuerchen, Ludomar setzte den Fuß darauf und sprang hinterdrein.

Zwischen zwei Reitern hindurch rannte der Knabe zum Küfer.

Ludomar winkte seinen Leuten. »Sichert das Haus von hinten! Der Knabe darf nicht entkommen.«

Der Kleine strauchelte vor der Werkstatt auf den zertretenen Dauben. Ludomar hatte ihn fast erwischt, da flog aus dem Haus ein Fass und prallte ihm gegen das Schienbein.

Der Küfer riss den Knaben mit einem Griff von den Knien hoch und schwang ihn hinter sich. »Lasst meinen Lehrling in Ruhe!«

Ludomar zog sein Schwert. »Was hat dein Lehrling bei der Scheune der Ketzerinnen zu schaffen?« Er zielte auf den Bauch des Küfers.

Der schluckte.

»Mira ist keine …!«, begehrte der Knabe auf und wollte auf Ludomar einschlagen. Doch der starke Arm des Lehrherrn hielt ihn zurück. »Still, Jockel.«

»Was ist sie dann, Knabe?« Ludomar setzte das Schwert auf die Brust des Küfers.

»Meine Schwester hilft den Leuten, das hat sogar die Äbtissin gesagt.«

Der kleine Mistkerl war also wirklich der Bruder Miras. Ludomars Zweifel beruhigten sich. Sie war keine gute Seherin, wie die Dörfler glaubten, Mira war doch eine Ketzerin. Hier stand der Beweis vor ihm. Er fühlte eine seltsame Glut in den Adern. Lügenmärchen hatte Mira aufgetischt vom verstoßenen Knaben auf der Landstraße, falsche Tränen hatte sie geweint. Dabei lebte der Bub fett im Elsass! Ein Gedanke blitzte in Ludomar auf. Wenn nur ein Fünkchen an Miras angeblicher Schwesterliebe der Wahrheit entsprach, dann würde der Erzbischof sie mit diesem Bruder gefügig machen können. »Gib den Knaben heraus.«

»Mein Lehrling hat Euch nichts getan.«

»Altmann, Mezzer. Der Mann widersetzt sich«, rief Ludomar zwei Reitern zu, die hinter ihm standen. »Packt ihn.«

Das ließen sich die Landsknechte nicht zweimal sagen. Der eine zückte einen Wurfstein, zielte, traf die Brust des Küfers und warf ihn damit rückwärts um. Der andere fasste nach Jockels Bein und zerrte ihn allein daran weg. Zwei Fausthiebe setzten sie dem Küfer noch, dann holte Altmann mit dem Spickel aus und hieb auf den Kopf des Küfers. Blut tropfte von dessen Stirn, als er auf die zerborstenen Dauben krachte. »Tot ist er nicht, Herr.«

»Lass ihn liegen. Der rappelt sich wieder auf.«

Der Knabe strampelte in Mezzers Armen immer noch mit aller Kraft. Ludomar griff ihm an die Kehle. »Legt ihn in Ketten, rasch! Wer weiß, welche Schwarzkünste ihm seine Schwester schon beigebracht hat«, herrschte er seine Leute an.

Langerfoss hatte es gehört. Metall prasselte über ein Schild, schon schlängelten sich die schwarzen Kettenglieder neben dem Knaben über den Boden.

»Lasst mich!«, keuchte er halberstickt.

»Er soll sich keinen Deut rühren können«, sagte Ludomar und ließ ihn los.

Verzweifelt bäumte sich Miras Bruder gegen den Landsknecht auf, der ihm die erste Kettenschlinge um die Arme wand. »Maul halten!« Mit seinem schweren Handschuh schlug er dem Knaben die Lippe blutig. Jockel brach ins Schluchzen aus.

Ludomar trat den Landsknecht ans Schulterblatt. »Brich ihm nichts. Ich brauche ihn lebend und gesund.«

Es rasselte, als die Kette weiter von dem Haufen glitt. Jockel war in sich zusammengesunken und regte sich unter der Fesselung nicht mehr, wie der Wintermann aus Stroh beim Fastnachtsfeuer.

… klirrend schlagen die Kettenglieder mit jedem Ruckeln des Wagens aufeinander. Jockel kann sich nicht rühren, zugeschwollen und rot sind seine Lider. Hinter ihm thront ein Landsknecht, auch auf dem Bock sitzt einer. Umringt von den Reitern zockelt der Wagen an der verwüsteten Scheune vorbei. Reni mit blutrotem Wundtuch am Hals hält sich mit Vera unter einer Decke umschlungen. Sie weinen leise.

Der Wagen ruckelt schneller, die Reiter geben den Rössern die Sporen.

»Schaffen wir diesen Knaben nach Worms.«

»Das lehrt euch, dass ihr kein Ketzerpack mehr beherbergt.« Grob lacht ein Reiter. An der Küfer-Werkstatt fliegt eine Fackel auf die zertretenen Zuber und Fässer. *Ludomars Stimme.* »Seid froh, dass wir euch nicht das ganze Dorf niederbrennen.«

»Feuer! Feuer!«, kreischt die Gänse-Eva. »Kommt löschen!«

Die Dorfleute eilen von überall mit den Eimern zum Brunnenhaus. Sie schütten in breitem Schwall Wasser auf die Flammen, die zischend und dampfend erlöschen …

Mit dem glitzernden Schwall zerrann die Vision. Mira fand sich wieder im Turmzimmer des Klosters in Andlau.

»Sie können doch nichts dafür«, flüsterte Mira. Reni war ums Haar der Hals durchgeschnitten worden. Gerti hatten diese Landsknechte geschändet. Mira saß auf dem blauen Teppich. »Auf seinen Befehl.« Mira brauchte Luft, sofort. Sie kroch auf allen vieren zum Balkon.

Draußen hockte sie mit dem Rücken an der Turmwand. Wie konnte Ludomar nur so verblendet sein? »Wie kannst du Jockel nur so quälen!«

Doch so sehr Mira gen Himmel starrte, im undurchdringlichen Grau fand sie keine Antwort. Selbst der weite Blick über die frühlingshafte Landschaft unterhalb der Klostermauern, ja nicht einmal die sanften Hügel der Weinberge vermochten Mira zu beruhigen.

Jockel war ihretwegen in Ketten gelegt worden, von dem Mann, den sie vermeinte zu lieben.

Denn hatte sie Ludomar in der Vision nicht von Schandtat zu

Schandtat deutlicher gesehen? Wo erst nur ein Fuß, eine Stimme gewesen war, hatte sich nach und nach der ganze Mann in seiner schrecklichen Willensstärke gezeigt. Das war nicht der leidenschaftliche Ludomar gewesen, dem sie in Venedig begegnet war. »Ich habe es wohl nicht erkennen wollen.« Mira hielt sich an der Brüstung des Balkons fest. Eben hatte sie Ludomar mit den Augen Jockels gesehen, dessen unendliches Entsetzen sie in ihrem Leib gefühlt hatte, als wäre sie ihr Bruder selbst.

Im Turmzimmer hörte sie, wie die Tür unter dem Luftzug zufiel. Geneviève kehrte von der Mittagsmesse zurück.

»Was hast du nicht erkennen wollen?« Sie zog Mira am Arm vom Balkon in den Turm zurück. »Es ist gefährlich, wenn dich hier jemand sieht. Im Wald drüben könnten sich Späher der Rappoltsteiner verstecken.«

Da war niemand, spürte Mira, fügte sich aber trotzdem. Kaum war sie vorgestern nachts im Kloster angekommen, hatte Geneviève sie vor den anderen Nonnen im stärksten Gemäuer des Klosters verborgen. Die schlichte Turmstube verfügte über kaum mehr als ein Bett, Tisch und einen Bet-Stuhl vor einer Marienstatue.

»Ich habe mich hoffentlich getäuscht.« Ihre Beine trugen Mira kaum noch.

»Der Siebte Stern vermag nur die Wahrheit zu sehen. Das ist deine Gabe.« Geneviève strich ihr über die Wange. »Setze dich doch.«

»Die Ritter des Erzbischofs haben dein Dorf Iffertsheim verwüstet und Jockel gefangen.«

»Gütiger Himmel!« Geneviève schlug die Hand vor den Mund. »Was ist geschehen?«

Geneviève lief aufgeregt um den schlichten Tisch herum, nachdem Mira ihr alles erzählt hatte. »Wenn Cresea doch nur mehr Zeit für deine Ausbildung gehabt hätte! Dann hättest du auch erkannt, dass Ludomar nicht nach Andlau wollte, sondern auf dem Weg ins Dorf war.«

Mira wischte sich die Tränen vom Gesicht. Es hatte ihr gutgetan, wie genau Geneviève ihr zugehört hatte. Zudem fühlte sie in der Nähe des Sechsten Sterns wieder etwas von der Kraft Astartes einströmen.

»Vielleicht musst du das Deuten der Visionen eben auf diese Weise lernen.« Geneviève betrachtete sie mit Kummer. »Bist du dir unserer großen Aufgabe – die Schule für die einfachen Frauen – noch sicher?«

Mira senkte den Kopf. An ihre eigentliche Aufgabe als Siebter Stern hatte sie in der Sorge um Jockel und ihre Helferinnen überhaupt nicht mehr gedacht.

»Nun?«, fragte Geneviève mit der Strenge einer Äbtissin, die auf Klosterzucht hielt.

»Es scheint mir immer noch sinnvoll, aber …« Mira hob den Kopf und blickte zu der Marienstatue vor der Wand. »Die widerspruchsfreie Gewissheit, die ich wohl haben sollte, stellt sich nicht mehr ein.«

»Also ist unsere Aufgabe noch größer.« Geneviève klang bestürzt. »Und notwendig gefährlicher.« Sie fasste Mira bei der Hand. »Vielleicht helfen dir die Memoriae und du lernst, was wir alle gemeinsam bewirken sollen.«

Geneviève schob Mira fast aus dem Zimmer, aber statt die schmale Stiege in der Turmwand nach unten zu den Festungswerken, stieg sie noch ein Stockwerk im Klosterturm hinauf.

Die Stube dort war reinlich gekehrt, aber leer. Nur zwei kleine Fenster ließen Licht herein. Geneviève ging über die Dielen zur linken Ecke – und war verschwunden! »Sechster Stern verlass mich nicht!«, rief Mira. Sie wunderte sich selbst über ihre Wortwahl.

»Du spürst den Sog, nicht wahr?« Eine Hand winkte wie frei schwebend aus der Ecke.

Mira ging darauf zu. Erst als sie beinahe mit der Stirn dagegen stieß, erkannte sie den venezianischen Spiegel.

Geneviève stand hinter einem Mauervorsprung. »Es ist eine Täuschung des Auges.« Sie traten durch einen schmalen Spalt in ein weiteres Zimmer, dass von Oberlichtern im Dach des Turmes erhellt wurde. »Niemand kann von unten sehen, was sich hier verbirgt.«

Mira sah nur uralte Helme, papiergraue Palmwedel aus Ägypten, brüchige Ledergürtel und zerknitterte Stoffe, die ehemals purpurn oder tiefblau gewesen sein mochten. Und allerlei Bücher, auch Handschuhe, Mäntel, Koffer und Schalen voller Kleinzeug. Und von all diesen Dingen strahlte ein innerer Glanz aus, eine warme Welle von Vertrauen und Zuversicht. »Was ist das alles?«

»Jeder Stern hinterlässt ein Erinnerungsstück. Mir als Verbinderin obliegt die Aufbewahrung. Denn ich verbinde nicht nur die Sieben Sterne untereinander, sondern uns alle auch mit der Vergangenheit. Denn ohne Erinnerung daran, woher wir kamen, werden wir kein Heil bringen können.«

Geneviève führte Mira zu einem achteckigen Tisch wie die Königin einen Gast. »Ich habe alles vorbereitet für das Große Ritual.« Sie lächelte, wurde dann aber wieder ernst. »Es muss etwas bedeuten, dass dies alles geschieht, bevor der nächste Vollmond aufzieht. In jener Nacht kann die Große Verbindung erst wieder vollzogen werden.«

Mira hob die Schultern. »Cresea war noch nicht so weit, dass …«

»Ich weiß. Sorge dich nicht.« Geneviève zog an einem Schränkchen eine Lade auf. »Hier. Für dich.«

Mira nahm einen Zinnteller entgegen, darauf stand ein Kelch. »Hieroglyphen und noch ältere Zeichen?«

Geneviève stand am Tisch. »Du erkennst gewiss die Form des Astarte-Sterns, den wir alle an unserem Leib tragen.« Sie zeigte auf die Spitzen des Tisches. »Du wählst deinen Platz selbst.« Sie nickte Mira zu.

Mira zögerte nicht, drei Spitzen weiter links von Geneviève war einfach der richtige Platz. »Hier will ich sitzen.«

Geneviève lächelte fein. »Sehr gut. Von dort schaust du genau nach Süden, dorthin, wo die erste Frau gelebt hat, die als Siebte Seherin geboren worden ist.«

Als würden ihre Finger von einer geheimen Kraft gelenkt, stellte Mira den Zinnteller eine Handbreit vom Rand ab. Den Kelch richtete sie zur Tischmitte hin aus.

»Diesen Tisch verdanken wir der heiligen Richardis, die auch das Kloster gegründet hat. Es ist sozusagen unser Stammsitz seit über sechshundert Jahren. Die Kaiserin Richardis wurde grundlos des Ehebruchs bezichtigt und tief gedemütigt. Sie musste sich hierher zurückziehen, nachdem sie gerade noch dem Scheiterhaufen entronnen war. In Wirklichkeit wollten die Männer Roms nur Richardis' Einfluss als Siebter Stern auf den Lauf der Reichsangelegenheiten bekämpfen.«

»Und der Kaiserin verdanken wir auch den Besitz des Bergwerks, das sie dem Kloster Andlau gestiftet hat, nicht wahr?« Es war wunderbar, dass sie endlich nach und nach begriff, wie groß die Zusammenhänge waren.

»Und noch manche Länderei mehr. Sie hat das Stift den adeligen Damen gewidmet. Aber wichtiger ist«, Geneviève hob das Kinn wie eine Frau bei Hofe, »die Äbtissin von Andlau ist durch diese kaiserliche Stiftung seit jeher unmittelbar dem Königsamt so verbunden, sodass sie das Recht hat, jederzeit vor ihm zu erscheinen wie ein Familienmitglied selbst, ob beim Reichstag oder an seinem Hof.« Sie hob ein Samttuch von einem Kästchen.

»Die Reliquien der Klostergründerin Richardis«, flüsterte Mira ergriffen.

»Ja.« Genevièves Rubin schimmerte noch stärker als sonst.

Mira trat vorsichtig näher, und mit jedem Schritt wuchs die Kraft, die von den graubraunen Gebeinen ausging. Als sie den Schädel berührte, umblitzte sie ein gleißendes Licht …

Bedenke, Mira, die du als letztes Glied einer langen, langen Kette wieder an meine Stelle trittst, dass du auserkoren bist. Tritt hinaus, erkenne die Welt, die du verändern sollst.

Die Mauern der Kammer bersten lautlos, ein azurnes Licht bildet einen Bogen, den sie betritt, hinaus mit jedem Schritt höher und höher über die Weinberge, die Rheinauen. Unter ihr das silberne Band des Flusses ist wie ein Strich so fein. Sie schwebt in der Luft, Wolken umtanzen sie. Die Berge, Städte und Auen des Reiches ziehen unter ihr hin, bis Inseln im Meer liegen. Sie wendet sich zum anderen, östlichen Meer, die leeren Wälder der neuen Marken, die ersten Klöster. Schon überfliegt sie das Böhmer Land, kreist und kreist über Bergen, Städten und Feldern.

Ihre Füße finden den azurnen Lichtbogen wieder, dem sie folgt. Alles um sie herum, der ganze Himmel wird hellgrün, spaltet sich, zeigt eine Weggabelung vor einem Wald. Ein Reichsapfel schwebt davor, um den sich ein Königshandschuh wie auch der eines Erzbischofs festkrallen. Von hoch oben aus dem Hellgrün stürzt ein Schwert herab auf den Reichsapfel zu, an dessen Knauf die sieben Sternsteine leuchten.

Alles zieht sich mit einem Schlag zu einem winzigen Punkt zusammen, verschwimmt im Grün. Heraus strahlen zahllose hellere wie dunklere Wege, wie das Licht aus einem Kristall.

Höre, Mira, die du mir nachfolgst, finde den Heiligen Pfad, damit Astartes Wille geschieht. Bedenke, du bist erkoren, für den …

»Kampf!« Mira schlug die Augen auf, sie hatte das Wort ausgespuckt, das Richardis' Stimme in der vergehenden Vision ihr eingegeben hatte.

»Wer kämpft wo?« Auf den Knien sitzend hielt Geneviève ihren Kopf im Schoß.

Mira war so schwach von der seltsamen Vision geworden, dass sie für einen Augenblick einfach liegen blieb. »Ich. Hier.« Mehr brachte sie nicht über die Lippen. So schnell fügte sich alles in ihrem Geist, dass sie kaum zu folgen vermochte. Als hätte sie von Creseas Lerntrank genommen, wirbelte ihr Wissen durcheinander. »Wir müssen vorbereitet sein. Hilf mir auf.«

Geneviève hievte sie auf die Füße. »Wo willst du hin?«

»Zu den Hinterlassenschaften. Dort ist etwas dabei, das ich nutzen soll.« Mira fühlte es. Sie hielt sich an Genevièves Schulter fest und stolperte vorwärts. Wie Schmetterlingsfühler streckte Mira die Zeigefinger aus. Kraft strömte auf sie ein. Das Gehen fiel ihr leichter. Wie ein Eisenstein einen Nagel zog ein brüchiger, breiter Gürtel ihre Hand an. Unscheinbares Leder, mit kaum erkennbaren eingestickten Zeichen. Mira griff danach.

Wie weich er war. Sie rieb ihn sich ganz überrascht über die Wange.

»Boudiccas Gürtel!« Geneviève wich rückwärts, sie wurde noch bleicher als sonst.

Der Name hallte in Mira wieder. Gewiss, als Cresea sie in die Geschichte der Welt eingeweiht hatte … »Wenn ihn eine Keltenkönigin getragen hat, ist er mir nur recht.«

»Aber Boudicca hat die Schlacht gegen das römische Joch in Britannien verloren.«

»Diese Schmach gilt es zu tilgen.« Als ob an dem uralten Leder Erinnerungen hingen, wie Kampfesmut und -list zu vereinen wären, fasste Mira neues Selbstvertrauen. »Ich habe nicht vor, gegen die Männer aus Rom zu unterliegen.«

Geneviève hob die Hände vor sich wie beim offenen Gebet. »Wir sind Sternenfrauen. Du willst uns doch nicht etwa mit Waffen kämpfen lassen?«

»O doch.« Mira legte sich den Gürtel der Keltenkönigin um, die auch einmal ein Siebter Stern gewesen war. Sogar die goldene Schnalle hielt noch. Mira fühlte sich auf einmal frisch und lebendig. »Mit nichts weniger als echten Waffen werden wir kämpfen.« Sie war sich nur noch nicht ganz im Klaren wie.

44

Mira stand im Abendlicht auf der Freitreppe des Konvents neben Geneviève. Im lauen Wind wehten die Enden des Tuches, das sie sich um den Kopf gebunden hatte.

»Bildet ein Viereck. Die Männer mit den Harken drei auf vier in die Mitte.« Mira deutete vor das Tor. Die Knechte hoben ihr Waffenzeug auf und zogen die Joppen glatt.

»Die Männer mit den Keulen scharen sich um die ersten«, rief Mira. Unter ihrem grünen Jagdkleid trug sie den Kampfgürtel Boudiccas, den sie nicht mehr abgelegt hatte, nicht einmal im Schlaf. Die Kraft des Gürtels oder die Erfahrungen der Sieben Sterne mit dem Kampf, Mira wusste nicht, was ihre Visionen auf den Gegner lenkte, aber in der Nacht hatte sie Ludomar heranziehen sehen. Ihr armer Jockel saß allein in einem Verlies, etwas anderes konnte es nicht sein, immer sah sie ihn im Dunkel beim Schimmer eines Kienspans, hörte Ratten rascheln und meinte sogar, das faule Stroh riechen zu können.

Mira durfte jetzt nicht an ihren Bruder denken. »Die Knechte mit den Spießen stellen sich außen auf.« Sie beschattete ihre Augen mit der Hand. »Ihr sollt keinen krummen Haufen bilden, sondern in Reihen hintereinander gehen.«

»Meine Klosterknechte haben kein Kriegshandwerk gelernt«, flüsterte Geneviève.

»Ich weiß, ich weiß. Aber aus dieser Schwäche schöpfe ich die List.« Lange hatte sich Geneviève gesträubt, ihre Klosterleute in Gefahr zu bringen. Sie hatte Briefe zu Thulia schreiben wollen, die Gold für Landsknechte schicken sollte. All das war Mira zu langwierig. Ein schneller Schlag war wichtig. Boudicca flüsterte es ihr ein oder welcher Vorgängerin die leise Stimme gehörte, der sie beim Nachsinnen lauschte.

»Öffnet das Tor!«, rief Geneviève auf ihr Zeichen hin.

Mira lief die Freitreppe hinunter vor den Zug, den die dreißig Knechte gebildet hatten. »Fürchtet Euch nicht, der Himmel ist mit uns.« *Und die Sterne.*

Mira steckte sich die langen Fasanenfedern an den Jagdhut, damit man sie immer gut sah, und schritt über die Zugbrücke den Burgberg hinab.

»Wo wollt Ihr so spät am Abend denn hin, Herrin?«, fragte der Älteste, ein Hufschmied, gleich hinter ihr.

»Sorg dich nicht, morgen schon werdet ihr wieder mit euren Frauen am Abend beim Feuer sitzen.« So alles gutging.

Am Dorf vorbei bog Mira in den ersten Weinbergsweg ein. Sie hatte in einem Lichtkreis Ludomar bei Straßburg Nachtlager nehmen sehen. Morgen in der früh wollte er das Kloster überrumpeln.

Mira wanderte noch drei Hügel weiter, dann hinunter zum Mühlenbach. Ludomar würde die Landstraße heranreiten, alles andere wäre ein Umweg.

In der Senke machte sie vor der alten Brücke Halt. Hier floss der Mühlenbach mit vielen Armen durch ein breites Sumpfstück, deswegen hatte das Kloster vor achtzig Jahren schon die Holzbrücke errichten lassen. »Bildet einen Kreis«, rief Mira den bewaffneten Klosterknechten zu.

Die Männer schauten mal verdrossen, mal neugierig oder auch nur müde drein. Mira musterte die zweigeteilte Brücke. Die Bohlen lagen auf Eichenpfeilern im Bach auf, dazwischen fand sich mehr zur Dorfseite der feste Grund einer Bachinsel.

»Die Hälfte von euch sägt jetzt die alten Eichenstützen hinter dem Inselchen durch und löst danach alle Bohlen aus den Verankerungen.«

Geneviève hatte zu ihren Leuten nur von Ausbesserungen

gesprochen. Aber nicht nur der Hufschmied war helle, auch der Klostermetzger. Die Hand am Gürtel fragte er: »Wollt Ihr die Brücke abreißen? Dann schaffen wir besser gleich die Bohlen ans Ufer drüben.«

»Das kommt noch.« Hoffte sie. »Tut jetzt, was ich euch sage.« Mira deutete zum sumpfigen Stück hin. »Die anderen stechen den Nebenlauf des Baches vorn so an, dass mehr Wasser hier ankommt.« Am Mittag hatte sie sich alles zu Pferd angeschaut. »Geht links zu den alten Zwetschgenbäumen hin. Dort ist die schmalste Stelle.«

Die Männer kratzten sich am Kopf, murrten, wie Knechte es immer taten, wenn es an die Arbeit ging, und trotteten davon.

Nur der breite Hufschmied blieb stehen. Er trat näher und räusperte sich. »Herrin, was habt Ihr wirklich vor?«

Geneviève hatte ihr erzählt, dass schon die Eltern des Schmieds auf dem Klostergrund geboren waren. Sie vertraute ihm. Mira sah nachdenklich auf die großen Hände des Mannes. Es war gar nicht schlecht, wenn einer ihr hülfe, wenn sie den Lockvogel spielte. »Komm mit.«

Sie ging über die alten Bohlen zur kleinen Bachinsel und deutete hinaus in die Felder. »Von dort, Hufschmied, werden morgen in der früh die Reiter kommen …«

Die ersten Sonnenstrahlen streiften die Wipfel der Bäume an der Landstraße. Frühdunst stieg aus den kühlen Senken. Ludomar zog das Halstuch seiner Kampfjacke fester.

»Erkennt Ihr den hellen Fleck dort vor dem Wald?« Langerfoss streckte den Arm aus. »Die Nönnchen von Kloster Andlau werden überrascht sein. Sie wären wahnsinnig, wenn sie uns nicht die Tore öffnen.« Der Landsknecht spuckte eine Wursthaut aus. »Wir rammen das Tor zu zehnt mit dem erstbesten Baumstamm.«

Nach allem, was Ludomar vom Erzbischof gehört hatte, bezweifelte er, dass die Äbtissin so einfach nachgeben würde. »Was macht Euch so sicher?«

»Weiberstifte sind selten gut befestigt, und Knechte unter Waffen haben die auch nicht. Die verlassen sich auf den Schutz ihrer Brüder, die auf den Burgen ringsum hausen.« Der Anführer biss wieder in seine Wurst.

Ludomar war der Hunger vergangen. Kloster Andlau war ein Reichsstift. Es gab nicht einmal eine fadenscheinige Begründung, warum er mit zwanzig Reitern selber dort nach einer Ketzerin suchte, statt einen königlichen Vogt zu schicken, wie es dem Rang des Reichsklosters eigentlich gebührte.

»Die Weiber halten sich grad mal die Räuber vom Leib, wenn sie sie nicht eh durch die Hinterpforte einlassen.« Langerfoss lachte roh. »Weil da nichts passiert.« Er wandte sich um. »Genug gefressen!«, brüllte er die Mannen hinter ihnen an. »Auf geht's!«

Mira zog den einen Fuß nach, dann erst tastete sie mit dem andern voran, und noch ein Schritt und noch einen. Die ausgetretenen Bohlen waren glatt von dem Wachs, dass sie noch hatte beischaffen lassen. Nun glänzten sie wie feucht vom Morgentau.

Sie erreichte das sandige Stück der Bachinsel zwischen den zwei Brückenteilen. Am klügsten schien es ihr, dass sie ein wenig weiter zur dem Dorf abgewandten Seite hin wartete, damit sie der erste Späher auf der Landstraße gleich sah. Es würde nicht mehr lange dauern. Mira spürte einen Druck um den Bauch, als ob der Gürtel Boudiccas enger würde. Der Kampf war nah.

Und auch ihr Herz schlug lauter. Sie würde Ludomar ins Auge sehen müssen, den sie geliebt und der sie so verraten hatte. Der ihr Jockel so schändlich entrissen hatte.

Weiden säumten den Bach am sumpfigen Stück.

Ein Sirren über ihrem Kopf ließ Mira den Kopf heben. Ein

Vogelpärchen verfolgte sich im dunklen Blau des Morgenhimmels und verschwand im Sturzflug in einem Haag. Sehnsuchtsvoll sah sie ihnen hinterher. Ach, wäre sie nur so frei.

Pferdegetrappel, sie spürte es schon im Leib, bevor sie es wirklich hörte. Mira rührte mit den Fingern den Diamanten an ihrer Sternenkette. »Möge Astarte mit uns sein.«

Die rot-weißen Bannerspitzen der Reiterschar flatterten im Wind, die grauen Rüstungen glänzten, die Helme hoben und senkten sich im Schritt der Pferde. Mira hörte Rufe, Arme deuteten auf sie.

Doch sie hielten nicht an! Sie ritten das kleine abschüssige Wegstück zur Brücke her.

Mira klopfte das Herz so stark, dass sie die Adern im Hals spürte. *Leg die Rechte auf den Gürtel und hebe die Linke!* Mira zögerte nicht und streckte den Arm senkrecht nach oben.

Die Rösser schnaubten erschreckt und stockten im Schritt.

Da war er, ganz in ein schwarzledernes Kriegswams gehüllt, die hellen Locken straff gebürstet. Den wilden Glanz seiner Augen konnte sie nur spüren, so viel Gegenkraft strömte von ihm auf sie ein.

»Halt!«, schrie Ludomar. »Nehmt Euch in Acht! Da steht die Ketzerin, die wir suchen.«

Die Männer riefen verwundert durcheinander. Sie senkten den Sichtschutz, als würde Mira mit Pfeilen auf sie schießen und zügelten die Tiere.

»Ich bin keine Hexe, Ludomar!«, rief sie über die Brücke hinweg.

Er reckte das Kinn. »Wieso erwartest du mich dann hier?«

»Ich habe dich kommen sehen.« Mira konnte nicht lügen.

»Also doch! Mich verblendest du nicht noch einmal. So schön du auch bist.«

Warum sagte er das? Ihre Blicke kreuzten sich; Ludomar blieb ihr ein Rätsel. »Lass meinen Bruder frei. Er ist unschuldig.« Die

Rösser wichen zurück, wenn Mira die erhobene Hand vorstreckte. Das konnte ihr gleich von Vorteil sein.

»Keiner ist unschuldig, der sich mit dir einlässt.« Ludomar zog drüben etwas aus dem Wams. »Hier ist der Befehl, dich vor den Erzbischof von Mainz und Erzkanzler des Reiches zu bringen.«

»Bevor du nicht meinen Bruder herausgibst, geh ich nirgends hin.«

Ludomar lachte laut voller Häme. Die Reiter hinter ihm aber waren immer noch mit ihren unruhigen Rössern beschäftigt. »Du wirst uns nach Worms folgen – und zwar gleich.«

Er muss sein Schicksal wählen, sonst darfst du ihm nichts antun, warnten uralte Stimmen in ihr. Mira gehorchte. »Kehre um, und dir wird nichts geschehen.«

»Oho, du drohst uns sogar«, rief Ludomar. »Ein Beweis mehr für dein Übelwerk.« Er zog ein großes schwarzes Kreuz unter seinem Wams hervor. »Gegen dieses Zeichen, vom Erzbischof gesegnet, hast du keine Macht.« Er zeigte es seinen Leuten und hielt es ihr entgegen.

Sie kämpfte gewiss nicht gegen den Himmel, sondern gegen Ludomar. »Kehre um, ich bitte dich ein letztes Mal.«

»Holt euch die Ketzerin!«, schrie Ludomar und schlug mit dem Kreuz einen Bogen als Zeichen zum Angriff.

Die Ritter gaben ihren Pferden die Sporen.

Mira schüttelte leise den Kopf. Die Männer wollten es nicht anders. Mit einer schnellen Bewegung beschrieb Mira mit dem linken Arm einen Kreis nach hinten. Die Rösser der Angreifer gehorchten nun ihr und stürmten erst recht auf die Brücke zu.

Die Huftritte hallten dumpf auf den Bohlen wider, die schon unter dem Gewicht schwankten. Die ersten Hölzer sprangen aus den angesägten Verankerungen, die nachdrängenden Reiter belasteten sie noch mehr. Die Brücke barst. Acht, zehn, zwölf Reiter stürzten mit den Bohlen hinab in den sumpfigen Bach.

»Zurück!«, schrie Ludomar. »Zurück!«

Zu spät. Die Tiere gehorchten nur Miras Arm. Sie drängten besessen nach als hätten sie böse Fliegen gestochen. Sie sprangen übereinander, rutschten von den gewachsten Bohlen, rissen die Reiter aus den Sätteln, bäumten sich auf, stürzten mit klagendem Wiehern.

Der Wasserlauf war über Nacht noch tiefer geworden, denn Mira hatte die Knechte unter der Brücke Schlammlöcher ausheben lassen.

»Ich kann nicht schwimmen«, gurgelte einer der Landsknechte.

»Mein Bein!«, keuchte ein anderer, der halb versunken herumruderte.

»Zurück!«, schrie Ludomar, der auf den letzten zwei Balken schwankte.

»Wie denn?«, fauchte Langerfoss neben ihm. Zusammen stürzten sie zwischen die anderen Reiter, tauchten in das aufgewühlte Brackwasser und verhedderten sich in den Seilen, die Mira dort hatte unter der Oberfläche einspannen lassen.

»Hufschmied, Meier, Kunz!«, befahl Mira ihre Leute heran.

Die Knechte tauchten aus den Büschen auf und aus den ausgehobenen Sandkuhlen, die sie in der Nacht als Deckung gegraben hatten. Sie krochen über den Uferrand herbei, die Spieße vorgestreckt.

Die Ritter und Miras Leute maßen sich.

Mira trat an die Brückenlager, wo die Bohlen herausgesprungen waren. Ludomar hielt sich an einem Ast fest, andere Männer an einem angesägten Brückenpfeiler oder an einem Pferdesattel, denn die Tiere waren groß genug, dass sie Grund unter den Hufen fanden.

»Werft Steine!«, befahl Mira.

Ihre Knechte ließen einen Hagel auf die Ritter niedergehen. Ein paar kampferfahrene Männer tauchten sofort ab, Ludomar suchte Deckung hinter einem Pfeiler.

»Wir haben genug aufgeschichtet, dass ihr hier nicht rauskommt.« Sie wartete.

»Wir kommen niemals frei. Verdammte Teufelshure!«, fluchte der Ritter neben Ludomar.

Mira stand kaum vier Ellen über Ludomar am Rand der eingestürzten Brücke. »Willst du deine Ritter schmählich absaufen lassen oder ergibst du dich freiwillig?« Sie suchte seinen Blick.

Er spuckte brackiges Wasser aus. Voller Dreck klebten die Haare an seinem Gesicht. In dem Zorn, Angst und Elend einen Wettstreit hielten. Sein Kiefer zitterte vor Wut. »Was verlangst du?«

Viele seiner Landsknechte gurgelten knapp vorm Ertrinken. Etliche konnten nicht schwimmen. Mira durfte niemanden opfern, wenn sie den Pfad des Lichts beschreiten wollte. »Lasst alle Waffen im Sumpf und auch die Rüstungen. Nur die Unterkleider behaltet am Leib.«

»Macht, was sie sagt«, rief Ludomar.

»Was für eine Schmach! Ein Weib sackt uns ein«, knurrte der Anführer, aber er schnallte hastig seinen Brustpanzer ab. »Ehe wir verrecken, bin ich lieber nackig.«

Ein Kerl nach dem anderen kroch barfuß und triefend von dreckigem Schlammwasser auf die sandige Bachinsel.

»Immer vier von euch bewachen zwei. Haltet sie auf Abstand.« Mira lief von Haufen zu Haufen und sorgte dafür, dass immer zwei richtig starke Knechte bei den Wachen waren.

»Den Anführer nehmt einzeln.« Mira winkte dem Hufschmied. »Und ihr knebelt ihn und Ludomar mit dem Seil.«

Unterdessen hatten die jüngeren Knechte die Pferde aus dem Bach geführt.

»Die Rüstungen fischt später aus dem Wasserloch, wenn ihr die Brücke erneuert.« Das hatte Zeit.

Schließlich waren die zwanzig Leute Ludomars umzingelt und gebunden. Selbst wenn sie bloß und nass dastanden, die

Männer waren kampferprobt und gefährlich. »Lauft mit Abstand voneinander, mindestens je zwanzig Schritt. Los!«

Mira wartete mit dem Hufschmied, der Ludomar die Arme auf dem Rücken gebunden hatte und sich selbst den Strick um den Unterarm geschlungen hatte. Obwohl Ludomars Arme und die festen Beine von Dreck verschmiert waren, sein Unterkleid nass, und vom Wind halb trocken an ihm klebte, erkannte sie den Leib, den sie so begehrt hatte.

»Bist du nun zufrieden«, grollte er. Seine graublauen Augen waren so dunkel wie ein Gewitter.

Sie durfte ihn nicht zu sehr bedauern. Er war der Mann, der ihren Bruder nach Worms hatte schaffen lassen. »Erst wenn Jockel wieder frei ist.«

Ludomar wandte den Kopf ab. Die Reiter des Erzbischofs schlichen gebunden wie verlotterte Büßer über die Straße zum Dorf. Was für eine Schmach. Keiner würde es ihm je verzeihen. Wie hatte er nur glauben können, dass eine Ketzerin mit der seherischen Kraft Miras sich einfach fangen ließe? Es hätte ihm eine Warnung sein müssen, dass sie hier allein auf der Brücke gestanden hatte.

Der Strick an den Händen schnitt in sein Fleisch, als sie lostrotteten. Mira hing an ihrem Bruder, oder was immer für ein Teufelchen der Bube war. Die Kirchenväter hatten nichts von Geschwistern der Seherinnen gewusst. Vielleicht brauchte Mira den Buben auch für ihre Wirkkraft. »Der Erzbischof wird dir deinen Bruder niemals geben, wenn du ihm nicht gehorchst.«

Mira lachte auf. »Du stellst noch Forderungen?« Sie blickte an ihm herab.

Keinen Funken des Liebreizes mehr, der ihn verführt hatte, kein zärtlicher Glanz, dem er in Venedig fast verfallen war. »Deine Zauberkraft mag hier wirken, aber …«

»Ich bin keine Hexe, Ludomar.«

»Wie sonst soll eine Magd aus Frankfurt zur Gemahlin des mächtigsten Venezianers aufsteigen können, wenn nicht durch Blendwerk und böse Gaukelei?« Er blieb stehen, doch der Hufschmied riss ihn weiter.

Mira antwortete nicht.

»Füge dich dem Erzbischof. Sonst wird er dich und die Äbtissin der Ketzerei anklagen. Du hast die Kirche gegen dich!«

Mira pfiff abfällig. »Diese Kirche ist verfaulter als das Bachwasser, in dem du dich gerade gesuhlt hast, Ludomar. Der Papst in Rom setzt seine Kinder auf die Fürstenthrone im Welschland, dabei hat er Keuschheit geschworen. Und jetzt beweihräuchert er sein Kriegsbündnis als Heilige Liga und verhandelt doch heimlich mit dem Feind unseres Königs, mit Frankreich.«

Ludomar wurde noch kälter im Wind. »Was geht im Welschland vor?«

»Bevor du nicht meinen Bruder hierher zurückbringst«, sie wies hinauf zum Klosterberg, »erfährt niemand, was ich davon sehe.«

Sie war so schön in ihrem Zorn, so glühend die Wangen und mutig der Blick. Ludomar begriff nicht, warum ihn das jetzt noch rührte. Angst befiel ihn, dass die Ketzerin ihn wieder mit ihrem Zauberbann belegte. Er schüttelte sich in den nassen Unterkleidern.

»Wenn du nicht alles tust, dass Jockel freikommt …« Sie ballte die Faust. »Dann werde ich …« Sie atmete schwer und ihre Büste hob und senkte sich schnell.

Ihre Lippen zuckten, gar nicht so anders wie bei den Küssen, als sie beide in Glut miteinander verschmolzen waren. Sie war außer sich vor Zorn. Warum aber sprach sie die Drohung nicht ganz aus? Es sah nicht so aus, als ob sie der Mut verließe.

Den steilen Berg stiegen sie schweigend nebeneinander hinan, bis sie den Klosterhof erreichten.

Auf der Freitreppe stand die Äbtissin in Nonnenhabit, hinter ihr die Stiftsdamen. »Ich bin die Herrin von Andlau. Euer Verbrechen, der Angriff auf ein Reichsstift, wird vom königlichen Vogt gerichtet werden. Werft die Räuber in den tiefen Keller unter dem Torturm, wo es weder Treppe noch Leiter gibt.«

Ludomar biss die Zähne zusammen. Wie ein Feldherr hatte Mira alles vorbereitet.

»Ihn aber«, sagte Mira zum Hufschmied, »schmiedest du an eine Kette in dem Gelass, wo du das Pech aufbewahrst.«

Der Kerl zerrte Ludomar am Seil weiter. Ein letztes Mal drehte er sich zu Mira um, aber die schritt wie ein siegreicher Eroberer schon die Freitreppe hoch zur Äbtissin.

Keine der guten Seherinnen in der Bibel beherrschte die Kriegskunst. Huldvoll reichte Mira der Äbtissin von Andlau die Hand. Sie war und blieb eine Ketzerin. Ludomar schauderte. Sie hatte alle verblendet, bis auf ihn.

45

Geneviève brach ein Stück Weißbrot ab, als nähme sie von feinstem Kuchen. »Wie lange willst du diesen Ludomar noch im Gelass schmoren lassen?«

Sie waren allein im Refektorium. Mira kaute ihren Bissen bis ganz zu Ende. Geneviève vermochte so still und ruhig zu warten, dass ihr die Luft zum Atmen verging. »Zwei Tage, drei.« Heute war selbst die Brunnenkressenbrühe schal. Doch seit Ludomar im Klostergelass steckte, bestürmten sie die Gefühle. Ihr Zorn über seinen Verrat, wo sie ihn doch geliebt hatte. Und all die verborgenen Wünsche, dass sie doch noch mit ihm vom Schicksal zusammengeführt würde ... Die Erinnerung daran quälte sie.

»Ist das klug?«, fragte Geneviève. »Ich müsste ihn seinem Rang als Gefolgsmann des Erzbischofs nach gestern schon angehört haben.«

»Gestern war Sonntag!« Mira wusste auf einmal nicht, wohin mit ihren Händen. Essen mochte sie nicht mehr, und dasitzen wie ein Kind, das ausgeschimpft wurde, auch nicht.

»Ich habe ihn waschen und ihm frische Kleider bringen lassen.«

»Warum?« Mira richtete sich am Tisch auf. »Er hat Jockel ...«

Geneviève stöhnte auf. »Ich weiß, dass er deinen Bruder nach Worms hat entführen lassen. Aber es geht hier auch um Reichsangelegenheiten, die mich als Äbtissin betreffen. Dieser Ludomar ist bloß das Werkzeug des machtgierigen Erzbischofs, vergiss das nicht.«

»So? Vergiss du lieber nicht, dass Ludomar auch mich hat entführen wollen. Warum, brauche ich wohl nicht zu sagen.«

Ein Werkzeug war auch sie, das Astarte führte. Mira schaute auf den Tellerrand.

»Was bekümmert dich?« Geneviève legte ihre warme Hand auf Miras.

»Wenn ich doch nur wieder eine Vision hätte.« Mira blickte Geneviève an. »Vielleicht sollte ich doch nicht länger warten.«

»Das heißt?«

Mira besann sich. Wenn sie schon nicht recht wusste wie weiter, so musste sie wenigstens die Lage klären. »Verhören wir ihn.«

Geneviève lehnte sich zurück in ihren Stuhl. »Endlich nimmst du Vernunft an.« Sie blickte Mira nachdenklich an. »Lass uns überlegen, was genau wir herausfinden wollen.«

»Besser noch: wie wir es schnell aus ihm herausbringen.« Mira stand vor Augen, wie Cresea ihr aus der Lehrschrift die Warnungen vor den Kirchenmännern vorgelesen hatte. »Wir müssen uns wappnen. Die Männer Roms nutzen Nachgiebigkeit seit je nur aus. Sind wir also streng und unerbittlich!«

Jemand riss ihm den groben Sack vom Kopf. Die beiden stummen Knechte, die Ludomar in der Schmiedekammer von der Wand abgekettet und dann gefesselt hatten, stießen ihn auf die Knie. Der Boden war mit Sandstein belegt, der Raum hoch und weit wie eine Kapelle. Doch die grob verputzten Wände zeigten keinerlei Schmuck.

»Dreht Euch um!«, sagte eine Stimme in einem so herrischen Ton, dass Ludomar allein daran die Äbtissin erkannte.

So fest hatte man ihn gebunden, dass er sich nicht gerade hinsetzen konnte, sondern wie ein Büßer gekrümmt dahockte. Er rutschte langsam auf den Knien herum.

Mira! Sie war wie die Äbtissin neben ihr ganz in Schwarz gekleidet, ein wenig schimmerte der glatte Stoff. Der enge Mantel verhüllte kaum ihre Formen. Hochgeschlossen bis gleich unters Kinn reichte der Kragen, die Haube lag eng an. Das war keine übliche Nonnentracht.

»Die Äbtissin hält Gericht über dich.« Mira bedachte ihn mit einem kalten Blick über ihre Schulter.

»Das dürft ihr nicht.« Ludomar versuchte so viel Stolz in seine Stimme zu legen als möglich. »Ich gehöre zum Klerus und unterstehe dem Erzbischof von Mainz. Nur er ist mein Richtsherr.«

Die Äbtissin zog die Arme hinter ihrem Rücken vor. In ihren schwarz glänzenden Handschuhen hielt sie die Richtgeißel. »Wäret Ihr Priester seines Erzbistums, dann sprächet Ihr wahr.«

»Noch bist du nicht geweiht worden.« Mira trat auf ihn zu, aber er konnte aus seiner gebückten Haltung ihr Gesicht nicht sehen, nur ihre schwarzen Stiefel unter dem Saum. »Oder willst du etwa behaupten, die Weihen erhalten zu haben?«

Ludomar schüttelte den Kopf, ein glatte Lüge wäre unklug.

»Deshalb seid Ihr nur ein minderer Kleriker und untersteht damit der kirchlichen Gerichtsbarkeit. Diese aber steht auf dem Grund des reichsfreien Klosters Andlau nun einmal mir zu.« Die Äbtissin knallte mit der Geißel auf den Tisch neben ihr. »Widersprecht also nicht!«

Ludomar presste die Zähne zusammen. Er durfte sie nicht unterschätzen, ebenso wenig wie Mira. Diese Äbtissin kannte die Kniffe der Jurisprudentia. *Dieses hochgeborene Nonnenweib,* hatte der Erzbischof mehr als einmal geflucht, *steckt noch einen Kardinal in den Sack.*

»Warum habt Ihr mein Dorf Iffertsheim überfallen und einen meiner Fronleute entführt?«, fragte die Äbtissin.

»Ich habe einen Haftbefehl gegen Mira zu vollstrecken, Ihr habt ihn gewiss in meiner Satteltasche gefunden.« Sie hatten bestimmt alle seine Sachen durchsucht.

»Hanebüchenes Zeug, zusammengekritzelt von Speichelleckern, wie Ihr selber am besten wisst.«

»In den Kerker hast du Jockel schaffen lassen. Dabei ist er noch ein halbes Kind.« Mira tippte mit der Stiefelspitze an sein Knie. »Du hast mich mit Jockel erpressen wollen.«

Ludomar lahmte das Kreuz in der demütigen Hocke. Leugnen hatte keinen Zweck. »Nicht erpressen, herbeizwingen wollte ich dich.«

»Wo ist da ein Unterschied?«, fragte die Äbtissin.

»Ich sollte Miras habhaft werden.«

»So viel Aufwand für einen Prozess? Warum überlässt der Erzbischof nicht einfach mir als Reichsäbtissin diese Aufgabe? Sprich!« Wieder knallte sie mit der Geißel in der Luft.

Ludomar kam sich erbärmlich vor und erniedrigt von diesen Fesseln, die man sonst nur den letzten Strauchdieben anlegte. Er hatte seine Würde als Gefolgsmann des Erzbischofs zu verteidigen. »Das wisst Ihr selber gut genug: Weil Mira Dinge sieht, die sich in fernen Gegenden zutragen.«

Die Äbtissin höhnte: »Seit wann vertraut der Erzbischof auf das Wort einer angeblichen Ketzerin?«

Wichtiger war dem Erzbischof, dass nicht der Herzog Beowulf und der König darauf für den teuren Krieg im Süden vertrauen konnten. Doch das sollten die beiden besser nicht erfahren.

Mira ging vor ihm auf und ab. »Wenn dein Erzbischof so begierig ist, von meinen Visionen zu erfahren, dann bin ich für ihn also doch keine Hexe.« Mira beugte sich zu ihm herab, dass er ihre Augen sehen konnte. »Soll ich nun seinem Haftbrief glauben oder deinen Worten?«

Ihre Frage war leider nicht ganz abzuweisen. Ludomar hatte schon auf dem Ritt ins Elsass daran zu beißen gehabt. Es entsprach nicht der Logica, wenn der Erzbischof Mira des Blendwerks bezichtigte, aber sogar zwanzig Berittene aufbrachte, um ihrer habhaft zu werden. »Deine Visionen dürfen nicht in die falschen Hände gelangen«, sagte er nur. Aber es war gewiss auch richtig, dass ein falscher, böser Einfluss in den Händen des Königs die Reichshändel noch unberechenbarer machen würde.

»Welch kluges Wort, Angeklagter«, sagte die Äbtissin, die aber Mira bei der Befragung den Vortritt ließ.

Er konnte Miras Zorn in ihren Augen glühen sehen. »Eines ist gewiss. Die Hände deines Erzbischofs sind bestimmt nicht die richtigen, Ludomar. Er hetzt alle Fürsten gegen den König auf. Statt die Reichslehen im Süden zu verteidigen, baut er am Rhein lieber ein stehendes Heer unter seinem Befehl auf. Warum wohl?«

»Er will das Reich stärken. Ich habe oft genug im Geheimen Rat gesessen und ihn von seinen Plänen reden hören. Er will ein Reich, das im Innern stark ist. Erst dann vermag es sich auch mit vereinten Kräften gegen Frankreich zu wehren. Darum geht es dem Erzbischof.«

»Um das Reich oder seine Macht darüber?« Mira legte den Kopf etwas schief und blickte zur Äbtissin.

Diese griff nach Ludomars Genick, das sie verdrehte, damit er sie ansah. »Warum hat der Erzbischof dann alle verfolgen lassen, die sich für einen Landfrieden im Reich aussprechen wie es zum Beispiel die Humanisten tun? Warum hat er alle Stimmen unterdrückt, die ein Reichsgericht fordern, das nur dem König untersteht und über alle Streitfälle befinden kann?«

Die Vorwürfe der beiden waren im Einzelnen nicht falsch. In dieser Gesamtheit hatte er des Erzbischofs Tun noch nie betrachtet. Ludomar wusste keine Antwort.

»Du sagst ja gar nichts.« Die Äbtissin stieß seinen Kopf zurück.

»Dein Erzbischof hetzt sogar die Reichsstädte gegen den König Maximilian auf«, sagte Mira.

Das war ihm neu. »Siehst du das in den Visionen?«

Sie nickte. »Ich weiß, was jede Verhandlungsseite insgeheim tut.«

Ein unbezahlbarer Schatz – der Erzbischof hatte doch recht: Wer Miras Wissen auf seiner Seite hatte, setzte sich am Reichstag durch.

»König Maximilian hat den Reichstag am 7. Aprilis eröffnet. Er fordert gegen die Franzosen die eilende Hilfe der Reichsfürsten.« Mira verschränkte die Arme. »Und obwohl dein Erzbischof ihn in diese Heilige Liga mit dem Papst gedrängt hat, lehnen die Reichsstände die Hilfe nun ab, weil der Erzbischof sie heimlich gegen Maximilian aufhetzt. Und siehe da, schlagen die Fürsten – wie dein Erzbischof es ihnen einflüstert – nun vor, zuerst die Reichsreform zu erörtern. Denke einmal nach, Ludomar, ob du nicht dem Falschen dienst, wenn du dem Reich helfen willst.«

Ludomar hatte Worms vor der offiziellen Eröffnung verlassen. Als Seherin log Mira doch nicht. Ihre Worte verdrehten ihm den Sinn. Es klang wahrlich merkwürdig, dass gerade sein Erzbischof die Verhandlungen auf dem Reichstag insgeheim verzögern sollte. »Die Kirche will nur Frieden für das Land. Sie hat oft genug bei den Streitereien der Fürsten Gottesfrieden im Lande verkündet.«

»Wenn es gerade mal passt. Sonst segnen die Herrn Bischöfe sogar die Waffen«, seufzte die Äbtissin. Ihre Stimme klang gar nicht mehr so hart, sondern voller Mitleid.

Mira strich über ihre schwarz glänzenden Ärmel. »Der französische König hält Rom besetzt und hat nun auch Neapel eingenommen. Die Kirche versucht nur ihren Besitz vor Charles zu retten. Nur darum hat sich Papst Alexander der heiligen Liga mit Mailand und Venedig angeschlossen. Darum hat dein Erzbischof alles getan, damit König Maximilian seine Tochter Margarete mit dem Königssohn von Neapel verlobt.«

Ludomar wagte ein Widerwort, dass sich aus der Logica ergab. »Da du das alles weißt, braucht der König erst recht deine Hilfe auf dem Reichstag. Warum weilst du also noch in Andlau?«

Mira zuckte vor Ludomar zurück und blickte zur Äbtissin hin.

Ludomar konnte es nicht genau erfassen; er begriff nur, dass er etwas in der Seherin angerührt hatte, das ihn retten könnte. Eine Ränke schmiedete sich wie von selbst in seinen Gedanken. »Hilfst du dem König«, sagte er langsam, »lässt er dir deinen Jockel frei.«

Die Äbtissin knallte schon die Geißel auf den Tisch. »Du Schlangenzunge«, sagte sie, ganz weiß vor Abscheu im Gesicht. »Höre nicht auf ihn! Nicht der König hat Jockel in seiner Gewalt, sondern sein Erzbischof.«

Mira schaute zu ihm her und verbarg ihre tiefe Sorge zu spät. Und für diesen winzigen Augenblick war sie wieder die mitfühlende Mira geworden, mit der er das vollkommene Glück gefunden hatte.

Ein hartes Geräusch zerriss seine Erinnerung. Der Schmerz war teuflisch, als ihm die Äbtissin die Geißel um die Ohren schlug. »Wir werden dich als Pfand behalten, bis der Erzbischof Vernunft annimmt und dich gegen Jockel austauscht«, herrschte sie Ludomar an.

»Der Reichstag ist ihm allemal wichtiger als ich. Möge der Knabe den tiefen Kerker nur so lange überleben.« Dass der Bruder dort saß, sollte sie ruhig noch einmal hören.

Die Äbtissin zog ihm mit der Geißel noch eins über die Stirn. Es brannte bös, seine Lider schwollen sogleich an.

»Bringst du Jockel wieder her, so teile ich meine Visionen mit dem Reichstag«, murmelte Mira wie schlaftrunken.« Bewerkstelligst du das?« Mira sprach auf einmal langsam und schleppend weiter.

Ludomar spürte, wie es in ihrem Geist arbeitete, wie sie mit sich rang. Er hatte ihre schwache Stelle getroffen.

Geneviève hatte die Hand auf ihr Amtskreuz gelegt und stand mit halb offenem Munde da. »Ist das dein Ernst? Diesem

Mann Roms willst du trauen, wo er dich hat entführen wollen?«

»Nicht dem Kirchenmann, sondern dem Ludomar aus Venedig traue ich«, sagte Mira langsam.

Er vermochte ihren verschwommenen Blick nicht zu deuten, als ob Verachtung und Vertrauen im Widerstreit lagen. Ludomar richtete sich in seiner Fesselung mühsam vor ihr auf. »Ich bringe dir Jockel wieder.« *Wenn es der Erzbischof erlaubte.*

»Und der Erzbischof nimmt alle Anschuldigungen gegen mich und die Äbtissin von Andlau zurück«, forderte Mira.

»Auch das werde ich bewerkstelligen, wenn du dein Wissen mit uns teilst.« Das konnte Ludomar schon mit besserem Gefühl versprechen, es wäre sowieso klüger, die Anklage fallen zu lassen. Ludomar war trotz der Schmerzen auf einmal froh, dass sein vom Geißelstreich verschwollenes Gesicht dem eines ehrlichen Büßers glich.

Mira tastete nach ihrem Halstuch. Sie zögerte und schloss die Augen. »So lass ihn frei«, sagte Mira schließlich.

»Wie kannst du nur«, entfuhr es der Äbtissin.

»Ohne Vertrauen ist kein Friede möglich.«

Diese Wahrheit zu hören, versetzte Ludomar einen Stich.

Die Äbtissin stöhnte kurz auf, warf die Richtgeißel auf den Tisch. Sie richtete sich dahinter hoch auf. »Ganz so einfach wird er mir nicht davonkommen.« Sie nickte noch einmal. »Ihr unterschreibt mir ein Geständnis über die Ränke Eures Erzbischofs, dass er mir die zwanzig Reiter für eine Entführung auf das Klostergebiet getrieben hat. Damit werde ich ihn notfalls beim König anklagen.« Die Äbtissin unterstrich ihre Worte mit einer abschließenden Geste. »Und dann unterschreibt Ihr mir, Ludomar, dass Ihr und der Erzbischof Mira nicht für eine Hexe, Ketzerin oder sonst etwas haltet, sondern für eine Seherin wie es sie auch in der Bibel gibt.«

Auch wenn Ludomar nicht mehr so sicher war, wofür der

Erzbischof Mira nun wirklich hielt, er verneigte sich, so schmerzhaft es bei der Fesselung auch war. »Ich will alles tun, was Ihr verlangt.« Er würde dem Erzbischof oder jedem anderen Richter schwören, dass dieses Geständnis nur unter Zwang erfolgt war. Jeder Meineid war gewiss erlaubt, wenn er nur aus dem Kloster entkam. Ludomar brannte darauf, die Fragen selber zu prüfen, die das Verhalten des Erzbischofs auf dem Reichstag ihm aufdrängte. Sein großer Gönner hatte ihn bislang in alle Pläne eingeweiht. Mehr als einmal hatte Ludomar gespürt, wie sehr dem Erzbischof das Reich am Herzen lag. Es war nicht einfach Machtgier, die Berthold von Henneberg umtrieb. »Ich unterschreibe«, sagte er.

Oder doch? Aber wenn doch, dann war Mira eine Seherin, die die Wahrheit zum Wohle des Reiches verkündete. Ludomar schwankte zwischen Zweifel, Unglaube, und gar ein wenig Hoffnung, die er jedoch sofort beiseiteschob.

Die Äbtissin klatschte in die Hände, und sofort stürmten die stummen Schmiedeknechte herein. »Kettet ihn los. Bindet ihn sacht mit Seilen, aber so, dass er nicht entspringen kann.«

Die verschwitzten Kerle packten ihn.

»Wir verfassen heute noch dein Geständnis. Dann darfst du gehen.« Mira tat alles, dass sein Blick nicht den ihren traf. Ludomar war froh darum, denn er hätte seine heimlichen Gedanken nicht länger vor ihr verbergen können. Seine verbotene Hoffnung, Mira wäre doch keine Ketzerin, wuchs aus unkeuschen Wünschen.

»Schafft ihn hinaus!«, befahl die Äbtissin.

Die Schmiedeknechte sprengten mit einer Zange das oberste Kettenglied. Halb stolperte er, halb schleiften sie ihn an den Oberarmen nach draußen.

Als die Tür des Gelasses in das Schloss fiel, setzte sich Geneviève hinter dem Vernehmungstisch auf den Stuhl mit der hohen

Lehne. Sie stützte den Kopf auf den schwarzen Handschuh. »Mira, Mira. Seine Freilassung kann nur ein Fehler sein. Das Geständnis ist wertlos, selbst wenn er unterschreibt«, flüsterte sie. »Wer ist Ludomar schon? Kein Graf, nicht einmal ein echter Priester.«

Aber vielleicht doch der Mann, der es ehrlich mit ihr meinte. Mira lehnte sich an die Tischkante. »Wenn wir ihn hier als Geisel behalten, übersteht das Jockel nie und nimmer. Der Pfad des Lichts führt immer zum Leben. Das weißt du doch auch.«

»Es hätte auch andere Wege gegeben, Jockel zu retten«, sagte Geneviève.

Sie meinte wohl das Geld Thulias für die Bestechung der Kerkermeister. Mira zog sich die Haube vom Kopf. Sie sollte sich an die überlieferte Weisheit halten, die sich in den Jahrhunderten bewährt hatte. »Der Pfad des Lichts nimmt den Menschen in seiner Gesamtheit mit in die Zukunft.« Ihr Halstuch verrutschte und glitt von ihren Schultern. »In den alten Schriften steht, dass die Siebte Seherin nicht nur mit dem Geiste suchen, sondern auch dem Herzen trauen soll.«

Geneviève antwortete nicht. Stattdessen hob sie langsam den Kopf von der stützenden Hand, und zeigte auf Miras Brust. Ihre Augen waren weit geöffnet, ein leiser Schreckenslaut verglomm hinter einer ersten, unsicheren Freude. »Dein Stein … Mira, sieh! Wie dein Diamant leuchtet!«

Mira hob den weißen Stein am goldenen Bast auf den Handrücken. »Er sprüht, sprüht wahrlich Licht!« So hell und klar war es, dass es nur aus seinem Inneren strahlen konnte.

Mira wusste nicht, ob sie vor Freude weinte oder lachte.

»Du hast deine Prüfung bestanden.« Geneviève kam um den Tisch und umarmte Mira ganz fest. »Jetzt bist du wirklich der Siebte Stern geworden. Deine Entscheidung, Ludomar gehen zu lassen, war also richtig, auch wenn ich nicht begreifen kann, wieso.«

Mira fand keine Worte, sie schaute nur in das weiße Sprühen des uralten Diamanten: dieser herrliche Glanz, dieses Funkeln, das selber kein Alter kannte und keine Zeit, sondern nur die ewige Liebe des unendlichen Lichts.

46

Die wenigen Tage nach dem abgewehrten Überfall hatte Mira gut genutzt. Zur Tarnung hatte Geneviève sie in der Ostermesse als Novizin des Klosters aufgenommen und ihr als Schreibkundigen das Abschreiben eines Lehrbuchs über das richtige Pfropfen von Apfelreisern zugewiesen. So fiel nicht weiter auf, dass Mira viel Zeit im Scriptorium zubrachte. Dieses schloss gleich an die beiden Zellen der Äbtissin an, wo Mira Geneviève beim Siegeln der Zehntbriefe half.

»Das muss Hafer heißen, Hirse wächst gar nicht auf den steinigen Dorfäckern …«, murmelte sie und berichtigte mit der Schreibfeder die Aufstellung.

»Ich bin Cresea so dankbar.« Geneviève legte das nächste Zehntverzeichnis auf den Stapel vor Mira. »Sie hat deine Lehrschriften für die Übersendung großartig versteckt.«

Mira nickte und bröckelte Wachs in den kleinen Schmelztiegel auf der Steinbank neben Geneviève. »Wie hast du eigentlich bemerkt, dass die Zehnt-Truhen aus dem Bergwerk hohle Wände hatten?«, fragte sie dann.

Geneviève legte die Feder zur Seite, so vorsichtig als wäre sie aus purem Gold. »Ganz einfach. Die Kisten mit den Münzen waren sonst zwar immer mit Stroh gepuffert, aber noch nie mit Leder ausgeschlagen gewesen. Warum sollte Cresea solch Aufwand treiben, wenn er nichts bedeutete? Ich habe also die Wände abgelöst und zwischen den Lederplatten die alten Pergamente für dich gefunden.« Geneviève lehnte sich in den hohen Äbtissinnen-Stuhl zurück. »Kommst du mit deren Studium gut voran?«

»Auch wenn mir die eine oder andere Lectio fehlt, begreife ich nun besser, wie sehr ich mit meiner Kraft haushalten soll.« Mira rührte mit einem Holzstäbchen das Siegelwachs im Tiegel glatt. »Damit ich tiefer in die Offenbarungen eindringen kann.«

Geneviève ging an ihr vorbei zum Schaff, wo sie das Klostersiegel aufbewahrte.

»Lege die Zehnt-Briefe bitte dort auf dem Tisch aus.«

Mira wollte die Blätter verteilen. Da sah sie auf Genevièves Schreibtisch unter dem Stapel ungeprüfter Zehnt-Briefe ein eingerolltes Pergament liegen, das blutbraun gesiegelt war. »Was ist das?«, fragte Mira und konnte den Blick nicht davon wenden. »Endlich eine Nachricht von Jockels Freilassung?«

»Es ist nur das Einladungsschreiben des Königs Maximilian zum Reichstag nach Worms.«

Mira blickte enttäuscht auf die Erhebungen und Vertiefungen im Wachs, das an einem roten Seidenband hing. *Rex Max.* stand darauf. Als ob sie einem fernen Echo gehorche, formte Mira die Finger ihrer Linken so, dass sie das Siegel umgreifen konnte. Der glatte Rand des Siegels war – heiß! So heiß, dass Mira vom plötzlichen Auflodern winziger Flämmchen umhüllt wurde …

Grünes Licht wirbelt sie fort, weiter und höher. Es wabert wie Nebel um eine Elfenbeintruhe im Gemach des Erzbischofs. Grüne Flämmchen lecken an dem Holz, machen es durchsichtig wie Glas. Dahinter schwebt ein Dolch, venezianisch fein gearbeitet mit einer nadelfeinen Spitze. Schwaden winden sich wie abgestoßen um das äußerste Ende. *Gift!*, sirrt ein Harfenton. Die Flämmchen zittern um den Griff, streifen weiter um den Knauf. *… soll dich fühlen, doch nicht von meiner Hand …*, kaum hörbar ist der graue Fluch des Erzbischofs, der dem Dolch anhaftet. Die Flämmchen weichen zurück und verschmelzen mit dem grünen Licht, das wieder aufwirbelt.

Ein Sog reißt Mira weg, kreuz und quer über die Gassen von Worms, wo die Possenreißer und Gaukler das Volk belustigen. Ein hartes Lachen hinter einem hohen Fenster verfärbt das grüne Licht, macht es schwadig und blaugrau.

»Ihr hättet niemals auf die Brücke reiten dürfen! Habt Ihr noch nie vom Bann der Wasserhexen gehört?« Der Erzbischof von Mainz schlägt so fest auf die Fensterbank, dass der Stein unter seinem Ring knirscht. »Als Seherin beherrscht sie gewiss auch solch einen einfachen Zauber. Wie konntet Ihr meine besten Ritter so demütigen?«

Warum hört sie nicht recht, was Ludomar antwortet? »… Pfosten angesägt … in Seilen verstrickt …« *Wo er ihr doch so feindlich geworden war.*

»Blendwerk bleibt es trotzdem. Wie sonst übersieht mein bester Heeresmann diese Falle? Wie sonst stürzen alle Pferde sich gleichzeitig ins Wasser, wo sie sonst eher scheuen. Hat die Seherin Euch am Ende selbst in ihren Bann geschlagen?«

Ein flirrender Harfenton verschleiert die Antwort.

»Wie seid Ihr überhaupt davongekommen?«

»… Äbtissin klug genug … gehen lassen …«

»Eine Weiber-Finte, sonst nichts. Glaubt mir, ich kenne diese Geneviève von Andlau nur zu gut.« Der Erzbischof winkt zum Fenster hin. »Seht Ihr die Possenspieler vor der städtischen Waage?«

Eine Schulter in einem schwarzen Wams bewegt sich, darauf fällt eine helle Locke.

Immerzu ist Ludomar verborgen.

Drunten auf dem Platz springen drei junge Burschen vor einem gemalten Backofen umher. »Schweinsohr, Schweinsohr, Bäcker, macht mir Schweinsohr.« Der Erste richtet sich auf, er trägt die grobe Maske eines Richters, der Zweite die eines Priesters. Der Dritte hat das Gesicht voll Mehlstaub und wackelt mit den Schultern. »Ein Schwein, ein Schwein, ich brauch ein Schwein.« Die Menge kreischt vor Vergnügen, als der ausgestopfte Bauch des Bäckers wie ein Mehlsack platzt und staubt.

»Fünf Gulden, nein, zehn«, schreit der Richter. »Wenn ich nur mein fettes Schweinsohr kriege!«

»Ha!«, macht der Bäcker, zieht ein ellenlanges Messer aus Holz und stürzt sich auf den Pfaffen. »Da hab ich mein Schwein, und auch ein Ohr!« Er säbelt in der Luft an der Maske des Dritten vorbei.

Der Erzbischof von Mainz wendet sich ab. »Ich werde Euren Fehler vergessen, wenn Ihr die Scharte wieder auswetzt. Es bedarf all Euren Muts, mir die Seherin auszuliefern. Folgt Ihr meinem Willen? Ja oder Nein?«

Ludomars Locke rutscht, als er nickt. »Ich … gehorche …«

Die Stimmen verwirren sich, das Harfensirren wird überlaut. Grauer Rauch wallt schnell und schneller aus dem Nichts auf, erstickt den Lichtkreis …

»Nein!« Mira gellte ihre eigene Stimme in den Ohren.

Geneviève stützte sie, damit sie nicht zu Boden glitt. »Ich habe dich alles flüstern hören. Es ist so schrecklich. Ludomar ist doch ein Mann Roms.«

»Wie habe ich Ludomar nur jemals vertrauen können.« Wie konnte sich ein Mann, der doch zu Zartheit und Nähe fähig war, so erniedrigen? Mira schämte sich beim Gedanken, dass sie ihm einstmals so nahegekommen war.

»Was bedeutet das alles nur?« Geneviève hielt Mira die vom Schreck kalten Hände. »Sag es mir, sag es uns, ich bitte dich.«

Dass ihre Liebe gestorben war. Das bedeutete es. »Dass Ludomar unser Feind ist wie der Erzbischof der des Reiches.« Mira umfasste den Diamanten an ihrem goldenen Halsband und blickte in das strahlende Funkeln.

Wie lange das Sprühen des uralten Steins, die gespeicherte

Weisheit der Jahrhunderte, ihren Geist mit Kraft auflud, wusste Mira nicht. Ein Gleißen erfüllte auf einmal das Scriptorium.

Und dann verstand sie die Große Aufgabe. »Uns Sternenfrauen obliegt es, das Reich und den König vor dem Erzbischof zu retten.«

Spottete seiner der Himmel selbst? Nicht schöner blau hätte das Firmament strahlen können, nicht lauer die Luft an diesem so wichtigen Tag. Doch Ludomar war es gleich, dass ihn die Gaffer nach hinten abdrängten. Ihn scherte die öffentliche Belehnung des Erzbischofs von Mainz mit seinen Privilegien durch den König nicht mehr.

Zu sündig war, was der Erzbischof gestern nach seiner Rückkehr und dem Geständnis des Misserfolgs von ihm verlangt hatte. Ludomar wich wieder ein paar anderen Schreibern aus, die sich auf dem Oberplatz an den Sperren drängten. Was für ein teuflisches Ansinnen. Ludomar rieb seine Hände, selbst in der Wärme des frühen Tages blieben sie kalt. Mira hatte in allem Recht behalten – nicht sie blendete mit Übelwerk, sondern der Erzbischof war voll des Bösen. Er konnte es noch gar nicht richtig begreifen, so sehr hatte ihn der Befehl bis ins Mark erschreckt: *Schneide dem Knaben ein Ohr ab.* Ludomar rieb sich die Hände, als wären sie bereits von unschuldigem Blut besudelt.

»Sie kommen«, rief einer der jungen Schreiber und stieß ihn weiter vor. »Ludomar, du bist größer. Wie viele Reiter sind es diesmal?«

Ludomar riss sich zusammen, niemand sollte Verdacht schöpfen, dass er nicht aus noch ein wusste. »Vorne sehe ich den Grafen Ott zu Henneberg und den von Isenberg und Büdigen reiten.« Er stützte sich auf einer Schulter ab und reckte sich. »Dahinter kommt der Hofmeister Doktor Stürzel und schließlich der Erzbischof. Gut zweihundert Pferde sind es, eben alle seine Herren und Ritter aus dem Erzbistum.«

»Prächtig wie es der Reichserbmarschall befohlen hat auf des Königs Geheiß«, sagte ein anderer Schreiber. »Rosenfarbener Mantel mit Pelzbesatz wie auch der Hut. Die Würdezeichen und die Standesfahnen haben wir also nicht umsonst aus Mainz hergeschafft!« Er lachte.

Ludomar trat wieder zurück. Der fürstliche Glanz des Erzbischofs stand in solchem Widerspruch zu den niedersten Ränken. Schlimmer noch war, dass von Stunde zu Stunde seine Gewissheit wuchs, dass die Warnungen Miras vor dem Erzbischof berechtigt waren: Dieser trachtete bloß nach der Macht im Reich. Der Erzbischof tat alles nur, um sich den König gefügig zu machen.

»Seht, Maximilian besteigt den Thron!«, rief eine Frau unweit vor den Sperren.

Die Schreiber verzogen die Münder voll Spott. »Wo soll er auch sonst hin?«, flachste einer. »Ihm allein gebührt der hohe Stuhl.«

Auf einer Tribüne mitten auf dem Platz waren unter einem weißen Baldachin die Stühle für den Herrscher und die Kurfürsten mit den Reichsfarben geschmückt worden. Die drei geistlichen Kurwürden von Mainz, Köln und Trier saßen dem König zur Linken, die vier weltlichen von Brandenburg, Böhmen, Sachsen und Pfalz zur Rechten.

Von jedem jungen König verlangten die althergebrachten Sitten, dass Maximilian die Fürsten auf seinem ersten Reichstag mit ihren Privilegien und Ländern neu belehnte. Auch wenn er niemals hätte anders entscheiden können, waren diese erst nach dieser aufwendigen Zeremonie wieder rechtmäßig im Amt. Und die Belehnung des ranghöchsten Fürsten, seines Erzbischofs, würde noch ein wenig länger dauern als bei allen anderen in den letzten Tagen.

Das gab Ludomar Zeit. Ein Trompetenstoß erklang. Und mit ihm wallte sein Gewissen auf. Wenn Mira immer die Wahrheit gesehen hatte, war sie gar keine Hexe, sondern tatsächlich eine Seherin, von denen auch die Heilige Schrift verkündete. Und die selbst die strengsten Kirchenlehrer als erwählte Weiber ansahen, die dem Guten und dem Willen des Herrn den Weg bereitet hatten. Die Kirchenväter stellten die Seherinnen noch über die Bischöfe.

Drunten auf dem Platz traten die Lehensmannen des Erzbischofs als Fürsprecher vor den König. »Majestät«, rief Graf Isenberg. »Gewährt gnädiglich meinem Herrn, dem Berthold von Henneberg, Eure Gunst und sein Lehen.«

Hernach umritt der Von Schwalbach auf einem Rappen mit dem Banner von Mainz die Tribüne, wie es der Brauch war. Das weiße Fähnlein der Mainzer Gerichtshoheit flatterte unter dem Banner am Stab.

Ludomar sann und sann auf einen Ausweg. Das Ohr des Knaben würde er niemals anfassen oder gar abschneiden können. Auch vermochte er nicht, Mira solch eine Abscheulichkeit nach Andlau zu schicken, wie es der Erzbischof verlangte, damit sie sich freiwillig in seine Gewalt begebe.

»Wo hat der Graf das rote Fähnlein?«, fragte ein Schreiber verwirrt. »Der Erzbischof wird doch sein Recht auf den Blutbann in seinen Landen nicht aufgeben.«

»Dummkopf. Anton, bist du blind? Am Schwertarm führt der Graf noch einen Stock. Da flattert es.«

Ludomar blinzelte. Vor ihnen glänzten die Rüstungen im Sonnenlicht. Jeder der Mannen trug das Banner seiner Herrschaft, ein buntes Fahnenmeer füllte den Platz, als der Erzbischof einritt. Auf einem roten Kissen hütete er das königliche Siegel.

Alle gafften zur Tribüne hin, wo der Erzbischof abstieg und Graf Isenberg ihm das rote Fähnlein reichte. Ludomar wich zurück. Gleich würde der König den Mainzer erst mit dem Blutbann und dann mit allen anderen Würden belehnen. Gut eine Stunde würde es dauern.

Ludomar entfernte sich, schlich an den Hauswänden entlang.

Nicht nur Ritter vermochten mit Schwert und Eisen umzugehen. Ludomars Weg führte ihn vor das südliche Stadttor, wo zwischen den Gerberhütten und den Hurenhäusern der Henker wohnte.

47

Die uralten Helme, ägyptischen Palmwedel, zerknitterten Stoffe – all die Hinterlassenschaften lagen im Halbdunkel der geheimen Kammer des alten Klosterturms. Durch die Dachfenster über Miras Kopf erleuchtete der Vollmond den achteckigen Tisch. Das glatt geriebene dunkle Holz der spitzen Ecken schimmerte silbrig. Bevor Mira ihren Plan umsetzen würde, sollte die Große Verbindung aller Sternen-Frauen die ganze Kraft ihres Bundes freisetzen.

Geneviève trat aus dem Schatten. Weihevoll trug sie ihren Zinnteller und Kelch vor der Brust zum Tisch, wo schon eine Silberkanne wartete. Sie blickte hinauf ins Mondlicht, das sie sanft beschien. Geneviève war schön wie eine Heilige. Der Rubin an ihrem Halsband schimmerte stark.

Auch Miras Diamant sprühte noch mehr Funken als sonst. Es mochte am Ritual der Großen Verbindung liegen, das sie vollzogen.

Geneviève führte den linken Zeigefinger siebenmal vor ihren Augen in einem gedachten Siebeneck und durchdrang Mira dabei mit einem unerbittlichen Blick. »Richte deinen Zinnteller eine Handbreit vom Tischrand aus und stelle deinen Kelch mittig davor.« Sie wartete, bis Mira es so gemacht hatte.

Mira ahmte die Hüterin der Verbindung genau nach. Diese beugte sich vor und goss aus der Silberkanne eine schäumende Flüssigkeit in ihre Kelche.

Sie barg die Kanne an einem Tischbein, richtete sich wieder auf. »Der milde Schaum aus Lebenskraut und Lebenswasser öffnet uns die Herzen.«

Sie nahmen einen Schluck aus ihrem Kelch. Säuerlich-bitter schmeckte das Gebräu, beinahe hätte sich Mira geschüttelt, doch ein Blick Genevièves hielt sie ab. Eine leichte Übelkeit erfasste ihren Magen, verging ebenso schlagartig und wärmte sie mit einer heißen Welle vom Bauch bis unter die Haarspitzen.

»Setze dich, Mira. Schweige, bis ich dich zu sprechen auffordere.«

Geneviève legte die Handflächen aneinander, hob sie über den Kopf und senkte sie wie eine Krone auf ihr Haupt. »Sterne, ich rufe Euch«, flüsterte sie. »Sterne, ich rufe Euch!« Diesmal hallte ihre Stimme unter dem Dach der Geheimen Kammer wider, wurde laut und lauter.

»Rufe Euch, rufe Euch!«, echote es wie von unendlicher Weite.

Etwas geschah, das Mondlicht um die Spitzen des Tischs wurde langsam heller, silbriger.

Geneviève setzte sich. »Als Verbinderin gebührt mir der Platz im Norden, damit ich die Geister von uns abschirme, die in den lichtarmen Gefilden hausen.«

Der Platz Geneviève gegenüber blieb frei. Schräg links und schräg rechts verdichtete sich das Mondlicht über den Tischspitzen. Er wurde hauchfein wie ein Schleier aus edlem Leinen und zog sich zusammen. Zwei Umrisse gewannen Gestalt, mehr und mehr erkannte Mira Gesichter und farbige Lichtpunkte.

Auf dem Platz neben ihr schimmerte unter Brancas Antlitz der Rosenquarz. »Mir, der Hüterin des Zeichens gebührt die Nähe.«

Einen Sitz weiter unterschied sich Neras Gesicht in nichts von dem ihrer Schwester, bis auf den Bergkristall an ihrem Hals. »Als Hüterin der Wahl steht mir der nächste Platz zu.«

Mira genau gegenüber verwandelte sich das Mondlicht in

Ciffrah. Auch ihr Carneol leuchtete. »Die Hüterin der Zeit sitzt im Osten, wo die Sonne der Nacht entsteigt.«

Rechts neben ihr tauchte Thulias graues Haupt aus den Lichtschwaden auf. Ihr Amethyst glühte. »Als Hüterin des Goldes nehme ich den geringsten Platz.«

Geneviève blickte sorgenvoll auf das Mondlicht auf der freien Spitze. Es waberte nur, bis es auf einmal an Dichte gewann und herumwirbelte wie Blätter im Wind. Creseas weiche Züge erschienen, ihr Smaragd schimmerte. »Als Hüterin des Wissens nehme ich den dienenden Platz.«

Kaum merklich senkte Geneviève ihr Haupt ein wenig. Mira schluckte. Welche Worte waren angemessen? Sie blickte auf den funkensprühenden Stein auf ihrer Brust. Er war von so vielen Vorgängerinnen getragen worden, die die Worte gewusst hatten. Ein Echo davon musste doch zu spüren sein. Mira verstand kaum die vielen Sprachen, die in ihrem Geiste geflüstert wurden, in denen die Formel sich wiederholte. Ihre Lippen zuckten, Mira ließ es geschehen. »Als Hüterin des Pfades sitze ich im Westen, wo die Sonne, die uns das Licht gibt, auf ewig hinstrebt.«

Geneviève atmete erleichtert auf. Sie wies zur Spitze ihrem Platz gegenüber. »Der achte, südliche Platz ist Astarte selbst vorbehalten. Möge die Hüterin der Welt mit uns sein.«

Die Gesichter schwebten um den Tisch herum, unterhalb der Schmucksteine verschwammen die Körper zu Mondlicht. Doch niemals hatte Mira die Anwesenheit von Menschen so deutlich gespürt: Es war als berührten sie einander in enger Umarmung.

»Endlich, nach langen Jahren sind wir wieder vollständig. Bedenket alle euren Schwur, auf ewig dem heiligen Pfad des Lichts zu folgen und alles dafür zu opfern. Nicht Kind, nicht Kegel, kein Ruhm und keine Ehre dürfen euch abhalten.« Geneviève wandte sich zu Mira. »Höret was euch der Siebte Stern zu verkünden hat.«

Mira legte die Fingerspitzen aneinander, wie es auch Geneviève beim Reden getan hatte. »Es gilt den weltlichen Leib des Königs Maximilian zu retten, sonst wird der Franzosenkönig nach der Kaiserwürde greifen und das Reich zerstören. Doch König Maximilian sucht ein Bündnis mit falschen Freunden, mit dem Papst und mit Venedig, die ihn verderben werden. Ich muss ihn warnen, damit er den Pfad des Lichts erkenne. Nur dieser führt zum Frieden.« Alle nickten gleichzeitig. Die Sterne nahmen die Botschaft in sich auf. »Ich muss nach Worms, zum König selbst, wo das Reich versammelt ist!«

Leuchteten alle Steine farbiger als vorher?

»Gebt dem Siebten Stern euren Rat«, flüsterte Geneviève in die Runde.

Brancas und Neras Stimmen erhoben sich gleichzeitig: »Der König braucht jemanden, der ihm wie ein Hund dem Schäfer seine Untertanen hütet. Sei wie wir: zwei und doch eine. Fahre an der Äbtissin statt nach Worms.«

Cresea sagte laut und deutlich: »So wie Erz niemals von einem Einzigen geborgen wird, kann der Siebte Stern niemals alleine handeln. Finde auf dem Reichstag Helfer.«

Ciffrah raunte: »Die Zeit ist richtig und falsch zugleich. Ziehst du das Glück des Einzelnen vor, gehst du fehl. Wendest du dich dem Glück der vielen zu, wirst du es nicht besser treffen.«

»Die Missgunst der Männer Roms steigt von Tag zu Tag. Sie haben die Liga geformt, um den Franzosen zu verderben, aber auch den König Maximilian gleich mit.« Thulias Stimme war kristallklar. »Strato treibt noch immer Rachedurst.«

Geneviève neigte den Kopf. »Schicke ich dich als meine Stellvertreterin, wirst du schutzlos sein. Keine Mauer, kein Stand kann dich vor dem Willen des Königs bewahren, so unsere Feinde ihn überzeugen.«

In Mira hallten die Worte nach. Durfte sie nun überhaupt

daran denken, auch ihren Bruder Jockel in Worms retten zu wollen, ohne alle ins Verderben zu stürzen?

»Übertragt dem Siebten Stern eure Kräfte für die Große Aufgabe«, befahl Geneviève.

»Gewandtheit von Fuß und Hand in der Not«, sagten Branca und Nera. Je ein Lichtblitz aus ihren Schmucksteinen sprang in Miras Diamant.

»Ein feines Ohr für die lügenhaften Worte der Mächtigen«, sagte Thulia.

»Das Auge des Bergmanns für taubes Gestein«, sagte Cresea. Die Steine blitzten.

»Die Kraft der Stimme, die Wahrheit zu künden«, sagte Geneviève.

»Ein Gespür für die Zeit, in der die Liebe in den Herzen reif ist«, sagte Ciffrah, und ihre Steine sandten Funken.

»Seht!«, hauchte Geneviève. Das klare Mondlicht am südlichsten, am heiligsten Platz verdichtete sich. Alle wandten den Blick Astarte zu.

Ein über die Maßen feinarmiger Stern mit acht Spitzen formte sich aus Licht, von reinstem Weiß gleißte er und blendete doch nicht.

»Hüte dich, mein Stern. Sie trachten nach deinem Tod«, sang von weit oben her eine helle Stimme. »Hüte dich vor den Männern Roms!« Schon verklang sie.

Aus den Spitzen des wunderschönen Astarte-Sterns sprang je ein winziger Funke zu den Sternenfrauen hin, bevor der achte Stern zerfloss und der Tisch wieder im Mondlicht gebadet wurde.

»Kehret heim, Sterne! Wirkt an eurer Hilfe weiter.« Geneviève legte wieder die Hände aneinander und führte sie wie eine Krone auf ihr Haupt.

Die Gesichter verschwammen, wurden feines klares Licht, das sich bald völlig auflöste. In die Stille hinein schlug die Glocke von Andlau Mitternacht.

Geneviève suchte Miras Hand, so zitterte sie. »Es heißt im großen Manual des Sechsten Sterns: Spricht Astarte selbst zu uns, verlangt sie größte Opfer.«

48

Roch es gar nach Leichen? Ludomar war speiübel vom fauligen Gestank in der Wormser Vorstadt. Aber anders als in der schwarzen Nacht war es nicht zu bewerkstelligen, hatte der Henker ihn vorgestern gewarnt. So folgte Ludomar dem schwachen Laternenschein, obwohl seine Angst bei jedem Schritt größer wurde.

Gemeinsam mit dem verrufenen Mann huschte er an Bergen ausgebeinter Tierknochen vorbei, die am Ufer des Rheinseitenarms aufgestapelt waren. Rinderhufe lagen auf dem Weg. Ludomar zog die graue Kapuze noch tiefer übers Gesicht, auch wenn er beim Schlachthof wohl kaum jemanden aus dem Gefolge des Erzbischofs treffen würde.

»Gebt Acht«, sagte der Henker heiser. »Der Steg wackelt.« Im Laternenlicht erkannte Ludomar einen breiten Flutgraben, den Bäume säumten. Über ihnen raschelte der Nachtwind im Laub. »Haltet Euch an dem Seil fest.«

Es war feucht. Vom Wasser stieg ein grässlicher Gestank verwesten Fleischs und Gülle auf. Ludomar hätte sich beinahe übergeben.

Nach einer halben Meile an Buschwerk entlang trafen sie auf ein verfallenes Mäuerchen. Der Henker stieg über eine Lücke in den Steinen.

Nach Mitternacht auf geheiligte Erde steigen, um schwere Sünde zu begehen – wenn er nur einen anderen Weg gefunden hätte. *Herr, verzeih mir.* Ludomar bekreuzigte sich. Er suchte mit den Füßen Halt auf den wackeligen Steinen.

Der Henker half ihm von der Mauer herab. Doch dann ließen

die schrundigen Finger Ludomars Hand nicht mehr los. Wie ein Vater sein Kind zerrte ihn der Henker zwischen den schiefen Holzkreuzen des Friedhofs weiter bis zu einer Reihe Erdhaufen. Der Henker leuchtete jeden Einzelnen ab.

»Das hier ist frisch«, sagte er und stellte die Laterne neben den Haufen. »Wollt Ihr's?«

Ludomar klebte die Zunge am Gaumen. »Wie willst du wissen, dass es kein Frauengrab ist oder ein alter Mann drinliegt?«

»Glaubt Ihr, ich bin blöd?« Der Henker lachte heiser. »Die Franziskaner vergraben hier ihre jungen Mönche, die die Schwindsucht hinwegrafft, ohne Sarg.«

Er schändete auch noch das Grab eines geweihten Mannes. »Tu es«, presste Ludomar dennoch hervor, auch wenn er kaum die Erdkrumen anzusehen vermochte.

Der Henker sprang fort in die Nacht. Ludomar erschrak, sah den Laternenschein über die Grabreihen huschen, dann kehrte der Mann mit einem Brett zurück.

Er warf schnell die Erde auf. »Sie liegen nie tief. Das spart Geld.«

Ein braunes Sackleinen kam zum Vorschein. Der Henker grub sich vor bis zum Kopf des Leichnams und zog ein Messer von seinem Gürtel.

Das reißende Geräusch, als er das Totentuch auftrennte, fuhr Ludomar bis ins Mark. Er hätte schreien mögen: Aus der Grube starrte ihm ein grünweißes Mönchsgesicht entgegen. Würmer ringelten sich aus den Wangen, etwas kroch aus dem Auge. Ludomar fiel auf die Knie und spie in hohem Bogen neben den Erdauswurf alles, was er seit dem Morgen gegessen hatte.

»Teufelsbrut«, fluchte der Henker. »Das Gewimmel hat das Ohr schon angefressen.«

Ludomar hörte ihn weitergraben und spie wieder.

»Hurendreck verdammter.« Der Henker sprang herum und schob mit den Füßen die Erde zurück ins Grab.

Die Feuchtigkeit drang durch seine Hosen. Ludomar war unfähig auch nur etwas anderes zu denken als *Sünde, schwere Sünde.*

»Das hier können wir nehmen«, kicherte der Henker hinter ihm. »Das ist noch frisch. Schade um den schönen Jüngling.« Er schnalzte mit der Zunge. »Aber es wird ihm nicht mehr wehtun.«

Ludomar presste sich die Hände auf die Ohren, doch schien ihm das sägend-quietschende Geräusch unendlich laut.

»Reicht Euch eins oder wollt Ihr das andere auch?«

Ludomar winkte ab, er vermochte nicht zu reden.

»Aus dem Grab holen tu ich's aber nicht«, sagte der Henker. »Das nehme ich nicht auf meine Seele.«

Ludomar suchte in seiner Tasche nach einem Goldstück. Er drückte es dem Henker in die Hand. Die Leichenschändung hatte ihn schon fünf davon gekostet.

»Hm«, grunzte der nur, zog ein Wachstuch hervor und breitete es auf dem Boden vor der Laterne aus. Er langte in das Grab und warf das abgeschnittene Totenohr darauf wie ein Stück Wurst in eine Pfanne.

Ludomar würgte, aber er zwang sich, das Ohr anzuschauen. Es blutete nicht einmal. Ganz graugrün war es, wie aus einem Stein gehauen, ein klein bisschen unregelmäßig der Rand an der Muschel, das Läppchen dünner als bei Lebenden. »Fort, nichts als fort von hier.«

Der Henker schob mit dem Brett die Erde zurück ins Grab. »Die Blase mit dem Blut besorge ich Euch am Schlachthof.« Er schlug das Wachstuch zusammen.

Ludomar war es, als ob der arme Mönch, dem er das Ohr geraubt hatte, im Himmel jedes Wort hörte.

Die Würfel der Wächter klackerten, als Ludomar die Sandsteinstufen zu den Verliesen hinabstieg. Wenigstens fiel es nicht weiter auf, dass er sich im Palast des Wormser Bischofs herumtrieb.

Tagaus, tagein wimmelte es hier von Kirchenmännern, die von einer Versammlung zur anderen hasteten. Ordensleute, Prälaten und Äbte, alle drängten auf eine Audienz mit seinem Erzbischof, dem Erzkanzler des Reiches, der oben in den Sälen empfing.

Einfache runde Säulen stützten das niedrige Gewölbe. Rußig waren die Decken von den Fackeln, nur hie und da schimmerte Sickersalz auf den Wänden.

»Bimbes!«, rief der kleinere Wächter in braunroten Beinlingen. Er schlug freudig auf das umgedrehte Weinfass vor einem Verschlag.

»Drei und einer.« Der größere Kumpan warf ihm ein paar Kupfermünzen zu. Ihm fehlten viele Zähne.

Ludomar fackelte nicht lange, er warf ein Silberstück mitten auf das Fass und sprengte die Würfel damit auseinander.

»Was steht zu Diensten, Herr?« Der kleinere Wächter sprang auf, während der andere sich das Hemd hastig hinter den Gürtel stopfte.

Ludomar legte den kalten Hochmut der Kirchenoberen in die Stimme. »Bringt mich zum Gefangenen des Erzbischofs von Mainz.«

Die Wächter katzbuckelten. »Welchem?«, fragte der Größere mit den Zahnstümpfen im Maul. »Es sitzen neune ein.«

»Ich will den Knaben sehen, der das Messgeschirr gestohlen hat.« Unter dieser Anschuldigung hatte er Jockel hier unten einliefern lassen.

Die beiden wollten vorangehen. Ludomar räusperte sich. »Du da«, sagte er zum Größeren, »bleibst hier vorn, damit mich keiner stört, wenn ich von dem Knaben ein Geständnis erzwinge.«

Der Wächter zog sein Wams straff und stand stramm.

Sein Kumpan in den braunroten Beinlingen schielte an Ludomar vorbei zum Silberstück auf dem Weinfass.

»Zankt euch nicht darum, sondern teilt.« Ludomar reckte das

Kinn. »Sonst sorge ich dafür, dass ihr auf den Zinnen Wache schiebt.« Oben auf dem Wehrgang gab es kein Bestechungsgeld zu verdienen.

»Wohlan, Herr.« Der schmächtigere Wächter nahm eine Fackel aus der Wandhalterung und führte Ludomar zu einem Rundbogen am Ende des Gewölbes. Ein niedriger Gang zweigte ab, es roch nach Harn und faulem Stroh.

»Bleib hier stehen, gleich was geschieht, und öffne erst wieder auf mein Klopfen«, befahl Ludomar.

Der Wächter nickte und entriegelte die zweite von vier schweren Holztüren.

Fünf auf fünf Schritt war das Verlies groß. Ludomar leuchtete hinein. Neben der Tür stank ein Eimer voll Notdurft. Eine Kette klirrte.

In der Ecke auf einem Strohlager richtete sich Jockel auf. »Ich habe so Durst«, klagte er matt.

Ludomar hielt die Fackel so, dass er den Knaben erkennen konnte. Hohl waren seine Wangen. Er musste dafür sorgen, dass die Wächter ihn nicht verhungern ließen. Jockel hatte ja niemanden in Worms, der ihm etwas zustecken lassen konnte.

»Ihr seid einer von den Rittern, die mich entführt haben«, sagte Jockel. »Ich habe doch nichts getan.« Er weinte leise, wobei er die zerrissen Hemdsärmel um die verdreckten Beinlinge schlang.

Ludomar ging in die Knie, bedacht, sich nicht allzu sehr die Kleider zu beschmutzen. »Höre, Bub«, flüsterte er. »Willst du deine Schwester wiedersehen?«

»Ja«, schluchzte er. »Ist sie hier?« Er rappelte sich auf, sodass seine Kette klirrte.

»Nein.« Ludomar hielt ihn an der Schulter nieder. »Aber wenn du alles tust, was ich dir sage, wirst du sie bald wiedersehen.«

»Ihr lügt wie die Wächter«, sagte Jockel nur dumpf.

Ludomar stutzte, damit hatte er nicht gerechnet.

»Die versprechen mir Wasser und Brot, und dann prügeln sie mich doch.«

Ludomar packte Jockel an den Schultern. Vielleicht begriff er es so. »Ich habe dich hierhergebracht, also kann ich dich auch wieder hinausschaffen.« Er schüttelte ihn kurz. »Verstanden?«

Jockel wich zurück. »Nicht schlagen«, bettelte er.

Ludomar musste mit dem Kleinen zurande kommen. »Nein. Wirst du gehorchen?«

Jockel nickte.

Vorsichtig zog Ludomar die Schweinsblase aus dem Lederbeutel heraus. »Auf mein Zeichen hin wirst du so laut schreien, als du kannst.« Jockel machte große Augen. »Aber vorher«, Ludomar nahm die Schweinsblase, hielt sie sich mit ausgestreckten Armen vom Leib und legte sie auf Jockels Kopf.

Der schüttelte sie ab und rückte auf dem Hintern rückwärts weg. »Was ist das?«, flüsterte er.

»Bleib sitzen!« Ludomar ging einen Schritt auf ihn zu. »Vorher werde ich dich ein wenig vermummen.« Ludomar drückte mit den Daumen ein Loch in die Schweinsblase. Das Tierblut rann kalt über seine Finger und sudelte Jockels Haar ein wie auch das Hemd.

»Iiih«, machte der und schüttelte sich.

Das dickflüssige Blut troff auf den Boden. Was wusste er, mit welchem Gift der Henker das Blut am Stocken gehindert hatte. Ludomar wischte sich die Finger am Stroh ab und steckte die Blase zurück in den Lederbeutel. Er hob den Zeigefinger. »Schrei!«

Es gellte grässlich, als entränge sich dem Knaben die ganze Qual der letzten Wochen.

Ludomar bedeutete ihm zu verstummen. Jockel konnte sich aber so schnell nicht beruhigen. Er schrie in Schüben, bis ihm der Atem verging, während Ludomar aus dem Lederbeutel Binden kramte, die er bei einem Quacksalber in der Grottengasse gekauft hatte. Der hatte ihm auch gezeigt, wie man einen Kopfverband anlegte.

Jockel zappelte so sehr, dass die Kette an seinen Füßen das Stroh auseinanderbrachte.

»Halte still, verdammt!« Das Blut war so nass, dass die drei ersten Windungen der Binde sofort rot waren, dann hielt es besser.

Ludomar knotete die Enden fest. »Wenn die Wächter kommen, tust du so als ob du ohnmächtig wärst. Morgen dann verhältst du dich, als ob du große Schmerzen hättest.«

»Wann kommt Mira?« Jockel betastete den Verband um seinen Kopf.

»Bald«, log Ludomar. »Du kommst auch bald frei.« *So mir Sünder der Himmel dabei hilft.* Er drückte Jockel ins Stroh. »Schlaf jetzt.«

Doch Jockel zog Rotz hoch. Seine mageren Knabenfinger griffen nach seinem Ärmel. »Sag ihr, dass ich wirklich nichts verbrochen habe«, flüsterte er.

Selig sind die geistig Armen. Ludomar musste sich abwenden aus Scham über sein Tun. »Du kannst für nichts«, murmelte er. »Schlaf.«

Der Knabe schob das wenige Stroh wieder zusammen und streckte sich aus. Ludomar klopfte an die Tür. Draußen im Fackellicht streifte ein überraschter Blick des Wächters seinen blutbespritzten Mantel. Er zwang sich einen herrischen Ausdruck ins Gesicht. »Ich habe ihm ein Ohr abschneiden müssen.« Beinahe brach Ludomar die Stimme. »Damit er gesteht.«

Der Wächter schluckte. Er wich vor Ludomar zurück und zog gar den Kopf ein, als sie zurückgingen.

Auf dem Weinfass waren Würfel und Münzen weggeräumt. Ludomar winkte die beiden Wächter so nahe an sich heran, dass er ihren sauren Schweiß riechen konnte.

»Gebt dem Knaben bloß genug zu fressen und zu saufen. Schafft ihm neues Stroh und frische Kleider ran. Wehe, wenn er euch verreckt.« Ludomar warf noch eine Handvoll Münzen auf das Fass. »Dann seid ihr dran.«

Er eilte hinaus. Die Wächter würden nicht schweigen, darauf war wenigstens Verlass. So würde man dem Erzbischof zutragen, dass er im Kerker gewesen war. Nun brauchte Ludomar ihm nur noch das Ohr des toten Mönchs als das des Knaben unterzuschieben. Die Täuschung musste gelingen.

49

Ludomar kam am nächsten Morgen überall zu spät. Er hoffte inständig, dass es kein böses Omen war. Wohin ihn die Schreiber, Kammerdiener und Prälaten im Bischofspalast auch schickten, der Erzbischof hatte gerade den Raum verlassen oder war gar nicht erst dort gewesen. Aber Ludomar war seinem Willen ausgeliefert. Solange er keinen Ausweg fand, musste er dessen böses Spiel mitmachen.

Ludomar schleppte sich geradezu dahin, weniger weil ihm vom Hin- und Herrennen und treppauf treppab die Luft ausging, sondern weil das Päckchen aus Wachstuch sündenschwer wie ein Zentner Sand an seiner Brust lastete. Mochte nur der Erzbischof die List nicht durchschauen.

Er hielt am inneren Tor des Palasthofes inne, durch das ständig Diener wie Herren in beide Richtungen strömten. Er rang nach Luft in der Mittagshitze. Von hier fiel der Platz vor dem Palast ein wenig ab. Ludomar stellte sich auf die Zehenspitzen und überflog mit einem Blick die bunte Menge. Diener schleppten Gerätschaften, Mägde trugen in frisch gebleichten Blusen Fruchtkörbe zu den Tafeln der Herren. Vor der Haupttreppe leuchtete das Kardinalsrot des Erzbischofs zwischen all den braunen und grauschwarz gekleideten Würdenträgern.

»He! Schleich dich, Mann!«, fluchte ein Prälat.

Ludomar hörte nicht hin. Er rempelte sich einen Weg durch die Menge. »Macht endlich Platz«, brüllte er und brach sogar mitten durch einen Pulk Dominikaner, die irgendetwas auf Spanisch hinter ihm herriefen.

Er tauchte unter den beiden Schranken hindurch, die auf

dem Platz einen gebührenden Abstand für die Besucher des Königs abteilten, der im eigentlichen Palast Hof hielt und empfing.

»Halt, Herr«, rief ein Wächter und schwang schon seine Pike. »Ihr dürft dort nicht rein!«

»Ich gehöre zum Gefolge des Erzbischofs von Mainz«, sagte Ludomar laut.

Der Erzbischof wandte sich auf der Haupttreppe um, runzelte die Stirn und erkannte Ludomar dann. Er winkte den Wächter zurück wie eine Fliege von einem Tisch.

Der ließ die Pike sinken. »Feistes Narrenpack …«, hörte Ludomar ihn noch murmeln.

»Was drängt Euch so«, fragte der Erzbischof und ging weiter die Freitreppe hinauf.

Ludomar zog das Wachstuch aus dem Wams. »Ich habe besorgt, was Ihr verlangt habt.«

Im Gesicht des Erzbischofs flackerten weder Ekel noch Widerwillen. Eine überraschte Begeisterung schien in seinem bleichen Gesicht auf wie bei einer Lectio, die einen schwierigen theologischen Streit spitzfindig entwirrte. Wie konnte ein Kirchenfürst sich so über ein vermeintliches Knabenohr freuen? Ludomar fühlte vor Abscheu einen Schwindel aufsteigen. Er rang mit sich, dass er davon nicht auf die Sandsteinstufen stürzte. Hieß es nicht, der Böse suche sich gern eine edle Gestalt?

»Ihr habt also gehorcht«, sagte der Erzbischof leise. »Das empfiehlt Euch für noch höhere Aufgaben. Und, ja gewiss, Belohnungen meinerseits.«

Wie Säure zerfraß die fast zärtlich raunende Stimme Ludomars letzten Glauben an diesen Mann, der ihm gerade Lohn für eine Todsünde versprach. Ludomar ertrug den Anblick dieses Gesichtes nicht länger, er wandte den Kopf und schaute zu den Wächtern vorn am Platz, und glaubte irr zu werden. Ihm entfuhr ein: »O Gott.«

Der Erzbischof fasste ihn am Arm, beinahe fiel Ludomar das Wachstuch aus der Hand. »Was habt Ihr auf einmal?«

Dort im Sonnenlicht zwischen den Schranken, stand im hermelinbesetzten Mantel einer Reichsäbtissin Mira! Die weiße Haube rahmte ihr Gesicht und machte sie auf eine unnahbare Weise schön. Sie hielt sich würdevoll aufrecht, als sie mit den Wächtern haderte, die sie nicht vorlassen wollten. In Ludomar stürzten die Gedanken durcheinander wie bei einem Bauernfest die besoffenen Tänzer. Wie kam Mira nur in diese Kleidung, die Äbtissin Geneviève würde eine solche Anmaßung doch nie dulden, es sei denn …

Der Erzbischof schüttelte ihn. »So sprecht doch!«

Ludomar sammelte sich. Es sei denn, die Äbtissin erlaubte, dass die Seherin ihren Platz einnahm, weil sie einen höheren Plan verfolgten. Wenn er ihnen helfen wollte, war es unvermeidlich, sich jetzt zu verstellen. Zumal Mira gerade den Wächtern ihren Amtsring entgegenstreckte. »Fasst Euch, Erzbischof. Dort kommt die Seherin selbst«, sagte er.

Wie von einem bösen Tier gebissen, fuhr der Erzbischof herum. »Sie selbst fordert uns heraus?« Seine Augen verengten sich zu Schlitzen. »Mag ihre Hexenkraft noch so groß sein, sie wird uns nicht bezwingen.« Er griff zum Kreuz auf seiner Brust. »Das Zeichen hier und das Ohr in Eurem Packen, damit unterwerfen wir sie.«

Ludomar wagte kaum, einen Blick auf Mira zu werfen, die würdig herbeischritt und ihn gerade erst erkannte. Sie fasste sich an das Tuch, das ihren schlanken Hals verbarg. Ein wenig standen die Lippen offen, die er so gern geküsst hatte. Ludomar wünschte sich auf einmal, dass Mira Gedanken lesen konnte. Dann las sie jetzt, was tief in seinem Herzen vorging. *Ich gebe dir Recht, Recht in allem, was du über den Erzbischof prophezeit hast.* Doch war seine Hoffnung vergebens, ihr zartes Gesicht wurde zu einer starren Maske.

»Wer seid Ihr?«, fragte der Erzbischof und ließ den Blick an Miras edlem Mantel hinabgleiten, als stünde eine billige Hure vor ihm.

»Die Vertreterin des Reichsstifts Andlau«, sagte sie kühl.

Ludomar fror unter ihrem abweisenden Blick. Er fragte sich, ob sie vor dem Erzbischof nur spielte, ihn nicht zu kennen, oder ob sie ihn wirklich für so unwürdig hielt wie ein Staubkorn unter ihren Schuhen.

»Ihr wagt es, einen Kurfürsten anzulügen?« Der Erzbischof lachte kurz und hart. »Ich kenne Geneviève, die Äbtissin von Andlau. Zu meinem Leidwesen, muss ich sagen.«

Mira zog aus einem umgehängten Stoffbeutel eine dünne Pergamentrolle. Ein Siegel baumelte daran. »Hiermit bestätigt mich die Äbtissin als ihre Vertreterin im Kloster wie beim König. Sie selbst ist verhindert.«

»Damit kommst du nicht durch, Weib!«, fauchte der Erzbischof. »Du hast niemals den Schleier genommen, du bist keine Nonne, du, du …«

»Das muss die Vertreterin auch nicht sein«, unterbrach Mira ihn. »In den Privilegien des Klosters ist verankert, dass es der Äbtissin freisteht, wen sie an ihrer statt zu einem Reichstag schickt.«

Der Erzbischof biss so fest die Zähne zusammen, das Ludomar es knacken hörte. Wie ein erster Tropfen Medizin sank in ihm ein, dass Mira kein ewiges Gelöbnis abgelegt hatte und keine Nonne werden wollte.

Der Erzbischof hob den Zeigefinger. »Ich weiß genau, wer du bist.«

Ihre Blicke maßen sich. Schwarz glühende Wut im Auge des Erzbischofs traf auf die schneeklare Entschlossenheit in Miras Miene.

»Was ist das für ein Lärm?«, fragte eine befehlsgewohnte Stimme hinter ihnen.

»Herzog Beowulf!«, rief Mira aus und zeigte auf einmal ein liebreizendes Lächeln, dass Ludomar gleich wieder das Herz beschwerte.

»Ihr?« Der in gelben und grünen Samt gekleidete Herzog griff einfach an dem Erzbischof und Ludomar vorbei nach den Händen Miras. »Welch Wunder!« In seinem Gesicht arbeitete es, als sein Blick über die Amtstracht von Andlau glitt. Ludomar sah, wie der Herzog geradezu alle Fragen über Woher und Wieso hinunterschluckte.

»Die Herren wollen mich nicht vorlassen«, sagte Mira und lächelte. »Obwohl ich Vertreterin der Reichsäbtissin zu Andlau bin«, fügte sie schnell an.

»Meiner alten Freundin!« Der Herzog drängte den Erzbischof mit den Ellenbogen weiter ab. »Welch Fügung. Ihr seid also ins Kloster gegangen … Sagt, Geneviève ist doch nicht ernstlich krank, dass sie Euch schickt?« Seine dunklen kleinen Augen musterten Ludomar und seinen Herrn.

»Wagt nicht, diese Ketzerin zum König vorzulassen«, zischte der Erzbischof. »Noch ist dort drinnen meine Kanzlei untergebracht!« Er stellte den Fuß auf der Treppenstufe in den Weg.

Beowulf zog Mira zu seiner Seite hin. »Ihr irrt Euch, werter Erzbischof. Der König ist bereits eingetroffen. So gilt der Palast jetzt als sein Hof, wo er allein bestimmt. Und ich als sein engster Berater führe ihm zu, wer immer dem Reichswohl dient.« Der Herzog stieg einfach über den in den Weg gestellten Fuß. »Das ist sogar meine Pflicht.«

Als Mira ebenfalls über die Stufe gehen wollte, fürchtete Ludomar schon, der Erzbischof würde ihr ein Bein stellen.

»Gebt es ihr, Ludomar«, befahl er stattdessen.

Miras kalter Blick traf den seinen. Ludomar konnte sich gerade noch bezwingen, dass sein Kinn nicht zitterte. Verriet er sich jetzt, roch der Erzbischof seinen Betrug und alles war vergebens, auch für den armen Knaben im Verlies. Die Vorsehung strafte ihn nun für seine Verblendung, denn jetzt würde Mira denken müssen, er hätte die schreckliche Untat wirklich begangen. Langsam reichte er ihr das Wachstuch.

»Was ist das?«, fragte Mira. Eine tiefe Falte erschien auf ihrer Stirn.

»Etwas, dass deinem Brüderchen gehört … hat«, setzte der Erzbischof hässlich hinzu.

Miras Blick begutachtete das Wachstuch als wolle sie den Stoff durchdringen.

»Euer edelmütiges Geschenk, Erzbischof, muss noch verpackt bleiben.« Sie legte das Wachstuch in ihren Beutel zur Andlauer Urkunde.

»Den König dürfen wir nicht warten lassen. Er hat gerade jetzt für das Kloster Andlau ein offenes Ohr«, sagte der Herzog.

Mira sprang über den Fuß des Erzbischofs. »Wenigstens einer, der hören will«, sagte sie.

Der Erzbischof lachte bitterböse auf.

Ludomar konnte nicht verhindern, dass seine rechte Wange zuckte. Was geschähe erst, wenn sie das Tuch vor dem König öffnete?

Herzog Beowulf entging seine Regung nicht. Er führte Mira schnell weiter die restlichen Stufen hinauf in den Palast. Dort wandte er sich noch einmal um. Sein fragender Blick traf Ludomar. Der erfahrene Feldherr hatte die gefährlichen Ränke um die Seherin gewittert.

Welch Glück, dass der Erzbischof seinerseits mit hocherhobenem Haupt über den Platz davonschritt und über die Schultern rief: »Kommt, Ludomar, der Botschafter des Papstes empfängt mich. Schreibt Protokoll.«

»Zu Diensten«, sagte Ludomar atemlos. Im Blick des Herzogs eben hatte echte Sorge gelegen und etwas, dass Ludomar fast als ein Hilfsangebot deutete. *Meine Freundin* hatte er die Äbtissin genannt. Der Herzog musste Teil von Miras Plan sein, sonst wäre er doch nicht genau zu ihrer Ankunft an den Treppen erschienen.

Ludomar eilte dem Erzbischof hinterher, doch er hielt Abstand, weniger weil es dem hohen Herrn gebührte als vor Ekel. Er musste den jungen Jockel unbedingt aus dessen Fängen retten. Schon um seines eigenen Seelenheils willen.

Im hohen Palastsaal hallten ihre Schritte wider, wiewohl Behänge mit den Wundern des Heiligen Bluts die Wände schmückten. Mira war verwundert, wie sehr doch der König dem Maximilian glich, den sie in den Visionen gesehen hatte. Jung und mit glatter brauner Gesichtshaut war er gut genährt und gelenkig wie ein Jäger. In Fleisch und Blut wirkte er noch sprunghafter als im Lichtkreis.

Beowulf führte Mira bis drei Schritte vor den großen Tisch des Königs.

»Die Vertreterin der Reichsabtei zu Andlau überbringt Euch die Bestätigungsurkunde der Äbtissin Geneviève. Sie bittet um Zulassung beim Reichstag, wie es das Privileg der Abtei seit alter Zeit ist.«

Maximilian hob kaum den Kopf von seinem Pergament, streifte sie nur mit dem Blick. »Andlau … Im Elsass, nicht wahr? Ich ritt dort einmal mit meinem Vater vorbei. Sie soll ihr Stimmrecht haben, wie es Andlaus Recht ist.«

Der Herzog verneigte sich kurz, wich aber nicht vom Tisch.

»Was ist noch, Beowulf? Wolltet Ihr nicht mit den Dortmunder Ratsherrn um neue Waffen verhandeln?«

»Ich habe Euch eine viel schärfere Waffe gegen den Franzosenkönig mitgebracht.«

Maximilian suchte den Saal hinter dem Herzog und Mira ab. »Wo?«

Der Herzog zollte Mira mit der Verneigung über dem ausgestellten Knie Ehrerbietung. »Die Seherin aus Venedig, von der ich sprach.«

»Bei Gott!« Der König erhob sich langsam. Sein Blick bohrte sich nun geradezu in Mira. Er kam hinter dem Schreibtisch hervor und umschlich sie wie ein fremdes Wild, mit etwas Abstand, doch großer Neugier. »Wieso trägt sie die Nonnentracht von Andlau?«

Mira verkniff sich ein Lächeln. »Weil mich die Äbtissin nach meiner Flucht aufgenommen hat und nun nach altem Privileg zu ihrer Vertreterin ernannt hat.«

Maximilian rieb sich das Kinn. »Die Äbtissin Geneviève wird für ihre Klugheit gerühmt.« Er lächelte wie ein Jüngling, der um eine Braut wirbt. »Oder als gerissen geschmäht, wenn ich meinen Erzkanzler, den Erzbischof von Mainz, höre.«

»Die Äbtissin will Euch und dem Reich einen Dienst erweisen.« Dass Mira für die sieben Sternenfrauen handelte, brauchte der König nicht zu verstehen.

»Die Andlauerin führt doch was im Schilde.« Der junge König trat wieder hinter seinen Schreibtisch. »Das wäre nicht das erste Mal.« Er tippte dabei den Herzog an die Schulter. »Wenn die Seherin vermag, was Ihr behauptet habt, werde ich der Äbtissin, die sie mir schickt, im Streit mit dem Grafen Rappoltstein wohl besser Recht geben müssen.«

Er fragte gar nicht erst, ob die Vorwürfe der Wahrheit entsprachen, sondern richtete sich danach, welche Seite der Streitenden ihm am meisten Nutzen brachte. Auch für den jungen König war also alles nur eine Sache der Berechnung. Mira verging das Lächeln.

»Wichtiger ist, was der König von Frankreich drunten in Neapel im Schilde führt«, entgegnete der Herzog und setzte seinen grünen Schuh einfach auf die Kante eines mit Leder bezogenen Stuhls.

Maximilian lehnte sich zurück. »Könnt Ihr sehen, was mein

Feind gerade tut?«, fragte er Mira ein wenig lauernd, wie ein Metzger, dem ein Viehhändler einen alten Ochsen für jung verkaufen wollte.

Mira hütete sich, zu viel zu versprechen. »Sofern Ihr mir etwas zur Hand geben könnt, das dem König Charles gehört.«

Maximilian legte die Stirn in Falten. »Die goldenen Krüge, das Pferd, und was er mir sonst an heuchlerischen Friedensgeschenken in Burgund gemacht hat, das wird in Frankfurt oder Wien gehortet.« Einen Augenblick sann er nach. »Ha!« Er zog ein Schreiben an einem blauweißen Siegelband aus einem Stapel und lächelte dabei schief wie ein unkeuscher Junge. »Wenn mich nicht alles täuscht, ist das hier sein Königssiegel auf seinen unannehmbaren Bedingungen«, sagte er. »Charles selbst hat unterschrieben. So ist es sein Brief, nicht wahr?«

Beowulf hob den Unterarm mit der geballten Faust. »So gefallt Ihr mir, Majestät.«

Nach allem, was Mira inzwischen über ihre Gabe gelernt hatte, reichte der Brief von Charles aus. »Ich will es versuchen.«

Der Herzog nahm den Fuß von der Kante des Stuhls und stellte ihn ihr hin. Mira setzte sich.

»Schafft draußen Ruhe, dass man uns nicht stört«, sagte der König. Er reichte ihr den Brief Charles des Achten.

Beowulf rief vor der Tür ein paar Worte, die Mira schon nicht mehr richtig hörte. Denn sie ließ bereits die Finger über den Königsnamen auf dem Pergament streichen. Sie fühlte das raue Papier wie das glatte Wachs des Siegels …

… eine Feder kratzt auf Papier. Heiß weht die Luft durch das weiße Zelt, schwer vom Duft des Rosmarins der Berge am Fluss Taro. Wieder und wieder taucht Charles die Feder in das Tintenfass, das golden ist wie auch die in der tiefblauen Lederunterlage eingeprägte Lilie. Französisch der König, französisch seine Worte.

Doch sie kann den Brief lesen wie sie alle Sprachen in den Visionen versteht.

»Nachdem Wir, Charles der Achte, mit Unserer Armee Neapel verlassen hatten, bot Uns nach mehreren Halten in Siena der Charme der Bewohnerinnen Abwechslung. Macht Uns die Sehnsucht nach dem heimatlichen Frankreich so verwundbar?

Leider fand Unser Feind dadurch die Zeit, Uns zu überholen und Uns am Appenin in der Nähe Parmas aufzulauern, hier am lieblichen Weiler Fornovo. Uns blieben nur fünftausend noch am Leben. Zwischen Sieg und Niederlage liegen oft nur wenige Fußbreit.

Gewiss ahnten die Männer der Liga um ihren Anführer, den Markgrafen von Mantua, die List, als Wir ihnen einen Unterhändler um einen Abzug ohne Kampf schickten. So kam es zur unvermeidlichen Schlacht, aber dadurch gelang es Uns zu verbergen, dass Unsere größte Schwäche der Hunger Unserer Soldaten ist. Die finden nichts mehr zu beißen in dem ausgeplünderten Land, sind krank von einer unbekannten Fiebersucht, weil sie sich in den Bordellen Neapels angesteckt haben. Wüssten das des Königs Maximilians Heerführer, *hélas!* Es wäre um Unsere Armee geschehen.

Der Feind teilte seine Kräfte in sechs Linien auf. Sein erster Angriff hatte wegen des ungünstigen Geländes nur mäßigen Erfolg. Regen nässte Unser Schießpulver und machte die Kanonen wertlos. Die Liga drohte durch den Einsatz der venezianischen Reserve die Oberhand zu gewinnen, doch die spontanen Plünderungen der Söldner verhinderten das. Danach zogen sie es vor, sich nicht weiter an der recht blutigen Schlacht zu beteiligen.

So wurde dieses hübsche Tal vor Unserem Zelt mit Blut getränkt. Doch mehr von dem Unserer Feinde als von Franzosenblut. Das heißer ist und feurig. Furia francese, rief das Bauernvolk Uns Siegern zu. Unsere Wagen und Bagage sind verloren.

Die gierigen Söldner schleppten das Zeug kaum schnell genug vom Feld, als sie Unser Pfeil und Bogen traf. So trugen Wir am Ende den Sieg davon.

Tausend Mann haben Wir verloren, die Venezianer und ihre Verbündeten über zweimal so viel.

Unser Feind floh zurück nach Parma, wie dumm. Sie glauben, Wir würden sie nun verfolgen. O nein, Unser Weg nach Frankreich ist nun frei. Was schert Uns der Verlust der Kriegsbeute.

Wir nutzen die Chance für einen Vorsprung, noch in dieser Nacht brechen Wir auf, ehe sich das Heer der Liga neu formiert. Wir werden in Asti die Vorräte der Festung nutzen und dann die Heilige Liga zermalmen, so wahr Wir Charles XIII. König der Franzosen sind.«

Charles legt die Feder zur Seite und steht auf. Er teilt die weiße Stoffbahn des Zeltes. »Welch Duft.« Rosmarin und Salbei umströmen ihn, vermischten sich mit würzigem Ledergeruch …

Mira kribbelte es in der Nase, die feinen Härchen des Hermelinbesatzes am Mantel kitzelten. Sie nieste, zweimal, dreimal.

»Gott befohlen«, flüsterte der Herzog.

»Von Gott geschickt«, sagte der König Maximilian leise. »Mit Euch wendet sich das Kriegsglück mir zu.«

Mira hob langsam den Kopf von der Stuhllehne, gegen die sie gesunken war. Das Lesen in der Vision hatte sie sehr erschöpft.

»Nun werde ich erst recht dem Erzbischof bei der Reformatio des Reichs nicht nachgeben.« Der König kniete fast vor ihr, so weit herabgebeugt hatte er sich. »Ihr bezieht noch heute eine Stube hier im Palast.« Er winkte Beowulf herbei. »Herzog, sorgt für die Sicherheit meiner Seherin.«

Mira straffte sich. »Es ist besser, wenn ich weiter bei den Wormser Nonnen übernachte. Das erregt weniger Aufmerksamkeit.« Sie stand auf, hielt sich aber wegen ihrer Erschöpfung am Stuhl fest.

Der König hob die Augenbraue. »Ihr wisst um Euren Wert, Seherin, sonst würdet Ihr bei solch einer Gnade keine Widerrede wagen.« Er wiegte das Haupt, dann lächelte er plötzlich. »Doch wird das gewiss nicht der letzte Eurer Ratschläge sein, dem ich folge. Warum auch nicht, wenn der Himmel mir eine Seherin schickt?« Er löste einen Beutel vom Gürtel und warf ihn Beowulf hin. Münzen klirrten, als der ihn fing. »Ich zähle auf Eure bewährte Schläue.« Mit einer angedeuteten Verbeugung zollte der König Mira eine hohe Ehre. »Und morgen schon hört Ihr hinter dem Vorhang dort zu«, er deutete nach hinten in den Saal, »wenn ich hier mit den Großen des Reiches Ratschluss halte. Jeder von ihnen wird mir ein Stück schenken müssen, das ihm wahrlich gehört, damit Ihr sie jederzeit überwachen könnt. Die Fürsten handeln gern heimlich anders als sie es hier vor mir versprechen.«

Der König dachte nur an die eigene Macht und seinen Vorteil. Doch Mira zog es vor, sich ihm nicht ein weiteres Mal zu widersetzen. Der Pfad des Lichts allerdings verlangte gewiss anderes von ihr.

»Wie Ihr befehlt, Majestät.« Beowulf hakte ihren Arm unter seinen.

Stützte sie sich nun auf oder war sie eingeklemmt von Beowulfs starkem Arm? Mira war sich nicht sicher, wie sehr sie auf dessen Hilfe vertrauen durfte. Sie spürte ihren Diamanten seltsam heiß an ihrem Hals liegen. Der Kampf um das Schicksal des Reiches hatte also begonnen.

50

Ein Frauenfuß trat Ludomar wild und unbeherrscht in die Seite. Das Knie eines Kerls rieb an seiner Ferse, während weiche, halb verblühte Brüste sich fest gegen seine Nase drückten, dass ihm von dem Rosenduft ganz schwindelig wurde. Unter ihm räkelte sich eine junge Frau auf den weichen Tüchern. Ihre Hüften waren so fest, dass ihm beim Stoßen um sie nicht bang wurde. Die Federbetten der großen Lagerstatt waren prall gefüllt und weiß wie das Zeltdach, das golden schimmerte von den vielen im Wasserbecken schwimmenden Talglichtern.

Laut war's vom Stöhnen um ihn herum. Ein Kerl brüllte gar so nah an Ludomars Ohr, dass er fast taub wurde. Hände glitten über seinen Arsch, schwielige, feste Männerhände, die von zarten Frauenfingern tiefer zwischen seine Backen geschoben wurden.

Das kühlte seine eh schon schwache Flamme. Ludomar drehte sich mit aller Kraft herum, zog dabei die junge Rothaarige unter sich mit und wälzte sie auf seinen Bauch. Ihre Schultern strichen über sein Kinn. Wie alle Huren konnte sie rücklings bestens reiten, was seinen Hahn wieder fest und stolz machte. Ludomar strich über die kleinen Brüste vor ihm. Dabei fühlte er den haarigen Schenkel des bärigen Kerls, der die verblühte Alte stieß, über sein Schienbein scheuern.

Nie hätte Ludomar geglaubt, dass ihm ein Gelage in einem Badehaus jemals lästig sein könnte, dass er je so halbherzig der Sünde frönen, dass er je Lust in Hurenbetten nur vorgaukeln würde.

Aber heute Nacht war er nur deshalb in den Bottich mit dem

teuren Rosenwasser zu den Huren gestiegen, weil er Herzog Beowulf noch sprechen musste. Unbedingt.

Ludomar hob einmal mehr den Kopf über die weite Lagerstatt und das Gestöhne der wohl vierzehn Leiber. Der Herzog schlug nicht nur auf dem Feld jede Schlacht. Eben noch zwischen den prallen Schenkeln einer Dicken, hob und senkte sich sein drahtiger Rücken nun über einem elfenhaft weißhäutigen Mädchen. Davor hatte er, den Kopf in ihrem Schoße, eine Verblühte zu gehörig unkeuschem Singen gebracht.

Mühe und viele Münzen hatte es Ludomar gekostet, bis er den Herzog gefunden hatte. Der Reichstag hatte die schönsten Huren nach Worms gelockt. Vor den Toren der Stadt waren gut vierzig Badehäuser in Zelten aufgebaut worden. Die reichen Hofleute und Kirchenmänner verdarben die Preise, hatte ein Schneider gejammert, den Ludomar nach dem Weg gefragt hatte.

Die junge Rothaarige ließ von Ludomar ab, weil der Bär sie für einen Kuss herüberzog. Raue Hände wie auch weiche strichen über Ludomars Leib. Die Dicke nahm ihm die Sicht mit ihren üppigen Brüsten, drückte sie an sein Gesicht. Ludomar wollte schon ein Stoßgebet zum Himmel schicken, damit das Gelage bald ende, da umschloss ein Mund seinen Hahn so zungenkundig, dass es ihn gegen seinen Willen doch noch in hitzige Sinnverwirrung fortriss ...

Nicht alle rafften sich schnell auf, um sich zu baden, als es endlich der Seufzer mehr und der spitzen Schreie weniger geworden war. Vier große Kerle saßen am Rand des Bottichs, Kelche mit Wein kreisten. Die Weiber hatten Hemdchen übergeworfen und gossen nach. Herzog Beowulf lag in den Armen der dicken Hure und ließ sich den Rücken kratzen.

Ludomar wagte es, rollte über den Rücken herum zu ihm hin. »Ich muss mit Euch sprechen«, flüsterte er.

Der Herzog öffnete nur ein Auge. »Jetzt?« Er stützte sich drohend auf den Ellenbogen. »Was fällt dir Ficksack ein!«

Ludomar ließ sich nicht einschüchtern, lieber zog er gleich seinen größten Trumpf. »Es betrifft die Vertreterin des Klosters von Andlau.«

Die Lider des Herzogs zuckten. Sein Gesicht verlor den Ausdruck entspannter Lüsternheit. »Kein weiteres Wort hier!« Er wischte sich das Gemächt am Liegetuch ab.

Die Dicke schenkte Ludomar einen giftigen Blick. »Lasst Euch doch den Wein nicht von dem Spähbrenner vergällen.«

Doch der Herzog schob die Hure einfach an der Schulter gegen den bärigen Kerl, der gerade mit einem Kelch anstieß. »Gieß ihm ein für mein Geld, der gehört zu meinen Leuten.« Er kroch nackt auf allen vieren zum Rand des Lagers. »Wehe Euch, wenn's nicht wichtig ist.«

Das war seine geringste Sorge. Ludomar rutschte hinter dem Herzog von der großen Lagerstatt. Mehr fürchtete er den Preis, den er Beowulf für eine rettende List zahlen musste.

Ludomar wartete den letzten Schlag der Domglocke ab. Zwei Stunden vor Mitternacht sei die beste Zeit, weil die Wächter vollgefressen und noch nicht ganz vom Bier trunken und streitsüchtig seien. Die Worte des Herzogs hallten in ihm wider, als er über die Palasttreppen zu den Verliesen im Keller huschte. Die gläubigen Kirchenmänner lasen zu dieser Stunde in den Gebetbüchern, die scheinheiligen soffen ihre Zehntfässer leer. Ludomar lauschte auf den Stufen. Tatsächlich!

»... was ist denn das für ein mickriges Eisenzeug? Die Schellen hat wohl ein Dorfschmied gehauen.«

Der Herzog war schon wie verabredet mit seinen Kerlen zugange.

»Die halten nicht mal ein versprungenes Fötzchen im Keuschgürtel.«

Die Landsknechte grölten.

Ludomar ging näher in den achteckigen Vorraum, wo die Gänge mit den Verliesen abzweigten. Zwei Landsknechte hatten drei Kisten herangeschleppt. Auf einer saß der Herzog und prüfte vorgeblich die Fußschellen, Armfesseln und anderes Folterzeug. »Der König verlangt bestes Waffenzeug für seine Gefangenen. Keiner darf entspringen«, sagte er und warf eine Schelle auf einen Haufen.

Drei Wächter standen mit verschränkten Armen da und folgten mit roten Köpfen, wie Herzog Beowulf eine Schelle nach der anderen auf den guten oder den schlechten Haufen warf. »Hat man euch Faulpelzen nichts beigebracht?« Das nächste Eisenstück flog dem Oberwächter auf den verdreckten Stiefel, wo sie gar barst. »Seht ihr, so schlechtes Zeug ist das.«

»Wenn uns die Wormser Kirche kein besseres beschafft, was sollen wir tun?«, jammerte der dünnste Wächter, der halb besoffen war. Die Krüge und der Speck lagen noch auf dem Tisch.

Ludomar räusperte sich. »Verzeiht, Herzog. Der lange Wächter soll mir den Gefangenen des Erzbischofs zeigen.«

Der Herzog tat misswillig. »Müsst Ihr Kirchenvolk immer zur Unzeit beten und beißen.« Er warf eine Schelle auf den guten Haufen, stieß den langen Wächter mit dem Fuß ans Schienbein. »Mach dem Pfaffen auf, aber komm sofort wieder her. Wenn ich euch Faulpelze schon etwas lehre.«

Der Wächter rannte voraus und sperrte in dem niedrigen Gang eilig Jockels Eisentüre auf. Rasch drückte er Ludomar noch sein Windlicht in die Hand und lief zurück zum achteckigen Vorraum.

»Zeigt mir die Streckbänke«, hörte Ludomar den Herzog vorn befehlen. Schwere Schritte entfernten sich. Die Landsknechte aber schoben die Kiste, auf der Beowulf gesessen hatte, in den niedrigen Gang in den Schatten, bevor sie ihrem Herzog folgten.

Jetzt. Ludomar machte drei Schritt, klappte die Kiste auf und holte einen Strohsack heraus. Damit sprang er ins Verlies. »Jockel?« Übler Geruch hing in der schimmeligen Luft.

Einen Augenblick musste er sich ans schwache Licht des Windlichts gewöhnen. Miras Bruder lag mit angezogenen Beinen auf dem faulen Stroh. »Nicht wieder schlagen«, flüsterte er mit dünner, heiserer Stimme.

Er war gewiss krank. Ludomar überlief es heiß, damit hatte er nicht gerechnet. »Kannst du laufen?«

»Weiß nicht. Die Fußfessel hat mich wund gerieben.«

Ludomar warf den Strohsack neben Jockel. »Zieh deinen Mantel aus.«

»Aber wieso?« Der Junge zog ihn enger um sich. »Dann erfrier ich gleich.«

Ludomar zerrte ihm das stinkende Ding von den Schultern. »Tu, was ich sage! Sonst kann ich dich nicht retten.«

»Ich glaube Euch nicht.« Er bockte.

Herr im Himmel, Ludomar durfte keine Zeit verlieren. *Des guten Ziels halber, Himmel, erlaub's.* »Mira schickt mich«, log er mit sanfter Stimme.

»Wo ist sie?« Jockels Stimme hellte sich auf. Er schlüpfte selber schon aus dem Mantel.

Ludomar zerrte den Stoff so um den Strohsack herum und klopfte darauf, dass es wie der eingekrümmt daliegende Knabe aussah. Dann ging er vor Jockel in die Knie. »Halte dich fest.«

Der Junge legte die schwachen Arme um seinen Hals. Was war der leicht! »Du darfst von jetzt an keinen Mucks mehr machen!« Ludomar trug ihn hinaus, zur Kiste des Herzogs hin und legte ihn vorsichtig hinein. Jockel machte sich ganz klein, obwohl seine Augen im Schein des Windlichts furchtsam wie dunkle Perlen glänzten, als Ludomar den schweren Holzdeckel der Waffenkiste schloss.

Er ging zurück in den niedrigen Gang, zog am Verlies die Tür zu und rannte nach vorne an den Tisch der Wächter.

Es schien Ludomar, als habe er nur drei Atemzüge gewartet, da kam Beowulf aus der Kammer mit den Streckwerkzeugen zurück. »Die Bänke sind gutes Nürnberger Zeug, wohl wahr. Aber die Seile taugen nichts. Gebt den Wächtern neue. Bremer Hanf reißt nie.«

Die Knechte holten aus einer anderen Kiste Stricke und hängten sie sich aufgerollt über die Schultern.

»Wächter. Der Knabe kriegt von jetzt ab drei Tage nichts zu fressen und zu saufen, hört ihr?«, sagte Ludomar möglichst kalt und hoffte, dass dem Kerl das leise Zittern in seiner Stimme nicht auffiel. »Wenn er dann noch bockt, lass ich ihn foltern.«

»Soll ich ihm den Eimer rausholen?«, fragte der lange Wächter.

Bloß nicht. Ludomar schluckte. »Nein. Soll er ruhig die eigene Pisse saufen, wenn's ihn dürstet«, gab er sich hart.

»Ist schon vorgekommen, Herr.« Der Lange rieb sich die Hände.

Ludomar wollte keine Gefahr laufen und warf vier Weißpfennig neben den Speck auf dem Wächtertisch. »Drei Tage, keinen weniger.«

»Wo hast du die Glut für die Zwickzangen?«, fragte Beowulf mitten hinein, als ob ihn das alles nichts anginge.

Der lange Wächter steckte die Münze weg. »Im Gelass neben der Folterkammer.«

»Zeigen!«, befahl der Herzog nur und ging an Ludomar vorbei ohne ihn eines Blickes zu würdigen. Die Wächter folgten ihm in einen der anderen niedrigen Gänge.

Die Knechte des Herzogs aber, ohne dass Ludomar hätte ein Wort verlieren müssen, trugen ihm die Kiste mit Jockel hinterher, kaum dass er aus dem achteckigen Vorraum des Verlieses hinausschritt.

Jetzt musste nur das letzte Stück gelingen.

Danach wäre Jockel frei und Ludomar in der Hand des Herzogs. Er hoffte inständig, dass Mira seine gute Tat nicht verborgen bliebe.

51

Ihr eigener Schrei gellte in der Klosterzelle. Ein so tiefer Ekel erschütterte Mira, dass sie rückwärts gegen das schmale Bett taumelte und darauf niedersank. Sie hatte noch niemals so etwas Schreckliches gesehen, selbst in den schlimmsten Visionen nicht. Sie wand gar die Schulter ab, so grauste es sie.

Etwas, dass deinem Brüderchen gehört hat. Die böse gezischten Worte des Erzbischofs hallten in ihr nach.

Dort auf dem rohen Holztisch das gräulich verwesende Stück Fleisch war Jockels Ohr!

Mira brach in Tränen aus. »Warum, Sterne, muss mein Bruder so für meine Taten leiden? Er ist doch unschuldig!« Ihre Schluchzer verschluckten ihre Klage. Welch schreckliche Wunde hatten ihre Feinde ihm zugefügt. Ihr Blick glitt hinüber zum Tisch. Blut, Jockel musste viel Blut verloren haben.

Eine furchtbare Angst beschlich Mira. Lebte Jockel noch?

Sie erhob sich, ging unsicher auf wackeligen Beinen, doch schon entschlossen zum Tisch. »Ich muss es wissen. O Sterne, helft mir!«

Sie presste die Lippen aufeinander, schob den Ekel beiseite, und berührte die gräuliche Ohrmuschel, den rostig verklebten Schnitt, den weißgrauen Ohrknorpel. Sie sammelte ihren Geist, fand für einen Wimpernschlag Ruhe, sah auf einmal einen haarfeinen Lichtstrahl aus dem dunklen Loch im Ohrinnern entspringen, der sich …

… auffächert, flirrt, von weiß in die Regenbogenfarben aufspaltet, breiter wird, zusammenbindet zu reinem Weiß, in Wellen pulst und sich vereinigt mit wundersamen Harfenklängen, die singen, so schön, so wunderschön, die den Duft unendlich lange bejubeln, der all und alles umfängt, wie das flirrende Licht, so weiß, so bunt, so herrlich wie ein Regenbogen im Frühling …

… den Jockel so mochte. Mira spürte jäh wieder das faulende Fleisch der Ohrmuschel, sie fühlte den ganzen Ekel davor. Die Zelle duftete ganz und gar nicht, es roch leichenhaft stumpf. »Sie haben Jockel umgebracht«, hörte Mira sich sagen, als wäre es nicht sie selbst.

Nichts anderes als die Pforten des Paradieses hatte sie eben gesehen, die selbst den glücklichsten siebten Seherinnen bis zu ihrem eigenen Tod verschlossen blieben.

Ein Schauder durchlief Mira von den Füßen bis zum Haupt. Jockel war in den Himmel entrückt worden, wohin sonst, er war ja unschuldig. Mira tastete sich zurück zum Bett.

»Aber ich bin schuld, dass es so weit gekommen ist.« Sie barg das Gesicht in die Kissen und lag mit geschlossenen Augen einfach da.

Bis ein Zorn in ihr aufschoss, der sich glühend anfühlte. Ludomar und der Erzbischof hatten nicht bedacht, wen sie auf so grausame Weise herausforderten. Sie hatten die Gabe des Siebten Sterns gegen sich.

Mira wusste nicht mehr, wie lange sie in der Klosterzelle in dunklen Rachegedanken versunken gelegen hatte. Es hatte lange gebraucht, bis Ciffrahs und Creseas warnende Verheißungen aus der Großen Verbindung wieder in ihr Bewusstsein einsickerten, dass der Pfad des Lichts niemals dunkel werden dürfe.

Da klopfte es.

»Ein Gesandter des Königs, Äbtissin«, sagte die junge Dienerin, die hier im Wormser Konvent für die Gästezellen sorgte.

»Bittet ihn in die Mathilden-Kapelle, ich komme gleich.«

Den Königsboten konnte sie unmöglich warten lassen. Mira raffte sich vom Bett auf, wickelte ohne hinzusehen Jockels Ohr in das Wachstuch und legte es auf die Fensterbank. Schnell ordnete sie ihr Haar und zog die Nonnentracht glatt.

Im Klostergang suchte Mira Ruhe in den behauenen Spitzbögen des Kreuzgangs, in dem satten Grün der Pflanzen im kleinen Gärtchen zwischen dem Geviert. Sie atmete die heiße Sommerluft ein.

In der Mathilden-Kapelle roch es nach Weihrauch und altem Kerzenfett. Mira sah den Königsboten, besser gesagt seinen Rücken, im Halbdunkel bei der Gebetsnische warten. Sein Haupt war ins Genick gebeugt, eine lange Feder wippte am Hut. Ein Königsbote war in rosafarbenes und türkises Seidenzeug wie die Herren in Venedig gekleidet? »Ihr wolltet mich sprechen.«

»Ja«, sagte die ihr nur zu bekannte, tiefsamtene Stimme. Mira erstarrte. *Das konnte nicht sein.* Er drehte sich vollends um. »Strato!«

»So stehen wir doch noch vor dem Altar.« Ercole Strato strich die Hutkrempe hoch. »Wenn es auch eine Kapelle ist, holde Vertreterin von Andlau.« Er trat näher und lächelte mit seinen schönen, weißen Zähnen. »Oder soll ich gar die Wahrheit kundtun?« Er kam noch näher und flüsterte: »Mira, die Frau von Ercole Strato. Meine Frau.«

In seinen dunklen Augen lag nicht der mindeste Vorwurf, nicht ein Funken von Rache; es schimmerte eher ein Hauch von Sehnsucht darin. Die des Mannes nach dem geliebten Weib. Mira trat zurück bis vor die Heiligenstatue. Es rührte sie an, obwohl sie seine Verstellungskunst doch kannte. »Ich bin niemals deine Frau geworden.«

»Nach den Gesetzen Venedigs schon.« Strato streichelte sie mit Blicken.

»Aber nicht nach den Gesetzen Gottes.«

Er verzog den Mund wie zu einem Scherz. »In Venedig herrscht das Recht des Dogen.«

Sie würde sich nicht auf Haarspaltereien einlassen, nicht nachdem ihr die Sterne zur Flucht verholfen hatten. »Wieso behauptet Ihr, der König schicke Euch?«

»Weil es so ist, Mira.« Er sah sie keck von der Seite an. Die lange Feder an seinem rosa-türkisen Hut wippte. »In der Heiligen Liga hat sich der König mit Venedig verbunden. Ich bin der Botschafter der Republik beim Reichstag.«

»Wer auch sonst«, glitt es Mira kühl über die Lippen.

»So voller Hass auf deinen Ehemann?« Er wollte nach ihrer Hand fassen.

Mira entzog sie ihm. »Was ist des Königs Botschaft?«

»Ihn dürstet es nach neuen Nachrichten über seine Feinde, die nur du ihm verschaffen kannst.« Er trat rasch heran, Mira wich ihm aus und wollte aus der Kapelle schlüpfen. Doch er hielt sie am Handgelenk fest. »Verschwende deine Gabe nicht an diese deutschen Kindsköpfe in ihrem verlotterten, armseligen Land, das sie großspurig Reich nennen.« Strato stieß herablassend die Luft aus. »Nicht einmal Seide können sie weben. Was sind die mickrigen Fachwerkhäuschen hier gegen die Paläste Venedigs, die seit Jahrhunderten auf Wasser stehen.« Er umfasste sie. Mira drückte mit aller Kraft ihre Arme gegen seine Brust, damit er sie nicht küsste. Er war jedoch stark genug, um seine Stirn gegen ihre zu pressen. »Verzeih mir«, sagte er. Sogar ein wässriger Schimmer lag in seinen dunklen Augen. »Ich hätte dir niemals Gewalt antun dürfen.«

Er ließ sogar ein wenig von ihr ab und senkte schamvoll den Kopf. Doch Mira hatte in Venedig zu viele von seinen Spiegelfechtereien erlebt.

Edel glänzte die Seide im Kerzenlicht vor der Statue der Heiligen Mathilde. Mira spürte Stratos Wärme, sie sah seine männliche Schönheit.

»Komm zurück zu mir, Mira. Zurück nach Venedig. Dein Garten wartet noch immer auf dich.«

In Miras Geist wuchs das Stadtbild auf, das sie vom Dachgarten so genossen hatte: die zahllosen Schiffe und Boote auf dem Canale, die wunderbaren Stoffe in den Läden, die herrlichen Speisen bei Tisch und die Menschen aus allen Teilen der bekannten Welt auf den Brücken und Gassen. Mira war, als röche sie den Duft des Meeres, vermischt mit Jasmin. Strato versuchte es mit allen Mitteln und zog sie wieder an sich.

»Was immer du willst, werde ich dir verschaffen. Vergeude deine Gabe nicht an diesen Habenichts von König. Mach Venedig groß, mach dich selber mit den Stratos groß, sodass die Nachwelt auf ewig Mira als Stammmutter rühmt.« Seine Lippen berührten ihre Stirn. »Du wirst so frei sein, wie du nur möchtest.«

Thulias Gesicht überlagerte Miras Erinnerungen an den Canale Grande. Wie bei der Großen Verbindung formten ihre Lippen Worte. *Ein feines Ohr für die lügenhaften Worte der Mächtigen* – wiederholten sie ihren Wunsch für den Siebten Stern.

Dass sie sich überhaupt so von Strato einspinnen ließ, war schon falsch. Mira wehrte sich gegen seine Umarmung. »Ich habe eine Aufgabe übernommen.« Die sie erfüllen würde. »Die Äbtissin von Andlau zählt auf mich.« Mira mahnte sich, dass sie als Stern nur mit friedlichen Waffen kämpfen sollte. Sie setzte lieber ein schon halb nachgebendes, mehrdeutiges, sehr weibliches Lächeln auf. Strato hinzuhalten war allemal klüger als ein Nein. »Was ich einmal verspreche, will ich auch halten.«

Strato fiel vor ihr auf das rechte Knie, er griff nach ihrer Hand und bedeckte sie mit Küssen. »Nimm dir alle Zeit, die du zum Abwägen brauchst. Aber werde meine Frau, auch vor Gott. Ich bringe dich heim nach Venedig.«

Mira zählte bis fünf, dann entzog sie ihm die Hand. Strato war nicht so dumm, dass er sie von hier entführen würde. Die Leute des Herzogs bewachten die einzige Pforte des Konvents.

Aber dennoch wäre sie jetzt bei Beowulf sicherer untergebracht als im Kloster. »Noch dauert der Krieg an.«

»Du hast es gesehen?« Sein Blick verlor an Inbrunst.

»Der Franzosenkönig kehrt nach Frankreich um.«

Strato senkte kurz den Blick. Es schien, als suchte er etwas auf dem Boden der Kapelle. »Deshalb drängt es den König Maximilian plötzlich weniger, dem Erzbischof nachzugeben, weil er das Reich im Süden weniger gefährdet weiß.« Sein Blick wanderte weiter zum gemalten Saum der heiligen Mathilde. »Kein Wunder, dass er heute dem Erzbischof einen Gegenvorschlag zur Reformatio des Reichs entgegenhält. Von den versammelten Fürsten wird er sich ein zentrales Regiment unter dem Erzbischof nicht mehr vorsetzten lassen.« Strato nahm Mira beim Arm, als wolle er sie in einen Ballsaal führen. »Einen einfachen Kronenträger will der Erzbischof aus ihm machen.« Strato lachte schon wieder mit dem höhnischen Unterton, den Mira so oft an Thulias Tafel von ihm gehört hatte. »Wird der König den Widerstand aufrechterhalten?«

Miras Visionen reichten nicht in die Zukunft, auch wenn es Siebte Sterne gegeben hatte, denen dies von Astarte gewährt worden war. Sie wich einer Antwort aus. »Lassen wir den König besser nicht warten«, sagte sie. Je eher sie Stratos fein gesponnenen Fallstricken kam, desto besser war es für die Sterne.

52

In den zähen Verhandlungen des Reichstags stieg das Vertrauen des Königs in seine Seherin von Woche zu Woche mehr. Jetzt im Juni lud er Mira sogar schon mehrfach am Tag zu sich.

»Bedenkt den Wankelmut der welschen Fürsten!« Mira umkreiste im Jagdzelt den dreibeinigen Feldtisch, immer dem König genau gegenüber. Wie Kinder beim Spielen liefen sie seit zwei Stunden immer einmal wieder im Kreis. Auf dem Tisch wurde der Stapel der Bittschriften, Schreiben und Briefe, die Königsboten brachten, höher und höher. »Den Venezianern könnt Ihr nicht trauen, Majestät.«

König Maximilian blieb stehen. Sein grünledernes Jagdwams war noch gespickt von Kletten und Dornen und durch ein wenig Erde an den Säumen verdreckt. »Verraten die Händler der Glitzerstadt mich gerade?«

»Bei nächster Gelegenheit.« Mira kannte Strato schließlich gut genug, um das zu wissen. »Venedig will nur nicht von den Franzosen überrannt werden wie zuvor Neapel und der Papst. Doch solange Charles nicht abgezogen ist, besteht diese Gefahr noch. Das Reich und Eure Krone sind der Republik völlig gleich.«

Maximilian riss sich den Jagdhut vom Kopf und warf ihn in einen Winkel des Zeltes, wo ein erlegter Fasan an einem Haken hing. »Niemand außer mir scheint sich um das Reich zu sorgen.«

»Doch – die Äbtissin Geneviève und ich.« Mira hätte den zerknirschten König am liebsten einfach in die Arme geschlossen. Aber niemand durfte den Leib des Herrschers ungestraft berühren.

»Wenn ich Euch nicht hätte, wäre ich dem Erzbischof gänzlich ausgeliefert«, seufzte Maximilian und ließ sich auf einen hölzernen Klappstuhl nieder.

Seit gut einem Monat ließ der König Mira morgens und abends zum Ratschlag holen. Heute hatte er sie sogar von seinen Dienern gegen alle Sitten in die Weinberge vor der Stadt bringen lassen, wo der Kurfürst von der Pfalz die hohen weltlichen Würdenträger zur Sommerjagd geladen hatte. »Seid Ihr deshalb der Einladung gefolgt«, fragte Mira, »weil der Erzbischof als Kirchenmann das Waidwerk nicht üben darf?«

Der König ließ den Kopf in den Nacken fallen. »Ihr könnt also auch Gedanken lesen.« Er lachte – und da hörten sie ein Jagdhorn blasen. Maximilian wandte den Kopf, blickte nachdenklich zum Zelteingang. »Schlecht wäre es nicht, zu wissen, was die Fürsten draußen wirklich denken.«

Je mehr Mira vom König in den letzten Wochen in die Reichsangelegenheiten eingeweiht worden war, desto mehr wurde ihr das Geflecht der Abhängigkeiten und geheimen Machtgelüste zuwider. »Die Fürsten scheren sich wenig um das Reich als Ganzes. Sie haben die Abrundung ihrer Gebiete im Sinn, auf Kosten der kleinen Ritterschaften, der freien Städte und solcher Abteien wie Andlau. Deshalb unterstützen sie Euren Erzkanzler darin, ein einheitliches Regiment für das Reich zu schaffen. Für die Fürsten seid Ihr in Euren habsburgischen Stammlanden weit weg. Gibt es erst einmal die einheitlichen Reichsheere und Reichsfestungen, wie sie der Erzbischof von Mainz aufbauen will, dann braucht Ihr als König gar nicht mehr nördlich der Donau oder gar am Rhein zu erscheinen.«

Maximilian hob die Schultern. »Warum vermögt Ihr so klar zu sagen, was ich selber fürchte?«

Weil sie nicht so sprunghaft war und sich der Mühe unterzog, in Ruhe über alles nachzudenken, so wie sie es die Schriften der Sternfrauen gelehrt hatten. Doch sagte sie stattdessen: »Ihr seid viel beschäftigt.« Sie lenkte seine Gedanken lieber auf die Angelegenheiten des Reiches. »Nur deshalb stimmen übrigens die Fürsten sogar der allgemeinen neuen Reichssteuer zu, die der Erzbischof der ganzen Rüstung und der neuen Festungen wegen erheben will.«

»Es hätte mich auch verwundert, wenn sie es des Reiches wegen getan hätten«, sagte der König. In dem Berg von Papieren auf dem Feldtisch suchte er nach einem Schreiben. »Wartet, was haben die rheinischen Grafen noch geschrieben …«

Die Einzelheiten waren nicht wichtig. »Sie sind dafür, weil vor allem die freien Reichsstädte zahlen sollen«, sagte Mira.

Draußen ertönten Rufe.

»Das klingt gar nicht wie ein Huldgesang vor den erlegten Hasen.« Maximilian hob die dunklen Augenbrauen. Er ließ von dem Papier ab und war schon am Zelteingang, wo er die Bahnen selber teilte, ehe die Wächter sie von außen auseinanderschlagen konnten.

Metallisch schepperte es, dann hörte Mira, dass draußen sich Klingen kreuzten.

»Hundsfott!«, schrie Herzog Beowulf.

Ein keuchendes Ächzen des Gegners war die Antwort, Mira sah nur Schatten vor der Zeltbahn kämpfen.

Das fehlte noch, dass ihr Verbündeter verletzt würde. Mira beeilte sich hinauszukommen. Doch vor dem Zelt bannte sie das Schauspiel auf dem Gras.

»Pfaffenschlotzer!« Nur ein paar Schritt vor ihr focht der Herzog in Hemd und Jagdhose mit hochrotem Kopf gegen – Ludomar.

»Blutsauger«, schrie der und machte einen Ausfallschritt. Er schlug mit einem kürzeren Schwert gegen den Herzog, doch im Halbkreis rückwärts gedrängt, kam er bloß zu einigen Abwehrschlägen. Mira trat neben einen Zeltpfosten. Aber Ludomar war doch der engste Schreiber des Erzbischofs, somit ein Kirchenmann. Wieso duldete man ihn auf der Jagd? Vielleicht hatte er wieder hinterlistige Vorschläge überbracht.

Die umstehenden hohen Herren verzogen spöttisch den Mund, deuteten auf des Herzogs kampfgeübte Hand. Die Waffen kreuzten sich klirrend. »Oha! Das war eben die englische Finte«, sagte einer kundig. »Wo hat der Schreiber denn diesen Hieb gelernt?«

Mira war es, als sähe sie alles wie durch einen Schleier. So sehr der Herzog und Ludomar auch keuchten und in der Juniluft schwitzten, ihr war ganz kalt. *Hatte Ludomar mit diesem Schwert Jockel das Ohr abgetrennt?* Nur dieser Gedanke kreiste noch in ihr. *Mochte er verrecken unter des Herzogs tödlichem Hieb.*

Da schlug ihr Herz schneller, und der Puls trieb ihr das Blut ins Gesicht. Heiß, ganz heiß auf einmal, lag der Diamant unter ihrer Kehle. Mira fasste danach, zog an der goldenen Bastschnur. Der sonst so sprühend klare Stein war heiß aber matt, kein Schimmer drang aus seinem Innern.

»Genau das gilt es zu verhindern«, rief der König aus. »Diese ewigen Händel der Fürsten, die ewigen Fehden der Edelleute unter sich. Keinen Frieden hat das Land.«

»So unterbindet es«, sagte Mira, doch schien ihr ihre Stimme gar nicht zu gehören, denn was sie sich wünschte, war ein Treffer durch Beowulf.

Der Herzog schlug auf einmal ganz schnell, rechts, links, rechts und noch mal rechts – und traf. Ein Reißen von Stoff war zu hören.

»Mein Arm!«, schrie Ludomar und sank vorwärts auf die Knie, rote Flecken breiteten sich in seinem linken Ärmel aus.

»Du kannst gleich den letzten Streich haben«, brüllte Herzog Beowulf.

Mira war es gleich, ob sie den Kampf beschworen hatte oder nicht. Der Diamant in ihren Fingern verlor die Hitze, sie spürte es in ihren Fingern.

»Nimm das, du Hund!« Der Herzog holte aus ...

Sie senkte den Kopf, besah ihren Stein. Er war trüb geworden.

In ihr toste ein Murren, ein vielstimmiger Chor von Frauenstimmen schwoll an. *Was ist mit deiner Rache gewonnen, Närrin? Sag es uns, sag!* Mira taumelte halb ins Zelt zurück, sie krallte sich in die Zeltbahnen, damit sie nicht stürzte. Sie wusste keine Antwort.

Bereuen und Vergeben führen zum Licht, erscholl der Chor in ihrem Kopf. *Verrate Astarte nicht!*

Sie wollte, durfte nicht versagen. Die Sieben Sterne waren zu wichtig für zu viele Menschen. Mira wankte nach vorn. Sie musste ihren Schmerz, ihr so sehr auf Ludomar gerichtetes, dunkles Gefühl überwinden, damit ... etwas ... – sie tastete sich zurück nach draußen – ... etwas frei werden könnte, das sie nicht zu fassen vermochte, etwas, das größer war als die Rache, die sie doch empfand, so sehr sie sich auch dafür schämte.

»Bleibt zurück!«

Doch sie beachtete den Befehl des Königs nicht, sondern lief über das Gras zu Ludomar hin. Sie schrie: »Lasst ab von ihm, Herzog, ich fleh Euch an! Wie auch immer er Euch erzürnt hat, achtet des Königs Friedensgebot!«

Ludomar hielt seinen blutenden Arm und biss vor Schmerz die Zähne zusammen.

Der Herzog Beowulf ließ sein Schwert sinken. Er schnaufte ein paarmal, bevor er schließlich antwortete: »Das Wort einer Hohen Frau will ich bei Hofe achten.« Seine kleinen Knopfaugen musterten sie und Ludomar mit einem seltsam ruhigen Blick.

»Ich danke Euch«, sagte Mira. »Selbst wenn er solche Blutstrafe verdient haben mag. Sein Sündenregister ist lang.«

»So?«, sagte der Herzog nur.

Ludomar hob noch immer nicht den Kopf, er zog nur den Ärmel fester um seine Wunde.

»Er hat meinem Bruder das Ohr abgeschnitten und mich damit erpressen wollen.«

Der Herzog beugte sich zu ihr hin. »Hört mich an, Seherin. Genau das hat er nicht«, flüsterte er.

»Habe ich nicht«, flüsterte auch Ludomar.

»Du lügst.« Miras Zorn wallte auf. »Und im Wachstuch, was war das?« Sie packte ihn an der Schulter seines verletzten Arms. Ein zischender Laut entfuhr Ludomar, bevor er leise sagte: »Der Erzbischof hat es mir zwar befohlen, aber ich habe ihn mit dem Ohr eines Toten getäuscht.«

Ihr erster wütender Gedanke – *du erbärmlicher Lügner* – wich einer Erkenntnis. Der Irrtum lag bei ihr: Als Siebter Stern sah sie nur Wahrhaftiges, aber sie hatte die Vision falsch ausgelegt. Die Pforten des Himmels, die sie gesehen hatte, verbargen eine andere reine Seele. »Wieso hast du das getan?«, flüsterte Mira erschüttert. Sie blickte zwischen den beiden Kämpfern hin und her.

»Du hast mich zu Recht vor dem Erzbischof gewarnt.«

»Ludomar steht seitdem auf unserer Seite«, raunte der Herzog und reichte Mira ritterlich den Arm. »Das darf bloß niemand merken. Wir spielen für den Erzbischof unsere Feindschaft nur vor.«

»Deshalb der Kampf hier.« Ludomar erhob sich.

Beowulf tat fürstlich, machte vornehm langsam die wenigen Schritte zum König hin, der mit verschränkten Armen vor dem Zelteingang wartete. »Majestät, ich bitte Euch um gnädigliche Milde, dass wir Eure Jagd mit unserer Streitsucht vergällt haben.« Wie Ludomar und Mira auch verneigte Beowulf sich vor Maximilian, nur nicht so tief.

»Ich will dir deine Ehrverletzung vergeben, Schreiber«, rief Maximilian ungehalten in die Runde. »Da du bereust. – Herzog, kommt allein in mein Zelt.«

Die Wächter schlugen die Bahnen auseinander. Die Hohen Herren, die in der Nähe dem Streitkampf zugeschaut hatten, zerstreuten sich schnell, weil in der Ferne die Jagdhörner des Pfälzer Kurfürsten zum Schmaus riefen. Diener rannten nach Wein, andere trugen Stangen mit erlegten Hasen vorbei.

Ludomar hob sein Schwert auf. Mira stand noch immer neben ihm. Sie war unfähig, einen klaren Gedanken zu fassen. Ludomar ging zu einem der Dienerzelte, wo die Fässer mit dem Trinkwasser aufgereiht waren. Als er den Ärmel über der Wunde aufrollte, kam Mira ihm zuvor und schöpfte mit einer Holzkelle Wasser über den Schwertstich.

»Beowulf hat mir versichert, dass er mich nicht schwer verletzten wird.« Er lächelte sie scheu an und sah sich nach ungebetenen Ohrenzeugen um. »Er hilft uns.«

»Uns?«

»Ich habe Jockel bei ihm in Sicherheit gebracht.« Die blaugrauen Augen Ludomars leuchteten auf einmal. »Er hat ihn bei einer Badehure versteckt und vor einer Woche hat er ihn mit einem Vertrauten nach Andlau geschickt. Ich habe deinem Bruder für die Reise ein Eselchen gekauft.«

Mira schossen Tränen der Erleichterung in die Augen. Hätte der Herzog doch nur ein Wort davon zu ihr gesagt. »Und ihm fehlt w-wirklich k-kein Ohr?«, stotterte sie.

»Nur ein bisschen Speck von den Rippen hat er verloren«, sagte Ludomar. Er sah zu, wie Mira ihm mit einem Hemdzipfel die Wunde abwusch. »Verzeih mir, dass ich dich solange für eine Ketzerin gehalten habe«, sagte er leise. »Ich war verblendet.«

Sie strich ihm über den Arm und drückte ihn fest am Ellenbogen. »Ich verzeihe dir.« Am liebsten wäre sie ihm um den

Hals gefallen, aber eine solche Geste würde die Jagdleute argwöhnisch machen. »Danke, dass du Jockel vor dem Erzbischof gerettet hast.«

Sie sahen einander an. Ihre Lippen zitterten, und sie spürte, dass er sie ebenso gern geküsst hätte. Es war auf einmal so zwischen ihnen, wie es schon lange hätte sein sollen.

»Wir müssen unser Bündnis vor dem Erzbischof verbergen«, sagte Mira. »Er wühlt gegen den König bei den Fürsten und Reichsstädten.«

»Ich fürchte, er hat noch mehr vor«, sagte Ludomar. »Ich weiß nicht was, aber er hat den französischen Botschafter zusammen mit dem venezianischen empfangen.«

»Strato war in der Erzkanzlei?« Er hatte ihr bestimmt nicht vergeben, dass sie dem König und nicht ihm diente. Strato würde sie in seine Gewalt bringen wollen, darauf sann er gewiss.

Die ersten Ritter des Trosses des Pfälzer Kurfürsten kamen ins Zeltlager ein. Ludomar musste mit einem Kratzfuß so tun, als ob er sich von Mira verabschiede.

»Geh lieber zum Feldscherer«, rief Mira noch, da ritten schon Hohe Herren auf ihren Rossen an ihr vorbei in das freie Rund zwischen den Zelten.

Die Wunde an seinem Arm war nicht tief und würde hoffentlich so rasch heilen wie die Wunden in ihren Herzen, die sie einander geschlagen hatten.

Mira nahm aus den Augenwinkeln wahr, dass einer der Wächter Maximilians auf sie zu trat. »Der König möchte Euch sehen, Herrin.«

Mira machte so schnell auf dem Absatz kehrt, dass der Stein an ihrer Kette aus dem Kragen rutschte. Ein Sonnenstrahl verfing sich in ihrem Diamanten. Er strahlte wieder klar und sprühte wie nie zuvor.

Mira sah zum Himmel. Astarte billigte ihr Handeln wie auch ihre Gefühle für Ludomar. Sie verbarg den Stein, wobei ein

Glücksgefühl sie durchströmte. Der Pfad des Lichts – sie war darauf zurückgekehrt.

Im Rund vor dem Königszelt stieg die Jagdgesellschaft ab. Eines der Pferde, das ein Knecht zu den Tränken führte, trug die Farben der Stratos am Sattel.

Er stand nicht weit entfernt beim Kurfürsten von der Pfalz und zog ein messingfarbenes Sehrohr auseinander. Das »Ho-Ho« der Herren scholl bis zu ihr herüber, als Strato mit dem Sehrohr in den Bäumen nach Vögeln Ausschau hielt.

Der Stein an ihrem Hals war plötzlich wieder ganz heiß. Was, wenn Strato sie und Ludomar damit vorhin beobachtet hatte?

53

Im Wandbehang des Scriptoriums im Wormser Bischofspalast sprang der gelb gestickte Löwe vor den Jägern bis in alle Ewigkeit davon. Ewig würde auch der Bogenschütze zwischen drei zackigen Blättern für den tödlichen Schuss lauern. Wenn dieser verfluchte Reichstag irgendwann zu Ende ging, dann würde Ludomar vielleicht doch mit Mira davonkommen.

Der Erzbischof, dem Ludomar die Papier ordnete, durfte keinen Verdacht schöpfen. Jener ahnte nicht, wie sehr Ludomar sich über Miras Einfluss auf den König freute, wie sie des Erzbischofs Machenschaften seit der Jagd mehr denn je durchkreuzte. »Man hätte den König in den Wandteppich mit einsticken sollen. Er bewegt sich ebenso wenig in den Verhandlungen.« *Wie ihr Fürsten,* verkniff Ludomar sich.

»Diese verfluchte Seherin flüstert ihm den Widerstand gegen meine Ratschläge ein«, murmelte der Erzbischof über dem Stapel von Briefen. »Wenn Beowulf nur nicht ihren Bruder entführt hätte.«

Ludomar streute Löschsand über das erste Blatt, schüttete die Körnchen in die graue Auffangschale und legte es vor das Siegel. All diese Seiten, die der Erzbischof gerade unterzeichnete, waren nichts als Bestechungen, haarsträubende Pfründeversprechen. Manchmal sogar hatte Ludomar aufrechnen sollen, ob zehn oder zwölf Truhen voll Gold zu den Fürsten geschafft würden, damit sie nur ja dem einheitlichen Reichsgericht zustimmten. Das wollte der Erzbischof unbedingt errichten – unter seinem Vorsitz natürlich. In seiner Residenz zu Mainz sollte es tagen.

»Wer anders als diese verfluchte Seherin könnte König Maximilian an unseren guten Absichten zweifeln lassen«, murmelte der Erzbischof, während er mit der Feder seine Unterschrift kratzte.

Löschsand und ab zum Stapel fürs Siegeln. Ludomar tat beflissen. Der König wusste wohl, dass der Erzbischof schon die Mehrheit der Stimmen zusammengekauft hatte. Ludomar sann darauf, wie er heute noch Mira unbemerkt am Blumenmarkt treffen könnte. Er war jetzt schon zu spät. Hoffentlich wartete sie auch länger. In einem Brotlaib hatte sie ihm den Verabredungszettel von einer Nonne zuschmuggeln lassen.

»Was zögert Ihr?«, fragte der Erzbischof und beugte sich ein wenig zurück. »Stimmt etwas an dem Brief an den Kölner Rat nicht?«

Ludomar legte das Blatt schnell zur Seite. »Ich dachte nur, Ihr wollet zunächst mit den Nürnbergern sprechen.« Er durfte sich nichts anmerken lassen.

»Ihr behaltet alles, das lobe ich mir«, nickte der Erzbischof und netzte die Feder mit der Galltinte.

»Lobt ihn besser nicht, Kurfürst«, mahnte eine tiefe Stimme vom Vorhang her, der das Scriptorium vom Empfangssaal des Erzbischofs trennte. Strato erschien mit zwei Palastknechten. Sie stellten eine lederne Tasche ab. Die Diener verzogen sich sofort, ohne auch nur den Kopf zu heben.

Ludomar kroch ein eisiges Gefühl den Rücken hinauf. Nach allem, was er von Mira über den Venezianer erfahren hatte, war er sehr gefährlich. Ludomar nahm das letzte unterschriebene Blatt, und konnte nicht verhindern, dass es ein wenig in der Luft zitterte. Von hier gelang ihm keine Flucht, selbst ein Sprung aus dem Fenster war zu tief.

Sein Erzbischof lehnte sich zurück. »Was soll das, Botschafter?«

»Es ist sonst wahrlich nicht meine Art.« Stratos grüner Seidenmantel reichte bis zum Knie, die er breit auseinanderstellte.

»Aber ich muss Euch eine Natter von der Brust reißen. Verrat ist um Euch, Erzbischof.«

Der Erzbischof sprang auf, drei Briefe segelten vom Tisch vor die Füße Stratos. »Wer?«

Ludomar nahm alle Kraft zusammen, um mit gesenktem Blick ruhig dazustehen. Das gebührte dem Rang des Botschafters und war unverdächtig. Aber sein Herz pochte sehr.

Strato zeigte ein Lächeln, das boshafter nicht sein konnte. »Der Verräter steht neben Euch.«

Das Gesicht des Erzbischofs verlor jede Vornehmheit, schwarz forschte sein Blick. »Er? Den ich selbst gefördert habe wie eines Bruders Sohn?«, fragte er mit einer von Zweifeln geschüttelten Stimme.

Er sollte Widerworte geben, doch klebte Ludomars Zunge am Gaumen. »Das … sind üble Verleumdungen, gekauft, gewiss …«

»Hört wie er stottert, Kurfürst.« Strato setzte sich auf die Kante des Tisches mit dem Siegel. »Glaubt Ihr mir, wenn ich Euch sage, dass Euren Schreiber niemand anderer als die falsche Äbtissin zum Verräter gemacht hat?«

Der Erzbischof drehte sich steif wie eine Strohpuppe. »Welchen Beweis habt Ihr, Botschafter?«

Der deutete mit Zeige- und Mittelfinger auf Ludomar. »Es war Euer Schreiber, der einen vollgestopften Sack gegen Eure Geisel getauscht hat. Zürnt den Knechten im Verlies nicht.« Strato spiegelte Nachsicht auf die einfachen Leute bloß vor. Hart sagte er: »Herzog Beowulf steckt hinter dem Plan, ausgeführt hat er ihn aber nicht allein, sondern mit Eurem Schreiber zusammen.«

Ludomar wurden die Knie weich. Strato wusste alles.

Der lachte kurz auf. »Was doch ein wenig Gold zur Sprache bringt.« Er trat auf Ludomar zu und drohte ihm mit der Faust. »Den Herzog hat die Seherin in ihrer Gewalt wie Euch. Ich saß zu Pferd in sicherer Entfernung vor ihren Beschwörungsworten. Mit meinem Sehrohr war ich Augenzeuge seiner Tändelei mit der Seherin.«

Der Erzbischof stieß einen gurgelnden Schrei aus, und eh Ludomar die Arme hochreißen konnte, packte der ihn schon an der Kehle. Ludomar wollte die Hände wegschlagen, verfing sich aber in der glatten Seide des Bischofsmantels.

Strato wischte Siegel, Tinte und Sand zu Boden. »Habe ich dich endlich!« Mit einem unerwartet harten Griff packte er Ludomar von hinten. »Du entkommst meiner Rache nicht. Weghexen kann dich die Seherin nicht.«

Der Erzbischof verpasste Ludomar einen Fausthieb aufs Auge, von dem er zu Boden ging. »Das büßt du bitterlich, Verrat verdient den Tod.« Er spuckte ihm ins Gesicht und setzte ihm den Fuß an die Kehle. »Der Henker wird dich drei Tage lang zu Tode foltern.« Ludomar vermochte nicht mehr zu sprechen, so sehr würgte ihn der Schuh des Erzbischofs.

»Wartet, Kurfürst. Ich weiß eine bessere Behandlung.« Strato hielt den Erzbischof zurück. »Ist der Bruder für uns verloren, so wird uns der Buhle die Seherin gehorsam machen.«

Der Erzbischof kniff die Augen zusammen. Er rätselte wohl wie Ludomar, was des Venezianers heiteres Gesicht an Grausamkeit verbergen mochte.

»Ich habe die falsche Äbtissin mit ihm tändeln sehen«, sagte Strato. »Wollust und Buhlerei hat noch immer die Weiber gefügig gemacht.« Er trat zu der Ledertasche hin, die immer noch auf dem Tisch stand. »Eure groben Folterwerkzeuge sind nichts gegen die feinen Venedigs.« Vorsichtig griff er in die Tasche.

Ludomar flehte den Himmel an, dass er ihm einen gnädigen Tod schicken möge. Mira wartete umsonst am Blumenmarkt auf ihn. Mochte der Herzog wenigstens sie vor Stratos Zugriff bewahren.

Mira durfte hier nicht umherlaufen wie die emsige Magd, die sie einst gewesen war. In den Augen der Leute war sie eine Reichsäbtissin in voller Amtstracht. Kaum eine Frau, außer der Königin und den Fürstinnen, genoss einen solchen Rang. Niemals würde Geneviève anders als gemessenen Schritts umhergehen. Allein schon, dass sie ohne Gefolge auf dem Gewürz- und Blumenmark umherging, ließ die Leute sich verwundert umsehen. Selbst wenn hier zwischen den Ständen die Vornehmen des Reichstags einkauften. Wo blieb Ludomar denn nur? Eine unauffälligere Stelle für ein Treffen gab es einfach nicht.

Mira tat so, als ob sie sich für einen Strauß Rosen begeisterte. Dabei blickte sie aber über die halb erblühten Knospen hinweg, die Gasse zwischen den Blumen- und Gewürzständen entlang. Ein fröhliches Gezwitscher von Stimmen, Scherzen und Vogelsang aus Käfigen hüllte sie ein. *Ludomar, wo bleibst du?*

Plötzlich fühlte sich Mira benommen, wie von einem Schlag. Aber niemand hatte sie gestoßen. Sie musste sich an einem der Tongefäße voller Blumen festhalten. Die Marktfrau schielte missbilligend, wagte aber nicht, eine Hohe Frau wie Mira anzukeifen. Mira riss sich zusammen, setzte ein huldvolles Lächeln auf, als wäre sie gestolpert.

Solch ein Unwohlsein hatte sie noch nie gefühlt. Ein schrecklicher Gedanke schoss durch ihren Kopf: War Gift in einer der Speisen gewesen, die sie an des Herzogs Tisch zu sich genommen hatte? Mira war Beowulfs Ratschlag gefolgt und bewegte sich nur im vollen Tageslicht zwischen dem Palast und dem Königlichen Rat, zu dem Maximilian sie täglich holte. Bei der Rückkehr ließ sie sich von vier königlichen Knechten begleiten. Wahrscheinlich hielten sie die Schandmäuler in Worms längst für die Buhlin des Königs, so oft wie sie zu ihm geführt wurde.

Es war so beunruhigend, dass Herzog Beowulf gerade jetzt nicht in Worms weilte. Er hatte für den König dringend die ersten Landsknechte für den Feldzug im Süden ausheben müssen.

Vielleicht war es der schwere Lilienduft an diesem Stand, der ihr das Bewusstsein trübte. Mira strich im Weitergehen über die Blüten und suchte einen Augenblick der Ruhe in dem reinen Weiß. Nicht umsonst war die Lilie der Mutter Gottes geweiht.

Jetzt fühlte sie es deutlicher: Etwas ging vor. Die Zeit war reif. Seit Tagen schon erlaubten ihr die Visionen keinen Blick mehr, der nicht nach Worms geführt hätte. Nur einmal noch hatte sie Andlau sehen dürfen, hatte Genevièves gütige Hand über Jockels frisch gewaschene Haare streichen sehen, als er einen großen Topf Schmorfleisch bekam.

Selbst das Welschland, so sie es denn für den König versuchte, blieb hinter silbrigen Schleiern verborgen.

Ein frisch geschorener Kopf überragte die neugierig die Auslagen begaffenden Leute. Der junge Mann scherte sich nicht um das Feilschen, Wiegen und Wägen. Kaum hatte er sie erblickt, drängte er sich durch die Menge auf Mira zu. Doch es war keiner der Zuträger, von denen es sicher im Verborgenen wimmelte. Sein rotgelber Mantel mit dem Wormser Wappen wies ihn als Mietboten aus.

Er war so dünn, dass er in der Mitte zusammenzuklappen schien, als er sich tief vor ihr verneigte. »Herrin, erlaubt mir die Botschaft zu überbringen.«

Mira war begierig auf die Nachricht von Ludomar, denn niemand anders wusste, dass sie hier war. Doch sie riss sich zusammen und zählte bis fünf, damit sie den Schein wahrte. »So sprich«, sagte sie dann.

»Herrin, so Ihr mögt, soll ich Euch zum Scriniarius des Erzbischofs geleiten.« Er trat schon die gebührenden zwei Schritte zurück. Die Leute machten einen Bogen um sie.

»Führt mich zu ihm.« Nach ein paar Marktständen musste sie recht laut rufen. »Renn nicht so, das ist meiner unwürdig.«

Der Bote blieb sofort stehen. »Verzeiht, Herrin.«

Aber auch sechs andere Kerle in der Menge waren stehen geblieben. Mira hatte sie nur aus den Augenwinkeln gesehen, doch wusste sie die Zahl, weil sie ihre Nähe wie Abdrücke von Knüppeln auf ihrer Haut spürte. Sie wurde überwacht.

An der Palasttreppe vor den Wächtern, die den Hof des Königs und die Erzkanzlei bewachten, zog der Mietbote seinen Hut. »Ihr werdet erwartet.« Er verschwand seitlich in den Gesindehof.

Mira sah niemanden in der Halle. Ludomar hätte sie doch abgeholt. Da kreuzten sich hinter ihr die Lanzen der Palastwächter. Mira ärgerte sich, wie gutgläubig sie gewesen war. Es blieb ihr nichts anderes übrig. Mira ging durch die Halle weiter nach oben.

Kaum war sie eine halbe Treppe zur Kanzlei hinauf geschritten, hörte sie ein böses Lachen. Heiser erklang es von oben, wo der Erzbischof auf der obersten Stufe erschien, und männlicher und ihr nur zu bekannt von der untersten. Strato lehnte am ersten Bogen der Wandelhalle. Er schenkte ihr einen herablassenden Blick. »Wo willst du denn hin, Frau?«

Mira hielt noch immer ihren Äbtissinnenmantel gerafft, sie konnte weder vor noch zurück. Aber stehen bleiben nutzte auch nichts. Sie atmete tief ein, wobei ein Rest des Liliendufts zu ihrer Verwunderung aus dem Pelzbesatz ihres Mantels stieg. »Der Bote hat mich hergeleitet.« Mira zog es vor, nach oben zu schreiten.

»O ja. Ich habe ihn zu dir geschickt.« Der Erzbischof rieb sich die Hände, ließ sie aber doch an sich vorbei in die Treppenhalle gehen.

Mira nahm sich an Geneviève ein Beispiel und hob die Nase. »Sprecht Ihr so zur Vertreterin der Reichsabtei von Andlau?«

Strato stürmte die Treppe herauf und riss sie am linken Arm mit sich fort. »Lassen wir das Gaukelspiel.«

Mira wäre beinahe über den Saum des Kleides gestürzt. Der eiserne Griff Stratos war unerbittlich.

»Füge dich«, zischte der Erzbischof und zog sie am anderen Arm. Mira hatte Mühe, mit den Zehenspitzen die Steinfliesen zu berühren. Sie zerrten sie an wappengeschmückten Sälen vorbei. Mira tat ihnen nicht den Gefallen zu betteln. Schließlich schleiften sie die beiden durch eine mit Teppichen ausgelegte Stube. Ungefähr ein Dutzend rote Lederstühle standen um einen runden Tisch.

Vor der getäfelten Wand spitzte der Erzbischof die Lippen. »Du suchst deinen Buhlen, nicht wahr?«

Strato nickte dem Erzbischof zu, es klackte wie von einem Riegel, ein Teil der Holzwand wich zurück.

Hinter der verborgenen Tür erhob sich der hohe Rundbogen über ihren Häuptern, sie befanden sich auf einer Empore in einer Kapelle. Strato ging nach rechts zum Altar hinunter, die Stufen knarrten unter seinen Schritten.

»Schau ihn dir an, den Verräter Ludomar!« Der Hohn in seiner Stimme hallte unter der hohen Decke wieder, als der Erzbischof Mira zur Brüstung nach vorn stieß.

»Gnädiger Himmel.« Drunten hinter dem Altar, an zwei wie ein Andreaskreuz aufgestellten Balken, hatten sie Ludomar angekettet. Die Hände waren wie auf einer Streckbank weit über dem Kopf auseinandergezogen, die Füße so breit gespreizt wie das Kreuz. Über und über war Ludomars nackter Leib von blutigen Striemen überzogen, helle wie dunkelrote; gewiss seit Stunden hatten sie ihn gefoltert. Ludomars blutverschmiertes Haupt hing schlaff zur Seite.

»Möge der Herr Euch bitter strafen«, flüsterte Mira. Sie konnte den Blick nicht von dem zerschundenen Leib dort unten wenden, den sie so liebte. Tränen liefen ihr heiß über das Gesicht.

Strato trat unten zum Altar vor das Kreuz. Mira zitterte vor

Entsetzen. Sie hatte das volle Ausmaß der Grausamkeit nicht gleich erkannt. Denn in einer aufgefalteten Ledermappe steckten allerlei seltsam spitze Dolche, Stichel und Ritzel aus Glas und schärfstem Silbermetall. Viele waren blutig, nur die oberste Reihe war noch rein.

»Er wird die Klingen eine nach der anderen zu fühlen bekommen, wenn du dich nicht unserem Willen beugst«, flüsterte der Erzbischof hinter ihr.

Der böse Geist hielt eine Schnur in der Hand. Doch die Schnur war keine Schnur, es war ein Lederbändchen, das Strato um Ludomars Hoden schlang. Er war längst zu schwach, als dass er sich mehr als mit einem Zucken hätte wehren können. Der Schmerz des Gewichts, das plötzlich dort an ihm zog, war groß und dann mit einem Mal gnädig, weil er wieder ins dumpfe Schwarz kippte, das ihn einhüllte, seit er die Zeit vergessen hatte.

Jäh kippte ihn ein langer, brennender Schnitt an seinen Lenden zurück in das gleißende Jetzt-Licht. »Heb den Kopf, damit deine Hure sieht, dass du noch lebst«, keuchte Strato.

Ludomar wollte seine letzten Kräfte sammeln, aber er fand keine. Erst der zweite, dritte Schnitt riss so viel Luft aus seinen schreienden Lungen, dass er den Kopf heben konnte.

Mira? Sein Kopf pendelte zurück zur Brust. *Weine nicht um mich.*

Die Stimmen dort oben sprachen Worte, die er nicht begreifen konnte, zu viel spitzer Schmerz zerteilte seine Sinne. Glas splitterte unter seiner Haut, doch Stratos Hass erreichte ihn nicht. Das dumpfe Schwarz schluckte alles weg.

»Vergib mir!«, umhüllte ihn ein Ruf. Ihre Stimme. Mira. Und das Schwarz wurde langsam weiß, weich und warm, die Glasmesser zerteilten es wie Wolkendampf, kamen und gingen, doch Mira-Weiß blieb um ihn. Lilienweiß und leicht.

Strato reckte Mira von unten einen gläsernen Dreizack entgegen wie ihn der alte Meeresgott gehabt hatte. Er starrte hoch zu ihr. »Deinen Buhlen hier schinde ich über Wochen, bis es dich beugt. Nur wenn du mir ab sofort schenkst, was mir gebührt, wird er leben, Frau.«

»Warum soll ich dir glauben?«, fragte Mira mit schleppender Stimme hinab. Jedes Wort fiel ihr unendlich schwer.

»Weil du sonst ja schweigen könntest. Du erkaufst dir sein Leben jede Woche neu mit einer Vision für das Haus Strato. So einfach ist das.«

Mira schloss die Augen, sie ertrug das falsche Balzlächeln Stratos nicht länger. Aber so waren die mächtigen Venezianer: Alles war Handel. Noch aus jeder Wahrheit wollten sie ihren Vorteil ziehen.

»Und jeden Tag eine Vision für mich, Strato, vergesst das nicht.« Der Erzbischof beugte sich über die Brüstung. »Noch gehört die Seherin mir. Hört Ihr?«

Ein Stern gehörte niemandem. Wenn sie jemandem gehörte, dann den Sieben Sternen und Astarte. Keinem Menschen.

»Mir gehört sie!«

Die machtgierige Stimme des Erzbischofs peinigte Mira. Ein Zittern überlief ihren Körper als ihr Blick Strieme für Strieme über den am Andreaskreuz hängenden Ludomar glitt. *Ich gehöre aber zu ihm. Und noch kann ich ihn retten.*

»Gehorche, Frau!«, sagte Strato laut und kalt. »Gehorchst du nicht, so …«

Mira wandte den Kopf in Abscheu vor dem triumphierenden Blick. Sie wollte, durfte das nicht tun. Verzweiflung erfasste sie an der Brüstung, die Knie wurden ihr weich und stießen an das Holz.

Da glühte der Diamant an ihrem Halsband auf. Mit zittrigen Fingern holte sie ihn unter der Nonnentracht vor. *Hilf*, flüsterte sie tonlos. Mira versenkte den Blick in dem zeitlos klaren

Diamanten, dessen erhabenes Sprühen sie wie weite mütterliche Arme umschloss und vor der Welt verbargen …

… die weiße, lichte Wolke ist voller Schmerz, der doch nicht beißt. Jemand ist da. Ein Brausen wirbelt die Wolke umher, der Schmerz wird dichter und fängt sie beide nicht. Er ist es. Ludomar. Die Freude macht alles weich und gibt Raum für die endlose Wärme der Liebe. Zwei Lichtfunken sind sie, umtanzen einander, einen winzigen Moment lang verschmelzen sie, bis ein Sirren sie trennt. Ein hoher Harfenklang begleitet das Licht, das in allen Regenbogenfarben flirrt und funkelt. Ludomars Funke tanzt weg, hinauf ins Bunte.

Bleib doch.

Bitte lasst ihn mir.

In Wellen zerfließt das Regenbogenlicht, alles verwirbelt sich und wird plötzlich still. Sie schwebt über dem Land, sieht Berge, Täler, Städte, den Rhein, gar Worms und die Marktzelte von weit oben aus dem blauen Himmel. Und sie wendet sich um. Der Pfad des Lichts, auf dem sie gewandelt war, endet vor einem schlagenden roten Herzen. In der rechten Hälfte zeigt sich Ludomars geschundenes Gesicht, in der linken erkennt sie Tausende und Abertausende weinende Menschen.

Welche Seite führt zum Licht, welche zum Tod? Wähle, Siebter Stern für alle den Weg. Zu welcher Seite gehört das Nein, zu welcher das Ja? Das rote Herz schlug laut und lauter …

… so sehr pochte es in Miras Brust, dass die Vision zerbarst.

Schweißnass lag ihre Stirn auf der Brüstung. Der Erzbischof riss sie an den Haaren hoch.

»Gehorche!«, fauchte er.

Das Ja oder das Nein. Nur mit einem war der Pfad des Lichts verbunden und nur eine Seite führte die Sterne in die Zukunft.

»Oder dein Buhle stirbt unter deinen Augen sieben Tage lang«, schrie Strato von unten.

Sieben war ihre Zahl. Die Vielheit zählte mehr als einer allein. Eine nach der anderen blitzten die Sterne durch ihren Geist, da hörte sie Ciffrahs Wunsch: *Ein Gespür für die Zeit, in der die Liebe in den Herzen reif ist.* Wie auch den Genevièves: *Die Kraft der Stimme, die Wahrheit zu künden.* Und lauter noch in ihrem Geist erscholl Astartes Botschaft: *Hüte dich vor den Männern Roms.*

Aufgeben kam nicht infrage. Gäbe Mira ihnen nach, beschritte sie den dunklen Pfad. »Nein.«

»Was sagst du?« Strato ließ den gläsernen Dreizack in seiner Hand sinken.

»Ich werde Euch nicht gehorchen.«

Die bleichen Züge des Erzbischofs zuckten. Mira hielt dem Blick stand. Die Männer Roms waren schon seit über tauschend Jahren die Feinde der Sterne. Dass es die sieben Sternenfrauen überhaupt noch gab, konnte nur ein Werk Gottes sein. Sie durfte sich seinem Willen nicht in den Weg stellen, sie durfte nicht die Männer Roms begünstigen. Seiner Gnade überließ sie Ludomar – sie durfte nicht ihr beider Glück über das der vielen Tausenden stellen.

»Du hast es nicht anders gewollt.«

Ein tiefer Schluchzer erschütterte sie, als Strato den Dreizack an Ludomars Brustwarze ansetzte. »Ich schicke dir seine Hautstreifen für dein Hurenbuch.«

Der gurgelnde Laut Ludomars war der eines gequälten unschuldigen Geschöpfs. Er hallte mehrfach in Mira wider. Jetzt, gestern und – in der Zukunft? Aber das bedeutete, dass Ludomar nicht von Stratos Hand stürbe!

Mira hörte Branca und Neras seltsam jung-alte Stimmen im Damals sprechen, oder war es doch im Jetzt? *Wir wünschen dir, auf Wasser oder Land, bei Not die Gewandtheit von Fuß und Hand.*

Sie machte auf dem Absatz kehrt, stieß sich von der Brüstung ab und schritt an dem verblüfften Mann Roms vorbei. Sie rannte durch die Holztür von der Empore, so schnell, dass sie kaum mehr den Wutschrei des Erzbischofs hörte. Mira lief durch die Säle des Palastes hinaus, über den Platz, so schnell, wie nur jemand laufen konnte, der den Verfolgern drei Schritt in der Zukunft voraus war.

Mira verbarg sich im Palast im erstbesten Vorratsgelass. Aus Körben roch es nach Äpfeln. Gelbe Wurzeln und allerlei Kräuter dufteten frisch genässt in Tontöpfen voller Erde. Keiner von den Reichstagsgesandten auf dem Vorplatz hatte sich umgedreht, als sie hierher in den Trakt geflohen war, wo der König wohnte. War sie tatsächlich ein wenig in der Zeit vorgerückt und damit unsichtbar gewesen, oder hatten sich die Grafen inzwischen an den Anblick einer Reichsäbtissin gewohnt, dass sie nicht auf sie achteten? Mira strich sich den Amtsmantel glatt und zupfte den Pelzsaum zurecht.

Als sich ihr Atem beruhigte, hörte Mira die Küchenmägde durch die offene Tür des Gelasses das Lied vom armen Roland singen wie in den fernen Tagen, als sie in Gundis Küche in Frankfurt Wurzeln geschält hatte.

Sie hatte den Pfad des Lichts gewählt und würde ihn zu Ende schreiten, wohin er sie auch führte. Aber ihr schien hier im Königstrakt auf einmal auch die Rettung Ludomars möglich. Sie lugte um den Türsturz. Gegenüber vor den Bögen zur Küche hin trugen zwei Bäckergesellen ein langes Brett mit Brotlaiben hinein. Es roch herrlich – nein, sogar besser: Es roch friedlich und sorgenfrei.

Mira nutzte den Augenblick, in dem alle auf das knusprige Schwarzbrot schauten, lief durch den Vorraum zur Gesindetreppe und eilte die Stufen hinauf.

Auch wenn die Wohnräume des Königs gut bewacht waren

und viele Besucher in den Vorräumen warteten, sie würde zu Maximilian gelangen.

Sie verließ sich auf ihre Gabe. Spürte sie einen Druck am linken Ellenbogen, wandte sie sich nach rechts in den nächsten Dienstbotengang, kam der Druck von den Schultern, lief sie nach vorn eine Stiege hinauf. Drückte es auf ihren Kopf, verbarg sie sich hinter einem Vorhang oder machte sich neben einer Truhe in einem Gang ganz klein.

Es dauerte eine Weile. Mehr als einmal wäre sie ums Haar einem Schreiber in die Arme gelaufen oder einem Grafen mit gespornten Stiefeln.

Mira verließ den Abtritt, wo sie zuletzt ausgeharrt hatte, und schlich an Wäschekammern vorbei. Ihre Hände kribbelten, wie von heftig einschießendem Blut nach einem Tauchbad im eisigen Bach. Sie musste dem König nahe sein.

Drei niedrige Türen gingen vom Dienergang zu den Herrschaftsräumen ab. Hinter der ersten hörte sie eine Frau wollüstig stöhnen. Wenn der König eine Geliebte in den Armen hielt, könnte sie kaum ungelegener kommen.

»Mein Klotz. – Nein, meiner!«, krähten hinter der zweiten Tür Kinderstimmen.

Vor der dritten Tür begannen Mira zu schwitzen. Ihre Hände wurden feucht. Sie zauderte nicht und drückte die Klinke. Holziger Kräuterduft umfing sie. Ein Vorhang trennte sie noch vom König, sie schlüpfte an dem Stoff vorbei.

Maximilian saß nur in weißem Hemd und feiner Ziegenlederhose bekleidet, auf einem Sessel. Die nackten Füße auf einen Hocker gelegt, schrieb er auf einem Brett. Das Blatt war so lang, dass es sich oben aufrollte. Die Fenster zur Stadt standen offen. Die Sommersonne warf einen goldenen Glanz auf den Steinboden hinter dem König. Auf den Fliesen verteilt lagen Abzüge von Stichen, die die Holzschneider nach des Königs Vorgaben gefertigt hatten. Maximilian kratzte sich an der

Schläfe und schweifte mit dem Blick durch den blauen Himmel über Worms.

Die Lust an der Poesie hatte er vom Burgundischen Hofe seiner Jugendjahre mitgebracht, vielleicht auch von seiner portugiesischen Mutter, Kaiserin Eleonore, geerbt.

Maximilian hatte ihr erzählt, dass er selbst die Vers-Geschichte seiner Brautfahrt zu Maria von Burgund im Jahre des Herrn 1478 verfasste. Er verbrämte sie als Abenteuer des Ritters Theuerdanck bei Fräulein Ehrenreich.

»Schreibt Ihr wieder, Majestät?«, fragte Mira sanft.

Vor Überraschung kippte der König fast mit dem Sessel um, die Feder fiel zu Boden, er sprang auf und stand mit nackten Füßen vor ihr. »Jesus!« Seine Hand fasste sein Kurzschwert.

»Ich bin es nur, seid ohne Sorge«, sagte Mira schnell.

»Ihr seid es«, stöhnte er auf. »Ich habe doch befohlen, dass niemand mich stören darf.« Er bückte sich nach der Feder, aber die Furchen in seinem Gesicht verrieten, wie zornig er war. »Wer hat Euch hereingelassen?«

»Ich selbst. Ich hatte keine andere Wahl.« Nur der König konnte Ludomar jetzt noch helfen. Sie senkte das Knie. »O Herrscher des Reiches. Ich flehe Euch um einen Freibrief für einen Eurer treuesten Diener an.« Maximilian riss so verdutzt die Augen auf wie die Leute vor einem Taschenspieler, doch es war Mira gleich. »Erweist mir die Gnade und hört mich an.«

»Bei Euren Verdiensten, wie könnt ich anders?« Maximilian zog sie am Arm vom Boden hoch. »Sprecht, Seherin.«

54

Mira wartete im Vorraum auf den König, der sich von den Leibdienern ankleiden ließ. Sie legte ihre Hand auf den Fenstersims. Draußen war die Stadt geschäftig wie je, trotz der drückenden Hitze des Nachmittags. Vom Rhein her wehte kein Lüftchen. Wenn nur endlich die Wachen zurückkehrten. Keine Vision würde ihr zeigen, wie es um Ludomar stand, da sie ihn liebte und er sie. Kaum hatte Mira geendet, hatte der König die Palastwächter sofort entsandt, damit diese Ludomar befreiten.

Harte Schritte auf dem Stein ließen sie herumfahren. Die habsburgisch weiß-rot gekleideten Wächter überragten sie um mindestens zwei Köpfe. Sie trugen alle spitze Helme, der des Anführers Graf Harras war mit einem farbigen Federbusch geschmückt. Mira krallte sich an der Fensterbank fest. Ludomar war nicht dabei.

»Wo ist …« Die Frage erstarb ihr auf den Lippen. Dem Grafen Harras tropfte der Schweiß von Stirn und Schnurrbart, so sehr hatten sie sich beeilt.

Er klopfte an die mit geschnitzten Weinblättern verzierte Tür. »Meldet dem König, dass die Wache zurück ist.«

Graf Harras stellte sich mitten im Vorraum auf, die Hände im Rücken des weiß-roten Wamses, den Blick fest auf die Tür gerichtet. Die vier Wächter hinter ihm verharrten regungslos.

Wären nicht die Mauersegler vor den Fenstern auf und ab geflogen, Mira hätte sich in der Zeit eingefroren geglaubt.

Die Palasttür flog auf, der schwarz gekleidete, dürre Oberkammerdiener erschien, dann der Unterkammerdiener im gleichen Gewand. Sie traten zur Seite. König Maximilian hatte eine halblange gelbe Sommerjacke angelegt, die den edlen Glanz seiner Goldketten unterstrich. Ein perlengesäumter roter Hut mit langer Feder saß auf seinem Kopf.

»Warum bringt Ihr mir den Mann nicht, wie ich es befohlen habe?«, fragte er.

Harras setzte den Helm mit dem Federbusch ab, die schwarzen Haare klebten am Kopf. »Der Erzbischof von Mainz verweigert uns den Zutritt.«

»Ihr habt ihm den Freibrief wohl gezeigt?« Maximilian zog die Stirn in Falten.

»Gewiss, mein König.« Harras streckte ihm das aufgerollte Schreiben entgegen. »Der Kurfürst hat Euren Befehl weder lesen noch entgegennehmen wollen.«

»Das dulde ich nicht.« Der König winkte Mira mit seinem roten Handschuh. »Das wollen wir doch sehen, ob der Erzbischof von Mainz sich auch dem König selbst entgegenstellt.«

Der Erzbischof wurde noch bleicher als sonst, als Mira hinter dem König das Scriptorium betrat. Weder er noch Strato, die sich beide von zwei Sesseln erhoben, hatten wohl geglaubt, dass sie ihr so schnell wieder gegenüberstehen würden. Aber keiner hatte gewagt, dem König in den Weg zu treten, nicht die Wächter des Erzbischofs, und die Kirchendiener in den Vorräumen gleich gar nicht.

»Majestät.« Strato fand als Erster die Sprache wieder und verneigte sich. Seinem Rang als Botschafter Venedigs entsprechend trat er gleich drei Schritt hinter den Erzbischof zurück. Er setzte dabei ein vornehm ernstes Gesicht auf. Offenbar wollte er dem Erzbischof die Qual des Redens überlassen.

Mira hielt sich hinter dem König. Sie machte eine undurchdringliche Miene, damit sie ihre Sorge, ob sie noch auf dem Pfad des Lichts wandelte, nicht zu sehr verriet. War es am Ende doch falsch, dass sie sich jetzt doch für den Einzelnen, für

Ludomar, einsetzte? Aber was hätte sie an diesem Tage für die vielen tun sollen?

Mira verbot sich jeden weiteren Zweifel. Sie brauchte einen klaren Geist jetzt und hier.

Der König stand hoch aufgerichtet. So jung er auch im Vergleich zum Erzbischof war, würdig als Herrscher verhielt er sich doch. Langsam hob er eine Augenbraue, er erwartete eindeutig eine Ehrbezeugung.

Dem Erzbischof zuckte kurz der Mundwinkel. Mira freute es, dass es diesem nicht so leicht gelungen war, den König zu entmutigen durch die Weigerung, Ludomar auszuliefern. »Majestät«, sagte er langsam und deutete eine Verbeugung an. »Euer Besuch kommt überraschend.«

»Tatsächlich?« Maximilian zog den Freibrief für Ludomar aus dem Jackenaufschlag. »Warum muss ich Euch meine Freibriefe selber bringen, damit Ihr sie lest?« Er warf den Befehl zielsicher zwischen dem Erzbischof und Strato auf einen kleinen Tisch.

Des Kirchenfürsten falsches Lächeln erstarrte. »Ich wusste nicht, dass Graf Harras einen Brief von Euch bringen wollte«, sagte er.

Der Graf stieß hinter dem König mit dem Fuß hart auf den Boden, mehr Widerspruch wagte er nicht.

»Sonst schickt Ihr mir den Königsboten, nicht wahr?«, stichelte der Erzbischof. »Bei einem Haufen Häscher konnte ich nur an einen Irrtum glauben. Es wäre nicht das erste Mal, dass sich ein kleiner Graf mit dem Rang eines Kurfürsten vertut.«

Mira verstand nicht, worauf er anspielte, aber es war offensichtlich eine Lüge.

Der Erzbischof wies wie ein gütig verzeihender Vater zum Grafen Harras hin. »So habe ich ihn in seinen Rang verwiesen, mehr nicht, Majestät.«

Der König verzog den Mund. »Erinnert Ihr Euch nicht an

letzte Woche, als der Graf bis spät in der Nacht zwischen unseren Sälen hin und her gelaufen ist? Solange, bis Ihr Euren maßlosen Vorschlag eines Reichsregiments endlich zurückgenommen habt?«

Mira hatte vor Tagen bei den Beratungen endlich begriffen, was der Erzbischof eigentlich erreichen wollte. Die Einrichtung eines Reichsregiments der Fürsten hätte die Ausgaben, die Kriegführung und die auswärtigen Angelegenheiten des Reiches geregelt. Der König hätte nur den Ehrenvorsitz geführt, der Erzbischof aber den tatsächlichen. Er wäre somit zum Regenten des Reiches geworden.

»Ich erinnere mich … jetzt, dass es wohl dieser Mann war, den ich mitsamt Eurem Gegenvorschlag zurückgeschickt habe.« Die Stimme des Erzbischofs wurde hart. Und unnachgiebig, wie er es auch bei der Ablehnung der Vorschläge Maximilians war. Der König wollte eigene Räte mit der Reichsregierung betrauen. Damit die Entscheidungen wieder am Königshof fielen. Beide rangen um die Macht im Reich. Aber nichts bewegte sich, wie doch alle Welt, von den Fürsten bis zu den Gemeinen einsah, dass das Reich neu geordnet werden musste.

Hoffentlich würden die beiden sich nicht wie bei den Reichshändeln wieder ineinander verbeißen. Mira räusperte sich. Sich mehr oder gar mit Worten einzumischen, war unklug.

»Unsere hunderttausend Gulden habt Ihr ja gern genommen«, sagte der Erzbischof.

»Ihr meint das Gold der Fürsten und Städte im Reich«, sagte Maximilian knapp, »das nicht Eures ist. Aber all das hat mit meinem Freibrief für Euren Gefangenen nichts zu tun.« Er wies auf das Tischchen. »So lest jetzt.« Er lächelte nicht einmal, was die Erniedrigung des Erzbischofs vor den Wächtern und dem Botschafter Venedigs nur unterstrich.

Ludomar, halte durch. Mira rang mit sich, dass sie es nicht zu sehr genoss, wie der Erzbischof mit spitzen Fingern nach dem Freibrief greifen musste. Rache führte auf den dunklen Pfad. Furcht beschlich sie. Und wenn es doch ein Irrtum war, die Befreiung zu erzwingen?

Der Erzbischof entrollte das vom König unterschriebene Blatt. Er hielt die Schrift nahe vor die Augen, seine Nase zuckte dabei. »Es obliegt mir wie jedem Fürsten, die eigenen Diener zu strafen, Majestät. Oder wollt Ihr das nun ändern, was seit Jahrhunderten als Vorrecht des Adels gilt?«, sagte er und ließ den Brief auf den Tisch fallen.

Der König atmete hörbar aus. »Selbst wenn Ihr ein Kurfürst seid, doch in Worms, der Freien Stadt meines Reiches, gebührt Euch der Blutbann über diesen Ludomar nicht.«

»Folgt Ihr also dem hergebrachten Recht?«, sagte der Erzbischof schnell wie ein streitendes Weib. »Dann aber gebührt der Blutbann dem Rat der Freien Stadt Worms!«

Maximilian stemmte einen Arm an den Gürtel. »An einem Hoftag wie jetzt, bei der Reichsversammlung, die ich in meine Freie Stadt einberufen habe, gebührt niemand anderem der Blutbann als dem anwesenden Herrscher selbst.« Er drehte sich zum Grafen Harras hin. »Holt mir den Gefangenen aus der Kapelle.«

Der Erzbischof lächelte fein, Stratos Blick war so ruhig und zurückhaltend, dass Mira die Berechnung mit Händen hätte greifen können. Sie spielten falsch.

Der Mann Roms wies zur hinteren Tür im Scriptorium. »Was zögert Ihr, Graf? Gehorcht dem König.«

Die Wächter im weiß-roten Gewand stießen die Tür auf und drängten sich in die Kapelle dahinter. Mira, die gleich hinter dem König eintrat, fand alles verändert. Vor dem Altar stand kein Andreaskreuz mehr, sondern eine Statue des heiligen Sebastian. Wandbehänge mit dem Lämmchen Gottes zierten die vorher kahlen Steine.

Bei jedem Schritt wurde ihr Herz schwerer. *Wo bist du, Ludomar? O Sterne, helft.*

»Es gibt gar keinen Gefangenen«, höhnte der Erzbischof. »Vor dieser Peinlichkeit wollte ich Euch bewahren, Majestät.«

Maximilian drehte sich langsam zu Mira um. »Was geht hier vor? Machst du mich zum Gespött, Seherin?«, fragte er.

Mira ließ sich nicht verwirren. Sie folgte dem Schlag ihres Herzens und ging um den König herum, der mit zusammengepressten Lippen wartete. Sie folgte einem Strom warmer Kraft, der von dem Altar ausging, untersuchte dort den Boden und die Fugen. »Ein winziger Spritzer Blut, hier. Und am Fuße des Altars sind noch mehr.«

»Euch ist der Altar verboten«, herrschte sie der Erzbischof an. »Ihr seid nicht geweiht.«

Aber eine Art Priesterin war sie als Siebte Seherin bestimmt. »Hier ist sogar Blut verschmiert, an der Wand ganz unten.« Mira deutet mit dem Finger darauf.

Maximilian war sich nicht zu schade und schaute selber. »Wie kommt Blut in Eure Kapelle?«

»Mein Gott, der Diener wird sich eben den Daumen geschnitten haben, als er die Teppiche an die Wand gehängt hat.« Der Erzbischof machte eine wegwerfende Geste.

»Nein. Es ist das Blut Ludomars«, sagte Mira. Sie rührte an den Altar. *Geheiligter Stein, so fest und glänzend dein Marmor, Lug und Trug sind dir fern. Spiegele mir, was geschehen ist.* Mira hoffte inständig, dass der Altar ihr die Pforte zur Vergangenheit öffnen konnte.

Der König hob die Arme und hielt die anderen von einer Störung ab.

Mira sammelte ihren Geist. Der wie Eis glänzende Stein des Altars warf wie hauchend etwas zurück, sie hörte auf einmal jemanden sprechen. Stratos Stimme hallte wieder, leise und kaum zwei Stunden alt. *Bringt ihn nicht weg, das schafft Zeugen.*

Versteckt den Saukerl hier, bis wir ihm die Haut abziehen für seine Metze. Ja, das Tabernakel … Die Stimme verschwamm in einem heiseren Räuspern Stratos.

»Ludomar ist noch hier.« Mira ließ von dem Stein ab.

»Sie ist eine Hexe«, ereiferte sich der Erzbischof. »Schafft sie aus der heiligen Kapelle.«

Graf Harras wartete mit den Wächtern auf ein Wort des Königs.

»Wo?«, fragte der nur.

Mira drehte sich um wie benommen. Hinter ihr auf einem großen Tabernakel stand der heilige Sebastian, verletzt mit einem Pfeil im Schenkel. Sie streckte die Hände nach dem Wappen des Erzbischofs aus, das darunter prangte und die Türen des Schreins vorn zusammenhielt. Mira griff das Mainzer Rad, das herausgehoben als Griff diente, zog und klappte die Türen auseinander.

»Der Herr ist allmächtig«, flüsterte der König hinter ihr.

Ludomar saß gefesselt und geknebelt in dem Kasten. Über und über mit blutigen Krusten bedeckt, ruhte sein Haupt ohnmächtig am hinteren Holz.

»Ich dulde nicht, dass man ohne meine Erlaubnis den Blutbann ausübt«, sagte der König.

»Er schläft nur fest«, sagte Strato ruhig, als wäre nichts Böses geschehen.

Wahrscheinlich hatte er Ludomar ein Schlafmittel eingeflößt, damit er sich nicht mit Schreien bemerkbar machen konnte. Wenigstens nahm Ludomar das den Schmerz. Der Gedanke tröstete Mira ein wenig.

»Tragt ihn vorsichtig hinaus, Graf, zu meinem Leibarzt«, befahl der König. Er blickte nur kurz zum Erzbischof. »Damit er nicht noch ein Gift verabreicht bekommt.«

Harras bekreuzigte sich und ging mit seinen Mannen ans Werk. Sie hoben Ludomar vorsichtig aus dem Tabernakel.

»Lasst mich bei ihm sein«, bat Mira. »In den Klöstern sind die Frauen heilkundig.« Branca und Neras wussten noch viel mehr Salben und stärkende Tränke, die sie nun Ludomar angedeihen lassen würden.

»Wie Ihr wollt«, sagte der König leise. »Ihr seid mir von unschätzbarem Wert. – Kommt.« Er ging ohne ein weiteres Wort an den Erzbischof hinaus.

Mira folgte ihm. Strato stieß verächtlich seinen Atem aus, als sie an ihm vorbeiging. Über dem kardinalsroten Kragen hatte das Gesicht des Erzbischofs die Farbe von Kalk angenommen. In seinen Augen loderte ein Hass, der Mira frösteln ließ.

»Bei allen Heiligen der Kirche Roms«, sagte er leise. »Dein Stein hat dich verraten.«

Mira griff unwillkürlich den offen auf ihrem Habit liegenden Diamanten.

»Du kommst uns nicht davon, Sternen-Ketzerin«, rief der Erzbischof ihr nach.

Als die Tür der Kapelle hinter ihr zufiel, wusste sie, dass sie einen Fehler gemacht hatte. *Entblöße dich niemals.* Der Erzbischof wusste nun, aus welcher Quelle sie ihre Kraft schöpfte. Und konnte sie erst recht als Ketzerin verfolgen.

Noch war der Kampf nicht gewonnen.

55

Ludomar stieß Atem zwischen den zusammengepressten Zähnen hervor, als Mira hellblaue Salbe auf seine Blutkrusten strich. »Tut es sehr weh?«, fragte sie.

»Nicht so schlimm wie Stratos Messer.« Ludomar genoss es, dass Mira mit den Fingerspitzen die Salbe in seine wunde Haut einrieb. Es war fast wie ihr Streicheln, das er so sehr vermisste. »Danke, dass du mich pflegst.« Er wollte sich aufrichten, aber Mira drückte ihn zurück ins weiße Kissenlager.

»Bleib schön ruhig liegen, bis alles verheilt ist.« Sie küsste ihn zart auf die Stirn. »Du bist noch sehr schwach.«

Als er von Strato gefoltert worden war, hatte Ludomar mit dem Leben abgeschlossen. Er hätte nie geglaubt, dass er Mira wiedersähe, geschweige denn, dass sie es sein würde, die ihn heilte. »Was auch immer du in die Salbe gerührt hast, sie wirkt Wunder.«

»Altes Wissen weiser Frauen.« Mira lächelte und verstrich die letzten Reste auf seinem Oberschenkel.

Drei Tage wachte sie nun schon über ihn, seit er aus der Ohnmacht erwacht war. Mira hatte ihn gewaschen, kaum dass der König ihnen die Stube seines Leibdieners als sichere Herberge angewiesen hatte. Es gab kaum eine Stelle seines geschundenen Körpers, die sie nicht hatte salben müssen. »Du machst mich wieder lebendig.« Er zog die Decke unter seinem Bauch zurecht, die sich dort ein wenig auffaltete. »Sehr lebendig sogar.«

»Geduld, Geduld.« Sie küsste ihn auf den Mund, streichelte die rechte Ohrmuschel, die Strato nicht geschunden hatte. Es tat so wohl, dass er brummte.

Mira beugte sich zurück. »Wir wollen doch nicht Gefahr laufen, dass deine Wunden wieder aufreißen. Du bleibst liegen, hörst du?« Sie wrang in einem Zuber ein Tuch aus. »Ich mache dir noch einen Salbeiwickel.«

Das Becken mit dem Kräutersud dampfte auf einem Apotheker-Dreifuß über einem glühenden Kohlestück.

Ihre Augen blitzten voller Lebenslust. Wie hatte er nur so verblendet sein und sie des Bösen bezichtigen können. Mira stand auf und ging zum dampfenden Becken. Sie senkte das Leinentuch langsam in den heißen Sud.

Plötzlich verschleierte sich ihr klarer Blick wie Wasser, in das ein Sahnetropfen fiel. Ein wenig sanken ihre Lider, die Augen ruckten hin und her, Mira schien etwas in dem Dampf zu suchen, wobei sie die Schultern einkrümmte und die Augen zusammenkniff, als wäre das Gesuchte sehr, sehr klein.

»... ein weiter Ärmel ... kardinalsrot«, sagte Mira mit seltsam schleppender Stimme; ein wenig heller, kindlicher gar klang sie. Ludomar begriff, dass eine Vision sie erfasst hatte. Er traute sich nicht, sich zu regen.

»Eine bleiche Hand trägt den Bischofsring, fährt zum Ärmel, zieht ein Futteral heraus, die Hülle fällt. Silbern glänzt die haarfeine Spitze am metallenen Griff ... Zeit vergeht, nicht viel, drei Wimpernschläge, die Hand fährt hoch ... Was ist dort so neblig, so silberhell? Des Königs Auge wird weit vor Schreck ... der Bischofsring saust nieder, Blut spritzt aus dem Silbernebel ...«

Mira legte die Stirn in Falten. Sie blinzelte, ihr Blick wurde klar. Sie ließ das Tuch in den Salbeisud fallen und tastete sich langsam, Fuß um Fuß, zurück zu seinem Bett.

Mira sackte auf die Kante. »Das Geschehen war so sehr von Licht durchflutet, dünn wie Rauch. Das ist mir neu. Was bedeutet das bloß?«, flüsterte sie.

Selbst wenn sie wohl gerade mit sich selber sprach, tastete er vorsichtig nach ihrem weiten Mantel der Andlauer Nonnen. Er musste es ihr unbedingt sagen, dass er wusste, was sie gesehen hatte. Er streckte den Arm nach ihrer Schulter aus.

Mira drehte sich nicht zu ihm um. »Habe ich eben laut gesprochen? Dann wäre es eine Vision – und damit wahr«, flüsterte sie wie zu sich selbst.

Er versuchte es. »Diesen Dolch …«

Mira regte sich nicht. »Ich habe ihn schon einmal in einem Lichtkreis beim Erzbischof gesehen.« Sie fuhr sich über die Stirn. »In einem Schatzkasten.«

Ludomar gab nichts auf die Schmerzen in seinen Gliedern, er rückte näher an sie heran, rüttelte an ihrer Schulter.

Sie wandte sich ihm zu. »Ludomar, du sollst doch …«

Er stützte sich auf den Ellenbogen. »Höre zu! Ich habe solch einen Dolch für den Erzbischof in Venedig kaufen müssen. Er wollte ihn, damit sich die Kirche notfalls selber verteidigen könnte.«

»Was sagst du da?« Mira starrte zu dem Salbeisud, der leise auf dem Dreifuß köchelte. »Himmel, die salvia divinorum gehört zu den gesegneten Kräutern.«

Ludomar verstand nicht, wovon sie sprach, nur dass sie wahrlich eine Seherin war.

Mira drückte die Fingerspitzen an die Schläfen. »Die alten Schriften verheißen dem Siebten Stern … heiliger Dampf sei das Fenster zur Zukunft …« Sie erhob sich und schwankte. »O Gott, der König ist in Gefahr!« Mira stürzte zur Stubentür und riss sie so schnell auf, dass das Blatt gegen die Wand krachte. »Jetzt gleich.«

»Die Dolchspitze ist aus Glas und in Gift getränkt!«, rief Ludomar ihr noch mit aller Kraft hinterher.

Er fiel zurück ins Bett und hörte Miras hastige Schritte draußen auf den Steinplatten verklingen. Hatte sie seine Warnung noch vernommen? Ludomar war sich nicht sicher.

Mühsam brachte er die Knie über die Bettkante, aber ein Schwindel erfasste ihn, als er den Salbeidampf einatmete.

Mira rannte durch die Palastgänge und rief sich dabei alles ins Gedächtnis, was sie in den Lehrschriften gelesen hatte. Sie konnte kaum glauben, dass sie bereits würdig für diese Gnade Astartes sein sollte: den Blick in die nahe Zukunft.

Doch wie dem auch sei, sie musste den König vor der teuflischen Waffe des Erzbischofs warnen, sofort. Falls es nicht schon zu spät war.

Mira rannte an Kirchenmägden vorbei, die vor Wänden Leitern aufstellten. Sie sprang zwischen Körben voller Fensterschwämmen durch, an Zubern mit seifigem Waschwasser vorbei.

»Der König, wo ist der König?«, rief sie den Kammerdienern zu, die Speisetafeln und Tischböcke aus einem Saal trugen.

»Beim Ankleiden, Herrin«, sagte der nächststehende, ein junger Mann, dem drei Zähne fehlten.

»Da ist er nicht.« Sie lief weiter. Der König war schon im Empfangssaal. Sie wusste es einfach. Je näher Mira den Stufen zu den herrschaftlichen Räumen kam, desto mehr drang ein graues Sirren in ihre Gedanken ein, das sie zu verwirren suchte.

Das Böse ist grau, nicht schwarz, und hat niemals einen Glanz. Es klingt stumpf, matt und hohl, hatte in den alten Schriften gestanden. Mira raffte den Nonnenmantel, nahm immer zwei Stufen auf einmal.

»Auseinander!«, rief sie den Kerlen in weiß-roten Hosen zu, die die Spieße vor ihr kreuzten.

Mira verlangsamte den Schritt, fingerte im Gehen den Diamant an ihrer Halskette aus dem Halsschal. Sie drehte ihn in den Fingern und fing ein wenig Sonnenlicht darin ein, das sie den Wächtern ins Gesicht spiegelte. »Lasst mich durch!«

Die Wächter blieben von dem Funkeln gebannt stehen. Vor

dem Audienzsaal hatten sie sie oft genug mit dem König ein und aus gehen sehen, und so nahmen sie die Spieße auseinander. Der Linke stieß wortlos das Portal des Empfangssaals einen Spalt auf. Mira schlüpfte hinein.

Der König stand aufrecht mitten im Saal vor dem Thron, sogar eine Stufe war er dem Erzbischof entgegengekommen, der vor ihm zu warten schien. Maximilian hielt sich ein wenig seitlich, damit das Sonnenlicht besser auf die Schriftrolle in seinen Händen fiel. »Das also ist die Ordnung für das Kammergericht, das Ihr als oberstes Reichsgericht vorschlagt, Erzbischof«, sagte er halblaut. »Welchen Pferdefuß verbergt Ihr diesmal darin für mich?«

»Lest selbst, wenn Ihr meinen Absichten nicht traut«, antwortete der Erzbischof, der an des Königs Seite einen halben Schritt zurücktrat. »Es geschieht alles nur zum Wohle des Reiches, das wir beide stärken wollen.« Langsam verschwand seine rechte Hand in seinem weiten kardinalroten Ärmel.

Mira durfte nicht warten. Sie lief los, erkannte das Futteral, sah es zu Boden fallen wie eben in der Vision an Ludomars Bett.

Der Erzbischof holte aus, der silberne Dolch blitzte über der Schulter des Königs auf.

»Duckt Euch, Majestät«, rief Mira aus vollem Halse.

»Was?«, schreckte der König auf. Seine braunen Augen weiteten sich, sofort erkannte er die Gefahr und drehte sich halb weg. Mira stieß des Königs Hals noch eine Elle weiter zur Seite.

Und wie sie es gesehen hatte, geschah es.

Die Hand mit dem Bischofsring sauste durch die Luft herab.

Und dann begriff Mira. Deshalb also hatte Astarte ihr die Gunst der Voraussicht gewährt.

Das Schicksal vollzog sich auf einmal unendlich langsam. Die gläserne Spitze voller Gift kam auf ihr eigenes Herz zu. Die silberne Wolke in ihrer Vision hatte ihr eigenes Schicksal vor ihr verborgen. Denn niemals vermochte eine Siebte Seherin die eigene Zukunft zu sehen. Also war sie doch den falschen Weg gegangen, den dunklen Pfad, als sie sich in den letzten drei Tagen nur noch um Ludomars Leben gekümmert hatte. Nun zahlte sie mit dem eigenen Tod für seine Rettung. Mira umschloss den Diamanten an seinem goldenen Bast. Bevor sie starb, wollte sie noch einmal die heilige Kraft Astartes fühlen. Ihr danken und um Verzeihung bitten, dass sie so schrecklich versagt hatte. Hitze spürte sie, als aus dem Stein Lichtfunken sprühten wie niemals zuvor.

Die gläserne Spitze des vergifteten Dolchs raste herab – und traf mitten auf den Diamanten. Sie zerbarst und splitterte zu Boden. Die Klinge prallte ab und entglitt beinahe der Hand des Erzbischofs. Sie trennte gerade noch Miras Halstuch entzwei. Sie spürte fast nichts, als die zerbrochene Klinge ihre Haut knapp über dem Herzen ritzte.

Der Erzbischof brüllte vor Wut. Sein Schrei hallte von den getäfelten Wänden wider.

Der Schwung des Dolches hatte Mira zur Seite gestoßen. Sie beugte sich vor. Ein uraltes Rauschen erfüllte sie. Da fielen sieben Tropfen ihres Blutes auf den Saalboden.

»Mira!«, schrie Ludomar von der Saaltür. Mit einem Fausthieb streckte er den Wächter an der Tür nieder und machte sich aus den Armen des zweiten los, ehe der hätte ihn niederwerfen können.

»Dir Sternenhexe werde ich's zeigen«, keifte der Erzbischof und holte erneut mit dem Dolch aus.

Da packte Ludomar sie schon an den Schultern und riss sie weg.

Sie durfte das Gift nicht in sich behalten, nicht die Seherin. Mira war zu wertvoll, erwählt von wer wusste welchen Kräften, vom Himmel selbst. Ludomar presste sie an sich, wirbelte mit ihr herum, sodass ein zweiter Stich des Erzbischofs fast seinen sie schützenden Leib getroffen hätte. Doch König Maximilian stieß den Kirchenmann mit einem Tritt zur Seite. An Miras Hals tröpfelte Blut aus der schmalen Wunde, die die Dolchspitze geritzt hatte. Ludomar zögerte nicht. Er drückte seine Lippen an ihre weiße Haut und sog, sog so fest und lange er konnte den seltsam metallischen, bitteren Geschmack des persischen Spinnengiftes heraus, der sich in seinem Mund mit dem ihres Bluts vermischte.

»Ludomar, was tust du?«, flüsterte Mira.

Er verlor schon das Gefühl in den Füßen. Fiebriges Gewölk kroch um seinen Geist, drückte alles nieder, was in ihm lebte. Mit dem letzten Tropfen Gift auf den Lippen versank er im erstickenden Grau.

Mira kniete sich zu ihm hin. Seine Lippen waren hellrosa. Er hatte ihr ein Gift aus dem Leib gesogen, bevor sie Wirkung gefühlt hatte. Aber ihn hatte die Wirkung erfasst, kaum dass er zwischen König und Erzbischof auf den Steinboden gesunken war.

»Mira …«, röchelte Ludomar. Sein Arm wurde schlaff.

Mira strich langsam über seine Stirn, auf die der kalte Todesschweiß trat. »Bleibe bei mir.« Sie weigerte sich zu glauben, dass sie ihre Visionen so missverstanden haben sollte. Und doch starb Ludomar in ihren Armen einen schrecklichen Gifttod.

»Was geht hier vor?«, fragte der König mit schwankender Stimme. Sein Blick zuckte zwischen dem niedergestreckten Ludomar, dem Glassplitter auf dem Steinboden und dem Dolch in der Hand des knienden Erzbischofs hin und her.

»Seht den klaren Stein an ihrer Brust, wie er dämonisch sprüht«, brachte der Erzbischof zwischen den Zähnen hervor. »Diese Zunft der Sternen-Hexen ist die schlimmste von allen.«

Mira lief ein Schauder über den Rücken. Der Mann Roms bezichtigte sie selbst jetzt noch der Ketzerei, wo er selbst eben den König hatte umbringen wollen. Sie strich über die kalte Wange Ludomars, dem aus dem halb geöffnetem Mund ein dünner Faden Speichel rann. Könnte sie doch einfach die beiden Mächtigen vergessen und in seinen letzten Atemzügen bei Ludomar sein. Aber Mira durfte die Sternenfrauen nicht von diesem Mann Roms in die Vernichtung stürzen lassen.

Sie erhob sich von Ludomars Seite und zeigte dem Erzbischof wie Maximilian ihre Handflächen. »Diese Finger haben keine Waffe für einen Königsmord geführt.«

Das Kinn des Herrschers zuckte. Er zog sein Kurzschwert und hielt sich damit den Erzbischof auf Abstand. »Lasst den Dolch fallen!«

»Majestät, Ihr missversteht.« Das Metall klirrte auf den Steinboden neben Ludomar. »Schon lange warnt uns Rom vor den Sternen-Hexen.« Der Erzbischof ergriff das Amtskreuz, das ihm an einer Kette auf der Brust lag, und deutete damit auf den Diamanten Miras. »Solche unbezahlbaren Steine sind ihre Erkennungszeichen. Wie sollten auch sonst einfache Weiber über solch ein Schmuckstück verfügen, wenn sie keine Hexen sind? Schützen wollte ich Euch vor ihr!«

»Woher wusstet Ihr denn, Erzkanzler, dass die Seherin gerade jetzt zu mir hereinstürmen würde, als Ihr den Dolch schon gezückt hattet?« Der König ließ das Kurzschwert nicht sinken, sah aber auf Miras Stein.

Der Erzbischof straffte sich. »Der Schutz des Reiches ist mein oberstes Ziel«, sagte er. »Deshalb war ich vorbereitet, dass sie sich herbeizaubern würde für eine Freveltat gegen Euren gesalbten Leib.« Seine Stimme klang schon fast wieder fest. »Ich wollte Euch selber vor der Hexe schützen, als ich sie eben in der Tür kommen sah.« Er ließ den Ärmel über sein Handgelenk gleiten. »Schon lange hat sie Euch in ihren Bann geschlagen und Euer Urteil verwirrt.«

Mira hatte genug mit den Mächtigen erlebt, dass sie diese

Verdrehung nicht aus der Ruhe brachte. »Majestät, er lügt. Der Erzbischof hat diesen vergifteten Dolch von Ludomar in Venedig bereits beschaffen lassen, als ich noch sehr fern von Eurem Hofe war.« Sie deutete auf die feine Waffe. »Die venezianische Schmiedearbeit erkennt Ihr sicher.«

»Venedig …« Des Königs Blick ruhte auf der zerbrochenen Glasspitze. »Von dort kam noch niemals etwas Gutes. Was hat mir das venezianische Heer im Welschland genutzt? Nichts! Kaum zieht der Franzosenkönig ab, wird die stolze Republik säumig in ihren Pflichten für den Nachschub. Nein, Erzkanzler. Ihr habt nach meinem Leben getrachtet.« Er setzte die Spitze des Zierschwerts an die Kehle des Erzbischofs. »Selbst wenn Ihr ein Reichsfürst seid, das schützt Euch bei Hochverrat nicht vor dem Tod durch Henkers Hand. Oder gleich von meiner!«

Der Erzbischof hielt still, doch seine Hände krallten sich in den kardinalroten Mantel. Er schwieg. Auch wenn das Kurzschwert an seiner Kehle reich mit Edelsteinen verziert war, tödlich war es doch.

»Wer soll Gericht halten über mich, den König, wenn nicht der Himmel allein?« Maximilian drückte die Spitze noch fester in die Kehle des Erzbischofs. »Und Gott weiß, dass ich im Recht bin.«

Mira konnte keine Freude empfinden, dass ihr ärgster Widersacher so erniedrigt wurde. Zu groß war das Leid um Ludomar, der sich um ihretwillen geopfert hatte.

Und dann war es, als ob die Zeit selbst stillstand. Nichts regte sich, nicht das Schwert in des Königs Hand, nicht einmal das Lid des Erzbischofs blinzelte. *Diene mir,* hörte sie eine unendlich liebliche Stimme von weit oben über den runden Bögen des Empfangssaals, *so ist kein Opfer umsonst.*

Der Pfad des Lichts war so schmal … Mira warf die Verzweiflung, die niemals guten Rat erteilte, mit aller Seelenkraft von sich.

Die Zeit verging wieder, drängte. Die Augen des Erzbischofs quollen hervor. Mira gab sich einen Ruck.

»Majestät, verhängt kein Todesurteil am Tag Eurer Rettung.« Sie kniete sich hin und strich über Ludomars bleiches Haupt. »Sühnt das Opfer zu Euren Füßen wie einst Salomon als weiser Herrscher.«

Die zuckenden Kiefer des jungen Königs verrieten, dass in ihm sein männlicher Rachedurst mit der Würde seiner gesalbten Majestät im Widerstreit lagen. Langsam zog er die Schwertspitze von der Kehle des Erzbischofs zurück. »Ich werde Ratschluss halten vor Gott.«

Der Kirchenmann strich sich zitternd über den faltigen Hals. Er schluckte und rang sichtlich nach Fassung.

Ein leises Husten zu ihren Füßen. Mira vermochte nicht zu glauben, was sie sah. Ludomar regte sich. Wieder erschütterte ein Husten seinen Leib. Er lebte noch!

»Ludomar!« Mira warf sich neben ihn auf die Knie und richtete seinen Oberkörper auf, als er würgte. Grünen Schleim erbrach er neben den Glassplitter. »Erleichtere dich, ganz!« Mira schlug ihm sanft auf den Rücken. Sie fühlte sich ganz klein vor der Gnade Astartes.

König und Erzbischof blickten wie Kinder, die nicht wussten wie ihnen geschieht, zu ihnen hinab.

Nach dem dritten Speien war es vollbracht. Ludomars Kopf fiel entkräftet zurück in ihren Schoss. »Mira«, flüsterte er. »Bleib bei mir.«

Er vermochte sogar wieder zu sprechen. Mira war so glücklich. Sie wiegte ihn. Mira dankte Astarte aus tiefster Seele. Sie schaute dabei zum Erzbischof, der nach diesen himmlischen Zeichen wie ein verwirrter alter Mann dastand. Sie überwand den letzten Hass, der in ihr biss, jetzt wo Ludomar das Gift überleben würde. Sie war es den Sternen schuldig.

Mira suchte auch den Blick des Königs. »An solch einem

Tage voller Zeichen sollten alle einander verzeihen und die ewige Gerechtigkeit demütig erkennen.« Sie schloss die Augen. Ihre Vision des Schwerts über den Reichslanden blitzte in ihr auf. »Hohe Herren, verzeiht einander und schließt Frieden.« Sie neigte den Kopf und blickte in die schwarzen Augen des Erzbischofs.

Ein wenig Ehrfurcht vor den Wundern fand sie darin, bevor seine Vernunft mit ihrem kühlen Schleier alles bedeckte.

Der Erzbischof von Mainz, Erzkanzler des Reiches, beugte ganz langsam das Knie vor seinem König. »Was auch immer ich getan habe, geschah nur aus Sorge um das Reich. Ich glaubte Euch verblendet, doch«, nur mühsam brachte er die Worte über die Lippen, »war ich es selber.«

Mira zuckte zusammen, als der Kirchenmann vor ihr kniete, nach ihrer Hand griff und sie sogleich an seinen faltigen Mund führte. »Verzeiht mir, Seherin«, flüsterte er.

Selbst wenn Mira spürte, wie grau und hohl die Stimme klang, wenn sie ahnte, dass er bei nächster Gelegenheit auf Rache sinnen würde, so galt es jetzt, den König milde zu stimmen. Nur gemeinsam konnten beide dem Reich den Frieden bringen, das es so dringend brauchte. »Ich vergebe Euch.« Und seiner verlorenen Seele.

Maximilian streckte sein Kurzschwert zurück an den Gürtel. »Könnt Ihr ihm vergeben, Seherin, da er Euch verletzt hat, so werde ich es auch können. Dieser Tag voll wundersamer Zeichen mahnt mich als König dazu, die verschlungenen Wege des Herrn zu erkennen und seiner ewigen Güte Folge zu leisten.« Er wandte sich dem Erzbischof zu und hob mit ausgestreckten Armen die nach außen gedrehten Händen kurz höher. »Steht auf. All dies wird auf ewig ein Geheimnis dieses Ortes bleiben. So ist es mein Wille.«

»Ich danke Euch aus dem Grunde meiner Seele, Majestät.« Noch auf Knien, aber schon den Kopf wieder aufgerichtet, fügte der Erzbischof schnell hinzu: »Hinsichtlich Eurer Forderungen bei der Errichtung eines Reichskammergerichts werde ich jetzt gern die andern Fürsten von Eurer Weisheit überzeugen.«

Mira blickte den König an, der ihren funkensprühenden Diamanten bewunderte. Wie erhoben vom herrlichen Licht, das sie alle einhüllte, lächelte er. »Wie einfach die Einigung auf einmal zwischen uns beiden fällt. So gebe ich beim Reichsregiment Euren Ansichten nach.«

»Dann lasse ich umgehend die Urkunden fertigen, Majestät.« Der Erzbischof verneigte sich so tief, dass die kardinalrote Seide knisterte.

»Lasst die Fürsten und Städte zusammenrufen«, sagte Maximilian. »So Gott will, erneuern wir das Reich.«

Der Erzbischof eilte schon aus dem Saal. Der König wartete, bis die Türen wieder geschlossen waren.

Dann ruhte sein Blick kurz auf dem zerbrochenen Dolch am Boden, auf dem entkräfteten Ludomar und Mira. Verwundert schüttelte er das Haupt. »Ein König ist nur würdig, wenn er Großes zu tun vermag, dessen die einfachen Menschen nicht fähig sind, heißt es«, sagte er leise. Er kniete sich zu Mira. »Ich danke Euch, Seherin, dass Ihr mich gelehrt habt, wie ich zu solcher Größe wachsen kann.«

Mira fasste ihren Diamanten und schlug die Augen nieder. »Dankt dem Himmel, Majestät.« Sie war nur Astartes Werkzeug.

Mit einem jugendlichen Lachen warf er die Last des Herrschens, der Macht und der Großen Reichsangelegenheiten von sich. »Und nun rufe ich meinen Leibkoch, damit man Euch beide gebührend mit einem Festessen ehrt.«

56

Auf dem Obermarkt besprengten die Wormser Diener mit großen Gießkannen den Platz, der unter der Julihitze ganz staubig geworden war. Der Thron des Königs war im Schatten vor dem Tanzhaus auf einer Bühne aufgestellt worden, damit die vielen hundert Reichstagsbesucher die Zeremonie sehen konnten.

Die Bürger der Stadt gafften hinter den Schranken an den Rändern des Platzes. Wer sonst noch von niederem Rang war, hatte sich in den Fenstern der Häuser umher einen Platz gemietet. Um die Bühne herum versammelten sich die Grafen und Fürsten des Reiches sowie die Ratsherrn der Städte.

»Siehst du auch gut?« Mira saß als Vertreterin des Klosters Andlau in der letzten Bank hinter den anderen Äbtissinnen.

»Ich sehe dich, gesund und mein. Das ist mir mehr wert als alles andere«, sagte Ludomar leise.

Drei Tage und Nächte hatte das Gift noch seinem Leib Schmerz zugefügt, dann hatte es Miras Sternenwissen endgültig weichen müssen. War es ein Zufall, dass auch Strato in der gleichen Nacht den Reichstag verlassen hatte? Mira verscheuchte die grauen Erinnerungen.

»Sieh, der König zieht ein«, sagte Ludomar hinter ihr.

Maximilian hatte Ludomar aus Dankbarkeit das Privileg verliehen, wie ein Mitglied des Herrscherhauses dem Reichstag beiwohnen zu dürfen. So stand er gleich hinter Mira am äußersten Rand der Hofleute.

Des Königs Kleidung prunkte im Sonnenlicht golden. Unzählige Perlen glitzerten auf seinem Gewand, selbst der Hut schimmerte, als er den Thron bestieg.

Die Reichsinsignien leuchteten vor den Kurfürsten auf Samtkissen. Zu Maximilians Rechten hatten der Erzbischof von Mainz und der Erzbischof von Trier ihren Sitz. Der Pfalzgraf Philipp schützte den Reichsapfel. Links von Maximilian saß der Erzbischof von Köln, ein Abgesandter Brandenburgs bewachte das Reichsszepter und der Herzog von Sachsen das Reichsschwert. Die Krone ruhte auf einem Kissen vor dem Platz des Kurfürsten von Böhmen.

Im nächsten Kreis um den König hatten sich die Grafen, Fürsten und freien Herren stehend versammelt, die geistlichen Reichsäbte und -äbtissinnen füllten die Bänke gleich nach den Kurfürsten. Und vor der Bühne versammelten sich die königlichen Landsknechte und Heerführer mit aufgepflanzten Bannern und Speeren.

»Das ist dein Werk, dass sie sich geeinigt haben«, flüsterte Ludomar ihr zu und streichelte dabei ihre Schulter.

Ehe sie antworten konnte, kehrte fast schlagartig Ruhe ein. Ein paar Rufe schollen noch über den Platz, dann hörte man nur noch die Banner im Winde flattern.

Der König erhob sich. Er hob den schimmernden rechten Handschuh. »Fürsten und Volk, höret was Wir, nach Gottes Wille, Herrscher des Reiches, im Einklang mit allen Ständen und Gliedern Unseres so weiten Landes beschlossen haben.«

Wort für Wort war Mira in geheimer Sitzung die Urkunden des Erzbischofs mit dem König durchgegangen. Beinahe hätte sie selbst nicht an das Wunder geglaubt. Aus dem endlosen Geschacher der Fürsten mit dem König war ein Ausgleich hervorgegangen: die neue Reichsordnung. Es würde ein ständig tagendes Kammergericht geben. Alle Reichsangelegenheiten würden fürderhin mit dem Gemeinen Pfennig bezahlt, den die Stände dem König schuldeten. Krieg und Frieden aber beschlössen in Zukunft alle gemeinsam auf einem Reichstag.

Aber das wichtigste war das, wovon der König nun mit lauter

Stimme kündete: »Niemand, wes Standes oder Wesen er sei, soll einen anderen mehr mit Fehde überziehen, sondern mit Klage vor das Kammergericht ziehen. Wer das missachtet, verfällt der Reichsacht.« Im golddurchwirkten Mantel breitete er die Arme aus. »Hiermit verkündige ich als Euer König und Herrscher den ewigen Landfrieden für das Reich und seine Glieder.«

Ein Jubel brach aus, der die Vögel von den Dächern aufschreckte. Das Volk warf die Mützen in die Höhe, die Fürsten klatschten.

Mira fühlte Ludomars Hand auf ihrer Schulter, und sie drehte sich um und griff danach. Niemand achtete auf sie, auch wurden die Jubelschreie, die Geräusche immer leiser. Eine wohlwollende Kraft entrückte sie aus dem Geschehen.

Ludomar blickte sie an, nur ein paar Blutkrusten erinnerten noch an ihr überstandenes Leid. Eine kleine, lustige Furche zeigte sich zwischen seinen Brauen. »Ob du nun eine Seherin bist oder einfach die Magd Mira, ist mir gleich. Ich will dich haben für alle Zeit, die kommt, in diesem ewigen Frieden.«

Mira drückte seine Hand. Im Flirren der Julihitze über den Köpfen gewahrte sie ein zartes Bild aus Licht. »Ich sehe ein großes Haus im Elsass zwischen Rebenhängen, wo in der Ferne das Kloster Andlau am Hang aufragt.« Ludomar würde immer um sie sein und ihr die Kraft geben, die sie brauchte, den Sternenbund zu leiten. Er würde ein großer Lehrer werden. »Wir werden viele wissbegierige Frauen und Männer um uns scharen, zusammen lesen, schreiben und die Menschen die Wahrheiten der Welt lehren.«

Ludomar beugte sich zu ihr vor und Mira lehnte sich zu ihm hin. Er flüsterte in ihr Ohr, ganz nah, sodass sie es ganz genau hören konnte. »Wirst du im Elsass meine Frau?«

Es gab keine schönere Frage. Sie strich mit ihrer Wange zärtlich über seine. »Ja«, sagte sie. Astarte war den Menschen zugewandt. Liebe und Glück waren den Siebten Seherinnen nicht versagt. »Sobald ich diesen Mantel ablegen kann, heiraten wir.« Sie küsste ihn. Und dann vergaß sie einfach alles und umarmte ihn so fest sie nur konnte.

Ludomars blaugraue Augen glitzerten. »Das Ende des Reichstags kann ich gerade noch abwarten.« Er hielt sie so an sich gedrückt, als wolle er sie nie wieder loslassen.

Und nach dieser langen Umarmung kehrten sie in die Zeit der anderen auf dem Platz zurück.

Drei Kurfürsten erhoben sich und nahmen die Insignien des Reiches von den roten Samtkissen. Sie reichten dem König den Apfel, das Szepter und das Schwert.

»Möge der Frieden zwischen uns ewig dauern!« Die Vertreter des Reiches huldigten allesamt wie mit einer Stimme den Wahrzeichen der Reichseinheit.

Miras Blick hingegen zog eine vertraute, uralte Kraft hin zu den Landsknechten, den Fürsten unter den Bannern und dem Volk, das in der Sonne schwitzte.

Branca, Nera, Cresea, Thulia, Ciffrah und Geneviève – die Sternenfrauen waren mit ihr. Lichter tanzten in den Farben ihrer Steine über all den Menschen auf dem Platz. Da zeigte sich Mira für einen Augenblick ein großer, unendlich reiner Stern im blauen Himmel über dem Reigen. Glückseligkeit ergriff sie, als Astarte selbst zu ihr sprach: *Mira, du hast deine erste Aufgabe erfüllt. Führe nun meine Sieben Sterne treulich weiter auf dem ewigen Pfad des Lichts.*

ENDE